HEYNE <

CATHY BRAMLEY

DER BROMBEERGARTEN

ROMAN

Aus dem Englischen von
Anke & Eberhard Kreutzer

WILHELM HEYNE VERLAG
MÜNCHEN

Die Originalausgabe erschien unter dem Titel *Ivy Lane*.

Sollte diese Publikation Links auf Webseiten Dritter enthalten, so übernehmen wir für deren Inhalte keine Haftung, da wir uns diese nicht zu eigen machen, sondern lediglich auf deren Stand zum Zeitpunkt der Erstveröffentlichung verweisen.

MIX
Papier aus verantwortungsvollen Quellen
FSC® C014496

Verlagsgruppe Random House FSC® N001967

2. Auflage
Deutsche Erstausgabe 08/2018

Redaktion: Evelyn Ziegler
Printed in Germany
Umschlaggestaltung: Eisele Grafikdesign, München
Umschlagabbildung: © GettyImages/Johner Images;
Unsplash/Toa Heftiba; Bigstock/sabyna75
Satz: KompetenzCenter, Mönchengladbach
Druck und Bindung: GGP Media GmbH, Pößneck
ISBN: 978-3-453-42264-3

www.heyne.de

Meiner Mutter Sue gewidmet

Kapitel 1

Ich zog den Reißverschluss meines Mantels zu, setzte eine wollene Baskenmütze auf und wickelte mir einen überlangen Schal um den Hals, bis nur noch Nase und Augen zu sehen waren. Ich hätte für jeden Verständnis gehabt, der bei meinem Anblick auf den Gedanken gekommen wäre, ich wollte inkognito aus meinem neuen kleinen Reihenhaus verschwinden. Aber so war es nicht. Dafür gab es keinen Grund; hier kannte mich sowieso kein Mensch.

Das liebte ich ja so daran. Und natürlich den originalen, antiken Kamin mit den hübschen alten Kacheln im Wohnzimmer. Der war ausgesprochen schön.

Hier in Kingsfield, einer Kleinstadt am Rande von Derbyshire, konnte ich einen neuen Anfang machen. Auch wenn ich nur schlappe zwanzig Meilen weit weggezogen war, würde sich mein Leben allein schon dadurch entschieden zum Guten wenden, dass mir das mitleidige Lächeln und das verlegene Schweigen von Nachbarn und Bekannten erspart blieben, so viel stand fest.

Nebenbei war auch die Haustür mit dem Buntglaspaneel ausgesprochen hübsch. Am Tag der Besichtigung war es mir nicht einmal aufgefallen. Jener Dezembertag war wie im Traum verflogen. Ich hatte mich, ohne mir große Hoffnungen zu machen, in der Vorschule All Saints zu einem Bewerbungsgespräch eingefunden, und vollkommen unerwartet wurde mir die Stelle sofort angeboten. Nur so aus Jux und Tollerei ging ich von der Schule schnurstracks in ein Maklerbüro und ließ mir dort das Angebot zu einem »überaus charmanten Haus in begehrter Lage« zeigen, »ideal für Madame«. Zehn Minuten später stand ich zur Besichtigung auf der Matte. Die Innenausstattung war veraltet, die Küche winzig, und die Kacheln im Badezimmer hielt nur noch der Schimmel zusammen, doch das Haus lag nur fünf Minuten von der Schule entfernt, und mir gefiel der klare offene Grundriss. Im Briefkasten steckte eine Werbebroschüre für Kleingartenparzellen, und mir kam die Erleuchtung.

Ein glücklicher Zufall, gelinde gesagt, doch ich griff, ohne zu zögern, zu. Wetten, dass ich schon bei der Wahl eines Takeaway länger gebraucht habe!

Ich hielt mit der einen Hand die Haustür auf und manövrierte mit der anderen vorsichtig, an den restlichen Umzugskartons vorbei, mein Fahrrad über die Schwelle, darauf bedacht, nach dem gestrigen Malheur mit der Anglepoise-Lampe, an der Tapete im Flur nicht noch mehr Schaden anzurichten. Draußen warf ich einen Blick in den Himmel.

Wenn James jetzt hier wäre …

Schon standen mir wieder die Tränen in den Augen, und ich blieb einen Moment stehen. Ich musste mir wirklich abgewöhnen, jeden Gedanken mit diesem Satz einzuleiten, doch da es Neujahr war, übte ich Nachsicht mit mir.

Wäre James jetzt tatsächlich hier, würde er in die Wolken blicken und sagen: »Ah, Cumulus und Cirrus (oder so was in der Art) – das perfekte Wetter für ein Fünfzehn-Kilometer-Pensum einen steilen Bergpfad hinauf.«

Da er aber nun mal nicht hier war, musste es genügen, dass der Himmel vielversprechend blau und von hauchzarten Wolkenfetzen durchzogen war – für einen Neujahrstag wahrlich nicht schlecht.

Ich drehte mich zu den Garderobenhaken im Flur um und beschloss, auf die gelbe Signalweste zu verzichten. Bevor es richtig dunkel sein würde, wäre ich längst wieder zuhause, und so wichtig ich meine Verkehrssicherheit nahm, war sie in diesem Fall mit meinem Mantel unvereinbar. Ich habe da einen Standard, von dem ich nicht gerne Abstriche mache. Der Fahrradhelm dagegen war ein Muss, und so stülpte ich ihn mir über die Baskenmütze.

Ich stieg auf das Fahrrad, steckte meine Hausschlüssel in die Tasche, fuhr los und war ausnahmsweise einmal dankbar für die Polster am Hintern, das Ergebnis eines langen Jahres, in dem ich im Wesentlichen darauf gesessen und mich in Selbstmitleid ergangen hatte.

»Immer schön nach vorne sehen, Tilly!«, hätte meine liebe alte Mum gesagt.

Auch wenn ich mich in meiner neuen Umgebung noch nicht so gut auskannte, wusste ich in diesem Fall den Weg recht gut; die Kleingartenkolonie Ivy Lane lag nur zwei Minuten mit dem Fahrrad von der Wellington Street entfernt, meiner neuen Adresse. Tatsächlich hätte ich zu Fuß hingehen können. Doch seit einiger Zeit fuhr ich lieber mit dem Rad, denn ich hatte begriffen, wie viel angenehmer es war, mit einem fröhlichen Winken an den Leuten vorbeizufahren, als zu einem Plausch stehen bleiben zu müssen.

Zur Mittagszeit waren am Neujahrstag die Straßen wie

leergefegt. In der ganzen Wellington Street kam ich an keinem einzigen Auto oder Fußgänger vorbei. Kaum verwunderlich, wenn man bedenkt, dass die meisten meiner neuen Nachbarn das neue Jahr enthusiastisch mit Feuerwerk und lauten Partys und sogar, wenn ich mich recht entsinne, irgendwann nach zwei Uhr, mit einer betrunkenen Polonaise durch die Straße willkommen geheißen hatten. Ich bog in die nächste Straße mit einer kleinen Einkaufspassage ein. Der Zeitungskiosk hatte geöffnet, im Pub an der Ecke brannte Licht, das Café, der Makler und die anderen kleinen Läden hingegen hatten geschlossen. Ich radelte an meiner neuen Schule vorbei; schon in wenigen Tagen fing meine Arbeit dort an. Bei dem bloßen Gedanken bekam ich Muffensausen und trat schneller in die Pedale.

Die Ivy Lane war der Wellington Street ziemlich ähnlich: größere Doppelhäuser am einen Ende, am anderen Reihenhäuser. Die Kleingärten lagen ziemlich versteckt, und ich musste zwei Mal die Straße rauf- und runterfahren, bevor ich in der Häuserzeile eine Lücke entdeckte. Ich streckte die Hand aus, um niemand Bestimmtem anzuzeigen, dass ich nach rechts abbiegen wollte, und fuhr bis zum Ende der schmalen Gasse.

»Danke«, sagte ich zu dem Holzschild, das mich am Eingang der Gartenkolonie Ivy Lane willkommen hieß.

Den Eingang bildete ein imposantes Metalltor mit einem riesigen Vorhängeschloss, das ein Gefühl der Sicherheit vermittelte, aber auch etwas Einschüchterndes hatte. Ich trat auf die Bremse und zog den braunen Briefumschlag aus der Tasche. Mit dem Kleingartenvorstand hatte ich vor meinem Umzug alle Formalitäten per E-Mail geregelt, und dies war heute mein erster Besuch. Eine Dame namens

Christine vom Vorstand der Kolonie hatte mir zusammen mit einem Willkommensbrief einen Schlüssel zum Vorhängeschloss geschickt sowie einen Plan, auf dem meine Parzelle 16B markiert war, genauer gesagt, ein halber Garten, da jemand anders die 16A gepachtet hatte.

Ein Schloss schwer wie ein Shetlandpony aufzuschließen, noch dazu an der Innenseite des Tors, und gleichzeitig das Fahrrad zwischen den Knien zu halten war ein Fehler. Doch als ich ihn bemerkte, hatte ich schon beide Arme zwischen den Gitterstäben durchgeschoben und war wild entschlossen. Nach zwanzig Sekunden Fummelei fiel das Schloss zu Boden. Ich war drin. Ich hatte alle Ketten gesprengt.

Von der Anstrengung und dem Erfolg schweißgebadet, schob ich mich und meinen Drahtesel durchs Tor und schloss von innen wieder ab.

Zwischen den Parzellen verlief in der Mitte der Anlage eine asphaltierte Straße, breit genug für ein Auto. Zu beiden Seiten war der Grund in säuberliche Rechtecke aufgeteilt und jede Parzelle vom Nachbargrundstück durch einen breiten Grasstreifen getrennt. Beim Anblick der Symmetrie und der klaren Ordnung schlug mir das Herz höher. Ich bevorzugte es schön ordentlich. Auf der einen Seite grenzte Ivy Lane an die Gärten einer Straße mit Reihenhäusern, auf der anderen an eine Wand aus Hecken und Bäumen. Ich schob mein Rad die Straße entlang und zählte dabei die Holzpfähle an den Enden der Parzellen ab, auf denen die Nummern standen. A oder B war darauf allerdings nicht verzeichnet – woher sollte ich also wissen, welches auf der Sechzehn meine Hälfte war? Das Gelände schien so weitläufig zu sein, dass ich das andere Ende nicht sehen konnte, doch ich schätzte es auf insgesamt etwa dreißig Parzellen. Zu meiner Überraschung hatte die Anlage weit mehr als nur Gemüsebeete zu bieten: Auf fast jeder Parzelle stand ein Baum, jetzt mitten im Winter natürlich kahl, doch ich malte mir aus, was für einen prächtigen Anblick sie im Sommer boten. Außerdem erfreuten sich Schuppen offenbar großer Beliebtheit, von stylischen kleinen Hütten mit Stores an den Fenstern bis hin zu maroden, aus Wellplatten und alten Türen zusammengestoppelten Gebilden. Gewächshäuser, Gartenmöbel, Picknicktische, Wasserfässer, sogar der eine oder andere Gartengrill ... Allem Anschein nach wurde die Ivy Lane intensiv genutzt.

Vor einem niedrigen Holzbau ungefähr in der Mitte, der an einen Kricketpavillon erinnerte, blieb ich stehen. Drinnen brannte kein Licht, und der Bau war, wie die übrige Kolonie, geschlossen. Mobile Toilettenhäuschen und eine Garage vervollständigten die Verwaltungszentrale der Kolonie.

Ich verdrängte das Gefühl, unbefugt anderer Leute Grundstück zu betreten, und setzte meine Erkundung fort, bis ich zur Parzelle Nummer 16 kam.

Oh.

Trotz des ernüchternden Anblicks konnte ich mir ein schiefes Grinsen nicht verkneifen. Die Sorge, meine Hälfte nicht zu erkennen, hätte ich mir sparen können.

Auf der an der Straße gelegenen Hälfte sprossen üppige Büschel, in denen ich Lauchzwiebeln erkannte und die mich vage an die missratene Haartransplantation meines letzten Schuldirektors erinnerten, nur in diesem Fall grün und nicht schwarz. Dahinter machte ich eine Reihe Rotkohl von beachtlicher Größe aus sowie riesige grüne Stängel – ich kniff die Augen zusammen und sah genauer hin. Rosenkohl! Du liebe Güte, wer hätte gedacht, dass Rosenkohl an solch hohen dicken Stängeln wächst! Und direkt dahinter erblickte ich ein verworrenes Geflecht von Stöcken und Schnüren, die etwas als Rankhilfe dienten, von dem nur kahle Zweige zu sehen waren. Hinter zwei Bäumen und einem gepflegten Holzschuppen befand sich meine Hälfte. Der Gegensatz war, gelinde gesagt, ein Schock.

Jeder kennt vermutlich das Märchen von Dornröschen, das in einen hundert Jahre währenden Schlaf fällt, während der Wald das Schloss so überwuchert, dass es unzugänglich wird.

Das war meine Hälfte.

Im Kopf ließ ich meine bescheidene Sammlung an Gartengeräten Revue passieren – eine rosafarbene Handgabel, eine Pflanzschaufel, Gärtnerhandschuhe und eine Harke. Unzulänglich war stark untertrieben. Meine Erfahrung im Gärtnern beschränkte sich darauf, Koriander im Topf zu kaufen und, vor zwei Jahren, mit meiner Klasse Eierköpfe mit Kressehaar zu basteln. Es war immer James' Traum gewesen, unser eigenes Gemüse zu ziehen, wohingegen ich mit abgepackten Erbsen und einer Dose Mais aus dem Supermarkt vollkommen zufrieden war.

Ich lehnte das Fahrrad an eine Bank und stakte durch das feuchte Gras, um meine Hälfte einer genaueren Inspektion zu unterziehen.

So also sah mein »neues Hobby« aus. Ich stemmte die Hände in die Hüften und verschaffte mir über das Brombeergestrüpp, die Brennnesseln, den Ampfer sowie eine Vielfalt kriechender Unkrautgewächse einen ersten Überblick. Und ich versuchte, positive Gedanken heraufzubeschwören.

Vernachlässigt, ungeliebt, trostlos …

Das reicht, Tilly, ich muss doch bitten! Drei Mal tief ein- und ausatmen. Schon besser.

Ich blinzelte und riss die Augen auf, eine klare Absage an die Tränen.

Neujahrsvorsatz Nummer eins: nach vorne schauen. Na bitte, geht doch.

Ich war hier, weil ich einen Neuanfang brauchte, eine neue Einstellung und frische Luft, so hatte es zumindest meine Therapeutin gesehen, und auch meine Mutter, besonders, was die frische Luft betraf. Offenbar konnte ich es an Blässe mit Miss Havisham aus Charles Dickens' Roman *Große Erwartungen* aufnehmen.

Das Projekt eines Kleingartens schien sich ideal für die Umsetzung meines Neujahrsvorsatzes Nummer zwei zu eignen: mich zu beschäftigen.

Das sollte nicht allzu schwierig sein; wenn ich dieses Stück verwildertes Brachland wieder zum Leben erwecken wollte, hätte ich alle Hände voll zu tun.

Außerdem sehnte ich mich vor allen Dingen nach Frieden und Abgeschiedenheit, und was konnte friedlicher sein als Gärtnern? Mitten an einem Feiertag konnte es dieser Ort an Stille und Abgeschiedenheit mit einem Leichenschauhaus aufnehmen! Ich fröstelte. Ja, der Neujahrsvorsatz Nummer drei wäre hier ein Kinderspiel: alleine sein und es bleiben.

Und mir kam der – zugegeben – rührselige Gedanke: James wäre stolz auf mich, wenn er irgendwie erführe, dass ich mir mit Mutter Natur die Hände schmutzig machte.

»Was meinst du, James, krieg ich das hin?«
»Aber klar«, kam die Antwort dicht an meinem Ohr.
Ich schrie.

Kapitel 2

Mein Herz machte einen Satz. Ich griff mir an die Brust, verlor das Gleichgewicht und stolperte vom Gras in ein Dornengestrüpp.

»Achtung!« Zwei kräftige Arme packten mich von hinten und zogen mich rechtzeitig zurück.

Das sah mir mal wieder ähnlich: das Trampeltier vom Dienst. Und ich hatte immer noch meinen Fahrradhelm auf. Die ideale Vogelscheuche: Tilly. Wenigstens verschwand mein errötendes Gesicht größtenteils unter dem Schal.

Ich drehte mich zu meinem Angreifer und Retter um, zog einen stacheligen Zweig aus meiner Strumpfhose und holte Luft. Angreifer war vielleicht ein wenig hart. Vor mir stand ein Mann, älter als ich, mit kurzem, dunkelblondem Haar und einem äußerst verlegenen Lächeln. Baumstark war das Erste, das mir zu ihm einfiel.

»Mir lag schon auf der Zunge, dass Sie perfekt hierherpassen, Sie wissen schon, wo Sie Selbstgespräche führen und so, aber ich sollte mich wohl besser dafür entschuldigen, dass ich Sie erschreckt habe. Eigentlich bin ich rübergekommen, um mich vorzustellen«, sagte er und kniff besorgt die blauen Augen zusammen.

Ich wusste nicht, was schlimmer war: die Tatsache, dass

ich Selbstgespräche führte, oder dass ich es nicht einmal merkte. Ich nahm mir vor, diese besorgniserregende Entwicklung im Auge zu behalten.

Er schien, während er an den Ärmeln seines dicken Wollpullovers zupfte, auf ein erlösendes Wort von mir zu warten, doch ich keuchte immer noch und brachte keinen Ton heraus.

Er räusperte sich und reichte mir die Hand. »Ich bin Charlie. Nett, Sie kennenzulernen, und, äh, nochmals, tut mir leid.«

Ich nahm den Helm ab und schüttelte ihm die Hand.

»Tilly.« Wie ich feststellte, war meine Stimme in den letzten Monaten bedenklich eingerostet. Auch gut. Ich hätte keine Verwendung dafür gehabt.

»Und? Was haben Sie heute vor?«, fragte er und warf einen Blick über das wirre Unkraut und Gestrüpp hinter mir. »Roden?«

Roden. Sehr witzig. Unmöglich, mit diesem Dschungel alleine fertigzuwerden. Was hatte ich mir nur dabei gedacht? Ich überlegte, ob ich dieses vielleicht noch gegen ein anderes Grundstück tauschen konnte. Vielleicht spuckte sich ja jemand anderes bei der Herausforderung in die Hände. Zum Beispiel jemand, der einen Spaten sein Eigen nannte.

»Ähm …«

»Gemma wird sich freuen, dass jemand Gleichaltriger die Parzelle mit ihr teilt. Wir waren schon alle gespannt, wer sie übernehmen wird, nachdem die letzten Pächter rausgeflogen sind.«

Rausgeflogen? Ich schluckte bei der bangen Frage, welches Vergehen wohl einen Rausschmiss nach sich zog. Falls es auf Unfähigkeit hinauslief, würde ich meinen Vorgängern bald in hohem Bogen folgen. Andererseits klang eine Frau in meinem Alter vielversprechend. Es sei denn, sie wäre so neugierig wie Mr. Charlie.

»Sie reden nicht viel, oder? Dass Sie mich nicht falsch verstehen – das ist nicht als Vorwurf gemeint. Meine Ex hat geredet wie ein Wasserfall. Hat mich in den Wahnsinn getrieben. Ich hab lieber meine Ruhe und meinen Frieden. Deshalb bin ich übrigens hier; hatte damit gerechnet, heute der Einzige ohne einen Kater zu sein. Wie man sich irren kann.« Er grinste mich an. »Wie gesagt, das soll kein Vorwurf sein. Ich wiederhole mich. Bitte, sagen Sie was, Sie machen mich nervös.«

Darüber musste ich lachen, und in gespielter Erleichterung wischte er sich die Stirn. Er war sehr nett und gab sich redlich Mühe, freundlich zu sein. Er konnte ja nichts dafür, dass auch ich mir diesen Tag ausgesucht hatte, um hier meine Ruhe zu haben.

»Ich bin heute nur auf Erkundung hier.« Ich glättete die Baskenmütze und zupfte mir meinen nach einem Youtube-Video kunstvoll geflochtenen Fischgrätzopf zurecht. Und brachte, schon ein wenig geübter, noch einen zweiten Satz zustande: »Um zu sehen, worauf ich mich eingelassen habe.«

Er zog die Augenbrauen hoch.

Ich zuckte zusammen. »Ich habe zwar eine Herausforderung gesucht …«

Hier versagte mir die Stimme, und ich war kurz davor, alles hinzuschmeißen.

Charlie trat mit der Stiefelspitze gegen das Gestrüpp. »Keine Bange, Sie kriegen das schon auf die Reihe. Das ist ja das Tolle am Gärtnern. Sobald es Frühling wird, will das Zeug wachsen, so ist das in der Natur, nicht wahr?«

Er bückte sich und stocherte in der Erde. »Da, schauen Sie mal.«

Ich kauerte mich neben ihn, um zu sehen, was er gefunden hatte. Er roch nach Holzfeuer und Erde. So nahe war ich einem Mann seit einer Ewigkeit nicht mehr gekommen. Nicht auszuschließen, dass ich errötete.

Charlie deutete auf ein Büschel grüner Stängelchen, die so eben aus der Erde sprossen. »Grüne Schösslinge. Neues Leben. Egal, wie schlimm dieser Boden letztes Jahr vernachlässigt wurde, da ist immer noch Hoffnung, sehen Sie? Er wird trotzdem sein Bestes geben.«

Abrupt stand ich auf. »Verstehe«, murmelte ich.

»Meine Parzelle liegt da drüben.« Charlie richtete sich auf und zeigte ans andere Ende. »Die mit dem geteerten Schuppen.«

Ich nickte höflich.

»Dann lass ich Sie mal ein Weilchen in Ruhe. Aber kommen Sie doch später rüber, dann führe ich Sie rum.«

»Gern.«

Sobald er außer Sichtweite wäre, würde ich einen Abgang machen. Im letzten Moment fielen mir meine Manieren ein, und ich rief ihm meinen Dank hinterher.

Also, wo waren wir stehen geblieben? Zusammen mit der Parzelle, der die Zeit übel mitgespielt hatte, hatte ich einen schäbigen Kompostierer aus alten Holzpaletten geerbt, sodann einen vergammelten geplätteten Bereich, auf dem vielleicht einstmals ein Schuppen gestanden hatte, eine abgeblätterte Gusseisenbank und einen niedrigen, stämmigen Baum. Wie's aussieht, fasste ich für mich zusammen, während ich so lange auf der Bank saß, bis ich einen kalten Hintern bekam, hat alles auf der 16B dringendst liebevolle Fürsorge nötig. Willkommen im Club.

Ich hüstelte. »Willkommen im Club.« Das hatte ich beim ersten Mal nicht laut vor mich hingesagt, da war ich mir sicher. Glück gehabt!

Hinter meiner Parzelle schloss sich eine Reihe Bäume an, die die Grenze des Kleingartens markierte. Ich schlenderte hindurch und strich mir die tiefhängenden Zweige aus dem Gesicht. Geradeaus bildete das Geäst zweier benachbarter Bäume einen natürlichen Tunnel, und jemand hatte eine Steinbank daruntergestellt. Ich hielt den Atem an. Selbst an einem kalten Januartag war es ein bezaubernder Anblick, der mir völlig unerwartet die Tränen in die Augen trieb.

Hastig machte ich kehrt, um mich wieder auf die 16 zu verdrücken, als ich gegen eine in raue Wolle gehüllte Wand aus Muskeln stieß.

»Verraten Sie es nicht dem Vorstand, aber ich habe mir heimlich einen Schlüssel zum Pavillon nachmachen lassen. Kommen Sie, ich glaube, Sie könnten einen Becher heißen Tee vertragen, Sie zittern ja.«

Himmel, der Kerl bewegte sich lautlos wie ein Ninja.

Doch ich behauptete die Stellung. »Charlie, wenn wir Freunde werden sollen«, fing ich an und bereute augenblicklich meine Worte, als ich sah, wie sich sein Gesicht aufhellte, »dann müssen Sie aufhören, sich so leise anzupirschen. Ich habe derzeit das dringende Bedürfnis, allein zu sein, und solche Überraschungsangriffe kann ich schon gar nicht haben.«

Das hätte ich nicht sagen sollen, er war zerknirscht.

»Ach, egal«, sagte ich, milder gestimmt. »Was Heißes wäre perfekt.«

Im Innern des Pavillons roch es nach alten Socken und nassem Hund, und es war nur geringfügig wärmer als draußen, dafür verfügte die Hütte über den Luxus eines Wasserkochers, und da meine Füße inzwischen Eisklumpen waren, freute ich mich, ins Trockene zu kommen. Auch wenn wir, wie sich zeigte, wohl im Dunkeln sitzen mussten.

»Die Hälfte des Vorstands wohnt in den Reihenhäusern da drüben.« Charlie deutete mit dem Kopf durch ein schmutziges Fenster auf die an die Ivy Lane angrenzenden Gärten. Er hob zwei Stühle von einem Stapel und stellte sie an den Tisch in der Mitte. »Beim geringsten Lebenszeichen hier drinnen rücken sie mit ihren Mistgabeln und Luftgewehren an.«

Na toll. Tag eins, und ein Trupp bewaffneter Kleingärtner fällt wegen Einbruchs über mich her. Verlockende Aussicht.

Während Charlie in die winzige Küchennische verschwand, saß ich da und wartete. Der Raum erinnerte mich an eine Pfadfinderhütte: Holzdielenboden, jede Menge Fenster und null Isolierung. Ich stellte mir vor, wie bei den Vorstandstreffen die Scheiben beschlugen. An einem Ende des Raums hingen über ein paar Schränken Blätter an der Wand: Regeln (eine Menge), Preislisten (alles von Dünger bis zu Schokoriegeln) und Ankündigungen (Jahreshauptversammlungen, Kontaktdaten der Vorstandsmitglieder sowie gesellige Ereignisse). Für einige schien diese Kleingartensause ein Vollzeitjob zu sein, und ich konnte nur hoffen, dass niemand versuchen würde, mich in diese

Geschäftigkeit hineinzuziehen. Das war das Letzte, wonach mir der Sinn stand.

Charlie reichte mir einen Becher schwarzen Kaffee, gab zwei gehäufte Teelöffel Zucker in seinen und bot mir einen Schuss Brandy aus seinem Flachmann an. Ich lehnte dankend ab.

Er gönnte sich selbst einen guten Schuss und zuckte verschmitzt mit den Augenbrauen. »Nur ein Tropfen, der das Herz erwärmt. Sollte ich eigentlich nicht – verträgt sich nicht mit meinen Medikamenten.« Er verdrehte die Augen und ließ die Zunge aus dem Mundwinkel hängen, um mir klarzumachen, dass es ein Witz war, und ich musste gegen meinen Willen lachen. Normalerweise wäre ich sofort stiften gegangen, wenn ich mich unversehens mit einem Wildfremden in einem einsamen Pavillon beim schlimmsten Kaffee meines Lebens wiedergefunden hätte, doch tatsächlich war ich irgendwie froh und fast ein bisschen stolz auf mich.

Das ist es, Tilly! Du bist gerade dabei, die Vergangenheit hinter dir zu lassen.

»Also«, sagte Charlie und schürzte die Lippen. »Ich bin fünfunddreißig, Single, Feuerwehrmann und vor fünf Jahren nach Kingsfield gezogen. Mit der Kleingärtnerei habe ich angefangen, um Stress abzubauen. Und Sie?«

Ich holte tief Luft. Das war der Teil, den ich hasste. »Ich bin achtundzwanzig, neu in Kingsfield, Lehrerin. Trete nächsten Montag meine neue Stelle an. Mit dem Kleingärtnern wollte ich mich zwingen, aus dem Haus zu gehen, von den Büchern und dem spitzen Bleistift wegzukommen.« Das war nicht einmal gelogen. Ich wärmte mir die Hände am Kaffeebecher und taute mit dem Dampf meine Nase auf. Charlie nickte, er war ein sehr guter Zuhörer.

Ich seufzte. »Aber ich habe nicht den blassesten Schimmer davon. Im Vertrauen gesagt, ich kann kaum Gurken von Zucchini unterscheiden. Keine Ahnung, wie ich mich anstellen werde.«

Er sprang auf, kramte in den Schränken am anderen Ende des Raums und kam mit einer Packung Kekse zurück. Eine Weile schlürften wir unser Gesöff und tunkten unsere Kekse ein, bevor Charlie seinen Becher abstellte und mich leicht am Arm berührte.

»Keine Sorge. Das ist ja das Schöne an der Anlage hier. Alle sind enorm hilfsbereit und geben einem Tipps.« Er kicherte. »Im Sommer teilen sie auch ihr Gemüse. Wenn Sie Rat brauchen, sind Sie hier wirklich an der Quelle; selbst nach drei Jahren kann ich immer noch jede Menge von anderen lernen. Es wird Ihnen hier gefallen, wir sind wie eine große Familie.«

Ich verschluckte mich an der heißen Brühe, prustete und sprühte Charlie einen Mundvoll Kaffee ins Gesicht. Wir sprangen beide auf – ich rot vor Verlegenheit, Charlie von der heißen Brühe. Ich knallte meinen Henkelbecher auf den Tisch, schnappte mir meinen Helm und rannte nach draußen.

»Was haben Sie?«, rief mir Charlie gequält hinterher. »Was habe ich denn gesagt?«

»Tut mir leid«, rief ich über die Schulter. »Ich muss los.«

Familie. Auf der Heimfahrt liefen mir die Tränen übers Gesicht. Eine Familie war so ziemlich das Letzte, wonach mir der Sinn stand, und das würde auch eine ganze Weile – wenn nicht für immer – so bleiben.

Kapitel 3

Es dauerte sechs Wochen, bis ich erneut den Mut fasste, mich in der Ivy Lane blicken zu lassen. Mit der neuen Stelle hatte ich alle Hände voll zu tun, auch wenn ich es zu meiner Überraschung genoss, wieder vor einer Klasse zu stehen. Da ich mir die Stelle mit einer anderen Lehrerin teilte, arbeitete ich nur drei Tage die Woche, doch ich hatte fünfzehn Monate pausiert und musste mich erst wieder daran gewöhnen, morgens um sieben aufzustehen, ganz zu schweigen von der Stundenvorbereitung, dem Heftekorrigieren und dem Umgang mit einer Horde Fremder – groß und klein. Außerdem hatte mir das Wetter mit reichlich Schnee und dann Frost und schließlich Überschwemmungen einen triftigen Grund für mein Fernbleiben geliefert – eindeutig nicht die richtige Jahreszeit zum Gärtnern. Und natürlich drückte ich mich davor, Charlie wieder unter die Augen zu treten.

Andererseits standen die Ferien vor der Tür, mit dem Unterrichtsstoff lag ich voll im Plan, meine bescheidenen Habseligkeiten waren alle ausgepackt und in meinem neuen Domizil alles an seinem Platz, kurz: Mir fielen keine Ausreden mehr ein.

Als ich diesmal langsam die geteerte Straße zu meiner

Parzelle radelte, waren quer über die Anlage verstreut schon eine ganze Reihe anderer Gärtner bei der Arbeit: Sie sahen in den Gewächshäusern nach dem Rechten, beugten sich über die Frühbeete, liefen mit schwer beladenen Schubkarren hin und her. Überall herrschte emsige Geschäftigkeit. Ich merkte, wie sich meine Stimmung hob, und atmete gierig die frische Luft ein.

Was sollte schon so schwer daran sein, meine Wildnis zu bändigen und etwas anzupflanzen, das man essen konnte? Kein Grund zur Panik.

Ich ließ mein Fahrrad an der Bank stehen und marschierte zu Parzelle 16. Zwei Dinge fielen sofort ins Auge: Hinter dem Rosenkohl auf der 16A war jetzt ein frisch umgegrabenes Beet mit weicher, schwarzer Erde, aus der hunderte kleine, weiße Kügelchen sprossen. Zweifellos hatte ich es beim Pächter dieser Hälfte mit einem fleißigen Arbeiter zu tun. Zudem schlug mir aus dem Schuppen Musik entgegen.

Ich zögerte.

Gut möglich, dass mich besagter »harter Arbeiter« in ein höfliches Gespräch verwickeln würde. Andererseits war dies die beste Gelegenheit, meinem Nachbarn meine Grundregeln zu vermitteln: höflich distanzierte Nachbarschaft. Unter keinen Umständen wollte ich mich mit einem begeisterten Hobbygärtner in Diskussionen über das Für und Wider von Dünger oder Laubmulch verwickeln lassen.

Ich klopfte also, weder zu laut noch zu leise – entschlossen, doch nicht zu energisch – an. Die Musik verstummte, von drinnen waren ein kurzer Aufschrei und das Klirren von Glas zu hören. Ich schluckte. Wobei störte ich den

Hobbygärtner gerade? Vielleicht schlich ich mich besser wieder davon und versuchte es ein andermal …

Die Tür ging ein Stück auf, und durch den Spalt blickte mir ein großes blaues Auge entgegen. Ich sah einen Schopf blondes Haar, und mir stieg eine Wolke von … Nagellack entgegen.

»Herzanfall dotcom!«, quiekste die Person hinter der Tür.

Dann flog die Tür auf, die Bewohnerin des Schuppens packte mich am Arm, zog mich nach drinnen und knallte die Tür zu. Wir landeten beide in einander gegenüberstehenden Liegestühlen.

»Ich dachte, sie wären meine Mutter!«

Sie verdrehte genervt die Augen, fächelte sich das Gesicht und holte ein Fläschchen farblosen Nagellack hinter einem Blumentopf hervor. Dann sah sie mich ungläubig von oben bis unten an und stöhnte. »Ach je! Sie sind doch nicht etwa obdachlos?«

Ich blickte an mir herunter: braune wasserdichte Jacke (von James), graue Jogginghose (von James), braungrünes Karohemd (richtig, von James). Wenig schmeichelhaft, zugegeben. Schlabberig, gewiss. Eine Art Körperpanzerung, ertappt. Aber obdachlos?

»Nein«, sagte ich bemüht lässig. »Ich bin Tilly, ich habe die andere Hälfte dieser Parzelle übernommen. Das ist nur meine Gärtnerkluft.«

»Ach so, du bist Tilly.« Meine Nachbarin schenkte mir ein vielsagendes Lächeln und nickte, als hätte ich gerade ein Sudoku-Rätsel für sie gelöst. »Okay. Ich bin Gemma.«

Gemma war ungefähr in meinem Alter, vielleicht auch ein bisschen jünger. Sie hatte kurzes, lockiges blondes Haar, das sie aus dem Gesicht gekämmt und an einer Seite mit einer rosa Satinschleife festgesteckt hatte. Sie trug ein pinkfarbenes Kapuzen-Sweatshirt aus Nickistoff und eine farblich passende Hose. Wenn ich mich nicht täuschte, war sie völlig ungeschminkt, hatte aber einen zum Outfit passenden rosigen Teint, und ihre strahlenden Augen zierten lange Wimpern und perfekt geformte Brauen. Ich glaube, bis dahin hatte ich noch nie bei jemandem auf die Augenbrauen geachtet. Mein Gesicht musste ihr wie ein halb roher Doughnut erscheinen. Doch das Erstaunlichste an ihr – jedenfalls im Ambiente eines Schuppens – waren ihre Fingernägel, mit denen sie zum Trocknen in der Luft fächelte.

Ohne lästern zu wollen, sah sie wirklich nicht nach einer Gärtnerin aus. Und wieso fürchtete sie sich in ihrem Alter davor, von ihrer Mutter ertappt zu werden? Ich überdachte meine Beweggründe für meinen Antrittsbesuch noch mal. Ich war neugierig, mehr über sie zu erfahren, zumal Gemma augenscheinlich nicht der Typ war, der sich über Düngemethoden unterhalten wollte.

»Hast du meine Mum irgendwo gesehen?«

Ich schüttelte den Kopf. »Glaube ich nicht: Wer ist denn deine Mum?«

Gemma grinste. »Christine. Die Vorstandssekretärin, rote Bäckchen, als würde sie sich das Gesicht mit Topfreiniger schrubben, dauergewelltes graues Haar. Im Ernst, sie ist bestimmt die letzte Frau im Königreich, die sich Dauerwellen machen lässt. Bald werden Leute aus allen Himmelsrichtungen herkommen, um ihren Krauskopf zu bestaunen. Fühlt sich an wie dieses Algenzeug, das man beim Chinesen kriegt. Aber ich hab sie trotzdem zum Fressen gern.«

»Bis jetzt sind wir uns noch nicht begegnet«, sagte ich, »wir sind für heute Nachmittag verabredet, da will sie mich offiziell willkommen heißen.«

»Aber ich warne dich: Sie kriegt dich in irgendeinen Ausschuss oder eine Arbeitsgruppe, bevor du es überhaupt merkst ...« Gemma musterte meine Füße. »Neue Gummistiefel.«

Ich nahm mir vor, mit angemessen erdverkrusteten Stiefeln heimzufahren. Nichts verriet den Neuling so eindeutig wie makellose Cath-Kidston-Gummistiefel.

»Hey, mach dich mal nützlich«, sagte Gemma und zeigte auf eine kleine Thermoskanne. »Gieß uns was zu trinken ein, während die Schätzchen hier trocknen, und dann erzähl mir alles über dich.«

Ich tat wie geheißen – war wohl besser so – und rasselte die Kurzversion meines CV herunter, bevor ich geübt das Thema auf meine neue Nachbarin lenkte. Bei der Flüssigkeit in der Thermoskanne handelte es sich um Cranberrytee, ein widerliches Zeug.

»Ungewöhnlicher Ort für eine Maniküre«, sagte ich, runzelte die Stirn und konzentrierte mich ganz darauf, bei dem widerwärtigen Geschmack im Mund nicht das Gesicht zu verziehen.

Der Schuppen hatte zwei Fenster, Regalbretter mit Marmeladengläsern, Gartengeräten, Bindfaden, Setzkästen aus Plastik, einer Flasche Babyöl und Nagellackentferner. Größere Geräte hingen an Nägeln an der rückwärtigen Wand, in einer Ecke stand ein geöffneter Beutel Komposterde. An der Rückseite der Tür hing ein Spiegel.

»Klar, nach dem Pflanzen der Zwiebeln habe ich mir doch eine Belohnung verdient«, sagte Gemma. »Lassen wir ein bisschen Luft rein, okay?« Sie stand auf, ließ ihr Nagellackfläschchen in die Handtasche fallen und öffnete mithilfe einer Gießkanne die Tür. Die Antwort klang ein wenig ausweichend, aber ich wollte nicht nachhaken.

»Sieht gut aus«, sagte ich mit Blick auf die perlweißen Spitzen ihrer kurzen Nägel.

»Ich bin Kosmetikerin«, sagte sie und tat ihr Kunstwerk mit einem Achselzucken ab. Passte sie schon nicht in das Stereotyp eines Gärtners, dann genauso wenig in das einer Kosmetikerin. Wo waren das apricotfarbene Make-up, die falschen Wimpern und das tiefe Dekolleté? Ich verspürte den plötzlichen Drang, meine Augenbrauen und die Oberlippe mit den Fingern abzudecken. Naturbelassen, bei wohlwollender Betrachtung.

»Aber ich bin fest davon überzeugt, dass Schönheit von innen kommt«, fuhr sie mit einem Seufzer fort. »Deshalb rackere ich mich hier ab.« Sie machte eine ausladende Handbewegung über ihre Parzelle. »Sein eigenes Gemüse anbauen, sich gesund ernähren, viel Zeit an der frischen Luft verbringen …«

In einem geschlossenen Schuppen Aceton inhalieren, fügte ich innerlich hinzu.

»Das ist das Stichwort, ich sollte dann mal weitermachen«, sagte ich und stand widerstrebend auf. (Kaum zu fassen – ich genoss unseren kleinen Plausch. Meine Grundregeln hatten sich in Luft aufgelöst.) »Bei mir gibt es ziemlich viel Gestrüpp zu entfernen.«

»Da bist du bei mir richtig«, sagte Gemma und folgte mir aus dem Schuppen und an den Bäumen vorbei auf meine Parzellenhälfte.

»Nein«, sagte ich. Gemma zuckte ein wenig zusammen.

Ich musste wohl mein bestes Lehrerinnengesicht aufgesetzt haben. James hatte immer gesagt, es sähe zum Fürchten aus. »Trotzdem danke«, sagte ich umgänglicher, »aber ich komm schon klar.«

Gemma zuckte die Achseln, blieb jedoch standhaft an meiner Seite. Für Beharrlichkeit bekam sie von mir eine Eins. »Okay, aber falls du es dir noch mal überlegst, kriegst du von mir einen Freundschaftspreis. Fünfzehn Pfund für ein Bikini-Waxing.«

Ich prustete los. Als ob ich mit ihr in aller Öffentlichkeit über meinen intimen Wildwuchs diskutieren würde.

»Nein. Ich meine das Gestrüpp da drüben!«, sagte ich und zeigte auf das Brombeergebüsch.

»Ach so!«

Schon seltsam – das Unkraut war fast verschwunden. Die ganze rechteckige Parzelle sah aus, als habe ihr jemand einen ziemlich schlechten Haarschnitt verpasst. Es waren nur noch struppige Stoppel zu sehen. Aber was für eine Verbesserung! Ungläubig starrte ich auf meinen Teil und zermarterte mir das Gehirn nach einer Erklärung für das Wunder.

Da war es wieder, Gemmas vielsagendes Grinsen.

»Hast du …«, fing ich an.

Bevor ich ausreden konnte, schüttelte sie den Kopf. »Das war Charlie. Er hat erzählt, bei eurer ersten Begegnung hätte er dir einen Riesenschreck eingejagt. Er hatte ein ziemlich schlechtes Gewissen. Statt einer Entschuldigung hat er sich eine Motorsense ausgeborgt und das Unkraut getrimmt.«

Ich merkte, wie ich puterrot anlief. Armer Charlie. Er hatte ja nur versucht, nett zu sein.

»Ich fand das ziemlich großzügig von ihm«, sagte Gemma, und ich sah deutlich, wie es um ihre Mundwinkel zuckte. »Jetzt verstehe ich natürlich auch, weshalb.«

Eine weitere Ergründung der unverhofften Schicksalswende blieb mir dank einer kleinen, stämmigen Gestalt undefinierbaren Geschlechts erspart. In Pudelmütze, Dufflecoat und schwarzen Gummistiefeln erschien sie in diesem Moment an der Rückseite unserer Parzelle.

»Gemma, Liebes, da bist du ja!«

Der Stimme nach, mit leichtem irischem Akzent, eindeutig eine Frau. Sie marschierte auf uns zu und strahlte, als sie auf mich aufmerksam wurde.

»Und Sie müssen Tilly sein«, rief sie und legte noch einen Zahn zu. Sie umarmte meine Taille (für meinen Hals reichte es nicht ganz) und drückte mich fest, während mich ihr Bommel an der Nase kitzelte. »Ich bin Christine. Vereinssekretärin. Hocherfreut, hocherfreut«, sagte sie. »Und wie ich sehe, haben Sie schon ordentlich losgelegt. Großartig, wirklich großartig.«

»Vergiss nicht, was ich dir gesagt habe. Sonst trickst sie dich aus«, flüsterte mir Gemma zu.

In einem schwachen Versuch, meinen Freiraum wiederzugewinnen, trat ich einen Schritt zurück.

Christine wandte sich ihrer Tochter zu. »Ich dachte, du könntest mir vielleicht mit den letzten Kartoffeln zur Hand gehen. Zusammen kämen wir heute durch.«

»Tut mir leid, Mum«, seufzte Gemma, »aber ich bin schon seit Stunden hier, um all diese Zwiebeln unter die Erde zu bekommen. Mir tut schon jetzt der Rücken weh. Ich schaffe keinen Spatenstich mehr.«

Zur Demonstration legte sie die Hände ins Kreuz, streckte sich und machte ein schmerzverzerrtes Gesicht. Ich warf einen verstohlenen Blick auf ihre rosa Hose: nicht der kleinste Spritzer Erde. Blütenrein.

Christine schüttelte leicht enttäuscht den Kopf. »Na ja, das hast du auch wirklich toll gemacht, richtig toll. Egal, dann warte ich eben auf deinen Vater.« Damit stapfte sie davon. Offenbar legte sie bei allem, was sie tat, ein beachtliches Tempo vor.

»Christine«, rief ich ihrer Hobbit-Gestalt hinterher.

»Ja, Tilly?« Sie drehte sich um und machte so große, gespannte Augen, dass ihre Brauen unter der Mütze verschwanden.

»Ich glaube, ich muss mir … ein paar Geräte borgen, für die nächsten Schritte.« Ich war schlichtweg überfordert, was ich nach meinem vielversprechenden Anfang jedoch auf keinen Fall zugeben konnte. Sobald ich wieder zuhause war, würde ich mir dieses Buch vornehmen, das ich zu diesem Thema aus der Bibliothek ausgeliehen hatte.

»Sicher, sicher.« Christine nickte energisch. »Kommen Sie um halb sieben in den Pavillon rüber, und ich zeige Ihnen vor der Mitgliederversammlung die Liste mit unseren Ausleihgeräten.«

Versammlung? Nein danke.

»Aber kann ich nicht …«, nahm ich einen zweiten Anlauf.

»Nebenbei eine gute Gelegenheit, die Leute kennenzulernen.« Im selben Moment ging Christine wie der Blitz auf ein grünes Zweiglein in Gemmas neuem Zwiebelbeet los und riss es mit Stumpf und Stiel aus. Ein Unkraut, vermutete ich. Neben mir hörte ich Gemma schnauben.

Bei dem bloßen Gedanken an die Kleingärtnerversammlung stellten sich mir die Haare auf. Ich änderte die Taktik. »Ich fürchte, ich kann nicht …«

»Meine Kartoffeln rufen. Also dann, bis später.« Und schon hatte Christine, während sie zum Abschied noch einmal die Hand hob, die Straße überquert.

»Aber Christine!«

»Bis dann.« Weg war sie.

Man konnte mir nicht nachsagen, ich hätte es nicht versucht.

»Ich will nicht zu diesem Vereinstreffen«, seufzte ich.

»Sag nicht, ich hätte dich nicht gewarnt«, bemerkte Gemma und rieb sich vergnügt die Hände. »Jedenfalls freue ich mich, dass du kommst, du kannst mir Gesellschaft leisten und nebenbei das Durchschnittsalter um fünfzig Jahre senken.«

»Na, wenn das so ist, kann ich es kaum erwarten«, sagte ich grinsend. Ich zog meine (James') Jacke zu. Sobald man eine Weile stillstand, fror man sofort durch. »Also, dann mach ich mich mal vom Acker.«

»Schon?« Gemma zog einen Flunsch. »Du hast doch noch gar nichts gemacht!«

Zur Antwort starrte ich demonstrativ auf ihre perfekte Maniküre, und sie versteckte die Hände unter den Achseln.

»Ich bin heute Nachmittag noch mit einer sehr dicken Schwarte verabredet«, sagte ich beschwingt.

»Oh, was Schmutziges?«

»Könnte man so sagen.« Während ihre Augen aufleuchteten, presste ich die Lippen zusammen. »*Kleingärten für Dummies*. Also, bis nachher.«

Als ich zum Tor hinausradelte, hörte ich hinter mir immer noch Gemmas Lachen. Wäre ich auf eine neue Freundin aus – was ich natürlich nicht war, aber nur rein theoretisch –, hätte ich es wahrlich schlechter treffen können als mit Gemma.

Kapitel 4

Um Viertel nach sechs verließ ich widerstrebend die traute Einsamkeit meines Heims und fuhr im Nieselregen mit dem Rad durch die dunklen Straßen zu den Kleingärten der Ivy Lane. Obwohl ich früh dran war, brannte im Pavillon schon Licht, und es tummelten sich dort schon eine Menge Leute. Mit klammen Händen machte ich mein Rad mit dem Schloss an der Bank fest, nahm den Helm ab und fragte mich zum x-ten Mal, wie es Christine nur gelungen war, mich zum Kommen zu bewegen.

Sie hatte mich ausgetrickst, rief ich mir in Erinnerung. Ich musste auf der Hut sein, wenn ich mich nicht am Ende des Abends im Vorstand wiederfinden wollte. Ich holte einmal tief Luft und trat ein, fest entschlossen, mich an meinen Plan zu halten: Bodenfräse mieten, bei Charlie Boden gutmachen und so früh wie möglich wieder verschwinden.

»Da bist du ja!« Gemma kam mit einem Satz auf mich zu, flog mir um den Hals, küsste mich auf die Wange und zog mich an einer Gruppe vorbei zu einer Stelle in der Nähe des Heizstrahlers.

»Verstärkung ist da! Das ist Mia.«

Ich folgte ihrer Kopfbewegung und blickte auf ein junges Mädchen, das mit angezogenen Knien auf dem Boden saß und über ihrem Handy die ganze Welt vergaß. Den hängenden Schultern, dem Stirnrunzeln und ihren heftigen Handyaktivitäten nach zu urteilen war Mia ungefähr so glücklich hier zu sein wie ich.

Gemma lehnte sich zu mir. »Meine Tochter. Vierzehn und so kratzbürstig, dass sich mir der Nagellack aufstellt.«

»Meine Güte! Du siehst viel zu jung aus, um schon so eine große Tochter zu haben!«, sagte ich und zwang mich zu einem Lächeln.

Ich hatte gedacht, sie sei wie ich – aber das war sie nicht! Sie war Mutter! Ungerechtfertigterweise fühlte ich mich hereingelegt und musste mich zusammenreißen, um nicht schneller wieder zu verschwinden, als ich gekommen war.

Am besten machte ich mich sofort auf die Suche nach Christine und brachte es hinter mich. Ich blickte Gemma über die Schulter und hielt nach ihr Ausschau.

Gemma schüttelte den Kopf. »Falls du Charlie suchst, den habe ich noch nie bei einem Treffen gesehen. Das sei ihm zu aggro, sagt er, bezeichnet sich als Pazifist.« Sie zwinkerte mir zu. »Hast du gehofft, dass er heute Abend kommt?«

Gemma, so viel stand fest, packte so viel Informationen in jeden Satz, dass sie schon zum nächsten Schlag ausholte, wenn ich mich noch von der letzten Offenbarung erholen musste. Bis dato hatte sie mich auf die Wange geküsst, mit ihrem Alter schockiert und schien zu glauben, ich interessierte mich für Charlie. Ich für meinen Teil hatte noch kein einziges Wort gesagt.

»Nein, natürlich nicht, ich möchte mich nur bei ihm dafür bedanken, dass …«

»Ich nehm's zurück und behaupte das Gegenteil. Alles ganz unverfänglich …« Sie zog die Backen ein und diese wunderschönen Augenbrauen hoch. »Ich besorg uns eine Tasse Tee. Ach ja, und meine Mum wollte mit dir reden, da drüben ist sie.«

In einer klatschnassen Jacke und mit triefendem Gesicht stand Charlie an der Tür. Offenbar hatte sich das Wetter in den letzten fünf Minuten verschlechtert; wenn ich jetzt ging, wäre ich auf dem Heimweg nach fünf Minuten bis auf die Haut durchnässt. Er warf die Kapuze zurück, ließ den Blick durch den Raum schweifen und kam, als er mich entdeckte, winkend auf mich zu. Mist! Ich hatte mir noch keine Entschuldigung für ihn zurechtgelegt.

Kaum entdeckte ich Christine, die mit einem Laptop auf den Knien in einer Ecke saß, sprintete ich in ihre Richtung.

»Christine, hast du einen Moment?«

Ohne die Pudelmütze auf dem Kopf wurde mir eine Nahansicht der Dauerwelle zuteil. Die Locken wirkten so fest, als hätte sie die Wickler noch drin, und dazwischen schimmerte ihre rosige Kopfhaut durch. Sie trug einen Pullover in Pink, farblich auf ihre Wangen abgestimmt, sowie etwas zu kurz geratene Jeans.

»Ah, hallo, meine Liebe«, antwortete sie geistesabwesend. »Dieses teuflische Ding.« Sie schüttelte den Kopf und hämmerte wütend in die Tasten.

Gemma kam dazu und reichte mir eine Tasse Tee.

»Ich halte dir einen Platz frei«, flüsterte sie und verschwand.

»Christine, ob ich mir vielleicht die Fräse für einen Tag ausleihen kann? Damit wollte ich die Erde aufbrechen und dann«, ich zog die Notizen auf meinem Handrücken zurate, »und dann wollte ich die oberste Schicht in eine feine Gare gabeln.« Ich legte eine Kunstpause ein, um bei ihr mit meiner Expertise zu punkten, doch meine Worte fielen auf steinigen Boden.

»Gute Idee, aber damit müssen Sie sich an Nigel wenden«, sagte sie nur und malträtierte weiter ihren Laptop.

»Aber …«

»Er ist noch nicht da. Kennen Sie sich mit Computern aus?«

Mit einem kläglichen Blick sah sie mich an und klopfte auf den leeren Platz neben ihr. Sowenig Ahnung ich vom Gemüseanbau hatte, in Sachen IT wusste ich, wo der Spaten hing, außerdem konnte man nicht einfach zusehen, wie sich eine ältere Frau mit der Technik abquälte, also fügte ich mich.

Sie packte mir den Laptop auf die Knie und erklärte mir das Problem. Ich sah, wie Gemma am anderen Ende des Raums versuchte, meine Aufmerksamkeit zu erregen, doch es wäre unanständig gewesen, einfach aufzustehen und zu gehen.

Bis ich ihr den Unterschied zwischen der Einfüge- und der Entfernen-Taste erklärt und gezeigt hatte, dass es für das Erstellen eines Sitzungsprotokolls eigens eine Mustervorlage gab, hatten alle Platz genommen, und ein rundlicher Mann mit Resthaarfrisur und Tweedjackett rief die Versammlung zur Ordnung auf.

»Das ist Peter, unser Vorsitzender, reizender Mann, so engagiert«, seufzte Christine. »Er hat die Parzelle neben dir und Gemma und ein Faible fürs Exotische.«

Ich hoffte doch sehr, dass sich dieses Faible aufs Kulinarische und nicht … sonst was richtete.

Ich versuchte aufzustehen, den Laptop der rechtmäßigen Besitzerin zurückzugeben und mich zu verdrücken, doch sie hielt mich mit einem erstaunlich kräftigen Griff zurück.

»Wie lieb von Ihnen, das Protokoll zu übernehmen, Tilly, wirklich ganz reizend.«

Mit einem schicksalsergebenen Schnaufer sank ich wieder auf meinen Platz. Widerstand wäre zwecklos gewesen. Außerdem goss es, nach dem Trommeln auf dem Dach zu urteilen, in Strömen, und ich wollte wirklich die Sache mit der Fräse klären, bevor ich ging.

Ein Mann in mittlerem Alter sank keuchend auf den Platz neben mir. Seine nass gesprenkelte Jeans hatte Bügelfalten, und unter einem Pullover mit V-Ausschnitt trug er ein senffarbenes Hemd und Krawatte.

»Das ist Nigel«, flüsterte Christine.

Na, immerhin etwas. Wenigstens konnte er mir am Ende der Sitzung nicht entkommen. Jetzt brauchte ich nur noch im Hintergrund abzutauchen …

»Wie Sie alle wissen«, fing der Vorsitzende an, »konnten wir letztes Jahr endlich Frank Gartons Räumung von Parzelle 16B erwirken …«

Bei der Erwähnung meines Vorgängers kam es zu verhaltenem Hohngelächter und Gemurmel. Ich hätte wirklich gern gewusst, was der Mann verbrochen hatte.

»Und ich freue mich, Tilly Parker in der Kleingartenanlage Ivy Lane willkommen heißen zu dürfen!« Peter streckte den Arm in meine Richtung aus, und etwa dreißig Augenpaare fuhren zu mir herum.

Der reinste Horror.

»Und sie ist so liebenswürdig«, flötete Christine dazwischen, »das Protokoll für unsere Sitzungen zu übernehmen.«

Es gab donnernden Applaus, und ich verging vor Schreck. Hatte sie Sitzung*en* – Plural – gesagt? Da konnte sie lange warten. Ich wagte einen kurzen Blick zu Gemma hinüber, deren amüsiertes Gesicht und resigniertes Kopfschütteln Bände sprach. Selbst Mia hatte von ihrem Smartphone aufgesehen und spähte grinsend herüber. Und bildete ich mir das nur ein, oder prustete Nigel beinahe vor Vergnügen?

»In unser aller Namen möchte ich Sie in unserer kleinen Gemeinschaft willkommen heißen«, sagte Peter mit einer kleinen Verbeugung. »Vielleicht erzählen Sie uns ein bisschen von sich?«

Mir wurde schwindelig im Kopf, ich bekam einen Kloß im Hals und merkte, wie mir die Oberschenkel zitterten.

»Ehrlich gesagt, Pete«, meldete sich eine Stimme von weiter hinten. Es war Charlie. »Meine Schicht fängt um acht an; meinst du, wir könnten uns an die Tagesordnung halten? Tut mir leid, ist nicht böse gemeint.«

Peter räusperte sich. »Selbstverständlich. Also, Punkt eins …«

Ich sah lächelnd zu Charlie hinüber und formte mit den Lippen ein Danke. Er grinste zurück und hielt den Daumen hoch.

Der Frieden war besiegelt.

Ich atmete auf und machte mich daran, den Gang der Hauptversammlung eifrig für die Nachwelt festzuhalten.

Eine Stunde und es war geschafft, ausgenommen die letzte Runde Tee. Alle zog es zur Küchenecke, und fröhliches Gemurmel erfüllte den Pavillon.

»Gut gemacht, Tilly«, sagte Christine und nahm mir den Laptop ab. Geschickt steckte sie den USB-Stick ein und kopierte mein Dokument.

»Gern geschehen«, sagte ich und schwor mir, mich nie wieder neben sie zu setzen. Ich stand auf, rollte die verspannten Schultern und drehte mich zu meinem Nachbarn um. »Nigel, kann ich Sie für einen Moment sprechen?«

»Da bist du ihr ja ganz schön auf den Leim gegangen«, sagte Gemma kichernd, während sie mir zum Trost eine weitere Tasse reichte.

»Deine Mutter beherrscht die Kunst des Delegierens als Kunstform«, bekräftigte Nigel.

»Ich kann nicht mit ansehen, wenn sich Leute abmühen«, antwortete ich.

Gemma verschluckte sich fast an ihrem Tee. »Die kennt sich mit dem Computer besser aus als Mia. Sie ist Chefsekretärin!«

»Bei einem Wirtschaftsprüfer«, fügte Nigel stirnrunzelnd hinzu, »aber das habe ich auch erst erfahren, nachdem sie mich bereits zum Schatzmeister gemacht hatte. Egal, wie kann ich Ihnen helfen?«

Ich wiederholte meinen Plan eine Fräse auszuleihen und ließ dabei die »Bodengare« einfließen. Nigel machte im Verzeichnis für den Geräteverleih einen entsprechenden Vermerk, und wir kamen überein, dass ich die Fräse, falls es das Wetter erlaubte, am Samstag abholen würde.

»Damit kann ich Ihnen auch ein bisschen helfen«, sagte Charlie, der wie aus dem Nichts an meiner Seite auftauchte.

»Danke«, sagte ich und merkte, wie ich rot anlief. »Aber Sie haben schon genug für mich getan.«

In dem Moment drängelte sich eine stämmige Frau mit

Doppelkinn und Hakennase in die kleine Runde. »Wir Frauen schaffen das auch alleine, Charlie. Nicht jede ist eine Jungfrau in Nöten, stimmt's, Tilly?«

Dann wurden wir Zeuge, wie sie sich Tee in die Untertasse goss, daran pustete und ihn mit gespitzten Lippen schlürfte. Das Bild erinnerte mich daran, wie James und ich in Ägypten auf Kamelen saßen und seines sich so weit zur Tränke hinunterbeugte, dass es ihn fast aus dem Sattel gehoben hätte.

»Hast du schon Shazza kennengelernt?«, fragte Gemma und bemühte sich redlich, nicht zu grinsen. »Sie ist auf der Parzelle neben uns.«

Demnach Peters Frau. Und höchstwahrscheinlich mit demselben Hang zum Exotischen.

»Hi, Shazza.« Irgendwie kam das etwas glucksend und eine Oktave zu hoch heraus, ein weiterer Grund für mich, bis in die Haarspitzen zu erröten.

»Sie würde sich bestimmt über deine Hilfe freuen, Charlie«, sagte Gemma. »Ich würde mich ja selbst anbieten, aber mit meiner Masseusen-Schulter muss ich im Moment passen.« Zur Demonstration rollte sie die Schultern und verzog gequält das Gesicht. Shazza verdrehte angewidert die Augen.

Ich wollte ja protestieren, aber wozu? Schließlich brauchte ich ja Hilfe. Doch sobald die Parzelle umgegraben und die Erde zu feinsten Krumen gefräst war, wollte ich in Ruhe gelassen werden. An einem Ort wie diesem leichter gesagt als getan, dämmerte mir beim Anblick der neugierigen Gesichter ringsum.

»Mum, wir müssen los!«, brüllte Mia, die schon am Ausgang wartete.

»Oh, Mikey ist da.« Blitzschnell zog Gemma ein Döschen Vaseline aus der Jeanstasche, tupfte sich ein wenig auf die Lippen und plusterte sich das Haar auf. »Mein Mann. Er ist Automechaniker, wundere dich also nicht über seine Hände. Komm, ich mache euch bekannt.« Bevor ich etwas sagen konnte, hatte sie sich bei mir untergehakt und manövrierte mich zur Tür.

Mia machte zwar immer noch ein finsteres Gesicht, doch nachdem sie ihr Smartphone eingesteckt hatte, sah ich zum ersten Mal ihr Gesicht in Gänze. Braune Augen, cappuccinofarbener Teint, eine Wolke Kringellocken darüber. In ihren hautengen, schimmernden Leggings und den Turnschuhen erinnerten ihre langen Beine an Golfschläger, und als wir näher kamen, stellte ich fest, um wie viel größer sie war als ihre Mutter. Das Einzige, was sie von Gemma geerbt hatte, waren die prächtigen, langen Wimpern. Auf Anhieb hätte ich geschätzt, dass ihr Dad Afrokaribe war. Und auf jeden Fall sehr groß. Im krassen Gegensatz zu dem eher zart gebauten, fuchsroten Austin-Powers-Doppelgänger, der jetzt neben Mia stand und mit den Autoschlüsseln klimperte.

Wetten, dass Gemma ein paar interessante Geschichten zu erzählen hatte!

Ich wurde vorgestellt, geküsst, umarmt und streng beäugt (von Mia), dann waren sie verschwunden.

Niemand achtete auf mich – der perfekte Moment für meinen Abgang. Ich mied jeden Blickkontakt, schlich mich aus dem Gebäude und holte mein Rad. Ein sechster Sinn sagte mir, dass jemand nach mir rief, doch es war schon spät, und für heute war mein Limit für soziale Kontakte schon überschritten.

Auf der Rückfahrt durch die dunklen Straßen ging ich die Versammlung im Pavillon noch einmal in Gedanken durch. Das Ausleihen der Geräte war geregelt, ich hatte mich mit Charlie wieder gutgestellt und mich durch die Konversation laviert, ohne allzu viel von mir preiszugeben. Alles in allem ein gelungener Abend. Fragte sich nur, wieso mich bei aller Anstrengung, auf Distanz zu bleiben, die Ahnung beschlich, in diese verschworene kleine Gemeinschaft hineingezogen zu werden.

Kapitel 5

Als ich am Samstag darauf zu Fuß durch das Tor der Ivy Lane kam, erwartete mich, so weit das Auge reichte, ein besonderer Anblick: hochgestreckte Hinterteile in jeder Form und Größe, während sich die Hobbygärtner emsig über ihre Beete beugten. Es war ein bewölkter, doch milder Tag, und bei meinem Erscheinen richteten sich alle auf, winkten oder riefen mir ein fröhliches »Guten Morgen« zu, bevor sie sich wieder an die Arbeit machten.

Irgendetwas musste ich falsch verstanden haben.

Bis jetzt hatte sich mir der Eindruck aufgedrängt, die Kleingärtnerei sei alles andere als eine einsame Angelegenheit (auch wenn ich selbst natürlich noch kein einziges Mal mit der Erde in Berührung gekommen war). Und so dankbar ich Charlie für sein Hilfsangebot war, sehnte ich mich schon jetzt nach dem Feierabend. Bisher hatte ich noch keine Minute allein auf meiner Parzelle verbracht, dabei hatte ich mich vor allem deswegen auf dieses Gartenabenteuer eingelassen. Doch wahrscheinlich würden sie mich alle in Ruhe lassen, sobald erst einmal die Knochenarbeit erledigt und mein Neulings-Status verblasst war. Es war also Land in Sicht, dachte ich mit einem stillen Seufzer.

Mein Fahrrad hatte ich diesmal zuhause gelassen und stattdessen meinen Rechen mitgebracht. Außerdem hatte ich eine Tasche mit einer Thermoskanne Tee und einer mit Kaffee, mit einer Dose Keksen und einem Glas Gummibärchen dabei. Was mir an nützlichem Gartengerät abging, hoffte ich, mit einem guten zweiten Frühstück wettmachen zu können. Ich blieb stehen, um einen Mann mit zerzaustem Haar und einer Schubkarre über die Straße zu lassen. Er trug einen zerlöcherten Pullover und ein Tuch mit einem Baby vor der Brust, von dem nur ein strubbeliger schwarzer Schopf zu sehen war. Wir begrüßten uns mit einem stummen Lächeln, und er flüsterte etwas, das wie »Rhabarber, Rhabarber« klang.

Kaum hatte ich meinen Weg fortgesetzt, als ein stämmiger Kerl mit grauem Haar und buschigen Augenbrauen hinter einem Wasserfass hervorsprang. Erschrocken schnappte ich nach Luft, konnte aber im letzten Moment mit meiner schweren Tasche ausweichen und verhindern, ihm mit meinem Rechen die Rübe abzusäbeln.

»Tut mir leid!«, brachte ich heraus.

Geduckt wie ein in die Jahre gekommener international gesuchter Spion, spähte er nach links und rechts und rückte die vier Dosen Bier zurecht, die er sich unter den Arm geklemmt hatte.

»Sie haben mich nie gesehen«, murmelte er und legte den Finger an die Lippen. Es folgte ein unverständlicher Redeschwall, in dem ich nur die Worte »Häresie«, »Bier mit Schuss« und »der König« ausmachen konnte. Bevor ich mich aus seinem Alkoholdunst verziehen konnte, flitzte er schon wieder davon und verschwand zwischen Pavillon und Toilettenblock.

Armer Kerl. Offenbar geistig verwirrt. Ich war mir nicht sicher, ob ich, wie erbeten, ein Auge zudrücken oder ihn der Obrigkeit melden sollte.

Aus dem Augenwinkel heraus erspähte ich Charlie, Gemma, Christine und Nigel an meiner Parzelle.

Nigel erklärte Charlie offenbar etwas an der Fräse, Christine sammelte Steine aus dem Boden und warf sie zwischen die Bäume, während sich Gemma die Hände eincremte. Ausnahmsweise einmal war ich dankbar Gesellschaft zu haben.

»Hat einer von euch einen Alkoholiker gesehen, der sich hier herumtreibt?«, fragte ich und lehnte meinen Rechen neben einer ganzen Reihe anderer Geräte an Gemmas Baum.

»Wieso? Hast du einen verloren?« Christine kicherte über ihren eigenen Witz. Sie stand auf, schob sich die Bommelmütze aus dem Gesicht und stemmte die Hände in die Hüften. Von der Anstrengung, vielleicht aber auch von der Stahlwolle, hatte sie ein rotes Gesicht, und sie war ein wenig außer Atem.

»Buschige Augenbrauen?«, fragte Gemma, während sie ein paar weiße Baumwollhandschuhe überstreifte. Heute war ihr Haar mit einer riesigen Strassspinne an einer Seite festgesteckt.

Ich nickte und wunderte mich einmal mehr, wie sie es fertigbrachte, in dieser Umgebung so makellos sauber zu bleiben.

»Starker nordirischer Akzent?«

Das erklärte vielleicht, wieso ich ihn nicht hatte verstehen können.

»Gut möglich«, antwortete ich.

Gemma verdrehte die Augen. »Das ist mein Dad, Roy.«

»Oh nein, dabei hat er mir versprochen, heute die Außentoilette bei uns zu streichen.« Christine stöhnte verärgert. »Und ich hab extra seinen Hennessy-Whisky versteckt, bis er es erledigt hat.«

Das erklärte die Häresie.

»Jetzt trinkt er für den Rest des Tages in Dougie Kings Hütte Bier mit Schnaps. Ich bring ihn um«, brummte sie und schickte einen großen Stein wie ein Wurfgeschoss zwischen die Bäume.

Damit war auch das Übrige geklärt. Wie gut, dass ich nicht die Polizei gerufen hatte.

Nigel räusperte sich. »Wir müssen sie sauber, funktionstüchtig und aufgetankt zurückbekommen. Das macht dann bitte zehn Pfund.« Er hielt die Hand auf. »Ich würde ja bleiben und helfen, aber ich muss heute meinen Kompost wenden.«

Zehn Pfund für ein perfektes unkrautfreies Gartenstück? Geschenkt. Bereitwillig reichte ich ihm das Geld.

»Und mich ganz allein drei Frauen ausliefern?«, beklagte sich Charlie grinsend, obwohl er über die Aussicht nicht unzufrieden schien.

»Vier!«, kam eine Stimme aus Gemmas Schuppen.

»Mia«, antwortete Gemma auf meine hochgezogenen Augenbrauen. »Sie hat Hausarrest.«

Charlie salutierte Nigels Rücken hinterher.

Für den Vormittag stellte ich mir folgenden Ablauf vor: Charlie würde die Arbeit mit der Fräse übernehmen; vielleicht würde ich mich, um meinen guten Willen zu zeigen und weil es vielleicht sogar Spaß machte, auch einmal daran versuchen; größere Unkräuter würden wir auflesen und in meinen Komposter werfen; falls ich dann noch die Kraft und die Zeit dafür hatte, würde ich anfangen, mit der Gabel umzugraben. Ich hatte den Gärtnerjargon schon ganz gut drauf.

»Gut, die meisten Steine haben wir raus«, sagte Christine und reichte mir eine Gabel. »Gemma, schnapp du dir deine, du auch, Charlie. Zuerst müssen wir die großen Brocken mit der Hand rausholen.«

Gemma war am Gesicht abzulesen, wie ich mich fühlte, und Charlie warf einen wehmütigen Blick auf seine Motorfräse.

»Wir können da nicht einfach wie wild mit der Maschine dran«, erklärte Christine, »sonst hacken wir nur die Unkrautwurzeln in winzige Stücke. Und in sechs Wochen sieht die Parzelle schlimmer aus als jetzt.«

Dagegen gab es keine Argumente.

Eine Stunde später hatte ich Krämpfe in den Beinen, mir tat der Hintern weh, und meine Gummistiefel waren ohne Frage eingeweiht.

»Teepause!«, verkündete ich und schickte ein Stoßgebet zum Himmel, dass Christine mich nicht überstimmen möge.

»Danke euch allen für eure Hilfe«, sagte ich und ließ mich neben Charlie auf einem Plastikbeutel im feuchten Gras nieder, nachdem ich für jeden ein improvisiertes Trinkgefäß gefunden hatte. Selbst Mia kam zu uns heraus und setzte sich mit dem Glas Gummibärchen in den Apfelbaum.

»Ich glaube, ich hätte schon längst aufgegeben«, räumte ich ein. »Ist ziemlich entmutigend, so was allein anzupacken.«

Gelinde gesagt! Es war eine Sache, zwischen den Gemüsebeeten entlangzuschlendern und ein paar Samen zu streuen, und etwas ganz anderes, ein überwuchertes Gartenstück wieder zum Leben zu erwecken.

Charlie leckte sich die Lippen und griff nach einem weiteren Keks. »Gern geschehen, dafür hat man Freunde.«

Ich bekam heiße Wangen. Charlie und ich waren keine Freunde, wir wussten nichts über den anderen, und dabei wollte ich es auch belassen. *Aber mach das mal Gemma klar!* Obwohl ich ihrem Blick auswich, spürte ich förmlich, wie sie augenzwinkernd ihre Mutter anstupste.

Ich sprang auf. »Schmeißen wir die Fräse an.«

Charlie ließ sich nicht lumpen. »Zuerst in Längsbahnen, hat mir Nigel erklärt, dann quer.«

Gemma kehrte zusammen mit Christine zu ihrer Hälfte zurück, und schon bald verschwanden die beiden zwischen den Bambusstöcken und den Schnüren. Mia verkroch sich wieder im Schuppen und stöhnte über ihre Hausaufgaben und das fehlende WLAN.

Charlie kam schnell in seinen Rhythmus, und während er seine Bahnen zog, fühlte ich mich ein wenig überflüssig und versuchte mich nützlich zu machen, indem ich den Trampelpfad von gejätetem Unkraut und Erdklumpen reinigte. Nach einer Weile legte Charlie eine Verschnaufpause ein.

»Mit dem Unkraut muss man immer dranbleiben«, sagte er und wischte sich mit dem Arm den Schweiß aus der Stirn. »Ich bin auch erst aus Schaden klug geworden.«

»Du meinst, ich muss es ausgraben?«, fragte ich, während ich im selben Moment zwei Männer bemerkte, die, den Arm um die Schulter des anderen gelegt, mit unsicheren Schritten und in Schlangenlinien in unsere Richtung kamen. Bei dem einen handelte es sich um den Mann mit den Augenbrauen, bei dem anderen um einen Kariben mit runzligem Gesicht, auffälligen O-Beinen, grauen Dreadlocks und einer Art Seemannskappe.

Charlie senkte die Stimme. »Das sind Roy und Dougie, haben mal wieder beide einen in der Krone. Wird bestimmt interessant.« Und dann lauter: »Da greift man am besten zur Hacke, damit bekommt man die Wurzeln besser im Ganzen raus.«

Ich würde auf jeden Fall in neue Geräte investieren müssen; der gute alte Rechen reichte nicht. Inzwischen standen schon ein Spaten und eine Grabegabel – ich bezeichnete sie als Messer und Gabel – sowie eine Hacke auf der Einkaufsliste. Ich sah zu Christine rüber, um festzustellen, ob sie die Rückkehr ihres Mannes schon bemerkt hatte: eiserne Miene, gegrätschte Beine, verschränkte Arme ... sie hatte.

»Ähm, wie steht's mit Unkrautvernichter? Darf ich den hier benutzen?«

Charlie und ich bemühten uns verzweifelt, die Konversation aufrechtzuerhalten, um den unmittelbar bevorstehenden Ausbruch des Vulkans, von dem Christines bebende Nasenflügel kündeten, hinauszuzögern. Er wusste es, ich wusste es.

»Also, streng genommen ...«

»Klar, Mann, verwende ich schon immer. Alles, was das Leben leichter macht«, brachte sich Dougie mit melodischem, karibischem Singsang in die Unterhaltung ein. Er formte eine Hand zu einer Pistole und zielte. »Und dann sag ich: ›Du bist tot, Bastard‹, und drücke ab. Das Unkraut hat keine Chance.«

Charlie hielt die Luft an, Christine stieß ein urzeitliches Stöhnen aus, und Gemma ging wie ein kleiner Tornado auf Dougie los.

Sie stieß ihm den Finger in die Brust. »Unverantwortlich dotcom.« Ich presste die Lippen zusammen, um nicht zu lachen. Dies war der erste Dotcom-Ausbruch an diesem Morgen, und ich hatte schon vergessen, wie unterhaltsam das war.

»Wage es ja nicht, noch einmal vor meiner Tochter so zu reden«, fauchte Gemma und stapfte ihm mit ihren rosa Gummistiefeln auf die Zehen. »Sie ist in einem leicht beeinflussbaren Alter.«

Dougie stieß einen kurzen Schmerzenslaut aus und versuchte, auf einem Bein zu hüpfen, während er verständnislos zu mir herüberschielte.

Roy, der bis jetzt nur mit gesenktem Haupt ein unverständliches Murmeln beigesteuert hatte, ließ einen mächtigen Rülpser vom Stapel, der ihm von seiner mit einem Bambusstock bewaffneten Frau einen gezielten Stoß ins Hinterteil einbrachte.

»Ich weiß, was ein Bastard ist, Mum, haben wir in Geschichte durchgenommen«, rief Mia, die den Kopf zum Schuppen herausstreckte. »Das ist, wenn die Mummy und der Daddy nicht verheiratet sind und ein Baby machen.« Diese Definition wurde mit der Stimme eines klitzekleinen Mädchens vorgebracht. »Und so«, fügte sie mit Kennermiene hinzu, »kommt man zu Bastard-Haar.«

Zum Beweis hielt sie, damit es alle sehen konnten, ihren Pferdeschwanz hoch. »Mums blonde Locken mit dem Afro meines schwulen Dads gemischt. Noch Fragen?« Und mit breitem Grinsen schloss sie sich wieder im Schuppen ein.

»Mein lieber Schwan«, sagte Charlie leise zu mir.

Schwuler Dad?

Aus irgendeinem unerfindlichen Grund bekam Roy von Christine einen zweiten Schlag ab. Unterdessen stand Gemma mit offenem Mund und einem Gesicht mindestens so rosig wie das ihrer Mutter da, und ausnahmsweise einmal fehlten ihr die Worte.

Dougie hingegen fand Mias Bemerkung offenbar zum Schreien komisch, und während er sich vor Lachen bog, verlor Roy den Halt an seinem Arm und fiel kopfüber in den Komposthaufen.

»Hoppla, sachte, sachte!«, sagte Charlie. Er brachte ihn wieder auf die Beine und setzte ihn mit Gemmas Hilfe auf meine wackelige Gusseisenbank. Dougie nutzte die allgemeine Aufregung und trat den Rückzug an – zu einem Reggae-Beat, den nur er hören konnte.

»Wirf die Fräse wieder an«, flüsterte ich Charlie zu. Er folgte meinem Rat, und unter dem Motorenlärm konnten sich Gemma und ihre Mutter von der Enthüllung ihres kleinen Familiengeheimnisses erholen. Roy focht das Ganze ohnehin nicht mehr an, denn schon schnarchte er mit offenem Mund, die Hände über dem Bierbauch gefaltet, friedlich vor sich hin. Gemma stapfte zum Schuppen; ich hatte das dumpfe Gefühl, dass Mias Hausarrest sich verlängern würde.

Nach einer weiteren Stunde sah die Erde schon ziemlich gut aus und kam meiner diffusen Vorstellung von einer Bodengare recht nahe. Und das war auch gut so, denn fürs Erste hatte ich genug. Ich machte Charlie Zeichen, den Motor abzustellen, sobald er am hinteren Ende angekommen wäre, und zur Antwort hielt er den Daumen hoch.

»Teepause«, brüllte ich. Christine legte die Geräte weg, und Gemma trat zusammen mit der schmollenden Mia aus dem Schuppen. Ich holte die letzten Reste aus den Thermosflaschen und reichte die Tassen herum.

»Puh! Ganz schön schweißtreibend«, sagte Charlie und zog sich die Jacke aus. Darunter trug er ein T-Shirt, das seine muskulöse Brust, die gebräunten Arme und den prallen Bizeps zu Geltung brachte, links mit einem großen Drachentattoo. Für einen Moment sahen wir Mädels uns mit mehr oder weniger unauffälligen Seitenblicken daran satt. Zum perfekten Look fehlte dem Burschen nur noch eine Dose Cola Light.

»Wow«, hauchte Mia in ehrfürchtigem Ton.

Gemma und ich tauschten Blicke.

»Man darf ja wohl noch einen Blick auf die Speisekarte werfen«, murmelte Gemma mit verschwörerischem Augenzwinkern, »auch wenn ich verheiratet bin. Was meinst du?«

Sie schielte auf meine linke Hand, und ich merkte, wie ich schon wieder rot anlief.

»Single«, sagte ich leise. »Und ich gedenke, es auch zu bleiben«, fügte ich hastig hinzu. Weiter kam ich nicht. »Wie dem auch sei«, wischte Gemma meine Bemerkung vom Tisch. Unterdessen reichte ich die Kekse herum und registrierte schmunzelnd, dass sich Charlie gleich drei nahm. Höchste Zeit, das Thema zu wechseln. »Stichwort Gartengeräte. Was, wo und wie viele?«

»Wenn man einen Schuppen hat«, sagte Charlie mit Blick auf Gemma, »lohnt sich eine Investition, würde ich sagen. Wenn nicht, sollte man sich mit dem Nötigsten begnügen.«

»Ich habe nur das Nötigste«, antwortete Gemma, die, wie ich feststellte, leicht errötete. »Billigkram. Wenn ich was Besonderes brauche, leihe ich es mir aus.«

Ich hatte Gemmas Kollektion an Gartengeräten gesehen – dem Augenschein nach alle brandneu. »Du scheinst sie hingebungsvoll zu pflegen oder zu schonen, Gemma, jedenfalls sehen sie makellos aus.«

»Na ja, ich …«

An diesem Punkt mischte sich eine raue Stimme in die Diskussion ein. »Gehe pfleglich mit deinen Gerätschaften um, und sie werden es dir lohnen. Das ist mein Motto.« Auf dem Pfad zwischen meiner und der nächsten Parzelle stand, die Hände hinter dem Rücken verschränkt und auf den Fersen wippend, ein Mann mit Silberschopf und eindrucksvollem Ohrenhaar. Er wurde als Alf vorgestellt und bekam einen Keks angeboten.

Roy wachte von seinem eigenen Schnarchen auf. »Gibt's hier irgendwas zu trinken?«

»Ich fürchte, da muss ich widersprechen, Alf«, sagte Christine und riss Roy unsanft von der Bank. »Ich behandle diese Gerätschaft jetzt schon seit fast vierzig Jahren pfleglich und warte immer noch auf meinen Lohn. Komm schon, alter Nichtsnutz.«

Wir sahen zu, wie Christine einen zerknirschten Roy zum Eingangstor abführte. Charlie schüttete die letzten Tropfen aus seiner Tasse und schraubte sie wieder auf die Thermoskanne. »Ich helfe dir noch beim Saubermachen, und dann mach ich mich auch auf die Socken.«

»Nochmals, danke, Charlie«, sagte ich, nachdem wir den gröbsten Lehm von der Fräse gekratzt und sie gründlich abgewaschen hatten. »Wenn ich mich irgendwie revanchieren kann, lass es mich wissen. Solange du dir keine Gärtnertipps von mir erhoffst.«

»Mir fällt da bestimmt was ein«, sagte er, und als er dabei vielsagend mit den Augenbrauen zuckte, verging mir das Lächeln. »Ich bring das gute Stück für dich zurück, okay? Bis dann, Ladys.«

Gemma und ich blickten Charlie hinterher, der sich das gewichtige Gerät über die Schulter geschwungen hatte und damit zum Pavillon lief.

»Tut mir leid, dass du dir das vorhin alles anhören musstest, du weißt schon, das über Mias Dad«, sagte Gemma und zwirbelte dabei so lange ihren Ärmel um den Finger, bis er ihr das Blut abzuschneiden drohte. »Klingt viel schlimmer, als es ist, und ich will nicht, dass du schlecht von mir denkst. Ich möchte, dass wir Freunde sind.«

»Ich auch«, sagte ich, tätschelte ihr den Arm und musste schmunzeln, als sie augenblicklich wieder in ein strahlendes Lächeln ausbrach. Das Komische daran war aber, dass ich es genauso gemeint hatte.

Kapitel 6

Meine guten Vorsätze, mich an Charlies Rat zu halten und das Unkraut nicht aufs Neue sprießen zu lassen, waren den Bach runtergegangen, und es dauerte zwei Wochen, bis ich mich wieder in der Ivy Lane blicken ließ. Es war nicht ganz und gar meine Schuld. Obwohl ich in Teilzeit arbeitete, hieß das seitens der Schulleitung noch lange nicht, dass ich mir das Schreiben der Halbjahreszeugnisse teilen konnte. Vielmehr durfte ich sie alle alleine schreiben. Ich Glückspilz!

Wahrscheinlich war es das Beste so. Die andere Kollegin zählte schon die Stunden bis zu ihrer Pensionierung und stand dem Onlinesystem der Schule zur Zeugniserstellung äußerst skeptisch gegenüber. In Wahrheit kam sie einfach nicht mit der wunderbaren Technologie zurecht, die uns Lehrern zur Verfügung stand, und so verbrachte ich grundsätzlich die ersten zwanzig Minuten meiner Woche damit, das interaktive Whiteboard zurückzusetzen, wenn sie als Letzte damit gearbeitet hatte.

Jedenfalls brachten mir die Zeugnisse nicht nur Fleißpunkte beim Direx ein, sondern die Arbeit hielt mich auch an den dunklen Abenden beschäftigt und bewahrte mich davor, über die Vergangenheit zu grübeln. Was ich unweigerlich tat, wenn ich nicht aufpasste.

Zwei Wochen sind in puncto Wachstum eine lange Zeit. Die Ivy Lane war in meiner Abwesenheit tatsächlich zu neuem Leben erwacht: so weit das Auge reichte, emsig beschäftigte Hobbygärtner, frisch umgegrabene Gemüsebeete und eine Atmosphäre der Hoffnung und Vitalität.

Natürlich konnte das auch nur Einbildung sein – aber ich hatte einen richtig guten Tag.

Ich kämpfte immer noch mit vielen schlechten Tagen, an denen ich mich in einem von James' alten Pullovern aufs Sofa legte und – nur in der Gesellschaft einer Tüte Erdnussflips – *Zwei an einem Tag* in Dauerschleife glotzte. Doch der Anteil der guten gegenüber den schlechten Tagen nahm stetig zu. Dann schaffte ich es, so wie heute, mindestens eine Stunde lang nicht an mein altes Leben zu denken, das ich mir so leichtfertig durch die Finger hatte gleiten lassen.

Ich trug sogar von oben bis unten meine eigenen Sachen: Jeans, Steppweste, Kapuzenshirt und Gummistiefel. Mir kam der Gedanke, ein Selfie zu machen und es an meine Therapeutin zu schicken, doch ich hatte meine neue Hacke dabei (Billigware, wie mir Gemma geraten hatte) und verzichtete aus Sicherheitsgründen darauf. Parzelle 16A war verwaist. Glück gehabt. Sosehr ich Gemma mochte, hatte ich darauf gehofft, ein halbes Stündchen allein an der frischen Luft zu sein. Ich nahm mir einen Moment Zeit, um Gemmas leuchtend grünen Lauch, die sprießenden Zwiebeln und das federzarte Kraut der Karotten zu bestaunen. Eines musste man ihr lassen: Sie führte ihr eigenes Geschäft, kümmerte sich um Mike und Mia und fand trotzdem noch Zeit, ihre Parzelle und sich selbst tipptopp in Schuss zu halten.

Auf meiner Parzelle dagegen, stellte ich zu meiner großen Enttäuschung fest, spross nach der großen Verbesserung am Neujahrstag schon wieder neues Unkraut, bevor ich mir auch nur im Klaren war, was ich säen wollte. Wenn ich nicht schnellstens etwas pflanzte, würde Mutter Natur mir die Entscheidung abnehmen, und ich hätte mehrere Quadratmeter Vogelmiere, weißen Gänsefuß, Queckengras und Schachtelhalm, und so hübsch diese Namen klangen, hörte der Spaß wahrscheinlich spätestens auf, wenn ich sie mühevoll einzeln ausstechen musste.

Ich holte meine Harke hinter dem stummeligen Baum hervor und erwog einige Minuten lang das Für und Wider des Hackens und Harkens, während ich zugleich im Kopf meine Lieblingsgemüsesorten Revue passieren ließ.

»Ein Schuppen. Du wirst einen kleinen Schuppen brauchen«, rief Christine und winkte mir durch Gemmas Bäume hindurch von der Straße aus zu. Sie hatte ihre Bommelmütze nicht auf, ein sicheres Zeichen, dass der Frühling vor der Türe stand.

Das Quadrat aus Steinplatten, das mir der vorherige Besitzer hinterlassen hatte, schrie nach einem Schuppen. Eigentlich hatte ich vermeiden wollen, mich auf diese Parzelle festzulegen, doch wenn ich ehrlich war, leuchtete es ein, einen Stauraum für die Geräte zu haben, ganz zu schweigen von der Rückzugsmöglichkeit vor unerwünschten Besuchern.

Ich winkte ihr zu. »Du hast recht. Vielleicht wünsche ich mir einen zum Geburtstag ...« Verdammt. Ich hätte mir die Zunge abbeißen können. Niemand sollte es wissen. Jetzt war mit Luftballons zu rechnen, einem Kuchen mit Kerzen, warum nicht gleich einem Formationsflug der Red

Arrows, die in bunten Rauchfahnen *Happy Birthday* in den Himmel schrieben …

»Du hast Geburtstag, ja?«, hakte Christine nach und eilte neugierig herbei. So, wie ihre Augen aufgeregt hin und her schossen und sie sich an den Lippen knabberte, sah ich ihr an, wie ihr der Kopf vor Geburtstagsplänen schwirrte.

Ich lehnte mich auf die Harke und wackelte energisch mit dem Finger. »Kein Aufhebens, bitte!«

»Wie wär's mit einem Gläschen im Pavillon? Ich hab noch Holunderblütenwein, der getrunken werden sollte.«

Ich presste die Lippen zusammen und schüttelte den Kopf. »Ich trinke nicht.«

»Dann lieber Kuchen zum Tee?«

Sie ließ nicht locker, doch auch ich hatte meine Prinzipien. Ich warf mich ins eigene Schwert. »Wenn du mir versprichst, zu niemandem ein Sterbenswörtchen über meinen Geburtstag zu verlieren, dann übernehme ich das Protokoll bei der Sitzung am Montag. Abgemacht?«

»Abgemacht«, sagte Christine und nickte lebhaft. »Dann lass ich dich mal allein.« Sie wandte sich um. Ihre Jeans waren ihr aus den knöchelhohen Gummistiefeln gerutscht, und sie bückte sich, den Hintern in der Luft, um sie wieder hineinzustopfen, sodass ihr die Steppweste und das Sweatshirt hochrutschten und ihr taillenhohes beiges Höschen zum Vorschein kam, was ich nicht weiter beachtete, da mir in diesem Moment klar wurde, dass wir fast identisch angezogen waren. Bis auf die Kapuze. Eine Kapuze machte einen mindestens zwanzig Jahre jünger, oder?

»Ach so, willst du vielleicht mal nach Charlie sehen?«, keuchte sie in ihrer gebückten Stellung. »Bin gerade an ihm vorbeigekommen, und er schien mich kaum zu registrieren.«

Ich versprach es ihr, auch wenn ich mich fragte, ob das schon wieder einer ihrer Tricks war. Doch die Alternative war, den nächsten Montagabend alleine auf dem Sofa verbringen zu müssen.

Es war mein erster Besuch auf Charlies Parzelle. Sie verfügte über ein nicht mehr ganz neues Gewächshaus, an dem mehrere Scheiben fehlten, den von ihm bereits erwähnten geteerten Schuppen sowie zwei Wasserfässer. Außer einem großen Beet mit irgendwelchem Grünzeug, das mein ungeschultes Auge nicht von Unkraut unterscheiden konnte, schien hier nicht viel zu wachsen.

Charlie war ganz weit weg. Er stützte sich auf seinen Spaten und starrte ins Leere.

»Du wirst noch Wurzeln schlagen, wenn du länger so dastehst«, sagte ich.

Er wirbelte zu mir herum, und für den Bruchteil einer Sekunde sah sein Gesicht so wütend aus, dass mir die Luft wegblieb.

»Tilly! Bin ich froh, dich zu sehen!«

Himmel, von einem Extrem ins andere! Jetzt grinste er wie Dougie nach vier Dosen Red Stripe. Vielleicht hatte ich mich getäuscht. So oder so, mir war unbehaglich.

»Na?« Ich schob die Hände tief in meine Westentaschen und ließ ostentativ den Blick über sein Grundstück schweifen. »Was steht bei dir heute so an?«

Er lächelte versonnen und stieß einen Seufzer aus. »Eigentlich müsste ich Gründünger einarbeiten, aber ich hab keine Lust.«

Igitt! Zu dumm, dass ich gerade gefrühstückt hatte. Ich ließ verschiedene Tierarten vor meinem geistigen Auge Revue passieren, kam aber nicht drauf, welches davon grünen Dung produzierte, und fragte mich, ob mir das Gleiche auf meiner Parzelle blühte. Ich hoffte, mit Pferdeäpfeln davonzukommen. Die rochen schon schlimm genug.

»Kann ich nachvollziehen!«, sagte ich.

Charlie grinste und schüttelte den Kopf. Auch wenn ich nicht wusste, was so komisch war, hatte ich ihn zumindest ein wenig aufgeheitert.

»Solltest du bei dir drüben auch mal versuchen«, sagte er, hob den Spaten hoch und warf ihn wie einen Speer in den Kompost. »Würde das Unkraut in Grenzen halten, bis du weißt, was du anpflanzen willst.«

Ich verzog das Gesicht. »Ich habe nicht den blassesten Schimmer. Dummerweise bin ich nicht mal Gemüsefan.«

Er lachte und sah mich mit seinen kornblumenblauen Augen so lange an, bis ich wegschauen musste. Er verschränkte die Arme, trat von einem Fuß auf den anderen, und seine innere Unruhe war mit Händen zu greifen.

»Na, jedenfalls ...«, fing ich an.

»Tilly«, sagte er im selben Moment.

»Du zuerst«, sagten wir synchron und mussten beide lachen. Ich ermunterte ihn noch einmal mit einem Nicken.

Er stieß einen frustrierten Seufzer aus. »Ich hatte eine schlimme Woche bei der Arbeit«, murmelte er. »Wir sind nach einem Notruf ausgerückt, und einem von uns hat es das Gesicht weggeblasen. Eine Fabrik auf einem Industriegelände. Zwar konnte niemand was dafür, aber ...«

Er ließ die Schultern hängen und kniff für einen Moment die Augen zu. Nur ein Schritt, und ich hätte ihn in die Arme nehmen können. Das war es, was er brauchte; einfach ein bisschen menschliche Anteilnahme. Aber ich schaffte es nicht. Stattdessen berührte ich nur seine Hand.

»Das klingt übel.«

Als er meine Hand ergriff, klopfte mir das Herz bis zum Anschlag. Ich hatte nur den einen Instinkt, sie zurückzuziehen, doch das wäre ungehobelt und wenig einfühlsam gewesen.

»Tilly«, sagte er und sah mir in die Augen. Diesmal wich ich seinem Blick nicht aus. »Weißt du noch, was du gesagt hast, das mit dem Revanchieren?«

Ich merkte, wie ich erstarrte, überwand mich aber und nickte.

»Heute könnte ich wirklich Gesellschaft brauchen. Hättest du vielleicht Lust, mit mir irgendwo Mittag zu essen? Aus reiner Freundschaft? In der Shenton Road gibt es ein Café, die machen die besten Ofenkartoffeln mit Lauch und Schinkenspeck.«

Aus reiner Freundschaft. So hatte es zwischen James und mir auch angefangen.

Charlie spürte offenbar mein Zögern. »Bitte«, sagte er. »Du ersparst mir ein lausiges Fischstäbchen-Sandwich zuhause auf dem Sofa und *Frauenzimmer* in der Glotze.«

Das war eine meiner Post-James-Leibspeisen. Natürlich auf Weißbrot mit jeder Menge Ketchup. Mir knurrte der Magen.

»Aus reiner Freundschaft?«, fragte ich und durchbohrte ihn mit meinem Blick.

»Großes Indianerehrenwort«, sagte er und hielt drei Finger hoch. »Und nebenbei können wir uns überlegen, welche Gemüse du am besten pflanzt.«

»Einverstanden«, sagte ich zum zweiten Mal an diesem Morgen.

Charlie hatte recht: Im Café gab es tatsächlich erstklassige Ofenkartoffeln und dazu brühend heißen Tee in großen, klobigen Henkelbechern. Ich musste mich einfach nur ganz auf das Essen und Trinken konzentrieren und die Tatsache vergessen, dass ich zum ersten Mal seit James mit einem Mann essen ging.

»Ehrlich gesagt, bin ich zu dem Schluss gekommen«, fing ich an, während sich Charlie ein Häufchen Salz auf den Tellerrand streute, »dass es der Mühe nicht wert ist, Gemüse zu ziehen, das man so billig wie Pommes kaufen kann.«

»Du meinst, wie Kartoffeln?« Charlie schnippte seine Salatgarnierung aus dem Weg und spießte sich ein großes Stück dampfende Kartoffel auf die Gabel.

»Genau.« Um meine gesundheitsbewussten Ernährungsgewohnheiten zu betonen, machte ich mich zuerst über den Salat her. »Oder auch Möhren und Zwiebeln. Ich sollte lieber was Teures pflanzen. Das ich als Delikatesse genießen kann.«

Dass solche kulinarischen Genüsse nicht ohne eine entsprechende Cuisine zu haben waren, ignorierte ich. Meine Kochkünste, redete ich mir gut zu, waren einfach nur ein bisschen eingerostet.

»Verstehe«, sagte Charlie mit vollem Mund, den Kopf über den Teller gebeugt.

Er versuchte, sein Lachen zu unterdrücken. Ich begriff, dass ich bei ihm ins Fettnäpfchen getreten war.

»Ach so, das pflanzt du? Tut mir leid.«

»Nein nein, nur zu.« Er hielt grinsend die Hände hoch. »Komm schon, beeindrucke mich mit deinem exotischen Geschmack.«

»Na schön. Also. Wie wäre es zum Beispiel mit Spargel, Zucchini, Champignons, Puffbohnen und Artischocken?«

Er prustete und verschluckte sich an seinem Tee. Ich wartete, bis er sich beruhigt hatte. Vor lauter Selbstbeherrschung bekam er ein rotes Gesicht.

»Soll ich das als ein Nein verstehen?«

Er nickte energisch und hüstelte, bevor er weitersprach. »Das mit den Bohnen ist eine tolle Idee.«

Ich würde ihn nicht fragen, wieso nicht auch die anderen Sorten. Schon jetzt kam ich mir wie der letzte Trottel vor. »Also gut, und was noch?«

»Magst du Zuckermais?«

Ich zuckte die Achseln. Jeder mochte Mais, deshalb konnte man ihn so billig in Dosen kaufen.

»Versuch's mal mit Maiskolben am Grill, ein bisschen Kräuterbutter dazu. Köstlich«, sagte Charlie und küsste sich die Fingerspitzen.

Das klang wirklich gut.

»Was noch?«

»Zwiebeln. Jetzt guck nicht so«, sagte Charlie und zeigte mit dem Finger auf meine Unterlippe. »Die wachsen von selber, und du wirst auch so alle Hände voll zu tun haben. Jedenfalls fällt dir bestimmt eine ausgefallene Sorte ein. Fürs Erste brauchst du wahrscheinlich sowieso nur noch eine weitere Anbaupflanze. Für deine Zucchini, und was weiß ich noch alles, ist es noch zu früh.«

»Und kein Spargel?«, hakte ich enttäuscht nach.

Darauf hatte ich mich wirklich gefreut. In Spanien hatten wir mal einen alten Mann gesehen, der mit einer Handvoll Spargel eine Landstraße entlangkam. James war daraufhin über die Hecke gesprungen und hatte mich mitgezogen, bis wir entdeckten, dass das Zeug wild am Flussufer wuchs. Wir hatten einige mit in unsere Ferienwohnung genommen und uns stangenweise, mit triefender, zerlassener Butter, gegenseitig in den Mund geschoben. Es war vermutlich das romantischste Essen in meinem Leben.

»Das ist nichts für Anfänger«, sagte Charlie freundlich. »Vielleicht später mit ein bisschen Übung.«

»Na gut«, seufzte ich und kratzte den Rest meiner gebutterten Kartoffel zusammen. »Was gibt's zum Nachtisch?«

»Es hat mir unheimlich gutgetan, mit dir zu reden. Meine Kumpels sind toll, aber wir sprechen uns nicht aus. Manchmal hilft nur die Gesellschaft einer Frau«, sagte Charlie, als er mich ein paar Minuten später zu seinem Wagen zurückbegleitete.

Zuvor hatte es ein kleines Gerangel bei der Bezahlung gegeben. Während er versuchte, mich einzuladen, bestand ich auf getrennten Rechnungen.

Ich gewann. Zum Glück.

»Hat mich gefreut.« Charlie öffnete die Beifahrertür, doch ich schüttelte den Kopf. »Wenn du nichts dagegen hast, gehe ich lieber zu Fuß heim.«

Ich fuhr nur mit dem Wagen, wenn es sich nicht vermeiden ließ, und die Hinfahrt war mehr als genug für einen Tag gewesen.

Er nickte versonnen und legte mir die Hand auf den Arm. Ich hielt die Luft an.

Oh! Vermassele es bloß nicht. Verdirb uns nicht ein angenehmes Mittagessen.

»Tilly, ich bin im Moment nicht auf der Suche nach jemandem«, sagte er und blickte dabei kurz zu mir auf. »Aber was ich wirklich brauchen kann, ist Freundschaft. Können wir Freunde sein?«

Ich machte einen Schritt zur Seite, um mich unmerklich von seiner Hand zu lösen.

»Das ist ganz in meinem Sinne.«

Mit einem Lächeln nahm ich Abschied und machte mich auf den Weg. Als er an mir vorbeifuhr, hupte er und winkte mir noch einmal zu. Zugegeben, bei aller Widerspenstigkeit war ich auch ein klitzekleines bisschen pikiert. Doch alles in allem waren seine klaren Worte Musik in meinen Ohren. Er war Feuerwehrmann. Er rettete Leben. Und wenn er sich mit einer platonischen Freundschaft zufriedengeben konnte, war es mir nur recht, ihn um mich zu haben. Blieb nur zu hoffen, dass er seine Meinung nicht änderte.

Kapitel 7

Es war ein Samstagmorgen, und Gott und die Welt rackerten sich in der Ivy Lane ab. Ich wartete noch auf eine interessante Lieferung: Mein funkelnagelneuer Schuppen mit zwei Fenstern, einer Stalltür und einem Satteldach musste jeden Moment kommen. Ich hatte immer noch nichts zum Pflanzen, dafür aber artig mein wöchentliches Unkrautjäten absolviert und war soeben damit beschäftigt, meine schmiedeeiserne Bank cremefarben zu lackieren. Auf dieser Bank würde ich im Sommer im Schatten meines, wie ich inzwischen von Peter erfahren hatte, Apfelbaums sitzen.

Gemma war höchst wahrscheinlich in ihrem Schuppen. Ich hatte sie kein einziges Mal zu Gesicht bekommen, dafür aber Musik gehört wie auch hin und wieder ein unerklärliches Ächzen und ein reißendes Geräusch. Wahrscheinlich verabreichte sie sich gerade eine Gesichtsmaske oder sonst etwas Ungärtnerisches. Ich hatte sie noch nicht gestört, weil sie mich letzte Woche, als ich mit einer Drahtbürste die abblätternde Farbe von der Bank entfernte, mit Geschichten darüber abgelenkt hatte, was passiere, wenn eine Botox-Behandlung danebengehe, und am Ende hatte ich mir einen riesigen Splitter rostiger alter Farbe unter den Daumennagel gezogen.

Wie es der Zufall wollte, erwies sich Karen, die Frau, die das Grundstück nebenan mit der »kamellippigen Shazza« teilte, als Krankenschwester: Sie zog ihn mir heraus und machte mir ein Pflaster drauf. Ich hatte noch nicht ganz herausgefunden, wer zu wem gehörte, doch wie sich zeigte, hatte Peter, unser Nachbar auf der anderen Seite, nichts mit Shazza zu tun. Er war verheiratet, und seine Frau hatte zwar nichts fürs Gärtnern übrig, kochte dafür aber gerne sein exotisches Gemüse. Das war also geklärt.

Natürlich fing mein Daumen trotz der fachmännischen Behandlung zu eitern an, und die ganze Woche musste ich, wenn ich mit dem Fahrrad unterwegs war, mit dem bandagierten Finger klingeln.

Trotz meiner Verletzung verlief mein Geburtstag Mitte der Woche perfekt, das heißt, fast unmerklich, ohne besondere Vorkommnisse. Bis auf den etwas unerfreulichen Streit mit meiner Mutter.

Mum hatte angerufen, um mir zu gratulieren, und sich erboten, mit dem Zug aus dem noblen Kurort Harrogate, in dem sie wohnte, herunterzukommen, um sich mit mir bei Selfridges zum Mittagessen und anschließend zum Kauf eines Geburtstagsgeschenks zu treffen. Meine Absage überraschte sie nicht – in den letzten anderthalb Jahren hatte ich so gut wie jede gesellige Unternehmung ausgeschlagen. Aber dass ich mir zum Geburtstag von ihr einen Schuppen wünschte, verblüffte sie dann doch.

»Liebling, das ist ja wunderbar! Bin ich froh, dass die Idee mit der Hobbygärtnerei Wunder wirkt und du endlich über diese schreckliche Sache mit James hinwegkommst. Es ist an der Zeit, Liebling, wirklich.«

Ach wirklich? Was mir an Unglück zustand, hatte ich

demnach aufgebraucht? Das Kummermeter zeigte jetzt auf »Komm drüber hinweg«? Mitgefühl wurde entzogen. Endlich Schluss damit.

Ich weinte und zeterte, sagte ein paar Dinge, die man im noblen Harrogate nicht sagt, und knallte den Hörer auf.

Sie hatte gut reden, fluchte ich innerlich, möglicherweise auch laut, während ich durchs Haus stapfte und ohne Sinn und Verstand Gegenstände von A nach B trug. Sie und Dad haben mehr als dreißig gesegnete Jahre miteinander gehabt, zeterte ich, während ich meine Pullover-Schublade neu sortierte, um meine Gefühle in den Griff zu bekommen.

Natürlich rief ich sie noch einmal an, entschuldigte mich und versprach ihr, sie noch vor Ostern zu besuchen. Das war der letztmögliche Termin. Danach begann die Saat- und Pflanzzeit. Es juckte mir schon in den Fingern.

An diesem Morgen hatte ich im Pavillon bereits eine unterhaltsame Stunde mit Alfred (dem Mann, der seine Geräte pfleglich behandelte), Peter, dem Vereinsvorsitzenden, und Dougie verbracht, zusammen mit einer Tasse Tee und einem Saatenkatalog. Es war unmöglich, sich von ihrem Enthusiasmus nicht anstecken zu lassen, und so war ich entschlossen, ihrem fachmännischen Rat zu folgen und fürs Erste Mais, Bohnen, Schalotten und eine winzige Sorte Karotten anzubauen. Peter hatte mir vorgeschlagen, auf dem Stück, das ich vorerst nicht benutzen würde, eine Saat für Gründünger auszubringen. Zu diesem Zweck säte man einfach Samen und harkte sie, sobald sie sprossen, unter die Erde – also kein grüner Tierkot, wie ich mit Erleichterung vernahm.

Ich war gerade zur Hälfte mit dem Anstrich meiner Bank

fertig, als ich auf der Straße einen Lkw heranrumpeln hörte.

»Lieferung für Parker?«, rief der Fahrer durchs offene Fenster seines Führerhauses. Ein zweiter Mann glotzte mir vom Beifahrersitz mit dümmlicher Miene entgegen.

Ich winkte, drückte den Deckel auf meine Farbdose und eilte zum Fahrer hinüber, der mir ein Klemmbrett und einen Stift zur Unterschrift hinausreichte. Sein Gehilfe war bereits am Heck des Lkw.

»Wo soll er hin?«, rief der Gehilfe.

Ich trat zu ihm hinter die Ladefläche. Zuvor hatte ich die Platten gründlich gereinigt; jetzt kam es nur noch darauf an, den Schuppen an die richtige Stelle zu rücken.

»Ans Ende, neben die … oh!«

Verdammt sie hatten die Lieferung vermasselt. Statt des Schuppens hatten sie nur einen Stapel Holz hinten drauf. So ein Mist.

»Ich fürchte, da liegt ein Irrtum vor«, sagte ich, »ich habe einen Schuppen bestellt.«

»Das *ist* ein Schuppen. Der kommt als Bausatz«, sagte der Fahrer.

»Steht klipp und klar auf der Homepage«, bekräftigte sein Kumpel.

Verarscht! Während ich ihnen dabei zusah, wie sie die riesigen Holzpaneele zu meinem Ende der 16 schleppten, lösten sich meine Träume, bis zum Mittag in meinem Schuppen zu sitzen, in Wohlgefallen auf. Traurig sah ich dem Lkw auf dem Rückweg zum Tor hinterher und zermarterte mir das Hirn nach einem neuen Plan, als, wie eine überirdische Erscheinung, Shazza aus der Staubwolke hinter dem Laster auftauchte und mit energischem Schritt in meine Richtung kam. Sie hatte einen Bohrer in der einen Hand, und in der anderen schwang sie einen schweren Hammer mit kurzem Stiel.

Ich hatte ein klitzekleines bisschen Angst vor Shazza.

»Na, wie wär's? Willst du lernen, wie man damit umgeht?«, fragte sie mit siegesbewusstem Lächeln.

Mir schwante nichts Gutes, doch die Rettung nahte, als Gemmas Schuppentür aufflog und ein junger Mann von vielleicht zwanzig Jahren in marineblauer Regenjacke mit stolzer Miene heraustrat und – war das zu fassen? – sich an die Eier fasste, *Die Eier!* Offenbar waren sie der Grund seines Stolzes, und er murmelte: »Mann, die spür ich mit Sicherheit noch heute Abend.«

Ich blickte dem jungen Don Juan hinterher, der o-beinig die Straße entlangstakste und an der Parzelle neben Charlies stehen blieb.

Erst jetzt erkannte ich ihn wieder: Er teilte sich einen Garten mit einer älteren Frau. Eine Mutter-Sohn-Kombi vermutlich, oder auch nicht. Vielleicht war er aber auch der jugendliche Liebhaber? Was auch immer.

Inzwischen hatte sich auch Gemma draußen blicken lassen. Anmutig zog sie Lauchstangen aus der Erde und drapierte sie in einem hübschen Weidenkorb. Sie spähte herüber und winkte.

»Neuer Schuppen? Toll!«, rief sie.

Ich rang mir zwar ein Lächeln ab, war jedoch um Worte verlegen. Um meine Verwirrung zu verbergen, kehrte ich ihr den Rücken und klinkte mich wieder in Shazzas Monolog über Suffragetten und Akku-Elektrogeräte ein.

Eine schlappe Stunde später war der Boden des Schuppens montiert und sämtliche Paneele jeweils an der richtigen Stelle bereitgelegt. Shazza hatte sich so richtig warmgelaufen, und ich wagte nicht mich zu rühren und mir etwas zu trinken zu holen.

»Also dann«, sagte sie und ließ ihren Bohrer aufheulen, »richten wir als Erstes die Rückseite auf. Schon mal mit so einem Ding hantiert?«

Nein, seltsamerweise noch nicht. Meine Do-it-yourself-Erfahrung beschränkte sich bis jetzt darauf, mit einem Imbusschlüssel ein Ikea-Bücherregal aufzustellen. Ohne Akku.

Beschämt schüttelte ich nur den Kopf. Mit meiner ausgedörrten Zunge traute ich meiner Artikulation nicht mehr über den Weg.

Sie packte mir den Bohrer in die Hände. »Dann machen wir erst mal einen Probelauf«, sagte sie und griff zu einem Stück Holz und einer Schraube.

»Jetzt brauchst du nur noch …« Sie legte mir von hinten die Arme um die Schultern, um meine Hände zu führen. Ich hörte etwas, das nach Hüsteln klang oder genauer gesagt nach einem amüsierten Prusten von Gemma, und kniff die Augen zu. Wie war ich nur in diese seltsame Lage geraten?

»Dann ziehst du am Hahn, zuerst nur sachte …«

»SHAZZA!«

Shazza machte einen Satz zurück, als habe sie sich an mir verbrannt. Ich stieß einen Seufzer der Erleichterung aus, und als wir uns umdrehten, sahen wir Karen auf dem Pfad hinter uns, je einen Henkelbecher in beiden Händen. Die Wangen der Krankenschwester waren gerötet, und sie schien kurz davor loszuheulen.

»Ich bringe euch beiden nur was zu trinken, aber wie ich sehe, seid ihr schon anderweitig beschäftigt«, brachte Karen mit zittrig schriller Stimme heraus.

»Ich wollte dem Mädel doch nur helfen, Liebes. Kein Grund zur Sorge.« Mit einem Satz war Shazza an Karens Seite und strich ihr besänftigend übers Haar.

Und bei mir fiel der Groschen. Ich hatte sie für Freundinnen oder Schwestern gehalten. Jetzt nicht mehr.

Hilfesuchend drehte ich mich zu Gemma um, und unsere Blicke trafen sich. Doch das mit der Hilfe konnte ich vergessen, vor Lachen machte sie sich fast in die Hose.

Mit wenigen Schritten war ich bei ihr und kam mit strenger Lehrermiene sofort zur Sache. »Was läuft da eigentlich? Stichwort ›Schuppen‹.«

Sie wurde blass, geschah ihr recht.

»Wer hat dir davon erzählt?«, murmelte sie.

Ich verzog das Gesicht. »Ich hab Augen im Kopf, du warst nicht unbedingt diskret.«

»Ach so.« Sie schien enttäuscht. »Na ja, hätte ich gewusst, dass du kommst, hätte ich es natürlich nicht getan.«

Ich stöhnte. Wer sollte so was glauben? »Es geht hier doch nicht um mich, Gemma, was ist mit Mike?«

»Der weiß Bescheid. Am Ende war die ganze Familie beteiligt.«

Moment mal, was?

»Außerdem stand es mir irgendwie zu.« Sie stemmte die Hände in die Hüften und blickte mir mit ihren blauen Augen trotzig ins Gesicht. An diesem schönen Frühlingstag zierte ein dünner rosafarbener Reif ihr Haar. »Nach allem, was der Mann mir zugemutet hat.«

»Wer, Mike?«

»Nein, dieser grässliche Frank Garton.«

»Gemma, ich versteh nur noch Bahnhof.«

»So wie er ständig irgendwelchen Mist auf meiner Hälfte

abgeladen hat und dann diese zwielichtigen Treffen in seinem Schuppen. Bis er endlich verhaftet wurde, hatten wir hier fast wöchentlich die Polizei.«

Sie schüttelte den Kopf. Ich auch, weil ich keinen Schimmer hatte, was sie da faselte.

»Und als wir ihn endgültig los waren, haben Mike, ich, Mum und Dad seinen Schuppen kassiert. Das heißt, deinen Schuppen.« Sie nagte an ihrer Lippe und blickte mich stirnrunzelnd an.

Bis mir dämmerte, was sie mir sagen wollte, dauerte es eine Weile.

»Das hatte ich nicht gemeint! Ich meinte den Jungen, der eben aus deinem Schuppen kam und sich sein bestes Stück hielt.«

»Du liebe Güte, Tilly!« Sie grinste übers ganze Gesicht. »Wieso hast du das nicht gleich gesagt?« Sie packte mich am Arm und zog mich in ihr Etablissement. Dort lag ein Strandtuch auf dem Boden, und ich gab mir Mühe, nicht mit den lehmigen Stiefeln darauf zu treten.

»Schwörst du, niemandem etwas davon zu sagen?«

Als ob ich irgendjemanden hätte, dem ich etwas ausplaudern könnte. »Ich schwör's.«

Sie beugte sich mit einem schelmischen Grinsen herüber. »Das war Colin. Er hat drüben auf der anderen Seite eine Parzelle zusammen mit seiner Mum.«

Ich nickte, obwohl ich nicht so recht verstand, was das erklären sollte.

»Er arbeitet als Pin-up-Model. Aber seine Mum weiß nichts davon.«

Mir lag schon eine Bemerkung auf der Zunge, danach sähe der Junge gar nicht aus, aber was wusste ich schon?

»Im Gegenzug für erbrachte Leistungen übernimmt er die meisten Gartenarbeiten für mich. Aber sag das ja nicht meiner Mum.« Sie wackelte mit dem Finger. »Siehst du?« Sie hielt eine Tragetasche hoch und zeigte mir den Inhalt: mehrere benutzte, mit Schamhaar bedeckte Kaltwachsstreifen. »Ruck-zuck-unten-ohne.«

Mir blieb die Spucke weg. Die bloße Vorstellung trieb mir die Tränen in die Augen.

»Mum wollte unbedingt, dass ich eine Parzelle übernehme, und, nicht dass wir uns falsch verstehen, ich liebe frisches Gemüse und so, außerdem ist es gut, wenn Mia sieht, wo das Essen herkommt. Aber in der Erde zu wühlen, darauf habe ich echt keinen Bock. Mal ganz abgesehen davon, dass schwarze Ränder unter den abgebrochenen Fingernägeln für eine Kosmetikerin ziemlich berufsschädigend wären.«

Sie sah mir ernst in die Augen und wartete auf meine Reaktion. Doch ich bekam einen solchen Lachanfall, dass ich gar nicht mehr aufhören konnte, und dann fiel auch Gemma ein, und ich kann in aller Aufrichtigkeit sagen, dass ich seit Monaten nicht mehr so glücklich gewesen war. Schließlich wischten wir uns die Tränen aus den Augen und fielen uns um den Hals. Sie roch nach Blumen und Kokosnussöl.

»Du bist genial, Gemma«, sagte ich.

»Dann bist du nicht sauer auf mich, wegen dem Schuppen und so?«

Ich schüttelte den Kopf. »Nein, mein neuer ist viel schöner. Nicht böse gemeint.«

Sie zuckte gutmütig die Achseln. »Das ist auch nicht so angekommen.«

Durchs Fenster erhaschte ich einen Blick auf Shazza und Karen, die über der entfalteten Bauanleitung für den Schuppen brüteten. Vielleicht hatte ich ja Glück, und sie erledigten die Montage ohne mich.

»Hey, Gem?«, fragte ich und ließ mich in ihren zweiten Liegestuhl fallen. »Machst du mir eine Maniküre?«

Sie klatschte vergnügt in die Hände und griff nach der Nagelfeile. Emmeline Pankhurst würde sich im Grab umdrehen.

Kapitel 8

Die späte Märzsonne flutete mir so blendend in meinen Zweitwohnsitz, dass das Anbringen der Gardinen einem russischen Roulette mit Hammer und Nagel glich.

Fertig.

Mit einem hörbaren »Tadaa!« trat ich zurück und bewunderte meine Arbeit. Der geblümte Stoff war das i-Tüpfelchen und verlieh meinem Schuppen zusammen mit dem alten Regal und dem Gartenstuhl eine ziemlich behagliche Atmosphäre. Ich trat vor die Tür, um mein neues Eigenheim von außen zu bewundern.

Der Schuppen hatte einen Anstrich in zartem Wedgwood-Blau verpasst bekommen – ein Geschenk von Gemma (über Roy, den sie zu der eigentlichen Anstricharbeit verdonnert hatte), zur Wiedergutmachung für die Konfiszierung des von Mr. Garton hinterlassenen alten Schuppens.

Der Anblick war überwältigend. Vielleicht war ich nicht ganz objektiv, aber mein Schuppen war definitiv der schönste in der ganzen Ivy Lane.

Ein Heim liebevoll einzurichten, das hatte mir, wie ich jetzt merkte, gefehlt. Mein gemietetes Reihenhaus war nett und genau das Richtige für meine Situation, wenn auch ein wenig seelenlos. Nach dem Verkauf unseres alten Hauses stand mir einfach nicht der Sinn danach, ein neues Heim einzurichten, und so hatte ich mich von den meisten Möbeln und Bildern getrennt. Und obwohl es zunächst ein wenig kahl und zweckmäßig ausgesehen hatte, bereitete es mir weniger Schmerz, als von lauter Erinnerungen an glücklichere Zeiten umgeben zu sein. Vielleicht war aber jetzt der Moment gekommen, um dem Haus meinen Stempel aufzudrücken, indem ich vielleicht ein Zimmer neu anstrich oder was auch immer.

Doch an diesem Tag war ich vollkommen zufrieden damit, an meiner Parzelle zu arbeiten. Es war ein prächtiger Frühlingsmorgen, ich hatte eine lange Liste von Erledigungen hier draußen, bevor ich übers Wochenende zu meiner Mum fuhr. Bis zu den Osterferien war es nur noch eine Woche, und ich hatte die Schule schon drei Monate überlebt. Ich durfte wirklich mit mir und der Welt zufrieden sein.

Auf dem Wandregal stand eine Dose mit selbstgemachten Erdnuss-Flapjacks. Auch wenn ich nicht die begnadetste Bäckerin war, hatte ich über das Leben in einer Kleingartenanlage eines gelernt: Es gab fast nichts, was man nicht tauschen konnte. In einem Karton waren klitzekleine Frühlingszwiebeln, die zu pflanzen waren, und so hoffte ich auf ein paar Geheimtipps und, wer weiß, vielleicht sogar ein Hilfsangebot.

Die Kekse in der Hand, begab ich mich auf die Suche nach Freiwilligen.

Die beiden benachbarten Parzellen waren an diesem Morgen verwaist, und der erste Hobbygärtner, den ich erspähte, war Nigel in seinem Gewächshaus, an einem Tisch, den er aus einer alten Küchenarbeitsplatte gebastelt hatte.

Er steckte mit beiden Händen bis zu den Gelenken in samtschwarzem Mutterboden, während er mit dem Hintern wackelte und »Copacabana« von Berry Manilow sang. Offenbar war ich an diesem Morgen nicht die Einzige mit Frühlingsgefühlen. Ich räusperte mich und wartete, bis er mich bemerkte.

Nigels Grundstück war für einen blutigen Anfänger wie mich äußerst ambitioniert. Ein Musterbeispiel an militärischer Präzision – kaum verwunderlich, wenn man bedachte, dass Nigel Offizier im Ruhestand war: Hochbeete, schnurgerade Pfade, eine Phalanx tadellos sauberer Komposter und Beete, auf denen jedes Unkraut schon im Keim erstickt zu werden schien.

»Tilly!« Es schien ihm nicht das Geringste auszumachen, sich bei seinem lauten Gesang mit dickem amerikanischen Akzent ertappen zu lassen, was ihn mir umso sympathischer machte. »Guten Morgen, bin gerade dabei, meine Stangenbohnen einzutopfen.«

Ich meinerseits hatte mich für Saubohnen entschieden und sie bereits erfolgreich unter die Erde gebracht. Eine Doppelreihe runzliger alter Bohnen, die ich in eine schmale Furche fallen lassen und anschließend wieder mit Erde bedeckt hatte. Es waren die Bohnen für Anfänger, hatte ich mir sagen lassen, und so war ich guter Hoffnung. Der kniffligste Teil war das Markieren der Reihen mit Stöckchen und Bindfaden gewesen. Ich hatte mich der Nigel-Schule im Gärtnern angeschlossen; krumme Linien waren streng verboten.

»Flapjacks?«

Nigel zog sich in Windeseile die Gartenhandschuhe aus und fand mit sicherem Griff das größte Stück.

»Meine Frau war eine hervorragende Köchin«, seufzte er. »Ich vermisse Selbstgebackenes.«

Armer Nigel. Von Christine, der sprudelnden Wissensquelle, hatte ich erfahren, dass er seine Frau vor ein paar Jahren verloren hatte. Die Parzelle in der Ivy Lane war ihre gemeinsame Leidenschaft gewesen. Wie schön, ein solches Hobby miteinander zu teilen. Ich zermarterte mir das Hirn nach vergleichbaren gemeinsamen Interessen zwischen James und mir, doch außer Tequila-Slammer fiel mir auf die Schnelle nichts ein – ein wenig dürftig, um darüber gemeinsam alt zu werden, oder? In letzter Zeit trank ich sogar überhaupt nicht mehr.

»Nimm dir noch einen Keks auf Vorrat«, ermunterte ich ihn. Er ließ sich nicht lange bitten und legte den zweiten auf eine saubere Fläche seiner Werkbank. »Ich setze heute Schalotten, irgendwelche Tipps?«

Nigel hörte zu kauen auf und zog die Stirn in Falten. *Komm schon, Nigel,* drängte ich ihn stumm, *du hast doch nicht wirklich geglaubt, es gäbe Kekse umsonst.* Er schluckte.

»Ah. Ja«, sagte er schließlich. »Achte darauf, dass die Spitzen aus dem Boden ragen.«

Er schob sich den Rest des Kekses in den Mund und hob eine Hand. »Und danke.«

Abtreten.

Ich machte kehrt marsch, widerstand der Versuchung zu salutieren und ging. Das Grundstück Nigel gegenüber beackerte eine ältere Frau; zwar hatte ich sie noch nie aus der Nähe gesehen, aber bei mehreren Gelegenheiten war mir ihre Pelzkappe mit Ohrenschützern aufgefallen, die sie zu einer kastenförmigen, grobgestrickten Jacke trug, wenn sie sich in ihrem Garten zu schaffen machte. Das Fenster in ihrem Schuppen war von innen mit Spitzengardinen und von außen mit einer Reihe Terrakottatöpfen geschmückt, in denen gerade Tulpen und Stiefmütterchen blühten. Das Grundstück war sauber umgegraben und wurde von einem Folientunnel in der Mitte beherrscht, doch von besagter Dame war weit und breit nichts zu sehen.

Auf der Parzelle neben Nigels liefen vier Kinder herum, alle im Kindergartenalter, zumindest anzunehmen, da es ein Schultag war. In diesem Moment kam eine Frau aus dem Schuppen: langes rotes Haar, roter Lippenstift, schwarzer Rollkragenpullover. »Tachchen!«, rief sie mir zu. Erstaunlich, aber sie war mir zuvor noch nie aufgefallen.

Zwecklos, sie um Hilfe zu bitten. Mit den Kindern hatte sie auch so schon alle Hände voll zu tun. Doch ich war gut gelaunt und konnte, wenn es die Situation erforderte, inzwischen wieder kontaktfreudig sein. Also bog ich auf den Pfad ab und stellte mich vor. Ich erfuhr, dass Brenda normalerweise nur früh morgens vor der Arbeit zum Grundstück rauskam – sie führte ihr eigenes Catering-Unternehmen – doch heute war ihr Lieferwagen in der Werkstatt, und so hatte sie sich den Tag freigenommen. Sie trug immer nur schwarz, nicht etwa, stellte sie klar, weil sie in Trauer war, sondern weil es ihr mit drei Kindern das Leben leichter machte. Dies alles erfuhr ich wie in einer einzigen Salve, sie sprach wie ein Maschinengewehr und holte kaum einmal Luft.

»Diese Bande«, sagte sie, während sie zwei Kekse nahm, in zwei Hälften brach und auf die kleinen Kinderhände um sie herum verteilte, »das sind meine Enkelkinder. Alles in allem habe ich acht.«

Ein wenig alarmiert, suchte ich die Gartenanlage ab. Ich hatte den Flapjack nur in neun Stücke zerteilt.

Sie streichelte den beiden Kleinsten übers Haar und sah mich freundlich an. »Und was ziehen Sie dieses Jahr?«

Ich brachte sie auf den derzeitigen Stand der Dinge, der neben den Saubohnen zwölf Töpfe Mais beinhaltete, zur Vorzucht auf die Fensterbank meines Gästezimmers gestellt (der sonnigsten Stelle im Haus), und nicht zu vergessen eine breite Reihe Karottensaat neben den Bohnen.

Insgeheim rechnete ich Karotten, selbst die Babykarotten, für die ich mich entschieden hatte, zur nutzlosen Kategorie. Sie waren im Laden so billig zu haben, aber nachdem mir so viele Leute geraten hatten, es einmal mit ihnen zu versuchen, hatte ich kapituliert. Charlies Rat hingegen hatte ich ignoriert.

»Sieh zu, dass du alle Steine loswirst. Wenn eine Babykarotte auf einen Stein trifft, spaltet sie sich und bekommt Beine«, hatte er mich gewarnt.

Umso besser, jede Auffälligkeit machte sie nur interessanter. Außerdem stand die Plackerei in keinem Verhältnis zu ein paar läppischen Karotten. Das Umgraben mit meiner neuen Gabel war schweißtreibend genug gewesen. Der eigentliche Grund, weshalb ich an diesem Morgen nach einer hilfreichen Hand Ausschau hielt, war der Umstand, dass mir nach dem ganzen Graben immer noch der Hintern wehtat.

»Ich ziehe Kartoffeln«, sagte Brenda und zeigte auf ein paar struppige Pflanzen, offenbar das Einzige, das hier wuchs.

Nur Kartoffeln? Ich war froh, dass ich meine Philosophie über Billigware noch nicht zum Besten gegeben hatte.

»Die Pflanzsaison beginnt am Karfreitag, ich hab also alle Hände voll zu tun«, sagte sie. Ihre Nägel waren lang und dunkelrot lackiert. Gemma hätte ihre Freude daran gehabt.

»Auch wenn mir die Früherernte nicht so wichtig ist; ich konzentriere mich eher auf die Hauptsaison. Hab eine Weile gebraucht, bis mir das klar wurde. Als ich hier anfing, habe ich diese winzigen Kartöffelchen gepflanzt. So klein, dass man sie sich in die Nasenlöcher stecken konnte«, sagte sie und demonstrierte das Gemeinte mit den Zeigefingern.

Ich nahm Abschied und ging zur Parzelle gegenüber Brendas weiter, auf der ein Mädchen mit seidigem Haar und in Jeans-Latzhose zwischen Reihen von Kohl mit wild verschlungenen Blättern die Erde hackte. In einem geschickt verknoteten Tuch trug sie ein Baby vor der Brust. Das Baby hatte ich schon einmal gesehen, doch diesmal war es wach und blickte mir über das Tuch hinweg mit zwei dunkelbraunen Augen entgegen. Bei dem Anblick blieb ich unwillkürlich stehen, und es verschlug mir den Atem – was für ein wunderschönes Gesicht. Was für ein perfektes kleines Wesen, das sich da vollkommen zufrieden an seine Mutter schmiegte. Es juckte mir in den Fingern, diese samtweiche Haut zu berühren. Die Frau – schätzungsweise Mitte zwanzig – blickte auf, lächelte freundlich und beugte sich wieder über ihre Arbeit. Wenn ich hätte raten sollen, hätte ich auf Chinesin getippt. »Was für ein wunderschönes Kind«, sagte ich. »Junge oder Mädchen?«

»Mädchen.«

Offenbar nicht auf Smalltalk aus. Kein Problem.

»Magst du vielleicht einen Flapjack?« Ich hielt ihr die Dose hin.

Sie sah mich unter ihrem dunklen Pony hervor an und schüttelte den Kopf. »Wir essen keinen Zucker.« Und nach einer kurzen Pause fügte sie hinzu: »Aber danke.«

»Okay, tschüss.« Ich zuckte die Achseln und ging.

Hinter mir ertönte ein leises »Hmm«, gefolgt von einem noch leiseren: »Ich schon.«

Als ich mich umdrehte, stand die Frau vor mir, die ich wegen der Pelzmütze für ein älteres Semester gehalten hatte, und blickte mir vom Rand ihrer Parzelle aus schüchtern entgegen. Heute trug sie keine Kopfbedeckung, und ich stellte fest, dass sie höchstens fünfzig sein konnte. Sie war zierlich, hatte schulterlanges graublondes Haar und die Körpersprache einer Maus.

»Ich meine, ich esse Zucker«, sagte sie.

Gott sei Dank, ein Verbündeter in Sachen ungesundes Essen! Ich hielt ihr die Dose hin, doch da sie in beiden Händen mehrere Töpfe hielt, lud sie mich mit einer Kopfbewegung ein, ihr in den Folientunnel zu folgen.

Drinnen schlug mir wohlige Wärme und wucherndes Grün entgegen.

»Blumen«, sagte sie und deutete mit einer ausladenden Handbewegung über ihr kleines Reich. »Auf meiner Parzelle ziehe ich nur Blumen. Ich mache mir nichts aus Gemüseanbau, ich esse nicht viel. Außer Kuchen. Aber meine Blumen bereiten mir große Freude.«

»Was sind das für welche?« Ich zeigte auf einen Karton mit der Aufschrift »Zum Tauschen«, der mit lauter kleinen getopften Pflanzen gefüllt war, soweit ich sehen konnte, alle verschieden.

»Die sind für den Setzling-Tausch am Sonntag.«

Ich hatte den Anschlag am Pavillon gesehen. Demnach konnten die Hobbygärtner ihren Überschuss an Setzlingen miteinander tauschen. Ich hatte nicht darauf geachtet; für einen Neuling war das wohl noch zu hoch. Dennoch eine hübsche Idee, wenn man auf gesellige Anlässe stand.

Ich tauschte mit Liz die Namen aus, reichte ihr einen Flapjack und setzte meinen Weg zum anderen Ende der Gartenanlage fort.

So weit war ich noch nie gekommen. Auf seinem Grundstück entdeckte ich Alf, der sich von einem Stuhl herunterbeugte und Erde von einer Schaufel schabte.

»Gebraten«, war Alfs Antwort auf die Frage nach Tipps für Schalotten. »Wie Knoblauch, im Ganzen, zu Fleisch. Köstlich.«

Nicht ganz, was ich hatte wissen wollen, doch als Zugabe bekam ich für einen Flapjack noch ein paar Erzeugnisse seiner Gärtnerkunst. Für den März war es schon recht warm, und so zog ich meine Steppweste aus und war einfach nur dankbar für das, was ich hatte. Wo sonst gab es das alles zusammen – frische Luft, freundliches Geplänkel, einen Arm voll Grünkohl und das alles an einem stinknormalen Freitagmorgen?

Beschwingt und entschlossen, es jetzt selbst mit Schalotten zu versuchen, kehrte ich mit meiner grünen Beute zur 16B zurück.

Auf meinem Pfad machten sich ein paar Unkräuter breit, und so beschloss ich, den Anfängen zu wehren, bevor ich mich ans Pflanzen machte. Sorgsam sprühte ich, darauf bedacht, nicht versehentlich etwas Gepflanztes zu erwischen, jedes Kräutlein einzeln ein. Bei völliger Windstille bestand keine Gefahr, dass sich das Spray über andere Parzellen ausbreitete, doch ich wollte auf Nummer sicher gehen.

Schalotten waren schon ein seltsames Unterfangen. Kaum der Mühe wert, dachte ich, als ich wenig später in meinem Schuppen die braunen Zwiebeln durch die Hände rieseln ließ. Wieso sie nicht einfach gleich essen? Wenn sie in einigen Monaten erntereif wären, würden sie mit Sicherheit nicht anders aussehen als jetzt. Um meinen guten Willen zu zeigen, harkte ich den Boden ein wenig durch und drückte die Zwiebeln in die Erde. Ich war noch nicht lange bei der Arbeit, als ich Gemma hinter mir spürte.

»Wie nett von dir, mir deine Hilfe anzubieten«, sagte ich, ohne mich umzudrehen.

»Im Prinzip liebend gerne, aber ich hab heute Nachmittag eine Ganzkörpermassage auf dem Terminplan, da muss ich mit meinen Kräften haushalten. Frag Colin.«

»Nein danke. Jedenfalls nicht, wenn ich dafür an seinen Weichteilen hantieren muss.«

Gemma kicherte, ich drehte mich um und hob nur vielsagend die Augenbrauen.

»Biete ihm doch was anderes an.«

»Wie zum Beispiel, ihm eine Osterkarte für seine Mum zu basteln?« Einem Pin-up-Model wie ihm hatte ich als Lehrerin zweifellos weniger zu bieten als meine Kosmetikerin-Freundin.

»Wer weiß«, sagte Gemma und quiekste. »Sieh mal, Tills!« Sie zeigte auf mein Karottenbeet.

Ich hatte noch ein Hühnchen mit ihr zu rupfen. Gemma brachte es tatsächlich fertig, meinen Spitznamen zu verhunzen. Ich verdrehte die Augen und stand auf, um zu sehen, was sie in solche Euphorie versetzte.

Gemma legte mir den Arm um die Taille und drückte mich. »Nicht schlecht, der Specht!«

»›Blindes Huhn findet auch ein Korn‹, trifft es wohl eher!«, korrigierte ich sie und strahlte bis über beide Ohren.

Ich hatte es geschafft! Meine Karottensaat ging tatsächlich auf und zeigte das erste frische Grün. Ich hatte etwas in die Erde eingebracht und würde zu gegebener Zeit die Früchte ernten. In diesem Moment war ich stolz wie Oskar.

Wenn ich mich mit der Tilly vor einem Jahr verglich, dann war es ein Unterschied wie Tag und Nacht. Der Anblick des leuchtend grünen Karottenkrauts trieb mir das Wasser in die Augen.

Es war ein Wunder, doch Parzelle 16B erwachte zu neuem Leben. Und als ich Gemmas Umarmung erwiderte, dämmerte mir, dass man dasselbe vielleicht auch von mir sagen konnte.

Kapitel 9

Kaum war ich im Garten fertig, machte ich mich in Windeseile zum Bahnhof auf.

Ich genoss die Zeit bei meiner Mum in Harrogate. Auch wenn wir uns nicht so nahestanden wie Gemma und ihre Eltern, waren wir hin und wieder sehr gerne zusammen. Wir stöberten stundenlang in den Geschäften am Montpellier Hill (sie kaufte Spitzenhöschen, zu denen ich mir jeden Kommentar verkniff), gönnten uns am Nachmittag etwas Kalorienreiches in Betty's Tea Rooms und machten es uns am Abend miteinander auf dem Sofa bequem, mit einer Tafel Vollmilchschokolade und einer Staffel *Downton Abbey*.

Im Laufe des Wochenendes erzählte ich ihr von meinem neuen Leben in Kingsfield: lustige Anekdoten über die Kinder in meiner Klasse, Geschichten über meinen Siegeszug auf der Parzelle und sogar eine etwas ausgeschmückte Version meiner Karriere als Protokollführerin bei den Vorstandssitzungen – als Zeugnis dafür, wie gut ich mich wieder in die Gesellschaft einfügte. Es klang alles überaus positiv, sogar in meinen eigenen Ohren. Und es verfehlte nicht die gewünschte Wirkung: Nur ganze zwei Mal erwähnte Mum den reizenden, ledigen jungen Mann vom örtlichen Verband für Heimatkunde, und dankenswerterweise beschränkte sie ihre Kommentare zu den Anrufen von James' Eltern auf ein Minimum. Sosehr ich sie beide vermisste, war ich im Moment noch nicht bereit, wieder mit ihnen in Verbindung zu treten.

Als ich am Sonntagnachmittag wieder im Zug saß, winkte sie mir zum Abschied hinterher und versprach mir, mich zu besuchen, sobald ich ein Bett für sie im Gästezimmer hätte. Sie liebte ihre einzige Tochter, doch der Verzicht auf Komfort hatte seine Grenzen.

Kaum hatte der Zug den Bahnhof verlassen, merkte ich, wie mir die Ohren brannten und der Schädel brummte. Als ich in Kingsfield eintraf, stellte ich fest, dass ich Fieber hatte.

Am Montagmorgen wachte ich schweißgebadet auf und konnte nur mit größter Mühe zum Telefon greifen und mich bei der Schulleitung krankmelden. Drei volle Tage vergingen in einem Nebel aus Schlafen, Schmerzen und Paracetamol, bis am Mittwoch das Schlimmste überstanden war und ich meinen Schuldienst wieder antreten konnte.

So kam es, dass ich erst am Ostersamstag, dem ersten Ferientag, wieder an meine Parzelle dachte. Was mochte inzwischen aus meinen Karotten geworden sein! Die Bohnen hätten längst an Stangen gehört, und inzwischen mussten eigentlich auch die Zwiebeln ihre ersten Sprossen zeigen.

Ich machte das Fernsehen aus, schlüpfte aus dem Pyjama und packte hastig einen Beutel mit Pringles-Keksen und Orangensaft. Erst als ich mein Rad die Eingangsstufen hinuntermanövrierte und hinter mir abschließen wollte, fiel mir ein, was ich vollkommen vergessen hatte.

Mist, der Mais!

Diese armen kleinen Pflänzchen im Gästezimmer hatte ich zum letzten Mal vor meinem Aufbruch nach Harrogate gegossen. Ich ließ mein Fahrrad stehen, schoss noch mal ins Haus zurück und befürchtete das Schlimmste.

Da waren sie: Zwölf weiße Plastikbecher, die ich aus dem Lehrerzimmer mitgehen lassen hatte. Vernachlässigt, ruiniert.

Die Komposterde war nach der langen Dürreperiode zu Staub vertrocknet. Zehn Samen waren dennoch aufgekeimt, nur um zu verschrumpeln und ein frühes Ende zu nehmen.

Ich haderte mit mir. Jetzt musste ich von Neuem anfangen. Was für eine Zeitverschwendung!

Ich schwächelte noch von meiner Krankheit, was wohl meine Überreaktion auf ein paar vertrocknete Sämlinge erklärte. Doch ich verstand die Zeichen; derzeit konnte mich der kleinste Rückschlag in eine düstere Stimmung versetzen, und es galt, diesen Rückfall so schnell wie möglich zu überwinden.

Auf dem Weg zur Ivy Lane redete ich mir innerlich gut zu. Mir war nur ein kleiner Schnitzer unterlaufen, ein typisches Anfänger-Missgeschick, kein Grund für Selbstvorwürfe, ganz abgesehen davon gab es ja auch noch Dosenmais.

»Morgen, Tilly«, rief mir Dougie von der Picknickbank vor dem Pavillon zu, als ich an ihm vorüberfuhr. »Endlich mal ein bisschen Sonne nach all dem Regen diese Woche!«

»Kann man wohl sagen!«, rief ich zurück. Hatte es geregnet? In meinem Zustand hatte ich nichts davon bemerkt. Andererseits war Regen eine gute Sache; wenigstens hatten meine übrigen Pflänzchen in meiner Abwesenheit keinen Wassermangel erlitten. Ich konnte es kaum abwarten, mich selbst davon zu überzeugen.

Doch ich kam nicht weit, denn in diesem Moment winkte mich Christine mit beiden Armen heran, und so machte ich widerstrebend neben ihrem Grundstück Halt.

»Setzling-Tausch, Tilly, morgen, nicht vergessen«, sagte sie in einem Ton, als sei meine Teilnahme selbstverständlich.

Ich schüttelte den Kopf. »Vielleicht nächstes Jahr. Als blutige Anfängerin kann ich meine Ausbeute niemandem zumuten.«

Ich murmelte etwas davon, ich müsse dann mal weiter, um nach meinen Karotten zu sehen, offenbar ein überzeugendes Argument, denn sie ließ mich widerspruchslos ziehen. Am Ende seiner Parzelle stand Charlie mit verschränkten Armen. Auch wenn ich meine Gefühle auf absehbare Zeit auf Eis gelegt hatte, konnte ich mir einen wohlgefälligen Blick von seinen kernigen Arbeitsstiefeln zum weißen T-Shirt hinauf, das verführerisch an der breiten Brust und dem Bizeps spannte, nicht verkneifen. Sein verdrießliches Gesicht allerdings holte mich auf den Boden der Tatsachen zurück.

»Ach, da bist du ja wieder.« Damit machte er kehrt und marschierte zu seinem Gewächshaus.

Bei diesem Tempo würde ich es nie zu meiner Parzelle schaffen, stellte ich fest und folgte Mr. Schmollmund seufzend auf den Pfad.

»Alle Achtung!«, sagte ich, um das Eis zu brechen. »Du warst aber fleißig!«

Jede Arbeitsfläche, jedes Regalfach und jeden Zentimeter

auf dem Boden nahmen Setzkästen ein, aus denen buschige Jungpflanzen sprossen. Ich hatte noch nie viel von Gewächshäusern gehalten und sie allenfalls mit Tomaten in Verbindung gebracht. Falls ich nächstes Jahr noch hier war, würde ich die Sache vielleicht überdenken.

»Ich hatte gehofft, wir wären Freunde«, sagte Charlie, ohne mich anzusehen. Er nahm einen Setzkasten und machte sich daran, die Sämlinge einen nach dem anderen zu pikieren.

»Ah«, sagte ich und knuffte ihn scherzhaft, »sind wir auch. Hast du mich vermisst?«

»Ich hab dich seit Wochen nicht zu Gesicht bekommen.«

»Ich war krank.« Er starrte mich an und blickte wie mit Suchscheinwerfern an mir herunter, um festzustellen, ob ich die Wahrheit sagte. Mir stellten sich die Nackenhaare auf.

»Das erklärt es natürlich.« Er zauberte ein breites Grinsen hervor und war binnen einer Sekunde wieder der gute, alte Charlie. Ich entspannte mich und wechselte das Thema.

»Die Burschen da stehen ja prächtig im Saft«, sagte ich und deutete auf sein Grünzeug.

»Saubohnen«, antwortete er. »Ich hab jede Menge davon, vielleicht spende ich morgen welche.«

So also würden sie mit ein bisschen Glück auf meinem Beet aussehen. Erst leicht verzögert wurde mir bewusst, dass er seine im Schutz des Gewächshauses gezogen hatte. Mit Bangen fragte ich mich, wie sich meine Doppelreihe im Kampf mit den Elementen wohl geschlagen haben mochte.

»Leiden sie unter dem Regen, wenn man sie direkt ins Beet pflanzt?«, fragte ich, auch wenn ich nicht sicher war, ob ich die Antwort hören wollte.

Er warf mit einer Bohne von dem Häufchen ungepflanzter Samen nach mir. »Mäuse. Das ist das Hauptproblem. So eine Saat ist ein Goldklumpen für sie.«

»Die fressen Bohnen?« Ich schluckte. Nach dem Mais-Fiasko war ich gegen einen weiteren herben Verlust nicht gewappnet.

»Du sagst es.«

Ich ergriff die Flucht.

Auf Gemmas Hälfte fand ich kein Lebenszeichen – kein menschliches zumindest –, obwohl es auf dem Grundstück üppig spross: Ihre Himbeeren trieben die ersten Blätter aus, dicke, runde Zwiebeln drängten aus der Erde, und eine vielfältige Mischung aus allerlei Grün wuchs durch ein Abdecknetz der Sonne entgegen.

Ein einziger Blick auf meine Hälfte bestätigte meine schlimmsten Befürchtungen.

Nach all der harten Arbeit war das, was mich erwartete, ein herber Rückschlag. Ich war auf meinen bescheidenen Erfolg so stolz gewesen, aber es war, wie es schien, alles für die Katz. Statt einer makellosen Doppelreihe Saubohnensprossen blickte ich auf blanke Erde, durchsetzt mit mausgroßen Löchern. Keine Spur von Grün in Sicht. Ich schloss den Schuppen auf und griff zu meiner Schaufel. Der Weg dorthin führte über schütteren Rasen; zwar war das Unkraut verschwunden, aber auch die Hälfte vom Gras. Ich hatte wohl das Killerspray in die Erde getrampelt und mit den Sohlen auf dem Pfad verteilt.

Frustriert ging ich auf die Knie und fing in der Hoffnung, mich getäuscht zu haben, an zu graben. Vielleicht waren sie ja einfach noch nicht ausgekeimt oder schon dicht unter der Erde.

Sie hatten reinen Tisch gemacht, das musste man den Mäusen lassen. Von einem Ende meiner Doppelreihe zum anderen förderte ich keine einzige Bohne zutage.

Keuchend vor Anstrengung, setzte ich mich auf die Hacken und versuchte, die Tränen zurückzuhalten.

Erst jetzt fielen mir die Schalotten wieder ein, von denen, so weit ich den Blick auch schweifen ließ, kaum etwas zu sehen war. Dabei hatte ich locker hundert, wenn nicht mehr gepflanzt. Jetzt kam ich ... überschlägig ... auf gerade einmal fünfzehn.

Ich verstand die Welt nicht mehr. Wieso war alles schiefgegangen? Die hauchdünne frische Haut an Zuversicht, die ich in den letzten Wochen gebildet hatte, blätterte ab wie die papierdünne Haut einer Zwiebel.

Was blieb, waren die Karotten. Die dämlichen Karotten. So viele, dass sich ihre gefiederten Wedel gegenseitig den Platz an der Sonne streitig machten. Vielleicht war ich nur noch von der Krankheit geschwächt, jedenfalls fühlte ich mich plötzlich so ausgelaugt und elend, dass ich mich einfach nur hinlegen und Rotz und Wasser heulen wollte.

»Wie's aussieht, haben sich die Vögel deine Schalotten schmecken lassen.« Ich erkannte Charlies Stimme, brachte in meinem Jammer aber keine Antwort heraus. Vergeblich kniff ich die Augen zu, um das Wasser zurückzuhalten. »Ich habe mir Sorgen um dich gemacht, als du weggerannt bist.«

Geh schon. Lass mich in Ruhe.

»Lol!«

Oh nein. Unverkennbar Gemmas Stimme. »Von wegen Anfängerglück!«, fügte sie glucksend hinzu.

Seit ich James verloren hatte, hielt ich meine Gefühle gut verborgen. Egal, wie mies ich mich fühlte, ich hatte mir geschworen, es niemanden merken zu lassen. Doch das hier war der Tropfen, der das Fass zum Überlaufen brachte.

Ich wischte mir mit der Hand übers Gesicht und verrührte die Tränen mit Erde. Ich hatte Pudding in den Beinen, meine Lungen waren kurz vor dem Platzen und mein Kopf so schwer wie ein Klotz Beton. Ich hatte auf der ganzen Linie versagt.

»Ich geb's auf. Ich kann das nicht«, schluchzte ich. »Nicht mal das Anfängerzeug krieg ich groß. Was ich anfasse, stirbt mir unter den Händen weg.«

Mit entsetztem Gesicht sprang Gemma auf mich zu. »Das war nur ein Witz …, ich wollte doch nicht …«

»Du verstehst das nicht«, sagte ich und schüttelte immer wieder den Kopf. »Ich hab versagt. Ich hab schon wieder versagt. Wieso kann ich nichts am Leben erhalten?«

Tränenblind stapfte ich an ihnen vorbei.

»Tills?«

»Nenn mich nicht so«, rief ich. Ich wollte nach Hause und mich in den hintersten Winkel verkriechen.

»Und dein Schuppen, nur so als Beispiel?«, rief mir Charlie hinterher.

»Was soll damit sein?«, fauchte ich. »Ist mir egal. Ich bin hier fertig.«

Was hatte ich hier noch verloren?

Unter der Schande meines Totalversagens als Hobbygärtnerin lag ich den größten Teil der Nacht wach und fiel erst gegen Morgen in einen Dämmerschlaf. Kaum fünf Minuten später, so kam es mir vor, wurde ich durch lautes Klopfen an der Haustür unsanft geweckt. Von einem Todesmutigen, der es wagte, mich in meiner Verfassung zu stören.

Ich tappte die Treppe hinunter. Mir hämmerte der Schädel, vom vielen Wischen mit Klopapier brannten mir die Augen, zwischen den Zähnen klebte mir Toffee-Popcorn. Erbost riss ich die Tür auf.

Aus sicherer Entfernung auf meinem Eingangspfad stand ein kleiner, stämmiger Mann, dessen zuvorkommendes Lächeln bei meinem Erscheinen nur für eine Sekunde ins Wanken kam. Es nieselte, und er hatte die Schultern bis zu den Ohren hochgezogen.

»Hallo«, sagte Christines Ehemann.

»Morgen, Roy.«

Selbst bei einem Abgesandten von Christine war ich auf der Hut. Ich hegte nicht die geringste Absicht, zur Ivy Lane zu kommen, zum Teufel mit dem Gemeinschaftssinn.

»Kann ich reinkommen?«

Ich trat zur Seite.

Wenn er betrunken war, verstand ich kein Wort, doch selbst in nüchternem Zustand tat ich mich schwer. Der Trick war, mir vorzustellen, ich hätte einen UNO-Dolmetscher im Kopf, der nebenbei die fehlenden Vokale ergänzte.

»Kommen Sie, geben Sie mir Ihre nasse Jacke.«

Ich hängte das pitschnasse Ding übers Geländer und bat ihn mit einer stummen Geste in die Küche. Er stieg auf einen Barhocker, und ich warf den Wasserkocher an.

»Mit dem Satz hat mich Christine vor über dreißig Jahren angemacht«, sagte er wehmütig.

»Tatsächlich?« Kaum vorzustellen, dass Christine einen Mann anmacht. Andererseits, wenn sie sich in den Kopf gesetzt hatte, dass Roy der Richtige war …

»Ich fuhr gerade zur Arbeit, das Heck hatte ich bis oben hin mit halbvollen Farbdosen beladen. Es war nicht mal ein Van, nur ein ganz normaler Kombi, bei dem ich die Rücksitze rausgerissen hatte. Jedenfalls sah ich gerade in meinen Terminkalender, um die Adresse für meinen Auftrag nachzuschlagen, und fand mich im selben Moment an einem Laternenmast wieder. Fünfundfünfzig Liter Farbe in mehr oder weniger fest verschlossenen Dosen flog durch den Wagen, die Deckel gingen auf, und ich war von oben bis unten übergossen. Nicht zu vergessen, wir reden hier von den siebziger Jahren. Keine Pastellfarben, denkste, Senf, Avocado, Braun ... wie ein begossener Pudel oder ein bunter Hund klopfte ich an die nächste Tür. Und da stand sie, im geblümten Nachthemd. Was für ein Anblick!« Als er gedankenverloren in die Ferne blickte, musste ich mich zusammenreißen, um nicht loszukichern. »›Dann sehen wir mal zu, dass wir Sie aus diesen nassen Kleidern kriegen‹, sagte sie energisch. Ich konnte mein Glück nicht fassen. Ein halbes Jahr später standen wir vor dem Traualtar.«

»Das ist eine schöne Geschichte, Roy«, sagte ich, während ich ihm einen Becher Kaffee hinschob. Und die längste Rede, die ich je von ihm gehört hatte.

»Hat sie allerdings nie wieder gesagt.« Er nahm einen Schluck und verzog das Gesicht. »Nicht zufällig Whisky im Haus?«

»Nein.«

Er rutschte verlegen auf seinem Hocker hin und her. »Was ich sagen wollte ...«

Er wollte mit seiner Geschichte auf etwas hinaus. »Was wollten Sie sagen?«, fragte ich.

»Manchmal hat man Pech, aber aus einem tieferen Grund. So wie das, was mit Ihrer Parzelle passiert ist.«

»Meinen Sie wirklich?« Schon wieder standen mir die

Tränen in den Augen, und ich starrte in meinen Kaffee. Es war wirklich nett von ihm herzukommen und mich aufzumuntern.

»Lassen Sie sich davon nicht unterkriegen. Allen Gärtnern geht schon mal die eine oder andere Ernte kaputt, jeder muss Lehrgeld bezahlen …«

»Roy«, ich hielt die Hand hoch, »mir ist alles außer den Karotten kaputtgegangen. Verraten Sie mir, was mir dieses Lehrgeld bringen soll?«

»Ha!« Er schnellte mit dem Finger in meine Richtung. »Sehen Sie? Die Lektion sitzt. Sie machen einen Fehler, lernen daraus und schauen wieder nach vorne.« Er legte eine Pause ein und fügte leise hinzu: »Und genauso ist es im Leben.«

Mir verschlug es die Sprache, und meine Kehle schnürte sich zu. Ich ertrug es nicht, wenn Leute nett zu mir waren. Das machte es mir nur unnötig schwer, meine Gefühle unter Kontrolle zu bringen.

»Kommen Sie zum Tauschtag, oder wie immer die das nennen«, sagte Roy.

Obwohl mir ein zaghaftes Lächeln um die Lippen zuckte, schüttelte ich den Kopf. »Nein, ich wüsste nicht, was ich da soll, ich habe nichts zu tauschen und mich gestern nur total blamiert.«

»Du lieber Himmel, was soll ich denn sagen? Ich blamier mich jeden Tag, den Gott aufgehen lässt!« Er machte eine wegwerfende Handbewegung. »Und ob's Ihnen nun passt oder nicht, Tilly, Sie gehören jetzt dazu – was sonst. Und wenn Sie mögen, hätte ich fünf oder sechs Töpfe Wicken für Sie.«

Bei so viel Freundlichkeit kamen mir die Tränen, allerdings vor Rührung. Ich stellte den Kaffeebecher ab, bevor ich es mir anders überlegte. »Also dann«, sagte ich tapfer. »Worauf warten wir …«

»Aber vielleicht doch besser nicht im Pyjama«, sagte Roy und zog eine buschige Augenbraue hoch.

»Da gebe ich Ihnen natürlich recht.«

»›Dir‹, in der Ivy Lane sind wir sozusagen eine Familie«, wandte er ein.

Wir mussten beide grinsen.

Ich gab ihm seine Jacke. »Danke, Roy.«

»Dann also bis in einer Stunde. Und sei pünktlich.«

Kapitel 10

Der Regen hatte aufgehört, und in der Ivy Lane herrschte Festtagsstimmung. Vor dem Pavillon waren mit Böcken lange Tische aufgestellt, einige mit Pflanzen, einer mit Secondhand-Gärtnerbüchern (die ich später durchforsten wollte) und noch einer mit Erfrischungen. Am Straßenende der meisten Parzellen waren kleinere Tische dicht mit Pflanzen bestückt, jeweils mit handgeschriebenen Schildchen, denen die Sorten zu entnehmen waren. Die Leute schlenderten herum, machten vor den Grundstücken der anderen Halt, tauschten Ratschläge, Anleitungen oder Pflanzen aus und hielten nebenbei ein fröhliches Schwätzchen.

Trotz meiner trüben Stimmung war ich fasziniert – ein Hoffnungsschimmer in meiner inneren Düsternis, und für eine Schrecksekunde fürchtete ich, einen Schluchzer loszulassen. Wie gut, dass mich Roy beschwatzt hatte zu kommen – es war hundert Mal besser, als sich zuhause in Selbstmitleid zu suhlen.

Ich hatte eine gut gefüllte Dose Kekse aus der Teestube in Harrogate mitgebracht. Nicht ganz dasselbe wie der Tausch von Setzlingen, aber immerhin besser als nichts.

Am Ende der gemeinsamen Parzelle mit Gemma fand ich sechs Töpfchen mit jeweils mehreren Pflanzen vor. Auf einem daruntergeklemmten Zettel stand in Bleistift »Wicken«. Ich war überwältigt von so viel Großzügigkeit. Drüben auf Christines und seiner Parzelle entdeckte ich Roy und winkte ihm zu. Er winkte zurück, hielt seine Zeitung hoch und verschwand damit im Schuppen. Zweifellos stand irgendwo dort drinnen eine Dose Bier mit seinem Namen darauf. Schön für ihn.

Eine fröhliche Stimme riss mich aus meinen Gedanken.

»Du kriegst als Erste meine Bohnen zu sehen, Tilly.«

Charlie kam mit einer Kiste gesunder, nicht gefressener Bohnensetzlinge herüber. Mir stieg die Schamesröte ins Gesicht. Bringen wir's hinter uns, redete ich mir gut zu und holte einmal tief Luft.

»Das mit gestern tut mir leid.«

»Mach dir mal keinen Kopf. Ich kenne so Ausbrüche bei euch Frauen. Meine Ex hatte das öfter. ›Emotional‹ nannte sie das.« Er lächelte mich mit strahlenden Augen an. »Komm schon, diese Pflanzen wollen in die Erde.«

Zielstrebig kam er auf meine Grundstückshälfte, und ich trottete hinterher. Auch wenn ich nicht mit seiner Ex verglichen werden wollte, war ich erleichtert, dass er mir nichts nachtrug.

Vor dem Schuppen blieb Charlie stehen und deutete, da er wegen der Kiste keine Hand frei hatte, auf die Tasche seiner engen Jeans. »Ich hab die Schlüssel zu deinem Schuppen in der Tasche, bediene dich.«

War ich das, oder hatte plötzlich eine Hitzewelle eingesetzt?

Er prustete los und öffnete die Hand mit meinem Schlüssel darin. »War nur ein Witz, du solltest mal dein Gesicht sehen!«

Ich seufzte erleichtert und musste selber lachen. Wie gut, dass Gemma nicht da war, sonst hätte das hier sofort die Runde gemacht.

»Gib mir mal eine Schaufel, und ich buddle sie dir gleich ein.«

Ich öffnete den Schuppen und holte die gewünschte Schaufel, doch als er mich nach Knochenmehl fragte, sah ich ihn nur verständnislos an, sodass er nur die Augen verdrehte und zu seinem eigenen Schuppen zurückrannte, um welches zu holen.

Ich inspizierte gerade meine verbliebenen Schalotten, als sich der nächste Besucher einstellte.

»Callaloo«, flötete Dougie und zog einen Setzkasten mit spindeldürren Sprossen hinter dem Rücken hervor. »Eine Kostprobe aus Jamaika. Besser als all euer fades englisches Grünzeug.«

»Danke«, sagte ich und nahm ihm den Kasten ab. Callaloo, was auch immer ich mir darunter vorzustellen hatte. »Kann ich die gegen Wicken tauschen?«

»Nein, aber gegen einen Kuss«, sagte er, schob sich die Kappe zurück und beugte sich mit geschürzten Lippen vor.

»Lust auf ein Shortbread?« Ich hielt ihn mir mit der ausgestreckten Dose auf Abstand.

»Spielverderber«, sagte er augenzwinkernd, nahm aber trotzdem einen Keks. »Halt sie gut warm, bis das Wetter mitspielt«, rief er mir noch über die Schulter zu. »Callaloo hat's gern heiß, genau wie ich.« Kichernd schlenderte er davon. Als Nächste erschien Liz auf dem Plan und blieb, einen Topf in der Hand, nervös auf dem Trampelpfad stehen. Sie hatte das Haar zusammengebunden, und zwischen den blonden Strähnchen war der graue Ansatz zu sehen. Sie nahm ein Stück Shortbread aus der Dose und knabberte daran.

»Ich habe Ringelblumen für dich.« Sie sprach so leise, dass ich sie nur mit Mühe hören konnte. »Als Begleitpflanzung. Wenn du sie in die Nähe deiner Karotten pflanzt, halten sie Schädlinge fern und helfen bei der Bestäubung.«

Das war sehr aufmerksam von ihr. Im Gegenzug reichte ich ihr einen Topf Wicken, über den sie sich freute, denn es handelte sich dabei, wie sie erklärte, um eine Sorte, die sie noch nicht hatte. Sie wollte gerade gehen, als Charlie wiederkam, und als er sie grüßte, schien sie sich ganz klein zu machen und flitzte davon.

Verwundert sah er ihr hinterher. »Hab ich was Falsches gesagt?«

»Vielleicht ist sie allergisch gegen Testosteron«, antwortete ich mit einem trockenen Grinsen.

Das schien ihm zu gefallen. Während er sich schmunzelnd daranmachte, die Saubohnen zu pflanzen, ging ich mit ein paar Töpfchen Wicken zu Shazza und Karen nebenan und kam mit einer Handvoll Zwiebeln als Ergänzung zu meinem dürftigen Schalottenbestand zurück.

Charlies Pflanzmethode war das genaue Gegenteil von meiner: kein Bindfaden, keine geraden Linien, eher ein Haufen als eine Reihe. Es juckte mir in den Fingern einzugreifen, doch im Interesse der interparzellaren Beziehungen zog ich es vor, uns beiden vom Imbissstand heißen Tee zu besorgen.

Peter wachte über die Teekanne und goss ein Gebräu in zwei Becher, stark genug für Bauarbeiter.

»Als Vorsitzender kann ich nicht gut mit ansehen, wenn

jemand, der neu zu uns kommt, Rückschläge erleidet«, flüsterte er heiser.

Offenbar hatte sich mein gestriger Zusammenbruch allseits herumgesprochen.

»In meinem Gewächshaus habe ich jede Menge Salatsetzlinge übrig, Tilly. Ich hab dir einen kleinen Kasten zusammengestellt, bitte bedien dich.«

Peters Grundstück lag auf der anderen Straßenseite, unserem gegenüber, doch da er ständig im Pavillon war und anderen bei ihren Problemen half, bekam ich ihn dort nur selten zu sehen. Die Leute waren alle so freundlich, dachte ich, als ich mich, Rettichpflanzen von Nigel unterm Arm und je einem vollen Henkelbecher in den Händen, zurück zu Charlie begab.

Als ich eintraf, hatte er nicht nur die Bohnen, sondern auch schon die neuen Zwiebeln unter der Erde, und mein Garten sah schon erheblich besser aus als noch vor vierundzwanzig Stunden, wenn auch chaotischer. Ein wohliges Glücksgefühl breitete sich in meinem Bauch aus, vielleicht hatte ich gestern doch ein wenig übereilt die Segel gestrichen.

Charlie trank gierig seinen Tee bis auf den letzten Tropfen. »Kann man dich fünf Minuten allein lassen, während ich die restlichen Bohnen tausche?«

»Klingt wie im Märchen«, sagte ich. »Was erhoffst du dir dafür – eine Kuh?«

Mit einem schiefen Grinsen nahm er mich für einen Moment in die Arme und ging, bevor ich auch nur reagieren konnte. Mir wurde ein wenig schwindlig im Kopf. Wann hatte ich das letzte Mal die Umarmung eines Mannes gespürt? Ich sank auf meine Bank und versuchte das

Kribbeln zu ignorieren, das seine Berührung ausgelöst hatte.

Keine Panik auf der Titanic, Tilly, er ist nur ein Freund.

»Hallihallo!«

Brenda stand mit ihrem roten Haar und passendem Lippenstift vor mir und ächzte unter dem Gewicht eines Kartoffelsacks, den sie mit beiden Händen vor dem Bauch hielt.

»Hallo! Jemand zuhause? Ich hätte da einen Vorschlag.« Auch wenn das unmöglich schien, übertraf Brenda mit ihren Überredungskünsten fast noch Christine. Als sie wieder von dannen zog, hatte sie mich beschwatzt, ihr die Hoheitsrechte über einen Teil meiner Parzelle abzutreten, und zwar für Kartoffeln, gegen einen Anteil an der Ernte. Offenbar hatte sie für dieses Jahr ihre Ziele hochgesteckt und benötigte mehr Platz. Genau das, wovon ich immer geträumt hatte – Kartoffeln ... Angesichts meiner bisherigen Erfolgsbilanz schien es allerdings ein guter Plan zu sein. Je weniger Fläche ich zu beackern hatte, desto weniger konnte ich verderben.

Um mit meinen Keksen und Wicken von Parzelle zu Parzelle zu gehen, fehlte mir der Mut, also rührte ich mich nicht vom Fleck und hielt ein wachsames Auge über meine Saubohnen, um diebische Mäuse gleich in die Flucht zu jagen. Weit und breit kein Feind in Sicht, dafür riss der menschliche Besucherstrom nicht ab, und ich hatte kaum einen Moment für mich allein: Pak Choi von der chinesischen zuckerfreien Hippie-Mum, ein Reststück Netz von Alfred, der mir damit half, die Saubohnen zu schützen, und nicht zuletzt einige Töpfe Kräuter von Vicky, deren Garten in der Nähe des Eingangstors lag.

Mein Lieblingsbesucher war Colin. Er wartete, bis seine

Mum den Bücherstand übernahm, und kam mit ein paar Erbsenpflanzen als Geschenk herüber.

»Kann ich dir ein Geheimnis anvertrauen?«, fragte er und blickte sich verstohlen um. Sein kariertes Hemd hing ihm locker von seiner schmalen Brust und den zarten Schultern, und unwillkürlich verglich ich ihn im Kopf mit Charlie.

»Ich weiß das mit dem Modeln«, flüsterte ich und machte mich auf ein pikantes Geständnis gefasst. Ich war ja nicht prüde, lediglich auf dem Gebiet ein bisschen eingerostet.

»Ich bin nicht schwul!«, erklärte er und richtete sich kerzengerade auf.

Ich wusste nicht, was ich sagen sollte. Die Möglichkeit war mir gar nicht in den Sinn gekommen. Bis jetzt.

»Gemma sagt, du bist Lehrerin.«

Ich nickte und hoffte inständig, dass sie ihm nichts von der Osterkarte verraten hatte.

»Würdest du mir gegen ein bisschen Unterstützung im Garten mit dem Lesen helfen?«

Er tat mir so leid, dass ich mich beherrschen musste, um ihn nicht an mich zu drücken und ihm womöglich eine Rippe zu brechen. Während des Studiums hatte ich an der Volkshochschule volontiert; in der Erwachsenenbildung kannte ich mich also aus.

Colin kaute nervös an seinen Nägeln und trat von einem Turnschuh auf den anderen, während er auf meine Antwort wartete. Designerschuhe. Das Modeln zahlte sich offenbar aus.

»Mit dem größten Vergnügen«, sagte ich und meinte es genau so.

Er strahlte und sagte mit stolzgeschwellter Brust: »Pflanzen, Jäten, was auch immer. Das macht mir nichts aus.«

Als ich ihn mit einem Bourbonkeks entließ, konnten wir beide mit unserer kleinen Plauderei zufrieden sein.

Es wurde Mittag, und das Tauschen war vorbei. Ich setzte mich auf die Bank und ließ den Blick über meine Ausbeute schweifen. Meine Gärtnergenossen hatten mir genug Gemüse gespendet, um damit einen kleinen Supermarkt zu bestücken, und ich hatte immer noch Wicken übrigbehalten. Nachdem die Kunde von meinem grandiosen Versagen bis in die letzten Winkel der Ivy Lane gedrungen war, hatten sie sich alle förmlich überschlagen, um mir unter die Arme zu greifen, und sich geweigert, etwas von mir im Tausch zu nehmen.

Doch abgesehen von den Spenden hatte ich jede Menge Hilfsangebote zum Pflanzen, Tipps zum Schutz der Setzlinge vor gefräßigen Schädlingen bekommen und die eine oder andere Geschichte über eigene Desaster meiner erfahreneren Gärtnerfreunde gehört. Hier und da eine Saatreihe an Vögel, Mäuse und Kaninchen zu verlieren war offenbar so normal, dass ich mir nach meinem kleinen hysterischen Anfall gestern wie eine Diva vorkam.

Nach all der Großzügigkeit fühlte ich mich wie nach einem wohligen Bad. Der Gemeinschaftsgeist in der Ivy Lane hatte mich tief gerührt. Ich hatte nicht die leiseste Ahnung, womit ich mir so viel Güte und Entgegenkommen verdient haben könnte. Ich würde einen neuen Anfang wagen. Wir schafften das, ich und mein Garten.

Ich atmete ein paar Mal tief durch.

Von Gemma war immer noch weit und breit nichts zu sehen. Ich vermisste meine Freundin. *Meine Freundin.*

Schon wieder kamen mir die Tränen, und ich legte den Kopf zurück, um sie wegzuzwinkern.

Die Bank wackelte alarmierend, als neben mir ein zweiter Hintern darauf plumpste. Christine klopfte mir aufs Bein.

»Wo ist Gemma eigentlich?« Ich schniefte und wischte mir die Wangen mit dem Ärmel trocken.

»Einkaufen.«

Ich war erstaunt; wie ich Gemma kannte, hätte sie sich einen geselligen Anlass wie diesen hier nicht entgehen lassen. Und sei es auch nur, um wettergegerbten Hobbygärtnern Gesichtsmasken aufzuschwatzen.

»Was meinst du? Bist du eher ein Katzen- oder ein Hundetyp?«, fragte Christine aus heiterem Himmel.

Ich überlegte mir die Antwort gut, schon weil ich gelernt hatte, bei Christine immer mit einer Fangfrage zu rechnen. In den guten alten Zeiten, in denen James und ich von einem Cottage auf dem Lande, von einer Kinderschar und Glück bis ans Ende unserer Tag geträumt hatten, waren wir uns immer einig gewesen, unser perfektes Leben mit einem Golden Retriever krönen zu wollen. Nachdem solche Fantasien nun hinfällig waren, hatte ich keine Ahnung, was für ein Typ ich war.

»Keine Ahnung.« Ich zuckte die Achseln.

»Ein Hund ist dein bester Freund«, sagte Christine, griff zu dem Kasten mit den Wickensetzlingen und zupfte ein paar Blätter ab. »Er ist dir treu ergeben und hängt an dir. Begrüßt dich freudig, wenn du reinkommst, teilt deine Gefühle. Eine Katze hingegen ist eher ein Freigeist, sie nimmt, ohne zu betteln.«

»Dann vermutlich der Katzentyp«, sagte ich.

Christine hakte sich bei mir ein. »Komm. Ich hätte da was zum Tauschen. Bring die Kekse mit.«

Wieso hatte ich das Gefühl, dass gerade eben wieder einmal eine ihrer Fallen über mir zugeschnappt war?

Sie führte mich zu ihrem Schuppen, schob mich hinein und wartete an der Tür. Drinnen saß Roy und hielt, den Kopf auf der Brust, friedlich ein Nickerchen. In seinem Schoß hatten es sich zwei winzige Kätzchen bequem gemacht – graugestreifte Wollknäuel und unwiderstehlich.

»Streuner«, sagte Christine. Sie zog ein Taschentuch heraus und schnäuzte sich. »Haben wir gestern Abend aufgelesen, von der Mutter weit und breit nichts zu sehen. Die armen Würmchen.«

Behutsam nahm ich eins der Kätzchen in die Hand und hielt es mir ans Gesicht. Sein Herz schlug schnell und heftig an den zarten Brustkorb. Das Tierchen wachte auf und drückte mir eine Pfote im Miniaturformat an die Wange.

»Eine nimmt Gemma«, sagte Christine und griff nach einem Keks. »Sie ist gerade unterwegs, um Halsbänder und Näpfe zu kaufen. Mia kann sich kaum halten vor Freude.«

Kommt nicht infrage! Ich sah schon, worauf das hier hinauslief. Ich setzte das Kätzchen Roy wieder auf den Schoß. »Und ihr behaltet die andere«, sagte ich entschieden und blickte Christine fest ins Auge.

Sie tupfte sich die Nase. »Ich bin leider allergisch, sonst gäbe ich sie nicht wieder her. Mike war mit einer einverstanden, aber wegen der Tierarztkosten waren ihm zwei zu viel.«

»Hast du dich denn in der Gegend umgehört? Vielleicht werden sie vermisst.«

Christine zuckte die Achseln. »Schon möglich. Aber erst mal brauchen sie ein Zuhause.« Sie schwieg und legte mir eine Hand auf die Schulter. »Tiere bringen das Beste im Menschen heraus, fand ich schon immer. Sie erobern einen im Sturm, selbst gegen die größten Widerstände. Und du würdest mir einen großen Gefallen tun.« Sie schniefte dramatisch.

Ein Haustier. Letzte Woche hatte ich es kaum geschafft, mich selbst, geschweige denn ein paar Pflanzen, am Leben zu erhalten. Nicht gerade die besten Voraussetzungen, um die Verantwortung für ein anderes Lebewesen zu übernehmen.

Roy schlug die Augen auf und grinste. Er war mit einem Schlag so hellwach, dass mir Zweifel an seinem Nickerchen kamen.

»Also, Tilly, welche willst du haben?«

Ich schmunzelte und musste an seine Worte von gestern Morgen denken. Wir machen einen Fehler, lernen daraus und schauen nach vorne. Wären nicht er und Christine gewesen, würde ich jetzt immer noch im Pyjama Trübsal blasen. Stattdessen blickte ich schon jetzt auf einen unerwartet erfolgreichen Tag zurück: ein wieder aufgefüllter Garten, ein williger Gehilfe und Leseschüler und nun offenbar auch noch ein neues Mitglied in der Familie Parker. Bevor ich es mir anders überlegen konnte, nahm ich das Kätzchen wieder hoch.

»Hallo, Kleines. Ich bin deine neue Mummy«, sagte ich und verdrehte die Augen, als Christine und Roy verschwörerische Blicke wechselten und sich mein neues Kätzchen an mich schmiegte.

Kapitel 11

Auf der Picknickbank vor dem Pavillon hatte ich einen Logenplatz und genoss nicht nur die Sonne im Gesicht, sondern auch die hitzige Debatte zwischen Nigel und Peter, die das Ostereiersuchen für die Kinder organisierten. Die Türen zum Pavillon standen offen, und die altmodischen Gardinen flatterten im Wind. Der Tisch in der Mitte des Versammlungsraums bog sich unter der Schokolade. Wir hatten alle kleine Schoko-Eier als Preise gespendet und der Vorstand ein Riesenei für den Hauptsieger beigesteuert.

Ich schlürfte genüsslich meinen Tee und hörte schmunzelnd zu, wie sich die beiden über jede Kleinigkeit in die Wolle bekamen, von den Hinweisen für die Schnitzeljagd bis zur Wahl der Person, die den Kindern die Regeln erklärte.

Nach einer Stunde Arbeit auf meiner Parzelle hatte ich mir eine Pause verdient; ich hatte fleißig zwischen den Gemüsepflanzen gehackt, das Unkraut gejätet und das Netz auf Eindringlinge überprüft. Eine Woche nach dem Tauschsonntag war, dreimal auf Holz geklopft, alles noch am Leben. Auch wenn die geraden Linien und rechten Winkel, die ich geplant hatte, nahezu verschwunden waren, gewöhnte ich mich an den hübschen Patchwork-

Effekt, der durch die Aufteilung in viele kleine Beete für die unterschiedlichsten Sorten entstanden war. Beim Tierarzt hatte ich erfahren, dass mein Kätzchen ein kleiner Kater war, etwa acht Wochen alt und bei bester Gesundheit. In Anlehnung an Dougies Callaloo hatte ich ihn Cally genannt, da er die Sonne liebte und sich auch im Haus immer die wärmsten Plätzchen suchte. Er war erst vor einer Woche bei mir eingezogen, und ich war schon ganz und gar vernarrt in ihn.

Ich blickte zum Tor und hielt nach Gemma Ausschau. Wir wollten uns hier treffen, und ich konnte es kaum erwarten, mich mit ihr über unsere neuen Mitbewohner auszutauschen.

Allem Anschein nach war zum Ostereiersuchen mit großem Zulauf zu rechnen. In den Gärten wimmelte es nur so von kleinen Kindern – sämtliche Enkelkinder, Neffen und Nichten waren heute in der Ivy Lane, um sich die Eiersuche nicht entgehen zu lassen.

Jetzt erschien auch Gemma in einer ausgesprochen österlichen, gelben Tunika mit riesigen weißen Knöpfen über marineblauen Leggings, ein Outfit, neben dem ich mich in meinen Jeans und dem karierten Hemd ein wenig graumausig fühlte. Als habe sie den Augenblick perfekt abgepasst, blies Peter jetzt sehr laut in seine Trillerpfeife und verkündete, der Spaß könne losgehen, sobald die Regeln erklärt worden seien.

»Ungefähr so spaßig wie eine Matheklausur, wenn die beiden das ausgeheckt haben«, murmelte sie und küsste mich zur Begrüßung auf die Wange. Sie goss sich aus ihrer Thermosflasche Cranberrytee ein und sank neben mir auf die Bank.

Im Nu hatte sich vor den Eingangsstufen des Pavillons eine Schar Kinder versammelt, die ungeduldig auf den Zehenspitzen wippten. Schon bevor sie ihr halbes Körpergewicht an Schokolade konsumiert hatten, wirkten sie hyperaktiv, was für die Zukunft nichts Gutes verhieß.

Im letzten Moment gesellte sich auch noch Liz mit zwei niedlichen Knirpsen dazu.

»Meine Nachbarskinder«, flüsterte sie Gemma und mir und der Hippie-Familie mit Babytragetuch zu. Mir kamen zwei Gedanken: Ich musste endlich ihre Namen lernen, sonst wurde es zu kompliziert; und wieso kamen sie zum Ostereiersuchen, wo das Baby noch zu klein war und in Sachen Eltern das Pech hatte, sowieso keine Schokolade zu bekommen?

Peter stellte ein Flipchart auf die Eingangsstufen zum Pavillon, und Nigel verteilte Klemmbretter und Malstifte an die Kinder.

Gemma und ich tauschten ahnungsvolle Blicke, die Sache schien kompliziert zu werden. Als Nigel, fortwährend von Peter unterbrochen, erklärte, quer durch die Gartenanlage seien Wegweiser aus Holz versteckt, trat in der Kinderschar Stille ein. Als er des Weiteren ausführte, an jedem Wegweiser müssten sie durch Rubbeln (Prusten von Gemma) eine Form freilegen und den darunter verborgenen Buchstaben notieren, um am Ende die Buchstaben zu einem Wort zusammenzufügen, machte sich verhaltenes Murren breit. Nachdem die Erklärungen in einer Litanei von Regeln endeten, machten sich die Kinder ein wenig verhalten auf die Suche.

»Ich dachte, deine Mum wäre heute hier, um die Männer zu beaufsichtigen?«

»Sie und Dad gehen am Ostersonntag in die Kirche. Aber Mum kommt später rüber, um die Preise zu übergeben. Sie traut den Brüdern hier nicht zu, dass sie es richtig machen. Ach so, und sie hat gesagt, wir sollten hier auf sie warten, weil sie etwas zu verkünden hätte.«

»Wie schön!«, sagte ich und runzelte vielsagend die Stirn.

»Wenn du meinst«, sagte Gemma und seufzte so tief, dass ich ihren Atem im Gesicht spürte.

»Was hast du? Du wirkst bedrückt.«

»Mia verbringt Ostern bei ihrem Dad. Sie fehlt mir.«

Was mir ins Gedächtnis rief, dass ich die Geschichte über Mias Zeugung immer noch nicht kannte. Aber es erschien mir fehl am Platze, sie danach zu fragen, wo ich mich mit meiner eigenen Geschichte so bedeckt hielt.

»Du hast doch Mike«, sagte ich und knuffte sie freundschaftlich in die Seite.

»Sicher, aber er ist schon in aller Herrgottsfrühe zur Arbeit gefahren. Ich komme mir schon vor, als hätte ich ein Schweigegelübde abgelegt.«

Arbeiten am Ostersonntag? Dann war er der fleißigste Mechaniker, der mir je unter die Augen gekommen war. Kein Wunder, dass sich Gemma einsam fühlte. »Niemals vorsätzlich alleine«, hätte man Gemmas Lebensmotto zusammenfassen können.

»Hey!« Sie wirbelte zu mir herum und rief plötzlich wieder gut gelaunt: »Komm doch zum Mittagessen vorbei!«

Wie gewohnt war mein erster Impuls, dankend abzulehnen. Schließlich hatte ich mir zum Mittagessen bereits Nudeln aus der Dose an Toast gegönnt, mit der angenehmen Begleiterscheinung, dass alleine keine Konversation erforderlich war.

Sie spürte mein Zögern und holte zum entscheidenden Schlag aus. »Es gibt Lammbraten.«

Ich liebte Lamm! Und so, wie sie übers ganze Gesicht strahlte, ahnte ich, dass sie noch einen draufsetzen würde. »Du kannst dein Kätzchen mitbringen.«

Wie hätte ich da noch nein sagen können? Cally die Chance zu vermasseln, mit seinem Geschwisterchen zu spielen – wie egoistisch wäre das denn? »Also gut, tauschen wir die letzten Katzengeschichten aus«, sagte ich und freute mich schon jetzt auf eine Runde Klatsch und Tratsch.

»Aach!« Gemma machte ein verklärtes Gesicht. »Wollknäuel dotcom! Es ist ein Junge, und wir haben ihn alle zum Fressen gern.«

»Dito!«, sagte ich.

»Selbst Mia legt jetzt ab und zu ihr Handy weg, außer natürlich, wenn sie auf Instagram die neuesten Fotos von ihm postet.«

»Wie heißt er denn?«

»Wir sind uns noch nicht einig. Ich stehe auf Smudge, Mike auf McQueen und Mia sagt, wenn wir ihn nicht nach ihrer derzeitigen Pop-Ikone Odell nennen, ruft sie die Hotline für traumatisierte Kinder an.«

Wir lachten noch über Mias jugendliche Entrüstung, als ein Junge, Brendas ältester Enkel, mit seinem Klemmbrett und einem äußerst verdrossenen Gesicht ankam.

»Wir haben noch keinen einzigen Wegweiser gefunden«, rief er in den Pavillon, während er sein Brett auf den Tisch knallte und sich zum Sitzstreik auf den Stufen postierte. Kurz darauf kamen auch andere Kinder, einige von ihnen den Tränen nahe, von ihrer gescheiterten Suche zurück.

Nigel und Peter kamen noch ihre Brotzeit kauend eilig mit heißen Getränken in den Händen heraus.

»Was? So schnell gibt man doch nicht auf«, sagte Nigel. »Es ist schließlich eine Jagd und kein Sandkastenspiel, nicht wahr?«

Wie aus dem Nichts tauchte Liz neben mir auf. »Ist leider wahr«, sagte sie und kaute sich die Lippe. »Ich will ja kein Spielverderber sein …«

»Das ist ein abgekartetes Spiel!«, rief eins der älteren Mädchen.

Auch die Hippie-Familie kam zurück. »Möglicherweise liegt bei den Wegweisern eine Verwechslung vor«, sagte der Dad und hob die Hand.

»Und wir sind ausgehungert nach Schokolade«, fügte seine Frau hinzu. »Wir haben während der Fastenzeit auf Zucker verzichtet.«

»Das sind Helen und Graham mit Baby Honey«, flüsterte mir Gemma zu. *Vegetarier*, formte sie mit den Lippen und zog die Augenbrauen hoch, als erklärte das alles.

Peter und Nigel steckten die Köpfe zusammen und verständigten sich in gedämpftem, doch angespanntem Ton. Während des verbalen Schlagabtauschs mit wechselseitigem Fingerzeigen drohte der Unmut der Kinder in offene Meuterei umzuschlagen.

Ich spürte, dass hier ein Ferienjob auf mich zukam.

»Wer hat Lust auf einen Orangensaft?«, rief ich und sprang so energisch von der Bank, dass sie mitsamt Gemma ins Schwanken geriet.

Von allen Seiten ertönte ein hoffnungsvolles »Ich!«, das Stichwort für die Männer, mit dankbaren Blicken im Pavillon zu verschwinden, um dort, wie ich vermutete, die Sache mit den fehlenden Wegweisern zu klären.

Unterdessen organisierten wir Übrigen auf die Schnelle für die Kinder etwas zu trinken und zu essen! Ich hatte noch den Rest meiner Kekse, Liz wartete mit einem halben Victoria-Sponge-Kuchen auf, und Dougie, den ich im Pavillon unsanft weckte, konfiszierte im Schrank der Küchenecke die Notration des Vorstands an Doppelkeksen mit Vanillefüllung.

Als sich die Männer endlich wieder ihrer Verantwortung stellten, hatte ich die Situation bereits unter Kontrolle.

Nigel hielt die Hände hoch, um den Kindern etwas zu erklären. »Ähm, wie's aussieht, hat sich bei den Wegweisern etwas verheddert.«

»Was?«, rief Brendas Ältester und machte ein Gesicht, als bereue er längst, nicht bei seinen Computerspielen zuhause geblieben zu sein.

»Also«, sagte ich und blätterte Peters Flipchart zu einer leeren Seite um. »Wer findet den besten Namen für ein Katzenjunges? Der Gewinner mit dem besten Namen bekommt ein riesiges Osterei.«

Ich drückte Dougie den Marker in die Hand, und während die Kinder eins nach dem anderen Kätzchennamen an die Tafel schrieben, organisierte ich die verbliebenen Erwachsenen. »Hat jemand zufällig einen Korb dabei?«

Binnen weniger Minuten hatten wir eine ansehnliche bunte Mischung aus Schüsseln, Eimern, Körben und Holzkistchen eingesammelt und an die Kinder verteilt, während Nigel, Peter und Gemma wie die Wiesel quer durch die Gartenanlage liefen und alle kleinen Schokoladeneier versteckten.

»Seid nett zueinander, helft den Jüngeren und esst nicht zu viel Schokolade auf einmal«, mahnte ich und erklärte das Ostereiersuchen für wiedereröffnet. »Und kommt erst zurück, wenn ihr alle gefunden habt!«, fügte ich hinzu.

Die Kinder stürmten davon, und wir seufzten erleichtert. Gemma und ich nahmen wieder unsere Plätze auf der Bank ein.

»Wo waren wir stehen geblieben?«, fragte ich, schloss die Augen und hielt das Gesicht in die Sonne. »Ist das schön.«

»Du warst fantastisch«, bescheinigte mir Gemma. Selbst mit geschlossenen Augen merkte ich, wie sie mich anstarrte. »Du kommst einfach so aus dem Nichts … Mia findet Jake als Name für den Kater bestimmt ganz toll. Sie ist verrückt nach Jake Bugg.«

»Gut.«

»Du erinnerst mich an eine Zwiebel«, sagte sie. Ich machte ein Auge auf und schnaubte. »Ich höre. Falls das als Kompliment gemeint ist, wie ich hoffe, bin ich gespannt.«

»Immer wenn ich das Gefühl habe, dich einigermaßen zu kennen, schält sich die nächste Schicht heraus, und ich erfahre wieder was Neues. Und da sind noch eine Menge Schichten, oder, Tilly Parker?«

»Brennt's dir schon in den Augen?«, konterte ich, um die Frage mit einer Witzelei abzutun. Gemmas Nachforschen bereitete mir Unbehagen. Ich war immer gern bereit dazu zuzuhören, aber eben nicht, meine eigenen Geheimnisse preiszugeben. Ich hoffte, dass sie es dabei bewenden ließ.

»Hmm«, brummte Gemma und schloss vermutlich auch die Augen, weil sie einige Sekunden lang schwieg.

»Frohe Ostern.« Als ich die Augen wieder aufschlug, stand auf einmal Charlie vor unserer Bank. Er reichte mir Schokoladentrüffel in einer eiförmigen Pralinenschachtel und Gemma einen Strauß Narzissen.

Es war das einzige Ostergeschenk, das ich bekommen hatte, und ich war zutiefst gerührt. Die Pralinen wirkten teuer, aber die Narzissen waren ohne Zellophan und, wie ich vermutete, auf die Schnelle im eigenen Garten gepflückt.

»Wieso bekomme ich keine Schokolade?«, schmollte Gemma mit einem verschmitzten Grinsen in meine Richtung.

Genau das fragte ich mich auch. Charlie und ich waren einfach nur Freunde, dass er womöglich ein Auge auf mich geworfen hatte, war das Letzte, was ich derzeit brauchen konnte. Mein bereits von der Sonne aufgewärmtes Gesicht wurde glühend heiß.

»Das war nur mit Rücksicht auf deine Figur«, sagte er mit Unschuldsmine.

»Ich wäre dir dankbar, wenn du überhaupt keinen Gedanken an meinen Körper verschwenden würdest, Charlie«, empörte sich Gemma, »ich bin eine verheiratete Frau«.

Eine halbe Stunde später blieben vom Ostereiersuchen nur noch weggeworfene Silberfolien und klebrige Gesichter. Inzwischen war Christine erschienen und trieb uns alle auf den Stufen zum Pavillon zusammen.

Peter schwang sich zu einer Ansprache über den erfolgreichen Start in die neue Saison auf und endete mit der Verkündigung anstehender Termine sowie der einen oder anderen organisatorischen Bemerkung. Während er sprach, tauchte ich erneut in das erste Sonnenbad des Frühlings ein und hörte ihm nur noch von ferne zu.

Schon Ostern. Wie die Zeit verging. Nicht lange, und es wäre Sommer und auf der Parzelle jede Menge zu tun! Ich dachte an Neujahr zurück und wie mich mein erster Besuch in der Ivy Lane eingeschüchtert hatte. Seitdem hatte sich so viel für mich verändert. Meine Therapeutin hatte goldrichtig gelegen – der Umzug nach Kingsfield, das Gärtnern an der frischen Luft … ein Neuanfang war genau das, was ich brauchte. Und solange es auch gedauert haben mochte, auch meine Haltung hatte sich verändert: Allmählich ließ ich Menschen wieder an mich heran; ich hatte mich mit Gemma und Charlie angefreundet – auch wenn mir die Entwicklung mit dem Ostergeschenk ein wenig zu denken gab. Ob ich wollte oder nicht, gehörte ich jetzt zu dieser kleinen Gemeinde. Ich öffnete die Augen, ließ den Blick über die Menge schweifen und räumte innerlich ein, dass ich es genoss. Und solange ich mich im Hintergrund halten und nach und nach Vertrauen fassen konnte, war die Situation perfekt.

Als Christine sich zu Wort meldete, klinkte ich mich wieder ein.

»Nigel und Peter haben eine Runde Applaus verdient, für die Organisation des Ostereiersuchens.«

Höfliches Klatschen. Als ich mich zu Gemma umblickte und sah, wie sie mit den Lippen »von wegen« formte, schüttelte ich den Kopf. Bitte, lass mich außen vor. Sie verdrehte die Augen und verschränkte frustriert die Arme vor der Brust.

»Und jetzt habe ich eine höchst erfreuliche Neuigkeit

für euch.« Christines Augen funkelten, vor Aufregung konnte sie kaum den Umschlag aus ihrer Handtasche ziehen. »Wir haben einen Brief von der BBC bekommen! Sie wollen im Rahmen ihres Programms *Grüne Daumen* eine Reportage über eine Kleingartenanlage bringen, und sie haben sich für einen ausführlichen Bericht über die Ivy Lane entschieden. Suzanna Merryweather, der Star der Fernsehgärtner, kommt dafür eigens nach Kingsfield.«

Ungläubige Ahs und Ohs gingen durch die Menge, Schultern wurden gestrafft, Haare glatt gestrichen. Ich grinste gerade bei der Feststellung, wie stark Christines irischer Akzent durchkam, wenn sie aufgeregt war, als Gemma einen spitzen Freudenschrei ausstieß und mich so fest am Arm packte, dass es wehtat. Christine drehte sich kurz zu uns um und wedelte mit der Hand, um für Ruhe zu sorgen.

»Natürlich kommen wir alle vor«, sagte sie. Dann blickte sie erneut über die Schulter und sah mir ins Gesicht. »Aber als Schwerpunkt soll das erste Jahr eines Neulings begleitet werden.«

Sie legte eine wirkungsvolle Pause sein, doch mir schwante nichts Gutes. Bei der Vorstellung, wie der Sommer und vielleicht mein ganzes Leben bis zur Unkenntlichkeit auf den Kopf gestellt werden sollten, machte ich mich auf meinem Sitz ganz klein.

»Tilly, du wirst ein Fernsehstar!«

Diesmal fiel das Klatschen noch lauter aus, und alle starrten mich an. Ich fühlte mich wie ein fliehendes Tier, geblendet von den Scheinwerfern des nahenden Autos.

»Aber …« Ich warf Gemma einen hilfesuchenden Blick zu.

Doch statt mir aus der Patsche zu helfen, grinste sie mich nur an. »Allmählich solltest du die Trickkiste meiner Mutter doch kennen.«

Mit einem schiefen Lächeln sah ich eine neue Version des Sommers vor meinem geistigen Auge, bei der es mir kalt den Rücken herunterlief.

Ein Fernsehteam in der Ivy Lane. Das mich filmte. Journalisten hatten es drauf, den Leuten Geheimnisse aus der Nase zu ziehen. Das war ihr Job. Sobald sie irgendwo eine Story rochen, waren sie wie Spürhunde und folgten unbeirrbar ihrer Witterung – je sensationeller, desto besser.

Dabei war es in diesem Moment für mich einfach überlebenswichtig, mein Geheimnis zu bewahren.

Kapitel 12

Es war ein warmer Samstag Anfang Mai, und als ich beschwingt durch die Tore der Ivy Lane sauste, herrschte schon überall reges Treiben. Wahrscheinlich war dies immer eine arbeitsreiche Jahreszeit, was ich als Neuling nur erahnen konnte, doch so, wie sich an diesem Morgen alle beim Hacken, Jäten und Pflanzen ins Zeug legten, grenzte es an Besessenheit. Ich lag sicher richtig mit meinem Verdacht, dass die extra Anstrengungen dem nahenden Besuch der Fernsehcrew von den *Grünen Daumen* geschuldet waren. Es gab kein anderes Thema.

Und ich lernte an meinen Gärtnergenossen eine ganz neue Seite kennen: Hatten sie bisher vor allem die therapeutischen Segnungen der Kleingärtnerei betont, die Befriedigung des Säens und Erntens sowie natürlich die Geselligkeit, schien es nun ernst zu werden.

»Morgen, Tilly«, rief Christine vom Eingang des Pavillons aus, als ich an ihr vorbeiradelte. Sie überwachte gerade die Hängung von fünf farbenfrohen Blumenampeln am Dachvorsprung der Eingangsfassade. »Was meinst du? Sieht toll aus, oder?«

»Wunderschön«, antwortete ich und zwinkerte Nigel und Alfred zu, die auf Trittleitern standen und die Körbe so lange hin und her drehten, bis ihnen die Arme abzufallen drohten und ihre Ladyschaft endlich zufrieden war.

Ich schlängelte mich zwischen den anderen Parzellenpächtern hindurch und stieg an meiner Hälfte der 16 ab. Gemmas Schuppen stand offen. Hurra, wie schön, während der Arbeit ihre Gesellschaft zu genießen. Und mein Apfelbaum stand in voller Blüte, ein doppeltes Hurra.

»Bis Juni wird die Ivy Lane wie eine Filmkulisse erstrahlen«, sagte ich, während ich das Fahrrad an meinem Schuppen abstellte und zu ihr hinüberlief.

»Die glauben alle, sie kämen in *X-Factor*«, maulte Gemma, die in ihrem Deckchair saß. »Denen von *Grüne Daumen* geht es bestimmt mehr um schrullige Typen als um perfekte Gärten.«

Sie krempelte ihre rosa Caprihose auf und streckte für die perfekte UV-Einwirkung die Beine aus.

»Wohingegen ich nichts Anstrengenderes kultivieren werde als eine hübsche Bräune«, fügte sie hinzu, lehnte sich zur Demonstration zurück und hielt das Gesicht in die Sonne.

Diesmal prangte ein pinkfarbener Maikäfer in ihrem Haar, und nicht ohne Neid beäugte ich ihr sommerliches Outfit und wünschte mir, ich hätte ihren Schneid gehabt. Zwar trug ich ein T-Shirt, und meine Arme, an die ich seit einer Ewigkeit keine UV-Strahlen mehr herangelassen hatte, zeigten schon die erste rosige Tönung, doch an den schwitzenden Beinen klebte mir bis zu den Knöcheln meine Skinny Jeans.

»Ich schwör's, Mum, wenn du mich zwingst, hier zu sein, wenn sie diesen dämlichen Film abdrehen, ziehe ich zu Dad«, sagte Mia, ohne vom Handy aufzusehen.

Vermutlich stand sie wieder einmal unter Hausarrest. Sie fläzte sich in gewagt kurzen Jeansshorts und T-Shirt neben Gemma im Gras.

Wie gut, dass meine Beine unsichtbar blieben, dachte ich beim Anblick von Mias straffen, goldgetönten Teenagerbeinen.

»Lieber sterbe ich, als mich in so einer albernen Gärtnersendung wiederzusehen. Wahrscheinlich müsste ich in der Schule vor versammelter Mannschaft aufstehen und ein Referat darüber halten«, fuhr sie erschaudernd fort.

Ich verkniff mir ein Schmunzeln. Armes Mädchen, ihre Mutter würde das Rampenlicht in vollen Zügen genießen, doch in diesem Punkt war ich ganz auf Mias Seite und erinnerte mich noch gar zu gut, wie ich in ihrem Alter nur den einen Wunsch hegte, um keinen Preis aufzufallen. Über ihr Alter hinaus, wenn ich es recht bedachte. An diesem Tag kam ich strahlend gut gelaunt, und das nicht etwa wegen der Sache mit dem Fernsehen – der bloße Gedanke daran übte auf meinen Magen dieselbe Wirkung aus wie der Geruch von Shazzas Pilzkompost. Meine gute Stimmung hatte nur einen Grund: meine erste bevorstehende Ernte. Kaum zu glauben, aber wahr!

Nach meinem katastrophalen Fehlstart als Kleingärtnerin konnte ich kaum fassen, welche Wachstumsschübe meine Grundstückshälfte in den letzten Monaten hingelegt hatte und dass, wie mir Nigel zuverlässig versicherte, die Radieschen jetzt erntereif waren.

»Okay, einen Trommelwirbel, wenn ich bitten darf«, verkündete ich und beschwor mein Gemüse, mich nicht im Stich zu lassen.

»Halt das in einem Foto fest, Mia«, sagte Gemma und

richtete sich in ihrer Sonnenliege auf. »Hier wird Geschichte geschrieben.«

Neben dem Stück Boden, das ich als mein Salatbeet bezeichnete, kniete ich mich vorsichtig an den Rand des Pfades, grub mit meiner rosa Handgabel tief bis unter die Wurzeln und hob die ersten Früchte meiner Arbeit ans Licht.

Vier rosarote Kugeln mit winzigen weißen Wurzeln daran blitzten mir durch die Erdkrumen entgegen. Mia zoomte die Szene heran – zugegeben, sie waren ziemlich klein – und knipste.

»Sieh sich einer diese Schönheiten an«, sagte ich und hielt sie hoch, als hätte ich einen Oscar gewonnen. »Wie kleine Rubine.«

Radieschen. Ich konnte mich nicht einmal entsinnen, je welche gekauft zu haben, und nun hatte ich selbst welche gezogen. Na schön, mit Nigels Hilfe, aber trotzdem.

»Du platzt ja vor Stolz!« Gemma stand auf, und ich bedachte sie mit einer wilden Umarmung.

Absolut lächerlich, doch ich bekam feuchte Augen. Ich schickte meiner Therapeutin einen stummen Dank für ihren guten Rat.

Wenige Minuten später lag ein kleines Häufchen Radieschen auf dem Pfad. Ein paar davon waren zu groß und holzig geworden, andere zu klein, um sie zu ernten, doch alles in allem war es ein Erfolg.

»Wir sollten ein paar davon probieren, sagte Gemma. »Komm schon, wasch sie unter dem Wasserhahn, Tills. Oh, sorry!«, sagte sie betreten. »Tilly.«

Während ich für meine Rubine einen Korb aus dem Schuppen holte, pries Gemma ihrer Tochter die Segnungen von Radieschen an.

»Wahre Vitamin-C-Bomben, Liebes«, sagte sie, »und praktisch keine Kalorien.«

»Ich glaube, um ihr Gewicht braucht sich Mia keine Gedanken machen«, sagte ich, während ich das Kraut abknipste und sie in meinen Korb fallen ließ. »Ha!«, konterte Gemma. »Vielleicht jetzt nicht, aber als sie die Pubertät kalt erwischte, ist sie erst mal aufgegangen wie ein Ballon …«

»Ich wasch die dann mal«, sagte Mia, schnappte mir den Korb aus der Hand und eilte zum Wasserhahn.

»Ich mache das Ganze hier vor allem ihr zuliebe«, flüsterte mir Gemma zu, obwohl Mia außer Hörweite war. Gemma hatte eine natürliche Gabe, mich zum Lachen zu bringen; sie war nur dann diskret, wenn sie ohnehin niemand hören konnte. »Es ist harte Arbeit, aber die Sache wert …«

Darüber ließ sich streiten, die Knochenarbeit drehte sie ja Colin an.

»Sie über gesunde Ernährung aufzuklären gehört zu den besten Lektionen, die ich ihr mitgeben kann.«

Ich legte ihr die Hand auf den Arm, und sie tätschelte mir die Hand. Unter der quirligen, unbekümmerten Fassade verbarg sich eine großartige Mutter. Ich würde mir sämtliche Beine ausreißen, um so eine Mum zu sein. Bei dem Gedanken zog sich mir das Herz zusammen, doch wie gewohnt brachte Gemma die Dinge wieder ins Lot, als sie plötzlich losprustete und sagte: »Außerdem habe ich Mias Großmutter als warnendes Beispiel vor Augen«, sagte sie schelmisch und plumpste wieder in ihren Stuhl. »Die ist wirklich das Gegenteil von dünn …«

Ich fiel in ihr Gelächter ein und spähte zum Wasserhahn hinüber. Mir blieben maximal zwei Minuten.

Ich räusperte mich. »Kann ich dich mal was Persönliches fragen?«

»Klar doch!« Verwundert sah sie mich an. »Wir sind Freunde. Mein Leben ist ein offenes Buch.«

Mich erfasste eine Woge der Übelkeit. Mein Leben war eher ein Tagebuch, zu dem man einen Schlüssel brauchte, und zwar einen, den ich in irgendeiner hintersten Schublade verlegt hatte.

Ich holte tief Luft und zwang mich zu einem Lächeln. »Wer ist Mias Dad?«

Gemma verdrehte die Augen, als sei die Geschichte von Mias Zeugung ein alter Hut. »Ein großer, dunkelhäutiger, gutaussehender Friseur namens Kevin aus Birmingham, den ich mit achtzehn bei einem Haarfärbekurs in London kennengelernt habe.«

»Du warst Friseurin?«

»In der Lehre. Aber das war nichts für mich. Die Leute wollen nie die Frisur, die ihnen wirklich steht.« Der Blick, den sie über meine strähnige Haarpracht warf, blieb nicht unbemerkt. Ich hatte eine Friseur-Phobie. Diese neugierigen Fragen, während sie einem mit Kamm und Schere im Rücken standen.

»Und?« Ich ließ nicht locker. »Was ist passiert?«

»Wir wohnten im selben Hotel, und sagen wir einfach, wir haben nicht nur mit Haarfarben experimentiert. Wir waren beide noch Jungfrau. Wenige Wochen später stellte ich fest, dass ich schwanger war, und er hatte sein Coming-out. Kannst dir ja denken, was das mit meinem Selbstvertrauen in Sachen Sex angerichtet hat. Ich meine, wie mies muss man im Bett sein, um einen Mann schwul zu machen?« Dabei sah sie mich mit ihren riesigen blauen Augen so eindringlich an, dass ich einen Moment lang glaubte, sie warte ernsthaft auf eine Antwort.

»Stehst du noch mit ihm in Kontakt?«

»Ja. Kevin macht sich als Dad gar nicht mal schlecht. Mia trifft sich einmal im Monat mit ihm, und die kostenlosen Haarschnitte kommen auch nicht ungelegen. Jedenfalls habe ich nach Mias Geburt beschlossen, auf Kosmetikerin umzusatteln.« Sie seufzte und legte Daumen und Zeigefinger zusammen. »Ich verstehe mich als ganzheitliche Heilerin mit Schwerpunkt auf der Körperoberfläche. Ich habe eine Gabe dafür.«

Voller Zuneigung betrachtete ich Gemmas Gesicht, als sie sich wieder zurücklehnte und mit geschlossenen Augen die frühsommerliche Sonne genoss. Ich kannte sie erst seit vier Monaten, doch sie hatte schon jetzt so viel Spaß und unbeschwerte Freude in mein Leben gebracht, die ich weiß Gott nötig hatte. Ich hatte noch nicht viele Freunde in Kingsfield, doch sie machte ihrem Namen alle Ehre, sie war ein Juwel.

»Da ist noch was, das ich dich schon länger fragen wollte«, sagte ich und gab es auf, so zu tun, als sei ich weiter mit meinen Beeten beschäftigt. Ich zog einen Stuhl heran und setzte mich neben sie. »Ich hatte immer gedacht, Hausarrest für einen Teenager bedeute, na ja, dass er eben zuhause bleiben muss. Aber Mia kommt, und zwar regelmäßig, wie ich sehe, mit dir hierher.«

»Ha!«, erwiderte Gemma. »Da sieht man mal, wie wenig du vom Planeten Teenager verstehst. Erstens hat Mia eine ziemlich hinterlistige Seite …«

»Von wem sie die wohl haben mag«, sagte ich mit großen Unschuldsaugen.

Gemma zog die perfekten Brauen hoch, als habe sie nicht die leiseste Ahnung, was ich meinte.

»Mit vierzehn sieht sie ihre einzige Lebensaufgabe darin, vierundzwanzig Stunden am Tag, sieben Tage die Woche, ihre Grenzen auszutesten. Es ist meine Pflicht, ihr diese Grenzen unermüdlich zu zeigen.«

»Sicher, aber wie gesagt, macht man das nicht normalerweise zuhause?«

»Du meinst, dort, wo sie sich in ihrem Zimmer mit unbegrenztem Internetzugang herumlümmeln kann?« Sie schnaubte verächtlich. »Das ist keine Strafe, das ist für sie der Himmel. Hier dagegen ist alles eingeschränkt, bis hin zum Handysignal. Für Mia ist das Zuchthaus und Einzelhaft in einem.«

Ich nickte. Die Logik bestach.

»Du wirst noch an mich denken«, sagte sie, »wenn du mal selber Kinder hast.« Ich schluckte, für den Augenblick um eine Antwort verlegen. Als ob es in absehbarer Zukunft dazu kommen würde.

Mia kehrte vom Wasserhahn zurück und schwang den Korb am ausgestreckten Arm wie einen Propeller. Wenn sie sich unbeobachtet fühlte, wirkte sie viel jünger als sonst, und Gemma und ich tauschten nachsichtige Blicke.

»Davon abgesehen – sag ihr das ja nicht –, hab ich sie gerne um mich. In ein paar Jahren ist sie flügge und verlässt das Haus.«

Ich musterte Gemma eindringlich, weil ich fürchtete, dass ihr jeden Moment die Tränen kamen. Das war doch gewöhnlich mein Metier. Aber sie zwinkerte. »Wenn es so weit ist, geht Gemmas ›Reich der Schönheit‹ in die zweite Phase.« Sie richtete sich halb auf und nahm ihrer Tochter den Korb ab. »Komm schon, Mia, mal sehen, wie sie schmecken.«

Die Radieschen waren ein Triumph, will sagen, knackig, scharf und saftig, genau so, wie man es von frischen Radieschen erwarten darf. Für mich schmeckten sie nach einer neuen Ära in meinem Leben. Eine beachtliche Leistung für so ein bescheidenes, kleines Gemüse.

»Hmm, na los, Mia, greif zu«, sagte Gemma und schürzte die Lippen, »die sind wie Süßigkeiten.«

Was vielleicht ein wenig übertrieben war.

Mia schob sich eins in den Mund und erklärte, es schmecke wie Ohrenschmalz. Auch das fand ich etwas zu pointiert.

»Womit hast du dir denn diesmal den Hausarrest eingehandelt, Mia, wenn die Frage nicht zu persönlich ist?« Ich hatte es aufgegeben, mich bei Mia cool zu geben. Während ich mich durchaus noch für jung hielt, stand ich in ihren Augen vermutlich schon mit einem Bein im Grab.

Mia seufzte mit all dem Pathos, das sie aufbringen konnte. »Meine Handyrechnung.«

Gemma funkelte ihre Tochter an und schüttelte den Kopf, als sie mir erklärte: »Fünfzig Pfund! Sie hat einen neuen Freund.«

An dieser Stelle hätte ich bei Mia mit ein wenig Schamesröte gerechnet, doch sie lächelte nur verklärt. Vielleicht war sie ihrer Mutter ähnlicher, als ich vermutet hatte. Ihre Reue hielt sich jedenfalls in überschaubaren Grenzen.

»Um das wieder einzuholen, muss ich drei Beine enthaaren«, fuhr Gemma fort. »Wo wir gerade dabei sind …« Sie sprang auf und verschwand in ihrem Schuppen. Als sie zurückkam, hatte sie einen Stoß Flyer in der Hand und reichte mir einen. »Meine neue Preisliste. Solltest du also mit dem Gedanken spielen, dir die Beine enthaaren zu lassen …« Sie blickte vielsagend auf meine Jeans.

Ich zog die Füße ein. »Nein, aber danke.«

Ivy Lane war für diese Beine noch nicht bereit.

Das Thema war vom Tisch, als Alf mit einer Schubkarre ächzend auf unsere Parzelle zukam.

»Eine der Damen an ein paar Erdbeerpflanzen interessiert?«, fragte er und deutete auf die Karre. »Ich habe letztes Jahr meine Ableger eingetopft, und jetzt sind es für mich ein paar zu viel.«

Gemma lehnte mit der Begründung ab, sie habe leider keinen Platz dafür. Obwohl dasselbe auf meine Hälfte zutraf, fand ich Erdbeeren zu verlockend.

»Grab deinen Kopfsalat aus, und mach ein Erdbeerbeet daraus«, schlug Gemma vor. »Wenn du beim Verzehr der Erdbeeren Hilfe brauchst, sag Bescheid.«

Ich grinste. »Aber die Salatköpfe sind doch noch so klein.«

»Schon«, sagte Gemma, »aber die jungen Blätter sind besonders zart und süß. Wir würden jedenfalls nicht nein sagen, oder Mia? Lust auf Salat zum Tee?«

»Oh nein, nicht noch mehr Süßigkeiten«, antwortete Mia und klopfte sich auf den Bauch. »Du verwöhnst mich heute zu sehr, Mutter.«

Ich tauschte die Erdbeerpflanzen gegen die Hälfte meiner Radieschen. Bevor ich aber weiter planen konnte, stolzierte Colin in tiefhängender Jeans den Pfad entlang auf mich zu.

»Wenn ich an das strahlende Gesicht denke, als meine Mutter nach Hause kam, drängt sich mir die Frage auf, ob ich mich vielleicht bei dir ein bisschen nützlich machen könnte«, sagte Colin und grinste über beide Ohren. »Wollen diese Erdbeeren vielleicht zufällig unter die Erde?«

Ich zögerte. Der Witz an der ganzen Sache mit der Ivy Lane war eigentlich die Arbeit an der frischen Luft, das Erfolgserlebnis …

»Ach, von mir aus. Danke, Colin«, sagte ich und beschloss, die Sonne vom behaglichen Liegestuhl aus zu genießen statt aus Bodenhöhe, und so zeigte ich ihm nur, wo sie hingehörten.

»Geht das mit dem zweiten Kapitel heute in Ordnung?«, murmelte er, als wir Geräte aus dem Schuppen holten.

»Klar«, sagte ich mit einem ermunternden Lächeln.

Schon bei unseren ersten Leseübungen zu Ostern war mir schnell klar geworden, dass Colin Legastheniker war, und ich fasste es nicht, dass noch niemand seine Leseschwäche bemerkt zu haben schien. Ich machte ihn auf einen Volkshochschulkurs aufmerksam, doch bis dahin würde ich ihm helfen, wann immer er den Fängen seiner Mutter entkam. Wir hatten uns schon halb durch *Killing Mum* durchgefressen. Seine Wahl. Ich stellte sie nicht infrage.

»Hast du Mulch?«, fragte Colin, während er kräftig an die Unterseite der Töpfe klopfte, um die kleinen Erdbeerpflanzen herauszulösen.

Ich zuckte die Achseln. Ich hatte noch erheblichen Nachholbedarf beim Kleingärtnerlatein. Vielleicht hatte ich ja Mulch, vielleicht auch nicht. Kam darauf an, was es war.

»Strohmulch«, erklärte er. »Eine Art Decke aus Stroh, um die Unterseiten der Pflanzen zu schützen.«

»Nein, aber wird erledigt«, sagte ich. Der Vereinsladen

war geöffnet, und so lief ich hinüber, um mir besagtes Stroh zu besorgen.

Beim Laden handelte es sich weniger um ein Fachgeschäft für Gärtnereibedarf, sondern um eine Garage mit Doppeltür und Regalen voll mit seltsamen Dingen wie Bittersalz, Seetangextrakt oder Wurmstein. Derzeit versah Christine hier ihren Dienst. Sie saß auf einem Sack John-Innes-Kompost Nummer 1 und blickte wie ein liebeskranker Teenager versonnen in die Ferne. Bei genauer Betrachtung glich ihr Ausdruck exakt dem von Mia vor fünf Minuten.

»Aidan Whitby«, sagte sie. »Bringt einen nicht allein schon der Name zum Schmelzen?«

»Hmm«, erwiderte ich unverbindlich und reichte ihr einen Fünfer für einen Sack Stroh.

Aidan sagte mir nichts, und bei Whitby musste ich an Krabben, Esel und Dracula denken. Jedenfalls war da nichts zum Dahinschmelzen dabei, und ich hatte keinen Schimmer, wovon die Rede war.

»Unser Regisseur«, klärte sie mich auf. »Ich hab heute einen Brief von ihm bekommen, mit der Bestätigung unseres Termins.« Ihre Augen bekamen einen eigentümlichen Glanz. »Ein Fernsehregisseur kommt in die Ivy Lane.« Sie schickte einen Seufzer hinterher.

»Das wird ganz schön aufregend, oder?«, kommentierte ich und hoffte, dass es enthusiastisch klang.

»Ich hab schon eine Ankündigung ans schwarze Brett gehängt. Sag's bitte allen weiter, Tilly, Liebes, wir können jeden brauchen.«

»Sicher«, erwiderte ich und griff nach meinem Strohmulch.

»Und ich zähle auf dich. Als unser Jungstar liegt es in deiner Hand, Anfänger und die jüngere Generation für die Kleingärtnerei zu begeistern. Das wird für unser Image Wunder wirken, Tilly, wahre Wunder.«

Mit einem schmallippigen Lächeln machte ich einen Abgang. Christine ahnte nicht, was sie sich mit mir eingehandelt hatte. Es konnte nur ein Reinfall werden.

Kapitel 13

Ich schüttelte die Packung Katzenkekse und horchte.

Nichts. Selbst dieser kleine Protestakt seitens meines Kätzchens wurde mir an diesem Abend zu viel.

Letztes Jahr war ich den ganzen Mai kaum aus dem Bett gekommen. Verglichen damit hatte ich riesige Fortschritte gemacht: Ich hatte mich jeden Tag eisern zur Schule geschleppt, doch bis zum Abend reichte es mir dann, und ich hatte nur noch den einen Wunsch, unter die Decke zu kriechen und mich meinem Kummer zu überlassen.

Vielleicht sah es ja im nächsten Mai noch besser aus, und ich würde unter die Vergangenheit endgültig einen Schlussstrich ziehen können.

Ich holte tief Luft. *Das musst du dir nur immer wieder sagen, Tilly. Wenn du nur fest genug daran glaubst, wird es wahr.*

Obwohl ich in der Ivy Lane ein paar zarte Sprossen trieb, Freunde fand und auf meiner Gartenhälfte meine Handschrift hinterließ, war ich an der neuen Heimatfront noch längst nicht bereit, Wurzeln zu schlagen. Ich war nicht allzu scharf darauf, mir über die Gründe dafür klar zu werden, auch wenn ich irgendwo im Hinterkopf den Verdacht hegte, dass ich wohl immer noch hoffte, eines Morgens aufzuwachen und mit Erleichterung festzustellen, dass die letzten achtzehn Monate nur ein böser Traum gewesen waren.

Seufzend schüttelte ich die Packung erneut.

In Katzenjahren entwickelte sich Cally mit vier Monaten bereits zu einem widerspenstigen Teenager, trieb sich herum, wo und wann es ihm beliebte, und überhörte meine Rufe, wenn es Zeit war, ihn in der Küche einzuschließen, bevor ich das Haus verließ. Nach einer halben Ewigkeit hörte ich das leise Geräusch, mit dem er in meinem Schlafzimmer von der Fensterbank sprang, und das Klimpern seines Halsbands auf dem Weg die Treppe herunter. Er strich mir mit dem graugestreiften Körper um die Beine und setzte sich artig an die Hintertür.

»Tut mir leid«, sagte ich und bückte mich, um ihn unter dem Kinn zu kraulen. »Aber vorerst darfst du noch nicht alleine raus.«

Als ich auf die Uhr sah, war meine Laune endgültig im Keller. Ich musste los. Ich wollte nicht, doch ich zwang mich, an meinem Entschluss festzuhalten, und packte vier Töpfe mit der Aufschrift »Mais, Kennzeichen 2« in einen Einkaufsbeutel. Meine Kürbissetzlinge konnten ruhig noch ein paar Tage warten, doch die hier gehörten dringend in die Erde. Wenn ich mich beeilte, blieb mir gerade noch genügend Zeit, sie vor dem außergewöhnlichen Treffen im Pavillon zu pflanzen.

In Helm und Signalweste radelte ich los. In meiner Gegend von Kingsfield war Grün ein seltenes Gut, und die üppig sprießende Welt der Kleingärten in der Ivy Lane war wie eine friedliche Oase inmitten der trostlosen Vorstadt.

Obwohl, korrigierte ich mich, im Moment vermutlich nicht.

Am Eingang zum Pavillon stand Roy und blickte, die Hand gegen die Abendsonne über die Augen gelegt, zu Christine hinauf, die mit einem Hammer und einem verhedderten Streifen Fahnentuch über der Schulter auf einer Trittleiter stand.

»Um Himmels willen, Chris«, blaffte Roy, »man könnte meinen, die verdammte Königliche Familie käme zu Besuch.« Als er mich sah, schüttelte er genervt den Kopf.

Ich stieg ab, um zu hören, was Sache war.

Mit einer wegwerfenden Handbewegung kehrte Roy seiner Frau den Rücken. »Hätte nur noch gefehlt, dass du uns am Wegrand aufstellst und mit Wimpeln winken lässt«, rief er über die Schulter.

Woraufhin Christine auf ihrer Leiter erstarrte. Man sah förmlich, wie es in ihrem Kopf arbeitete, während sie den Blick blitzschnell über das Gelände schweifen ließ: Wo bekomme ich in Kingsfield an einem Montagabend dreißig Union Jacks her? So gern ich gesehen hätte, wie sich das Drama weiter entfaltete, war ich unter Zeitdruck und radelte weiter zur Parzelle 16.

Gemmas Schuppentür stand offen, und ich rief im Vorbeigehen ein Hallo.

»Abend, Tilly«, antwortete sie. Gemma musste direkt von der Arbeit hergekommen sein, jedenfalls trug sie ihren weißen Kosmetikerinnenkittel zur schwarzen Hose und hatte das Haar mit einem ordinären Klämmerchen zurückgesteckt. Sie spitzte die Zunge zwischen den Lippen, während sie allem Anschein nach etwas auf einem großen Pappkarton zeichnete. Ich hoffte inständig, dass es kein Transparent war, das jemand von uns wie eine Fangemeinde für den illustren Besuch hochhalten sollte.

Ich kramte zusammen, was ich fürs Pflanzen benötigte: Gießkanne, Kompost, Schaufel und Knochenmehl, und ging zu den Gemüsebeeten hinüber, um nach meinen jungen Pflanzen zu sehen.

Gestern Nacht hatte ich doch wahrhaftig von einem Risotto Primavera geträumt, das James und ich einmal in Rom gegessen hatten, mit jeder Menge Öl und Sahne, und ich nahm mir vor, mich mit meinen eigenen Schalotten, Saubohnen und Erbsenschoten an etwas Ähnlichem zu versuchen – eigentlich hätten es Zuckerschoten sein sollen, aber was machte das schon für einen Unterschied? Und ein bisschen Spargel konnte ich sicherlich von Vicky beim Eingangstor schnorren.

Und falls ich es richtig krachen lassen wollte, konnte ich sogar jemanden einladen, um es mit mir zu teilen. Wenn das kein Fortschritt war!

Ich beugte mich vor und hielt den Atem an, während ich mit Argusaugen meine Erbsen, den Pak Choi und das Callaloo betrachtete; ein wenig angeknabbert, doch nicht schlimmer als letzte Woche. Geht doch! Eins zu null für mich im Schneckenkrieg. Letzte Woche hatte mich die Erkenntnis wie der Schlag gerührt, dass ich nicht nur mich selbst, sondern Heerscharen von Schnecken zu ernähren hatte.

Es war ein Rückschlag gewesen, doch wie ich inzwischen begriff, lagen Rückschläge in der Natur der Hobbygärtnerei. Ich hatte mir Schneckenkorn besorgt, und Gott sei Dank zeigte es Wirkung.

Die Maispflanzen hatte ich im Nu unter der Erde, und so räumte ich meine Sachen wieder weg, rief nach Gemma und schlenderte mit ihr Richtung Pavillon, sie vorneweg, ich etwas zögerlich hinterher.

»Wenn die Hauptrollen zu vergeben haben«, sagte Gemma und hakte sich bei mir unter, »heb ich die Hand.«

»Im Ernst?« Ich grinste. Wer hätte das gedacht.

»Oha, sieh mal, er ist da!«

Gemma zeigte auf einen weißen Ford Transit mit dem Logo von *Grüne Daumen* an der Seite. Drinnen saß ein Mann mit dem Handy am Ohr. Christine und Peter standen als Begrüßungskomitee auf der Eingangstreppe zum Pavillon – bereit, sich auf den Mann zu stürzen, sobald die Wagentür aufging. Christine hatte sich eigens für den Anlass in ein Kleid geworfen, mit einer Strickjacke für den kühleren Abend. Ich hatte sie wohl noch nie so strahlend gesehen.

»Gummistiefel, Mutter!«, zischte ihr Gemma auf dem Weg in den Pavillon zu.

»Wa…« Christine sah auf ihre Füße, griff sich vor Schreck in die stahlgrauen Locken und lief wie der geölte Blitz in ihr kleines Büro.

So voll hatte ich es im Pavillon noch nie erlebt, die Jahreshauptversammlung im Februar war nichts dagegen. Die Stühle waren wie für einen Vortrag in Sitzreihen aufgestellt, mit einem Tisch davor in der Nähe der Tür. Wir zwängten uns an Dougie in der ersten Reihe vorbei und fanden ganz hinten noch freie Plätze.

»Werte Mitglieder der Ivy Lane«, intonierte Peter, als er und Christine einen hochgewachsenen, dunkelhaarigen Mann hereinführten und ihre Plätze am Podiumstisch einnahmen. Augenblicklich trat im Raum Stille ein. »Es ist mir eine Ehre, euch mit Aidan Whitby bekannt zu machen, dem Regisseur und verantwortlichen Redakteur von *Grüne Daumen*.«

Aidan Whitby hob die Hand und lächelte ein wenig verlegen. Hier und da klatschte jemand im Publikum. Einschließlich Gemma. Aber es gehörte schon ein wenig mehr dazu, bei mir Eindruck zu schinden, als einfach nur einem Wagen zu entsteigen.

»Wo ist die Schöne?«, fragte Dougie und reckte den Hals, um durch die offene Tür nach draußen zu blicken.

Im selben Moment trafen wie auf ein Zeichen Charlie und Alf ein, und alle lachten. Ich deutete auf den leeren Platz neben mir, und Alf strahlte hoffnungsvoll, doch bevor er einen Schritt machen konnte, rempelte sich Charlie an allen vorbei und plumpste neben mir auf den Stuhl. Armer Alf. Ich hörte Gemma kichern.

»Hi«, flüsterte mir Charlie ins Ohr. Wir saßen alle ziemlich eng, und von Charlies Schenkel strahlte eine solche Hitze ab, dass ich mich fragte, ob er direkt von einem Großbrand hergekommen war.

Aidan Whitby stand auf und räusperte sich. »Hallo allerseits, und danke, dass Sie hergekommen sind.«

Das Gelächter verstummte, alle saßen kerzengerade, hier und da war ein schmachtender Seufzer zu vernehmen. Er war schlank, hatte eine markante Nase, Lachfältchen um die Augen, die seinem Gesicht einen gutmütigen Ausdruck verliehen, und dichtes, gewelltes Haar mit vielen Wirbeln. Selbst von der Rückseite des Raums aus konnte ich erkennen, wie er mit seinen braunen Augen unsere Reihen musterte.

Der ist im Mediengeschäft, rief ich mir ins Gedächtnis, sei vor ihm auf der Hut.

»Sieht irgendwie intelligent aus«, flüsterte vor mir Colins Mutter Rosemary Liz ins Ohr.

Ich warf Gemma einen vielsagenden Blick zu, doch die hatte nur Augen für Aidan.

Himmel!

»Suzanna lässt sich vielmals entschuldigen, sie musste zur Chelsea Flower Show, um die Vorbereitungen für die diesjährige Veranstaltung zu filmen«, sagte Aidan und zog in einer entwaffnenden Geste die Schultern hoch. Wie auf Kommando kamen Seufzer aus dem Publikum.

»Daher werden Sie, fürchte ich, heute Abend mit mir vorliebnehmen müssen«, fuhr er betont bescheiden fort.

»Ich will mich ja nicht aufdrängen«, warf Dougie ein, »aber wann genau dürfen wir mit der reizenden Suzanna rechnen?«

»Ähm ...« Aidan zögerte und fing einen warnenden Blick von Peter auf. »Das kann ich Ihnen leider im Moment noch nicht sagen. Das hängt von ihren Drehterminen ab.«

Mit finsterer Miene sank Dougie auf seinem Stuhl zurück.

Aidan erklärte nun, dass die Dreharbeiten im Juni beginnen sollten. Die meiste Zeit seien nur er und ein Kameramann vor Ort. Sie wollten uns im Lauf des Sommers gleichsam über die Schulter blicken, bis zum Höhepunkt der alljährlichen Blumenschau im August. Über dieses Ereignis hatte ich schon von Christine gehört. Demnach handelte es sich dabei um einen beinharten Wettbewerb, mit einem Preisrichter für jede erdenkliche Gemüsesorte.

Offenbar würden sich Suzanna Merryweather und möglicherweise eine Visagistin nur hin und wieder bei uns blicken lassen.

»Sie erwarten doch hoffentlich nicht von uns, dass wir uns extra schminken lassen?«, fragte Nigel empört.

»Nicht mit mir«, pflichtete Roy bei und verschränkte die Arme vor der Brust.

Aidan fasste sich wie beiläufig an den Mund, wahrscheinlich, um ein Schmunzeln zu verbergen. »Die Visagistin ist nur für Suzanna da. Ihre eigenen kosmetischen Vorlieben liegen ganz bei Ihnen. Wir wollen echtes Leben einfangen, Menschen aus Fleisch und Blut, nicht für die Kamera aufgehübscht. Ziehen Sie sich genau so an wie immer, je gammeliger, desto besser.« Mit einem strahlenden Lächeln blickte er ins Publikum.

»Oh je«, sagte Christine mit einem vielsagenden Blick auf ihren Mann.

»Wie charmant«, bemerkte Gemma und strich sich die Locken zurecht.

»Oh, tut mir leid«, stammelte Aidan und fuchtelte wie ein Oktopus nach einem Fehlgriff mit den Armen in der Luft. »So war das natürlich nicht gemeint. Was ich damit sagen wollte …« Er holte tief Luft. »Diese Episode von *Grüne Daumen* soll etwas ganz Besonderes werden; wir wollen darin das Leben in einer britischen Kleingartenanlage möglichst authentisch zeigen.« Er legte eine Pause ein und schenkte dem Vorstand ein Lächeln.

»Der benutzt definitiv Haarwachs«, flüsterte Gemma mit Kennermine. »Dieser gekonnte Wuschelkopf erfordert ein geschicktes Händchen. Das muss man dem Mann lassen.«

»Wir sind nicht auf irgendwelche Fachsimpel aus, die – was weiß ich – in Kew Gardens studiert haben oder so«, nahm er seinen Faden wieder auf. »Oder textsichere Schauspieler, die bei einer Schubkarre das eine Ende nicht vom andern unterscheiden können. Wir brauchen Menschen mit einer Passion, mit Bodenhaftung – und Tipps, aus denen Ihre praktische Erfahrung spricht. Kniffe, die vielleicht vom Vater auf den Sohn weitergegeben wurden«, und nach einem Blick in die Runde, »oder natürlich von der Mutter auf die Tochter oder auch vom Vater auf die Tochter …«

»Oh, ich weiß nicht«, antwortete ich im Flüsterton, als Aidan verstummte und sich wiederholt mit der Hand durch die Haare strich, bis sie ihm zu Berge standen.

»Ich denke, Sie wissen schon, worauf ich hinauswill«, sagte er. »Es geht darum, dem Zuschauer die Menschen nahezubringen, die Ivy Lane zu etwas Besonderem machen.« Erleichtert atmete er einmal durch.

Seine Ansprache hatte die gewünschte Wirkung nicht verfehlt, er hatte alle wieder auf seiner Seite.

»Und keine Sorge, wenn Sie gefilmt werden, dann merken Sie es auch«, fügte Aidan noch hinzu. »Es wird keine versteckten Kameras geben. Außer der da oben.« Er zeigte zur Decke, wo am Bewegungsmelder zur Einbruchssicherung ein rotes Lämpchen blinkte.

Alle rutschten unruhig auf ihren Sitzen hin und her.

»Nur ein Witz, sorry«, sagte er und verzog reumütig das Gesicht. »Dann machen wir mal weiter.«

Er zog einen Zettel aus der Tasche. »Ich habe hier eine Liste mit Parzellenpächtern, die mir der Vorstand für Interviews vorgeschlagen hat.«

Er zog sich die Ärmel seines Jacketts an den Ellbogen zurück, als wolle er zum Schlag ausholen. Am offenen Kragen seines Hemdes lugte ein Ansatz von Brusthaar heraus. Bei James war da nichts gewachsen – glatte Haut wie ein Babypopo. Ich überlegte, wie es sich wohl anfühlte,

Haut an Haut, mit der Wange an einer behaarten Brust zu liegen.

Über die Irrungen und Wirrungen meiner Gedanken erschrocken, nahm ich ruckartig Haltung an.

»Ich weiß!«, flüsterte mir Gemma augenzwinkernd zu. »Er ist ziemlich hübsch anzusehen, oder?«

»Nein, nein, das ist es nicht.« Ich war mir nicht sicher, was es war. Abgesehen von dem Schock, über eine behaarte Männerbrust sinniert zu haben.

»Er ist keine Trophäe, meine Damen«, mischte sich Charlie in unseren Austausch ein.

»Tilly Parker?« Aidans braune Augen wanderten durch den Raum.

Mein ganzer Körper sprang auf Alarmstufe Rot.

»Hier!«, rief Gemma und zeigte dem Regisseur mein puterrotes Gesicht. Als sich wie auf Kommando alle im Raum zu mir umdrehten, hätte ich im Boden versinken können.

Aidan sah von mir zu Charlie – der geistesgegenwärtig genau in diesem Moment den Arm um meine Rückenlehne legte – und wieder zu mir. Einen Moment lang hielt er Augenkontakt, und mir pochte das Herz bis zum Hals. Er presste die Lippen zusammen und zog – nur so kurz, dass es mir beinahe entgangen wäre – die Brauen hoch.

Was? Was wollte er damit sagen?

»Wer steht noch auf der Liste?«, rief Gemma.

An diesem Punkt nahm Christine das Heft in die Hand. Sie sprang auf, schnappte Aidan den Zettel aus den Fingern und blickte nervös in meine Richtung, falls sie nicht Gemma ins Auge fasste, bei dem verklärten Blick war das schwer zu sagen. »Das können wir ein andermal klären.«

»Richtig«, pflichtete Aidan bei und ging ein wenig auf

Abstand. »Tja, fürs Erste wär's das dann wohl. Ach so, noch eine letzte Bemerkung. Uns ist wirklich viel daran gelegen, dass Sie uns gerne um sich haben, seien Sie also einfach Sie selbst, ganz entspannt und natürlich.« Zum Zeichen, dass damit alles gesagt war, nickte er kurz und atmete einmal aus, als sei er froh, es hinter sich gebracht zu haben.

Wir alle klatschten, selbst ich. Er war mir sympathischer, als ich gedacht hätte. Bis auf den Teil mit dem näheren Kennenlernen der einzelnen Gärtner.

Peter hob die Versammlung auf und bedankte sich bei uns fürs zahlreiche Erscheinen. Wir standen auf und strebten ins Freie.

Vor dem schwarzen Brett hatte Brenda Aidan in Beschlag genommen, und als ich an ihm vorüberkam, fing ich einen hilfesuchenden Blick von ihm auf. Ich musste innerlich grinsen, doch als ich auf ihn zuging, um ihn loszueisen, tippte mir Charlie auf die Schulter.

»Lust auf einen Drink?«, fragte er laut vernehmlich.

Wahrscheinlich war die Einladung rein freundschaftlich gemeint, trotzdem zuckte ich zurück, allein schon, weil er mir ins Ohr gebrüllt hatte.

»Nein«, antwortete ich schroff und fügte, als ich sein enttäuschtes Gesicht sah, freundlicher hinzu: »Nicht wenn ich am nächsten Morgen in die Schule muss.«

»Eben«, sagte Gemma. »Dann mache ich mich auch mal vom Acker.«

Bevor ich protestieren konnte, war sie schon auf und davon. Ich verabschiedete mich von Charlie, und nachdem ich Vicky um ihren Spargel gebeten hatte und zur Parzelle zurückkam, um mein Fahrrad zu holen, entdeckte ich an

Gemmas Schuppen ein Pappschild, auf dem sie *Grüne Daumen-Spezialbehandlungen* anbot, wie Haarstyling, Make-up, Maniküre, Haarentfernung und sogar Herrenhaarschnitte für fünf Pfund. Sie schlug gerade das letzte Nägelchen ein.

»Das ist mein großer Durchbruch, Tilly, das sagt mir mein Bauchgefühl. Ist das nicht aufregend?« Sie klimperte mit den Wimpern und wippte mit den Hüften. Ich erwiderte ihr Lächeln und wünschte mir inständig, ich hätte ihre Freude teilen können.

Zugegeben, Aidans Ausführungen hatten mich ein bisschen beruhigt, dennoch hätte ich am liebsten meine Ruhe gehabt. Was sollte aus dem idyllischen Sommer werden, den ich herbeigesehnt hatte? Warme Nachmittage im Grünen, in trauter Nachbarschaft mit Leuten, die ich inzwischen gut genug kannte und die mich so freundlich aufgenommen hatten. Bei der Aussicht, ins Fernsehen zu kommen, spielten sie jetzt alle verrückt, und ich hatte das unbehagliche Gefühl, dass es mit der heiteren Beschaulichkeit in der Ivy Lane erst einmal vorbei war, sobald die Fernsehcrews anrückten.

Mit gemischten Gefühlen fuhr ich aus dem Tor und den gewohnten Weg nach Hause. Von einem Moment auf den anderen hatte mein kleiner Garten ein wenig von seinem Zauber verloren.

Kapitel 14

Immer bemüht, nichts niederzutrampeln, kauerte ich vorsichtig zwischen meinen Saubohnen und den Pak Choi. Dank Charlies Zickzackpflanzung gab es eine keilförmige Lücke, die ich mit Christines Zucchinipflanze zu füllen gedachte. Mit der Handgabel lockerte ich die Erde und spähte immer wieder über die Schulter.

Ich machte mich im wörtlichen Sinne klein.

Zum ersten Mal war die Crew von *Grüne Daumen* vor Ort; Peter drehte mit Aidan und einem Kameramann seine Runden und wies die beiden Männer auf die Glanzpunkte der Anlage hin. Als ich eintraf, waren sie gerade im Laden, und soweit ich sehen konnte, hatten sie vor, Parzelle für Parzelle die gesamte Anlage zu inspizieren. Bis zur 16 würde es noch eine Weile dauern. Wenn es so weit war, hoffte ich, mich in meinem Schuppen verbarrikadieren zu können.

Es war erst zehn Uhr, doch schon jetzt schien mir die Sonne warm auf den Rücken, und ich bereute es, dass ich mir zuhause nicht die Haare aufgesteckt hatte. Jedes Mal, wenn ich mich herunterbeugte, kitzelten mich Strähnen im Gesicht oder klebten mir im Nacken. Ich half mir mit einem Stück Bindfaden, der vom Hochbinden der Wicken übrig geblieben war, und improvisierte einen Pferdeschwanz.

»Ich hab noch eine Lücke bis zu meiner nächsten Behandlung, Tilly«, rief Gemma herüber. »Soll ich dir die Augenbrauen machen?«

Gemma war jetzt seit zwei Stunden da, und seitdem war der Strom ihrer Kunden nicht abgerissen. Hauptsächlich Oberlippenenthaarungen, erfuhr ich. Die größte Herausforderung sei bis jetzt das Stutzen von Alfs Ohrpinseln gewesen.

»Psst!«, zischte ich und ging auf die Knie. »Nein danke, was gibt's daran auszusetzen?«

»Ha«, konterte Gemma, dankenswerterweise deutlich leiser. »Die sehen aus wie zwei Schnecken, die sich küssen. Der George-Clooney-Look steht ja vielleicht … George Clooney ganz gut zu Gesicht, aber ehrlich gesagt …«

»Also gut, meinetwegen.« Ich spießte meine Grabegabel in den Boden, klopfte mir den Dreck von der Jeans und ging mit betont genervter Miene zu Gemmas Hälfte hinüber. Gemma quiekste vor Vergnügen und wieselte in ihren pinkfarbenen Crocs zum Schuppen zurück. In den sechs Monaten, die ich sie jetzt kannte, hatte sie nichts unversucht gelassen, um mich in die Finger zu kriegen, und heute, so viel war klar, gab es für mich kein Entrinnen.

Schicksalsergeben nahm ich in ihrem improvisierten Salon Platz. »Zupf einfach nur den Teil über der Nase, das sollte fürs Erste reichen.«

Stattdessen drückte sie mir einen Spiegel in die Hand und zeigte mir die Härchen, von denen sie mich zu befreien gedachte.

»Ich könnte sie zupfen, aber dafür bleibt keine Zeit, deshalb müssen es Wachsstreifen tun«, erklärte sie.

Ich hätte mir nicht träumen lassen, mich meiner ersten Wachsbehandlung in einem Kleingartenschuppen zu unterziehen, doch wenn es Gemma in dieser Umgebung schaffte, Colins Intimbereich zu waxen, war hier wohl auch meine Monobraue in guten Händen.

»Was für ein prächtiger Sommertag«, seufzte sie. »Die Sonne scheint, der Himmel lacht, und wir beide stehen vor unserem Fernsehdebüt!« Ich gab nur einen Grunzlaut von mir, da ich nicht riskieren wollte, durch meine Artikulation den Wachsstreifen vom Kurs abzubringen und – wie James bei seinem Polterabend – mit halber Braue zu enden.

Gemma war fix, das musste man ihr lassen; ein paar Mal tief Luft geholt, und die Sache war überstanden.

»So, das hätten wir.« Zufrieden trat sie einen Schritt zurück.

Ich überprüfte das Ergebnis im Spiegel. Gemma hatte recht. Eindeutig eine Verbesserung, jedenfalls, wenn die Rötung verschwunden war. Ich sah nicht mehr ganz so verärgert aus.

»Wo ich schon mal hier bin, Gemma, würdest du mir die Brauen vielleicht auch formen?«

Gemma schenkte mir ein verzücktes Lächeln. »Aber mit Vergnügen. Und wollen wir bei der Gelegenheit nicht auch gleich deine Beine machen? Dann kommen sie zur Abwechslung mal an die frische Luft.«

Ich versuchte, den Kopf zu schütteln, doch den hatte sie fest im Griff. »Lieber nicht. Außerdem könnte jeden Moment die Crew hier sein, und es wäre mir nicht so recht, wenn sie mich hier in deinem Schuppen im Höschen sitzen sähen.«

»Würde nur mein Geschäft beleben«, erwiderte sie grinsend. »Kostenlose Werbung für meinen Salon.«

»Dir ist schon klar, dass sich die Sendereihe ums Gärtnern dreht?«, fragte ich und zuckte unter ihrer Pinzette zurück, die sich in atemberaubendem Tempo durch meine linke Augenbraue zwickte.

»Psst!« Gemma richtete sich auf und warf einen Blick durchs Fenster. »Sie sind da. Sie sind auf der 15. Komm schon.« Sie riss die Schuppentür auf und stürmte los, um Peter und die Crew von *Grüne Daumen* zu begrüßen.

Perplex blieb ich in ihrem gestreiften Liegestuhl sitzen und starrte in den Handspiegel. Meine linke Braue war ein Meisterwerk, die rechte das genaue Gegenteil.

Zehn Sekunden später kam Gemma wieder hereingestapft. Ihre zusammengepressten Lippen verhießen nichts Gutes.

»Ich hab so einen Hals«, fauchte sie überflüssigerweise und warf das Kosmetikwerkzeug in ihr Kästchen. »Aidan hat mir gerade eröffnet, dass ich nicht auf seiner Liste stehe. Sie filmen mich nicht. Ist das zu fassen! Von der eigenen Mutter um den Ruhm gebracht!« Ihre blauen Augen sprühten Funken. »Na schön«, sagte sie und verschränkte die Arme vor der Brust. »Das war das letzte Mal, dass ich ihr kostenlos die Hühneraugen gehobelt habe.«

Von draußen waren jetzt Stimmen zu hören. Dougie und Alf rannten auf der Straße hin und her und scheuchten die anderen Gärtner aus ihren Löchern.

»Suzanna! Suzanna Merryweather ist da!«, brüllte Dougie und machte uns Zeichen mitzukommen. »Beeilt euch!«

Gemma zuckte die Achseln. »Da ich hier offensichtlich überflüssig bin, von mir aus.«

Ich zeigte auf meine unvollendete Augenbraue und machte ein fassungsloses Gesicht.

Gemma zögerte nur für den Bruchteil einer Sekunde, dann stürmte sie an Peter und seinen Besuchern Richtung Pavillon vorbei, die jetzt am Ende unserer Parzelle standen. Aidan schüttelte schmunzelnd den Kopf, ein fülliger Mann zwischen vierzig und fünfzig in Jeans und Baseballkappe, eine schwere Kamera auf der Schulter, lachte los.

Ich konnte nur vermuten, dass sie unter »ungezwungenem Verhalten«, das sie einzufangen hofften, etwas anderes verstanden.

»Tilly«, rief Peter, und ich registrierte, dass seine Konsonanten klarer als gewöhnlich klangen, »darf ich dich mit Aidan und Jeff von den *Grünen Daumen* bekanntmachen?«

Na großartig. Als ich mich aus Gemmas Schuppen hervorwagte, standen Aidan und Jeff bereits auf meiner Hälfte. Peter wurde von Rosemary belagert, und es war ihm anzusehen, dass er verzweifelt nach einem Vorwand suchte, sie loszuwerden.

»Hier ist es wirklich hübsch«, sagte Aidan nach einem freundlichen Handschlag.

»Danke«, sagte ich und war mir dabei entfernt bewusst, dass ich mir eine Haarsträhne um den Finger zwirbelte. Nach all dem Wachsen und Zupfen brannte mir die Haut, und wahrscheinlich hatte ich ein verschwollenes, fleckiges Gesicht.

Ich flüchtete mich in Geschäftigkeit: Zum Ersten mussten sie mich dann in Ruhe lassen und zum Zweiten konnte ich so Augenkontakt vermeiden und mein asymmetrisches

Augenbrauenarrangement verbergen. »Was dagegen, wenn wir kurz zusehen?«, fragte Aidan.

»Kein Problem«, sagte ich achselzuckend, während ich ein Loch grub und etwas Dünger hineinstreute.

Unterdessen schlenderte Aidan zum Schuppen und stellte einen Converse-Turnschuh auf meine Bank. Er trug ein sandfarbenes Hemd mit aufgekrempelten Ärmeln zur Cargohose mit jeder Menge Taschen. In diesem Aufzug hätte er besser auf eine Safari gepasst als in einen Dokumentarfilm über die Vorstadt.

»Und? Was sind Ihre Pläne für den heutigen Tag?«, fragte er leichthin.

Ich blickte kurz auf.

Mein Wedgwood-blauer Schuppen, gerahmt von Töpfchen mit Roys Platterbsen sowie allerlei Kräutern hätte glatt in einen Cath-Kidston-Katalog gepasst. Ich würde ein Foto davon machen und mir gerahmt ins Zimmer hängen, um den ganzen Winter über davon zu zehren. Allerdings erst, nachdem Aidan weg war, auch wenn er, zugegeben, einen interessanten Blickfang bot.

»Meine Zucchini pflanzen«, erwiderte ich artig.

Unterdessen war ich mir vage bewusst, dass sich Jeff hinter mir auf dem Pfad zu schaffen machte, doch ich zog es vor, nicht hinzusehen. Wenigstens redete er nicht.

»Nur die eine?«

»In einem so kleinen Beet ist eine Pflanze mehr als genug. Jetzt mag sie klein aussehen, aber allein die hier wird locker fünf Kilo Zucchini abwerfen«, sagte ich, und zu meinem eigenen Staunen klang es, als wüsste ich, wovon ich sprach. »Mehr als genug für eine Person.«

»Verstehe.«

Etwas in seinem Ton alarmierte mich, und ich sah zu ihm hoch. Als sich unsere Blicke trafen, vollführte mein Herz einen Salto.

Er machte mich unglaublich nervös.

Ich drückte mit den Händen die Erde rings um das Pflänzchen fest und sprang auf, um die Gießkanne zu holen. Ich hatte sie bereits gefüllt, und sie war schwer. »Mist«, murmelte ich, als mir das Wasser über die Jeans schwappte.

»Wow. Das ist eine Menge Wasser«, kommentierte er schmunzelnd, nachdem ich das Beet geflutet hatte.

Da lag er richtig, ich hatte es wohl ein bisschen übertrieben, aber wenn er auf ein entsprechendes Eingeständnis von mir hoffte, hatte er sich geschnitten.

»Zucchini sind ausgesprochen durstige Pflanzen«, sagte ich unbekümmert und betete insgeheim, dass das arme kleine Ding schwimmen konnte. »Und im Moment ist der Boden sehr trocken. Es hat wochenlang kaum geregnet. So.« Ich stand auf und hoffte, die Botschaft kam an und mit meiner Arbeit war auch unser kleiner Plausch beendet.

»Die Karotten sehen vielversprechend aus«, bemerkte er.

Aidan hatte also noch Gesprächsbedarf. »Danke«, sagte ich kurz und bündig. Er rührte sich nicht vom Fleck.

»Das ist Ihr erstes Jahr hier in der Ivy Lane, richtig? Sind Karotten nicht etwas für Fortgeschrittene?«

»Ja, sie können sich wirklich sehen lassen«, lachte ich. Wahrscheinlich war es pures Anfängerglück – nach einem mehr als holprigen Start –, aber, wie auch immer, sie standen gut im Saft. »Ich habe die Setzlinge recht früh mit einer Schicht Mutterboden versorgt, um sie von Anfang an vor Möhrenfliegen zu schützen«, sagte ich und musste innerlich darüber grinsen, wie leicht mir die Weisheiten über die Lippen kamen, die Nigel mir förmlich aufgedrängt hatte. »Ich denke, bis zur Sommerschau kann ich mit einer Rekordernte rechnen.«

»Was ist für Sie das Wichtigste, wenn Sie hier draußen auf Ihrer Parzelle sind?«

Ich starrte ihn mit einem Blick an, der Mia mit Stolz erfüllt hätte. »Meine Ruhe zu haben«, sagte ich.

Irgendwo hinter mir prustete Jeff los. Du liebe Güte, Jeff! Ich hatte ihn völlig vergessen, und ... er hatte die Kamera auf mich gerichtet. Hieß das etwa ...? Herrjemine!

»Das war großartig, Tilly«, sagte Aidan und rieb sich sichtlich zufrieden die Hände. »Richtig gut. Für heute lassen wir es dabei bewenden.« Er nickte Jeff zu. »Vielleicht können Sie uns das nächste Mal von Ihren anderen Pflanzungen erzählen. Und noch ein paar Tipps verraten, wie den mit den Möhrenfliegen. Das ist genau das, was wir uns vorgestellt haben.«

»Aber!«, brachte ich nur heraus, während ich durch den Callaloo watete.

Er war schon halb den Pfad hinunter. »Tut mir leid, aber wir haben uns für heute noch viel vorgenommen«, rief er und lächelte mir noch einmal über die Schulter zu.

Ich blieb mit offenem Mund stehen. Einfach nur eine unaufdringliche Plauderei. Dabei hatte ich keine Sekunde lang an Jeffs Kamera gedacht ... Mann, das war wirklich ein Profi.

»Peter«, hörte ich ihn rufen. »Hatten Sie nicht gesagt, eine Dame hier spezialisiere sich auf Blumen?«

»Das war perfekt«, sagte Jeff augenzwinkernd und ließ die Kamera sinken. »Ganz und gar natürlich.«

Als ich den Blick senkte, um meine nasse, erdverschmierte Jeans zu inspizieren, rutschte mir der Bindfaden aus dem Haar. Und dann fiel mir meine buschige rechte Augenbraue wieder ein, inklusive leuchtend roter gewachster Flecken. »Natürlich« war sehr höflich formuliert.

Die Fernsehcrew schien sich auf Dauer bei uns einzunisten. Zu den unterschiedlichsten Tageszeiten erspähte ich Aidan irgendwo auf der einen oder anderen Parzelle, lässig mit den Leuten ins Gespräch vertieft. Oder ich hörte ihn in Dougies Schuppen lachen (höchstwahrscheinlich war Alkohol im Spiel), sah ihn bei einer Führung durch die Blumenbeete von Liz eifrig nicken und kurz darauf, einen Henkelbecher in der Hand, in einem Liegestuhl sitzen, um sich geduldig eine von Alfs Geschichten anzuhören.

Er schien sich für alle Zeit zu nehmen und sich aufrichtig für unsere Pflanzungen zu interessieren, nicht zuletzt für die Findigkeit, mit der die Leute den Schädlingen zu Leibe rückten und dem Wassermangel trotzten.

Vielleicht hatte ich ja überreagiert und die Anwesenheit der Fernsehcrew stellte für mein Privatleben nicht die geringste Bedrohung dar. Dem Himmel sei Dank! Vielleicht, weil Aidan Whitby – wer hätte das gedacht? – mir langsam ans Herz gewachsen war.

Inzwischen hatte sich Gemma von ihrem Affront erholt und Trost bei Suzanna gefunden – ein wahrer Engel, wie sie beteuerte, und in Wirklichkeit noch schöner als im Fernsehen. Für die Sendereihe hatte sie offenbar für Haar und Make-up eigene Vorkehrungen getroffen, was Gemma nicht daran gehindert hatte, der Dame für alle Fälle ihre Dienste anzubieten. Und wahrhaftig hatte Suzanna Gemma gefragt, was für eine Feuchtigkeitscreme sie verwende, um so jung auszusehen, und sogar einen ihrer Flyer mitgenommen.

»Wenn das alles hier vorbei ist«, sagte Gemma zu mir, als sie sich in ihrem Schuppen endlich meiner zweiten Augenbraue widmen konnte, »sehe ich mich nach einem Ladenlokal um. Mein eigener Salon. Ich kann es kaum erwarten. Wir sparen schon seit Jahren darauf. Deshalb macht Mikey so viele Überstunden, für mein Startkapital. So lieb von ihm.«

»Wie aufregend!«, sagte ich, während ich mich bemühte stillzuhalten. »Und du hast es so verdient. Du hast wirklich einen lieben Mann.«

Ich holte tief Luft und konzentrierte mich darauf, nicht neidisch zu sein.

»Als Mike und ich geheiratet haben, hofften wir, Kinder zu kriegen, weißt du, wir wollten eine komplette Familie. War uns nicht vergönnt. Mike ist in Mia vernarrt, aber ich hätte ihm gern ein eigenes Baby geschenkt. Trotzdem bin ich dankbar für die eine Chance, eine Mum zu sein.«

Mir zog es die Brust zusammen, und ich atmete schneller. Vielleicht war das ja so. Vielleicht bekamen manche Leute nur eine Chance auf Mutterglück. Vielleicht würde ich nie die Wärme meines eigenen Babys in den Armen fühlen. Ich kniff die Augen fester zu.

»Tut mir leid, Tilly, treibe ich dir die Tränen in die Augen?«, kicherte Gemma.

Ich nickte.

»Jedenfalls haben wir das mit den Babys abgehakt«, fuhr sie fort. »Bringt ja nichts, von einem Leben zu träumen, das man nicht haben kann. Stattdessen werde ich meine ganze Energie auf mein Geschäft verwenden, da liegt meine Zukunft.«

Sie richtete sich auf und reichte mir den Spiegel. »Na? Wie sieht das aus?«

»Tilly!«, keuchte sie, als ich ihr um den Hals flog und sie an mich drückte. »Ich weiß, dass ich Wunder wirken kann!«

War das der Wink des Schicksals für mich? Nicht einem Leben nachzutrauern, das ich nun mal nicht haben konnte? Und falls ja, wie sah dann meine Vorstellung von der Zukunft aus?

Kapitel 15

Es war Mitte Juni, und das Team von *Grüne Daumen* schwirrte wieder herum. Irgendwie schienen sie immer schon da zu sein, wenn ich kam: Aidan machte sich geschäftig Notizen oder hing am Handy, stets Jeff mit seiner Kamera im Schlepptau, während wir uns gelegentlich in Suzannas Abglanz sonnen konnten, die mit jedermann zu plaudern schien. Ich hielt mich an die ausgegebene Losung, sich so normal wie möglich zu verhalten, wobei mir nicht entging, dass alle anderen in letzter Zeit deutlich adretter aussahen, von gebügelten Hemden über Hosen ohne ausgefranste Ränder bis hin zu dick aufgetragenem Lippenstift. Und so kam ich mir auch an diesem Tag in meinem cremeweißen T-Shirt und der khakifarbenen Leinenhose wie das sprichwörtliche Mauerblümchen vor.

Ich saß in meinem Schuppen und stärkte mich, nachdem ich gerade einmal wieder gefilmt worden war, mit einer Tasse Tee. Diesmal hatte ich es vorher gewusst und begriffen, dass es mir letztlich lieber war, es *nicht* zu wissen. Am Morgen hatte ich kaum mein Fahrrad abgestellt, als mich Aidan abfing und mit seiner subtilen Überredungskunst dazu brachte, ein paar Worte direkt in die Kamera zu sprechen.

Zu diesem Zweck hatte ich ein paar Erbsen zur Hand genommen und erzählt, dass ich bereits ein paar junge Schoten für ein Risotto geerntet hatte. Doch die Sache setzte meinen Nerven derartig zu, dass ich mich, als Aidan mich bat, für ein Close-up eine Schote zu spalten, so ungeschickt anstellte, dass die Erbsen heraussprangen und gegen die Kameralinse prallten.

Und erst meine Stimme! Aus irgendeinem unerfindlichen Grund klang ich wie ein Double für Princess Anne. Alles hochnotpeinlich, auch wenn Aidan glücklich und zufrieden schien.

Jedenfalls waren sie jetzt weg, Gott sei Dank. Jeff filmte nebenan Peter bei der Ernte seiner wilden Artischocken, und Aidan, nun ja, Aidan lungerte noch am Ende meiner Parzelle herum.

Ich versuchte, ihn zu ignorieren, und konzentrierte mich auf meine To-do-Liste für diesen Vormittag. Zunächst einmal Zeit für eine Inspektion.

Unkraut, eine Menge davon. Andererseits lugten orangefarbene Karottenspitzen aus der Erde – ein vielversprechendes Zeichen; die Zuckererbsen rankten sich wie gewünscht die Bambusstangen hinauf, und meine Kürbispflanze wand sich fröhlich durch meine Zwiebeln. Nicht übel Tilly, wirklich nicht übel …

Als Nächstes musste ich mich um die Saubohnen kümmern, die dringendst eine Rankhilfe benötigten. Irrtümlicherweise hatte ich angenommen, wenn ich ein paar Stöcke in den Boden rammte, würden sie mit den Ranken von selbst ihre Stützen finden und daran in die Höhe klimmen. Leider hatten sie meinen Wink nicht verstanden. Offenbar die falsche Bohnensorte. Meine intensiven Nachforschungen (ein Blick auf Charlies Beet) brachten die Erkenntnis, dass ich für meine Sorte einen breiten Bohnenkorridor errichten musste.

Kinderspiel.

Eine Viertelstunde später drohte meine Laune umzuschlagen. Vier Mal war ich über Bambusstäbe gestolpert, hatte dabei zwei zerbrochen, mich in Knoten verheddert, drei Pflanzen abgeknickt und irgendwo unter den Blättern meine Schere verloren. Der Boden war zu hart, um die Stäbe tief genug ins Erdreich zu rammen, und jedes Mal, wenn ich die Schnur straff spannte, fielen die Stöcke um. Wenn das so weiterging, wären bald keine Blüten mehr an den Pflanzen.

Das hier verlangte eindeutig nach Teamarbeit.

Ich war außer Puste und wollte gerade genervt meine Sachen in den Schuppen packen, als ich sah, wie Aidan, die Hände in den Hosentaschen, pfeifend herüberkam.

Ich holte tief Luft. Wage es ja nicht, dieses Fiasko auf Zelluloid zu bannen.

»Können Sie Hilfe gebrauchen?«

Ich hätte weinen können. »Ja, das wäre nett.«

Ich muss verzweifelt ausgesehen haben, denn er nahm mir die Bambusstangen grinsend aus der Hand.

»Was genau haben Sie vor?«

Ich blies mir die Haare aus dem Gesicht und zeigte auf die Erbsen. »Die Pflanzen treiben clevere kleine Ranken aus und klettern an allem hoch, was nahe genug ist, um sich daran festzuhalten, sie benötigen also nicht viel Hilfe. Sehen Sie?«

Artig beugte sich Aidan vor und sah sie sich an. »Ja.«

»Saubohnen hingegen, also Saubohnen sind nicht halb

so clever«, fuhr ich fort und gab mir Mühe, nicht allzu gereizt zu klingen. »Die schießen mindestens einen Meter in die Höhe, und wenn sie nicht ordentlich gestützt werden, brechen die Strünke einfach ab. Folglich muss ich dicht an sämtlichen Pflanzen Stützen setzen, um in einem Zickzackmuster die Schnur zu spannen.«

»Verstehe«, erwiderte Aidan. Dann legte er wortlos die Stäbe auf einen Haufen und machte sich daran, einen nach dem anderen mit seinem ganzen Gewicht fest in die Erde zu treiben, bis mein ganzes Bohnenbeet umzingelt war. Ich sah ihm dabei zu und fühlte mich hilflos und schwach.

»Was sind Sie von Beruf?«, fragte er, als er den letzten Pflock eingetrieben hatte.

Ich kniff die Augen zusammen. Aha. Er versuchte, in meinem Privatleben zu wühlen.

»Das ist inoffiziell?«, fragte ich.

Er richtete sich auf, strich sich mit der Hand durchs Haar und lachte leise. »Ja. Inoffiziell.«

Hmm, das behaupteten sie vermutlich alle. »Ich bin Lehrerin.« So weit harmlos.

Er nickte. »Wundert mich nicht. Sie sind gut darin, etwas zu erklären, Sie drücken sich klipp und klar aus, wahrscheinlich sind Sie deshalb vor der Kamera ein Naturtalent.«

»Im Ernst? Danke.« Ich fühlte mich durch das Kompliment in absurdem Maße geschmeichelt und hielt es für angebracht, etwas Nettes darauf zu erwidern. »Sie machen das aber auch nicht schlecht. So wie Sie die Leute aus der Reserve locken und ihnen ein gutes Gefühl dabei geben.« Wie zum Beispiel mir. Gott, klang das albern.

»Danke.« Er zog die dunklen Augenbrauen hoch – ein

gefundenes Fressen für Gemma. »Also, jetzt sind Ihre Direktiven gefragt. Was steht als Nächstes an?«, fragte er, streckte den Rücken und legte die Hände in die Hüften.

Ich reichte ihm das Knäuel Faden, wir gingen einander gegenüber in Stellung und wanden die Schnur vor und zurück zu einem dichten Netz um sämtliche Bambusstäbe. Dabei entging mir nicht, dass er sie gekonnt mit gleitenden Schlingen verknotete, während ich mich mit normalen Knoten begnügte.

»Macht es Ihnen Spaß zu unterrichten?«, fragte er. Als er mir den Rest vom Knäuel zurückgab und mir dabei mit den Fingern über die Hand strich, bekam ich weiche Knie. Mit Ausnahme von Charlie hatte ich praktisch keinen Kontakt mit Männern in meinem Leben. Selbst an der Schule hatte ich es, abgesehen vom älteren Hausmeister, nur mit Frauen zu tun. Ich merkte, wie bei mir sämtliche Nervenenden zu neuem Leben erwachten, und betete, dass mich meine Wangen nicht verrieten.

Ich schluckte und nickte stumm. »Ja. Es hat etwas Lebensbejahendes, mit Kindern zu arbeiten. Sie sind noch so neugierig und unvoreingenommen.«

»Interessant.«

»Meinen Sie?«

Wir waren ans Ende der Reihe gelangt und traten uns fast auf die Zehenspitzen. Er sah mich einige Sekunden eindringlich an. »Ja, sehr. Mir ist da eine Idee gekommen …« Als wie aus dem Nichts Gemma mit Mia im Schlepptau auf der Bildfläche erschien, unterbrach er sich.

»Oh, ihr zwei seht schnuckelig aus«, rief sie und winkte, während sie zwischen unseren Grundstückshälften ihre Tasche ins Gras fallen ließ.

Wir machten beide einen Schritt zurück, und ich sammelte die überzähligen Bambusstäbe ein, während Aidan zum Handy griff.

»Das ist deine Chance, Mia«, sagte Gemma und stupste ihre Tochter. »Aidan, würde es Ihnen was ausmachen, Mia etwas über Medienwissenschaften zu erzählen? Sie haben demnächst an der Schule einen Berufsinformationstag.«

»Oh, da bringen Sie mich ein bisschen in Verlegenheit. Ich habe Zoologie studiert«, murmelte Aidan und warf mir einen bedauernden Blick zu. »Aber gerne«, antwortete er entgegenkommend und schlenderte hinüber, um der verdrießlich dreinschauenden Mia Rede und Antwort zu stehen.

Unterdessen saß ich auf meiner Bank in der Sonne und trank Wasser aus der Flasche. Ich blieb nicht lange allein.

»Bin ich, seit du mich das letzte Mal gesehen hast, gealtert?«, wollte Gemma wissen, als sie neben mich plumpste. »Dieses Mädchen bringt mich noch mal ins Grab«, fuhr sie fort, ohne eine Antwort abzuwarten.

»Zumindest nicht sichtlich«, sagte ich. »Wieso, was hat sie jetzt schon wieder ausgefressen?«

Ich sah zu Mia und Aidan hinüber. Er saß neben ihr auf dem Boden und streckte die langen Beine ins Gras. Sie lachten beide. Er hatte wirklich eine Gabe, selbst die widerspenstigsten Menschen für sich einzunehmen.

»Hat die Schule geschwänzt. Sie und ein paar Freundinnen von ihr sind statt Schule mit dem Bus zum Flughafen gefahren, weil das Gerücht ging, One Direction würde dort irgendwo mit dem Hubschrauber landen. Ich bekam einen Anruf von der Schule. Ob ich wüsste, wo sie steckt. Ist das zu fassen? Panik trifft es nicht mal ansatzweise.« Gemma schnaubte und verdrehte genervt die Augen. »Dafür kriegt sie lebenslänglich.«

»Das war ganz schön mutig von ihr.« Ich in Mias Alter hätte nie den Mut gehabt. »Und? Hat sie One Direction zu Gesicht bekommen?«

Gemma sah mich entgeistert an. »Auf wessen Seite stehst du eigentlich?«

Ich zuckte die Achseln.

»Da vorne ist Mum. Bin gespannt, wie sie reagiert, wenn sie das hört.«

Christine hatte sich zu Aidan und Mia gesellt und in ihr Gespräch eingeklinkt. Wenig später erhob sich Aidan und winkte ihnen zum Abschied fröhlich zu, während die anderen beiden zu uns herüberkamen. Mia winkte unwirsch ab und ließ den Kopf hängen.

»Dann hat sie es dir also schon erzählt«, sagte Gemma zu ihrer Mum und schüttelte den Kopf. »Ich war halb tot vor Angst bei dem Gedanken, dass ihr was passiert sein könnte.«

»Ist es aber ja nicht«, erwiderte Christine diplomatisch, »Gott sei Dank.« Sie legte Mia den Arm um die Taille und gab ihr einen Kuss auf die Wange.

Doch Gemma machte immer noch ein düsteres Gesicht. »Nein, aber ...«

»Ich hab selbst mal Schule geschwänzt«, gestand Christine mit einem süffisanten Schmunzeln.

»Mutter!«

»Grandma, ist das dein Ernst?« Mia strahlte vor Vergnügen.

»Ja«, bekräftigte sie und nickte stolz. »Die Beatles gaben ein Matinee-Konzert im Hippodrome. Das wollten Maureen, Pauline, Eileen und ich uns natürlich nicht entgehen lassen …«

Die Geschichte wurde immer besser.

»Wir haben ausgerechnet, dass wir zweiundfünfzig Schilling zusammenkratzen müssten, um uns einen Logenplatz zu ergattern und näher an der Bühne zu sein.«

»Und? Hat es geklappt?«, fragte Gemma, die über der Neugier ihre elterliche Pflicht vergaß. »Wart ihr nah dran?«

»Und ob. In der Logenreihe, dicht an der Bühne«, sagte Christine und quetschte sich neben Gemma auf die Bank. Sie bekam einen verklärten Blick. »Ich konnte den Schweiß an John Lennons Hemd sehen. Seinen Schweiß, das muss man sich mal vorstellen! Aber das Beste kommt noch.«

»Lass hören«, feuerte ich sie an. Ich sah sie vor mir, im Minirock im Hippodrome.

»Na ja, ich hab einen Zettel rausgekramt, *I love you* draufgeschrieben, ihn in meine Puderdose gesteckt und auf die Bühne geworfen. Und dann …« An dieser Stelle traten ihr die Tränen in die Augen, und sie schnappte, die Hand an der Brust, nach Luft.

Ich hing ihr an den Lippen, dabei konnte ich den Beatles gar nicht mal so viel abgewinnen.

»Paul McCartney hob sie auf«, hauchte Christine. Mit einem Seufzer landete Mia auf den Knien, auch wenn ich Zweifel hegte, ob sie überhaupt wusste, wer Paul McCartney war.

»Er las den Zettel, blickte zu uns vieren herüber und winkte uns zu. Vor allem mir, glaube ich«, sagte sie in feierlichem Ton. »Na ja, wir schrien uns die Seele aus dem Hals. Dann sang er doch wahrhaftig *Love Me Do* und ließ uns während des ganzen Songs nicht aus den Augen. Am

Ende hätte ich die verflixte Puderdose wahrhaftig brauchen können.«

Lächelnd wischte sich Christine die rosigen Wangen trocken.

»Dummerweise lief die Matinee an einem Freitag, und die Mutter Oberin rief unsere Mütter an, um ihnen zu stecken, wir seien nicht in der Schule gewesen. Die Standpauke, die ich mir zuhause anhören musste, dauerte drei Stunden. Aber ich hab's keine Minute bereut.« Sie seufzte und hielt Gemmas fassungslosem Blick stand.

»Also, ich muss schon sagen, Mum, du bist mir hier nicht gerade eine Stütze. Ich hatte gehofft, du wärst Mia ein leuchtendes Vorbild.«

»Ach, Gemma, nimm's locker. Und von wegen Vorbild, darf ich dich an deine eigenen Sünden erinnern?«, murmelte Christine aus dem Mundwinkel heraus.

Gemma riss die Augen auf. »Wie bitte? Niemals!«

»Elton John ...?« Christine sah ihrer Tochter mit einem vielsagenden Blick ins Gesicht.

Gemma lief puterrot an, und ihr Mund erinnerte an einen Goldfisch, der nach Futter schnappt. Ich presste die Lippen zusammen. Elton John? Jedem das Seine.

»Sie war besessen von dem Song *Lion King*, das kann ich dir sagen«, fuhr Christine fort, diesmal an Mia gewandt. »Konnte sämtliche Strophen mitsingen. Und so hat sie mal eben die Schule geschwänzt, um sich für Konzertkarten anzustellen.«

»Mum!«, brachte Mia ungläubig hervor. »Wie scheinheilig ist das denn! Du hast also selbst Schule geschwänzt!«

Gemma schüttelte verwirrt den Kopf. »Woher weißt du ...«

»Ich hab dich mit eigenen Augen gesehen«, fiel ihr Christine ins Wort. »Ich war selbst dort, um dir eine Karte zu besorgen, so verrückt wie du nach ihm warst. Du kamst Arm in Arm mit deinen Freundinnen von der Kasse, und so bin ich wieder heimgegangen.«

»Und hast nie ein Wort darüber verloren«, staunte Gemma.

Mias Grinsen war bühnenreif.

»Ich fasse zusammen, wir haben es alle getan.« Christine zog ihre beiden Mädchen an sich, und plötzlich kam ich mir bei dem Familien-Happy-End wie ein Voyeur vor.

»Ehrlich gesagt war ich sogar ein bisschen stolz auf dich.« Christine gab Gemma ein Küsschen. »Du hattest schon immer einen starken Unabhängigkeitsdrang, und den wollte ich unterstützen.«

Gemma lachte leise.

»Und offenbar kommt Mia ganz nach ihrer Mutter«, fügte Christine hinzu.

Mia und Gemma beäugten sich einen Moment, bevor sie die Finger verschränkten.

»Außerdem hast du mir auf diese Weise vierzig Pfund gespart.« Christine stieß einen Seufzer aus. »Pure Halsabschneiderei für ein Ticket.«

»Lass gut sein«, sagte Gemma, »ich bekenne mich schuldig. Aber wenn du wieder mal ausbüxen willst, Mia, um deine Idole zu sehen, sag mir vorher Bescheid, okay? Sind wir quitt?«

Mia tat so, als müsse sie sich das Friedensangebot gründlich überlegen, und Gemma fügte lachend hinzu: »Also gut, ich lad dich zu McDonald's ein. Aber nur ein Mal.«

»Ich muss schon sagen, Mum! Du verführst mich, Junkfood zu essen! Wird ja immer schöner.«

Als sie Arm in Arm davonschlenderten, staunte ich noch immer darüber, welche Wunder die schlichte Kunst der Kommunikation bewirken konnte.

Mein Blick kreuzte Christines, und sie machte es sich erneut neben mir auf der Bank bequem. »Ich kann mich glücklich schätzen.«

Ich nickte nur, weil ich plötzlich meiner Stimme nicht mehr traute. Von einer Sekunde auf die andere tat sich ein klaffendes Loch in meinem Leben auf.

»Ich genieße es, meine Mädels in der Nähe zu haben.«

Angesichts des zufriedenen Lächelns in Christines Gesicht stand mir das Wasser in den Augen. Ich schluckte tapfer und verzog die Lippen zu einem zaghaften Lächeln. Erst kürzlich hatte Gemma etwas Ähnliches gesagt.

Liebe.

Sie fehlte in meinem Leben. Die Erkenntnis traf mich wie ein Schlag mitten ins Gesicht.

Ich hatte die Parzelle gepachtet, um eine Leere in mir zu füllen, doch jetzt war ich mir nicht mehr sicher, ob das genügte. Mein kleiner Garten stand unter meiner Pflege in vollem Wuchs, doch meine Beziehungen zu anderen Menschen ließen immer noch zu wünschen übrig.

Verglichen mit Gemma war mein Leben hohl. Ich hatte nur eine kleine Familie – nur meine Mum und ich – ich wusste, dass ich geliebt wurde. Aber gab ich die Liebe auch zurück? Machte ich in meinem Herzen Platz für andere Menschen? Oder hatte ich es mit mehr Vorhängeschlössern gesichert als Dougie seinen Schuppen?

James hatte seinen Eltern nahegestanden. Und sie hatten

mich, ohne zu zögern, in ihrer kleinen Familie akzeptiert – mich als die Tochter angenommen, die sie nie gehabt hatten. Ich hatte glückliche Erinnerungen an die Zeit: Familientreffen, Hilfe bei den Renovierungsarbeiten nach dem Kauf unserer ersten Wohnung, Weihnachtsfeste in ihrem Haus und einmal sogar eine gemeinsame Woche in Cornwall. Natürlich war der Kontakt zwischen uns abgebrochen. Es hatte weniger wehgetan, hinter diesem Teil meines Lebens einfach die Tür zu schließen und das Risiko einer Zurückweisung zu vermeiden.

Doch als ich jetzt die engen Familienbande dieser drei Frauen sah, fragte ich mich, ob ich nicht einen Fehler gemacht hatte.

»Wenn man jemanden liebt«, fragte ich stockend, »meinst du, etwas von der Liebe bleibt, egal, was passiert?«

Christine klopfte mir aufs Knie und überlegte einen Moment.

»Ich denke, die Frage kannst du dir selbst beantworten«, sagte sie leise.

Ich legte ihr den Kopf auf die Schulter und ließ die Tränen laufen. Eine Weile saßen wir so schweigend da. Wer weiß, was Christine in diesem Moment dachte, jedenfalls sagte sie kein Wort. Sobald ich heimkam, würde ich meine Mum anrufen. Und anschließend James' Eltern schreiben.

Es war an der Zeit, die Menschen wieder in mein Herz zu lassen.

Kapitel 16

Es war Juli und heiß; in der Schwüle regte sich kein Lüftchen, und nach guter alter britischer Sitte stöhnten wir unablässig über das Wetter. Außerdem herrschte an diesem Tag eine irgendwie angespannte Atmosphäre, auch wenn ich nicht sagen konnte, woran es lag.

Ich hatte das dumpfe Gefühl, als ob wir alle auf etwas warteten.

Ich konnte nur hoffen, dass es etwas Erfreuliches war.

Gemma saß in einem Trägerkleid auf meiner Bank und sah mir bei der Ernte meiner Saubohnen zu, während sie sich die Nägel feilte.

»Meine Stangenbohnen sind dieses Jahr nicht zu toppen«, sagte sie. »Aber ich habe auch wirklich hart daran gearbeitet.«

Ihr entging wohl nicht das Zucken um meinen Mund. »Na schön, Colin und ich.«

Ihre Stangenbohnen waren beeindruckend, das musste man ihr lassen – über eins achtzig hoch und von weinroten Blüten übersäht. Ich dagegen hatte zwischen meinen Erbsen nur ein paar Zwergbohnen untergebracht. Sie wuchsen recht ordentlich, doch ich würde nie wieder mit Topfpflanzen arbeiten – man kam mit dem Gießen nie nach. Und dieses blöde Gartenschlauchverbot war dabei nicht gerade hilfreich.

»Wir haben einen Graben gelegt, mit Zeitungspapier ausgeschlagen und …«

»Ich weiß«, fiel ich ihr ins Wort, »ich habe Colin dabei zugesehen.«

»Wirst du Cally kastrieren lassen?«

»Was?« Ich war ja an Gemmas abrupte Themenwechsel gewöhnt, doch dieser Gedankensprung ging mir ein bisschen zu weit. »Ach du je, daran hatte ich gar nicht mehr gedacht.«

»Dann hören die Revierkämpfe auf, und sie markieren nicht mehr«, sagte sie und streckte zur Begutachtung die linke Hand aus.

»Kommt mir ein bisschen brutal vor, ihnen einfach so die Dinger abzuschneiden …«

»Ach, ich weiß nicht.« In ihrer Pantomime wurde die Nagelfeile zum Hackmesser. »Die meisten Männer, die ich kenne, könnten ein bisschen weniger Testosteron vertragen. Da wir gerade davon sprechen«, sie deutete zum Pfad, »Testosteron dotcom.«

Als ich mich umdrehte, stand Aidan in einem weichen Baumwollshirt und mit unbeschwertem Lächeln wie aus dem Nichts direkt hinter mir.

Ich wurde bis zu den Ohrspitzen rot und konnte nur hoffen, dass er von unserer Unterhaltung nichts mitbekommen hatte.

»Ab morgen lassen wir Sie bis zur Gartenschau in Ruhe.« Er war im Aufbruch. Es gab mir einen Stich. Und das wiederum gab mir zu denken. Mir hatte schon lange nichts mehr einen Stich versetzt.

»Och«, sagte Gemma und machte ein enttäuschtes Gesicht. »Sie werden uns fehlen. Nicht wahr, Tills?«

Ich nickte, zu ratlos, um sie wegen des ärgerlichen »Tills« zu maßregeln.

Farblich hatte sich mein Gesicht wahrscheinlich an Gemmas Bohnenblüten angepasst. Immerhin würde ich ihn in ein paar Wochen wiedersehen – genug Zeit, um mir über den Stich klar zu werden. Gut. Ich holte tief Luft.

»Tilly, wenn Sie nichts dagegen haben, würden wir gerne filmen, wie Sie mit einem Korb Ihrer Ernte die Straße entlanggehen.«

Inzwischen hatte ich schon gut ein halbes Dutzend Aufnahmen hinter mir und sah das Ganze recht entspannt. Der Sendewagen von *Grüne Daumen* tauchte einfach ohne Vorwarnung auf und verzog sich wieder, wenn sie genug Filmmaterial im Kasten hatten. Man hätte also annehmen können, dass ich inzwischen für einen unvorhergesehenen Take gewappnet war.

Was also hatte mich bloß geritten, als ich mir am Morgen einen rosafarbenen Push-up-BH unter dem weißen ärmellosen Top angezogen hatte? Ein Top, das mir jetzt am schweißgebadeten Körper klebte. Was heute früh im Spiegel allenfalls ein wenig eigenwillig und drollig ausgesehen hatte, kam mir jetzt gewagt vor. Wenigstens trug ich eine lange Hose. Aus dem Augenwinkel heraus registrierte ich, dass Gemma ein langes Gesicht machte und die Schultern hängen ließ. Geknickt dotcom. Dabei zeigte sie deutlich mehr Haut als ich.

Ich improvisierte einen Plan.

»Nur wenn Gemma mit von der Partie ist«, sagte ich.

Noch bevor Aidan antworten konnte, quiekste sie vor

Vergnügen, schnappte sich eine Handvoll von meinen Erbsen und hakte sich bei mir unter. »Du bist ein Schatz«, sagte sie und gab mir einen dicken Schmatz auf die Wange.

Am Ende unserer Parzelle stand Jeff auf der Straße bereit. Ich sah ihn zum ersten Mal ohne Kopfbedeckung und konnte nur hoffen, dass er sie durch eine dicke Schicht UV-Schutz ersetzt hatte, denn sein Schädel war ohne ein einziges Haar der Sonne ausgeliefert.

»Plaudert einfach weiter«, sagte Aidan. »So wie eben, als ich dazukam.«

Wir warfen uns verschwörerische Blicke zu. Ob ihn das Thema Kastration auch so interessieren würde?

Mit Erntekörben am Arm fing alles ganz manierlich an, und wir hielten uns im Schlenderschritt an die Regieanweisung, bis Gemmas Bemerkung über die Größe von Peters Pflaumen fiel. In einem Lachanfall hielten wir uns beide die Bäuche, und von da an ging es den Bach herunter. Bei allem, was wir sagten, schwang etwas Anzügliches mit, und selbst Jeff hatte Mühe, die Kamera ruhig zu halten. Derweil tat der arme Aidan sein Bestes, um professionell zu bleiben, bis ihn Brenda auf die Schulter klopfte und fragte, ob er von ihr eine Nahaufnahme machen wollte, wenn sie ihre Granolas heraushole.

Gemma und ich kamen völlig aus dem Konzept. Wir lachten, bis wir keine Luft mehr bekamen, und hielten uns die Seiten, während Aidan eine verständnislose Brenda mit dem Versprechen entließ, ihre Kartoffeln für später auf die Liste zu setzen.

»Also«, sagte Aidan und zog sein Handy aus der Tasche. »Sie kriegen noch eine letzte Chance. Ich mein's ernst, meine Damen. Ich stehe heute ziemlich unter Zeitdruck.«

Gemma und ich nickten und versuchten mit aller Macht, unsere Gesichtszüge unter Kontrolle zu bringen.

Artig stapften wir, gefolgt von Jeff, erneut die Straße entlang. Aidan wischte sich müde die Stirn und nahm einen großen Schluck aus seiner Wasserflasche. »Okay, noch mal von vorne.«

»Hmm, ich weiß nicht, worüber wir reden sollen«, sagte ich.

»Vielleicht etwas über den Gemeinschaftsgeist hier«, schlug Jeff vor. Ich kämpfte mit mir, ob ich ihm sagen sollte, wie pinkfarben sein Kopf inzwischen war. Um ihn nicht wegen seiner Glatze bloßzustellen, biss ich mir auf die Zunge.

»So nette Leute«, versuchte ich, mich an die Vorgabe zu halten. »Einer wie der andere. In der Ivy Lane hält man zusammen.«

»Kann man wohl sagen ...«, pflichtete mir Gemma bei. »Und wenn man Hilfe braucht, springt einem immer jemand bei.«

»Entschuldigung.«

Aidan runzelte die Stirn und rief: »Cut.«

Rosemary, die Arme vor der Brust gefaltet, stand, aufgetakelt wie die Brautmutter, am Ende ihres Gartens. Sie hatte nicht mit Puder gespart, und ihre Lippenkontur war mindestens fünf Nuancen dunkler als der Lippenstift nachgezogen. Auf ihrem Erdbeerbeet beugte sich Colin so über die reifen Früchte, dass über dem tiefsitzenden Jeansbund ein gutes Stück von seiner Unterhose zum Vorschein kam.

»Die Ivy Lane hat noch mehr Leute zu bieten als die beiden, wissen Sie.«

»Hoppla«, murmelte Jeff, »die Eingeborenen proben den Aufstand.«

Aidan machte ein beschwichtigendes Gesicht. »Das war toll, danke. Wir brauchen nur noch einen letzten Take auf Ihrem Grundstück, Tilly. Fünf Minuten?«

»Kein Problem.« Ich nickte, und er ging weg, um Rosemary gnädig zu stimmen.

»Danke, Tilly, das war toll. Aber jetzt muss ich Pipi«, sagte Gemma und gab mir ein Küsschen, bevor sie Richtung Klo verschwand.

Aidan verstand sich wirklich auf Menschen, dachte ich auf dem Weg zurück zu meiner Parzelle, der geborene Diplomat. Und so ungern ich mir eingestand, wie falsch ich mit meinen Befürchtungen gelegen hatte, musste ich zugeben, dass mir die Arbeit an der Dokumentation großes Vergnügen bereitet hatte und bis jetzt das Highlight meines Sommers gewesen war.

Als ich an Charlies Grundstück vorbeikam, winkte ich ihm zu. Er kniete vor einer Reihe Kohl und machte ein ausgesprochen missmutiges Gesicht.

Er winkte müde zurück. »Mache drei Kreuze, wenn die Hitze endlich vorbei ist«, murmelte er. »Entschieden zu schweißtreibend für meinen Geschmack.«

»Wir Briten taugen nicht für warmes Wetter, nicht wahr?«, rief ich ihm lachend zu und ging weiter. Mir blieb gerade genug Zeit für ein Erfrischungsgetränk, als Aidan schon wieder mit Jeff erschien.

»Wir müssen das kurz halten«, sagte er, »aber mir schwebt eine Sequenz vor, die sich als Überleitung zur Gartenschau eignet – ich meine, worin sich die Ivy Lane von anderen Anlagen unterscheidet, für welche Rubriken Sie sich anmelden, so was in der Art. Was dagegen?«

»Nein, kein Problem«, sagte ich beschwingt. *Hilfe!* Während Jeff in Stellung ging und Aidan mich mit einer stummen Geste unter meinen Apfelbaum dirigierte, zermarterte ich mir das Gehirn. Abgesehen von meinen Zwergkarotten hatte ich noch keinen Gedanken an die Sorten verschwendet, mit denen wir beim alljährlichen Wettbewerb antreten wollten. Überhaupt hatte ich nicht viel für Wettkämpfe übrig, und wenn ich ehrlich war, glaubte ich nicht, irgendetwas angepflanzt zu haben, das einen Preis verdiente.

»Also«, gab mir Aidan das Stichwort, »das ist Ihr erstes Jahr hier, und vielleicht fangen Sie am besten damit an, uns zu erzählen, was es Ihnen bedeutet, Teil dieser Gemeinschaft hier zu sein.«

»Na ja …« *Es bedeutet die Welt für mich. Ich bin wieder Teil einer Familie.* Ich schluckte und merkte, wie mir die Augen brannten. »Ähm …«

»Tilly?« Aidan war mit wenigen Sätzen an meiner Seite, und Jeff ließ die Kamera sinken.

»Oh Mann, wie blöd von mir«, quiekste ich und fühlte mich wie ein Vollidiot. »Das muss die Hitze sein. Streichen Sie das einfach, alles in Butter. Fangen wir noch mal an. Jeff, alles klar?«

Trotz der Sonne war er plötzlich sehr blass geworden. »Ehrlich gesagt hab ich ein bisschen Kopfschmerzen«, sagte er und rieb sich den Nacken.

»Okay, noch mal von vorne. Sind Sie sicher, Tilly?« Aidan sah mich mit seinen braunen Augen so besorgt an, als wolle er mich jeden Moment in die Arme schließen. Hätte er doch nur! Ich konnte eine starke Schulter gebrauchen.

Ich nickte und räusperte mich. »Die Stunden, die ich hier verbringe, weit weg vom Stress des Tages, geben mir

Zeit zum Durchatmen.« Ich sog gierig die Luft ein, bevor ich weitersprach: »Ich habe mich schlicht und einfach wieder neu ins Leben verliebt.«

Aus dem Augenwinkel heraus sah ich, wie Aidan nickte. Ich erwiderte seinen Blick, und sein Lächeln brachte etwas in mir zum Klingen.

Ein elektronisches Piepsen setzte dem magischen Moment ein schrilles Ende.

»Verdammt«, sagte Aidan beim Blick auf sein Handy. »Ich hätte schon vor einer Stunde im Studio anrufen sollen. Entschuldigen Sie mich Tilly, ich muss zuerst zum Van zurück, um meine Notizen zu holen.«

Während er davoneilte, strebte Jeff etwas wacklig auf den Beinen zum Pavillon, um der Sonne zu entfliehen und sich ein wenig auszuruhen. Unterdessen sammelte ich meine Geräte ein, als ich über mir einen dramatischen Wetterwechsel registrierte: am Himmel zog eine dicke, graue Wolkendecke auf, und mit einem Schlag fiel die Temperatur um mehrere Grad.

Es zog ein Gewitter auf. So viel stand fest. Ich zitterte und beschloss, mich im Pavillon unterzustellen.

Als ich am Van von *Grüne Daumen* vorbeikam, erhaschte ich einen Blick auf Aidan und sein Handy. Ich schmunzelte. Wenn er nicht gerade Regie führte oder Leute interviewte, war ihm das Handy am Ohr festgewachsen. Durch das offene Fenster hallte sein Lachen nach draußen, und ich ging langsamer weiter, um es zu genießen. Na schön, zugegeben – um ihn zu belauschen.

»Ich zähle die Tage bis zu meinem Flug nach Peru«, sagte er stöhnend. »Ein bisschen Abstand von der menschlichen Spezies und ihren aufgeblasenen Egos. Diese Machtspielchen und die ewige Wichtigtuerei gehen mir auf die Nerven. Ich freue mich auf ein paar Wochen Wildnis und die Tiere.«

Außer seiner Sichtweite fuhr ich mir mit der Hand an den Mund und drückte mich mit dem Rücken an den Van.

Ich? Meinte er damit mich oder die Leute der Ivy Lane ganz allgemein? Hatte ich mich mit meinem Ego aufgespielt? Er hatte sich immer so charmant gegeben, als sei er aufrichtig an uns interessiert. Dabei erledigte er die ganze Zeit einfach nur seinen Job. Und erst vor fünf Minuten hatte ich geglaubt, er interessiere sich wirklich für mich.

Die Wahrheit war so niederschmetternd, dass meine Schultern gut zehn Zentimeter heruntersackten. Geduckt rannte ich los und erreichte genau in dem Moment den Pavillon, als mir ein gewaltiger Donner in den Ohren dröhnte. Auch drinnen entlud sich eine aufgeheizte Atmosphäre. Peter und Christine standen seitens einiger rebellischer Parzellenpächter unter Beschuss:

»Ich habe Wochen damit zugebracht, diesen Hühnermist zu Dünger zu verarbeiten«, brummte Graham ungehalten. »Das hätte im Programm sicher einen guten Farbtupfer abgegeben. Aber dafür hatten die Herren offenbar keinen Sinn.« Bei meinem Anblick machte er ein verdrießliches Gesicht.

»Und ich habe violette Karotten gezogen«, sagte Shazza und schüttelte fassungslos den Kopf. »Wenn wir schon bei Farbtupfern sind.«

In der anderen Ecke hielt Karen Jeff eine Hand an die Stirn. Gemma, die neben ihm stand, fasste seine Hand. Er sah wirklich nicht gesund aus.

Weiter hinten alberten Roy und Dougie herum, die all die Aufregung zu genießen schienen.

»Dieses ganze Theater um die Filmerei! Stellt euch doch nicht so an! Also, mir stinkt, ehrlich gesagt, das Gartenschlauchverbot viel mehr«, platzte Vicky heraus. »Die Kürbisse und Zucchini können nicht genug Wasser kriegen, und ich mache mir den Rücken kaputt, wenn ich weiter die Gießkannen vom Tor bis zu meinen Beeten schleppe.«

Wie durch eine göttliche Fügung war in diesem Moment von oben ein weiterer mächtiger Donnerknall zu vernehmen, und der Himmel öffnete seine Schleusen. So wie der Regen auf das Wellblechdach des Pavillons niederprasselte, konnte man kaum sein eigenes Wort verstehen.

»Ich denke, von morgen an können wir das Gartenschlauchverbot aufheben«, brüllte Peter in das Getöse.

Mit einem Knall ging die Tür auf, und Aidan erschien. Das durchtränkte Hemd klebte ihm an der Haut. »Die Ausrüstung«, brüllte er. »Jeff, unsere gesamte Ausrüstung ist noch draußen bei den Toiletten!«

Jeffs Gesicht war inzwischen kreidebleich. Er hievte sich von seinem Stuhl, taumelte einen Schritt nach vorn und zuckte am ganzen Körper, bis er sich mit einem heftigen Stöhnen über Karens T-Shirt erbrach.

»Sonnenstich«, diagnostizierte sie in bewundernswert sachlichem Ton. Wie brachte sie es nur fertig, nicht loszukreischen, wenn jemand seinen Mageninhalt auf ihr entleerte? »Er muss sofort ins Bett.«

Unterdessen wusste Aidan nicht, wer oder was als Erstes zu retten sei.

»Der Laden«, rief ich und schluckte für den Moment meine verletzten Gefühle herunter. »Am besten bringen wir Ihre ganze Ausrüstung erst einmal im Laden unter. Das geht am schnellsten.«

Gesagt, getan. Aidan, Peter, Graham und ich hasteten in das Unwetter hinaus und brachten all die geheimnisvollen schwarzen Boxen ins Trockene. Weiß der Himmel, wofür sie all den Kram benötigten. Ich hatte sie immer nur mit einer einzigen Kamera und einem Klemmbrett gesehen. Inzwischen hatte das Gewitter seinen Höhepunkt erreicht – ein Blitz nach dem anderen leuchtete am dunklen Himmel auf, dicht gefolgt von ohrenbetäubendem Donner. Im Nu hatte ich klatschnasse Haare und Klamotten, doch ich weigerte mich beharrlich, mir um meinen rosafarbenen BH, an dem mein weißes Top klebte, Gedanken zu machen.

Wir beeilten uns mit der Arbeit und hasteten triefend und zitternd in den Pavillon zurück.

»Danke, Tilly.« Aidan lächelte mir zu, während er sich mit einem der Handtücher, die Shazza herumreichte, das Haar trockenrieb.

»Na ja, ich hab mal für einen Moment mein *aufgeblasenes Ego* hintangestellt«, erwiderte ich mit einem unterkühlten Blick.

»Was?« Er runzelte die Stirn. »Oh ... nein, das ist ein riesiges Missverständnis.«

»Sie müssen diesen Mann schleunigst nach Hause bringen«, sagte Karen und trat zwischen uns. Sie hatte Jeff notdürftig gewaschen und war selbst in ein altes T-Shirt geschlüpft.

»Bringen Sie ihn heim«, sagte Peter. Jeff wirkte so schwach, dass er jeden Moment umzufallen drohte, während ihm der Kopf kraftlos auf den Schultern hing. Aidan musste ihn mehr oder weniger zur Tür tragen. »Bevor ich heute Abend gehe, werde ich mich vergewissern, dass der Laden sicher abgeschlossen ist«, fügte Peter hinzu.

»Danke, Ihnen allen, für die Hilfe«, sagte Aidan und starrte mich an. »Wir müssen morgen wohl oder übel noch einmal wiederkommen und zu Ende filmen.« Er seufzte. »Die Chefs werden darüber nicht glücklich sein.«

Wie hatte ich mir nur einbilden können, er fühlte sich in unserer Gesellschaft wohl? Offenbar war ihm jeder Tag mit uns ein Tag zu viel. Ich wandte mich an Gemma, um meinen Kummer bei ihr loszuwerden.

»Gehen wir in deinen Schuppen zurück und gönnen uns ein Tässchen?«, schlug ich vor. »Gemma?«

Erst jetzt bemerkte ich, dass sich ihre Gesichtsfarbe nicht wesentlich von Jeffs unterschied und sie sich die Hand vor den Mund hielt. »Ich glaube, von dem Anblick werde ich mich nie erholen«, murmelte sie schwach. »Mir kommt es selbst gleich hoch. Dad, kannst du mich nach Hause bringen?«

Nachdem sämtliche Invaliden gegangen waren, wusste ich plötzlich nichts Rechtes mehr mit mir anzufangen. Auch wenn das Gewitter weitergezogen war, goss es immer noch wie aus Kübeln, und ich verspürte wenig Lust, mit dem Rad heimzufahren. Und so beschloss ich, mich in meinem eigenen Schuppen einzuigeln, bis der Regen aufhörte.

Aus seinem Gewächshaus starrte Charlie zu mir herüber, doch ich wich seinem Blick aus. Für heute hatte ich genug von Männern.

Ich machte mich daran, meine Geräte abzuspülen und an Haken und auf den Regalen zu ordnen, und überlegte gerade, wie ich mir sonst noch die Zeit vertreiben könnte, als Colins Gesicht am Fenster erschien.

»Darf ich reinkommen?«, rief er. »Ich hab ein neues Buch. Es heißt *Helden.*«

Inzwischen war mir Colin irgendwie ans Herz gewachsen, erst recht, nachdem ich Rosemarys Groll auf mich gezogen hatte. Grinsend öffnete ich ihm die Tür.

Wir machten es uns auf Plastikstühlen bequem, und er zog ein Buch aus der Innentasche seiner Jacke.

»Nur so aus Neugier«, fragte ich, »was glaubt Rosemary, womit du dein Geld verdienst?«

»Als Wachmann«, sagte er mit einem schiefen Grinsen.

»Tatsächlich?« Ich gab mir Mühe, einen neutralen Ausdruck zu bewahren. Er wirkte zu schmächtig, um sich auch nur seiner Mutter zu erwehren, geschweige denn, mit Einbrechern fertigzuwerden.

Er nickte und blätterte in den Seiten, bis er die gewünschte Stelle fand. »Ja, die Uniform hab ich von Aufnahmen, die ich mal gemacht habe. Ich steck die Hose jede Woche in die Waschmaschine. Sie hat nie Verdacht gehegt.«

Er zuckte die Schultern, und wir kicherten. Ich freute mich über seine Gesellschaft. Mit einem Buch zu entspannen war das perfekte Gegenmittel gegen die Dramen der letzten Stunde.

Ich hatte mich zu früh gefreut, denn in diesem Moment wurde meine Schuppentür von einer erzürnten Rosemary aufgerissen.

»Was zum Teufel treibst du hier mit meinem Sohn?«, fragte sie keuchend.

»Mum! Du liebe Güte, ich bin neunzehn«, sagte er und verdrehte genervt die Augen.

Und er ist nur hier, um ein verdammtes Buch zu lesen, fügte ich in Gedanken hinzu.

»Genau«, sagte sie und funkelte mich an. »Zu jung, um

dich mit Tilly in einem Schuppen einzuschließen. Wieso suchst du dir nicht ein Mädchen in deinem Alter?«

»So alt bin ich nun auch wieder nicht«, gab ich zu bedenken.

Und wieder flog meine Schuppentür auf, und diesmal erschien Charlie darin.

»Was geht hier vor?«, fragte er in herrischem Ton, die Arme über der Brust verschränkt, wie ein Vater aus viktorianischer Zeit. Langsam bekam ich das Gefühl, dass in dieser Konstellation eher ich die Schutzbedürftige war.

Mir reichte es. »Colin und ich waren gerade beim Lesen. Und jetzt raus mit euch. Alle beide!«

Ich riss Colin das Buch aus der Hand und hielt es ihnen vor die Nase.

»Colin?« Rosemary fuhr sich ungläubig mit der Hand an den Mund. »Du liest doch sonst keine Bücher.«

Ich sah sie nur genervt an, als sie die Hand nach ihrem Sohn ausstreckte.

»Tut mir leid, Tilly«, murmelte Colin. »Gehen wir, Mum«, sagte er und führte Rosemary nach draußen. »Ich hab dir was zu sagen.«

Halleluja, wurde auch langsam Zeit. Jetzt nahm ich mir Charlie vor. »Und du? Was sollte das werden?«

Charlie trat verlegen von einem Bein aufs andere und kratzte sich am Kopf. »Ich hab nur mitbekommen, wie Rosemary hier reinplatzte, und dachte nur … du und er.«

Ich seufzte. »Naja, dann weißt du ja jetzt, dass dem nicht so ist.« Ich sank auf einen Stuhl und betete nur noch, dass dieser Tag zu Ende ging.

»Und außerdem war ich vermutlich eifersüchtig«, brummte er.

»Charlie, du enttäuschst mich«, sagte ich matt. »Wir sind Freunde.« Ich sah ihm eindringlich ins Gesicht. »Einfach nur Freunde.«

Er ging rückwärts zur Tür und nickte zum Abschied. »Wie du willst«, sagte er schließlich. Er ging zu seinem Grundstück hinüber, und die plötzliche Stille, die eintrat, war ohrenbetäubend. Ich atmete langsam aus und kniff die Augen zu.

Was war es noch gleich, was ich an der Kleingärtnerei so schätzte? Ach so, ja, die Ruhe und in Frieden gelassen zu werden.

Kapitel 17

Am nächsten Morgen schlug mir eine so angenehme Kühle entgegen, als hätte ich die ganze Nacht die Klimaanlage angelassen. Was für eine Wohltat nach der gestrigen Affenhitze. Eigentlich hatte ich nicht vorgehabt, heute schon wieder zur Ivy Lane zu fahren. Doch nach den gestrigen Vorfällen hatte ich keine Chance fernzubleiben.

Ich gab Cally sein Frühstück, steckte eine große Flasche Wasser und einen Müsliriegel in meine Tasche und radelte los.

In der Ivy Lane war das Tor schon weit geöffnet, und ich konnte mich nicht daran sattsehen, wie sämtliche Gärten in allen Farben leuchteten. Nach dem gestrigen Regen wirkten unsere Blüten, Früchte und Gemüse bunter und strahlender denn je. Der Winter war braun gewesen, im Frühling grünte alles, und der Sommer … der Sommer erfüllte die Gärten bis in den letzten Winkel hinein mit Farbe. Von strahlendem Rot in allen Schattierungen bis zu saftigem Violett, lebhaften Gelbtönen bis zu zartem Rosa und kräftigem Pink strotzte die ganze Anlage vor Leben und Harmonie.

Auf Gemmas Hälfte der Parzelle 16 stippte hinter einer Reihe Möhren ein pinkfarbener Hintern in die Höhe, ruhig würde der Vormittag also nicht werden.

»Alles wieder im Lot?«, rief ich hinüber, lehnte mein Rad an und warf meine Tasche auf die Bank.

»Ja«, sagte Gemma und schluckte, was immer sie gerade im Mund hatte, herunter. »Ich hab mich gestern in Dads Wagen übergeben, und als ich nach Hause kam, ging's mir schon wieder gut.«

»Was isst du da gerade?«

»Spinat. Frisch aus der Erde. Eisenhaltig und bitter.« Sie bückte sich nach einer weiteren Handvoll Blätter und stopfte sie sich in den Mund. »Hast du schon dein Geschenk entdeckt?«

Ich folgte ihrer Blickrichtung zur Tür meines Schuppens. Dort hatte jemand zwei Gläser Marmelade mit kleinen Stoffhäubchen und einer Karte dazwischen abgestellt.

Das Geschenk war von Rosemary. Ich las Gemma die Karte laut vor …

Liebe Tilly,
ich weiß nicht, wie ich dir danken und wie ich mich bei dir entschuldigen soll. Ich schäme mich für mein gestriges Benehmen und bin sprachlos, welche Fortschritte Colin mit deiner Hilfe schon beim Lesen gemacht hat. Ich hoffe, du kannst mir verzeihen.
Liebe Grüße, Rosemary

»Wie lieb von ihr. Natürlich vergebe ich ihr.«

»Gott sei Dank ist sie nicht in meinen Schuppen reingestürmt, wenn Colin gerade da war«, sagte Gemma. »Nicht auszudenken! Ich würde Morddrohungen statt Marmelade bekommen. Hallo, Alf.« Sie winkte jemandem in meinem Rücken zu.

Alf kam langsam in unsere Richtung gewandert. Er wirkte plötzlich älter und dünner. Ich hatte ihn immer für rüstig gehalten, doch heute lehnte er sich auf einen Stock und atmete schwer.

»Ob vielleicht eine von euch Mädels einem alten Knacker wie mir ein paar Minuten helfen könnte?«

Ich hatte ohnehin nicht viel zu tun und sprang gerne ein. Er hakte sich bei mir unter, und zusammen schlängelten wir uns zu seiner Parzelle durch.

»Die Stachelbeeren müssen dringend gepflückt werden«, sagte er. »Eigentlich sind sie schon zu reif, wenn sie noch fester sind, geht es viel leichter. Ich hab heute etwas steife Finger und zerquetsche sie andauernd.«

»Ob du es glaubst oder nicht«, sagte ich, »aber ich glaube, ich habe noch nie im Leben Stachelbeeren gegessen.«

Er lachte. »Dann sei heute mein Gast, Mädchen.«

Wir begaben uns in seinen Schuppen, um einen geeigneten Behälter für die Früchte zu finden.

»Wir haben hier gute Zeiten erlebt, meine Celia und ich«, sagte er und deutete mit der knorrigen Hand auf eine Reihe gewellter alter Fotos, die mit Reißzwecken an die Schuppenwand geheftet waren. Ich trat näher heran, um sie mir anzusehen, und musste schlucken.

»Was für wunderbare Erinnerungen, Alf.«

Auf den Fotos, die ausnahmslos an derselben Stelle seiner Parzelle aufgenommen worden waren, posierte Hand in Hand draußen vor dem Gewächshaus ein Paar. Celias Kleid nach zu urteilen stammte das erste aus den siebziger Jahren, und auf den weiteren Bildern wurden die beiden mit den Jahren deutlich älter und gebeugter, bis auf dem letzten Foto nur noch Alf zu sehen war.

»Sieh sich einer dein pechschwarzes Haar an!«, sagte ich und tippte mit dem Finger auf das älteste Bild, während ich mir Mühe gab, keine wackelige Stimme zu bekommen.

»Damit ist es schon seit zwanzig Jahren vorbei«, antwortete er und drückte mir einen Korb in die Hand.

»Ihr beide seht sehr glücklich miteinander aus.«

Er nickte und wandte sich ab. »Waren wir auch«, sagte er mürrisch. »Ohne sie hat das Leben seinen Glanz verloren.«

Wie ging das, fragte ich mich, während ich ihm nach draußen zu den Stachelbeerbüschen folgte: Wie schaffte man das, miteinander alt zu werden? Es war eine Sache, jemanden zu lieben, wenn sein Körper noch straff, seine Augen scharf und sein Haar noch voll war. Aber wie schaffte man es, diese Liebe bis ans Lebensende zu retten, die ganze, langsame, doch unaufhaltsame Metamorphose hindurch, bei der nicht nur das Aussehen auf der Strecke blieb, sondern auch die Ambitionen einer Mischung aus Erfolg und Bedauern wichen? Wie fühlte sich das wohl an?

Ich hatte feuchte Augen bekommen und blinzelte verschämt die Tränenschleier weg.

»Was hast du mit so einer Menge Stachelbeeren vor?«, fragte ich, während ich eine Handvoll praller Früchte in den Korb warf.

Alf wischte sich eine saftverklebte Hand an der Hose ab und seufzte.

»Celia liebte sie«, sagte er und ließ sich auf einem Liegestuhl am Ende einer Reihe Büsche nieder. »Kuchen, Marmelade, Fruchtcreme, sie zauberte alles Mögliche daraus.« Er zuckte die Achseln. »Wahrscheinlich verschenken. So wie fast alles hier, ich verschenke es. Greif zu, wenn du sie magst.« Ich hätte ihm am liebsten einen Kuss aufgedrückt, um ihn ein wenig aufzumuntern.

»Ich mach dir eine Stachelbeercreme, mit Sahnehäubchen«, sagte ich und schenkte ihm ein besonders strahlendes Lächeln. Ich hatte keine Ahnung, wie es schmeckte, geschweige denn, wie man so etwas zubereitete, aber wofür gab es Google.

»Feuer!«, rief eine männliche Stimme, möglicherweise Nigel, und riss uns aus unserer Tagträumerei. »Der Laden brennt!«

Für einen Moment starrten Alf und ich uns an, dann ließ ich den Korb fallen, packte ihn am Arm und lief, so schnell er konnte, zum Geschäft hinüber.

Geradeaus erhob sich eine dicke Wolke grauer Rauch über dem Pavillon. Der Laden befand sich, für uns noch unsichtbar, dicht dahinter. Auch die anderen ließen alles stehen und liegen und kamen von ihren Parzellen herübergerannt. Shazza und Karen hatten bereits Eimer in der Hand, Liz ihre Gießkanne, und Peter schloss die Gartenschläuche an die Wasserhähne an. Brenda blieb mit ihren drei Enkelkindern sowie Helen und ihrem Baby auf Abstand, während wir Übrigen uns auf dem Parkplatz zusammenscharten.

»Hat schon jemand die Feuerwehr gerufen?«, fragte Rosemary atemlos und warf mir dabei ein scheues Lächeln zu.

»Mum ist gerade dabei«, antwortete Gemma und zeigte auf Christine, die sich mit einem Finger das Ohr zuhielt und ein Handy ans andere drückte.

In diesem Moment kam Charlie aus der Richtung des

Ladens herüber. Er hatte ein hochrotes Gesicht und schien außer Atem.

»Also, wir brauchen Schläuche, Eimer, schnappt euch, was immer ihr findet«, rief er in die Runde.

»Die Schläuche sind an«, brüllte Peter ihm im Laufschritt zu. Für eine Sekunde blieb er stehen, um sich das schüttere Deckhaar zurechtzustreichen.

»Die Feuerwehr ist unterwegs«, verkündete Christine. »Sie schätzen, sie sind in fünf Minuten hier.«

Charlie nahm Peter den Schlauch aus der Hand und rannte wieder zum Laden zurück.

»Voll aufdrehen«, rief er über die Schulter. »Reichen noch andere Schläuche bis hierher?«

»Ich seh nach«, antwortete Peter und flitzte zu den Wasserhähnen.

Nigel folgte Charlie. »Wie kann ich helfen?«, wollte er wissen.

»Stell den Strom zum Laden ab. Wir wissen nicht, wie das Feuer entstanden ist.«

Da wir Übrigen nicht wussten, wie wir uns nützlich machen sollten, standen wir dicht zusammen und rückten zögerlich näher an die Unglücksstelle. Gott sei Dank wusste Charlie, was zu tun war. Liz hatte ihre Gießkanne abgestellt, doch Shazza und Karen legten sich mächtig ins Zeug und schütteten eimerweise Wasser an die Wände des brennenden Ladens.

Aus den Schlitzen der Flügeltür und selbst durch Ritzen im Dach quoll dunkler Rauch hervor. Es lag ein beißender Gestank nach brennenden Chemikalien in der Luft, und schon bald husteten wir alle und hielten uns schützend Textilien über den Mund.

Peter drängte sich mit einem weiteren Schlauch durch die Menge und richtete ihn auf die Tür.

Jetzt drehte sich Charlie mit schweißtriefendem Gesicht zu uns um. »Ich habe die Tür und das Dach abgespritzt. Ich werde jetzt die Tür aufbrechen. Bitte alle Mann zurück, wenn die Tür auf ist, ist der Rauch zehnmal so schlimm.«

»Moment, Charlie«, rief ich, »ist möglicherweise Benzin da drinnen, das explodieren könnte? Ich weiß, du bist Profi, aber was ist mit Schutzkleidung?«

Charlie hatte die Lippen zusammengepresst und warf mir nur einen kurzen Blick zu. »Keine Sorge, ich weiß, was ich tue.« Dann huschte, wie zum Dank für meine Sorge, ein kurzes Lächeln über sein Gesicht, das ich nervös erwiderte.

»Kein Benzin«, sagte Peter, »dafür jede Menge Chemikalien. Ist Roundup entflammbar? Kann das irgendjemand hier sagen? Aber … verdammt! Die Ausrüstung von *Grüne Daumen*!« Er stöhnte und wurde trotz der Hitze blass.

Charlie trat die Tür ein. Als eine mächtige Rauchwolke herausquoll, trat ich instinktiv zurück.

Charlie zog sein T-Shirt aus, tränkte es in Wasser und band es sich übers Gesicht.

Wow. Ein tapferer Mann mit nacktem Oberkörper setzte irgendetwas in meinem Bauch in Gang. Gemma hakte sich bei mir unter, und wir wechselten vielsagende Blicke.

Offenbar nicht nur bei mir. »Hat jemand Aidans Nummer?«

Aus irgendeinem unerfindlichen Grund fuhren alle Köpfe zu mir herum, sodass ich rot wurde, obwohl ich passen musste.

»Ja, ich«, sagte Christine und scrollte ihre Kontakte herunter.

»Verdammt. Nur die Mailbox«, erklärte sie Sekunden später und steckte das Handy wieder weg. Charlie nahm Peter den zweiten Schlauch ab und richtete beide gleichzeitig ins Innere des Ladens. »Und jetzt füllt die Eimer und schüttet rein, was ihr könnt«, brüllte er.

Von ferne konnte ich jetzt Sirenen hören. Sowie sie sekündlich lauter wurden, ging mir ein Schauder der Erleichterung durch den Körper.

Und kaum traten die Fachleute mit ihrer Ausrüstung und routinierter Manöver in Aktion, fuhr auch ein großer Van am Pavillon vor.

Wortlos sprangen ein blasser Aidan, ein sonnenverbrannter Jeff und eine fassungslos dreinschauende Suzanna heraus und rannten zu uns herüber.

Nach nur fünf Minuten war das Feuer gelöscht, und was übrig blieb, waren der ekelhafte Gestank und die qualmenden Überreste der Hütte. Unterdessen machten sich die Feuerwehrleute assistiert von Charlie daran, ihre Ausrüstung wieder zu verstauen.

»Alle mal herhören«, rief Christine und klatschte in die Hände. »Kommt alle in den Pavillon, ich denke, wir können jetzt alle eine Tasse Tee vertragen.«

Als ich das Team von *Grüne Daumen* Christine hinterhermarschieren sah, taten sie mir von Herzen leid. Der Brand musste für ihre Reportage ein komplettes Desaster sein. Aidan sackte an eine Wand und wählte eine Nummer, während er sich mit der anderen Hand unentwegt durchs Haar strich. Jeff sank in einen Stuhl und starrte zu Boden, während Suzanna nur immer wieder den Kopf schüttelte, während sie sich von Gemma erzählen ließ, was passiert war. Die ganze Ausrüstung war, falls nicht irreparabel zerstört, mit Sicherheit von Hitze und Rauch beschädigt. All die Arbeit. Für die Katz.

Am Boden zerstört, ging ich hinüber und half Christine mit den Erfrischungen. Als ich das nächste Tablett mit dampfenden Henkelbechern hineintrug, traf Peter ein und bat alle um Aufmerksamkeit.

»Ich habe gerade mit der Feuerwehr gesprochen«, erklärte er.

Alle verstummten.

»Da es keinerlei Anzeichen für einen Einbruch gibt, ist Brandstiftung auszuschließen. Sie vermuten einen Elektrobrand.« Dann legte er Charlie väterlich einen Arm um die Schulter. »Und auf Charlie ein dreifaches Hoch dafür, wie souverän er die Situation gemeistert hat. Wärst du nicht hier gewesen, mein Junge, wäre alles um ein Vielfaches schlimmer geworden.«

Ich fiel in den Applaus der anderen mit ein.

»Tut mir echt leid, Leute, das mit eurer Filmausrüstung«, sagte Charlie mit einem hilflosen Schulterzucken zu Aidan und den anderen beiden. »Ich hab versucht zu retten, was zu retten war, aber ich fürchte, das meiste ist hinüber.«

Suzanna löste sich aus der Menge und zog Charlie an sich. Sie hatte das lange, gelockte Haar zu einem dicken Pferdeschwanz zusammengebunden, und ihr weißes Kleid war immer noch weiß. Sie wirkte frisch und munter. Im Vergleich zu ihr fühlte ich mich wie eine geräucherte Makrele.

»Sie sind ein Held, Charlie! Danke«, sagte sie und küsste ihn auf die Wange.

»Ein Foto von Suzanna und Charlie«, sagte Gemma und

zückte ihr Handy. »Wie wär's, wenn wir das an die *Kingsfield Mail* schicken! Lokalheld eilt zu Hilfe!«

»Ich hab auch nicht Däumchen gedreht«, rief Dougie, drängte sich neben Suzanna aufs Bild und tippte sich als Aufforderung für einen Kuss an die Wange.

Aidan schüttelte Charlie die Hand. »Sie haben was bei mir gut«, sagte er. »Zum Glück filmen wir heutzutage digital und laden sofort alles hoch, von unserem Aufnahmematerial ist also nichts verloren. Gott sei Dank.«

»Tatsächlich? Freut mich zu hören.« Charlie grinste und gab Aidan einen kräftigen Klaps auf den Rücken.

Ich staunte nicht schlecht, nach seiner Heldentat schlug er einen vollkommen neuen Ton an. Offenbar war für Charlie die Welt wieder in Ordnung.

Ich goss mir etwas Milch in eine Tasse schwarzen Kaffee und setzte mich. Binnen Sekunden gesellte sich Charlie zu mir. Er roch nach Rauch und Erde und Schweiß, was mich an unsere erste Begegnung im Januar erinnerte. Mit sich zufrieden, strahlte er nur so, und ich strahlte zurück.

Nach Suzanna wollte auch ich ihm gratulieren, doch ich fand nicht die richtigen Worte. Einen Tag zuvor hatte er unsere Freundschaft ziemlich strapaziert, und ich wusste nicht so recht, wo wir miteinander standen.

»Freunde?«, flüsterte er mir ins Ohr.

Ich holte tief Luft und sah ihn forschend an. Was genau erwartete er von mir?

»Freunde«, antwortete ich lachend. Zur Bekräftigung stupste ich ihn mit der Schulter, und er verschüttete seinen Tee. Ich hatte nun mal den Beschluss gefasst, mich wieder auf andere Menschen einzulassen, und durfte nicht bei den ersten kleinen Hürden kneifen.

»Hey, wer ist das?«, fragte er und schlürfte mit einer übertriebenen Geste den übergeschwappten Tee aus der Untertasse.

Kapitel 18

Meine Stachelbeercreme mit griechischem Joghurt war zwar kein Augenschmaus, aber dennoch ein großer Erfolg. So sehr, dass ich fürchten musste, nicht mehr in mein Kleid zu passen, wenn ich mir einen weiteren Nachschlag genehmigte. Genau das war das Problem, dachte ich, als ich genüsslich den Löffel abschleckte, wenn man als Single mit Rezepten experimentierte. Am Ende hatte man immer zu viel und aß, um nichts wegzuwerfen, alles tapfer auf. Die Schüssel für das Fest stellte ich hastig in den Kühlschrank, um sie später Alf zu überreichen, und rannte nach oben, um mich fertig zu machen.

Mein neues Kleid hing an der Tür zum Kleiderschrank.

Das würde für Gerede sorgen. Ich wusste nicht mehr, wie oft ich in den letzten Monaten in der Ivy Lane zu hören bekommen hatte, ich sollte Sonne an die Beine lassen.

Ich warf mein T-Shirt und die Leggings aufs Bett und zog den weichen Jerseystoff über den Kopf. Runder Ausschnitt, kurze Ärmel, Saum bis unters Knie; an jeder anderen hätte das Kleid vielleicht zu züchtig gewirkt, doch ich hatte in den letzten … ich rechnete nach … knapp zwei Jahren nicht mehr so etwas Gewagtes getragen.

Ich musste los.

Zu Ostern hatte mich Gemma wenig schmeichelhaft mit einer Zwiebel verglichen, bei der unter jeder Schicht weitere Geheimnisse verborgen liegen würden.

Ich sah mich lieber als eine Blume, die sich unter der Fürsorge der Ivy-Lane-Gemeinschaft entfaltete. Und heute war ich endlich so weit, das Gesicht in die Sonne zu halten.

Es war der erste Sonntag im August, an dem wie jedes Jahr die Gartenschau gefeiert wurde, der Höhepunkt mehrerer Wochen emsiger Arbeit und für alle die Gelegenheit, ihre Ernte vorzuzeigen. Es war das Highlight im Veranstaltungskalender der Ivy Lane, hatte mir Christine erklärt. An diesem Tag öffneten sich die Tore für Besucher, die aus der ganzen Umgebung von Kingsfield herbeiströmten.

Natürlich wäre auch Aidan da.

Seit dem Brand im Laden waren vier Wochen vergangen, in denen das Team von *Grüne Daumen* pausierte. Eine Profifirma hatte die Brandschäden bereinigt, das Gebäude hatte eine neue Tür, und der Vorstand wartete auf die Versicherungszahlung, um die Bestände wieder aufzustocken. Das Feuer lag ein für alle Mal hinter uns.

Dafür schwelte eine andere winzige Flamme weiter – nicht besonders stark oder hell, dennoch nicht zu ignorieren. Und sie stieg mir jedes Mal heiß ins Gesicht, wenn ich an Aidan dachte.

Dummerweise hatte ich mich in einen Mann verguckt, der offensichtlich nicht interessiert war. In jemanden, der einfach nur seinen Job erledigt hatte. Ich bekam den letzten Filmtag einfach nicht aus dem Kopf; er hatte mir das Gefühl gegeben, als ob ich ihm etwas bedeutete. Und als ich ihn mit dem, was ich zufällig belauscht hatte, konfrontierte, hatte er es als ein Missverständnis hingestellt. Ich wusste nicht, was ich davon halten sollte, und brauchte Gemmas Rat. Deshalb wäre das Kleid, wie ich hoffte, der Auslöser für ein Gespräch von Frau zu Frau.

Ich sah auf die Uhr: schon elf. Nur noch eine Stunde, um etwas für die Ausstellung anzumelden. Höchste Zeit, mich auf die Socken zu machen. Bei einem letzten Blick auf meine Beine im Spiegel vollführte mein Magen einen doppelten Salto. Entschlossen ging ich nach unten, packte meine altmodische Limonadenflasche, eine Dose Kekse sowie eine Käseplatte ein und machte mich auf den Weg zur Ivy Lane.

Es war ein prachtvoller Tag, und der Pavillon bot einen wunderschönen Anblick: der überdachte Eingang war mit Wimpeln, blühenden Hängekörben und Pflanzschalen mit Petunien geschmückt; auf dem Rasen davor standen lange Tische mit karierten Tüchern. In zwei Gartenlauben warteten Erfrischungen, die Tombola sowie ein Flaschenstand und nicht zuletzt Verkaufstische mit selbstgemachten Marmeladen, Eingemachtem und Kuchen.

An einem der Picknicktische hatte sich Peter behelfsmäßig seinen Schreibtisch eingerichtet, um die Wettbewerbsbeiträge zu notieren. Wie wenige Stunden vor einer Hochzeit war die Spannung in der Luft mit Händen zu greifen, eine Mischung aus Vorfreude und Nervosität.

Ich erspähte den Van der *Grünen Daumen*. Aidan war da. Als ich am Pavillon vorbeikam, sah ich ihn sofort, konzentrierte mich jedoch ganz bewusst zuerst auf Suzanna. Sie stand auf den Eingangsstufen zum Pavillon und interviewte einen gutgekleideten Mann, den ich noch nie gesehen hatte, und hinter der Kamera stand wie immer Jeff. Unauffällig trat ich näher heran.

Du weißt, wie das ist, wenn man sich das beste Geburtstagsgeschenk bis zum Schluss aufhebt? Genau.

Ich atmete einmal ganz tief durch, bevor ich den Blick zu Aidan hinüberschwenken ließ.

Er war nicht rasiert, trug ein zerknittertes Leinenhemd, und sein Haar war wie meist ziemlich zerzaust. Ich fing einen Hauch von seinem Duft auf, würzig und maskulin, und hatte augenblicklich Schmetterlinge im Bauch. Sofort stand mein Gesicht in Flammen. Was heute Morgen mit einem leichten Flattern begonnen hatte, geriet binnen Sekunden außer Kontrolle.

Mein Puls schnellte in die Höhe, und meine Lippen fühlten sich so taub an, wie ich es sonst nur von einer Sitzung beim Zahnarzt kannte.

Schön durchatmen! Ein und aus. Tilly Parker, hat dir Aidan auch nur ein Fünkchen Hoffnung gemacht? Eben! Also mach dich nicht lächerlich.

Ich hob den Blick und sah ihm ins Gesicht.

Er sah mich mit einem jungenhaften, freundlichen Lächeln an und zog die Augenbrauen hoch.

Wie von Ferne bekam ich das rege Treiben mit: wie sich die Leute um das einzige Waschbecken drängten, wie sich Nigel und Graham über dessen Pastinaken stritten und wie Liz etwas hysterisch herumflitzte, sodass sie mich an das weiße Kaninchen in *Alice im Wunderland* erinnerte, das alle beschuldigte, ihm die Schere gestohlen zu haben. Ich hatte nur Augen für Aidan. Ich sog den Anblick seines Gesichts, seiner ganzen Gestalt ein, während er prompt auf mich zukam. Er hatte mir gefehlt.

»Sie sehen heute bezaubernd aus, Tilly.« Etwas scheu hielt er meinem Blick stand.

Das war das Netteste, was er je zu mir gesagt hatte.

Nun hätte ich einfach mit betörendem Lächeln und hocherhobenen Hauptes weitergehen können. Aber nein. Schließlich hatten wir es hier mit Tilly Parker zu tun.

»Ich dachte, Sie haben es lieber ein bisschen verranzt«, antwortete ich. »Alte T-Shirts, abgewetzte Hosen?«

»Hmm.« Aidan tippte sich mit einem Kugelschreiber an die Wange, als müsse er überlegen. »Es ist ein hübsches Kleid, auch wenn ich eigentlich Ihr Lächeln meinte, aber wo Sie es schon mal erwähnen, stimmt. Das weiße Top, das Sie bei dem Gewitter anhatten, hat mir besonders gut gefallen.«

Das Shirt, das im Regen vollkommen durchsichtig wurde, sodass mein rosafarbener BH darunter zu sehen war, so rosa wie jetzt mein Gesicht. Das hat ihm gefallen? Ich wusste nicht mehr, wo ich hinsehen sollte.

»Noch eine halbe Stunde!«, rief Peter geschäftig und erntete missbilligende Blicke von Suzanna und Jeff. »Danach kann nichts mehr angemeldet werden.«

»Ich sollte mal besser … ähm.« Ich senkte den Rote-Beete-farbenen Kopf und flitzte zu meiner Parzelle.

Ich musste unbedingt mit Gemma sprechen. In all den Monaten hatte ich ihr noch nichts von James erzählt. Sie würde ihren Augen nicht trauen, wenn sie mich plötzlich im Kleid sah. Und dann würde ich endlich damit herausrücken. Bei dem Gedanken, ihr gegenüber mein Geheimnis zu lüften, lief es mir kalt den Rücken herunter.

Da stand sie, über einen Tisch gebeugt, den sie vor ihrem Schuppen aufgestellt hatte. Darauf türmten sich Schüsseln und Teller mit arrangierten Früchten und Gemüse.

»Tadaa!«, ich vollführte eine schwungvolle Drehung und lächelte nervös. Mir schlug das Herz bis zum Hals. Ich konnte ihre Reaktion kaum erwarten.

Für den Bruchteil einer Sekunde hob sie den Kopf und sah mich geistesabwesend an. Bei ihrem Anblick musste ich mich zusammenreißen. Ihr Haar hing ihr fettig am Kopf, ihre sonst so lebhaften Augen wirkten ausdruckslos, und ihr Gesicht war aschfahl.

»Sehr hübsch«, murmelte sie und wandte sich wieder ihrer Arbeit zu, irgendetwas mit den Zwiebeln.

Hätte mich nicht ihr Anblick alarmiert, ihre Reaktion hätte mich vielleicht verletzt. So aber war ich besorgt. Das sah Gemma ganz und gar nicht ähnlich. Ich trat näher heran.

»Es ist zwecklos!«, rief sie so gereizt, dass ich zusammenzuckte. Stöhnend warf sie eine Zwiebel so heftig gegen ihren Apfelbaum, dass sie platzte und der Saft in alle Richtungen spritzte. »Die Zwiebeln passen alle nicht, und ich krieg den Bast nicht richtig drum.«

Wow. Wer hätte gedacht, dass sie die Schau so ernst nehmen würde.

Ich schob sie energisch zur Seite und legte selber Hand an. Mit wenigen Griffen hatte ich den Bast um die vorstehenden Zwiebelenden gebunden.

Jetzt.

»Gemma …«, fing ich an.

»Nicht jetzt«, fiel sie mir ins Wort und stapelte alle ihre Ausstellungsstücke in Weidenkörbe. Ob es nun am Saft der Zwiebeln oder am Stress des Wettbewerbs lag, jedenfalls zeugten ihre geröteten Augen von ziemlich frischen Tränen. »Lass uns später reden«, sagte sie und eilte Richtung Pavillon.

Na gut, dachte ich und blickte ihr hinterher, wie sie unter dem Gewicht ihrer Körbe ein wenig schwankend zum Begutachtungstisch davoneilte. Mit einem frustrierten Seufzer öffnete ich meinen Schuppen. Mein Beitrag würde sich auf drei Kategorien beschränken: Karotten, Wicken und Cupcakes. Die Küchlein hatte ich bereits in meinem Korb, doch es wartete noch Arbeit auf mich. Ich grub die Hälfte meiner Zwergkarotten aus, fand schließlich drei von genau gleicher Größe, schnitt ein dickes Büschel Erbsenschoten ab und schaffte es fünf Minuten vor Meldeschluss zu Peter.

Er packte mich an den Schultern und gab mir einen Schmatz auf die Wange. »Braves Mädchen, ich hatte schon fast die Hoffnung aufgegeben, dass du mitmachst«, sagte er und hob das rote Band hoch, um mich durchzulassen.

»Ehrlich gesagt ich auch«, antwortete ich mit einem schiefen Grinsen.

Ich platzierte drei Zwergkarotten auf mein Schieferbrettchen. Das Schwarz hob sich hübsch von den leuchtend orangefarbenen Wurzeln und den gefederten grünen Büscheln ab. Ich packte mein kleines Arrangement zwischen purpurfarbene Karotten, die von Shazza stammen mussten, und Vertreter einer gigantischen Sorte, von der eine Armee satt geworden wäre.

Die Wicken schließlich arrangierte ich in einer Flasche, und schon huschte ich die Stufen zum Pavillon hinauf, um meine sechs Cupcakes auf einem Tortenständer unterzubringen. Jedes Exemplar war mit einem anderen Gemüse aus Zuckermasse dekoriert. Um der Wahrheit die Ehre zu geben, waren sie nicht überzeugend: die Karotte, die Zucchini und die Pastinake ähnelten eher Würmern und die

Tomate, der Apfel und die Himbeere unterschiedlich gefärbten Kugeln.

Immerhin hatte ich mich bemüht. Das war entscheidend.

Ich kroch gerade wieder unter dem gestreiften Band hervor, als Charlie etwas außer Atem eintraf und einen Karton mit seinen Produkten brachte.

»Auf den letzten Drücker, was, mein Junge?«, fragte Peter und schüttelte den Kopf.

»Tut mir leid«, erwiderte Charlie mit einem Grinsen in meine Richtung. »Ich musste noch im letzten Moment umdisponieren.« Ich verdrehte die Augen. Ein Mann mit einer Obsession für seine Stangenbohnen.

Nun hieß Peter den Mann willkommen, den ich bei meiner Ankunft gesehen hatte, und stellte ihn als den Preisrichter vor. Der Wettbewerb konnte beginnen. Das Team von *Grüne Daumen* begab sich mit ihm in den abgesperrten Bereich, und unter den Bewerbern war die Erleichterung zu spüren, als nunmehr alle Arbeit getan war und sie nur noch auf das Ergebnis zu warten brauchten.

Gemma. Ich konnte es nicht erwarten, mit ihr zu reden. Doch als ich den Blick in die Runde warf, konnte ich sie nirgends entdecken.

»Sie ist heimgegangen, um sich umzuziehen«, erfuhr ich von Christine. Sie schüttelte den Kopf. Ihre Locken standen heute besonders stramm, und kein Härchen wagte es, aus der Reihe zu tanzen. »Keine Ahnung, was heute mit dem Mädel los ist.«

Hmm. Ging mir nicht anders. Und in meine Sorge um Gemma mischte sich das schlechte Gewissen, dass ich egoistisch nur darauf gewartet hatte, mit ihr über meine Schwäche für Aidan zu reden.

Die nächste Stunde ging ich ihm strategisch aus dem Weg.

Dann strich ich mir beherzt das Kleid über den Hüften glatt und kehrte zum Pavillon zurück. Inzwischen tummelte sich ein stetiger Besucherstrom rings um die Parzellen.

Das Flatterband war verschwunden, und unter den preisgekrönten Produkten steckten Kärtchen mit einer Eins, einer Zwei oder einer Drei. Die Besucher drängten sich an den Tischen, und ich entdeckte Jeff, der die Kamera bereithielt, um die Gefühle der begeisterten Gewinner und der enttäuschten Verlierer einzufangen. Er brauchte nicht lange zu warten: Shazzas Freudenschreie am Karottentisch waren nicht schwer zu deuten, und Nigels hörbares Zähneknirschen konnte nur heißen, dass ihn Graham an der Pastinakenfront um Haaresbreite geschlagen hatte. Ich hielt mich im Hintergrund. Zum einen war ich nicht der Wettkampftyp, und zum anderen hielten sich meine Erwartungen für meine allererste Schau in Grenzen.

Endlich erschien Gemma neben mir und hakte sich bei mir unter.

»Fühlst du dich besser?«, fragte ich und sah ihr forschend ins Gesicht. Sie hatte offenbar geduscht, sich umgezogen und weitgehend in die alte Gemma zurückverwandelt. Gepflegte Locken, Sommerkleid und ein einnehmendes Lächeln. Nur immer noch sehr blass.

»Schon viel besser, nachdem ich das da gesehen habe«, sagte sie und drückte mir den Arm. »Guck mal! Für meine Zwiebeln habe ich den ersten Preis gewonnen!« Lachend umkreisten wir in einer Menschentraube den Tisch. Mit meinen Wicken hatte ich wahrhaftig den zweiten Preis gemacht. Fantastisch! Mit meinen Karotten allerdings ging ich leer aus. Bei der Konkurrenz nicht überraschend.

Ich holte tief Luft und wandte mich Gemma zu. »Können wir uns nachher mal unterhalten, ungestört?«

Für den Bruchteil einer Sekunde flackerte ihr Blick erschrocken, und sie wandte sich zur Seite. Dann leckte sie sich die Lippen und lächelte. »Klar. Nachher, ja?«

Ich schenkte ihr ein dankbares Lächeln, auch wenn ich mich fragte, wo wir hier ein ruhiges Fleckchen finden sollten.

»Ich werd verrückt, Tilly!«, quiekste Gemma in diesem Moment, rüttelte mich am Arm und zeigte auf einen Pappteller mit grünen Äpfeln. »Du hast den ersten Preis für deine Äpfel bekommen!«

Ich starrte auf die Äpfel. Auf dem Schild stand tatsächlich mein Name. Seltsam. Höchst seltsam.

Wie aus dem Nichts tauchte genau in dieser Sekunde Suzanna neben mir auf, und von der anderen Seite des Tischs aus zoomte Jeff genau auf mein Gesicht. Bei näheren Nachforschungen stellte sich heraus, dass ich mit meinen Erbsen einen dritten und in der Zucchini-Kategorie einen zweiten Preis ergattert hatte – ohne etwas einzureichen.

»Ein fabelhafter Start in Ihrem ersten Jahr in der Ivy Lane«, bemerkte Suzanna. »Glückwunsch! Wie fühlen Sie sich?«

»Ich kann's nicht glauben«, lachte ich. »Das kommt wirklich vollkommen unerwartet.«

Was unter den gegebenen Umständen stark untertrieben war.

Kapitel 19

Nachdem ich meinen Ausdruck milden Erstaunens und kleingärtnerischer Siegerfreude lange genug aufrechterhalten hatte, ließ ich Gemma und Suzanna stehen und stellte Peter in seinem winzigen Büro im Pavillon zur Rede.

Er saß an einem uralten Computer und hackte mit zwei Fingern wie wild in die Tastatur. Bei meinem Anblick schob er sich die Lesebrille auf die Nasenspitze und hielt abwehrend die Hand hoch. »Streng vertraulich. Ich rechne gerade sämtliche Punkte zusammen, um den Hauptgewinner zu ermitteln.«

»Peter, tut mir leid, dich zu stören.« Ich biss mir auf die Lippe und überlegte, wie ich es ihm möglichst schonend beibringen konnte, wo er offensichtlich auch so schon ziemlich beschäftigt war. »Es gibt da ein Problem mit meinen Preisen.«

»Tilly, mach dir nichts draus, dass du nicht mehr gewonnen hast. Für einen Anfänger hast du dich wirklich gut geschlagen«, sagte er schmunzelnd.

»Nein. Darum geht es nicht, ich habe Preise in Kategorien bekommen, in denen ich gar nichts eingereicht habe!« Ich schickte ein entwaffnendes Lächeln hinterher.

Peter sah mich verständnislos an und zog das Preisrichterformular zu Rate. Dann sah er wieder zu mir auf. »Wie konnte das denn passieren?«

Ich zuckte die Achseln. »Das wollte ich dich gerade fragen.«

Er rückte sich den Krawattenknoten zurecht und runzelte die Stirn. »Also ich kann mir beim besten Willen nicht vorstellen, dass dem Preisrichter ein Fehler unterlaufen ist.«

Ich kehrte zu dem Moment zurück, in dem ich mit meinen Produkten erschienen war. Peter hatte gesagt, er habe kaum noch mit mir gerechnet. Es musste etwas mit *Grüne Daumen* zu tun haben, wetten! Ich kniff die Augen zusammen und sah ihn mit meinem gestrengen Lehrerinnenblick ins Gesicht. »Peter, raus damit, hat der Vorstand Gemüse in meinem Namen eingereicht, damit es etwas zu filmen gäbe, falls ich euch im Stich lasse?«

Ich hatte ihn auf dem falschen Fuß erwischt. Er wurde puterrot. »Also, erlaube mal!«, brachte er nur heraus.

»Schließlich wusstet ihr, dass alles gefilmt würde, und ihr wolltet für die Ivy-Lane-Episode von *Grüne Daumen* ein Happy End.« Je mehr ich darüber nachdachte, desto beleidigender fand ich die Sache. Es war, als seien sie selbstverständlich davon ausgegangen, dass meine Produkte durchfallen würden.

Peter sprang auf und schob das Kinn vor. »Das ist vollkommen absurd.«

»Da stimme ich dir zu«, sagte ich. »Und jetzt fühle ich mich wie eine Hochstaplerin.«

»Ich versichere dir, dass wir nichts dergleichen getan haben. Und ehrlich gesagt finde ich deine Unterstellungen ehrenrührig. Sie haben das jetzt gefilmt, nicht wahr?«

Ich nickte. Ich war mir meiner Sache nicht mehr so sicher. Aber wenn nicht der Vorstand, wer dann? Und wozu? Das Ganze ergab keinen Sinn.

Peter kratzte sich am Kinn und schüttelte den Kopf. »Was für ein Schlamassel. Ziehst du diese Sachen überhaupt?« Er warf einen Blick auf die Liste. »Erbsen, Zucchini, Äpfel?«

»Ja, aber …«

»Dann hättest du theoretisch alles hier anmelden können?«

»Na ja, theoretisch schon …«

»Es wäre äußerst unangenehm, im Nachhinein die ganze Begutachtung noch einmal von vorne zu beginnen.«

»Aber ich verdiene die Preise nicht.« Mir rauchte der Kopf. Ich hatte soeben ein anständiges, gradliniges Mitglied dieser Gärtnergemeinde des Betrugs verdächtigt, und falls er nichts damit zu tun hatte, war jetzt eine Riesenentschuldigung fällig. »Peter, ich …«

»Es ist nun mal, wie es ist.« Peter setzte sich wieder hin und zog die Tastatur heran. »Und sie haben den Film im Kasten. Lassen wir es also dabei bewenden.«

Ich wurde wie ein aufmüpfiges Schulmädchen vom Direktor entlassen.

Wie demütigend! Beklommen schlich ich nach draußen in die Sonne. Und wenn ich die Sache nicht noch schlimmer machen wollte, konnte ich nicht einmal mit jemandem darüber reden, oder? Es würde sich wie ein Lauffeuer herumsprechen, und es gäbe einen Riesenaufstand; Vicky und Liz hatten mir schon einen Vorgeschmack gegeben, als ich ihren verbissenen Streit über die Qualität ihrer Dahlien im Vorübergehen mitbekam. Nein, die ganze bizarre Geschichte blieb zwischen Peter und mir.

Als ich um die Ecke zu den Toiletten kam, wäre ich um ein Haar in Charlies muskulöse Brust gerannt.

»Hoppla!« Er hielt mich bei den Armen und lachte. »Was machst du denn für ein Gesicht? Ich dachte, du freust dich über den ersten Preis für diese Äpfel!«

Seine kühlen Hände an meiner Haut hatten, wenigstens für den Augenblick, eine beruhigende Wirkung. Was nichts daran änderte, dass ich allein sein wollte. Ich wand mich aus seinem Griff, als der Groschen fiel. Was hatte er gerade gesagt?

»Charlie?« Mein Lehrerinnenblick.

Und bevor ich reagieren konnte, zog er mich an sich und gab mir einen Kuss auf die Lippen. Ich schnappte nach Luft und sprang zurück.

»Charlie!«

Er verzog das Gesicht zu einem lausbübischen Grinsen. »Ich hab deine Sachen eingereicht. Hätte fast die Frist verpasst. Ich hatte das Gefühl, du brauchst eine Ewigkeit, um diese blöden Karotten auszubuddeln!« Er verdrehte die Augen.

»Das warst du?« Bei der Erinnerung an Peters empörtes Gesicht zog es mir den Magen zusammen. Ich starrte Charlie an. »Aber ich hatte gar nicht vor, Erbsen oder Äpfel oder Zucchini einzureichen.«

Er schüttelte nur nachsichtig den Kopf. »Du bist zu bescheiden.«

»Mit Bescheidenheit hat das nichts zu tun. Ich ziehe kein Gemüse, um damit Preise einzuheimsen. Wettbewerbe interessieren mich nicht. Ich bin nur hier, weil es mir Freude macht, mein eigenes Obst und Gemüse anzubauen und in Gesellschaft von Freunden zu sein.«

Noch während ich sprach, merkte ich, wie mir die Tränen in den Augen brannten. Die Gesellschaft von Gemma und Christine und Roy und sogar von Charlie (wenn er mich nicht in Schwierigkeiten brachte) war mir inzwischen noch wichtiger als das Gärtnern selbst.

»Ich weiß«, sagte er und fasste mich diesmal so behutsam an den Armen, dass ich ihn nicht zurückwies. »Du bist ein Engel.« Er drückte mir die Lippen auf die Stirn. »Mein Engel.«

Oha. »Charlie, ich ...«

Er legte mir den Finger auf die Lippen und brachte mich zum Schweigen. In der Hoffnung, dass irgendjemand kam, um das Klo zu benutzen, sah ich mich um.

»Du bist so gut zu uns; so hilfsbereit. Du hilfst mir, Colin, Alf und Gemma. Ich hab dich beobachtet, du denkst immer zuerst an die anderen, und ich wollte einfach etwas Nettes für dich tun.«

»Das ist wirklich sehr lieb von dir, Charlie, aber das wäre nicht nötig gewesen.« Unmerklich ging ich zentimeterweise auf Abstand. Dieses glühende Freundschaftsbekenntnis war zwar rührend, brachte mich jedoch in Verlegenheit.

Charlie hatte einen solchen Glanz in den Augen, dass mir die Wangen glühten und ich Herzklopfen bekam. »Doch, und ob das nötig war«, sagte er. »Denn seit du in mein Leben getreten bist, habe ich mich geändert. Du bringst das Beste in mir heraus.«

»Charlie, ich fühle mich geschmeichelt, wirklich ...«

»Du hast mir wieder Hoffnung gegeben«, fuhr er fort und streichelte mich mit den Daumen an den Oberarmen. »Ich hätte nie gedacht, dass ich noch einmal jemanden lieben würde. Meine Ex hat mich ganz schön reingelegt.« Ich schluckte, als ich seine traurigen Augen sah. Armer Kerl.

Er war nicht der Einzige, der glaubte, nie wieder lieben zu können. Ich hatte mich seit James einfach gar nicht mehr für Männer interessiert. Doch unglücklicherweise hatte nicht Charlie den Bann gebrochen, sondern Aidan.

»Ich bin deine Freundin, Charlie, und unsere Freundschaft bedeutet mir sehr viel. Ehrlich.« Ich nahm seine Hände. »Aber nur das.«

»Tilly, ich habe eine Vergangenheit, ich weiß. Ich bin geschieden und habe einen Sohn.«

Charlie war Vater? Da kannte ich ihn schon seit acht Monaten, und erst jetzt rückte er damit heraus? Ich ließ seine Hände los.

»Aber das ist kein Problem«, fuhr er fort, »ich sehe ihn nur einmal im Monat und manchmal nicht einmal das, wenn sie gerade mal wieder zickig ist.«

»Was?« Ich traute meinen Ohren nicht. Er sah mich verdutzt an. Offenbar hatte er mit einer anderen Antwort gerechnet.

Ich straffte die Schultern und machte einen Schritt zurück. Ich hatte plötzlich eine trockene Kehle, und so brachte ich in einem heiseren Wortschwall nur heraus: »Du hast Familie? Ein Kind? Ist dir eigentlich klar, wie kostbar das ist? Was für ein Glück? Wir haben uns zwar noch nicht gekannt, als du verheiratet warst, aber wenn du dich tatsächlich zum Besseren verändert hast, dann musst du doch den Wunsch haben, diesen Jungen in deinem Leben zu haben. Welcher Vater wollte das nicht?«

Er verzog das Gesicht und holte tief Luft. Fehlte nur noch, dass er mir sagte, ich hätte überreagiert. Ehrlich gesagt war mir egal, was er dachte, ich hatte genug gehört. Ich machte kehrt und ließ ihn stehen.

Ich lief so schnell, wie ich konnte, ohne Aufmerksamkeit zu erregen, bis ich zu der steinernen Bank kam, wo mich im Schutz des Laubs niemand sehen konnte. Ich setzte mich hin und versuchte, mich zu beruhigen.

Die Äste, die über der Bank einen Bogen bildeten, waren dicht von Efeu überwachsen, und einige Ranken strichen mir sacht übers Haar. Ich zog die Knie an und drückte mir die Handballen in die Augen.

Was hatte mich am meisten aufgewühlt: Dass Charlie Vater war? Dass er von seinem Sohn getrennt lebte? Dass Charlie versuchte, mir den Hof zu machen? Oder dass ich ihm meinen unmöglichen Auftritt bei Peter zu verdanken hatte? Ich seufzte. So oder so ging es um Charlie.

Ich nahm die Hände von den Augen, nahm die Knie herunter und strich mir das Kleid glatt. Ich strich mir mit den Fingern die Schienbeine herunter und tastete nach den gespannten, glänzenden Narben, die mir von den Knien bis zu den Knöcheln reichten. Ich brachte einen Laut zwischen Lachen und einem selbstmitleidigen Schluchzen hervor. Zum ersten Mal meine Beine vorzuzeigen hatte mich den ganzen Vormittag verlegen gemacht, dabei hatte niemand etwas gesagt. Wahrscheinlich waren alle viel zu sehr mit ihren eigenen Problemen beschäftigt, um es zu bemerken.

»Bist du das, Tills? Verflixt und zugenäht!« Stöhnend bahnte sich Gemma einen Weg durch die Bäume. »Dschungel dotcom, wenn du mich fragst.«

»Hey«, sagte ich und machte für sie Platz auf der Bank.

Sie schmiss sich neben mich und stupste mich mit dem Arm. »Was ist los, du Häufchen Elend? Im Schmollwinkel, weil deine Karotten nicht gewonnen haben?«

Ich schüttelte den Kopf und schluckte. Mir hatte es die Kehle so zugeschnürt, dass ich fürchtete, keinen Laut rauszubekommen. Wie ich mich nach einer Umarmung sehnte! »Ich hatte einen schrecklichen Streit mit Charlie.«

Sie schnaubte. »Der elende Tropf. Was hat er jetzt schon wieder angestellt?«

»Er und seine Frau haben ein Kind, Gem.« Ich blinzelte die Tränen weg. »Charlie ist Vater und sieht seinen Sohn nur alle paar Wochen. Was sagt das über ihn?«

In Erwartung ihrer mitfühlenden Geste beugte ich mich zu Gemma vor. Zumindest hätte ich mit einer entrüsteten Reaktion gerechnet. Doch die fiel leider ganz anders aus.

»Ein schrecklicher Mensch«, brachte sie schluchzend heraus. »Ein schrecklicher Mensch, der sein Glück nicht zu schätzen weiß.« Sie hielt sich beide Hände vors Gesicht, beugte sich vor und flennte hemmungslos. Fassungslos sah ich zu, wie unter jedem Schluchzer ihr ganzer Körper zusammenzuckte. Unwillkürlich fuhr ich mir mit der Hand an den Mund und atmete ein paar Mal tief durch, während ich wie in einer Folge von *Mord ist ihr Hobby* die Hinweise in Gemmas Verhalten über die letzten Tage Revue passieren ließ und eins und eins zusammenzählte. Ihre Reizbarkeit, Übelkeit, der Heißhunger auf rohen Spinat … O mein Gott!

»Du bist schwanger.« Ich legte ihr eine Hand auf den Arm.

Mit roten Augen sah sie zu mir auf und nickte. »Ich fühl mich schon seit Tagen seltsam, und als ich mich gestern dabei ertappte, wie ich draußen auf unserer Terrasse an den Ziegeln der Hauswand geleckt habe, dämmerte mir, was los ist.«

»Das ist eine gute Neuigkeit oder?« Mir entging nicht, wie mir das Herz bis zum Halse schlug.

»Ich weiß nicht, Tilly.« Sie schniefte und wischte sich mit dem Arm die Nase. »Jedenfalls passt es absolut nicht in meine Pläne.«

»Aber Gemma ... ein Baby!« Ich schluckte. »Du hast doch immer gesagt, du wolltest Mike ein eigenes Kind schenken?«

Plötzlich machte mir der Gedanke Angst. Schon bald würde Gemma ein Baby bekommen. Käme ich damit klar? Würde ich immer noch mit ihr befreundet sein wollen?

Sie nahm mich bei den Händen. »Sicher. Schon seit Jahren ... nur eben nicht jetzt. Nicht ausgerechnet in dem Moment, wo ich kurz davor bin, mein Leben wieder selbst in die Hand zu nehmen. Mike wird sich natürlich wie ein Schneekönig freuen, und irgendwie freue ich mich auch für ihn, ehrlich. Und Mia wird aus dem Häuschen sein.«

Ich biss mir auf die Lippen. Wenn es so weit war, hätten wir noch weniger Gemeinsamkeiten. Vielleicht gab sie dann auch die Parzelle auf, möglicherweise wäre das sogar das Beste.

»Aber was wird aus meinen Träumen? Ich sag's dir. Auf Eis gelegt, das ist damit. Wahrscheinlich für immer. Bis das Zweite flügge ist, bin ich Großmutter. Bei Lichte betrachtet bin ich jetzt schon alt genug, Großmutter zu sein.«

Sie rutschte zu mir herüber, und wir schlossen uns in die Arme.

»Ich pack das schon. Ich stelle mich darauf ein. Ich ändere meine Pläne, und alles wird gut. Ich musste mich nur mal richtig ausflennen«, sagte sie, hob den Kopf und sah mich an. »Ich brauch nur ein bisschen Zeit, um wieder klar zu denken.«

Ich betrachtete Gemmas unglückliches Gesicht. Die Geschichte von mir und James musste warten. Dies war nicht der rechte Zeitpunkt. Ich legte ihr den Kopf auf die Schulter und ließ den eigenen Tränen freien Lauf. Ich weinte um sie und ihr Baby, um Charlie und die Trennung von seinem Kind und um mich und die Familie, die mir bis jetzt versagt geblieben war.

So blieben wir sitzen, bis wir uns ausgeheult hatten und uns besser fühlten.

Gemma richtete sich auf. »Ich schäme mich dafür, wie ich mich fühle«, sagte sie, reichte mir ein Papiertaschentuch und wischte sich das eigene Gesicht ab. »Ich kenn Leute, die würden alles für ein Baby geben.«

Ich brachte nur ein gequältes Lächeln zustande.

»Danke, dass ich mich dir anvertrauen konnte.«

»Schon gut«, erwiderte ich, »wofür hat man Freunde.«

Noch während ich sprach, fragte ich mich, ob die nächsten Monate vielleicht nicht doch eine zu große Herausforderung für mich würden. Dennoch stand ich auf, hielt ihr die Hand hin, und zusammen kehrten wir langsam zum Pavillon zurück.

Kapitel 20

Es war schon fast vier Uhr, und die Menschenmenge lichtete sich. Am Eingang zum Pavillon sah ich drinnen das Team von *Grüne Daumen*, und mir wurde schlagartig bewusst, dass dies das Ende war. Die Filmarbeiten waren abgeschlossen. Nach diesem Tag würde ich Aidan wahrscheinlich nie wiedersehen. Meine Gedanken überschlugen sich, und ich hatte kaum begriffen, welche Gefühle ich tatsächlich für Aidan hegte, als Peter in die Hände klatschte, um für Ruhe zu sorgen.

»Da drüben ist Mike«, flüsterte mir Gemma zu und zog mich am Arm. »Da vorne neben Dad.«

Wir winkten beide, und Roy und Mike, die beim Parkplatz auf der Straße standen, winkten zurück.

»Bitte alle mal hier rüberkommen«, rief Peter.

Gemma seufzte, während wir uns alle brav um den Vorsitzenden scharten. »Er wird bestimmt ein toller Dad.«

Ich schubste sie aufmunternd mit der Schulter. »Du auch, ich meine, eine tolle Mum.«

»Ein Baby ist ein Segen, oder?« Immer noch unsicher sah sie mir forschend in die Augen. Ich nickte. »Macht es dir was aus, wenn ich …?« Sie deutete mit dem Kopf auf ihren Mann.

Lass mich jetzt bitte nicht allein.

»Natürlich nicht!« Mit einem Lachen wand ich mich aus ihrem Griff und wedelte sie energisch weg.

Beachtliche schauspielerische Leistung, attestierte ich mir, während ich zusah, wie sie zu Mike hinüberflitzte und ihm die Arme um die Taille legte.

Hoffentlich bekam ich, wenn Peter mit seiner Ansprache fertig war, wieder einigermaßen Luft.

»Ich möchte mich noch einmal bei allen hier bedanken, die an unserer alljährlichen Gartenschau teilgenommen haben«, sagte Peter. »Die Vorgaben waren, würde ich sagen, dieses Jahr durchaus noch höher als sonst und die Preise in jeder Kategorie höchstverdient.«

Wenn auch einige weniger als andere, fügte ich innerlich hinzu und wusste nicht, wo ich hinsehen sollte; links vor mir hatte ich Charlie am leergeräumten Kuchenstand und weiter rechts Peter auf den Eingangsstufen. Verschämt starrte ich zu Boden.

»Nun hatten wir, wie ihr alle wisst, den Sommer über besondere Gäste hier, und als Vorstandsvorsitzender möchte ich allen hier in der Ivy Lane ganz besonders dafür danken, dass sie bei den Filmarbeiten mitgemacht haben. Ich bin sicher, dass es eine unterhaltsame, spannende Reportage wird.«

Ich glaubte, hier und da unwilliges Räuspern zu hören und das eine oder andere vorgeschobene Kinn zu sehen sowie hier und da vielsagende Blicke auf mich zu ziehen, weshalb ich erneut das Pflaster unter meinen Füßen studierte. Soweit ich wusste, hatten es weder Rosemarys Kräuterspirale noch Brendas alte Kartoffelsorte in die Endfassung geschafft.

»Heute ist ihr letzter Tag bei uns«, fuhr Peter fort. »Im Lauf dieser Gartensaison haben wir das eine oder andere Drama erlebt«, sagte er schmunzelnd, »und für mich war es jedenfalls höchst unterhaltsam. Ein kräftiger Applaus, wenn ich bitten darf, für die Mannschaft von *Grüne Daumen*!«

Peter winkte Suzanna, Jeff und Aidan heran, und als sie auf den Stufen zum Pavillon Aufstellung nahmen, erschien Nigel mit einem Blumenstrauß für Suzanna. Jeff und Aidan winkten ein wenig verlegen ab und hatten es eilig, sich wieder unters Publikum zu mischen.

»Ganz herzlichen Dank an alle«, sagte Suzanna, nachdem sie Nigel und Peter je einen Schmatz auf die Wange gegeben hatte. »Es war *Grüne Daumen* eine Ehre, Sie in den letzten Monaten zu begleiten. Sie waren uns eine Inspiration, und wir haben eine Menge von Ihnen gelernt. Graham«, sagte sie und suchte ihn in der Menschentraube, »der Duft von Ihrem besonderen Dünger wird mir noch eine Weile in Erinnerung bleiben.«

»Ihr Glück«, rief ihr Alf zu. »Uns wird er für den Rest unserer Tage begleiten!«

Unter dem allgemeinen Gelächter wurde Graham rot, und Helen legte ihrem Mann stolz den Arm um die Schulter.

»Und Dougie«, fuhr Suzanna fort und wackelte in seine Richtung mit dem Finger, »ich werde nie die Zeit mit Ihnen in Ihrem Schuppen vergessen.« Die Bemerkung brachte ihr einen Pfiff von Charlie ein, während Peter und Nigel an den Seitenlinien vielsagende Blicke wechselten.

»Sie haben Jeff, Aidan und mich so herzlich aufgenommen, und es war uns eine Freude, Sie alle kennenzulernen.

Selbst diejenigen unter Ihnen, die anfänglich ein wenig kamerascheu waren, haben einen unschätzbaren Beitrag zu der Reportage geleistet. Sie werden mir alle fehlen.«

Während wir Suzanna eine weitere Runde Applaus spendeten, schweifte mein Blick zu Aidan ab. Er stand seitlich von mir, und ich betrachtete sein Profil. Mir wurde bewusst, dass ich ihn kaum kannte, außer dass er in seinem Job gut war, in einer Krise die Ruhe bewahrte und es draufhatte, selbst dem widerstrebendsten Hobbygärtner bei den Dreharbeiten ein gutes Gefühl zu geben. Über Aidan als Mann wusste ich nichts.

Dafür wusste ich, dass er bei mir an etwas gerührt hatte, das lange begraben war. Ich fühlte mich schlicht und ergreifend zu ihm hingezogen. Ich brauchte ihn einfach nur, so wie gerade jetzt, anzusehen, und schon hatte ich Schmetterlinge im Bauch.

Der arme Kerl hatte nicht die leiseste Ahnung, wie sehr er meine Hormone in Wallung gebrachte hatte, als er am Morgen einfach nur sagte, ich sähe reizend aus. Vielleicht war es ganz gut, dass die Filmarbeiten abgeschlossen waren. Noch ein paar Tage, und ich warf mich diesem Mann an die Brust. Ich musste innerlich grinsen. Ich hegte nicht die geringste Absicht, mich von diesen neuen Gefühlen zu irgendetwas hinreißen zu lassen, aber ich genoss sie.

Ich fühlte mich [illegible] lebendig [illegible] wieder wie eine Frau[illegible]

Plötzlich drehte er sich zu mir um und erwiderte meinen Blick, als hätte ich seinen Namen gerufen. Ich grinste noch immer eher leicht belämmert, doch er lächelte zurück.

»Netter Bursche«, sagte mir eine heisere Stimme ins Ohr. »Und Single.« Es war Alf, der dicht hinter mir stand.

Trotz der sommerlichen Hitze trug er eine an beiden Ellenbogen abgewetzte tweedartige Jacke.

»Wer?«, fragte ich nonchalant.

Mit einem Augenzwinkern deutete er auf Aidan. Hatte ich so offensichtlich hinübergestarrt? Dass es alle sehen konnten? Ich warf einen prüfenden Blick nach links und rechts, aber zu meiner Beruhigung hatte offenbar niemand auf mich geachtet.

»Sehr talentiert«, flüsterte Alf mir zu, und ich roch einen Hauch von Fruchtbonbons. »Ich hab mich über den Sommer ein paar Mal mit ihm unterhalten. Bei den *Grünen Daumen* ist er zum ersten Mal mit von der Partie. Normalerweise macht er Naturfilme über wildlebende Tiere. Er hat schon Preise eingeheimst.«

»Tatsächlich?« Fasziniert sah ich mich zu Alf um, während ich mich fragte, ob die Arbeit mit uns angenehmer oder schwieriger war als mit Tieren.

»Und jetzt kommen wir zur Tombola«, verkündete Nigel. »Suzanna, wären Sie so nett?« Er griff zu einem großen Plastikbehälter und schüttelte einmal kräftig.

Die Leute rührten sich, kramten in ihren Taschen nach den Losen und drängten sich an den Tisch mit den Preisen.

»In Suzannas Augen ist er der beste Regisseur, mit dem sie je gearbeitet hat«, fuhr Alf fort.

Ich glättete den Streifen rosafarbener Lose, den ich mir in die Tasche meines Kleides gesteckt hatte. Über das Kochbuch von Jamie Oliver oder die drei Handcremes würde ich mich freuen, die Gartenarbeit hatte diesen Sommer meinen Fingernägeln übel mitgespielt.

Das erste Los, das gezogen wurde, war Gemmas. Sie quiekste vor Vergnügen, gab Nigel und Suzanna einen überschwänglichen Kuss und kehrte ein wenig kleinlaut mit einer Flasche Rotwein an ihren Platz zurück. Als sie mein Grinsen sah, verdrehte sie die Augen.

»Auch wenn er laut Jeff schon mal ein Hitzkopf sein kann. Immer mit den Bossen auf Kriegsfuß. Offenbar geht ihm das Gemauschel und Geschachere auf den Geist.«

Ungläubig starrte ich Alf an. Bis jetzt hatte ich in der Ivy Lane Christine für die unerschöpfliche Informationsquelle gehalten. Offensichtlich hatte ich Alf unterschätzt.

»Wie hat er sie noch gleich genannt?« Alf kratzte sich am Kopf und sah zum Himmel. »Ach ja. Bürokratische Sesselfurzer mit aufgeblähten Egos«, zitierte er. »Spricht Klartext, der Mann.«

Immer diese aufgeblasenen Egos. Diese Machtspielchen und die ewige Wichtigtuerei gehen mir auf die Nerven.

Demnach hatte Aidan gar nicht uns gemeint. Ich jubilierte und musste mich zusammenreißen, um nicht vor Freude Luftsprünge zu machen. Er hatte uns also nichts vorgespielt. Aidan mochte uns wirklich. Meine Erleichterung kannte keine Grenzen.

»Ich sollte dann mal allmählich nach Hause«, sagte Alf und schniefte. »Mein Knie macht mir zu schaffen, und ich gewinne grundsätzlich nie bei Tombolas.«

Ich hakte mich bei ihm unter. »Ach ja, eh ich's vergesse, hättest du Lust, auf ein Stündchen bei mir vorbeizukommen und meine Stachelbeercreme zu probieren?«

Als ich seine strahlenden Augen sah, knüllte ich meine Tombolalose zusammen und führte Alf, nach einem letzten Blick auf Aidan Whitby, aus der Ivy Lane.

Zwei Stunden später, nachdem Alf fast alles, was ich an Essbarem da hatte, verputzt hatte und nach Hause gegangen war, überlegte ich, ob ich mir lieber ein paar Folgen *Game of Thrones* oder ein Bad bei Kerzenschein vor dem Schlafengehen gönnen sollte, als es energisch an der Haustür klopfte.

Als ich hinrannte und aufmachte, stand Aidan davor und stöhnte unter dem Gewicht einer riesigen Sonnenuhr.

Sein Van mit dem deutlich sichtbaren *Grüne Daumen*-Logo stand am Bürgersteig und hatte bereits einige neugierige Nachbarn aus ihren Häusern gelockt.

»Die haben Sie bei der Tombola gewonnen«, keuchte er.

»Oh.« Wo blieb mein differenzierter Wortschatz, wenn ich ihn brauchte?

»Christine hat mir Ihre Adresse gegeben. Sie meinte, Sie hätten keinen Wagen, und hat mich gefragt, ob ich sie Ihnen vorbeibringen könnte.«

Mir sirrten mehrere Gedanken auf einmal durch den Kopf, zum Beispiel, dass ich Gott sei Dank nicht in der Badewanne war und wer wohl das Kochbuch gewonnen hatte und ob Christine sich hier gerade ein bisschen plump als Kupplerin betätigt hatte …

»Wie nett von Ihnen.« Mehr brachte ich nicht heraus.

Auch wenn eine Sonnenuhr nicht direkt ein Herzenswunsch von mir war, war sie doch recht hübsch. Der obere Teil mit dem Zeiger war aus Gusseisen und unten in einen Betonsockel eingelassen – vielleicht auch Zement, ich konnte beides nie auseinanderhalten.

»Sie ist sehr schwer«, keuchte Aidan.

»Oh, tut mir leid!«

Während ich über den Unterschied der Materialien nachdachte, brach es dem armen Mann das Kreuz.

Was nun? Sollte ich ihn bitten, das Ding einfach auf der

Eingangstreppe abzustellen, um sich nicht weiter zu quälen? Wenn es dort nicht gestohlen wurde, konnte ich es aber selber auch nicht vom Fleck bewegen. Oder sollte ich ihn lieber gleich bitten, es durchs Haus in den Garten zu bringen?

Er erlöste mich von meinem Dilemma. »Soll ich sie in den Garten tragen?«

Ich nickte und deutete ins Haus.

»Stellen Sie's einfach irgendwo ab«, sagte ich und hob Cally hoch, während Aidan die zwei Stufen zur Terrasse hinunterwankte.

Ächzend stellte er die Sonnenuhr ab und grinste, während er tief Luft holte und sich die Hände in die Hüften stemmte.

»Ein Glas Wasser?«

Er nickte.

Ich reichte ihm ein Glas und bat ihn, am Plastiktisch in meiner Gartenecke Platz zu nehmen. Aidan setzte sich, nahm einen großen Schluck und sah sich um. Cally sprang ihm, ohne zu zögern, auf den Schoß, das hieß: Katerprüfung bestanden.

Aidan und ich. Ich und Aidan. In meinem Garten. Nur wir zwei.

Ich ließ einen kritischen Blick über meinen Garten schweifen. Wenig einladend, musste ich einräumen: graue Bodenplatten, Plastikmöbel und jetzt noch eine Sonnenuhr. Wenigstens hatte ich keine Wäsche aufgehängt.

»Dann«, fing ich an und verzwirbelte eine Haarsträhne um den Finger. »Dann sind Sie auf dem Weg nach Peru?«

Er nickte. »Für acht Wochen, sobald das Editing zu dieser *Grüne Daumen*-Folge fertig ist. Ab in die Natur. Ich kann es kaum erwarten.« Da hast du's. Nicht an dir interessiert, Tilly. Er kann es kaum abwarten wegzukommen.

Ich lächelte erleichtert und schüttelte den Kopf, als ich Aidans fragenden Blick auffing. Mächtig in ihn verschossen zu sein war eine Sache, die Initiative zu ergreifen wäre eine andere, nämlich ein Riesenfehler.

Den ganzen Tag lang hatte ich James' Nähe gespürt. Nicht etwa auf unheimliche Weise. Er war einfach nur irgendwie da. Und jetzt wusste ich, wieso. Irgendwie waren sie sich sehr ähnlich, Aidan und James: ihre Liebe zur Natur, auch wenn es Aidan mehr in die Wildnis als in die Kulturlandschaft zog. Ihre Aufmüpfigkeit gegen Autorität – James hatte einmal nach einer Meinungsverschiedenheit mit der Firmenleitung einfach gekündigt.

Doch ansonsten waren sie sehr verschieden: James war ein Spaßvogel gewesen; immer da, wo was los war, während Aidan offenbar lieber andere ins Rampenlicht rückte. Und was ihr Aussehen betraf, lagen Welten zwischen ihnen. Aidan wäre mit seinem glänzenden dunklen Haar, den braunen Augen und dem Hauttyp als Südeuropäer durchgegangen. James hingegen hätte man allenfalls noch für einen Schotten halten können; er hatte die stereotypen Sommersprossen eines Rotschopfs und sehr empfindliche Haut.

»Und was filmen Sie diesmal?«

»Bären. Eine besondere Art, die in Peru sehr verbreitet ist.«

Ich nickte.

»Dann kennen Sie sich mit Bären aus?« Er lächelte und stellte sein Glas ab.

Beschämt musste ich mir eingestehen, dass ich bei dem Stichwort Paddingtonbär mit seinem Dufflecoat und seinen

Marmelade-Sandwiches vor Augen hatte. Typisches Berufsrisiko einer Grundschullehrerin.

»Ehrlich gesagt nein«, sagte ich und gab mir Mühe, intelligent auszusehen. Ich konnte nur hoffen, dass er mich nicht auf die Probe stellte.

»Also, ich mach mich dann mal auf die Socken.« Mit einem Seufzer stand er auf und verzog verlegen das Gesicht. »Ich muss noch heute Abend nach London.« Er setzte Cally ab und strich ihm noch einmal über den Rücken.

»Dann wohnen Sie in London? Eine ziemliche Strecke nach einem langen Tag«, sagte ich, während ich durch die Küche in die Eingangsdiele vorausging. Ich war mir bewusst, dass man meiner Stimme die Enttäuschung anhörte. Wie uncool.

»Hab leider morgen früh einen Termin.«

Dann lebte er also in London. Noch ein triftiger Grund, mich auf nichts einzulassen. Einzulassen? Wer sagte denn etwas von sich einlassen? Ich mochte ihn, weiter nichts. Mal ehrlich, der Mann hatte lediglich heute Morgen gesagt, ich sähe reizend aus, und ich ertappte mich dabei, schon unsere gemeinsame Zukunft zu planen. Er bringt mir aus reiner Nettigkeit gegenüber Christine meinen Tombolapreis vorbei, und ich rechne schon aus, wann seine acht Wochen im Ausland vorbei sind. Kurz vor Beginn der Herbstferien. Wenn ich es so genau wissen wollte. Was nicht der Fall war.

Irgendwie geriet ich in Panik und bekam seine Antwort gar nicht mit. Vielleicht lebte er auf den Äußeren Hebriden, was weiß ich.

Ich hatte schon die Hand am Knauf der Haustür und hielt plötzlich inne. Das war's also. Das war definitiv der Abschied.

Wir sahen uns an, und er lachte leise – ich hoffte, aus Verlegenheit und nicht, weil ich eine Frage überhört hatte oder so.

Er war zum Berühren nahe. In all den Wochen und Monaten, in denen wir miteinander zu tun gehabt hatten, waren wir nie allein und uns nie so nahe gewesen.

Ich spürte ein Prickeln am ganzen Körper. Ging es ihm auch so, oder ging meine Fantasie mit mir durch? Und war das überhaupt in Ordnung? Hatte ich das Recht, mich von einem anderen Mann so aus der Fassung bringen zu lassen? Das hier war für mich eindeutig unbekanntes Terrain. Plötzlich war ich in Panik. Und vollkommen außer Atem. Er wirkte riesig. Seine Präsenz füllte meine ganze, winzige Eingangsdiele aus. Er hob die Hand, und für den Bruchteil einer Sekunde glaubte ich, er würde mein Gesicht berühren, doch dann strich er sich nur durchs Haar.

»Tilly …?«

Was sollte ich sagen, falls er mich um meine Telefonnummer bat? Er war auf dem Sprung nach Peru. Er wohnte meilenweit weg. Aber er roch wirklich gut, und ich hätte alles dafür gegeben, seine Haare zu berühren. Und er würde mir wirklich furchtbar fehlen. Außerdem sollte ich doch nach vorne schauen, oder? Was wäre also falsch daran, ihm meine Nummer zu geben?

»Ja!«, platzte ich heraus und war stolz auf mich.

»Darf ich dich küssen?«, brachte er seinen Satz zu Ende.

Und dann hatte ich die Hände in seinem Haar und er seine um mein Gesicht gelegt, und wir kamen uns so nah, dass ich sein Herz an meiner Brust schlagen fühlte oder auch mein Herz an seiner.

Ich, Tilly Parker, küsste einen Mann.

Ich schloss die Augen und schmolz dahin. Meine Beine und Arme fühlten sich nicht mehr wie ein Teil von mir an, und ich genoss das erlesene, überwältigende Gefühl seiner Lippen an meinem Mund.

Und ich verschwendete keinen Gedanken mehr daran, ob es richtig war oder nicht, ob ich damit irgendwie James untreu wurde oder was morgen sein würde, wenn Aidan wieder in London wäre, oder auch in den nächsten Wochen, wenn es ihn in die tiefste Wildnis der peruanischen Anden trieb. Und als sich unser Kuss vertiefte und er mir mit den Fingern durchs Haar strich und dann zu der kitzeligen Stelle im Nacken hinunterglitt, spürte ich, wie mein Körper nach einem sehr, sehr langen Schlaf erwachte.

Natürlich währte es nicht lange. Wenig später schlug meine Stimmung um, und ich fühlte mich schrecklich.

»Tut mir leid«, flüsterte Aidan, während er mir mit den Daumen über die Wangen strich. »Offenbar habe ich dich zum Weinen gebracht.« Er senkte den Kopf und küsste mir sacht die Tränen weg.

»Keine Sorge«, sagte ich und verzog den Mund zu einem Lächeln. »Freudentränen.«

Gut gemacht, Tilly.

Er trat verlegen von einem Bein aufs andere. Jetzt würde er mich nach meiner Nummer fragen. Oder er war so peinlich berührt wie ich und hatte nur den einen Wunsch, die nächsten dreißig Sekunden hinter sich zu bringen. So wie ich.

Armer Mann. Dabei war er nur gekommen, um mir eine Sonnenuhr zu bringen.

Ich kämpfte mit der Tür, die zum ersten Mal beschlossen hatte zu klemmen, verdammt!

Schließlich hatte sie ein Einsehen, und ich trat zurück, um ihn durchzulassen.

»Aidan …«

»Tilly …«

»Du zuerst«, ermunterte ich ihn.

»Ich weiß, das Timing … ist nicht ideal. Aber ich würde dich wirklich gern wiedersehen. Kann ich dich anrufen?« Mit gespanntem Gesicht sah er mich an und wartete.

War das Timing wirklich das Problem? Ich konnte es nicht sagen.

Es war alles so schnell und so unerwartet gekommen, dass mein Verstand mit meinem Herzen nicht ganz mithalten konnte und dieser Kuss mit Aidan – überhaupt ein Kuss mit einem anderen Mann – plötzlich eine ernste Sache war. Und auch wenn dieser magische Moment das Berauschendste war, was ich seit langem erlebt hatte, wusste ich beim besten Willen nicht, ob ich schon dafür bereit war. Noch nicht.

Ich schüttelte den Kopf.

»Ich glaube nicht«, flüsterte ich. »Tut mir leid. Alles Gute mit dem Editing von *Grüne Daumen* und für Peru.«

Er sah mir lange schweigend in die Augen, und ich hielt den Atem an. Er wirkte so niedergeschmettert, dass ich es mir beinahe anders überlegt hätte. Das alles war so neu für mich. Schließich holte er seine Brieftasche heraus und zückte eine Visitenkarte. »Hier hast du meine Nummer. Wenn du es dir anders überlegst, ruf mich an.«

Als ich ihm die Karte aus der Hand nehmen wollte, schloss er die Finger um meine und erwiderte meinen Blick fünf Herzschläge lang. »Ich hoffe, du überlegst es dir anders«, sagte er und ließ meine Hand los.

Ich atmete langsam aus. Natürlich. Es hieß ja nicht: jetzt oder nie. Ich konnte seine Karte behalten und es mir in Ruhe überlegen. Mal sehen, wie ich mich in einigen Wochen fühlte. Was für eine Erleichterung.

Schließlich gab er mir einen letzten sanften Kuss auf die Lippen und trat an mir vorbei, blieb jedoch auf dem Treppenabsatz noch einmal stehen und drehte sich zu mir um.

»Danke, Aidan.« Er sah aus, als glaubte er mir nicht ganz. »Ich meine es ernst«, fügte ich hinzu.

In der letzten Sekunde machte ich einen Satz und zog ihn so fest an mich, dass sich mir seine Bartstoppeln an der Wange und das Metall seiner Gürtelschnalle am Bauch unauslöschlich ins Gedächtnis einprägten.

Und dann ließ ich ihn gehen.

Kapitel 21

Ich hatte einen Mann geküsst.

Das Lächeln, mit dem ich am nächsten Morgen aufwachte, sagte mir, dass das etwas Gutes war. Über Nacht hatten sich meine Zweifel verflüchtigt und was blieb, war ein überwältigendes Glück.

Ich hatte Aidan geküsst.

Ich räkelte mich, streckte die Arme über den Kopf und tastete auf der Decke nach Cally. Er legte sich bereitwillig auf den Rücken und schnurrte, als ich ihn am gesprenkelten Silberbauch kraulte.

Aidan Whitby. Schmunzelnd dachte ich daran, mit welchen Worten Christine ihn vor Monaten eingeführt hatte. *Schmilzt man nicht schon allein bei dem Namen dahin?*

Ja, wirklich.

Der gestrige Abend hatte eine Welt von neuen Möglichkeiten aufgetan und mir gezeigt, dass ich vielleicht doch nicht den Rest meines Lebens mit Fertiggerichten für eine Person und einer kalten, glattgestrichenen Betthälfte verbringen musste. Vielleicht würde ich Aidan wiedersehen, vielleicht auch nicht. Doch ich erwachte langsam wieder zum Leben, und meine Fähigkeit, jemanden zu lieben, kehrte zurück.

Mensch, Tilly. Du hast ihm das Gesicht abgeknutscht und jede Sekunde genossen. Gib's doch zu.

Ich hatte Aidan Whitby geküsst, und damit hatte es mit meiner Männer-Abstinenz offiziell ein Ende. Na schön, hinterher hatte ich geweint und ihn nur mit einem Hoffnungsschimmer für die Zukunft entlassen, doch das war in Ordnung. Ich hatte seine Nummer, er wusste, wo ich wohnte. Wenn es sein sollte, dann würde etwas daraus werden.

Ich zog die oberste Schublade der Schlafzimmerkommode auf und holte den letzten Brief heraus, den ich von James' Mum erhalten hatte.

Du wirst immer zu dieser Familie gehören, Tilly, vergiss das nie. Wann immer du Lust hast, uns zu besuchen, wartet hier ein Bett auf dich. Wenn du willst, kannst du auch einen Freund mitbringen.

Vielleicht sollte ich tatsächlich einmal hinfahren, bevor die Ferien zu Ende gingen, um ihnen zu zeigen, wie gut es mir inzwischen ging und dass ich sie immer noch liebte.

Ich steckte den Brief wieder in den Umschlag und seufzte glücklich. Zeit, aufzustehen.

Die Ivy Lane erholte sich immer noch von der jährlichen Gartenschau, und der Vorstand hatte für den Abbau und ein allgemeines Saubermachen nach all den Besuchern am Vortag um Freiwillige gebeten.

Als ich eintraf, hatten die anderen schon mit der Arbeit begonnen. Christine hatte ihre Familie auf Trab gebracht, Nigel und Liz nahmen Tische auseinander, um sie wieder in die Gemeindehalle zurückzubringen, und Brenda sackte die nicht eingelösten Tombolapreise ein.

»Da ist sie. Unsere Sonnenuhr-Gewinnerin. Hattest du einen netten Abend, Tilly?«, fragte Christine und streckte den Kopf unter einem Zeltdach hervor, mit dem sie, Roy und Mia gerade kämpften. Unterdessen ging Gemma herum, sammelte Stangen und Erdanker auf und steckte sie in einen Karton.

Bildete ich mir das nur ein, oder grinsten mich alle an? Wieso grinsten alle? Und blickten mir über die Schulter, als erwarteten sie noch jemanden.

Ach so … dachten sie etwa …?

Ich griff zu einem Flyer von gestern und fächelte mir Luft zu. »Aidan hat sie mir freundlicherweise in den Garten gebracht, bevor er nach London weitergefahren ist.«

»Bist du sicher?«, fragte Roy, während er ächzend Erdanker aus dem Boden zog. War ich nicht noch ein bisschen zu jung für Hitzewallungen? Und konnten sie gefälligst aufhören, mich so anzustarren?

»Er wohnt aber nicht in London«, sagte Christine und verdrehte die Augen. Ich hoffte, dass mein Gesicht nicht ganz so rot war wie ihres. »Er ist von hier. Deshalb hat sich *Grüne Daumen* ja auch die Ivy Lane herausgepickt. Das war sein Vorschlag.«

In diesem Moment kroch Mia unter dem Zeltdach hervor. Sie mühte sich mit einer langen Metallstange ab, und ich eilte ihr zu Hilfe, bevor sie jemanden damit verkrüppelte.

Sie ließ die Stange augenblicklich fallen und flog mir in die Arme. »Was sagst du zu unserer Neuigkeit? Ich werde Schwester.«

»Das ist fantastisch«, antwortete ich und drückte sie an mich. Gemma hatte also richtiggelegen, Mia war entzückt. Ich hatte sie noch nie so guter Dinge gesehen.

Sie drückte mir die Lippen ans Ohr und flüsterte so leise, dass es kitzelte. »Und ich hatte schon befürchtet, Mum hätte auch Mike schwul gemacht, und sie zeigten nur gute Miene zum bösen Spiel.«

Ich prustete vor Lachen.

»Ich werde Mum nach der Schule mit dem Geschäft helfen«, sagte sie laut und erntete dafür stolze Blicke von ihren Großeltern. »Den Massagetisch aufstellen, die schweren Taschen tragen, Schüsseln mit Wasser füllen, so was in der Art.«

Gemma stellte den Karton ab und schlenderte zu einem Stapel Backformen hinüber. »Nur weil ich ihr dafür Geld angeboten habe«, sagte sie und schob sich ein Stück übriggebliebenen Kuchen in den Mund.

»Und ich werde dabei helfen, das Gästezimmer für das Baby herzurichten.«

»Mit Gästezimmer meint sie mein Behandlungszimmer, als Kosmetikerin. Aber wenn's denn sein muss«, sagte Gemma seufzend, auch wenn ihre heimliche Genugtuung deutlich herauszuhören war. Schon jetzt blühte sie auf. Und mit einem Mal sah man ihr auch die Schwangerschaft an.

Ich gesellte mich zu ihr und legte ihr den Arm um die Schulter. »Gemma, wie weit bist du eigentlich schon?«, fragte ich und konnte den Blick nicht von ihrem erstaunlich runden Bäuchlein losreißen.

»Ich bin so ein Idiot«, flüsterte sie. »Seit Monaten nehme ich zu und hab es immer nur auf den Bewegungsmangel geschoben. Ich schätze, bis Weihnachten haben wir ein Baby im Haus!« Sie hob schon ein weiteres Stück Kuchen an die Lippen, besann sich jedoch und ließ es wieder auf das Blech fallen.

»Du hast diese Woche einen Arzttermin, Madame«, sagte Christine, nahm ihre Tochter bei der Hand und führte sie zu einer Bank. »Und nichts Schweres mehr heben. Wenigstens hast du ja Colin als Hilfe für die Parzelle, da muss ich mir ja keine Gedanken machen.«

Sie zwinkerte mir zu, und Gemma fiel die Kinnlade herunter. Es war das erste Mal, dass ich sie sprachlos sah.

Christine stellte Gemma einen Karton mit Silbertrophäen hin. »Damit bist du eine Weile beschäftigt«, sagte sie und drückte ihr einen Staubwedel in die Hand.

Auf dem Parkplatz hielt ein kleiner Wagen und Alf stieg aus.

»Das war eine tolle Schau gestern, der Vorstand hat uns stolz gemacht«, sagte er und winkte mir zu. Er sah gesund und frisch aus. Offenbar hatten ihm meine Kochkünste nicht geschadet.

Er nahm sich die flache Mütze ab und kratzte sich am Kopf. »Das wird wahrscheinlich meine letzte Schau«, seufzte er. »Wird mir langsam zu viel, die Gärtnerei.«

Christine schlug im Spaß mit dem Staubwedel nach ihm. »Hör schon auf, Alfred, das hast du schon gesagt, als Mia noch in den Windeln steckte, und jetzt ist bei Gemma das Nächste unterwegs. Du buddelst hier bestimmt noch rum, wenn wir alle längst die Segel gestrichen haben.«

Ich nahm eine Silbertrophäe aus dem Karton und sah sie mir genauer an. »Die Preise«, sagte Christine und deutete darauf. »Wir sammeln sie immer von den letztjährigen Gewinnern ein und vergeben sie bei der Weihnachtsfeier an die neuen.«

Wo wir gerade dabei waren …

Ich rannte die Eingangsstufen zum Pavillon hinauf. »Peter, hast du einen Moment Zeit?«

Er zierte sich zunächst, nahm dann aber meine Entschuldigung für meine falschen Verdächtigungen gegen ihn an.

»Vergib meine Punkte bitte an Alf, schließlich war er bei den Äpfeln Zweiter. Und schließlich habe ich nichts an meinem Apfelbaum getan, um den ersten Preis zu verdienen. Wohingegen Alf seinen Baum sorgfältig beschneidet und düngt. Demnach wäre er mit vollem Recht …«

»Tilly, im Nachhinein die Punktzahlvergabe zu ändern würde jede Menge Probleme machen.« Peter blickte über die Schulter und zog die Tür zu. »Unter uns, Alf ist bereits der Hauptgewinner«, sagte er leise. »Er bekommt die große Trophäe und wird sehr glücklich darüber sein.«

Auch ich war mit meinem Ergebnis höchst zufrieden, und da die Erzeugnisse, die Charlie heimlich eingereicht hatte, tatsächlich auf meiner Parzelle gewachsen waren, hatte es wenig Sinn, sich weiter darüber auszulassen.

Draußen hatten sich Brenda und Christine links und rechts bei Gemma eingehakt und machten ihr gerade klar, wie glücklich sie sich schätzen könne, heute statt vor dreißig Jahren Kinder zu kriegen.

»Ich geh mal rüber und seh mir meine Kürbisse an«, sagte ich und hielt Gemma den Arm hin. »Schaffst du es, bis zur Parzelle mitzuwatscheln, oder soll ich einen Rollstuhl organisieren?«

»Wag es ja nicht«, zischte sie und sprang auf.

Auf dem Weg zur Nummer 16 sprudelte Gemma wie ein Wasserfall über ihre Pläne für das Kinderzimmer und darüber, wie sie hoffte, die Arbeit herunterzufahren und dennoch bis zum Geburtstermin weiterzumachen. Was für ein Sinneswandel in nur vierundzwanzig Stunden! Von Panik und Verwirrung über die unverhoffte Schwangerschaft zur strahlenden werdenden Mutter.

Puh! Wie gut, dass ich mich ihr gestern nicht anvertraut hatte. Nach James' Tod hatten mich die Leute ein ganzes Jahr lang immer wieder gefragt, ob ich darüber reden wollte. Ich würde mich danach besser fühlen, hatten sie behauptet. Geholfen hatte es aber nie. Im Gegenteil. Danach hatte ich mich immer mies gefühlt, da dieselben Leute, die mich ermuntert hatten, ihnen mein Herz auszuschütten, hinterher nicht wussten, was sie sagen oder wie sie reagieren sollten. Und so stellte ich fest, dass in meinem Fall geteiltes Leid doppeltes Leid war. Die bedrückte Reaktion der anderen verstärkte meine Trauer und steckte meinen ganzen Freundeskreis an. In Kingsfield dagegen war ich eine geheimnisumwitterte Frau, deren Innenleben sich in Zwiebelschichten verbarg. Weitaus besser als das vom Schicksal geschlagene Opfer.

Hätte ich Gemma in meine Vergangenheit eingeweiht, hätte sich mein Schicksal wie ein Schatten über die aufregende Zeit ihrer Schwangerschaft gelegt. Indem ich geschwiegen hatte, blieb es ihr erspart, meine Gefühle teilen zu müssen.

Gemma plumpste auf meine Bank, und ich lief zum Wasserhahn und ließ die Gießkanne volllaufen. Für nächstes Jahr wäre ein Wasserfass ein absolutes Muss. Das Wasserschleppen wurde einfach zu viel. Ich kehrte zurück und gab meiner Kürbispflanze zu trinken. Ringsherum wuchsen winzige Kürbisse, und ich hoffte auf eine reichliche Ernte, um sie zu Halloween in die Schule mitzunehmen.

Gemma schlüpfte aus den Flipflops und spielte mit den Zehen im Gras.

»Also, raus damit.« Sie grinste mich an. »Ich will die Wahrheit hören. Läuft da was zwischen euch beiden?«

Ich spielte mit dem Gedanken, mich cool zu geben, doch meine Wangen sahen das anders, und als ich ihr in die prüfenden Augen sah, quiekste sie vergnügt und hielt sich die Hände über den Mund.

»Tilly! Ist das aufregend! Du und Charlie. Ach! Eine Kleingartenromanze!«

»Psst!« Ich schüttelte den Kopf und schnaubte empört. »Nein, nicht Charlie. Wir sind nur befreundet.«

Gemma verzog verständnislos das Gesicht. »Wer dann …?«

Plötzlich fühlte ich mich wie ein schüchternes kleines Mädchen. »Aidan«, sagte ich leise. »Aidan und ich. Ich habe gestern Abend Aidan geküsst.«

Ich ließ die Gießkanne stehen und setzte mich zu Gemma auf die Bank. Sie bekam den Mund nicht mehr zu. »Bitte vergiss das Atmen nicht«, sagte ich und klappte mit der Fingerspitze behutsam ihre Kinnlade hoch.

»Aidan Whitby.« Sie fasste mich an der Hand und sagte mit verklärtem Blick: »O mein Gott, das wird dein ganzes Leben umkrempeln.« Sie warf den Kopf zu mir herum und malte es für mich aus. »Ein einziger Rausch von Premiere zu Premiere, von einem roten Teppich zum anderen. Du wirst eine Stylistin brauchen – mich, wen sonst – und …« Sie kam nicht weiter und hielt sich die Hand an die Brust.

»Von mir aus, aber dein Szenario ist ziemlich unwahrscheinlich, weil er mit mir ausgehen wollte und ich nein gesagt habe.«

»Was? Bist du verrückt?« Sie sah mich an, als verstünde sie die Welt nicht mehr.

»Er hat mir seine Telefonnummer gegeben«, sagte ich wie nebenbei. »Vielleicht rufe ich ihn an, wenn er aus Peru zurück ist. Vielleicht auch nicht. Wer weiß? Vielleicht bin ich ja bis dahin auch schon mit jemand anderem zusammen.«

Natürlich war das eine Lüge. Doch ich lächelte vergnügt und schwieg, denn immer wenn ich die Augen schloss, sah ich das Bild eines gutaussehenden Mannes mit kräftigem gewelltem Haar vor mir, mit kastanienbraunen Augen und einem unwiderstehlichen Lächeln. Das war fürs Erste genug.

Gemma starrte mich immer noch ungläubig an. Dann zuckte sie zurück. »Hallo, kennen wir uns? Ich habe das seltsame Gefühl, neben einer vollkommen neuen Tilly Parker zu sitzen.«

Ich kicherte. Ich fühlte mich selbst ein wenig neu, und die Neue gefiel mir. »Außerdem bin ich für den Rest des Sommers mit jeder Menge Arbeit eingedeckt. Hier in der Ivy Lane ist offensichtlich viel zu tun, dann werde ich eine Woche mit meiner Mum in einem Ferienhaus im Lake District verbringen. Wir werden die Gegend auskundschaften und zweifellos reichlich Kuchen essen. Ich freue mich schon drauf.«

»Oh, klingt gut.« Gemma nickte und verzog im nächsten Moment das Gesicht. »Verdammt, ich muss schon wieder aufs Klo. Meine Blase scheint zur Größe deiner winzigen Kürbisse da geschrumpft zu sein.«

Ich tat beleidigt. »Urin soll übrigens gut für den Garten sein, könntest du dich vielleicht da drüben über den Kompost hocken?«

Sie blickte vom Komposthaufen zu mir und wieder zurück.

»War ein Witz«, sagte ich und zog sie hoch. Wir hakten uns unter und kicherten den ganzen Weg zum Pavillon zurück. Das Leben fühlte sich gut an. Meine beste Freundin bekam ein Baby, ich hatte noch vier Wochen Schulferien vor mir und nach zwei Jahren zum ersten Mal geknutscht. Ich war glücklich und voller Zuversicht und gespannt, was der Herbst bringen würde.

Vor dem Pavillon stand ein korpulenter Mann in grauem Anzug und redete mit Peter. Er hatte die Hände im Rücken verschränkt und wirkte in seiner Bürokleidung in der Ivy Lane fehl am Platze.

Als wir näher kamen, drehten sich beide Männer zu uns um.

Als hätte sich vor uns plötzlich ein unsichtbares Kraftfeld gespannt, blieb ich abrupt stehen, und mein Lächeln verflog.

Ich kannte den Mann.

Wie ein Blitz durchzuckte mich die Angst, und mir schwirrte der Kopf, sodass ich keinen klaren Gedanken mehr fassen konnte. Eine Sekunde lang fürchtete ich, bewusstlos zu werden. Ich schnappte nach Luft und suchte bei Gemma Halt.

Der Mann kniff die Augen zusammen. Als er begriff, wen er vor sich hatte, verspannte sich sein Gesicht.

»Ah, diese beiden reizenden Damen gehören zu unseren Parzellenpächtern«, sagte Peter, der von meiner Angststarre nichts bemerkt zu haben schien. Er streckte einladend die Hand zu uns aus. »Meine Damen, darf ich sie mit Mr. Cohen bekannt machen? Er ist Bewährungshelfer.«

Manche Gesichter hatte man im Nu wieder vergessen. Andere dagegen brannten sich einem für immer ins Gedächtnis ein.

»Tilly, was hast du?«, fragte Gemma. »Du siehst aus, als hättest du ein Gespenst gesehen.«

»Alles in Ordnung«, krächzte ich, und sie hielt mich instinktiv fest am Arm. Ich drehte mich zu Gemma um und sah ihren besorgten Blick.

Was auch immer das Leben mir da gerade zwischen die Beine warf, mehr als je zuvor würde ich jetzt auf Gemmas Freundschaft angewiesen sein.

Kapitel 22

Es war Mitte September. Das neue Schuljahr hatte längst begonnen, die Erinnerungen an die sechswöchigen Sommerferien verblassten schon, und mir blieb kaum Zeit für die Arbeit in der Ivy Lane. Doch heute war ich fest entschlossen, meine Kohlsetzlinge zu pflanzen.

An diesem Morgen war es ausgesprochen frisch, als habe der Sommer über Nacht und ohne Vorwarnung die Sachen gepackt und das Heft an den Herbst übergeben. Von der Arbeit hatte ich eiskalte Hände und schwor mir gerade, das nächste Mal Handschuhe mitzubringen, als Gemma anrauschte.

»Darf ich dir etwas beichten?« Gemma sank anmutig auf meine Gusseisenbank und strich sich mit einem strahlenden Lächeln über den Bauch.

»Gemma! Wie schön, dich zu sehen!« Ich gab ihr einen Schmatz auf die Wange und gab mir Mühe, nicht auf ihren Bauch zu starren.

Was unmöglich war.

Ich hatte sie das letzte Mal Ende August gesehen, das heißt … ich rechnete schnell nach … vor kaum zwei Wochen! Zugegeben, Roy hatte mich schon im selben stolzen Ton, mit dem er von seinen Kohlrüben sprach, vorgewarnt, dass sie »prächtig aufging«. Offenbar hatte er sich so oder ähnlich auch gegenüber seiner Tochter geäußert, und sie war in Tränen ausgebrochen.

Daher zog ich es vor, ihren Babybauch mit keiner Silbe zu erwähnen.

Ich dachte über ihre Frage nach, ließ mir aber mit der Antwort Zeit und konzentrierte mich stattdessen auf die Gebrauchsanweisung auf der Düngerpackung, die ich gerade in unserem neubestückten Laden erstanden hatte. Gemma hob einen Apfel vom Boden auf und biss geräuschvoll hinein.

»Du kannst einen frischen vom Baum pflücken, wenn du willst«, sagte ich.

Mein stummeliger kleiner Baum zeigte seit Wochen, was in ihm steckte, und die Zweige bogen sich fast unter dem Gewicht der reifen, knackigen Äpfel. Vickys Apfelbuch zufolge handelte sich um »Newton Wonders«, und ich war erklärtermaßen ein Apfel-Connaisseur geworden. Ich konnte mir nicht vorstellen, je wieder einen Apfel aus dem Supermarkt anzurühren.

Ich trat wieder auf die nackte Erde und streute auf die Stelle, an der ich den Frühlingskohl pflanzen wollte, großzügig meinen Dünger aus, bevor ich zur Grabegabel griff und ihn unterhob. Die Sommerpflanzen waren alle geerntet, und meine Parzelle sah, all meinen Mühen mit der Hacke zum Trotz, ein wenig verlottert aus. Ich sehnte mich danach, etwas Neues in die Erde zu bekommen.

»Nö. Je dreckiger, desto besser. Ein bisschen Morgentau, ein bisschen erdiges Aroma: perfekt«, sagte Gemma. Sie tippte mit der Schuhspitze an einen Setzkasten mit strammen kleinen Kohlpflanzen. »Ehrlich gesagt«, sagte sie mit vollem Mund, »ich könnte selbst einen von denen da verdrücken. Mitsamt der Krume.«

Gemmas kulinarische Vorlieben überraschten mich nicht mehr: Ziegel, Soleier, Kreide und derzeit offenbar Erde.

»Bitte nicht. Hat mich zwei Wochen gekostet, die Schätzchen an die Kälte zu gewöhnen, um sie zu pflanzen«, sagte ich und strich mir eine Haarsträhne aus den Augen.

»Ach, komm her und setz dich zu mir«, sagte sie und klopfte mit der flachen Hand auf die Bank. »Schließlich haben wir uns nicht mehr gesehen, seit die Schule angefangen hat.«

Ich ließ mein Kohlbeet im Stich, holte meine Thermosflasche aus dem Schuppen und goss uns zwei Becher heißes Wasser ein. Nachdem ich mir die Hände an der Jeans abgewischt hatte, pflückte ich einen großen Stängel frische Pfefferminze von meinem Beet für sie.

»Also«, sagte ich und genoss den Dampf aus meinem Becher im Gesicht, »dein Geständnis.«

Gemma nagte an der Lippe und zog sich den Paschmina über die Brust. Ich verkniff mir eine Bemerkung über das Hellblau, das ich noch nie an ihr gesehen hatte. Seit sie wusste, dass ihr Baby im Dezember zur Welt kommen würde, sah ihr neuer Dresscode lose sitzende Kittel sowie lange Schaltücher vor, die sie sich um Kopf und Hals schlang, und mehr als einmal hatte sie sich mit der Jungfrau Maria verglichen.

»Erdnussbutter«, sagte sie in verschwörerischem Ton dicht an meinem Ohr. Sie nahm einen Schluck Tee, verzog das Gesicht und war so frei, ihn durch eine weitere Handvoll Pfefferminzblätter zu ergänzen. Die Tasse hatte mehr von einem Blumenarrangement als einem Getränk. »Esslöffelweise. Bin machtlos dagegen. Jedes Mal, wenn ich am Küchenschrank vorbeikomme ...« Sie blies die Backen auf und glich einem Eichhörnchen mit einem ganzen Wintervorrat Nüssen in den Backen. »Bald passe ich nicht mehr durch meine Schuppentür, geschweige denn in irgendwelche Kleider.«

»Was soll daran falsch sein«, sagte ich. »Ich kann dem Zeug auch nicht widerstehen.«

Wie eine Frau sechs Monate lang schwanger sein konnte, ohne dass es – sie selber eingeschlossen – jemand merkte, gehörte zu den Rätseln des Lebens, kam jedoch ihrer Hebamme zufolge gar nicht so selten vor. Seit es Gemma wusste, teilte sie selbst die intimsten Einzelheiten ihrer Schwangerschaft mit mir – von Sodbrennen bis zu Hämorrhoiden –, und das wurde mir fast schon zu viel. Wenn ich ehrlich war, war das einer der Gründe, weshalb ich mich in letzter Zeit bei ihr rar gemacht hatte. Ich hatte mir für meine Besuche in der Ivy Lane die Zeiten herausgesucht, in denen mit ihr nicht zu rechnen war. Wofür ich mich ein bisschen schämte.

Sie hob die Füße und gewährte mir einen Überblick über ihre neuesten Symptome, von geschwollenen Knöcheln bis zu neuen Krampfadern. Ich lächelte, schaltete innerlich ab, trank meinen Tee und nickte ab und zu.

Ich wünschte, mein Geständnis wäre so einfach wie ihres gewesen.

Gemma, das war das Problem, sah in mir nur ein alleinstehendes Mauerblümchen, das nicht mehr zu verbergen hatte als ein kümmerliches Liebesleben, eine lustlose Haltung zum Kochen und einen Hang zur Verschwiegenheit.

In meiner Küche hing ein Kalender mit dreihundertfünfundsechzig Blättern und einer Spruchweisheit für jeden Tag. Der heutige Spruch stammte von einem schottischen Autor Namens George MacDonald: »Was könnte glücklicher machen als die Gesellschaft eines Menschen, dem wir vollkommen vertrauen.«

Während ich ihr mit einem Ohr zuhörte, gingen mir gebetsmühlenartig diese Worte durch den Kopf.

Gemma vertraute mir, sie erzählte mir alles. Meinerseits vertraute ich ihr nicht nur, sondern ich liebte ihre Gesellschaft, dennoch hatte ich ihr in all den Monaten die Wahrheit über *mich* vorenthalten. Darüber, weshalb es mich mit fast dreißig Jahren scheinbar ohne Gepäck nach Kingsfield verschlagen hatte. Hatte ich mich anfänglich von einem durchaus gesunden Selbsterhaltungstrieb leiten lassen, so kam es mir zunehmend schäbig vor, mein Geheimnis immer noch hinter Schloss und Riegel zu halten. Je länger ich so weitermachte, desto größere Überwindung würde es kosten, endlich auszupacken.

Im August hatte es einmal einen passenden Moment gegeben, an dem Tag, an dem wie aus dem Nichts der Bewährungshelfer Mr. Cohen aufgetaucht war und ich beinahe mit allem herausgeplatzt wäre. Ich war mir absolut sicher gewesen, dass er wegen mir gekommen war.

Als drehte sich die ganze Welt um Tilly Parker.

Doch dann stellte sich schnell heraus, dass sein Besuch gänzlich andere Gründe hatte, und so änderte ich meine Meinung und behielt meine Geheimnisse weiter für mich.

Nächste Woche würde er wiederkommen und im Pavillon eine Versammlung abhalten.

Wie es aussah, würde sich in unserer kleinen Oase eine

Gruppe straffällig gewordener Jugendlicher zu uns gesellen, um in der Ivy Lane ihren Sozialdienst abzuleisten. Mr. Cohen würde im Pavillon für Fragen zur Verfügung stehen und Peter zufolge unsere eventuellen Vorbehalte zerstreuen.

Für das Vorhaben konnte ich ihm nur Glück wünschen.

Bis jetzt wusste außer mir nur der Vorstand davon. Und ich hatte es auch nur erfahren, weil Mr. Cohen und mich eine gemeinsame Vergangenheit verband und er mich zur Seite genommen hatte, um es mir unter dem Siegel der Verschwiegenheit anzuvertrauen. Aus Sorge um mein Wohl, hatte er erklärt.

Mein Bauchgefühl sagte mir, dass die Ivy-Lane-Gemeinde entsetzt reagieren würde.

»Gemma«, fiel ich ihr ins Wort und setzte ihrem Monolog darüber, wie oft sie allein letzte Nacht aufgewacht war, um aufs Klo zu gehen, ein abruptes Ende. »Kommst du morgen zu der Versammlung im Pavillon?«

Sie überlegte. »Hatte ich eigentlich nicht vor. Ich hab die Parzelle mehr oder weniger abgeschrieben. Und da Mum und Colin sowieso die ganze Arbeit übernommen haben, wüsste ich nicht, was ich da soll.«

Ich nahm ihre Hand und zwang sie, mich anzusehen. »Bitte!«

Mein flehentlicher Gesichtsausdruck schien sie umzustimmen. »Na schön. Wenn du mich so lieb fragst. Nein, sieh mal, wer da kommt!«, murmelte sie.

Als ich aufblickte, sah ich Helen, das Hippie-Mädchen, Hand in Hand mit ihrer Tochter Honey auf uns zukommen, die inzwischen zu einem Kleinkind herangewachsen war und die ersten Gehversuche machte.

Ich hatte eine Weile gebraucht, um mit Helen warm zu

werden. Sie kleidete sich wie eine Vogelscheuche (ich weiß schon, wer im Glashaus sitzt...) und hatte ein wunderschönes kleines Mädchen, was es für mich, wie ich zu meiner Schande gestehen musste, nicht unbedingt leichter machte. Aber vor einigen Wochen hatte ich mich im Klo hinter dem Pavillon eingeschlossen und war nicht mehr herausgekommen. Nachdem ich eine gefühlte Ewigkeit um Hilfe gerufen hatte, war Helen mit einem Schraubenzieher aufgetaucht und hatte mich befreit.

Wie sich bei der Gelegenheit zeigte, war sie nicht nur schrecklich schüchtern und somit nicht gerade eine Plaudertasche, sondern arbeitete für eine Zeitung an einem Artikel über genügsames Leben, das sie ein Jahr lang im Selbstversuch ausprobierte (daher die Kleingärtnerei und die Secondhand-Kleidung), doch hatte man sie erst einmal aus der Reserve gelockt, konnte man interessante Dinge von ihr erfahren.

»Sie ist eine so strenge Vegetarierin, dass ich am liebsten vor ihrer Nase ein rohes Steak verdrücken würde, dabei esse ich nicht mal rotes Fleisch«, schnaubte Gemma.

Nur Ziegel und Erde, fügte ich in Gedanken hinzu.

»Passt gar nicht zu dir, eifersüchtig zu sein!«, bemerkte ich und verkniff mir ein Kichern, als ich Gemmas empörtes Gesicht sah. »Was hat sie dir eigentlich getan?«

»Ach, was soll's, sie ist einfach nur zu brav und gesund«, brummte Gemma und verschränkte die Arme über ihrem Ballon. »Und dann noch diese perfekte Figur, ein Teint wie ein Babypopo und diese tolle Mähne. Das heißt, die Figur kann man unter ihren Schlabberklamotten ja nur erahnen.« Sie senkte die Stimme. »Und ich geh unterdessen auseinander wie ein Hefekloß.«

Ich starrte sie ungläubig an. »Gem, du hast nicht den geringsten Grund, auf sie eifersüchtig zu sein. Du bist die schönste Frau, die ich kenne.«

»Im Ernst?« Sie sah mich mit ihren riesigen blauen Kulleraugen unsicher an.

Ich nickte.

»Ich haue rein wie ein Scheunendrescher.« Sie sah mich mit einem entwaffnenden Blick an und schlang mir die Arme um den Hals.

»Tut mir leid, wenn ich störe«, sagte eine angenehm leise Stimme.

Als wir aufblickten, stand Helen mit zwei Plastikflaschen und Henkelbechern vor uns. Ihre heutige Garderobe bestand aus einer an den Knöcheln hochgekrempelten Army-Hose und einem kastenförmigen schwarzen Pullover. Kaufte sie absichtlich in Wohltätigkeitsläden für Riesen ein oder hatte sie es nur gerne bequem?

»Hallo Honey«, rief Gemma entzückt und winkte dem kleinen Mädchen zu.

Prompt brachte sich Honey mit hastigen, wackeligen Schritten hinter ihrer Mum in Sicherheit und spähte zwischen Helens Beinen hervor, sodass links und rechts von ihrem Knie zwei winzige Rattenschwänzchen zu sehen waren.

»Du strahlst ja so, Gemma«, sagte Helen mit einem schüchternen Lächeln.

Gemma ordnete ihre Locken und zierte sich ein wenig. »Danke, du aber auch«, erwiderte sie gnädig.

»Ich habe Säfte gemacht und wollte euch fragen, ob ihr vielleicht mal für mich probieren wollt«, sagte Helen.

Wir ließen uns nicht zweimal bitten, und Helen goss jedem von uns einen sonnengelben Saft ein.

»Sieht schon mal köstlich aus«, sagte ich und hob den Becher an die Lippen.

Ich nahm einen großen Schluck, und meine Augenbrauen schossen himmelwärts.

Ingwer. Definitiv nicht mein Geschmack.

Gemma hingegen kippte das Zeug in einem Zug herunter. Dann wischte sie sich mit dem Handrücken über den Mund und leckte sich die Lippen. »Was ist da drin?«

Helen strahlte und hielt ihr die Flasche hin, um Gemma nachzuschenken, sodass ich aus dem Schneider war. »Karotten, Apfel und Ingwer.«

»Köstlich dotcom«, quiekste Gemma. »Ingwer! Das wird meine neue Sucht. Mehr davon!«

Damit nahm sie ohne Umschweife Helen die Flasche aus der Hand und setzte sie an die Lippen.

Helen wirkte zwar ein bisschen überrumpelt, nahm es aber zufrieden hin.

»Hmm. Sehr frisch«, sagte ich diplomatisch. »Und was ist in der andern Flasche?«

»Brombeeren, Apfel und Rote Beete«, sagte Helen und kredenzte mir eine Probe.

Ich nahm einen großen Schluck und hielt meinen Becher hoch. Das war eher meins, bis auf die Rote Beete.

Aber allein schon das intensive Dunkelrot war prächtig anzusehen. Ich tröstete mich mit der Aussicht, meine Tagesrationen an Frischgemüse für eine ganze Woche auf einen Schlag zu bekommen.

»Toll«, sagte ich und gab mir alle Mühe, mich selbst davon zu überzeugen, auch wenn ich letztlich wohl doch bei meinem Tropicana bleiben würde. Vielleicht war ich ja ein Gewohnheitstier, aber ich aß meine Rote Beete nun mal lieber in eingelegten Scheiben auf einem Brot mit Cheddarkäse.

»Ich überlege ernsthaft, ein Geschäft daraus zu machen, von zuhause aus, sodass ich mich gleichzeitig um Honey kümmern kann. Einen kleinen Saftstand, so was in der Art. Graham ist begeistert von der Idee, aber ich bin mir noch nicht ganz sicher.«

»Also, mich hast du schon mal überzeugt«, sagte Gemma. Sie hatte einen orangefarbenen Ring um den Mund. »Was für eine Zielgruppe hast du denn im Auge? Und an welche Gegend hast du gedacht? Wie sieht's mit der Preisgestaltung aus?«

»Ähm ...« Helen trat unbehaglich von einem Bein aufs andere und strich sich das Haar hinter die Ohren. »Vorerst habe ich mich ganz auf die Rezepte konzentriert.«

Plötzlich zog Gemma die Nase kraus und hielt sie sich mit zwei Fingern zu.

»Tut mir leid«, sagte sie und klang wie eine Bahnsteigansagerin. »Bin derzeit extrem geruchsempfindlich.« Sie zeigte auf Honey.

Die Kleine hatte wie ein Sumoringer Arme und Beine gespreizt, die Knie leicht angewinkelt und jeden Gesichtsmuskel angespannt. »Ups«, sagte Helen und nahm ihre Tochter auf den Arm. »Da ist wohl ein Windelwechsel angesagt. Danke für das Feedback.«

»Die und selbstständig?«, flüsterte Gemma, als Helen außer Hörweite war, und ließ die Hand sinken. »Träum weiter.«

»Vielleicht braucht sie nur ein bisschen Beratung von einer erfolgreichen Geschäftsfrau?«, antwortete ich und knuffte sie in die Seite.

Gemma strahlte. »Du hast recht.« Schon stand sie auf, stemmte sich die Hände in den Rücken und eilte los. »Helen! Warte auf mich.«

»Dann bis morgen im Pavillon«, rief ich ihr hinterher. »Nicht vergessen!«

Ohne sich umzudrehen, hielt sie den Daumen hoch.

Ich musste hin, um mir Klarheit darüber zu verschaffen, worauf sich die Ivy Lane eingelassen hatte, und ich brauchte Gemma an meiner Seite, um mich aufzufangen, falls ich den Boden unter den Füßen verlieren sollte.

Kapitel 23

»Kriminelle!«, platzte Liz heraus und zog sich den Kragen ihrer Strickjacke bis unters Kinn, als fürchte sie unmittelbare Gefahr für Leib und Leben.

»In der Ivy Lane!«, jammerte Rosemary und fuhr sich entsetzt mit der Hand an den Mund. »Das darf doch nicht wahr sein! Colin ist in seinem Alter so beeinflussbar. Ich will nicht, dass er in schlechte Gesellschaft gerät.«

Tief durchatmen, Tilly. Ein und aus.

Ich war völlig mit den Nerven fertig. Allein schon mit Mr. Cohen in einem Raum zu sein spülte Erinnerungen bei mir hoch, die ich lieber vergessen hätte. Jedes Mal, wenn irgendwo jemand die Stimme erhob, zuckte mein Bein, und ich war kurz davor, die Flucht zu ergreifen.

Mit schrillen Zwischenrufen und bissigen Kommentaren hatten die Kleingärtner ihren Unwillen bekundet, während ich mich ganz klein machte und zwischen Flucht- und Totstellreflexen schwankte.

Als wir uns das letzte Mal im Mai alle im Pavillon versammelt hatten, war es darum gegangen, den Regisseur von *Grüne Daumen* kennenzulernen.

Auch wenn mir gerade die Nerven flatterten, schwirrten mir bei dem Gedanken an den denkwürdigen Tag Schmetterlinge im Bauch. Damals hatten meine Gärtnerfreunde bei der Aussicht, fürs Fernsehen gefilmt zu werden, alle freudig erregt durcheinander geschnattert. Mich dagegen hatte Aidan, ganz zu schweigen von der Fernsehreportage, damals völlig kaltgelassen, während ich inzwischen wusste, was für ein perfekter Gentleman und begabter Regisseur er war ... und was für ein begnadeter Küsser.

Jetzt wurde ich eindeutig rot.

Das hier war das Kontrastprogramm. Es lag eine gereizte Feindseligkeit in der Luft, auch wenn sich die Mitglieder des Vorstands redliche Mühe gaben, bei den Pächtern die Wogen zu glätten. Indessen machte Mr. Cohen den Eindruck, als sei das alles sein täglich Brot. Was den Tatsachen entsprach.

Nigel redete mit Händen und Füßen, sprach von Menschen, mit denen es das Schicksal nicht so gut gemeint hatte wie mit uns. Einen Moment lang fühlte ich mich in die Sonntagsschule in Harrogate zurückversetzt. Ich versuchte, mich zu konzentrieren, und schielte zu Gemma hinüber. Sie verdrehte die Augen und tat, als ob sie gähnte.

»Wieso gerade wir? Womit hat unsere kleine Gärtnergemeinde das verdient?«, fragte Shazza mit zittriger Stimme. Karen klopfte ihr besänftigend aufs Bein, und mit dankbarem Lächeln ergriff Shazza ihre Hand.

»Sie werden nur für sechs Wochen hier sein, von der letzten Septemberwoche an, und ich verspreche Ihnen, dass sie stets unter Aufsicht stehen«, sagte Mr. Cohen in diesem ruhigen, unerschütterlichen Ton, der mich vor zwei Jahren so auf die Palme gebracht hatte, dass es mir in den Fingern juckte, ihm eine Ohrfeige zu verpassen.

Shazza schniefte. »Nur dass das klar ist«, sagte sie und

zeigte mit dem spitzen Finger auf Peter, »wenn die auch nur einen Fuß auf unsere Parzelle setzen, kann ich für nichts garantieren.«

Bei Peter, der zu Beginn der Versammlung noch recht zuversichtlich gewirkt hatte, sah ich einen Schweißfilm auf der Glatze, rote Flecken am Hals und ein Zucken in der Schulter.

Jetzt hob Helen die Hand. »Mr. Cohen, ich bringe fast immer meine kleine Tochter mit in die Ivy Lane, um was für Straftäter handelt es sich hier eigentlich? Stehen Sie für die Sicherheit meines Kindes ein?«

Mr. Cohen starrte Helen einen Moment lang an und warf einen Blick auf seine Notizen, bevor er antwortete. »Sie brauchen sich wirklich keine Sorgen zu machen. Wir haben es hier nicht mit Kriminellen zu tun, sondern mit jungen Menschen, die straffällig geworden sind. Ohne dass ich hier in die Einzelheiten gehen kann, geht es hier um geringfügige Vergehen, für die das Gericht Sozialstunden für angemessener hielt als Geldstrafen oder Freiheitsentzug.«

Diese Erklärung klang wortwörtlich nach einer Pressemitteilung.

»Wir nennen das Wiedergutmachung durch Dienst an der Gesellschaft«, fuhr er fort und warf Helen ein kleines Lächeln zu. »Als eine Art Entschuldigung gegenüber der Gemeinde, aus der sie stammen.«

Als ob ein paar Stunden Unkrautjäten wiedergutmachen könnten, was die Burschen angerichtet hatten. Egal, was.

Ein stechender Schmerz riss mich aus meinen Gedanken, und ich blickte auf meine Hände. Ich hatte mir die Finger so fest in die Handflächen gebohrt, dass sich Nagelkerben eingegraben hatten.

»Wie zum Beispiel?«, hakte Brenda nach. »Hoffentlich nichts Gemeingefährliches? Wie Mord, Totschlag oder …« – sie legte eine wirkungsvolle Pause ein – »… Sexualdelikte?«

Wir alle hingen Mr. Cohen an den Lippen. Er holte tief Luft, hob den Blick zur Decke und antwortete mit einer beruhigenden Geste: »Nein, selbstverständlich nicht«, antwortete er und schüttelte den Kopf.

»Da bin ich aber beruhigt!«, sagte Brenda und legte sich theatralisch die Hand an die Brust.

Bildete ich mir das nur ein, oder mischte sich ein wenig Enttäuschung in ihre Erleichterung?

»Jedenfalls erwarten wir von unserem Vorstand, dass er uns entsprechenden Schutz garantiert«, meldete sich Vicky in angewidertem Ton. »Hochsicherheitsvorhängeschlösser für sämtliche Schuppen wären das Mindeste.«

Sichtlich verärgert, sprang Christine auf. »Seht mal, wir haben zwei Parzellen, die so verwahrlost sind, dass sie niemand übernehmen wollte«, erklärte sie mit einem Blick in die Runde, der bei mir hängenblieb. Sofort schnellte mein Bein hoch und trat versehentlich gegen den Stuhl meines Vordermanns.

»Und während Tilly Hilfe bekam, als sie ihre Parzelle nach Frank Garton erst mal auf Vordermann bringen musste«, fuhr sie fort, »hat sich bis jetzt niemand freiwillig für die Pflege dieser zwei Grundstücke gemeldet.«

Jetzt fuhren Köpfe herum, erst zu Charlie und dann zu mir. Ziemlich peinlich, das Ganze. Ich wusste nicht, wo ich hinsehen sollte.

»Wenn wir mit der Bewährungshilfe zusammenarbeiten, schlagen wir zwei Fliegen mit einer Klappe«, fuhr Christine mit fester Stimme fort. »Die beiden Parzellen werden diesen Herbst so in Ordnung gebracht, dass wir sie nächstes Frühjahr verpachten können, und eine Gruppe junger Leute hat hier Gelegenheit, etwas Neues zu lernen. Ganz zu schweigen davon, wie sie vom Gemeinschaftssinn profitieren werden, auf den wir uns in der Ivy Lane so viel zugutehalten, nicht wahr?« Christine nickte energisch in die Runde, sodass ihre grauen Locken wippten. »Nicht wahr?« Sie nickte so lange, bis die Geste Wirkung zeigte.

Und zwar bei Alf. Etwas wackelig kam er auf die Beine und verschränkte die Hände im Rücken.

Ich hatte ihn seit Wochen nicht gesehen und erschrak. Er wirkte gebeugt und traurig, ein wenig wie meine Zucchinipflanzen, die bessere Tage gesehen hatten.

Er räusperte sich. »Als Kind war ich ein Rabauke. Meine Mutter wusste nicht mehr weiter, bis mir mein Großvater eines Tages mein eigenes Gemüsebeet zuteilte – das erste Mal, dass mir Verantwortung übertragen wurde. Ich lernte, den Boden zu respektieren, mein eigenes Essen zu ziehen, und bekam ein Gefühl für den Rhythmus der Jahreszeiten.« Er schwieg und strich sich in Gedanken über den Nasenrücken. Ich versuchte, mir Alf als Jugendlichen vorzustellen. Schiebermütze, weite Hosen, Hemden mit abnehmbarem Kragen. Er war bestimmt ein harter Hund gewesen.

»Und es brachte mich tatsächlich auf Spur.« Sein Blick verklärte sich, und um seine Lippen huschte ein Lächeln. Wetten, er dachte an seine Frau Celia. »Heutzutage haben die Kinder nicht immer jemanden, der ihnen zeigt, wo's langgeht. Schätze mal, das mit der gemeinnützigen Arbeit ist eine gute Sache. Meine Unterstützung habt ihr jedenfalls.«

Er setzte sich hin. Peter machte ein Gesicht, als hätte er Alf für seine Worte küssen können.

Kurz darauf meldete sich Charlie zu Wort. »Ich kann Alf nur beipflichten. Jeder verdient eine zweite Chance.«

Er sah in meine Richtung, und mir wurde heiß im Gesicht. Seit der Gartenschau im August hatten wir kaum noch miteinander gesprochen.

»Bravo!«, bedankte sich Nigel für die unerwartete Unterstützung.

Am Vorstandstisch machte sich Siegerlaune breit, und Peter und Nigel blätterten geschäftig in ihren Papieren. Dennoch hatten die meisten Pächter immer noch die Arme fest vor der Brust verschränkt.

Jetzt erhob sich Dougie. »Was meint ihr? Ob irgendeiner von diesen Jungs weiß, wie man Cannabis anbaut?«

Die Frage erntete genervtes Stöhnen quer durch den Raum, und damit ging die Versammlung auch schon ihrem Ende zu.

Gemma sprang auf. In Anbetracht ihrer Leibesfülle war sie erstaunlich agil.

»Bitte noch nicht gehen!«, rief sie und wedelte mit den Armen über dem Kopf.

»Helen und ich haben kostenlose Getränkeproben für euch.«

Sie und Helen stellten zwei große Pumpflaschen und Becher auf die Theke in der Küchenecke, und die Stimmung im Raum hellte sich spürbar auf. Die Leute von der Ivy Lane hatten eine Schwäche für einen kostenlosen Drink, und sei es auch nur Rote-Beete-Saft.

»Hi, Tilly.«

Als ich mich von der Saftbar umdrehte, blickte ich in

Charlies lächelndes Gesicht. Vor Schreck schwappte mir der Becher über.

Gemma war nicht der einzige Mensch, dem ich den ganzen Spätsommer hindurch aus dem Weg gegangen war. Bei nüchterner Betrachtung war die Sache mit den Früchten und dem Gemüse, die Charlie eigenmächtig zur Gartenschau eingereicht hatte, eine Lappalie. Aber alles andere – das zwischen ihm und mir – war keine Kleinigkeit. Ich wollte das nicht, und die Sache machte mir zu schaffen.

Sicher, ich hatte ihn in den letzten Wochen vermisst, und ich wollte mit ihm befreundet bleiben. Fragte sich nur, ob das möglich war, wenn Charlie mehr für mich empfand.

Doch sein Lächeln machte mich ratlos. Es war, als hätte unser offenes Gespräch im August nie stattgefunden.

Ich holte tief Luft. »Charlie! Du siehst gut aus. Urlaub gemacht?«

Er strich sich verlegen über das gebräunte Gesicht. »Ja. Mit dem Mountainbike durch Österreich. Was für ein Adrenalinschub! Jetzt weiß ich, warum du grundsätzlich alles mit dem Fahrrad machst.«

Tatsächlich stand ich kein bisschen auf Adrenalin. Trotzdem lächelte ich bestätigend.

Und er war nicht mehr zu bremsen. Mit ausladenden Handbewegungen legte er los und schwärmte von Schluchten, Steilhängen, Nadelkurven und von dem Nervenkitzel, die Berge mit dem Fahrrad zu erkunden.

Ich driftete ab.

James und ich hatten unsere Urlaube genossen. Mir fiel es zu, die Flüge zu buchen, und er war der Routenplaner. Das war seine Stärke. Wäre es nach mir gegangen, hätten wir uns zwei Wochen lang am Strand geaalt und vielleicht einen halben Tag auf dem örtlichen Markt getummelt. Nicht mit ihm. In Italien gingen wir auf Trüffelsuche, zur Weinprobe in Kroatien, in Amsterdam saßen wir in einer hochnotpeinlichen Erotik-Show, wovon bis auf den heutigen Tag weder seine noch meine Eltern wussten.

Aidan musste inzwischen in Peru sein. Peru klang exotisch. Was machte er wohl gerade in diesem Moment? Ob er an mich dachte? Ich kniff die Augen zusammen und fasste mir unauffällig an die Wange. Warm, aber zum Glück nicht in Flammen.

Charlie grinste. Er schien auf meine Reaktion zu warten.

»Toll!«, sagte ich aufs Geratewohl.

»Im Ernst? Fantastisch!« Er strahlte wie ein Honigkuchenpferd.

Wieso? Was hatte ich denn gesagt?

»Dann organisiere ich das mal. Zum Beispiel im Peak District, so was in der Art. Du wirst begeistert sein«, sagte er und fasste mich am Arm. »Ha. Ich hätte schwören können, du sagst nein.« Als er ging, schüttelte er immer noch den Kopf. Hatte ich mich gerade zu einer Radtour mit Charlie beschwatzen lassen? Neeiin! Das durfte doch nicht wahr sein! Hatte er sich mein kleines Hollandrad mit den beiden Taschen links und rechts mal genauer angesehen? Es eignete sich für eine Geländetour etwa so gut wie ein Käfer Cabrio für die Formel 1: sehr schick, aber ohne Schmackes.

Eine große Hand berührte mich am Oberarm.

Sowie mein Blick von der Hand zum dazugehörigen Mann wanderte, verzog sich mein Magen in die entgegengesetzte Richtung. Mr. Cohen.

»Hätten Sie einen Moment Zeit, Mrs. Parker?«, murmelte er. Ich schauderte unter seinem eindringlichen Blick.

»Selbstverständlich«, würgte ich heraus und deutete zur Tür.

Pokerface, Pokerface, Pokerface.

Mein Herz pochte so laut, dass ich fürchtete, kein einziges Wort zu verstehen. Ich sah mich blitzschnell im Raum um. Alle waren zu sehr damit beschäftigt, ihren Saft zu schlürfen und sich dabei Gemmas Verkaufsgeplapper anzuhören, um auf mich zu achten. Gut so.

Er machte schon den Mund auf, doch ich hielt abwehrend die Hand hoch.

»Bitte«, sagte ich mit einem Blick über seine Schulter. »Was auch immer Sie mir zu sagen haben, ich will es lieber nicht hören.«

Er schüttelte den Kopf und zog sich das Revers seines Jacketts glatt. »Ich verstehe Ihre Bedenken«, sagte er leise, »aber hier geht es um die jungen Leute, die zum Sozialdienst verurteilt wurden.«

Mit trockenem Mund und nervösem Zwinkern zwang ich mich, ihm ins Gesicht zu sehen.

»Bitte fühlen Sie sich in keiner Weise verpflichtet«, fuhr er fort, »aber darf ich Sie trotzdem um einen Gefallen bitten?«

Ich holte tief Luft. Eigentlich nicht, doch meine Erziehung hinderte mich daran, ihm das genau so zu sagen. »Schießen Sie los.«

»Eine Delinquentin ist achtzehn Jahre alt, sie hat im Leben nicht die besten Vorbilder gehabt. Ich wollte Sie einfach nur bitten, sie unter Ihre Fittiche zu nehmen, Sie wissen schon, ihr Alternativen aufzuzeigen. Mit Ihrem Background könnten Sie für ihre Entwicklung von großer Hilfe sein. Ein stabilisierender Einfluss, verstehen Sie?«

Ich? Stabilisieren? Ich war selber alles andere als stabil. Die Kleine musste wirklich verzweifelt sein.

»Sie brauchen sich nicht zu überschlagen, nur ein bisschen …«

Irgendetwas stimmte hier nicht. Ich ließ ihn meinen berüchtigten Eulenblick spüren. »Was hat sie ausgefressen? Irgendwas mit Trunkenheit am Steuer?«

Und da war es: eine kaum merkliche Erweiterung seiner Pupillen. Falls ich je vom Unterrichten zu viel haben sollte, beim MI5 wäre ich ein Volltreffer. Wie konnte er es wagen!

Ich straffte die Schultern und schob das Kinn vor. »Nur über meine Leiche.«

Wie auf ein Stichwort trat Stille ein, und meine Worte hallten durch den Raum.

Alle hielten die Luft an und starrten zu mir herüber.

Ich riss die Tür auf und rannte hinaus.

Kapitel 24

Offenbar hatte ich mit meinem dramatischen Abgang für Gesprächsstoff gesorgt. Auch wenn ich noch zu feige war, wieder zurückzugehen und mich selbst davon zu überzeugen.

Vielmehr saß ich zitternd wie einer von diesen japanischen Hunden, die bei dem lauesten Lüftchen ein Mäntelchen tragen müssen, bei mir daheim und erfuhr es nur durch eine SMS von Gemma. Sie schrieb, ich könne stolz auf mich sein. Ich hätte mir Respekt verschafft, nachdem ich, wie ich zu meinem Staunen las, bis dahin in dem Ruf gestanden hätte, zu allem Ja und Amen zu sagen.

Schließlich zwangen mich meine Kohlköpfe zur Rückkehr. Gegen Ende September war es zwar schon merklich kühler geworden, doch es hatte eine ganze Weile nicht geregnet. Die armen kleinen Dinger brauchten mich, wenn sie überleben sollten. Das heißt, nicht unbedingt mich, sondern Wasser und Schneckenkorn. Und überhaupt, nachdem ich sie so weit durchgebracht hatte, wäre es eine Schande gewesen, sie jetzt im Stich zu lassen.

Dass der Tag meiner Rückkehr mit dem Einzug der straffälligen Jugendlichen zusammenfiel, war natürlich reiner Zufall.

Für jemanden, der großen Wert auf seine Privatsphäre legte, war ich, wie mir schlagartig bewusst wurde, als ich mein Fahrrad aus der Diele wuchtete, unglaublich neugierig und konnte der Versuchung, einen Blick auf unsere kriminellen Helfer zu erhaschen, nicht widerstehen. Es war ein neblig trüber Septembertag, schon beinahe Handschuhwetter, und ich hatte für den Anlass bewusst meine volle Rüstung angelegt, vom Helm bis zur signalgelben Weste.

Tilly Parker würde sich nicht nachsagen lassen, keine gesetzestreue Bürgerin zu sein.

Als ich eintraf, war das Tor zur Ivy Lane abgeschlossen, und ich musste erst in meiner Tasche nach dem Schlüssel kramen. Es kam nur sehr selten vor, dass ich erst aufschließen musste, und so stellte sich die Frage, ob es heute darum ging, Unbefugte draußen zu halten, oder Leute, die etwas Unerlaubtes getan hatten, einzusperren.

Kaum war ich drinnen, hastete Vicky herbei. »Sie sind da«, sagte sie und deutete mit dem Kopf zum Pavillon. »Es sind sechs. Wurden mit einem Kleinbus hergebracht.«

Ich spähte zum Parkplatz hinüber. Nichts.

»Genau«, sagte Vicky. »Der Aufseher hat sich nur kurz mit Christine unterhalten, ihr ein paar Anweisungen gegeben und sich aus dem Staub gemacht. Ich sag dir«, fuhr sie ohne Punkt und Komma fort und legte den Finger an die Nase, »wir sollten nichts herumliegen lassen …« Sie pfiff durch die Zähne. »Die beklauen dich, bevor du *Inspector Barnaby* sagen kannst.«

Ich mochte Vicky. Sie passte überhaupt nicht ins Bild des Kleingartenspießers – was allerdings für die meisten von uns galt –, sie rauchte Zigarillos, trug Tops mit tiefem

Ausschnitt und hatte immer einen Flachmann mit Gin in ihrem Schuppen.

Ich dankte ihr für den Rat und versuchte, als ich den jungen Leuten näher kam, nicht hinzustarren.

Mich traf der Schlag.

Die Gruppe war mühelos daran zu erkennen, dass sie – so wie ich – allesamt Neonjacken trugen. Nur dass auf ihren an der Rückseite in großen Lettern SOZIALDIENST stand.

Sie standen dicht gedrängt, bis zu den Hüften in Unkraut und Gestrüpp, auf der überwucherten Parzelle gegenüber Gemmas und meiner und lachten gerade über irgendwas.

Zum Glück nicht über mich. Noch nicht. Mist. Einer von ihnen blickte genau in dem Moment in meine Richtung, als ich meine Sicherheitsweste hastig in die Fahrradtasche stopfte.

»Gehören Sie zu uns, Miss?« Der Lümmel war größer als die anderen, so dünn wie mein Rechen und feixte übers ganze Gesicht.

Ich fummelte am Riemen meines Fahrradhelms, und die anderen wandten sich ebenfalls zu der sonderbaren Frau um, die mit puterrotem Gesicht rittlings über dem Fahrrad stand. In der Mitte der Gruppe entdeckte ich Alf mit einer großen Handvoll Erde, die er vor ihnen herunterkrümeln ließ.

Augenblicklich war ich milder gestimmt.

Von den übrigen Gärtnern ließ sich an diesem Tag kaum jemand blicken. Außer Vicky hatte ich bis jetzt nur Nigel und Liz entdeckt, die mit gesenktem Kopf vor sich hin arbeiteten. Und jetzt Alf. Wie versprochen war er zur Stelle, mitten im Gewühl, um ihnen Ratschläge zu geben und den Weg zu weisen. Alf war ein Schatz. Am liebsten hätte ich sein schnurrbärtiges Gesicht in die Hände genommen und ihm einen Schmatz aufgedrückt.

»Morgen allerseits.« Ich setzte ein freundliches Gesicht auf und signalisierte ihnen mit einem kurzen, verhaltenen Lächeln, dass mich ihre Gegenwart nicht aus der Fassung brachte, und verschwand auf dem Pfad zur 16B.

Ich hatte meinen Kohl gegossen und von meinen Saubohnen die Bambusstangen entfernt, als Alf, schwer auf einen Stock gestützt, herüberkam. Er hatte ein Mädchen in Signalweste im Schlepptau. Ich warf einen kurzen, prüfenden Blick auf die übrige Gruppe.

Das *einzige* Mädchen. Das war sie also.

Immer schön cool bleiben, Tilly, besser: eiskalt, befahl ich mir, als ich merkte, wie sich mir die Nasenflügel blähten.

Unglücklicherweise hatte ich Pudding in den Knien, sodass ich die beiden gegen meinen Willen mit einer Art Knicks begrüßte.

»Tilly, ich habe Hayley gerade erklärt, wie man die Erde anreichert«, sagte Alf mit seiner rauen Stimme.

Nun, sicher sehr nützlich, wenn sie sich das nächste Mal nach ein paar Bacardi Breezers hinters Lenkrad wirft.

»Ah, interessant.« Ich musterte sie mit einem verstohlenen Blick, rupfte eine Handvoll Bohnenstängel aus der Erde und warf sie hinter mich.

Hayley hatte dichtes blondes Haar und grüne Augen, und sie reichte Alf nur knapp bis an die Schulter. Ich bezweifelte, dass sie über das Lenkrad blicken konnte, geschweige denn mit den Füßen bis zu den Pedalen kam. Ihr Blick huschte nervös hin und her.

Alf hob ächzend meine toten Bohnen auf und humpelte zum Kompost.

»Man bekommt raus, was man reinsteckt«, sagte er und durchbohrte mich mit einem vielsagenden Blick, »beim Gärtnern.«

»Sind das Saubohnen?«, fragte Hayley. Ich konnte nicht anders – ich funkelte sie mit düsterer Miene an, und sie wurde rot. Im selben Moment schämte ich mich. Sie wirkte aufrichtig interessiert.

Ich hüstelte. »Ja«, murmelte ich, »die wollte ich gerade für den Kompost ausgraben.«

»Mmh«, sagte sie und schloss für einen Moment die Augen. »Mein absolutes Lieblingsgemüse. Was haben Sie damit gemacht?«

Sie klang nicht wie eine Kriminelle. Nicht dass die normalerweise an ihrer Stimme zu erkennen wären. Sonst hätte die Polizei nicht solche Probleme, sie zu schnappen.

»Ich hab sie gegessen.«

Sie blinzelte mich an. »Klar, ich meine …«

»Ach so, verstehe.« Ich sah verlegen zu Boden. »Ich hab sie blanchiert. Sie passen gut zu Schweinekotelett.«

Sie zog eine Augenbraue hoch. Mein kulinarischer Tipp hatte offenbar wenig Eindruck auf sie gemacht. »Ich brate sie gerne mit Knoblauch und einer Scheibe durchwachsenem Speck. Auch wenn Sie von Glück reden können, wenn Sie bei uns zuhause auch nur eine Scheibe davon finden.«

Nun, das wies mich in die Schranken.

Alf zog ein Messer aus der Tasche und beugte sich zu den Saubohnen herunter.

»Die Stängel abschneiden und die Wurzeln drin lassen«,

keuchte er und arbeitete sich mit dem Messer durch die ersten Pflanzen durch. »Hier.« Damit reichte er Hayley das Messer, richtete sich auf und holte Luft. »Übernehmen Sie den Rest.«

Ich hatte eine Straffällige auf meinem Grundstück. Mit einem Messer in der Hand. Das verstieß ohne jeden Zweifel gegen mindestens fünfzehn europäische Sicherheitsrichtlinien.

»Und wozu?«, fragte Hayley, während sie sich – viel zu beherzt für meinen Geschmack – durch die Bohnenstängel säbelte. Wenn sie sich bückte, lugte ihr Hirschgeweih-Tattoo aus dem Hosenbund. Ich warf einen verstohlenen Blick auf Alf. Das hier war bestimmt nicht gut für seinen Blutdruck.

»Stickstoff«, sagte Alf, während ich ihn zur Bank manövrierte, von wo aus Hayleys Höschen weniger ins Auge sprang. »Die Wurzeln reichern den Boden mit Stickstoff an. Auf diese Weise ist er äußerst fruchtbar, wenn Tilly nächstes Jahr neu aussät.«

»Krass«, sagte Hayley und nickte beeindruckt.

Alf sah mich verständnislos an.

»Das heißt so viel wie cool«, flüsterte ich, stolz auf mein Wissen. »Sollten Sie nicht mit Ihrer Gruppe arbeiten, Hayley?«

Sie schüttelte den Kopf und ließ die Klinge des Taschenmessers auf- und zuschnappen. Auf und zu. Gebannt wie vom Blick einer Schlange starrte ich hin. »Teepause.«

Sie blickte mich mit trotziger Miene an. »Sie wollen wissen, was ich getan habe, stimmt's? Ich seh's Ihnen an. Sie trauen mir nicht, richtig?«

»Nein, nein, nein«, sagte ich und lachte verlegen. »Das heißt, ja doch, schon.«

Na toll. Was denn nun? Ja oder nein? Ich wünschte, ich hätte mein Gesicht sehen können. War das der stabilisierende Einfluss, den sich Mr. Cohen von mir erhoffte?

»Geht uns eigentlich nichts an, oder, Tilly?«, sagte Alf und gab mir einen Klaps aufs Knie.

»Also, wenn Sie's unbedingt wissen wollen, ich hab gar nichts gemacht.«

Ich zuckte innerlich zusammen. Mir lag schon eine passende Antwort auf der Zunge, doch sie hatte immer noch das Messer.

»Es war nämlich ganz anders«, schnaubte sie genervt, »es war nur, weil der Freund meiner Mum, der Vollidiot, behauptet hat, wir wären, ohne zu fragen, mit seinem Wagen gefahren. Ich hasse den Perversling«, fügte sie leise hinzu und beugte sich vor, um auf die nächsten Büschel meiner Saubohnen einzudreschen.

Unterdessen verschränkte Alf die Arme vor der Brust, pfiff zwischen den Zähnen, blickte zu den Wolken auf, die sich zusammenballten, und gab sich betont desinteressiert.

Ich dachte nicht daran, es ihr leicht zu machen.

»Und? Seid ihr?«

»Also …« Mit offenem Mund, die Hände in die Hüften gestemmt, überlegte sie sich die Antwort gut.

Also ja.

»Irgendwie … schon.«

Ha. Schuldig im Sinne der Anklage.

»Gucken Sie nicht so«, sagte sie gereizt. Und zog mit ihrem Messer einen Kreis in der Luft.

Ich schluckte.

»Er hat ihn uns immer geliehen …«

»Uns?«

»Mir und meinem Kumpel Andrew.« Ich nickte bedächtig.

»Er hat ihn nur als gestohlen gemeldet, weil wir an dem Abend Krach hatten. Ich hab ihm mit dem Knie eins in die Eier gegeben, weil er versucht hat, mich zu begrabschen. Er hat Mum die Schuld dafür gegeben, dass er so geil sei, weil sie ständig bei ihrer Schwester in London war. Um es ihm heimzuzahlen, hab ich mir die Schlüssel aus der Küchenschublade geschnappt und bin mit dem Wagen zu einer Party gefahren statt mit dem Bus. Nur dass ich die Schlüssel Andrew gegeben hab, weil ich nicht fahren kann. Dass er einen Cidre getrunken hatte, wusste ich nicht. Wir wurden von der Polizei angehalten, und er musste ins Röhrchen blasen.«

Der ganze Vorfall war in so vielerlei Hinsicht schrecklich, dass mir der Kopf davon schwirrte. Ihr schwante offenbar, dass sie es vergeigt hatte, und lief rot an. Alf dagegen wirkte plötzlich sehr blass.

»Wie auch immer«, seufzte sie und blickte staunend auf meine Saubohnen, als sei ihr für einen Moment entfallen, was sie hier zu suchen hatte. »Auf jeden Fall war es die Sache wert, weil Mum ihn wegen der Anzeige vor die Tür gesetzt hat.«

Wie konnte sie so abgeklärt darüber reden?

»Nein.« Ich stand auf, ging im Zeitlupentempo auf sie zu und rückte ihr dicht auf die Pelle. »Nein, es war die Sache nicht wert.«

Als ich ihr das Messer aus der Hand nahm, blinzelte Hayley mich unsicher an und machte einen Schritt zurück. Mein Puls rauschte mir in den Ohren. Für einen Augenblick fürchtete ich, wie der Unglaubliche Hulk aus meinen

Kleidern zu platzen. Vielleicht würde das helfen, ein bisschen Dampf abzulassen, und als Zugabe vielleicht noch ein bisschen Urschrei-Therapie.

»Hör mal, Tilly«, meldete sich von der Bank aus die strenge Stimme der Vernunft.

Ich holte tief Luft und atmete aus. Ich war noch nicht fertig.

»Ihr hättet jemanden umbringen können. Dein Freund. Er hätte einen Unfall verursachen können, er hätte einen Fußgänger überfahren können. Wäre es die Sache dann auch noch wert gewesen?«

»Nein, natürlich nicht.« Jetzt sah auch Hayley ziemlich bleich aus, als sei ihr der Gedanke vollkommen neu. »Hat er aber nicht.« Trotzig verschränkte sie die Arme, blickte zur Seite, als habe sie es mit einer Irren zu tun, und stapfte davon, um sich zu der übrigen Gruppe zu gesellen.

Ich machte mit den letzten Bohnen kurzen Prozess und beugte mich so tief herunter, dass mir das Haar ins Gesicht fiel und meine Tränen verdeckte.

Als ich aufstand, stocherte Alf mit der Spitze seines Gehstocks in meinen Kohlköpfen herum.

»Möchtest du drüber reden?«, fragte er.

Ich strich mir mit der Hand übers Gesicht und schüttelte den Kopf.

»Ich werde immer gerne an dich denken, wie du hier deine ersten Gehversuche gemacht und dich in alles reingefunden hast«, sagte er und fügte leiser hinzu, »und aufgeblüht bist.« Ich hatte einen Kloß im Hals und konnte nur stumm nicken.

»Ich werde nicht länger hier sein. Ich höre auf. Ich weiß, der Vorstand wird mir nicht glauben, aber es ist mir ernst.

Komm, gehen wir zu meiner Parzelle«, sagte er und bot mir galant den Arm.

Die Arbeit wuchs ihm über den Kopf, das sah ich jetzt. Er kam nicht mehr hinterher, und obwohl er eine Vielfalt an Obst und Gemüse zog, hatte es den Kampf mit dem Unkraut schon fast verloren. Der Anblick seines geliebten Grundstücks in diesem verwilderten Zustand ging ans Herz. Nicht nur ihm.

»Also, wie gesagt«, schnaufte er nach all der Anstrengung und dem Bücken und zeigte mir sein Bewässerungssystem, den Rest seiner Roten Beete, seine Steckrüben und vielversprechenden Kartoffeln, »ist alles so weit fertig, und nächstes Jahr kann jemand Jüngeres hier übernehmen.«

Normalerweise hätte ich ihn liebevoll geknufft und ihn aufgezogen, dass ich selbstverständlich nächstes Jahr wieder mit ihm rechnete, doch diesmal drückte ich ihm nur die Hand und einen Kuss auf die Wange.

»Du machst es richtig«, sagte ich und führte ihn zu den beiden Liegestühlen im Schuppen.

Er machte den Reißverschluss seines Anoraks auf und ließ sich nieder. Die Bilder von ihm und Celia hingen nicht mehr an der Wand. Ich glaube, das war das Traurigste. Er hatte seine Sachen gepackt und war innerlich schon ausgezogen.

Höchste Zeit, das Thema zu wechseln, bevor ich ganz in Trübsal versank.

»Ganz schön mutig von dir, Alf«, lachte ich, »dem Mädchen ein Messer in die Hand zu geben.«

Er winkte ab und lachte leise. »Ist so eine Sache mit dem Vertrauen. Ob man jemandem vertrauen kann, weiß man erst, wenn man ihm vertraut hat.«

Gott, würde ich ihn vermissen. Er war so klug. Mit einem Seufzer streckte ich die Hand aus und tätschelte ihm den Arm.

»Du hast so ein großes Herz, Alf. Neben dir fühle ich mich ganz klein.«

»Red keinen Unsinn, Mädchen. Außerdem haben wir alle unsere Vergangenheit.« Er starrte mich sekundenlang an, und ich war gespannt, was jetzt kommen würde. »Ich hab gesessen, weißt du? Im Gefängnis.«

Ich hielt die Luft an.

»Bin mit meinen Kumpels in einen Bauhof eingebrochen. Damals gab es noch keine Überwachungskameras, dafür aber einen scharfen Schäferhund, der sich einen ordentlichen Happen aus meinem Hinterteil geschnappt hat, sodass ich ins Krankenhaus musste. Kaum hatte sich die Schwester darangemacht, mir die Wunde zu reinigen, riss ein Pfleger den Vorhang zurück. Ich weiß nur noch, wie im nächsten Moment ein Bulle erschien und mich mit runtergezogener Hose erwischte. Die Schwester … Die Schwester war Celia. Wir haben immer Witze darüber gemacht, dass sie zuerst meinen nackten Po und erst danach mein Gesicht zu sehen bekam. Aber irgendwie muss ihr ja das, was sie sah, gefallen haben.«

Schon komisch, wie das Leben manchmal so spielte. Hätte Alf sich nicht strafbar gemacht, wäre er seiner Celia nie begegnet. Ich wette, er bereute nichts.

»Du steckst voller Überraschungen.« Grinsend schüttelte ich den Kopf.

»Tja, da gibt es nichts zu beschönigen«, antwortete er und sah mich mit einem entwaffnenden Lächeln an. »Meine kriminelle Vergangenheit. Dafür haben sie mir drei

Monate aufgebrummt. Heutzutage käme ich wahrscheinlich wie die jungen Leute dort drüben mit Sozialstunden davon.«

Die Botschaft kam an. Menschen konnten sich ändern, manchmal brauchten sie nur einen Tritt in den Hintern – oder wie in seinem Fall einen kräftigen Biss.

»Danke, dass du mir davon erzählt hast«, sagte ich und stand auf. Ich gab ihm einen Kuss auf den immer noch vollen Silberschopf. »Ich mach mich dann mal besser auf die Socken.«

»Komm morgen wieder«, sagte er und fasste mich mit seinen knöchernen Fingern an der Hand. »Ich hab was für dich.«

»Ich hab morgen Schule. Kann es vielleicht bis zum Wochenende warten?«

»Dann komm vorher kurz vorbei. Vor der Schule. Dauert nicht lange, versprochen.«

Er sah mich hoffnungsvoll an. Aus Spaß verdrehte ich die Augen und mokierte mich.

»Na schön, dann bis morgen, Punkt acht Uhr. Ich bring dir sogar was zum Frühstück mit.«

Kapitel 25

Was war nur in mich gefahren, Alf ein Frühstück zu versprechen? Ich aß nur selten etwas vor der Schule und wenn ja, allenfalls ein paar fade Kekse. Die Sichtung meines Tiefkühlfachs förderte zwei nicht mehr ganz taufrische Croissants zutage, die von einem gemütlichen Sonntagmorgen übrig geblieben waren. Gewiss kein Gaumenschmaus, aber besser als nichts.

Ich schob sie für ein paar Sekunden in die Mikrowelle, wickelte sie ein und steckte sie in die Manteltasche.

Es war ein seltsames Gefühl, an der Schule vorbeizufahren, wo der Lehrerparkplatz schon dicht besetzt war. Außerdem lag ein anstrengender Tag vor mir. Ich hoffte, dass Alf pünktlich war, ich konnte es mir wirklich nicht leisten, auf ihn zu warten. Auf dem Stundenplan stand derzeit das Thema *Menschen, die uns helfen*, und wir kamen an diesem Tag entsprechend kostümiert (weshalb ich in Schwesterntracht unterwegs war, zugegeben, nicht das ideale Outfit für ein frühmorgendliches Rendezvous mit einem Achtzigjährigen), und für den Nachmittag erwarteten wir eine Mutter, die von ihrer Arbeit als Zahnärztin erzählen sollte.

Das Tor war verschlossen. Kein gutes Zeichen. Offenbar

war Alf noch nicht da. Ich drehte mich um. Er war auch nicht hinter mir, und so schloss ich auf.

In der Ivy Lane herrschte vollkommene Stille, und so radelte ich, in der Hoffnung, dass er doch schon vor mir hereingekommen und das Tor hinter sich abgeschlossen hatte, in Windeseile zu seinem Grundstück.

Seine Himbeerstöcke waren frisch zurückgeschnitten. Hoffentlich hatte er sich nicht übernommen. Bei unserem Abschied hatte er erschöpft gewirkt.

Puh, Alf war da. Der Schuppen stand offen, und ich sah, dass sein Kopf über die Rückenlehne des Gartenstuhls ragte, genau da, wo ich ihn gestern zurückgelassen hatte. Gut, ich würde es pünktlich zur Schule schaffen.

»Morgen«, rief ich in professionell aufmunterndem Ton. »Schwester Parker ist da und bringt das Frühstück vorbei. Du warst doch wohl nicht über Nacht hier?«

Beim Anblick der krümeligen Croissants wurde mir bewusst, dass ich eine Thermosflasche Kaffee hätte mitbringen sollen; das hier wäre etwa so, wie eine Luffa zu essen, und zwar ohne sie mit etwas herunterzuspülen. Ich nahm den Helm ab und zog den Mantel aus, um ihm meine Tracht zu präsentieren, dann eilte ich in den Schuppen. Sosehr ich Alf liebte, musste ich es kurz halten.

Er hatte sich immer noch nicht gerührt. Er musste wohl eingenickt sein.

»Buh!« Ich trat hinter ihn und hielt ihm die Augen zu.

Sein Gesicht war kalt. Mir schlug das Herz bis zum Hals, zitternd trat ich hinter der Lehne hervor und stellte mich vor ihn. Er hatte die Augen geschlossen, sein Kopf war zur Seite gefallen, der Mund stand ein wenig offen, die Hände lagen auf dem Schoß gefaltet.

»Alf?«

Ich rüttelte ihn an den Schultern. Vor Panik rieselte es mir eiskalt den Rücken herunter. Als mir dämmerte, wie ich die Zeichen zu deuten hatte, hörte ich meinen eigenen Atem überlaut.

Oder doch nicht?

Ich nahm sein Handgelenk und fühlte nach dem Puls, zitterte aber so sehr, dass es schwer war, überhaupt etwas zu fühlen. Ich drückte fest, an mehreren Stellen … nichts.

Menschen, die uns helfen. Ich rannte zu meinem Fahrrad zurück und kramte mein Handy heraus.

»Notdienst, welchen Rettungsdienst brauchen Sie?«

»Einen Krankenwagen, bitte …« Ich schluckte die Tränen herunter. »Es geht um meinen Freund. Ich fürchte, er ist tot … bitte beeilen Sie sich.«

Zehn Minuten, hatte die ruhige Stimme in der Leitung gesagt. Der Krankenwagen käme so schnell es ging. Ich rannte zum Tor und riss es auf. Rannte zurück. Mir blieben zehn Minuten, um Abschied zu nehmen.

Genau so hatten wir gestern hier gesessen. Auf Gartenstühlen in seinem Schuppen. Nur dass ich nicht nach seiner Hand gegriffen hatte. Ich wünschte, ich hätte es getan. Wie lang mochte es wohl her sein, seit jemand Alf die Hand gehalten hatte?

Als ich ihm die Linke auf den Handrücken legte, sah ich, dass ihm etwas aus den geschlossenen Fingern lugte. Ich zupfte daran und brachte mit ein wenig Mühe ein verknittertes Foto zum Vorschein. Auf dem Rock meiner Schwesterntracht strich ich es glatt. Es war ein Bild von ihm, wie er den Arm um Celia legte, beide standen vor dem Schuppen und strahlten in die Kamera.

Ich gab den Tränen nach und schluchzte laut los.

Der Gedanke, dass Alf seine letzten Stunden allein verbracht hatte, war zu traurig. Andererseits stimmte das nicht ganz. Celia war bei ihm gewesen und hatte ihn von diesem Foto aus angesehen. Irgendwo in meinem Innern wusste ich, er hätte es sich so gewünscht, er hätte bei seinem Ende das Gesicht sehen wollen, das er mehr als jedes andere geliebt hatte. Seine letzten Gedanken mussten glücklich gewesen sein. Die Erleichterung war überwältigend.

Als die Sanitäter eintrafen, war ich in einer Art Trance. Ich ließ Alfs Hände los und trat zur Seite. Es waren zwei, ein Mann und eine Frau.

»Sie sind, ähm, seine Krankenschwester?«, fragte der Mann, während er sich vor Alf niederkniete und einen großen Nylonsack aufzog.

Mein Outfit hatte ich auf Ebay erstanden. Die meisten Schwesterntrachten dort wären für die Schule unangemessen gewesen. Schließlich hatte ich eine blaue gefunden, deren Rock bis zu den Knien reichte, mit einer aufgedruckten Schürze. Das i-Tüpfelchen war eine Haube mit einem roten Kreuz über der Stirn, unterm Fahrradhelm leider ganz zerknittert.

Ich schüttelte den Kopf. »Eine Freundin.«

Unter anderen Umständen hätte ich mich in Grund und Boden geschämt.

Um ihm seine Würde zu lassen, wandte ich mich ab, während die Sanitäter ihn vorschriftsmäßig untersuchten, und bemerkte, an seine Werkbank gelehnt, einen Spaten und eine Grabegabel. Das konnte nicht sein! In Alfs Schuppen hing jede Gerätschaft stets an ihrem angestammten Haken. Alles hatte seinen Platz, das hatte er oft genug gesagt. Und dann sah ich es: einen an mich adressierten Brief, an eine Schachtel Tomatendünger gelehnt. Das hatte er mir wohl überreichen wollten. Ich erkannte Alfs ungelenke Schrift in Bleistift. Er benutzte stets einen kurzen Stummel, mit seinem Taschenmesser angespitzt, um seine Pflanzenschildchen zu beschriften.

Sollte ich ihn öffnen? Stand es mir überhaupt zu, ihn anzurühren?

Die Sanitäter hoben Alf gerade auf eine Bahre und schenkten mir keine Beachtung. Immerhin stand mein Name darauf. Ich schob einen Finger unter die Lasche, er war nicht zugeklebt, und ich zog den Brief heraus. Wie gewöhnlich hatte er alles in Großbuchstaben verfasst und den ersten Buchstaben eines Satzes jeweils etwas größer geschrieben.

Tilly,
ich hänge meine Schippe in der Ivy Lane für immer an den Nagel, aber ich habe vor, immer mal wieder vorbeizukommen und nach dir zu sehen! Ich vertraue dir die Geräte meiner Celia an. Sie sind zwar schon alt, aber wenn du sie so pfleglich behandelst, wie ich es dir gezeigt habe, wirst du noch viel Freude daran haben. Du bist ein großartiges Mädchen, Tilly, und es hat meinem alten Herzen gutgetan, im Lauf dieses Jahres zu sehen, wie du allmählich deinen Panzer abgelegt hast. Weiter so, Mädel!
Alf
PS: Du brauchst mir nicht zu danken, aber zu einem Stückchen Kuchen sage ich nie nein!

Ich wischte mir die Tränen ab, betrachtete den Spaten und

legte die Finger um den glatten Holzgriff, der vom jahrelangen Graben in der Mitte ein wenig dünner war. Celias Geräte. Was für ein wunderbares Geschenk! Von einem wunderbaren Mann.

Die Sanitäterin legte mir die Hand auf die Schulter. »Alles in Ordnung mit Ihnen?«

Ich nickte. Und es war nicht einmal gelogen. Denn Alf am Ende seines Lebens so friedlich dasitzen zu sehen hatte mir gezeigt, dass der Tod nicht immer blutig und gewaltsam und schockierend war; manchmal konnte er auch ruhig und friedlich sein, die perfekte Art, aus einem glücklichen Leben zu scheiden.

Als Alfs Leichnam in den Krankenwagen geschoben wurde und ich den beiden Sanitätern, soweit ich konnte, über ihn Auskunft gegeben hatte, traf Nigel ein.

Ich erzählte ihm, was geschehen war, und fügte, als ich seinen fragenden Blick auf meine Schwesterntracht sah, hinzu: »Frag nicht.«

Es war gerade erst halb neun, dabei hatte ich das Gefühl, seit Stunden hier zu sein. Ich hatte noch den ganzen Tag vor mir. Bei dem Gedanken schnürte es mir die Kehle zu. Der arme, arme Alf. Mir zitterten die Lippen und die Knie.

Ich fiel Nigel an die Brust und trocknete mir an seinem weichen Wollpullover die Tränen. Etwas verlegen strich er mir über den Rücken, und zusammen sahen wir dem Krankenwagen hinterher. Ich spürte seinen Herzschlag. Es war hypnotisch und beruhigend.

»Und was nun?«, murmelte ich. Als Erstes musste ich in der Schule anrufen. Jeden Moment würde es zur ersten Stunde klingeln.

»Ich rufe Christine an. Irgendwo haben wir die Kontaktdaten zu seinem Sohn.«

Er löste sich behutsam aus meiner Umklammerung und warf einen letzten Blick in Alfs Schuppen, bevor er die Tür zuzog.

»Alf hat sich nach Celias Tod tapfer geschlagen«, sagte er mit heiserer Stimme. »Nicht leicht, mit dem Leben weiterzumachen, wenn man die Hälfte davon verloren hat.«

Ich konnte nur stumm nicken, bei dem Kloß in meinem Hals brachte ich keinen Ton heraus.

Er zog ein gefaltetes Taschentuch aus der Tasche, trompetete ein paar Mal hinein und tupfte sich schließlich die Augen.

»Ich bin froh, dass du da warst, Tilly.« Er tätschelte mir den Arm. »Nun, dann kümmere ich mich wohl besser um das Nötige.«

Ich sah Nigel hinterher, ging zu meinem Fahrrad und fuhr die Straße entlang Richtung Tor.

Ich kam nicht weit.

»Also, ich muss schon sagen, ich bin geschockt.«

Brenda. Sie hatte wohl mit Nigel gesprochen. In meinem benommenen Zustand brauchte ich ein paar Sekunden, um ihre Körpersprache zu deuten. Sie stand auf der Parzelle 16 dicht neben der Straße und warf ihr langes, rotes Haar zurück. Wie immer ganz in Schwarz gekleidet. Den rotgeschminkten Mund spöttisch verkniffen, die eine Hand auf ihrer Grabegabel, die andere in die Hüfte gestemmt.

Sie sah nicht besonders glücklich aus. Willkommen im Club.

»Einen Anteil«, sagte sie kurz angebunden. »Das haben wir vereinbart.«

Celias Gartengeräte? Ich sah sie verständnislos an.

»Ich sagte, dafür, dass du mir ein Stück von deiner Parzelle überlässt, bekommst du im Gegenzug etwas von meiner Ernte ab. Aber nicht die Hälfte von allem.«

Ach so. Die Kartoffeln.

»Entschuldige, Brenda, aber …«

»Hier lang.« Sie deutete mit dem Kopf zum Ende meiner Parzelle. Ich war nicht in der Verfassung, mit ihr zu streiten, und so ließ ich mein Fahrrad liegen und folgte ihr.

»Bin heute extra früh vorbeigekommen, um sie auszugraben, und was sehe ich? Jemand ist mir zuvorgekommen!«

Sie konnte doch nicht ernsthaft mich verdächtigen? Normalerweise hätte ich gelacht, doch an diesem Morgen war ich kaum bei Sinnen und schon gar nicht in der Lage, mich zu verteidigen.

Doch ich sah mit eigenen Augen, was sie meinte: eine ganze Reihe war ausgegraben, und das Kraut lag quer über die aufgewühlte Erde verteilt. Höchst seltsam.

»Du liebe Güte.«

»Mehr fällt dir dazu nicht ein?« Sie starrte mich mit finsterer Miene an und stieß die Gabel in die Erde. »Diese Ernte hat mir viel bedeutet.«

Sie sah wirklich wütend aus.

Von einer Sekunde zur anderen ertrug ich die Unterhaltung nicht mehr und ließ sie einfach stehen.

»Ich muss doch wirklich bitten«, rief sie mir wutschnaubend hinterher. »Willst du dich nicht wenigstens entschuldigen?«

Ich drehte mich noch einmal zu ihr um und atmete tief durch, bevor ich antwortete. »Das hat nicht das Geringste mit mir zu tun, Brenda. Und ehrlich gesagt, habe ich im Moment anderes im Kopf als ein paar Kartoffeln.«

Sie machte den Mund auf, um zu protestieren, doch ich hielt die Hand hoch. »Brenda, Alf ist von uns gegangen.«

Brenda verstummte. Ich hob mein Fahrrad auf und ging weiter. Wahrscheinlich hätte ich ihr ein wenig mehr dazu sagen sollen, statt sie so stehen zu lassen, doch mir fehlten einfach die Worte.

Als ich am Parkplatz neben dem Pavillon vorbeikam, fuhr gerade ein Minibus heran, und die Jugendlichen stiegen aus.

»Hallo, Miss«, rief der Schlaksige von gestern.

Ich lächelte ihm kurz zu und zog den Kopf ein.

»Hey, Tilly.«

Als ich aufblickte, stand Hayley vor mir und öffnete den Klettverschluss ihrer Neonjacke.

»Du erinnerst dich an Alf, den du gestern kennengelernt hast?«, fragte ich leise und zog sie beiseite.

Als sie seinen Namen hörte, hellte sich ihr Gesicht auf, bis sie meine ernste Miene sah. »Ja?«

Sie sah so jung und verletzlich aus, dass ich sie am Arm berührte, bevor ich sagte: »Er ist leider gestorben.«

»Ach.« Sie ließ die Schultern hängen und genauer gesagt, auch den Kopf. »Der war so süß.«

Ich musste unwillkürlich lächeln. Über dieses Kompliment hätte er sich gefreut.

Hayley sah mich an, und zu meinem Staunen sah ich Tränen in ihren Augen. »Er war so nett zu mir. Wie ein richtiger Großpapa.«

Der Ton, in dem sie das sagte, hätte einem das Herz brechen können. War sie es so wenig gewöhnt, fragte ich mich, dass jemand nett zu ihr war? Mir lief es heiß und kalt den Rücken herunter, als mir eine raue Stimme in den Ohren widerhallte: *Ob man jemandem vertrauen kann, weiß man erst, wenn man ihm vertraut hat.*

Ich breitete die Arme aus, sie kam heran, und so standen wir eng umschlungen eine Weile da.

Schließlich trat sie zurück, und wir wischten uns die Tränen ab.

Ich lächelte sie an. »Geht es wieder?«

Sie nickte. »Weiß auch nicht, weshalb ich so durch den Wind bin. Ist einfach so.« Sie zuckte die Achseln.

Ich nickte. »Alf hatte diese Wirkung auf Menschen. Hey, hättest du Lust, mal bei mir vorbeizukommen und mit mir Kuchen zu backen?«

Mit einem scheuen, schiefen Lächeln nickte sie.

»Cool«, sagte ich und hob die Hand zu einem High five.

Hayley seufzte und verdrehte die Augen. »Nicht Ihr Ernst, oder? Das macht heute niemand mehr.«

Ich musste grinsen. Vielleicht lag ja Mr. Cohen doch nicht ganz daneben. Ich mochte kein stabilisierender Einfluss sein, doch mit Sicherheit hoffnungslos uncool, das musste reichen.

Kapitel 26

Die Woche nach Alfs Tod war ich nicht ganz bei mir und am Morgen seiner Beerdigung war ich ziemlich durcheinander.

Der Tag war, wie sich zeigen sollte, eine Achterbahnfahrt wechselnder Gefühle, von Abstürzen in düstere Melancholie bis hin zu hysterischer Angst in rasantem Wechsel. Und es musste natürlich auch noch ausgerechnet am 4. Oktober sein. Das einzig Tröstliche daran war, dass ich den größten Teil des Tages nicht zum Nachdenken kam.

Ich blickte mich im Pavillon in der Menge um und sah auf die Uhr. Erst vier. Immer noch fünf Stunden, bevor ich mir gestatten würde, ins Bett zu gehen. Und auch dann würde ich nicht schlafen.

Die Stimmung in der Kirche war einerseits feierlich, andererseits nüchtern pragmatisch gewesen. Alf war ein langes, erfülltes Leben vergönnt gewesen, so wie man es sich nur wünschen konnte, und er war jetzt bei seiner geliebten Celia … das alles stimmte ja, konnte mich jedoch nicht daran hindern, unglaublich traurig zu sein. Der Gottesdienst war verlaufen wie erwartet, bis zum letzten Song: Seine sterblichen Überreste wurden zu den Klängen von *Spirit in the Sky* von Doctor and the Medics aus der Kirche getragen, sodass Gemma und ich gleichzeitig kichern und weinen mussten.

Die meisten Pächter aus der Ivy Lane waren da gewesen. Um ein Haar wäre ich nicht hingegangen, doch am Ende war ich froh, dass ich mich überwunden hatte. Hayley hatte mich angefleht, mit ihr hinzugehen. Sie sagte, obwohl sie Alf nur ein einziges Mal begegnet sei, habe er einen großen Eindruck auf sie gemacht, und so erzählte ich ihr all die kleinen Geschichten, die ich im Lauf der Monate von ihm zu hören bekommen hatte. Hayley vertraute mir an, außer ihm und mir sei niemand in der Anlage sonderlich entgegenkommend gewesen. Bei der Bemerkung war ich rot geworden: Bis ich sie kennengelernt hatte, war ich keinen Deut besser gewesen. Die anderen Hobbygärtner, erzählte sie, beäugten sie nur mit feindseligen Blicken und gäben ihr das Gefühl, nicht willkommen zu sein.

Was ein anderes Problem aufwarf.

In der Ivy Lane hatte es weitere Diebstähle gegeben. Bei Charlie waren einige Moschus-Kürbisse verschwunden, bei Peter Kohlrabi, aus Nigels Gewächshaus das eine oder andere Gemüse, Grahams vielgerühmte Pastinaken waren allesamt ausgerupft, und Brenda hatte weitere Verluste an Kartoffeln zu beklagen, diesmal auf ihrer eigenen Parzelle. Unterm Strich war bei fast allen etwas weggekommen. Nur Liz und ich waren nicht betroffen. Wäre ich nicht anderweitig so beschäftigt gewesen, hätte ich vielleicht Anstoß daran genommen, dass meine Gemüsezucht den Dieben offenbar nichts zu bieten hatte.

Die allgemeine Atmosphäre des Misstrauens hatte mich im Lauf der letzten Woche ziemlich verstört. Fast war ich froh, dass Alf das nicht mehr erlebt hatte – sie hätten ihn alle schwer enttäuscht. Doch nachdem nun fast alle von uns den einen oder anderen Verlust erlitten hatten, hörten wenigstens die gegenseitigen Verdächtigungen auf. Stattdessen zeigten sie umso einhelliger mit dem Finger auf die jungen Leute, was lächerlich war. Selbst wenn sie gewollt hätten, wäre es ihnen unmöglich gewesen, körbeweise Gemüse in den Minibus zu schmuggeln, ohne aufzufliegen.

Hayley hatte sich nach der Trauerfeier verdrückt und war dem Leichenschmaus im Pavillon ferngeblieben. Wer hätte es ihr verübeln können? Gemma hatte sie im Auto nach Kingsfield mitgenommen. Sie hatte später eine Massage mit dem heißen Stein auf dem Programm und dafür Vorbereitungen zu treffen. Ich war einigermaßen erstaunt, dass sie immer noch Kundschaft hatte. Ich weiß nicht, ob bei mir die richtige Entspannung aufkommen würde, wenn ich die Dienste einer Kosmetikerin in Anspruch nähme, die sich alle paar Minuten in die Seite fasste und stöhnte: »Autsch, Braxton-Hicks-Kontraktionen!«

Und so war ich auf mich gestellt. Ich setzte mich in eine stille Ecke, nippte an meiner Tasse Tee und gab mir Mühe, nicht in trübsinnige Gedanken zu verfallen.

Um Peter scharte sich eine Gruppe Trauergäste mit dem Tee. Anfänglich hatten sie alle glückliche Erinnerungen an Alf ausgetauscht, doch jetzt drehten sich ihre Gespräche mehr um die Zukunft ihrer geliebten Parzellen.

»Vorhängeschlösser«, sagte Vicky. »Ich hab euch gewarnt.« Vickys Grundstück lag dem Tor am nächsten, und sie hatte es zwei Mal erwischt, die Ärmste. Kein Wunder, dass sie beunruhigt war. An diesem Tag sah sie in einem schwarzen Jersey-Wickelkleid mit einer glitzernden weinroten Brosche besonders glamourös aus. Alf hätte ihr dafür bestimmt ein Kompliment gemacht. In ihren hochhackigen Schuhen überragte sie Peter, der sich wiederholt das Haar glattstrich.

»Andererseits wurde nichts aus den Schuppen entwendet, Vicky. Insofern hätten zusätzliche Sicherungsmaßnahmen auch nichts gebracht.« Er schenkte ihr ein beruhigendes Lächeln und nippte an seinem Tee.

»Ich gehe jedenfalls kein Risiko ein.« Dougie schüttelte energisch den Kopf. »Zumindest habe ich meinen neuen Vorrat an Cidre vorsichtshalber nach Hause geschafft. Man weiß ja nie.«

»Auf jeden Fall sollten wir das Amt informieren«, sagte Brenda. »Diesen Mr. Cohen. Wenn ihn der Vorstand nicht anruft, tu ich's.« Sie presste die Lippen zusammen und starrte den armen Peter herausfordernd an.

Ich war gegenüber Brenda ein wenig auf Distanz gegangen. Nachdem sie zuerst mich des Diebstahls beschuldigt hatte, verdächtigte sie als Nächsten Charlie. Nachdem auch dies nicht verfing, wurde Mr. Cohen zu ihrer Zielscheibe, bis er sich genötigt sah, die Gruppe zu befragen und sich beim Verlassen der Ivy Lane ihre Taschen zeigen zu lassen.

Hayley hatte sich darüber ziemlich aufgeregt. »Wir mussten antreten, das war so demütigend«, hatte sie gesagt. »Und als sich in unseren Taschen nichts fand, hat sie sich nicht einmal bei uns entschuldigt.«

»Wieso macht sie um ein paar Kartoffeln ein solches Tamtam?«, hatte ich sie gefragt.

Hayley klärte mich auf. »In Kingsfield hat sie nicht weit von meiner alten Schule einen Stand für Backkartoffeln eröffnet. Mittags stehen die Leute da Schlange. Kartoffeln aus eigenem organischem Anbau. Sind wirklich was Besonderes.«

Das also war ihr Catering-Unternehmen. Und deshalb baute sie solche Mengen davon an! Verstieß es nicht gegen die Satzung der Kleingartenanlage, auf städtischem Boden Gemüse zu kommerziellen Zwecken anzubauen?

»Wir hätten diese Leute nie hier reinlassen sollen«, sagte Brenda gerade und zeigte mit spitzem Finger auf Peter. »Keine Ahnung, wie sie es anstellen, fest steht, dass wir nie Ärger hatten, bis die hier aufgetaucht sind. Diese Unehrlichkeit ist mir zuwider!« Indigniert tunkte sie einen Vollkornkeks in ihren Tee.

Ich hatte genug gehört. Ich knallte meine Tasse auf die Theke und marschierte zu ihr hinüber.

Immer schön cool und professionell bleiben, Tilly.

Ich nahm einen tiefen, beruhigenden Atemzug. Wenn ich wollte, war ich imstande, recht souverän zu sein.

»Wo wir gerade bei mangelnder Ehrlichkeit sind, wann wolltest du mich eigentlich darüber informieren, dass du auf meiner Parzelle Gemüse für dein Catering-Geschäft anbaust?«, fragte ich, tippte sie auf die Schulter und sah ihr mit einem durchbohrenden Blick in die Augen.

Sie wurde kreidebleich und blickte von Peter zu mir. »Das ist nicht verboten«, stammelte sie mit einem fragenden Blick zu Peter: »Oder?«

»Äh«, brachte unser Vorstandsvorsitzender heraus. »Also …«

»Diese Leute, Brenda«, fuhr ich fort, »gehören in den nächsten Wochen zu unserer Gemeinschaft. Und *ehrlich* gesagt haben alle, die du verdächtigt hast, eine Entschuldigung verdient.«

Brenda warf das Haar zurück und blähte empört die Nasenflügel, als habe sie eine entsprechende Antwort auf der Zunge, doch ich war noch nicht fertig.

»Alf hat sich um diese jungen Menschen bemüht, ihnen Vertrauen entgegengebracht. Und wenigstens heute …« Ich stockte und musste schlucken. »… sollten wir Übrigen ihnen ein bisschen mehr Respekt entgegenbringen.«

Und dann tat ich, was ich bei einer Konfrontation am besten konnte: Ich machte auf dem Absatz kehrt und ging. Ich schaffte es beinahe bis zur Tür.

»Danke, dass Sie gekommen sind.«

Ein hochgewachsener Mann Anfang fünfzig, mit kinnlangem schwarzem Haar stand vor mir. Alfs Sohn William. Er hielt mir die Hand entgegen.

»Er war ein wunderbarer Mensch, Ihr Dad«, sagte ich, während er mir mit festem Griff die Hand schüttelte.

»Das ist sehr freundlich von Ihnen. Tilly, nicht wahr? Dad hat von Ihnen erzählt.«

Ich nickte und warf einen Seitenblick zu der Gruppe rings um Peter. Brenda tupfte sich mit einem Papiertaschentuch das Gesicht. Ich fing einen Blick von Dougie auf, der genervt zur Decke blickte.

»Tatsächlich? Hoffentlich nichts Schlechtes?«

Er lachte nervös. Ich spürte, dass er nicht darüber reden wollte, was mich umso neugieriger machte. »Nur zu.«

»Er meinte, es sei ihm schleierhaft, wie so ein umwerfendes Mädel wie Sie alleinstehend sein kann.«

Das hatte Alf gesagt? Mir standen die Tränen in den Augen. William sah verlegen weg.

»Tut mir leid.« Er hob den Arm, überlegte es sich aber und schob beide Hände in die Hosentaschen.

Ich war noch nicht auf vielen Beerdigungen gewesen. Auf der letzten hatte ich, soweit ich mich erinnerte, kein einziges Wort gesprochen, doch die Menschen sind verschieden, und manche sagen Dinge, die sie normalerweise für sich behalten würden. Oder William flirtete mit mir. Jedenfalls war er rot geworden.

»Entschuldigen Sie die unpassende Bemerkung. Geht mich schließlich nichts an«, stammelte er.

»Ich bin Witwe.«

Das Wort hing zwischen uns im Raum. Ich bekam einen staubtrockenen Mund und starrte ihn an. Was hatte mich nur geritten, gegenüber einem wildfremden Menschen damit herauszurücken?

»Das tut mir leid.«

»Ja. Also. Gleichfalls.«

»Ich habe nie geheiratet.«

»Ich meinte, mein herzliches Beileid. Wegen Alf. Er war wirklich ein liebenswürdiger Mensch. Wenn Sie mich bitte entschuldigen.« Ich rang mir ein gequältes Lächeln ab und ließ ihn stehen. Mit einem Schlag konnte ich den Gedanken an den Tod nicht mehr ertragen. Eine Woge der Erinnerungen an die letzte Beerdigung holte mich ein, und ich bekam plötzlich keine Luft.

Mach die Tür auf. Atme draußen tief ein. Geh ein paar Schritte. Lauf weiter. Atme weiter. Nichts wie heim.

Als ich mein kleines Haus in der Wellington Street erreichte, schloss ich die Tür hinter mir und sank mit dem Rücken dagegen.

Wie spät war es? Fünf Uhr. Im Ernst? Gerade mal eine mickrige Stunde, seit ich das letzte Mal nachgesehen hatte? Verdammt.

Cally miaute und strich mir um die Beine. Ich drückte ihn an die Brust und sank aufs Sofa. Er schnurrte eine Weile, bis er mir hochmütig vom Schoß sprang. Ich konnte es ihm nicht verübeln, wahrscheinlich fand er die Schluchzer, die ich jetzt einfach herausließ, nicht besonders gemütlich.

Ich schaffte es nicht. Ich wollte jetzt nicht alleine sein. Der ständige Blick auf die Uhr trieb mich in den Wahnsinn. Vor zwei Jahren um diese Zeit …

Ich brauchte Gemma. Ich musste mit ihr reden. Wenn nicht heute Abend, wann dann? Und überhaupt, wenn nun William jemandem erzählte, dass ich Witwe sei? Ich würde mich schrecklich fühlen, wenn sie es von ihm erfuhr.

Ich tippte ihre Nummer und zog die Backen ein, während ich auf ihre quirlige Stimme wartete.

Gemma hob nicht ab. Ich beendete den Anruf, saß reglos da und starrte in der Hoffnung auf ein Lebenszeichen von ihr auf das Display.

Ja! Eine SMS.

Entschuldige, Tills, kann grad nicht, bin im Krankenhaus. Mia hat sich drei Zehen gebrochen, und sie werden gerade getapt. Was wolltest du?

Ich keuchte schwer. Gute Frage. Was wollte ich?

Ich tippte eine Nachricht ein: Können wir uns später treffen?

Es würde Stunden dauern, bis sie frei war. Egal. Wenn nötig, würde ich bis Mitternacht warten.

Mir knurrte der Magen, aber ich wollte nichts essen. Mein Körper war erschöpft, doch ich fand keine Ruhe und ertrug es nicht fernzusehen. Also schleppte ich mich nach oben, ließ mir ein Bad ein, zündete ein paar Kerzen an und drehte das Radio auf.

Ich steckte mir das Haar zu einem Knoten zusammen und tauchte bis zu den Ohren unter, während ich mich von der angenehmen Stimme der Radiomoderatorin umschmeicheln ließ.

Es lief gerade eine Talkshow, die ich mir schon öfter angehört hatte. Die Moderatorin fragte den jeweiligen Gast, wann sich für sie oder ihn die Situation geändert habe, wann zum Beispiel für den Sänger der große Durchbruch gekommen sei, wann der Athlet gemerkt habe, dass er das Zeug für die Olympiade habe, wann der Drogenabhängige beschlossen habe, sich helfen zu lassen. Auch die Antworten folgten dem gleichen Strickmuster: »Das war ungefähr, als …« Was ich jedes Mal merkwürdig fand.

»Aber wann *genau?*« Hätte ich am liebsten gefragt. »Das musst du doch wissen!« *Ich* konnte für den großen Einschnitt in meinem Leben Datum und Uhrzeit nennen, sosehr ich mir auch wünschte, es zu vergessen.

Am Abend des 4. Oktober vor zwei Jahren. Genau da hatte sich mein Leben geändert.

Ich schloss die Augen und leistete gegen die Flut der Erinnerungen keinen Widerstand mehr.

James hatte sich den Nachmittag freigenommen, um mit mir ins Krankenhaus zu fahren. Wie gebannt hatten wir auf den Monitor gestarrt, auf dem sich unser Baby wand und uns zuzuwinken schien. Ungläubig hatten wir auf seinen oder ihren beharrlichen, schnellen Herzschlag gelauscht.

Wir sahen einander an, und unser Glück war so überwältigend, dass selbst die Röntgenassistentin strahlte.

»Was sagst du dazu?«, flüsterte ich James zu.

»Ich finde, unser Baby ist wunderschön«, hatte er heiser herausgebracht und mich zärtlich auf den Mund geküsst. »Genau wie seine Mum.«

Nie hatte ich meinen Mann mehr geliebt als in diesem Augenblick. Unsere Zukunft, zu dritt, lag so strahlend vor uns, eine heile, kleine Oase. Ich würde Mutter werden und war die glücklichste Frau der Welt.

Es war seine Idee gewesen, mit der tollen Neuigkeit direkt zu seinen Eltern zu fahren. Eigentlich hatten wir es noch niemandem sagen wollen, doch als wir an jenem Nachmittag eng umschlungen über den Parkplatz des Krankenhauses hüpften, jeder von uns ein Ultraschallfoto in der Hosentasche, konnten wir es nicht abwarten, unsere Vorfreude mit jemandem zu teilen.

Natürlich wollte James' Vater eine Flasche Champagner köpfen. Nur einen Schluck zur Feier des Tages, hatte seine Mum gesagt. Am Ende blieben wir zum Abendessen da, und zwischendurch ging ich nach oben in ein stilles Zimmer und telefonierte mit meiner Mum. Es schien unfair, sie nicht mit einzubeziehen.

»Wie sollen wir dich nennen«, fragte ich sie kichernd, »ab nächsten Mai, wenn das Baby kommt, Nanny oder Grandma?«

»Nana«, hatte sie auf Anhieb gesagt. »Ich werde Nana sein, so wie in *Peter Pan*.«

Wir hatten beide ein paar Glückstränen verdrückt, und ich hatte mir verkniffen, sie daran zu erinnern, dass Nana der große Hund war. Es war ein überwältigend glücklicher Abend.

Um neun saßen wir schließlich im Auto. James' Mum

und Dad standen an der Haustür, um uns zum Abschied noch einmal zuzuwinken. Es war stockdunkel, und die kurvenreiche Landstraße in Derbyshire, an der sie wohnten, hätte dringend Laternen gebraucht. Ich streckte noch einmal die Hand aus dem Fenster und winkte, während James langsam von der Kieseinfahrt seiner Eltern fuhr.

Im selben Moment krachte es.

Wie aus dem Nichts kam mit überhöhter Geschwindigkeit ein Wagen auf der falschen Spur um die Kurve. Er prallte auf James' Seite in unser Auto und zerquetschte meinen geliebten Mann, während ich noch die Hand draußen hatte.

Der dumpfe Aufprall, das Schleudern, die Airbags, das Knirschen. Die Angstschreie in meiner Kehle, das Blut, das mir durch den Körper jagte. Und dann nichts.

Seine Eltern hatten mit ansehen müssen, wie ihr eigener Sohn ums Leben kam, und als ich eine Stunde später wieder zu Bewusstsein kam, war alles weg.

Mein Mann. Mein Baby. Unsere Zukunft. Alles.

Mein Handy klingelte, und ich bekam fast einen Schlag. Ich schoss hoch und sprang so stürmisch aus der Wanne, dass ich das Badezimmer unter Wasser setzte und ausrutschte, als ich nach dem Handy griff.

»Gemma«, keuchte ich erleichtert.

Kapitel 27

Gemma, so viel stand fest, war die beste Freundin der Welt. Als ich sie bat, sich mit mir in der Ivy Lane zu treffen, stellte sie keine Fragen, sondern antwortete einfach nur: »Bis dann.«

Ich breitete eine kleine Decke über meine Bank neben dem Schuppen, zog mir den Schal bis unters Kinn und wartete.

Es war eine frische, klare Nacht.

Irgendwie schien mir James hier draußen in der Dunkelheit unter dem wolkenlosen Himmel mit den Abermillionen funkelnden Sternen zum Greifen nah zu sein, als spürte ich seinen warmen Atem im Gesicht.

Ich werde dich immer lieben, Tilly.

Ich hörte seine Stimme von allen Seiten, und sie flößte mir eine solche Ruhe ein, dass es sich wunderbar anfühlte, obwohl ich wusste, dass es nur ein leises Lüftchen in den Bäumen war.

Hinter den Obstbäumen knisterte das Herbstlaub unter eiligen Schritten, die in meine Richtung kamen.

»Magical Mistery Tour dotcom!«, lachte Gemma und gab mir einen Schmatz. Sie plumpste neben mir auf die Bank und blickte in den Himmel.

Arme Gemma: Hochschwanger, hatte sie den ganzen Abend in der Notfallstation zugebracht (worüber ich, wie mir jetzt bewusst wurde, am Telefon kein Wort verloren hatte) und kam zu allem Überfluss auf Bitten ihrer verrückten Freundin nun auch noch mitten in der Nacht in die Gartenanlage heraus.

»Mit Mia alles klar?«, erkundigte ich mich verspätet.

Sie schüttelte den Kopf, und ihre Locken kringelten ihr über die Schulter. Derzeit trug sie ihr Haar länger, auch wenn es vor allem fülliger war als sonst. »Meine Massagekundin hatte, als ich gerade auf dem Klo war, eine Hitzewallung und rief um Hilfe. Mia ist sofort zu ihr reingestürmt und hat ihr die Steine vom Rücken genommen. Die Frau setzte sich auf – oben ohne. Mia schrie und ließ die Steine fallen, genau auf ihren Fuß. Wie sich herausstellte, war die Kundin ihre alte Geschichtslehrerin. Mia meinte allen Ernstes, der Anblick dieser Hängebrüste sei schlimmer gewesen als die Schmerzen in ihrem Fuß.«

Wir mussten beide lachen, und ich rutschte näher an sie heran, um mich bei ihr unterzuhaken.

»Und wozu sind wir beiden Hübschen hier draußen?«, fragte sie launig. »Auch wenn es in einer Nacht wie dieser hinreißend ist.«

»Tut mir leid«, sagte ich und atmete ihren Kokosduft ein. »Ich bin ziemlich anstrengend, oder? Aber ich musste unbedingt mit dir reden. Allein.«

Sie sah mich von der Seite an und grinste. »Du willst mir hoffentlich nicht gestehen, dass du in mich verknallt bist, Tills. Denn in dem Fall müsste ich dir leider sagen«, sie deutete mit beiden Zeigefingern auf ihren runden Bauch, »dass ich vergeben bin.«

Ich lachte verlegen, und Gemma zwinkerte mir zu.

»Was würdest du sagen …?« Ich kam nicht weiter. Die Worte blieben mir im Halse stecken.

Raus damit, Tilly, spuck's aus.

Ich atmete tief durch und drehte mich zu meiner Freundin um. Gemma erwiderte meinen Blick. Das Lachen war verflogen. Aus ihren Augen sprach aufmerksame Anteilnahme, während sie darauf wartete zu hören, was ich ihr zu sagen hatte.

Sie drückte mir zur Ermunterung die Hand und lächelte mir zu.

Und so fing ich mit meiner Geschichte an.

Ich legte ihr den Kopf an die Schulter, sie ihren Kopf an meinen, und ich erzählte ihr, wie ich James an der Uni kennengelernt und schon nach der ersten Nacht gewusst hatte, dass wir für immer zusammengehörten. Ich erzählte ihr von unserer Waldhochzeit, der winzigen Hütte, die wir zusammen hergerichtet hatten, und von unseren Plänen, nach Cornwall zu ziehen, wo er beim Denkmal- und Naturschutz angeheuert hatte. Bis ich, im Flüsterton, zu der Stelle mit dem Baby kam, dem Autounfall und dem Ende meines so perfekten Lebens.

Das Schlimmste waren die Schuldgefühle. Dafür, dass ich überlebt hatte, dass ich ohne ihn und unser Kind weitermachte. Jedes Mal, wenn ich lachte oder für einen Moment alles vergaß, kam die Erinnerung zurück und schnitt mir ins Herz. Jeden Mai, wenn unser Baby Geburtstag feiern sollte, verzehrte ich mich einen ganzen Monat lang vor Sehnsucht nach dem, was hätte sein können, und am 4. Oktober trauerte ich um das, was ich verloren hatte.

Witwe. Hinterbliebene. Allein.

Und die Kehrseite: Schuldgefühle, weil ich nicht das Beste aus dem Leben machte, mit dem ich noch einmal davongekommen war.

Als ich endete, war direkt über uns der Mond aufgegangen, mein heißes, tränennasses Gesicht spürte die leichte Brise, und Gemmas Körper neben mir wärmte mich ebenso wie der feste Griff ihrer Finger.

Sie kramte Taschentücher heraus und reichte sie mir. Wir schnäuzten uns beide reichlich und sahen uns stumm an. Ich biss mir auf die Lippen und wartete auf ihre Reaktion.

»Es tut mir so leid, dass du das alles durchmachen musstest«, sagte sie schließlich. »Und ich bin so stolz auf dich, wenn ich daran denke, wie tapfer du dich schlägst. Du bist unglaublich stark.«

Ich lachte leise und zwirbelte das Taschentuch zu einem festen, feuchten Knoten. »Blödsinn. Ich laufe vor der Wahrheit davon. Denk doch nur mal, wie lange ich gebraucht habe, um dir das alles zu erzählen. Ich habe viel zu große Angst zu vertrauen oder etwas von mir zu investieren … weil sonst vielleicht wieder alles weg sein könnte.« Ich sah ihr forschend ins Gesicht, in der Hoffnung, darin Antworten zu finden. »Vielleicht war es das für mich. Vielleicht habe ich meine eine und einzige Chance, auf immer und ewig glücklich zu werden, schon gehabt.«

»Blödsinn.« Gemma schüttelte den Kopf. »Das glaube ich keine Minute. Ehrlich gesagt, hast du genau das Richtige getan. Du hast dir die nötige Zeit genommen, damit die Wunden heilen.«

Sie beugte sich zu mir herüber und küsste mich auf die Wange.

Das hatte noch niemand zu mir gesagt. Die Therapeutin,

meine Mum, sogar James' Eltern – alle hatten es schrecklich eilig damit, dass ich darüber hinwegkomme, dass ich meine Trauer überwinde und zu neuen Ufern aufbreche.

Ich ließ die Schultern hängen und merkte erst jetzt, dass ich sie die ganze Zeit bis zu den Ohren hochgezogen hatte.

»Das Leben nimmt manchmal Wendungen, die man nicht verdient hat und die man erst recht nicht vorhersehen kann«, fuhr sie fort. »Bei keinem läuft es immer glatt, aber du hast mehr Traumata auf einmal durchgemacht als die meisten Menschen in ihrem ganzen Leben. Physisch, mental, emotional … Es wäre schon seltsam, wenn du dich nicht für eine ganze Weile von allen Beziehungen zurückgezogen hättest.«

Ich führte mir Gemmas Leben vor Augen: Mit achtzehn schwanger zu werden, ihre berufliche Laufbahn neu auszurichten, um sie mit ihrer Familie in Einklang zu bringen, und jetzt, wo sie gerade geglaubt hatte, es geschafft zu haben – wieder schwanger. Weniger katastrophal, aber auch alles andere als glatt.

»Wie lange, Gemma, wie lange werde ich brauchen, um darüber hinwegzukommen?«

Mit einem Seufzer nahm sie meine Hand. »Schätze mal, deine Vergangenheit wird dich immer begleiten«, sie runzelte die Stirn und sah mich mit einem scheuen Lächeln an. »Aber mir ist das Leuchten in deinen Augen nicht ganz entgangen, als ein gewisser Fernsehregisseur hier herumlief. Demnach würde ich sagen, du machst ausgezeichnete Fortschritte. Wenn du so weit bist, wirst du wieder lieben können. Da mache ich mir keine Sorgen.«

»Aber was ist mit James? Wenn ich nach vorne blicke, lasse ich ihn zurück.«

»Er konnte sich glücklich schätzen mit dem, was er in den Jahren mit dir hatte. Er würde bestimmt nicht wollen, dass du dein Herz für den Rest deines Lebens auf Eis legst.«

Dann schlang sie die Arme um mich, und ich drückte mich an sie. So blieben wir eine Weile schweigend sitzen, während ich ihre Worte sinken ließ und begriff, wie recht sie hatte.

Wie aus dem Nichts tauchte plötzlich ein gleißend weißes Licht auf und blendete mir in den Augen. Wir stießen beide einen Schrei aus und klammerten uns aneinander. Sekunden später kamen schwere Schritte auf uns zu, und wir schrien wieder.

Der Strahl der Taschenlampe schwenkte weg, und vor uns stand ein großer Mann in einer dunklen Jacke und einer tief ins Gesicht gezogenen Mütze.

»Ach du Scheiße, ihr beide!«

Es war Charlie.

»Verdammt, Charlie«, keuchte ich, »du hast uns zu Tode erschreckt. Alles in Ordnung, Gemma?«

Sie fasste sich ans Herz, riss den Mund auf und schnappte nach Luft. »Hätte mir beinahe in die Hosen gemacht, du Idiot.«

Er ging vor uns in die Hocke und leuchtete jedem von uns ins Gesicht. »Tu dir wegen mir keinen Zwang an«, sagte er grinsend.

»Charlie!«, quiekste Gemma empört.

Wir lachten beide und stießen ihn an der Schulter, sodass er das Gleichgewicht verlor und mit dem Rücken auf Brendas verwüstetes Kartoffelbeet fiel.

»Autsch.« Er strich sich das Laub von der Jacke und

machte es sich neben mir auf der Bank bequem. »Und? Habt ihr ihn irgendwo gesichtet?«

Gemma und ich wechselten fragende Blicke.

»Den mysteriösen Gemüsedieb«, sagte Charlie. »Seid ihr denn nicht deshalb hier? Ich streiche hier nur im Dunkeln herum, um ihn in flagranti zu erwischen. Ich hab es in den Bäumen rascheln gehört und bin rübergekommen, und da sitzt ihr und macht … keine Ahnung, was auch immer.«

Er sah mich mit hoffnungsvollem Augenaufschlag an. Ich ignorierte die stumme Frage und verzog genervt das Gesicht.

»Heißt das, du nimmst die Sache in die Hand und löst das Rätsel ein für alle Mal?«, fragte ich.

Er kratzte sich durch die Mütze am Kopf und seufzte. »Ehrlich gesagt, finde ich es nicht tragisch, ein bisschen Grünzeug zu verlieren, wenn jemand so verzweifelt ist. Aber all die Verdächtigungen, das Getuschel hinter vorgehaltener Hand, das geht mir tierisch auf den Geist. Ich möchte einfach nur, dass wir alle wieder Freunde sind.«

Ich schnappte Gemmas Blick auf, und wir beide verzogen das Gesicht zu einem mitleidigen »Och«.

»Du großer Softie«, sagte ich und knuffte ihn in die Rippen. »Dann glaubst du nicht, dass es einer von den Jugendlichen war?«

Er zog die Nase kraus und schüttelte den Kopf. »Ne. Logischerweise muss es jemand mit einem Schlüssel sein. Und logischerweise kommt derjenige damit nur davon, wenn er sich im Schutz der Dunkelheit hier rumtreibt.« Er hielt sich die Taschenlampe unters Kinn, um gespenstisch auszusehen, und stieß ein makabres Lachen aus.

»Solange du mit diesem Ding da rumfuchtelst, wirst du ihn wohl kaum überraschen«, gab Gemma zu bedenken.

»Der Punkt geht an dich.« Er knipste die Taschenlampe aus und legte sie ins Gras. »Also«, sagte er und klatschte sich auf die Oberschenkel, »raus damit, sagt es Onkel Charlie. Ihr friert euch hier draußen im Dunkeln den Arsch ab, weil …?«

Ich sah Gemma an: Sie nickte und drückte mir die Hand.

»Charlie, es gibt etwas, das ich euch bis jetzt nicht erzählt habe. Bevor ich nach Kingsfield kam, war ich mit einem Mann namens James verheiratet. Heute jährt sich sein Todestag. Es ist zwei Jahre her. Ich wollte nicht alleine sein.«

So. Jetzt wussten es meine beiden Freunde. Und so traurig es mich machte, ihre betroffenen Gesichter zu sehen, mir war, nachdem ich endlich mit der Wahrheit herausgerückt hatte, ein Stein vom Herzen gefallen.

»Oh, Mann …« Er stützte die Ellbogen auf die Oberschenkel, legte das Gesicht in die Hände und stöhnte. Im nächsten Moment schlang er die Arme so fest um mich, als wollte er mich zerquetschen, und murmelte immer wieder, wie leid es ihm tue.

»Schon gut, Charlie. Schon gut.«

Gemma räusperte sich und machte Anstalten aufzustehen. »Soll ich, ähm …?«

Ich wand mich aus Charlies Umarmung. »Nein«, sagte ich und zog sie sanft wieder herunter. Ich sah auf die Uhr. Fast neun. »Bitte bleibt noch ein paar Minuten.«

»Tilly«, fing Charlie an. »Ich hoffe, ich hab nicht … ich bin dir nicht zu nahe getreten? Hör zu, vergiss das mit der Fahrradtour. Mein Gott. Wenn ich davon gewusst hätte ...«

Ich legte ihm die Hand auf die Brust. »Keine Sorge, Charlie, wirklich. Aber ich brauche im Moment einfach nur Freunde.«

Was nicht ganz der Wahrheit entsprach. Mir brannte das Gesicht, und ich war froh, dass es im Dunkeln niemand sah. Ich dachte an Aidan und den magischen Moment im Sommer, als sich unsere Lippen berührt hatten. Ich brauchte mehr als Freunde im Leben – ich wollte geliebt werden. Ich sehnte mich nach dem Glück, wieder die Hälfte eines Ganzen zu sein.

So saßen wir drei eine ganze Weile schweigend nebeneinander, blickten, jeder in seine eigenen Gedanken vertieft, in die Sterne und hielten uns fest an den Händen.

Plötzlich saß Charlie senkrecht. »Psst«, zischte er und griff in Zeitlupentempo nach der Taschenlampe.

Aus der Richtung von Shazzas und Karens Parzelle kam, nur wenige Meter entfernt, ein Rascheln. Nur so eben konnte ich eine gebückte, schattenhafte Gestalt hinter der Bambusreihe ausmachen.

»Der könnte gefährlich sein«, wisperte Gemma.

»Im Ernst, Charlie, spiel nicht den Helden«, bekräftigte ich.

Doch Charlie zog nur in bester James-Bond-Manier die Augenbraue hoch, glitt von der Bank und schlich sich lautlos an den Eindringling an. Etwa in der Mitte des Pfades zwischen unseren Parzellen machte er einen Sprung, sodass wir ihn aus den Augen verloren, und rief: »Hab ich dich!«

Ein paar Sekunden lang hörten wir Stöhnen und Scharren, dann eine zweite Stimme, die einen Fluch ausstieß und Charlie anfauchte, ihn loszulassen.

»Komm«, sagte Gemma und rappelte sich hoch.

Obwohl es in Anbetracht ihres Zustands wohl eher keine so gute Idee war, gingen wir vorsichtig näher heran, um zu sehen, wer der Dieb war, den Charlie im Schwitzkasten hatte und der, die Finger um zwei frisch ausgegrabene Lauchstangen gekrallt, mit beiden Füßen austrat und sich gegen den harten Griff wehrte. Ich hielt Gemma fest am Arm, um sicherzustellen, dass sie auf dem Pfad blieb, bis wir wussten, womit wir es zu tun hatten.

»Ich krieg keine Luft«, keuchte eine helle Stimme. »Sie brechen mir sämtliche Rippen. Ich zeige Sie an!«

»Ist nur ein Junge«, sagte Charlie und leuchtete seinem Gefangenen ins Gesicht. Dann kam er auf die Füße und zog die zarte Gestalt mit hoch. Der Junge reichte Charlie gerade mal bis zur Brust, versuchte aber dennoch tapfer, sich zu befreien.

»Moment mal«, sagte Gemma und schüttelte mich ab. Sie trat über die verbliebenen Lauchstangen und sah dem Dieb ins Gesicht. »Kenn ich dich nicht? Du bist doch Lee, Frank Gartons Sohn. Du bist an Mias Schule im selben Jahrgang.«

Der Frank Garton? Mit einem Satz war ich bei Gemma und zog sie vorsichtshalber zurück. Auch wenn der Kleine nicht gefährlich aussah, hätte er immerhin ein Messer bei sich haben können.

»Dann bist du das also, du kleiner Mistkerl?«, fragte Charlie und hielt ihn an seinem Kapuzen-Sweatshirt fest. »Hast du das Gemüse von sämtlichen Parzellen geklaut?«

»Ich ruf die Polizei«, sagte ich und klopfte meine

Taschen nach meinem Handy ab. »Gemma, halt dich im Hintergrund.«

Ich rechnete sekündlich damit, dass der Junge sich nach hinten aus seinem Hoodie wand und stiften ging. Auf dem Schulhof hatte ich diesen Trick schon x-mal beobachtet. Doch in diesem Fall lag ich falsch. Beim Anblick meines Handys warf Lee die Arme um Charlie und brach in lautes Schluchzen aus. »Bitte nicht die Polizei. Dann werden wir alle zu Pflegeeltern gegeben.« Seine Stimme wechselte zwischen Krächzen und Jodeln hin und her – der Fluch des Stimmbruchs.

Wir drei Erwachsenen tauschten Blicke, und ich steckte das Handy wieder weg.

»Dann unterhalten wir uns wohl besser mal«, sagte Charlie und nickte Richtung Pavillon.

Als ich zwei Stunden später im Bett lag und mich an meine Wärmflasche kuschelte, sah ich immer noch den gequälten Gesichtsausdruck von Lee vor mir.

Über je einem Becher stibitztem Tee im Pavillon hatten wir die ganze traurige Geschichte zu hören bekommen.

Seit Frank Gartons Verhaftung war seine Frau wegen Depressionen kaum noch aus dem Bett gekommen, sodass es an Lee hängenblieb, sich um seine vier kleineren Geschwister zu kümmern. Da kein Geld hereinkam, hatte Lee einfach nicht mehr gewusst, was er machen sollte, um den Rest der Familie satt zu kriegen. Als er den Schlüssel fand, den sein Dad sich für die Ivy Lane hatte machen lassen, sah er eine Lösung.

Um für seine Mum zu sorgen, nach dem Haus und seinen Geschwistern zu sehen, hatte er die Schule geschwänzt. Seine größte Sorge war es, wie er erzählte, dass sich das

Sozialamt einschalten und die Familie auseinanderreißen würde.

Er tat mir von Herzen leid. Was für eine Verantwortung mit gerade einmal fünfzehn Jahren.

Auch wenn ich noch nicht genau wusste, wie – ich würde ihm helfen.

Im Dunkeln streckte ich einen Arm aus, um die kühle, leere Seite meines Betts zu berühren. Es war schon spät, und ich musste am nächsten Morgen früh raus.

Neun Uhr war vorbei, und ich hatte es überstanden.

Die Erde hatte sich weitergedreht, ich war immer noch am Leben, und das war gut so. Ich hatte meinen eigenen Platz in der Welt, und zum ersten Mal seit zwei Jahren fühlte ich mich nicht mehr ganz so schuldig oder allein.

Kapitel 28

Es war Freitagabend, die Herbstferien hatten begonnen. Hurra! So gut es mir in der Vorschule All Saints gefiel, freute ich mich darauf, Zeit für mich zu haben.

Kaum kam ich nach Hause, ging ich erst einmal unter die Dusche, wusch mir die Haare und machte mir eine Schüssel Pasta. Die Reste von gestern, die ich eigentlich vorgesehen hatte, sahen wenig appetitlich aus. Ich hatte Gemma und Hayley eingeladen, ein seltsames Trio, könnte man meinen, aber über einer Pizza und einem Becher Eiscreme sowie meinem Hochzeitsalbum hatten wir uns prächtig verstanden. Natürlich waren ein paar kollektive Tränen geflossen, nachdem Hayley von James und von meinem Baby erfahren hatte, doch danach hatten wir uns mit ein paar Folgen *Brautalarm* getröstet. Trotz des emotionalen Zwischenspiels hatten wir viel Spaß miteinander gehabt, und ganz nebenbei war ich mir ziemlich sicher, dass Hayley die Gefahren von Alkohol am Steuer nie wieder herunterspielen würde.

Sowohl zuhause als auch an der Schule war es eine dieser hektischen Wochen gewesen, bei der ein Ereignis das andere jagte, bis mir der Kopf davon schwirrte.

Die Kollegin, mit der ich mir die Stelle teilte, hatte sich

urplötzlich entschieden, zu Weihnachten in den Ruhestand zu gehen, und so hatte mich die Direktorin Mrs. Burns in ihr Büro bestellt.

»Tilly, Sie würden mir einen großen Dienst erweisen, wenn Sie sich für eine Vollzeitstelle bewerben würden«, hatte Mrs. Burns gesagt. »Natürlich entscheidet sich die Sache erst nach einem Vorstellungsgespräch, aber ganz ehrlich, ich wüsste niemanden, den ich lieber für diese Stelle hätte.«

»Ich bin geschmeichelt«, hatte ich geantwortet. In Wahrheit war ich begeistert! Und obwohl mir die Herausforderung deutlich vor Augen stand, wusste ich, dass ich ihr gewachsen war. Das war das Beste daran. Ich liebte meinen Job, und die Vorstellung, eine Klasse ganz für mich zu haben, war verlockend. Mrs. Burns würde mir über die Herbstferien Zeit geben, darüber nachzudenken, und genau das hatte ich vor.

Auch für Lee Garton hatte ich gute Nachrichten. Mit ein paar diskreten Nachforschungen hatte ich eine Suppenküche für Jugendliche in einer nicht weit entfernten Kirche aufgetan, und so konnten sich Lee und seine Geschwister jetzt jeden Tag nach der Schule zu einer heißen Mahlzeit an den Tisch setzen. Außerdem hatte ich in seiner Schule angerufen und mich mit seinem Klassenlehrer unterhalten, damit er von ihm ein wenig Unterstützung bekam. Natürlich war das bestenfalls eine vorübergehende Lösung, doch immerhin ein Anfang. Dann hatte mir Gemma eröffnet, sie werde ihre Hälfte der Parzelle 16 aufgeben, und der Vorstand wollte wissen, ob ich daran interessiert sei. Wäre die Sache nicht gleichzeitig mit dem Vollzeitstellenangebot gekommen, hätte ich wahrscheinlich zugegriffen. Die Parzelle 16B war in diesem Jahr zu meinem Lebensmittelpunkt geworden. Doch ich war mir nicht sicher, ob ich noch mehr ins Gärtnern investieren wollte. Eher stand wohl eine Ausweitung meiner sozialen Kontakte als Nächstes auf der Tagesordnung. Der Spaß, den ich in der Ivy Lane mit Gemma gehabt hatte, würde mir fehlen, und so hatte ich ihr das Versprechen abgetrotzt, mich mindestens einmal die Woche zu besuchen und mir Gesellschaft zu leisten.

Da die Obst- und Gemüsediebstähle aufgehört hatten, hielten Gemma, Charlie und ich Wort und verrieten niemandem in der Ivy Lane etwas von unserer Entdeckung. Die anderen Parzellenpächter rätselten immer noch über die Geschichte, doch nach und nach waren Friede und Einvernehmlichkeit wiederhergestellt. Brenda hatte sich bei jedem entschuldigt, den sie verdächtigt hatte, und endlich waren die Jugendlichen im Schoß der Gemeinde aufgenommen.

Und Aidan würde zur Ivy Lane zurückkommen. Heute Abend.

Um sieben Uhr hatten sich dicht gedrängt sämtliche Parzellenpächter im Pavillon eingefunden. Am einen Ende des Raums prangte ein großer Flachbildfernseher, eine Leihgabe von *Grüne Daumen*. Als ich in der Menge nach meinem Lieblings-Fernsehregisseur Ausschau hielt, kam Vicky vorbeigeflitzt.

»Du siehst aber hübsch aus, Tilly!«, sagte sie.

»Danke.« Mit einem anmutigen Lächeln zeigte ich mich von allen Seiten.

Ich wünschte, ich hätte dasselbe von meinem Schlafzimmer sagen können, das ich in einem Chaos zurückgelassen hatte wie nach einer Hausdurchsuchung durch die Fashion-Polizei. Was zieht man zur Premiere der eigenen Folge von *Grüne Daumen* an? Die Wahl war mir schwergefallen. Einerseits ging es nur um einen Abend im Pavillon, andererseits würde Aidan da sein. Nachdem ich bei unserer letzten Begegnung ein Kleid getragen hatte – mit durchschlagendem Erfolg –, hatte ich mich am Ende für ein pflaumenfarbenes Wollkleid zu hochhackigen Stiefeln entschieden.

Als ich ihn erspähte, stockte mir der Atem. Am anderen Ende des Raums saß er mit verschränkten Armen, den Kopf lachend zurückgeworfen, zwischen Peter und Nigel. Als ich mich bei seinem Anblick plötzlich lebhaft an den Kuss im Sommer erinnerte, schlug mein Herz einen Salto.

Sein Haar war ein bisschen länger, sein Gesicht sonnengebräunt, und er trug einen Dreitagebart, doch von diesen kleinen – nach meinem Geschmack überaus vorteilhaften – Veränderungen abgesehen, war er genau so, wie ich ihn in Erinnerung behalten hatte: absolut umwerfend.

Bis zu diesem Moment war ich mir nicht sicher gewesen, wie ich bei einem Wiedersehen reagieren würde. Jetzt hatte ich meine Antwort: Gänsehaut, erhöhter Puls, heiße Wangen.

Also, Tilly, falls du eine zweite Chance bei Aidan bekommst, brich nicht wieder in Tränen aus und gib ihm ja keinen Korb!

Was bildete ich mir ein? Er hatte mir seine Nummer gegeben, und ich hatte mich nicht bei ihm gemeldet. Weshalb sollte er eine zweite Zurückweisung riskieren? Seit August steckte seine Visitenkarte in der Ecke meines Spiegels. Doch angerufen hatte ich ihn nicht. Ich hatte durchaus daran gedacht – einmal sogar seine Nummer eingetippt –, doch dann hatte mich der Mut verlassen, und ich hatte tausend Ausflüchte gefunden, den Anruf bleiben zu lassen.

Ich nagte immer noch an meiner Lippe und machte möglicherweise dazu mein strenges Gesicht, als er den Blick durch den Raum schweifen ließ und mich entdeckte. Ich lächelte ihm zu und hielt den Atem an, während ich auf seine Reaktion wartete.

Er lächelte zurück, zog die Augenbrauen hoch und kam, zu meiner größten Erleichterung herüber, nachdem er etwas zu Nigel und Peter gesagt hatte.

Ich stieß einen langen, beruhigenden Seufzer aus und strich mir das Kleid glatt.

»Hallo«, sagte ich und lächelte schüchtern. Mir pochte das Herz wie wild, ich bekam einen trockenen Mund und zappelte unkoordiniert mit den Händen herum. Schließlich verschränkte ich sie im Rücken. Fehlte nur noch, dass ich wie ein kleines Mädchen hin und her gewippt hätte.

»Hallo. Hübsches Kleid.«

Ich sah ihm in die Augen, und er grinste mit einem vielsagenden Blick. Es trat eine verlegene Pause ein, und wir lachten beide nervös.

Er räusperte sich und verschränkte die Arme. »Wie geht's dir?«

»Gut. Und dir?«

Bis jetzt keine besonders geistreiche Konversation. Wie es ihm erging, konnte ich nicht sagen, ich für meinen Teil war unglaublich nervös.

»Wie war's in Peru? Wie waren die Brillenbären?« Ich hatte meine Hausaufgaben gemacht.

Er pfiff leise durch die Zähne. »Unglaublich. Und Peru

war wahrscheinlich das unglaublichste Land, in dem ich je gearbeitet habe.«

»Noch unglaublicher als die Ivy Lane?« Ich zog die Stirn kraus.

»Nun, die Ivy Lane hatte ihre eigenen Attraktionen.«

Wir sahen uns in die Augen, und mein Herz machte Luftsprünge.

»Tut mir leid, dass ich nicht angerufen habe«, sagte ich.

Er lächelte und zuckte die Schultern. »Kein Problem, musstest du ja nicht.«

Ach so. Meine Zuversicht bekam einen kleinen Dämpfer. Es schien ihm nicht das Geringste auszumachen.

Peter gesellte sich zu uns. »Ich unterbreche nur ungern, Aidan, aber vielleicht sollten wir anfangen, wenn Sie so weit wären?«

»Sicher.« Aidan legte mir leicht die Hand auf den Arm. »Sehen wir uns nachher?«

Ich nickte und schaute ihm hinterher, als er nach vorne ging.

Gemma winkte mich zu sich, und ich nahm neben ihr Platz.

»Und?«, flüsterte sie. »Wie ist es, ihn wiederzusehen?«

Ich sah sie an und seufzte. »Er ist hinreißend. Aber vielleicht habe ich meine Chancen vergeben. Ich hatte ein bisschen gehofft, dass wir da weitermachen könnten, wo wir aufgehört haben. Aber jetzt bin ich mir nicht mehr so sicher.« Ich lächelte melancholisch. Sie machte ein mitfühlendes Gesicht und drückte mir den Arm.

Sehen wir uns nachher?

Eine höfliche Art, das Gespräch zu beenden? Oder der ehrliche Wunsch, das Gespräch mit mir fortzusetzen?

Ich musste erst eine ganze Folge von *Grüne Daumen* hinter mich bringen, um eine Antwort zu bekommen.

»Abend allerseits«, rief Aidan laut in das Stimmengewirr. Er wartete, bis alle ihre Plätze eingenommen hatten.

»Es ist wirklich schön, wieder hier zu sein und Sie alle wiederzusehen. Das Team von *Grüne Daumen* hat sich hier im Sommer sehr wohlgefühlt. Dougie«, fügte er hinzu und suchte ihn im Publikum, »Suzanna hat heute Abend leider einen anderen Termin, aber sie lässt herzlich grüßen.«

»Sie hat den alten Dougie nicht vergessen!«, grinste der Glückliche und reckte die Siegesfaust hoch.

»Also.« Aidan breitete die Arme aus. »Ihr Fernsehprogramm. Wir hatten uns mit unserer Kleingartenfolge etwas Besonderes vorgenommen, und ich glaube, es ist uns gelungen. Ich hoffe, Sie sind genauso zufrieden damit wie wir.« Er hob beide Hände und drückte die Daumen, als sei der Ausgang ungewiss.

»Die Sendung wird kommenden Sonntagabend ausgestrahlt, aber wir fanden, dass Sie ein Preview verdient haben. Wenn es Ihnen gefällt, geben Sie es bitte an Ihre Freunde weiter. Falls nicht, entschuldige ich mich, und es bleibt am besten unser kleines Geheimnis.« Es blitzte in seinen braunen Augen, und seine Zuhörer prusteten los.

»Also, worauf warten wir! Die Stunde der Wahrheit ist gekommen.« Während er die DVD startete, nickte er Christine zu, und sie knipste das Licht aus. Die Titelmelodie von *Grüne Daumen* ertönte, die Leute rutschten gespannt auf ihren Stühlen herum, und als auf dem Bildschirm, im prächtigsten Sommerschmuck, der Pavillon erschien, wurde es mucksmäuschenstill. Suzanna trat ins Bild, und alle applaudierten.

Ich warf einen letzten heimlichen Blick auf Aidan, der sich einen Sitzplatz suchte, dann konzentrierte ich mich auf den Bildschirm und wartete auf mein Fernsehdebüt.

Ich musste nicht lange warten.

Nur eine Minute später stapfte eine etwas frostig dreinschauende junge Frau über ihr Gemüsebeet, ließ Wasser aus ihrer Gießkanne schwappen und kippte sie dann über ihrer winzigen Zucchinipflanze aus.

Gemma packte mich am Arm, und ich musste mir den Mund zuhalten, um nicht loszukreischen. Da war ich, mit einem Stück Bindfaden im Haar und dreckverspritzter Hose, während ich meine Karotten rühmte. Ich sah einfach nur komisch aus: schmuddelig, quirlig, obergescheit, mit ungleichen, rosafleckigen Augenbrauen. Was in aller Welt muss Aidan an jenem ersten Tag von mir gedacht haben!

Ich meinerseits war an dem Tag nicht allzu sehr von ihm beeindruckt gewesen, erinnerte ich mich. Ich warf einen Blick zu ihm hinüber und musterte sein markantes Profil. Er lächelte vergnügt und war ganz und gar in die Fernsehshow vertieft. Ich holte tief Luft und wandte mich wieder dem Bildschirm zu.

Was war seitdem alles geschehen!

Die nächste Stunde verging wie im Flug. Die Sendung war einfach hinreißend. Die Ivy Lane und die Menschen, die sie mit Leben erfüllten, waren mit solcher Wärme porträtiert, dass ich Schuldgefühle bekam, als ich daran dachte, wie ich Aidan verdächtigt hatte, sein Interesse sei geheuchelt.

Wir waren ein aufmerksames Publikum und die meiste Zeit leise, abgesehen von dem einen oder anderen kurzen Aufschrei: »Das bin ich!«

Aidan hatte eine Meisterleistung vollbracht: Jede kleine Bildsequenz fing perfekt die jeweilige Persönlichkeit hinter dem Gartengrundstück ein, sei es Liz bis zu den Hüften in ihren Blumen; Christine, die erklärte, wie man Vogelscheuchen bastelte; oder Dougie, der sich einen Schluck aus der Flasche mit seinem Selbstgebrauten gönnte. Besonders berührend war die Sequenz mit Alf in seinem Gewächshaus. An dieser Stelle war im Raum leises Schniefen zu hören.

Gemma stupste mich mit dem Ellbogen an. »Da bekomme ich jetzt schon Sehnsucht nach dem nächsten Sommer.«

Kurz vor dem Ende der Sendung füllte mein Gesicht noch einmal den Bildschirm aus. Diesmal strahlte und lachte ich, nachdem ich gerade erfahren hatte, dass ich für meine Wicken den zweiten Preis bekommen hatte.

»Ich auch«, flüsterte ich, als mir klar wurde, wie ich in diesem Jahr in der Ivy Lane aufgeblüht war. Ich hakte mich bei Gemma unter und drückte ihr den Arm. Es hatte mir unglaublich gutgetan, das Grundstück zu übernehmen. Es waren unschätzbar schöne Erinnerungen.

Nur wenige Stunden nachdem diese Szene gefilmt worden war, hatte ich Aidan zum ersten Mal geküsst. Möglicherweise zum letzten Mal. Ich sah erneut zu ihm hinüber; im Dunkeln fiel ein wenig Licht vom Bildschirm auf sein Gesicht. Es zuckte mir in den Fingern, ihm durchs Haar zu streichen.

Wieso hatte ich ihn nicht angerufen? Ich hätte mir in den Hintern treten können. Mein Solo-Leben in den letzten zwei Jahren war von einer ganzen Reihe erstmaliger Ereignisse markiert, und jener Abend war ein entscheidender Wendepunkt für mich. Der erste Kuss mit jemand anderem als meinem Mann. Für mich ein großer Moment, doch für Aidan, wer weiß? Seitdem war er um die halbe Welt gereist. Wahrscheinlich hatte er den Kuss längst vergessen. Mit einem Mal war ich niedergeschlagen, und als der Abspann kam und alle klatschten, stieß ich einen Seufzer aus.

Das Licht ging an, und Aidan war mit wenigen Schritten wieder vorne.

Er streckte die Hände aus. »Hat es Ihnen gefallen?«

Zur Antwort erhob sich ein Chor der Bewunderung. Peter sprach ihm im Namen des Vorstands seinen Dank und seine Anerkennung aus, und Aidan fasste sich mit gespielter Erleichterung ans Herz.

»Dank Ihnen allen sind meine Chefs sehr zufrieden mit mir, falls Sie also nichts dagegen haben …« Er flitzte zu einem Karton an der Seite des Raums und zog ein paar Flaschen Champagner heraus. »Ich dachte, wir feiern ein bisschen.«

»Du kannst ja deine Augen nicht von ihm lassen«, flüsterte mir fünf Minuten später Gemma zu, während sie mir eine Sektflöte aus Plastik in die Hand drückte.

»Ich weiß, dass du nicht trinkst«, sagte sie, als ich gerade protestieren wollte. »Du brauchst es ja nur hochzuhalten, falls angestoßen wird.« Ich nahm das Glas. Seit der Nacht, in der James ums Leben gekommen war, hatte ich keinen Alkohol mehr angerührt. Ironischerweise war mein letzter Drink ebenfalls ein winziges Glas Champagner gewesen. Ich glaubte nicht, dass ich je wieder welchen würde anrühren können. Doch ich schnupperte ein wenig daran.

»Abend, Mädels«, sagte Charlie und wedelte mit einer Flasche in unsere Richtung. Gemma und ich schüttelten beide den Kopf und hielten die Hand über unsere Gläser.

»Wie hat es dir gefallen?« Ich hatte ihn hinten neben Roy entdeckt, aber bis jetzt noch nicht mit ihm sprechen können.

Er blies die Backen auf und blickte zu Boden. »War ziemlich viel von dir drin«, sagte er und sah mir wieder in die Augen. »Man könnte fast meinen, der Kameramann wäre scharf auf dich gewesen oder so.«

Ich lief rot an, schluckte und suchte krampfhaft nach einer witzigen Erwiderung.

»Ach, Charlie, du Witzbold«, kicherte Gemma und nahm ihn beim Arm, sodass ich aus der Schusslinie war.

Puh!

»Jeff war wirklich ein Schatz, aber ich hab nicht gemerkt, dass er sich sonderlich für Tilly interessiert hätte. Nichts für ungut, Tills.«

»Hat's vielleicht nur gut verborgen«, murmelte Charlie und nahm einen Schluck Champagner.

Als Gemma mir einen neckisch genervten Blick zuwarf, spürte ich eine warme Hand am Arm.

»Aidan!«, stammelte ich und drehte mich zu ihm um.

Er beugte sich herunter, um mir ins Ohr zu flüstern. »Wie wär's jetzt mit unserem kleinen Plausch?«

Dann hatte er also wirklich mit mir reden wollen. Hurra!

Charlies Miene verdüsterte sich, und ich wurde rot.

Ohne groß zu überlegen, nahm ich einen Schluck Champagner. Das perlende Getränk prickelte mir angenehm auf der Zunge.

Ich nickte Aidan zu, reichte Gemma, die verstohlen zwinkerte, mein Glas und folgte ihm zur Tür.

Kapitel 29

Aidan hielt mir die Tür auf, und wir traten in die kalte Nacht. Über die Ivy Lane hatte sich ein dicker Nebel gelegt, in dem alles verschwand, sodass nur noch er und ich übrig blieben.

Ich zitterte und schlang meine Arme um mich.

»Bei der Sicht habe ich wenig Lust zu fahren«, sagte er und zog sich den Reißverschluss seines Pullis hoch.

Lad ihn in die Wellington Street ein, dann braucht er es nicht.

»Ich auch nicht«, sagte ich und lachte nervös. »Aber da ich sowieso keinen Wagen habe, ähm …«

Verlegenes Schweigen. Ich musste an mich halten, um es nicht mit Pfeifen zu brechen. Morgen musste ich mir unbedingt ein Buch kaufen, mit dem Titel *Flirten leicht gemacht* oder so was in der Art.

Da standen wir nun wie zwei Teenager nach einem Date im Licht des Pavillons, ich brachte vor Aufregung keinen Ton heraus, und er – ich war mir nicht ganz sicher, aber er trat von einem Bein aufs andere und räusperte sich ein ums andere Mal.

»Sollen wir ein Stück laufen?« Ich deutete die Straße zu den Parzellen am hinteren Ende hinunter.

»Gute Idee«, sagte Aidan. Er klang erleichtert.

Aidan fiel neben mir in den gleichen Schritt, dicht nebeneinander, aber ohne uns zu berühren. So liefen wir ohne ein Wort ungefähr eine Minute. Ich fühlte mich wieder wie achtzehn, schüchtern und verklemmt, und wartete nur darauf, dass er die Initiative ergriff.

Er strich mir mit der Hand über den Ärmel, und es rieselte mir so über die Haut, dass ich beinahe hörbar nach Luft geschnappt hätte. »Tilly?«

»Ja?« Ich wirbelte zu ihm herum, und wir blieben unter einer Straßenlaterne stehen.

Das war der Moment, er würde mich küssen. Mir schlug das Herz bis zum Hals.

Wir standen in einem orangefarbenen Lichtkegel, in dem die Nebeltröpfchen zu tanzen schienen. In der Gartenanlage herrschte absolute Stille, als habe der Nebel alles in Watte gehüllt.

Ich konnte nicht einmal mit Bestimmtheit sagen, wo wir waren, da ich keinerlei sichtbare Orientierungshilfen ausmachen konnte.

»Was im August passiert ist«, fing er zögernd an, »ich hoffe, ich hab dich mit meiner Frage, ob wir uns wiedersehen können, nicht verschreckt?«

Frag mich jetzt, und du bekommst ein klares Ja.

»Nein. Das heißt, nicht so, wie du denkst. Ich …« Aidan sah mir forschend ins Gesicht und wartete auf weitere Erklärungen.

Das war meine Chance, alle Missverständnisse auszuräumen. Nachdem ich allen anderen davon erzählt hatte, sollte es doch wohl ein Leichtes sein, Aidan von James zu erzählen und allem anderen, was in meinem Leben passiert war, bevor ich zur Ivy Lane kam. Wenn auch ein romantischer Dämpfer.

Stattdessen schüttelte ich den Kopf. »Es ist kompliziert.«

»Verstehe.« Er nickte und furchte ein wenig die Stirn. »Du hast mir nur ziemlich deutlich zu verstehen gegeben, dass du mich nicht wiedersehen willst, und als du nicht anriefst, habe ich mich irgendwann geschlagen gegeben. Aber …«

Wir machten einen kleinen Schritt aufeinander zu.

»Ja?«, flüsterte ich.

»Ich wollte es noch ein letztes Mal versuchen.« Er lachte leise, starrte auf den Boden und sah mich dann mit seinen schönen braunen Augen an. »Ich verrate dir ein Geheimnis.« Er beugte sich vor und flüsterte mir verschwörerisch zu: »Normalerweise machen wir kein Preview von *Grüne Daumen*, bevor wir es senden.«

»Nicht?«

Er schüttelte etwas schüchtern den Kopf und schob die Hände in die Taschen. »Es war ein ziemlich ausgeklügelter Trick, um dich wiederzusehen.«

»Du hast das für mich getan?«, flüsterte ich zurück. Das war vielleicht das Netteste, Aufwändigste, was je ein männliches Wesen getan hatte, um meine Wenigkeit wiederzusehen. Vor Stolz hätte ich platzen können.

»Ich weiß, eine Beziehung mit mir ist keine so berückende Aussicht, wo ich ständig von einem Projekt zum nächsten fliege und nie lange an einem Ort bleibe. Das liegt in der Natur meiner Arbeit. Im Wesentlichen mache ich Naturfilme.«

»Ja. Alf hat mir davon erzählt.«

Aidan stöhnte. »Tut mir leid. Das hätte ich längst erwähnen sollen. Ich war ziemlich betroffen, als ich das mit Alf hörte. Und Nigel hat erzählt, du hättest ihn gefunden?« Er sah mich eindringlich an. »Das muss furchtbar für dich gewesen sein.«

Ich nickte und schluckte.

Er zog eine Hand aus der Tasche und legte sie mir auf den Arm.

»Aber alles in allem bin ich, denke ich, ein ganz umgänglicher Kerl«, murmelte er leise. »Falls es aber jemand anderen in deinem Leben gibt, dann gehe ich natürlich meiner Wege.« Er stieß ein selbstironisches Lachen aus. »Hör zu, ich muss dich das fragen. Ist es Charlie? Seid ihr beide …«

»Nein! Du liebe Güte, nein!« Ich lachte und schnappte gleichzeitig nach Luft, während sich Aidan vor Erleichterung in einer übertriebenen Geste an die Brust fasste.

Plötzlich wirbelte der Nebel vor uns auf und lichtete sich ein wenig. Ich erkannte, dass wir zu den Apfelbäumen am Rand von Dougies Parzelle gelangt waren.

»Charlie und ich sind – o mein Gott!«

Bevor ich Aidan über die Situation zwischen Charlie und mir aufklären konnte, hatte ich aus dem Augenwinkel heraus etwas gesehen, das mir einen gewaltigen Schreck einjagte: Nicht weit von uns sah ich ein paar Füße auf dem Boden, mit den abgetragenen Sohlen nach oben. Als ich genauer hinsah, konnte ich den übrigen ausgestreckten Körper erkennen.

»Aidan, sieh mal!«

Ich hastete hinüber und ging, dicht gefolgt von Aidan, auf die Knie. Es war Dougie, der mit dem Gesicht nach unten dalag und scheinbar fest schlief.

»Dougie! Ich bin's, Tilly, wach auf!« Ich rüttelte ihn an

der Schulter, doch er gab keinen Ton von sich. Das Licht der Straßenlampe reichte nicht bis hierher, sodass ich kaum Aidans Gesicht erkennen konnte.

»Ich glaube, er ist bewusstlos«, sagte ich. »Kannst du Karen aus dem Pavillon holen? Sie wird wissen, was zu tun ist, und bring noch eine Taschenlampe mit.«

Er sprang auf und zögerte für einen Moment. »Kommst du klar?«

Ich nickte, und Aidan rannte los.

»Dougie, los, wach auf«, flehte ich. Immer noch keine Reaktion. Der Gedanke, dass so kurz nach Alf jetzt auch noch ihm etwas passiert sein könnte, war unerträglich. Eine Wespe summte über dem Boden dicht an seinem Gesicht, und ich wedelte sie weg. »Was hast du um diese Jahreszeit hier draußen zu suchen«, murmelte ich streng.

Ich lehnte mich mit dem Rücken an einen Baumstamm. Rings um meine Knie lagen immer noch heruntergefallene Äpfel herum, und ich hob ein paar davon auf und warf sie zur Seite.

Es ging mir furchtbar gegen den Strich, ihn in dieser Position auf dem kalten, feuchten Boden liegen zu lassen, doch ich traute mich nicht, ihn umzudrehen, bevor Karen einen Blick auf ihn geworfen hatte. Behutsam griff ich nach seiner Hand und hielt sie fest, in der Hoffnung, dass es Dougie irgendwie spürte.

In der Ferne hörte ich die Tür des Pavillons krachen, und im nächsten Moment kamen eilige Schritte in meine Richtung. Angeführt von Aidan mit einer Taschenlampe hasteten mehrere Leute herbei. Wieder flog eine Wespe auf, und ich schlug gereizt danach.

»Hierher«, rief ich.

Erst jetzt sah ich, dass sämtliche Leute aus dem Pavillon herausgestürmt waren und Karen sich durch die Menschentraube zu Dougie durchkämpfen musste. Sie kauerte sich hin und fühlte seinen Puls.

Im nächsten Moment kniete Charlie neben mir. »Geht's?«

»Ja, danke«, murmelte ich.

»Hier, ich hab dir deinen Mantel mitgebracht. Du holst dir noch den Tod.« Er legte ihn mir über die Schultern, und ich schob die Arme hinein.

»Du bist ein Schatz«, stöhnte ich erleichtert. Die Wärme war eine Wohltat. Erst jetzt merkte ich, wie kalt mir war.

Ich suchte Aidan in der Menge, doch der Strahl der Taschenlampe blendete mich, und ich konnte keine Gesichter erkennen.

»Wahrscheinlich hat er sich ein bisschen zu viel von seinem Selbstgebrauten gegönnt«, seufzte Vicky.

Karen schlug nach einer Wespe und schüttelte den Kopf. »Nein, ich glaube er hat einen anaphylaktischen Schock«, sagte sie, drehte Dougie auf den Rücken und suchte seine Taschen ab. »Verdammt, er hat seine Epinephrin-Spritze nicht dabei.« Sie kauerte sich auf die Fersen. »Er atmet, aber nur schwach. Er muss dringendst ins Krankenhaus und Adrenalin bekommen.« Sie zückte ihr Handy und gab eine Nummer ein.

»Ich würde ihn ja hinfahren«, sagte Nigel, »aber ich habe etwas getrunken.«

»Dann fahr ich!«, platzte ich heraus, griff erneut nach Dougies Hand und drückte sie. Für Alf hatte ich nichts mehr tun können, doch bei Dougie war es noch nicht zu spät.

»Du hast doch gar keinen Führerschein«, rief Gemma.

»Dafür ist sowieso keine Zeit«, sagte Karen und brachte Dougie in die stabile Seitenlage, »wir brauchen einen Krankenwagen.« Sie stand auf und wandte sich ab, während sie dem Notdienst Anweisungen gab.

»Doch, habe ich«, antwortete ich Gemma mit zittriger Stimme. »Ich bin nur eine ganze Weile nicht gefahren.« Gemma sah mich mit einem stummen Blick an, und ich wusste, dass sie verstanden hatte.

Ich fuhr nicht, doch ich konnte es. Unser Wagen war Schrott gewesen, und ich hatte ihn nie ersetzt, sodass es mir nicht schwergefallen war, aufs Fahren zu verzichten. Lange Zeit war ich so traumatisiert gewesen, dass ich mich überhaupt nicht in ein Auto gewagt hatte.

Ich wandte mich wieder Dougie zu und schwor mir stumm, mich wieder hinters Lenkrad zu setzen. Wenn nun noch einmal etwas wie hier passierte? Wenn zum Beispiel Gemma in meiner Gegenwart ihre Wehen bekam? Ich war es mir und anderen schuldig, besser helfen zu können.

Glücklicherweise war an diesem Abend wohl nicht viel los, denn der Krankenwagen war in null Komma nichts vor Ort. Zwei Sanitäter sprangen heraus, und binnen Sekunden hatte Dougie eine Adrenalinspritze intus. Offenbar hatte Karen mit ihrer Diagnose absolut richtiggelegen. Dougie wurde auf eine Tragbare gehievt und ins Rettungsauto geschoben. Gott sei Dank hatte er schnell wieder das Bewusstsein erlangt. Wie ich von Christine erfuhr, war er noch einmal schnell zu seinem Schuppen gelaufen, um sich eine Flasche von seinem Cidre zu holen, weil er den Champagner nicht mochte. Wetten, dass er es jetzt bereute! Christine erbot sich mitzufahren, wir machten Platz, der Wagen wendete und brauste in die Nacht davon.

»Wie bist du darauf gekommen, Karen?«, fragte ich, während Shazza ihrer Partnerin stolz den Arm um die Schultern legte.

Karen strich sich müde mit der Hand übers Gesicht. »Er hat mir mal erzählt, dass er eine Heidenangst vor Wespen hat, weil er hochallergisch ist. Normalerweise hat er immer eine Adrenalinspritze dabei, aber wahrscheinlich hat er gedacht, im Oktober bestünde keine Gefahr.«

»Dabei sind sie um diese Jahreszeit besonders gefährlich«, sagte Aidan, der jetzt zu uns trat. »Falls Dougie im Nebel versehentlich auf ihr Nest getreten ist, sind sie ausgerastet.«

»Tatsächlich?«, fragte ich und wurde mit jedem Schritt, den er näher kam, flattriger. »Wieso das denn? Ich dachte, sie wären längst alle tot oder im Winterschlaf oder so.«

»Vermutlich hat ihre Königin sie schon verlassen, um woanders fürs nächste Frühjahr ein neues Nest zu bauen, und die Arbeiterwespen bleiben ohne Hierarchie sich selbst überlassen zurück.« Aidan blies sich in die Hände und klemmte sie sich unter die Achseln.

»Die bauen Nester in der Erde?«, fragte Shazza.

»Ja. Und wenn faulende Früchte rumliegen, fallen sie darüber her, werden betrunken und aggressiv.«

»Faszinierend.« Ich sah ihn an und fragte mich, wie er es schaffte, dass das antisoziale Benehmen von Wespen bei ihm so … verführerisch klang.

Wir blickten uns an und grinsten beide verlegen. *Wo waren wir noch gerade stehen geblieben …?*

Unseren magischen Moment hatte der arme Dougie

gründlich sabotiert. Dabei war es so gut gelaufen. Ich rief mir den Augenblick noch mal ins Gedächtnis. Ach so, ja. Es war ihm gerade hundertprozentig gelungen, mich davon zu überzeugen, dass er »ganz in Ordnung« sei, woraufhin ich ihm – hoffentlich – die Sorge genommen hatte, es liefe etwas zwischen Charlie und mir. Wenn uns jetzt noch bitte schön die anderen in Ruhe ließen, konnten wir vielleicht da weitermachen, wo wir aufgehört hatten.

»Für Kingsfield ganz schön viel los an diesem Samstagabend«, sagte Charlie schniefend, während er sich zu unserer kleinen Gruppe gesellte. »Ziemlich dramatisch, oder?«, sagte er, legte mir den Arm um die Schulter und drückte mir einen Kuss auf die Wange. »Wie gut, dass ihr beide gerade hier draußen wart, nicht wahr?«

Ich versuchte, mich unauffällig aus seinem Arm zu winden, doch Charlie ließ nicht locker. Er blickte zwischen Aidan und mir hin und her. »Was wolltet ihr übrigens hier draußen?«

Mir stieg die Hitze ins Gesicht, als ich Shazzas, Karens, Charlies und Aidans erwartungsvolle Blicke auf mich gerichtet sah. Aidan runzelte die Stirn und wartete auf meine Antwort. Ich bekam einen trockenen Mund und fand keine Worte. Was sollte ich denn auch sagen? Es herrschte so lange gedehntes Schweigen, bis Aidan sich räusperte.

»Offensichtlich rein gar nichts«, sagte er. »Ich pack dann mal meine Sachen. Gute Nacht.« Er nickte kurz angebunden, machte auf dem Absatz kehrt und lief mit gebeugtem Kopf, die Hände in den Taschen, Richtung Pavillon davon.

Vor Wut über meine eigene Dummheit traten mir die Tränen in die Augen, als er vor mir im Nebel verschwand.

Na toll, Tilly, gratuliere.

Es hätte tausend Möglichkeiten gegeben, auf Charlies Frage zu antworten, und jede wäre besser gewesen, als einfach zu verstummen. Kein Wunder, dass Charlie mich missverstanden hatte. Wenn es darum ging, im rechten Moment das Richtige zu sagen, war ich ein hoffnungsloser Fall.

Frustriert wand ich mich aus Charlies Klammergriff. Ich war nicht bereit, es dabei zu belassen. »Aidan!«

So schnell ich konnte, rannte ich ihm hinterher. Die Tür zum Pavillon stand offen, und das Licht von drinnen reichte bis zur Straße. Mit wenigen Schritten hastete ich die Treppe hinauf. Aidan war gerade dabei, seine Fernsehausrüstung abzubauen, während er mit Peter sprach.

Bei meinem Eintreten blickte er nur kurz auf und drehte sich wieder um.

Es wäre mir zwar lieber gewesen, mit ihm alleine zu sein, doch vielleicht war es auch besser so, vielleicht verlieh Peters Anwesenheit dem, was ich Aidan zu sagen hatte, mehr Gewicht.

»Charlie und ich …«, sagte ich ruhig. »Wir sind nur Freunde.«

Er warf mir einen kurzen Blick zu und machte ein Geräusch zwischen Stöhnen und trockenem Lachen. »Nimm's mir bitte nicht übel …«

»Ich werde dann mal, ähm …« Peter deutete zur Küchenecke und verschwand.

»Ich glaube, da machst du dir was vor«, fuhr Aidan fort. »Ich habe Augen im Kopf, er wacht über dich wie ein Luchs …« Er schüttelte den Kopf. »Ganz offensichtlich sieht er mich als eine Bedrohung.«

Das konnte ich nicht leugnen. Mir waren die düsteren Blicke, mit denen Charlie Aidan beäugte, selbst nicht entgangen, doch ich war einigermaßen verblüfft zu hören, dass auch Aidan die Zeichen bemerkt hatte. Irgendwo in meinem Innern war ich darüber erfreut. Auch wenn Eifersucht nicht unbedingt ein angenehmer Zug war, so zeugte sie andererseits von Interesse.

»Das tut mir leid«, ich ging auf ihn zu, bis wir uns fast berührten. Draußen waren Schritte zu hören, und so nutzte ich die Sekunden, die mir blieben. »Aber ich erwidere seine Gefühle nicht, ich schwör's.«

Aidan holte tief Luft und atmete langsam aus. »Und wieso ist es dann so kompliziert?«

»Ich …« In diesem Moment hatten die anderen den Pavillon erreicht und brachen in die Stille ein.

Ich sah ihn mit einem flehentlichen Blick an. *Gib mir noch eine Chance.*

Er zuckte traurig die Achseln und drehte sich um, als ihm Nigel einen Klaps auf den Rücken gab.

»Nächsten Freitag steigt hier unsere Halloween-Party. Wir fänden es toll, wenn Sie als unser Ehrengast dazukommen würden. Das heißt, falls Sie nicht schon wieder auf und davon sind«, sagte er.

»Oh, ähm …« Aidan sah mich an.

Mein Herz schlug doppelt so schnell.

Sag ja! Denk das nicht einfach nur, Tilly. Sag es ihm.

»Bitte komm«, sagte ich und sah ihm dabei eindringlich in die Augen.

»In dem Fall, danke Nigel«, sagte Aidan leise, ohne den Blick von mir abzuwenden. »Ist mir ein Vergnügen.«

»Es ist Kostümzwang«, fügte Nigel hinzu.

Ich schmunzelte über Aidans entsetztes Gesicht und merkte erst jetzt, dass ich die Luft angehalten hatte.

Halleluja.

Kapitel 30

»Also, gehen wir den Plan noch mal durch«, sagte Gemma und stieß mit erstaunlicher Kraft ein Messer in ihren Kürbis.

Ich grinste. »Okay. Ich klemme Aidan einen Zettel an die Windschutzscheibe, mit einer Einladung zu einem heimlichen Rendezvous in meinem Schuppen, dann zünde ich die Kerzen an und warte, bis er kommt und mich in die Arme nimmt und, na ja, das Übrige ergibt sich dann hoffentlich von selbst.« Ich musste wieder kichern.

»So genau müssen wir es dann auch nicht wissen«, warf Mia ein.

»Tut mir leid«, sagte ich, und Gemma verzog das Gesicht.

»Wieso zerrst du ihn nicht einfach in deinen Schuppen?«, fragte Mia. »Wozu die ganze Geheimniskrämerei?«

»Zerren?«, rief Gemma empört. »Sind wir hier im Zoo oder was? Vollkommen unromantisch dotcom, Töchterchen, von mir hast du das jedenfalls nicht.« Sie schüttelte ein paar Mal den Kopf und beugte sich wieder über ihren Kürbis. Natürlich streckte Mia zur Antwort die Zunge heraus.

»Also, ich finde es süß, dass du dich verliebt hast …«,

sagte Hayley und ließ den Rest des Satzes in der Luft. Ich kniff die Augen zusammen. *In deinem Alter* hatte ihr auf der Zunge gelegen, mit Sicherheit. Doch sie sah mich mit Unschuldsmiene an.

Dieser Teil des Plans war nicht alles, doch das Übrige wollten wir nicht vor den Teenagern besprechen, um niemanden in Verlegenheit zu bringen. Ich hatte mir vorgenommen, heute Abend mit Charlie ein Wörtchen zu reden; falls nötig, würde ich ihm sogar über meine Gefühle zu Aidan reinen Wein einschenken. Zwar hatte ich bei dem Gedanken ein mulmiges Gefühl, doch trotz allem, was im Lauf des Jahres geschehen war, konnte auch ich die Augen nicht davor verschließen, dass Charlie mir gegenüber allzu sehr den Beschützer gab, und ich wollte ihn mir taktvoll auf Abstand halten.

Ich war fest entschlossen, es diesmal bei Aidan richtig zu machen. Wir waren kurz davor gewesen, uns zu küssen, als ich plötzlich Dougie am Boden liegen sah, der längst wieder wohlauf war und sich dafür schämte, dass er uns allen fast einen Herzinfarkt bereitet hatte. Nicht dass ich verzweifelt war oder Torschlusspanik schob oder so, doch wenn mich Aidan heute Abend nicht küsste, würde ich mich vor unerfüllter Sehnsucht wahrscheinlich selbst entzünden.

Es war fünf Uhr nachmittags, und die Zeit war wie im Flug vergangen. Ich hatte den ganzen Tag mit Gemma verbracht – das erste Mal außerhalb der Ivy Lane. Sie hatte mich am Morgen mit dem Wagen abgeholt und zu Mikes Autowerkstatt am anderen Ende von Kingsfield gefahren. Sie befand sich in einem alten viktorianischen Gebäude mit riesigen, hohen Garagentoren und aufwendigen Ziegelornamenten unter dem Dach. Doch da endete die Schönheit, denn der Hof vor dem Haus wimmelte von reparaturbedürftigen Pkw. Hier verschwanden die Klinkerwände unter einem dunklen Schmutzfilm, der Boden war mit Ölflecken übersät, und im Innern der Werkstatt stieg einem der beißende Geruch von Benzin in die Nase. Umso herzlicher war der Empfang, und über einer Tasse starkem Tee eröffnete mir Mike, er sei da gerade an ein »Superteil« rangekommen: einen sonnengelben Kombi mit niedrigem Kilometerstand und einer einzigen Vorbesitzerin, die ihn überaus pfleglich behandelt habe, ein absolutes Schnäppchen.

Und so unternahm ich mit zitternden Knien eine erste Probefahrt. Gott sei Dank kam Mike mit. Ich wettete, dass er unter den gegebenen Umständen genauso nervös war wie ich, doch er riss sich zusammen.

Auch wenn ich mich am Steuer alles andere als sicher fühlte, hatte ich mich überwunden, nur das zählte, und nachdem ich eine Viertelstunde lang mit dreißig dahingetuckert war, hatte ich es mit heiler Haut wieder bis zur Werkstatt geschafft. Ein Handschlag, der Kauf war besiegelt. Ich brauchte mich nur noch um die Versicherung zu kümmern, und nach einer gründlichen Wartung durch Mike, neuen Reifen und was sonst noch so anfiel, hätte ich meinen eigenen Wagen.

Der Nachmittag stand ganz im Zeichen der Vorbereitungen für die abendliche Party. Hayley und Mia waren zu diesem Zweck zu mir nach Hause gekommen; Hayley, weil sie, wie sie sagte, in ihrem Outfit nicht allein zur Party gehen könne, was ich ein wenig besorgniserregend fand, und Mia, weil sie Hayley vergötterte.

Gott sei Dank waren Hayley und die anderen Jugendlichen, seit sie nicht mehr des Diebstahls verdächtigt wurden, bei den Gärtnern sehr willkommen. Hayley hatte Freunde gewonnen, wo sie am wenigsten zu erwarten gewesen waren, und half inzwischen sogar Helen in ihrer Saftbar. Bis jetzt hatten wir Hayley dabei zugesehen, wie sie die letzten Äpfel von meinem Baum kandierte, Mia dafür bewundert, wie sie aus Teigröllchen Leichenfinger zauberte, mit Mandeln als Fingernägeln und Blut aus Ketchup, und jetzt waren wir dabei, für den Wettbewerb Kürbisköpfe zu schnitzen.

Für die Abwechslung und Gesellschaft war ich dankbar. Bei der Aussicht, heute Abend auf der Halloween-Party Aidan wiederzusehen, war meine Woche im Schneckentempo vergangen.

»Wow, Hayley! Das ist toll«, säuselte Mia, als Hayley mit einer Schablone ein kunstvoll verschlungenes Muster in ihren Kürbis stanzte und mit einem Schraubenzieher die Löcher hineinbohrte.

»Danke«, sagte Hayley und furchte vor Konzentration die Stirn. »Ich hab das auf dem Computer entworfen. Wenn der keinen Preis absahnt, weiß ich auch nicht. Womit bewiesen wäre« – sie sah strahlend zu uns auf –, »dass fünf Jahre Schule für zwei mickrige Abschlüsse, einen in Lebensmitteltechnologie und einen in IT, nicht ganz für die Katz waren.«

»Meiner sieht daneben popelig aus«, stellte Mia düster fest. Sie hatte ihrem schräg sitzende, bedrohliche Augen und ein Haifischmaul mit spitzen Zähnen verpasst.

»Ich finde, er sieht richtig schön gruselig aus«, sagte Hayley.

»Meinst du?«

»Ich hoffe, ich bekomme für den Winzling hier keine Minuspunkte«, sagte ich beim Anblick meines selbstgezogenen Exemplars im Vergleich zu den Riesen der anderen, die sie im Laden gekauft hatten. Meiner war zu klein, um ein Gesicht hineinzuschneiden, und so begnügte ich mich mit einem umlaufenden Muster. Niedlich, aber kein bisschen furchterregend.

Gemma warf mir einen durchtriebenen Blick zu. »Wenn man bedenkt, dass ein gewisser Fernsehregisseur die Noten vergibt, würde ich mir an deiner Stelle keine Sorgen machen«, sagte sie, richtete sich auf und drehte ihren Kürbis zu mir um. »So, was meinst du?«

»Ist dir wie aus dem Gesicht geschnitten«, sagte ich und schmunzelte über sein glückliches Grinsen.

In diesem Moment klingelte mein Telefon, und immer noch lächelnd ging ich ans andere Ende der Küche und nahm ab. Nur meine Mum rief mich auf meiner Festnetznummer an, alle anderen auf dem Handy.

»Hi, Mum!«

Mia und Hayley prusteten gerade los, als sie ihre Kürbisse auf den Kopf stellten. Gemma blickte neugierig zu mir herüber.

»Tilly, Liebes! Wie geht's? Hey, klingt ja, als würdest du Party machen!«

»Danke, bestens! Ich hab die Mädels bei mir, und wir bereiten uns gerade auf die Halloween-Party in der Gartenanlage vor.«

»Ach so, dann sind keine Männer dabei?«

»Mum!«, lachte ich über den enttäuschten Ton. Ich traute mich nicht, ihr zu verraten, dass mit ein wenig

Glück meine Tage als Single bald vorüber wären. Zum einen wollte ich ihr nicht zu früh Hoffnungen machen und zum anderen nicht das Schicksal herausfordern.

»Jedenfalls, wie geht es dir?«, fragte ich, um das Gespräch von meinem Liebesleben abzulenken.

»Gut, gut«, wiegelte sie ab. »Nur dass … na ja.« Sie räusperte sich. »Nur dass Frauen … gewisse Bedürfnisse haben, du weißt schon.«

Du liebe Güte. Ich kniff die Augen zu. Auch wenn sie es zweifellos gut meinte, war dies definitiv der falsche Moment dafür, erst recht mit Mia und Hayley im Hintergrund.

»Es ist nicht gesund, allzu lange allein zu sein, und manchmal …«

Ich lächelte. Hoffentlich wäre dieses Problem für mich bald gelöst. »Mum, ich weiß deine Fürsorge wirklich zu schätzen.«

Gemma stemmte sich hoch, und ihr Stuhl quietschte auf den Küchenfliesen. Als sie meinen Blick auffing, tippte sie auf die Uhr. Uns lief die Zeit davon, und wir mussten uns noch kostümieren.

»Du hast natürlich recht«, fuhr ich fort. »Aber könnten wir vielleicht ein andermal darüber reden?«

»Ja, sicher, wenn du gerade zu beschäftigt bist …«, seufzte Mum. »Aber ich müsste wirklich mit dir reden.«

Jetzt fühlte ich mich schuldig. »Ich ruf dich zurück, sobald ich kann, Mum, versprochen.«

»Ist gut, Schatz. Vielleicht heute Abend?«

»Ja, sobald ich nach Hause komme, falls es nicht zu spät wird«, sagte ich. *Und falls ich alleine bin,* fügte ich in Gedanken hinzu. Während ich meiner Mum zum Abschied sagte, ich hätte sie lieb, spürte ich bereits Schmetterlinge im Bauch.

Um sieben Uhr brachen zwei Hexen, ein Kürbis und ein Vampir in Gemmas Wagen zur Ivy Lane auf. Nach Hayleys sexy Hexenkostüm würden sich definitiv Köpfe umdrehen. Kein Wunder, dass sie sich gescheut hatte, darin alleine durch die Straßen zu laufen. Mein Kostüm, darin waren sich alle einig, war einfach nur hübsch. Ich gebe zu, dass es vielleicht eitel von mir war, aber ich brachte es einfach nicht über mich, hässlich zu einer Kostümparty zu gehen, egal zu welchem Thema, wenn der Mann dort sein würde, in den ich verliebt war. Ich hatte mich für ein Kostüm entschieden, das die Überschrift »Süße Hexe« trug und aus Overknee-Strümpfen in Weinrot und Rosa, einem farblich passenden Hut sowie einem Satinkleid mit Kreuzmieder im Gothic-Stil bestand. Abgerundet wurde mein Look durch den Kürbis in Taschenformat.

Da Gemma auch ohne Verkleidung kürbisförmig war (ihre Worte, nicht meine), hatte sie sich einfach nur ein orangefarbenes Kleid übergestreift, und mit einer grünen Bommelmütze auf dem Kopf war sie schon fertig verkleidet. Mia war schlicht zu furchterregend für meinen Geschmack. Sie wurde ihrer Rolle nicht nur mit weißgetünchtem Gesicht, spitzen Zähnen und schwarzem Umhang gerecht, sondern legte auch das finstere Benehmen eines Vampirs an den Tag, indem sie mich wie einen schmackhaften Happen musterte und sich die Lippen leckte. Als wir ankamen, war ich froh, aus dem Wagen zu kommen.

»Danke für heute«, sagte Hayley und warf mir die Arme um den Hals. »Und denkt dran, zur Saftprobe zu kommen. Vor allem du, Mia, du siehst ein bisschen blass um die Nase aus.« Sie zwinkerte und war im nächsten Moment bei Helen, um ihr an der Bar zu assistieren.

Mia seufzte ehrfürchtig, als sie Hayley in ihren Lacklederschaftstiefeln über den Parkplatz stelzen sah. »Mann, ist die cool.«

»Hmm.« Gemma packte ihrer Tochter einen großen Kürbis in die Arme und legte ihr eine Hand ins Kreuz.

»Nicht zu leugnen, außerdem arbeitslos, mit einer Vorstrafe und herzlich wenig Qualifikationen.«

»Sie ist ein anständiges Mädchen«, sagte ich zu ihrer Verteidigung, auch wenn ich nachvollziehen konnte, wieso Hayley in Gemmas Augen nicht das ideale Vorbild für ihre Tochter war. Ich holte den Beutel mit den kandierten Äpfeln und den Leichenfingern aus dem Kofferraum und klemmte mir meinen Kürbis unter den Arm. »Die macht bestimmt noch was aus sich, sie muss nur noch rausfinden, wo sie hingehört.«

»Du bist ein guter Mensch, Tilly«, sagte Gemma und knallte die Heckklappe zu. »Du siehst in jedem nur das Beste.«

Bei der Erinnerung an ein sehr ähnliches Gespräch, das ich vor etwas über einem Monat mit Alf geführt hatte, musste ich wehmütig lächeln.

Ich hatte gelernt, wieder zu vertrauen, weiter nichts.

Mia flitzte voraus, und Gemma und ich schleppten uns mit all den Halloween-Leckereien über den Parkplatz.

»Also, was schätzt du«, fragte Gemma, »Gespenst, Sensenmann oder Zombie?«

»Keine Ahnung, was du meinst«, sagte ich.

Sie verdrehte die Augen. »Aidan natürlich. Was schätzt du, wie er sich kostümiert hat?«

Allein bei dem Gedanken an ihn kribbelte es mir im Magen. Nach sieben langen Tagen wäre das Warten endlich vorbei. »Ist mir egal, solange ich ihn wiedererkenne«, kicherte ich. »Du liebe Güte, ich weiß nicht mal, was für einen Wagen er fährt. Wie finde ich nur die richtige Windschutzscheibe für meinen Zettel.«

Wir hatten die Treppe zum Pavillon erreicht, und mit einem Mal bekam ich kalte Füße.

»Gemma«, stöhnte ich, »wenn dieser Plan nun grandios in die Hose geht? Wenn ich einen Fehler mache?«

Sie legte ihren Kürbis auf der obersten Stufe ab und richtete sich auf, um durchzuatmen. »Entspann dich, Tills. Du siehst fantastisch aus, du weißt, dass er dich gern hat, also vertrau einfach deinem Bauchgefühl.«

Ich atmete einmal tief durch, setzte ein strahlendes Lächeln auf und betrat an Gemmas Seite den Pavillon.

Kapitel 31

Ich arrangierte unsere Beiträge zum Buffet auf dem Tisch, zündete in meiner Kürbislaterne eine Kerze an und überließ es anderen, ihn zu bewerten: Dann plauderte ich mit den Leuten, verglich Kostüme und hörte mir mit halbem Ohr die Klagen über die Kindertrupps an, die seit der ersten Abenddämmerung von Haus zu Haus zogen und Süßes oder Saures verlangten. Ansonsten suchte ich nervös den Raum nach Aidan ab. Doch falls sein Kostüm seine Statur nicht bis zur Unkenntlichkeit veränderte, war er wohl noch nicht eingetroffen.

Ich war ein wenig enttäuscht und ließ mir, um mich aufzuheitern, von Rosemary ein Glas Hexengebräu einschenken.

»Heute Abend ohne Colin?«, fragte ich und würdigte Rosemarys Catwoman-Kostüm mit einem Lächeln.

Sie schüttelte den Kopf. »Er musste zu einem Fotoshooting«, sagte sie stolz. »Für Herrenunterwäsche«, fügte sie leiser hinzu.

»Oh, wie aufregend!«, sagte ich und nahm einen Schluck. Das Gesöff schmeckte fruchtig süß, und falls es Alkohol enthielt, dann nur sehr wenig.

»Auch wenn ich hoffe, dass er nichts davon heimbringt,

denn in dem Katalog war nichts, was ich zuhause an die Wäscheleine hängen könnte!«

Ich grinste. Colin hatte seiner Mutter also endlich gebeichtet, womit er tatsächlich sein Geld verdiente. »Weißt du, als was Peter kommt?«, fragte ich und versuchte, ihn unter all den Fledermäusen, Gespenstern und Skeletten zu entdecken. Fehlanzeige. »Ähm, ich müsste mal kurz mit ihm sprechen.« Er würde zweifellos wissen, wo Aidan blieb.

»Als Gorilla«, lachte sie und schüttelte den Kopf.

Ich entdeckte Peter, der gerade mit Nigel, alias Frankenstein, und Christine zusammenstand, die zum schwarzen hochgeschlossenen Pullover und schwarzer Jogginghose sowie passenden Gummistiefeln eine Fledermausmaske trug.

Ich räusperte mich und tippte Peter auf die Schulter. »Peter, entschuldige bitte, aber hast du von Aidan gehört?«, flüsterte ich. »Er kommt doch, oder?«

Die Gorillaschultern sackten zusammen. »Wie hast du erraten, dass ich es bin?«

»Du spreizt deinen kleinen Finger vom Glas ab.« Ich grinste. »Ich hab noch nie einen Affen mit solchen Manieren gesehen. Das konntest nur du sein.«

»Ach so, klar.« Der Gorilla nickte bedächtig. Er beugte sich ein wenig zu mir herüber und flüsterte in die ungefähre Richtung meines Ohrs: »Er ist spät dran. Dichter Verkehr, wie es scheint.«

Hauptsache, er kam noch. Ich stieß einen Seufzer der Erleichterung aus. In diesem Moment fing ich einen Blick von Hayley auf, die mich herbeiwinkte.

Sie und Helen versahen am Tisch mit den frisch gepressten Säften ihren Dienst. Seit September schien die Geschäftsidee rasant Gestalt anzunehmen.

»Na? Was sagst du?«, fragte Helen und deutete auf ihr neues Logo, das sie an der Vorderseite des Tischs angebracht hatte. *Nektar der Natur* und in kleineren Lettern darunter: *Säfte aus biologischem Anbau.* »Das hat Hayley für mich entworfen«, sagte sie und reichte mir eine Broschüre, »und die auch.«

Ich warf Hayley einen stolzen Blick zu. Seit ihrem ersten Tag in der Ivy Lane hatte sie eine beachtliche Entwicklung hingelegt. Inzwischen hatte sie ihre Sozialstunden abgeleistet, und ich musste zugeben, dass sie mir fehlen würde.

»Und Sie, junge Dame, sind eine Frau mit vielfältigen Talenten.«

Sie griff sich verlegen an den Hals und blickte zu Boden. »Danke. Das kommt in meinen Lebenslauf, der im Moment noch ein bisschen dürftig ausfällt.«

»Ich habe mir einen Stand auf einem Bauernmarkt reserviert, in ein paar Wochen geht's los«, verkündete Helen und strich sich das Haar hinter die Ohren. Sie deutete auf die Broschüre in meiner Hand. »Die Adresse steht da drauf. Das war Gemmas Idee. Ich kann es noch nicht glauben, mein eigenes kleines Unternehmen – davon habe ich schon so lange geträumt!«

»Ich komme bestimmt zur Unterstützung.« Ich schluckte. Das wäre mein erster Ausflug in meinem neuen Auto. Himmel!

Helen lächelte schüchtern. »Danke, Tilly, das wäre nett. Graham wird auch da sein, aber vor allem, um auf Honey aufzupassen, und ich freue mich auf deinen Besuch.«

Ich drehte mich wieder zu Hayley um. »Und was ist mit dir? Wovon träumst du?«

»Ich würde liebend gerne eine Ausbildung zur Köchin

machen.« Sie zuckte die Achseln. »Oder sonst irgendwas mit Essen. Ich helfe Helen gerne aus, aber im Moment kann sie sich noch keine Angestellten leisten.«

Ein Gespenst mit Brendas unverwechselbarem roten Lippenstift inmitten eines ovalen Lochs im weißen Umhang schwebte herüber. »Hallöchen, für mich einmal Banane/Erdbeere, bitte.« Sie legte einen Geldschein auf den Tisch, und Helen machte sich am Mixer ans Werk.

»Vielleicht kann ich dir helfen, Hayley«, sagte Brenda und zupfte sich ihr Laken zurecht, um Hayley besser sehen zu können. »Lust auf ein paar Stunden an meinem Kartoffelofen? Inklusive Ausbildung. Ein Probemonat, und dann sehen wir, wie es läuft.«

Hayley und ich tauschten einen Blick. Die Welt war voller Überraschungen.

Brenda räusperte sich. »Ihr jungen Leute braucht schließlich eine kleine Starthilfe, damit eure Karriere in Schwung kommt«, sagte sie in ähnlichen Worten wie seinerzeit Alf. »Und mir ist nicht entgangen, dass du zupacken kannst. Na, was meinst du?«

Ich nahm Hayley in die Arme und überließ es den beiden Frauen, die Einzelheiten auszuarbeiten. Hayley würde unter Brendas Anleitung aufblühen, da war ich mir sicher. Schmunzelnd hakte ich innerlich einen weiteren Job auf meiner To-do-Liste ab und ließ den Blick erneut schweifen. Wenn ich jetzt nur noch eben schnell mein eigenes Leben sortieren könnte, wäre alles in Butter …

Und dann entdeckte ich ihn: eine hochgewachsene Gestalt als Sensenmann verkleidet, die durch die Menge in meine Richtung kam und sich dabei bemühte, niemandem ein Auge auszustechen. Das konnte nur Aidan sein. Mir blieb vor Freude die Luft weg, und ich musste mich beherrschen, ihm nicht um den Hals zu fallen. *Keine Missverständnisse mehr, Tilly. Zeig ihm eindeutig, was du für ihn empfindest.*

»Du hast es geschafft«, strahlte ich. »Hab gehört, dass du im Stau gesteckt hast, ich hab mich so darauf gefreut, dich zu sehen.«

Er blieb vor mir stehen und streckte den langen, knöchernen Finger aus. »Ich bin gekommen, dich zu holen«, sagte er mit bedrohlich heiserer Stimme.

Ich zitterte. »Okay, lass gut sein«, lachte ich, »du machst mir Angst.«

Er legte mir zum Spaß die Sense um den Hals und zog mein Gesicht heran. Er hatte sich mit seinem Kostüm wirklich ins Zeug gelegt, selbst seine Augen funkelten mit teuflisch rotschwarzen Linsen.

»Hattest du keine Angst, dass du in dem Aufzug einen Verkehrsunfall verursachst?«

»Meine Schicht war erst um sieben zu Ende.« Er strich sich die Kapuze vom Kopf. Es war Charlie. Meine Enttäuschung kannte keine Grenzen. Jetzt, wo ich genauer hinsah, war es unverkennbar: Er war zwar ungefähr genau so groß wie Aidan, aber breiter. Ich hatte einfach nur gesehen, was ich sehen wollte. Und schlimmer noch – statt mich an unsere »Einfach-nur-Freunde«-Vereinbarung zu halten, hatte ich Charlie gerade einen überaus herzlichen Empfang bereitet. Bis jetzt ging mein Plan gründlich den Bach hinunter.

»Wer sagt denn was von Stau?« Er runzelte verständnislos die Stirn.

»Ähm … ich meinte nur …« Für den Moment blieben

mir weitere Peinlichkeiten erspart, denn jemand berührte mich am Arm. Aidan stand plötzlich an meiner Seite.

»Wow! Tilly, du bist die schönste Hexe, die mir je unter die Augen gekommen ist.« Er war als Zauberer verkleidet, ein überaus freundlich dreinschauender Zauberer mit schneeweißem Bart, langer violetter Robe und Silberschuhen mit aufgebogenen Spitzen. »Tut mir leid, dass ich mich verspätet habe.« Er beugte sich vor und gab mir einen Kuss auf die Wange.

Einen Kuss. Auf die Wange. Wie überaus kühn von ihm. Hätte ich mich genau in dem Moment zu ihm umgedreht, wäre der Kuss auf meinen Lippen gelandet. Was wäre, wenn ich in diesem Moment tatsächlich einen Kuss in aller Öffentlichkeit bekommen hätte? Gott, wäre das schön gewesen!

»Ich hab im Stau gesteckt«, sagte er.

Mir prickelte noch immer die Wange von seinen Lippen. Genauer gesagt, stand mein ganzes Gesicht in Flammen. Es war so schön, ihn wiederzusehen. Sein Blick war so warm wie geschmolzene Schokolade, und auch wenn sein Gesicht größtenteils unter dem Bart verschwand, schien auch er sich bei meinem Anblick zu freuen. Jedenfalls schmolz auch ich dahin und lächelte ihn strahlend an.

Als ich mich wieder zu Charlie umwandte, verging mir das Lächeln. Er hatte das Kinn vorgeschoben und starrte mich mit einem durchbohrenden Blick an. Dann sah er kurz zwischen Aidan und mir hin und her und setzte sich die Kapuze wieder auf. »Ich mach mich dann mal an meine blutige Ernte.« Sprach's und stapfte davon.

Aidan verzog das Gesicht. »Ein bisschen unheimlich, das Kostüm.«

Von ferne sah ich Frankenstein in unsere Richtung kommen. Es war schon acht, und die Zeit verging im Handumdrehen. Der Zettel, den ich geschrieben hatte, um ihn Aidan an die Windschutzscheibe zu klemmen, brannte mir ein Loch ins Mieder, und ich hatte immer noch keine Gelegenheit gehabt, ein Wörtchen mit Charlie zu reden. Auch wenn sich das, seiner finsteren Mine nach, vielleicht von selbst erledigt hatte. Trotzdem, sicher war sicher – wenn mein verwegener Plan funktionieren sollte, durfte nicht das Geringste danebengehen.

»Ich hab mir heute einen neuen Wagen gekauft«, sagte ich und behielt Nigel im Blick.

»Oh … wie schön«, antwortete Aidan, wenn auch offenbar ein wenig verwirrt über den plötzlichen Themenwechsel. »Was denn für einen?«

»Einen kleinen gelben.«

»Ah.« Er grinste. »Solide Wahl.«

»Was fährst du für einen?«, beeilte ich mich. Nigel hob schon die Hand zum Gruß.

Aidan lachte leise. »Einen mittelgroßen, silbernen.«

»Aidan!« Frankenstein schüttelte enthusiastisch des Zauberers Hand. »Sie haben es geschafft.«

»Marke?« Ich zupfte an seiner Robe.

Aidan grinste. »Was soll das werden, *Top Gear*? Alfa Romeo.«

»Tut mir leid, Sie mit Beschlag zu belegen«, sagte Nigel, »aber ein paar von den Kürbiskerzen fangen schon an zu flackern. Wenn Sie also schon mal mit der Bewertung anfangen könnten, während ich Ihnen was zu trinken hole, dann können Sie hinterher in aller Ruhe das beste Kostüm prämieren.«

»Natürlich, gern«, sagte Aidan jovial. »Dann bis nachher?«

Ich konnte es kaum erwarten und nickte. »Ach, noch was!« Ich griff nach seiner Hand und zog ihn noch einmal zurück. »Hätte ich beinahe vergessen.«

»Hubraum?« Es zuckte um seine Lippen.

»Schau dir den großen Kürbis genauer an, der wie eine marokkanische Laterne aussieht«, flüsterte ich ihm zu. Das war Hayleys. Ich würde mich so für sie freuen, wenn sie den ersten Preis bekäme, das wäre für sie die Krönung des Abends.

Er runzelte die Stirn. »Ich muss schon sagen, Tilly Parker!« Er beugte sich zu mir herunter, und ich spürte seinen warmen Atem an meinen Lippen. Wie auf Autopilot reckte sich mein Körper zu ihm hoch, und einen Herzschlag lang glaubte ich, er würde mich noch einmal küssen. »Sie sollten sich schämen, die Entscheidung des Richters beeinflussen zu wollen«, murmelte er dicht an meinen Lippen, bevor er sich zu Nigel umdrehte und zu den Kürbissen entschwand.

Ganz schwindelig von einem so sinnlichen Wortwechsel stolperte ich zurück und landete an Gemmas Bauch.

»Mein lieber Schwan, sieh sich einer dein verklärtes Gesicht an!«, rief sie.

Ich packte sie an beiden Händen und drückte sie fest. »Ich weiß!«, antwortete ich, auch wenn ich kaum mehr als ein Quieksen herausbrachte. »Ich könnte platzen vor Freude.«

Gemma lachte. »Im Unterschied zu Mia. Offenbar sind wir alle Grufties, und selbst Hayley findet sie plötzlich öde, seit sie so dicke mit Helen ist.«

»Wo steckt sie überhaupt?«

»Sie hat eine SMS von einer Freundin bekommen, die mit ihr auf Klingeltour gehen wollte, und ist weg. Wie auch immer. Nun zu dir. Wie läuft's mit Operation Aidan?«

»So lala«, sagte ich und zog sie dichter heran. »Ich weiß jetzt zumindest, was für einen Wagen er fährt. Aber mir ist ein fataler Fehler in dem Plan bewusst geworden. Wie bringe ich ihn dazu, dass er hingeht? Es könnte passieren, dass ich stundenlang allein bei Kerzenschein in meiner Hütte schmore. Wenn er nun erst zu seinem Wagen geht, um nach der Party heimzufahren?«

»Hmm.« Gemma kaute an ihrer Lippe und überlegte. Ihre Locken hatten sich aus der grünen Bommelmütze gelöst und kringelten sich rings um ihr Gesicht, sodass sie an einen kleinen pausbäckigen Engel erinnerte. »Ich weiß! Du nickst mir zu, sobald der Zettel an Ort und Stelle ist, und ich bitte ihn um seine Visitenkarte. Unter seinem Zaubererkostüm wird er keine dabeihaben, und so muss er eine aus dem Auto holen. Kinderspiel.«

Ich zierte mich noch ein bisschen, doch in Ermangelung einer besseren Idee stimmte ich schließlich zu.

Sie knuffte mich mit dem Ellbogen und zwinkerte mir vielsagend zu. »Hey, was er wohl unter seiner Robe trägt? Du verrätst es mir doch hoffentlich, oder? Bis später dann.«

Der Gedanke lenkte mich so ab, dass ich vergaß, sie zu fragen, aus welchem triftigen Grund sie ihn wohl nach seiner Visitenkarte fragen könnte. Ich sah ihr auf dem Weg zum Buffet hinterher und schlich mich zur Tür.

Mein Hexenkostüm war zwar zweifellos recht niedlich, verfügte nur leider über keinerlei Taschen, und so hatte ich mir den Zettel unter die Schnüre meines weinroten Mieders geklemmt. Ich fingerte ihn heraus und hielt ihn mit beiden Händen.

Charlie versperrte den Ausgang. Wie ein Türsteher signalisierte er, dass an ihm kein Vorbeikommen war. Er biss gerade in ein Wurstbrötchen und schien sich in seiner Rolle als Unheilbote seltsam wohlzufühlen. Ich stockte einen Moment, versteckte den Zettel wieder und trat ihm entschlossen entgegen. Auch wenn ich unangenehme Neuigkeiten brachte, war es unumgänglich, meine Botschaft loszuwerden.

Dabei in die roten Augen des Teufels zu blicken machte es nicht eben leichter.

»Charlie?« Ich wollte sichergehen.

»Hallo.« Nicht mehr als ein Gemurmel. Ob es daran lag, dass er mit vollem Mund sprach oder schlechte Laune hatte, war schwer auszumachen, doch zumindest war es eindeutig Charlie.

»Charlie, können wir bitte ganz ehrlich miteinander sein?«

Er nickte.

»Ich hab dich wirklich gern«, fing ich behutsam an und schenkte ihm ein freundliches Lächeln.

»Ich hab dich auch wirklich gern.« Er griff nach meiner Hand.

Ich konnte nichts dagegen machen. Ich warf einen kurzen Blick über die Schulter, um zu sehen, ob wir beobachtet wurden. Aidan beugte sich gerade über die Kürbisse und achtete darauf, seinen Bart nicht in Brand zu stecken. Ich atmete erleichtert aus und wandte mich wieder Charlie zu.

»Ich mag mich ja irren …« Ich zögerte und sah zu ihm

auf. Normalerweise hatte er die ausdrucksvollsten, strahlendsten blauen Augen. Noch nie war mir so bewusst geworden, welche Rolle Augen bei einer Unterhaltung spielen. Sie sagen so viel ohne ein einziges Wort. Was ging in diesem Moment wohl in ihm vor?

»Aber möglicherweise habe ich dich auf andere Weise gern als du mich.« Ich biss mir auf die Lippe und wartete.

Zu meiner größten Erleichterung verzog sich Charlies Gesicht zu einem Lächeln, und er zuckte lässig mit der Schulter. »Du willst, dass wir im Moment einfach nur Freunde sind, richtig?«

»Ja«, brachte ich heraus. Mir fiel ein Stein vom Herzen. »Genau das wollte ich sagen.«

»Hör zu«, sagte er, beugte sich zu mir herunter und nahm meine Hand. »Du hast so viel durchgemacht, ist doch klar, dass du eine ganze Weile brauchst, darüber hinwegzukommen. Logisch, dass du noch nicht für eine neue Beziehung bereit bist. Aber du sollst wissen, ich bin für dich da«, fügte er hinzu und drückte meine Finger. »Und ich werde warten.«

Ich schluckte nur und nickte, und zu meiner ewigen Schande ließ ich die Sache dabei bewenden. Ich entschuldigte mich unter dem Vorwand, aufs Klo zu müssen, und huschte nach draußen.

Kapitel 32

Der Parkplatz war voll besetzt, doch zum Glück gab es nur einen Alfa Romeo, ein schnittig aussehendes Ding mit blitzenden Rädern und braunen Ledersitzen. Zwischen dieser Karosse und meinem neuen gelben Schätzchen lagen Welten. Ich bewunderte den Wagen für einen Moment, bevor ich den Zettel unter den Scheibenwischer steckte und aufs Klo verschwand.

Ich schloss mich in der Kabine ein und beeilte mich. Also. Die Botschaft war an Ort und Stelle.

Ich warte auf dich im Schuppen, Parzelle 16B x.

Kaum hatte ich die Nachricht angebracht, kamen mir Zweifel, ob ich das Richtige geschrieben hatte. War es zu forsch? Für den Fall, dass sie in die falschen Hände geriet, hatte ich meine Nachricht möglichst knapp gehalten, doch vielleicht hätte ich sie ein bisschen verführerischer oder romantischer gestalten können? Außerdem hatte ich einfach vorausgesetzt, dass er diese Nummer mir zuordnen konnte. Was bei Lichte – oder bei Nacht – betrachtet vielleicht eine etwas kühne Annahme war.

Zu spät. Ich wusch und trocknete mir die Hände und hastete, zitternd vor Kälte, quer über den Parkplatz zum Pavillon zurück. Vorsichtshalber warf ich noch einen letzten Blick auf Aidans Wagen, um mich ein letztes Mal zu vergewissern, dass ich den richtigen erwischt hatte. Was lächerlich war, was denn sonst …

Ich schnappte nach Luft. Der Zettel war verschwunden! Das konnte nur bedeuten, dass Aidan aus irgendeinem Grund noch einmal zu seinem Wagen gegangen war und nun vielleicht schon in meinem Schuppen wartete, und ich war nicht da! Die ganze Sache lief aus dem Ruder!

Verdammt, offenbar fehlte mir jedes romantische Talent, dachte ich zerknirscht, während ich zu meiner Parzelle lief und dabei, so gut es ging, meinen Hexenhut festhielt. Atemlos kam ich zu meinem Schuppen. Es war niemand da. Ich wusste nicht, ob ich erleichtert oder enttäuscht sein sollte. So oder so fror ich wie Espenlaub. Mit einem Schlüssel, den ich an einer Schnur um den Hals trug, schloss ich auf und flüchtete für einen Moment aus der Kälte, während ich meine Gedanken sortierte.

Okay. Tief Luft holen und keine Panik schieben. Konzentriere dich auf die Fakten.

Fakt eins: Aidan hat die Nachricht. Ich klopfte mir auf die Schulter, dass ich wenigstens das richtig hinbekommen hatte.

Fakt zwei: Er ist noch nicht da. Betonung auf noch. Wahrscheinlich war er noch beschäftigt. Wahrscheinlich war er nur kurz zum Wagen gelaufen, um etwas zu holen, hatte meinen Zettel gefunden und war … noch einmal zum Pavillon zurückgekehrt, um, was weiß ich, die Kostüme zu bewerten. Doch er würde kommen, da hegte ich keinen Zweifel.

Fakt drei: Auf gar keinen Fall würde ich auch nur eine Sekunde länger hier in meinem Schuppen im Dunkeln hocken. Es war modrig feucht, roch nach Dünger, und in diesem Moment glotzten mich wahrscheinlich aus sämtlichen Ecken Spinnenaugen an.

Ich warf einen Blick aus dem Fenster. Nichts. Nichts und niemand. Und schon gar kein großer, violetter Zauberer. Ich schloss den Schuppen wieder ab, lief wie ein Wiesel zum Pavillon zurück und mischte mich, hoffentlich unbeobachtet, wieder unter die Leute.

Die Spitze eines violetten Zauberhuts führte mich zu meiner Beute. Aidan lief mit einem Klemmbrett und einem Stift herum und machte sich Notizen. Ha. Genau wie vermutet, immer noch beim Bewerten. Also nicht der geringste Grund zur Sorge. Und da er nun Bescheid wusste, konnte ich mich entspannen und einfach warten.

Ich berührte ihn am Arm und schenkte ihm, als er sich umdrehte, ein kokettes Lächeln.

»Bist du bald so weit?«, fragte ich und plinkerte mit den Wimpern. Mein erstes Flirtmanöver seit langer, langer Zeit.

»Ja, fast«, sagte er mit einem Augenzwinkern. »Und dass du dem Juror ja nicht in die Notizen schaust!«

»Keine Sorge«, kicherte ich. »Was meinst du, wie lange es noch dauert? Fünf Minuten, zehn?«

»Du bist ja heute ganz schön aufgedreht«, lachte er.

»Jedenfalls«, sagte ich und fuchtelte an meinen Bändern herum, »freue ich mich auf später.« Ich schickte einen vielsagenden Blick hinterher.

»Wie gesagt, dauert nicht mehr lange«, sagte er und schob sich den Hut aus den Augen. »Soll ich uns danach was zu trinken besorgen?«

Ich nickte zufrieden und überließ ihn seinen Pflichten. Der gute Mann nahm seine Rolle hier wirklich ernst.

Nachdem Mia gegangen war, hatte meiner Meinung nach Charlie das beste Kostüm. Diese farbigen Kontaktlinsen waren das Unheimlichste, was ich je gesehen hatte. Nicht auszuschließen, dass ich heute Nacht Alpträume davon bekam. Das heißt, falls mir nicht Aidan meine Träume versüßte …

Christine riss mich aus meinen Gedanken, als sie mir ein neues Glas Punsch in die Hand drückte. Die Fledermausmaske saß jetzt perfekt, wahrscheinlich für eine gute Bewertung.

»Ich liebe es, wenn es hier so voll ist«, sagte sie und stieß mit mir an. Wir nahmen beide einen Schluck. Mir blieb die Luft weg.

»Ich auch«, keuchte ich. »Du meine Güte, ich glaube, das Zeug hier ist stärker geworden!« Ich hatte ja erst kürzlich meiner Alkoholabstinenz abgeschworen. Doch bis jetzt hatte ich mir an diesem Abend nur kleine Schlückchen gegönnt. Das Zeug hier zog einem die Socken aus.

Christine schüttelte den Kopf. »Mein verdammter Herr Gemahl«, grummelte sie. »Da überlässt man ihm nur zwei Minuten die Bowle! Das ist mit Vorsicht zu genießen. Wie ich ihn kenne, hat er sie mit einer Pulle Hennessy ›verbessert‹. Was wollte ich noch gerade sagen … mehr Feste, mehr Gelegenheiten, um die Gemeinde zusammenzubringen, das wäre wichtig.« Über ihr Glas hinweg warf sie mir einen ihrer Blicke zu.

»Nun«, sagte ich und wählte meine Worte mit Bedacht. Diesmal würde sie mich nicht überlisten. »Nur zu, gute Idee.« Der Ball war in ihrem Tor. Es war eine Ermunterung, kein Hilfsangebot.

Offenbar hatte es funktioniert.

»Hast du Ideen?«, fragte sie und nickte so begeistert, dass ihre Fledermausmaske auf und nieder wippte.

»Ähm …« Ich zermarterte mir das Gehirn. Ich wusste, was an der Schule gut ankam, aber hier hatten wir es mit einer deutlich älteren Klientel zu tun. »Eine Party am Lagerfeuer, dafür ist es dieses Jahr natürlich zu spät, aber wie wäre es mit einer 5th-of-November-Feier? Bietet sich an. Oder was hältst du von einer Gartenparty im Sommer? Ein Weihnachtsmarkt ist natürlich ein Muss.«

»Und dir würden solche Feste gut gefallen?« Sie nickte immer noch.

»Ja, unbedingt!«, bekräftigte ich und riskierte einen zweiten Schluck Bowle.

»Großartig!« Sie warf sich mir an den Hals, präzise gesagt, an die Taille. »Wir bräuchten ein bisschen Hilfe im Vorstand. Jemand Jüngeren. Ich bin entzückt!«

Mir sackten die Schultern ein. Sie hatte es schon wieder getan. Christine wieselte davon, vermutlich, um Peter die frohe Botschaft zu überbringen. Statt Christine stand plötzlich Gemma neben mir.

»Hast du das gerade mitbekommen?« Ich sah sie finster an.

»Ja, aber egal, hast du den Zettel angebracht?«, flüsterte sie.

»Ja, und er hat ihn schon geholt!«, flüsterte ich zurück.

»Tatsächlich?« Sie legte den Finger an den Nasenrücken und überlegte, dann hellte sich ihr Gesicht auf, und sie zuckte mit den Achseln. »Dann war ich wohl gerade in der Küche. Nun, dann läuft ja alles wie geschmiert.« Sie deutete mit dem Kopf zur Tür. »Worauf wartest du? Schmeiß dich schon mal auf die Chaiselongue, er ist sicher gleich so weit.«

»Du hast recht.« Ich kippte die letzte Bowle herunter. »Drück mir die Daumen.«

»Und tu nichts, was ich nicht tun würde«, flüsterte sie mir zu.

Wir sahen beide auf ihren Bauch und prusteten los.

Plötzlich rührte ihre hochschwangere Gestalt an Erinnerungen, und mir stiegen die Tränen in die Augen. Ein Bild aus meiner Vergangenheit drängte sich mir auf, und ich warf mich Gemma an den Hals und kniff die Augen fest zusammen.

Es bringt nichts, dich wegen eines Lebens zu grämen, das du nicht haben kannst …

»Alles wird gut, Tilly«, murmelte Gemma dicht an meinem Ohr.

Ich riss mich los, straffte die Schultern und verabschiedete mich von ihr mit einem strahlenden Lächeln. »Stimmt. Dann bin ich mal weg.«

Und mit einem letzten Blick zurück auf Aidan trat ich erneut in die Nacht.

Kapitel 33

Meine Nerven zwangen mich, zuerst noch einmal die Toilette aufzusuchen, bevor ich, im großen Bogen um den Pavillon, zum zweiten Mal zu meinem Schuppen lief. Diesmal befürchtete ich nicht, vor Aidan anzukommen, und so fiel ich in einen entschieden damenhafteren Schritt. Die Kehrseite war, dass ich meine Umgebung deutlicher wahrnahm: Es war kalt und still, außer dem Klacken meiner Stiefel auf dem Asphalt, das gespenstisch durch die Nacht hallte, und dem gelegentlichen Rascheln in den Bäumen war kein Laut zu hören. Zitternd legte ich einen Zahn zu. Was an meinem Outfit fehlte, wurde mir schmerzlich bewusst, war ein weinrotes Cape, das mich wärmte. Je schneller ich diese Kerzen anzünden und mich in meine Picknickdecke hüllen konnte, desto besser. Ich sah mich um, doch von Aidan weit und breit keine Spur.

Sie lassen ihn immer noch nicht los. Ich schmunzelte. Schade, dass er mich nicht hatte gehen sehen, sonst hätte er sich unter einem Vorwand selbst verabschieden können. Nun ja, halb so schlimm.

Ich hatte so lange auf diesen Moment gewartet, dass ich mich danach sehnte, endlich in seinen Armen zu liegen, ohne die neugierigen Blicke der Ivy-Lane-Gemeinde. Ich war zufrieden mit mir – diesmal hatte ich die Initiative ergriffen und diesen Plan ausgeheckt. Es war etwas Aufregendes an einem heimlichen Rendezvous, und wie hätte ich Aidan besser zeigen können, wie viel mir an ihm lag. Vor Aufregung hatte ich Herzflattern und auch ein wenig Muffensausen.

Ich bog von der Straße auf den Trampelpfad zu meinem Schuppen. Als irgendwo in den Bäumen hinter meiner Parzelle ein Zweig knackte, stieß ich vor Schreck einen leisen Schrei aus und fuhr mir mit der Hand an den Mund.

Du meine Güte, Tilly, wahrscheinlich nur ein Fuchs.

Ich zwang mich, ruhig weiterzuatmen, doch dann blieb ich wie angewurzelt stehen und starrte geradeaus. Aus meinem Schuppenfenster fiel ein orangefarbener Schimmer. Ich hatte mit absoluter Sicherheit keine Kerze angelassen, ich wusste genau, dass es drinnen dunkel gewesen war. Das heißt, es musste jemand anders gewesen sein.

O mein Gott. Das war gespenstisch. Ich bekam von oben bis unten eine Gänsehaut und hatte den unwiderstehlichen Drang wegzurennen, fragte sich nur, in welche Richtung, zum Schuppen oder weg?

Dann musste ich irgendwie lachen und schüttelte den Kopf. Dieser ganze Halloween-Unsinn spukte mir wohl im Kopf herum, sodass ich überreagierte. Es konnte nur Aidan sein! Offenbar war er mir sofort gefolgt und, während ich in der Toilette war, direkt hierhergekommen.

»Puh«, sagte ich laut und flitzte hinüber. Aber wie hatte er nur die Tür aufbekommen? Na, so was! Offenbar hatte ich nicht abgeschlossen.

An der Tür blieb ich kurz stehen, um mich zu fassen. Ich tupfte mir mit dem Finger an die Augenlider, um verschmierte Wimperntusche wegzuwischen, und lockerte mir das Haar über den Schultern. Ich strahlte übers ganze Gesicht und legte die Finger um die Klinke.

Das ist es. Ein neues Kapitel. Auf geht's, Tilly Parker.

Entschlossen warf ich die Tür auf und mit einem triumphierenden »Tadaa!« trat ich ein.

Der Schuppen war leer. Begriffsstutzig starrte ich auf das Licht. Am hinteren Ende schmückten drei kleine Kürbislaternen meinen kleinen Tisch, doch soweit ich sehen konnte, waren sie nicht geschnitzt. Mit Herzklopfen drehte ich einen herum. In den ersten war einfach nur der Buchstabe »I« eingeschnitten, in den zweiten ein Herz und in den dritten ein »U«.

I love you.

Mir schwirrte der Kopf. Aidan liebte mich? Ging das nicht ein bisschen zu schnell? War ein solches Geständnis nicht etwas übereilt? Natürlich war das Ganze unglaublich romantisch und gar nicht so einfach vorzubereiten. Und egal, ob das Timing passte oder nicht, fand ich die Mühe, die er sich gegeben hatte, rührend.

Vielleicht las ich auch nur zu viel hinein. Vielleicht sollte ich es nicht allzu wörtlich nehmen. Offensichtlich waren die drei Zeichen schneller zu schnitzen als: »Darf ich dich zum Essen einladen?« Sicher, das war die Erklärung! Ich schmunzelte erleichtert. Sowie sich meine Augen an das Licht gewöhnt hatten, bemerkte ich einen gefalteten Zettel. Eine Notiz. Ich faltete sie auf. Es war der Zettel, den ich Aidan an die Windschutzscheibe geklemmt hatte. Aber wo blieb er?

Ich hielt ihn immer noch in der Hand, als hinter mir leise die Tür aufging.

Ich wirbelte herum, und als ich Aidan sah, der mit einem warmen Lächeln und amüsierten Blick vor mir stand, raste mir der Puls.

»Mit dem Hut komme ich nicht unter der Tür durch.« Er nahm ihn ab, vom ehrwürdigen weißen Bart hatte er sich schon vorher befreit. Mit zwei Schritten war er bei mir.

»Gott sei Dank, ich hab mich schon gewundert, wo du bleibst.«

Er lachte. »Also, die schlechte Nachricht zuerst: Du hast den Kostümwettbewerb nicht gewonnen.«

»Och«, schmollte ich. »Wer denn?«

»Gemma. Sie sah so lustig aus als Kürbis, sie musste einfach gewinnen. Dafür hat dein Kürbis das Rennen gemacht. Das marokkanische Muster war unglaublich.«

»Das war Hayleys, nicht meiner.« Ich grinste. »Ich wollte, dass sie gewinnt.«

»Ach so!« Er sah mich zärtlich an. »Du hast ein großes Herz.«

Wir sahen einander an, und mir blieb buchstäblich die Luft weg, während ich seine Nähe genoss, seinen köstlichen Duft, seine Augen, sein zerzaustes Haar. Ich musste an mich halten, um ihm nicht augenblicklich um den Hals zu fallen.

»Hallo, Tilly«, murmelte er. Sein Blick wanderte flüchtig zu den Kürbissen und dann wieder zu mir, und mir lag schon irgendetwas auf der Zunge, doch so, wie es zwischen uns knisterte, wollte ich den Bann nicht brechen.

Er sah mir tief in die Augen, und als er seinen Kopf zu mir heruntersenkte, konnte ich plötzlich nicht mehr warten und ließ die Notiz zu Boden fallen. Ich fuhr ihm mit beiden Händen ins Haar und zog ihn an mich, bis sich unsere Lippen berührten. Ich küsste ihn leidenschaftlich, mit neu erwachtem Selbstvertrauen, und sofort erwiderte er meinen Kuss, schlang mir die Arme um die Taille, hob mich hoch und zog mich so fest an sich, dass unsere Körper verschmolzen. Ich wollte ihn immer noch näher spüren und schob ihn rückwärts, bis er an der Seitenwand des Schuppens lehnte. Ich presste mich an ihn, bis ich ihn lustvoll stöhnen hörte.

Obwohl ich von den Fußsohlen bis zu den Haarspitzen in Flammen stand, löste ich mich schließlich keuchend aus der Umarmung und lächelte ihn an.

»Nicht hinsehen«, murmelte ich. »Aber ich glaub, ich hab dir gerade glatt die Zehennägel aufgerollt!«

Wir kicherten beide, als er mit den Spitzen seiner Silberschuhe wackelte.

»Danke für diesen überaus herzlichen Empfang«, lachte er leise.

Ich glaube, ich hatte ihn ein bisschen überrascht. Und nicht nur ihn.

»Danke für die Botschaft«, flüsterte ich, während ich mit den Lippen über seine Bartstoppeln strich und ihm das Kinn küsste.

»Was für eine Botschaft?« Er nahm mir den Hut vom Kopf und strich mir das Haar aus dem Gesicht.

»Die Kürbisse«, sagte ich mit einem kessen Lächeln, »ziemlich kühn, muss ich sagen.«

Sein Gesicht verdüsterte sich, und seine Hände lösten sich aus meinem Haar. Er richtete sich auf, und ich trat einen Schritt zurück. Es kribbelte mir im Nacken, denn ich wusste instinktiv, dass ich das Falsche gesagt hatte.

»Das war ich nicht.« Er runzelte die Stirn. »Ehrlich gesagt, habe ich dasselbe gedacht. Ich ging davon aus, dass du sie geschnitzt hast.«

Ich schluckte. Demnach war jemand anders in meinem Schuppen gewesen. Aber wer? Hayley, Mia oder Gemma? Aber die hätten es nicht hinter meinem Rücken getan, außerdem … wieso hätten sie ohne mein Wissen die Kürbisse hierherbringen sollen. Blieb folglich nur … ich stöhnte innerlich auf. Es konnte nur Charlie gewesen sein.

Ich blickte frustriert zur Decke und brachte mit einem Seufzer heraus: »Hör zu, das kann nur ein alberner Streich von Charlie sein …«

Aidan starrte mich an. »Charlie? Hätte ich mir denken können.«

»Aber du hast doch meine Nachricht bekommen. Hier!« Ich hob den Zettel auf und drückte ihn Aidan in die Hand.

»Ich warte im Schuppen auf dich, Parzelle 16B, Kuss«, las er. Er sah mich an und zuckte die Achseln. »Den sehe ich zum ersten Mal.«

Seine Laune war umgeschlagen, und unser Kuss schien eine Ewigkeit her.

»Und wieso bist du dann trotzdem gekommen?«, fragte ich.

»Gemma hat mich hergeschickt. Sie meinte, du holst dir eine Unterkühlung, wenn ich mich nicht beeile. Ich wusste nicht einmal, dass du auf mich wartest.«

In dem verzweifelten Wunsch, den Schaden der letzten Sekunden wiedergutzumachen, legte ich ihm zögernd die Hände an die Brust. »Hör mal«, sagte ich leise, »da sind nur ein paar Dinge durcheinandergeraten, weiter nichts. Jedenfalls sind wir jetzt beide da und …«

»Es ist immer Charlie, nicht wahr?«, fragte er traurig und schob meine Hände weg. Wir hielten uns immer noch lose an den Fingern, doch mehr wagte ich nicht mehr.

»Ich hab dir doch gesagt, dass da zwischen ihm und mir nichts ist. Glaubst du mir denn nicht?«

»›Es ist kompliziert‹ – deine Worte, als wir uns das letzte Mal gesehen haben.« Er seufzte und schüttelte den Kopf. »Wenn dein Leben so kompliziert ist, dann ist da vielleicht für mich einfach kein Platz.« Er verschränkte die Arme und starrte auf seine Füße.

Das war's dann also. Das Aus für unsere Liebesaffäre, bevor etwas daraus werden konnte.

»Was könnte glücklicher machen als die Gesellschaft eines Menschen, dem wir vollkommen vertrauen«, kam mir der Kalenderspruch aus dem Sommer wieder in den Sinn. Mit unverwandtem Blick sah er mir in die Augen. Die Leidenschaft war der Enttäuschung gewichen. »Und du vertraust mir nicht, Aidan, nicht wahr?«

Eine Antwort auf die Frage hätte ich nicht ertragen, und so eilte ich in die Nacht hinaus und rannte davon.

Erst als ich wieder im Pavillon war, hörte mein Herz auf, wie wild zu pochen. Ich erspähte Gemma, die sich durch einen Cake Pop in der Form eines Augapfels fraß.

»Du siehst erledigt aus«, sagte ich und zog sie hoch. »Fahren wir heim.«

Gemma sah mir nur für einen Moment ins Gesicht und marschierte wortlos mit mir nach draußen und zum Wagen. Das heißt, sie marschierte, ich stolperte tränenblind hinter ihr her.

Wir stiegen ein, und als sie den Motor anwarf, drehte sie sich zu mir.

»Nicht hier«, sagte ich, und bevor sie den Mund aufmachen konnte, fügte ich hinzu: »Fahr einfach los.«

Keine fünf Minuten später hielten wir vor meinem Haus in der Wellington Street.

Sie stellte den Motor ab. »Also?«

Ich sah meine beste Freundin an. Arme Gemma, bestimmt hatte sie keinen sehnlicheren Wunsch, als bei Mike daheim zu sein und vor dem Karmin die Füße hochzulegen. Stattdessen saß sie in einem Wagen, der nicht lange genug unterwegs gewesen war, um sich aufzuheizen, und wartete darauf, dass ihr die unglücklichste Hexe von ganz Kingsfield ihr Herz ausschüttete.

Ich stieß einen Laut zwischen Schluchzer und Seufzer aus und setzte sie ins Bild. Über die »Ich liebe dich«-Kürbisse, das Durcheinander mit meinem Zettel, den Kuss, der so unglaublich leidenschaftlich war, und schließlich die bitteren Worte und diesen Blick von ihm, den ich nie vergessen würde.

»Das tut mir furchtbar leid«, sagte Gemma und nahm meine Hand. »Aber weißt du was? Sein Pech, kann ich nur sagen.«

Plötzlich zuckte sie zusammen. »Oh, das Baby tritt.«

Ich starrte auf ihren Bauch. »Darf ich mal fühlen?«

»Klar«, lachte sie. »Ich hätte dich schon früher ermuntert«, sagte sie und führte meine Hand an ihre Seite. »Ich war mir nur nicht ganz sicher, ob es zu schmerzlich für dich ist.«

Das Baby bewegte sich unter meiner Hand. »Wow!« Ich strahlte Gemma an. »Ganz schön heftig!«

Sie verzog das Gesicht. »Du bist dran«, sagte ich. »Was ist los?«

Inzwischen beschlugen die Scheiben, und sie warf den Motor wieder an, um sie freizumachen.

»Ich habe Angst, weißt du.« Sie sah mich mit ihren großen blauen Augen an. »Ich bin so viel älter als damals bei Mia.«

»Du bist gerade mal Anfang dreißig, das würden die meisten als jung bezeichnen.«

»Ja, vermutlich. Aber wenn es nun Komplikationen gibt? Wenn etwas schiefgeht? Ehrlich gesagt, habe ich mich bis jetzt nicht mal getraut, Babysachen zu kaufen. Mike und ich haben schon die ganze Ausstattung gekauft, aber ...« Sie seufzte.

In den letzten Monaten war ich eine lausige Freundin gewesen, wurde mir bewusst. Zu sehr mit meinen eigenen Problemen beschäftigt, um ihre Sorgen mitzubekommen. Das würde sich von diesem Moment an ändern, beschloss ich. Egal wie schwierig es für mich auch sein mochte, mit ihr zusammen zu sein, wenn der Geburtstermin näher rückte. Ich nahm mir vor, sie von jetzt ab bei jedem Schritt zu unterstützen.

»Ich geh mit dir Babysachen kaufen«, sagte ich ruhig. »Ich würde mich freuen.«

»Oh Tilly, danke! Das wäre toll!« Sie sah mich strahlend an. »Ich wollte dich eigentlich schon fragen, aber dann dachte ich, es fällt dir vielleicht schwer.«

Ich hatte die Hand immer noch an ihrer Seite, und das Baby drückte weiter dagegen. »Ich habe auch Angst, Gem. Ich habe Angst, dass es das für mich war. Es kommt mir so vor, als wäre meine Schwangerschaft eine Ewigkeit her. Ich hatte nie die Chance, mein Baby so zu fühlen.«

»Hör zu«, sagte sie und legte ihre Hand auf meine. »Das

wird schon. Du bist in diesem Jahr so weit gekommen. Seit wir uns das erste Mal begegnet sind, hast du dich mächtig verändert.«

»Meinst du? Im Ernst?«

Ich blickte durchs Fenster zu meinem gemieteten Haus. Bis Silvester waren es noch genau zwei Monate. Letztes Jahr war ich gerade erst eingezogen und hatte die Nacht allein verbracht, während ringsum das Feuerwerk krachte und die Partys im Gange waren. Würde es dieses Jahr genau so werden?

Ich schauderte bei dem Gedanken.

Gemma drückte mir die Hand und drehte sich zu mir um.

»Und ob. Du bist so viel offener geworden, und jeder kann sehen, dass du viel glücklicher bist. Du wirst dich wieder verlieben, mit Sicherheit.«

Ich dachte an Aidans markantes Gesicht, die Berührung seiner Lippen und wie er mich an sich gedrückt hatte. Obwohl mir wieder die Tränen kamen, lächelte ich Gemma tapfer an.

Sie hatte recht. Ich hatte mich bereits verliebt. War es zu hoch gegriffen, wenn ich Aidan Whitby auf meinen Weihnachts-Wunschzettel setzte?

»Oh, Mann!« Gemma zuckte zusammen und holte mich in die Gegenwart zurück. »Ich muss ganz dringend für kleine Mädchen, was dagegen, wenn ich mit reinkomme?«

Wir liefen rasch zur Haustür, und ich schloss hastig auf.

Gemma watschelte, so schnell es ihr das Kürbiskostüm erlaubte, die Treppe hinauf zum Badezimmer, während ich in die Küche ging, um Wasser aufzusetzen. Als im selben Moment das Telefon klingelte, musste ich grinsen. Meine

Mutter verfügte offensichtlich über hellseherische Kräfte und war absolut darauf erpicht, mit mir zu reden.

»Da bin ich wieder, Mum.«

»Tilly … woher weißt du immer, dass ich es bin?«

»Einfach nur geraten«, lachte ich. Ich klemmte mir das Telefon zwischen Kinn und Ohr und holte zwei Henkelbecher aus dem Schrank. »Was gibt's?«

»Ich habe dir etwas Wichtiges mitzuteilen, Schatz. Die Sache ist die …«

»O mein Gott!«, brachte ich nur heraus. Ich nahm das Telefon vom Ohr und drückte es mir an die Brust.

Gemma stand in der Küchentür und krallte sich am Rahmen fest. Sie hatte ihr Kostüm ausgezogen und trug nur ein schwarzes T-Shirt und Leggings. Doch mit ihrem Outfit hatte mein Schreck nichts zu tun, sie sah mich ängstlich an, und aus ihrem Gesicht war alle Farbe gewichen. »Gemma, was hast du?«

Entsetzt sah ich, wie meine beste Freundin das Gesicht verzog und zu schluchzen begann.

»Ich blute, Tilly.« Sie blickte zu mir auf, während sie am ganzen Körper zu zittern begann. »Ich blute so stark. Ich will das Baby nicht verlieren!«

Mir kamen die Tränen, und ich hatte einen staubtrockenen Mund. Ich leckte mir über die Lippen, bevor ich das Telefon wieder ans Ohr hielt. »Mum, tut mir furchtbar leid, aber Gemma geht es nicht gut, ich muss noch mal los. Ich ruf dich morgen zurück.«

Ich sprang Gemma in dem Moment zu Hilfe, als sie zu Boden sank.

»Ruf einen Krankenwagen, Tills«, stöhnte sie.

»Halte durch, Gemma«, flehte ich und hielt sie mit einem Arm, während ich mit der anderen Hand nach meinem Handy griff. »Halt durch.«

Ich musste dafür sorgen, dass sie so schnell wie möglich ins Krankenhaus kam. Niemand wusste besser als ich, wie gefährdet ungeborenes Leben war. Und ich würde alles daran setzten, dass Gemma ihr Baby nicht verlor.

Kapitel 34

Ich liebe den Winter. Pünktlich am ersten November wechsle ich jedes Jahr in meinen Wintermodus: warme Unterwäsche, eine Thermosflasche Suppe zum Mittagessen in der Schule, flauschige Baumwollpyjamas … das ganze Programm.

Den Winter verbinde ich mit Spaziergängen im Schnee, kuscheligen Abenden vor dem Kamin, mit jeder Menge Tee und Hefegebäck, wilden, kühnen, ehrgeizigen Plänen fürs folgende Jahr und Träumen von Sommerreisen in den sonnigen Süden. Natürlich war dieses Programm im letzten Jahr auf die Sache mit dem Kamin zusammengeschmolzen, doch dieses Jahr würde anders. Da war ich mir sicher.

Und natürlich ist das Beste am Winter Weihnachten. Ich liebe einfach alles an Weihnachten. Manche Leute stöhnen genervt, wenn die Geschäfte nur noch Weihnachtsschmuck und Geschenkartikel anbieten, doch bei mir ist das anders. Ich kriege von Rotkehlchen, Schnee, Mistelzweigen und Lichterketten nicht genug.

Der Winter ist mir eindeutig die liebste Jahreszeit. Der einzige Nachteil daran ist natürlich, dass alles, was ich am Winter so liebe, zweifellos doppelt so viel Spaß macht, wenn man es mit jemandem teilen kann.

An diesem ersten November steckte ich den Kopf zur Haustür hinaus, um zu sehen, wie das Wetter war, und mir blies ein stürmischer Wind ins Gesicht.

Ein Miauen zu meinen Füßen kündete von der Rückkehr meines kleinen Streuners.

»Ah, guten Morgen Katerchen, du schmuddeliger Nachtschwärmer.« Ich beugte mich zu ihm hinunter und streichelte ihm den Kopf. »Und wo hast du dich jetzt wieder die ganze Nacht herumgetrieben? Hmm? Komm rein in die warme Bude.«

Miauend lief er an mir vorbei zielstrebig in die Küche, wo sein Frühstück auf ihn wartete.

Ich blickte in den Himmel und versuchte, den Gedanken zu verdrängen, dass meine Katze ein besseres Sozialleben genoss als ich.

Ich sehnte mich nach einem Sonnentag, der meine Stimmung hob. Einen von diesen strahlenden, klirrend kalten Wintertagen, die einem schon am Morgen einen Energieschub geben. Doch leider war es heute grau verhangen, und die stürmische Nacht hatte die letzten Blätter von den Pappeln in der Wellington Street gefegt. Nun ja. Ein Wetter für Handschuhe, Mütze und dicke Socken.

Es war der erste Arbeitstag der Woche. Vor allem aber war es der Morgen nach der Halloween-Party in der Ivy Lane, einer wahrlich ereignisreichen Nacht. Bei dem Gedanken daran, wie sie ausgegangen war, schauderte ich immer noch. Wir waren beide in Panik geraten, sodass sie, als gerade mal zehn Minuten später Mike zur Stelle gewesen war, um sie ins Krankenhaus zu bringen, wirklich gedacht hatte, sie würde ihr Baby verlieren.

Kurz nach Mitternacht hatte ich dann den Anruf von

Mike bekommen. Gemma hatte sich eine üble Infektion geholt, daher die Blutungen, doch ansonsten waren sie und das Baby wohlauf. Vor Erleichterung war ich in Tränen ausgebrochen und hatte ihr alle meine guten Wünsche durchs Telefon geschickt. Sie hatten Gemma zur Beobachtung über Nacht dabehalten, aber im Lauf des Nachmittags sollte sie schon wieder entlassen werden, und ich hatte vor, sie zu besuchen.

Doch auch wenn die Rückkehr an den Ort des desaströsen Geschehens von gestern Abend ungefähr so verlockend war wie eine Wurzelbehandlung beim Zahnarzt, musste ich zuerst einmal in die Ivy Lane zurück, um meinen Schuppen abzuschließen. Ich war so Hals über Kopf getürmt, dass ich weder Aidan vor die Tür gesetzt noch den Schuppen für die Nacht gesichert hatte. Mehr stand nicht auf meinem Terminkalender, und mit ein bisschen Glück wäre ich rechtzeitig zuhause, um mir Mary Berrys neue Backsendung anzusehen.

Entsprechend von Kopf bis Fuß eingemummelt, ging ich los und trotzte dem Wind. Positiv betrachtet, würde mich ein strammer Marsch wenigstens ein bisschen beleben. Aus Sorge um Gemma und in Gedanken an Aidan hatte ich die letzte Nacht kaum ein Auge zugemacht. Auch wenn der Schlafmangel meinem Teint nicht gerade zuträglich war, hatte ich die Stunden genutzt und gründlich nachgedacht. Auf meinem Marsch ging ich meine großen Vorsätze durch, um zu sehen, ob sie einer nüchternen Betrachtung standhielten. Erstens (die leichteste Entscheidung) würde ich die Vollzeitstelle an der Schule akzeptieren. Zwei Jahre lang hatte meine berufliche Laufbahn eine untergeordnete Rolle gespielt, doch es war Zeit, wieder neuen Schwung zu nehmen. Und sosehr mir das Gärtnern ans Herz gewachsen war, reichte es nicht, um mich in meiner Freizeit auszufüllen, schon gar nicht jetzt im Winter, wo es wenig zu tun gab. In letzter Zeit hatte ich viel gebacken, ein angenehmer Zeitvertreib, aber wenn ich nicht aufpasste, sah ich bis zum Frühjahr aus wie ein Osterei. Die Lösung war Arbeit. Eine Menge davon. Als ich an der Schule vorbeikam, blickte ich kurz auf. Bis zum Ende der Herbstferien am Montag war sie noch geschlossen. Das Kribbeln im Bauch bestätigte mir, dass ich die richtige Entscheidung getroffen hatte.

Zweitens Aidan Whitby. Bei dem bloßen Gedanken an ihn vollführte mein Herz dieses Achterbahn-Ding – in schwindelnde Höhe, dann steil bergab. Ich konnte es ihm wirklich nicht verübeln, dass er sich gestern Abend zurückgezogen hatte. Mal ehrlich, der arme Mann. Wahrscheinlich suchte er einfach nur eine nette, unkomplizierte Beziehung mit einer normalen Frau. Stattdessen war er an mich geraten, jemanden mit mehr Gepäck als Virgin Airlines und einem eifersüchtigen, Kürbis schnitzenden, nicht allzu zurückhaltenden Rivalen.

Ich zog den Kopf ein und unterdrückte einen gequälten Seufzer, als ich um die Ecke bog und die Ivy Lane vor mir sah. Alle meine Hoffnungen für die Zukunft, alle meine tapferen Vorsätze James zu überwinden, waren mit einem Schlag zunichtegemacht. Was ein romantisches Rendezvous bei Kerzenlicht in meinem kleinen Schuppen hatte werden sollen, hatte nach einem ziemlich leidenschaftlichen Beginn abrupt geendet.

Das Problem war, dass ich Aidan wirklich sehr, sehr gern hatte. *Komm schon, Tilly! Mach dir nichts vor. Gernhaben ist ja wohl die Untertreibung des Jahres.* Dabei machte ich mir kaum noch Hoffnung, dass aus unserer … ja, was? … Beziehung? Knutscherei? … nach dem Rückschlag gestern Abend noch einmal etwas werden würde. Doch ich würde das Schicksal entscheiden lassen und mir die Daumen drücken, dass es mir gewogen war.

Eines war mir allerdings klar geworden: Ich war wieder bereit, mein Leben mit einem Mann zu teilen.

Das hatten die wenigen, kostbaren Momente mit Aidan eindeutig bewiesen. Tatsächlich hatte es, als wir im Schuppen allein waren, einen Punkt gegeben, an dem ich glaubte, vor Begierde schier zu zerspringen. Doch nicht nur seine körperliche Nähe hatte mich so berauscht, seine Männlichkeit, sein köstlicher, würziger Duft, seine Arme um meinen Körper und wie wir uns aneinandergeschmiegt hatten … Das zwischen uns war mehr: Ich sehnte mich danach, wieder zu jemandem zu gehören. Ich wünschte mir jemanden, zu dem ich nach Hause kam, der mir etwas bedeutete, mit dem ich besondere Momente teilen und in gemeinsamen Erinnerungen schwelgen konnte. Ich wollte wieder jemanden zum Lieben.

Und ich hatte mir so sehr gewünscht, dass Aidan dieser Jemand war.

Denn abgesehen davon, dass er in meinen Augen ein atemberaubend attraktiver, intelligenter und von Herzen anständiger Mann war, zog mich noch etwas anderes zu ihm hin. So seltsam es klingen mochte, hatte ich dieses überwältigende Gefühl, dass sich Aidan und James prächtig verstanden hätten.

Ich schüttelte energisch den Kopf.

Egal, wie oft mir die Vorstellung schon in den Sinn gekommen war, klang es immer noch seltsam.

Und falls sich herausstellte, dass Aidan und ich doch nicht füreinander bestimmt waren, und aus unserer – was auch immer – bis, sagen wir, Ende November nichts weiter würde, wäre ich zum ersten Mal seit zehn Jahren bereit, wieder mit Männern auszugehen.

Das Tor zur Gartenanlage war offen, und auf dem Parkplatz standen zwei Wagen: den von Charlie und den von Peter kannte ich, den dritten nicht.

Mein dritter Vorsatz betraf Charlie. Und da er gerade zur Hand war, konnte ich es auch gleich hinter mich bringen. Oder doch später.

Tilly Parker, Schluss mit der Aufschieberei. Also gut, ich würde zu ihm gehen, nachdem ich meinen Schuppen gesichert hatte.

Ich eilte den Pfad an meiner Parzelle entlang. Jemand, vermutlich Aidan, hatte wenigstens die Tür zugezogen. Ich hielt die Luft an und legte die Hand auf die Klinke. Wenn er nun doch noch da wäre! *Sein Wagen ist weg*, warf die rationale Stimme in meinem Kopf ein. Schon, aber stell dir nur vor …

Der Schuppen war leer. Ich atmete aus und musste über mich selber lachen. Natürlich war er leer. Was hatte ich denn erwartet? Statt Aidan in seinem Zauberergewand erinnerten nur noch die drei Kürbislaternen, die in der Nacht die bedauerliche Wende gebracht hatten, an den letzten Abend.

»Raus mit euch.« Ich klemmte mir je einen unter den Arm und stapfte zum Kompost hinaus.

»Hallo!« Peter winkte mir zu. Er kam in Begleitung eines Paars in mittlerem Alter den Pfad entlang.

»Darf ich dich mit Wendy und Richard bekannt machen?«, rief er in den Wind. »Sie interessieren sich für eine Parzelle.«

Wir schüttelten uns die Hand, und Richard, ein drahtiger Mann mit einem spitzen Kinn, doch freundlichem Lächeln, erklärte mir, dass er und seine Frau, seit ihr Sohn an die Uni gegangen sei, weniger mit Fahrerei, Einkaufen und Waschen zu tun hätten und nach einer Möglichkeit suchten, an den Wochenenden die Lücke zu schließen. Sie waren sich noch nicht sicher, ob sie sich für Gemmas Hälfte oder für eins der neu umgegrabenen Grundstücke entscheiden sollten.

Wendy hatte kurzgeschnittenes graues Haar, eine Stupsnase und eine frische Gesichtsfarbe.

»Klassische Situation von Eltern flügge gewordener Kinder«, sagte sie mit einem selbstironischen Lächeln. Sie zog sich den Anorakkragen bis unters Kinn. »In den letzten Jahren hat mich mein Sohn so auf Trab gehalten, dass ich plötzlich nichts mehr mit mir anzufangen weiß.«

Oh, verdammt! Ich hatte Mum gestern Abend nicht mehr zurückgerufen, dabei hatte sie mir etwas Wichtiges mitzuteilen, und ich wusste immer noch nicht, was es war. Ich würde mich gleich bei ihr melden, sobald meine Besucher gegangen waren.

»Prächtige Kohlköpfe!«, fügte Wendy hinzu und zeigte auf das einzige Gemüse, das noch nicht abgeerntet war.

»Danke.« Ich zog Alfs Messer aus der Tasche und schnitt ihr einen ab; sie strahlte vor Freude. »Ich wünschte, ich hätte mehr für den Winter angepflanzt. Rosenkohl oder dergleichen.« Ich seufzte. »Es sieht alles so öde aus.«

»Da müsstest du erst mal meins sehen«, lachte Peter und deutete auf sein Grundstück nebenan. »Die verdammten

Tauben haben meinen Rosenkohl übel zugerichtet.« Er ging mit den beiden weiter. Ich winkte ihnen noch einmal nach und zückte auf dem Weg zu meinem Schuppen das Handy.

»Hallo, Mum, ich bin's. Tut mir leid, dass ich gestern Abend mittendrin auflegen musste«, sagte ich, sobald sie rangegangen war.

»Tilly, Kleines! Was um Himmels willen ist denn passiert?«

»Meine Freundin Gemma – du weißt schon, von der Gartenanlage – bekam plötzlich Blutungen, und wir mussten sie ins Krankenhaus bringen. Ihr Baby soll Ende Dezember kommen und … aber es ist nichts passiert. Nur eine Infektion. Nichts Schlimmes.«

»Das arme Ding. Nun, gut zu hören, dass Mutter und Kind wieder wohlauf sind. Jedenfalls danke, dass du zurückrufst.«

Ich hörte ihr Zögern heraus und fragte mich, ob ich einen ungünstigen Moment erwischt hatte.

»Wolltest du mir etwas erzählen, Mum?«, fragte ich.

»Ja. Also, ist eigentlich nichts weiter, nur dass …« Sie räusperte sich, und ich bekam einen Kloß im Hals. *Bitte sag jetzt nicht, dass du krank bist, das würde ich nicht ertragen.* »Himmel, Tilly, ich weiß gar nicht, wie ich es dir sagen soll …«

»Mum, bitte, raus damit.« Ich hatte die Schultern bis zu den Ohren hochgezogen und hielt die Luft an.

»Ich habe einen Freund. So, jetzt ist es raus.« Mum verstummte, und ich ließ nur einen Seufzer der Erleichterung heraus.

»Tut mir leid, Schatz, ich wollte dir keine Angst machen. Es … es macht dir doch hoffentlich nichts aus?«

Ich hätte sie am liebsten in die Arme geschlossen. Immer so rücksichtsvoll und um mich besorgt. Plötzlich konnte ich es kaum erwarten, sie zu Weihnachten wiederzusehen. Es gab nichts Tröstlicheres als eine Umarmung von meiner Mum.

Ich schüttelte den Kopf. »Mum, ich finde es großartig, dass du jemanden kennengelernt hast, wirklich. Und mach dir wirklich keine Sorgen wegen mir. Komm schon, erzähl mir alles von ihm.«

»Also, er heißt Clive, und er leitet den hiesigen Geschichtsverein ...«

Ich hörte ihr Glück heraus, als sie mir anvertraute, dass sie schon seit Ostern zusammen seien und sie es mir nur deshalb noch nicht gesagt habe, um mich nicht traurig zu machen.

»Nach allem, was du sagst, muss er sehr nett sein, Mum, und ich finde es toll, dass du nicht mehr alleine bist.« An der Stelle versagte mir für einen Moment die Stimme, und ich musste schlucken. Es sah schon sehr danach aus, als sei ich in diesem Moment der einzige Single auf dem Planeten.

»Und was ist mit dir, Schatz?«, fragte Mum behutsam. »Gibt es jemand Neues in deinem Leben?«

Ich starrte auf die letzte der drei Kürbislaternen und sah Aidan in seinem Zaubererkostüm vor mir. Ich drehte mich zum Fenster um und blickte zu den kahlen Bäumen hinüber, während ich mit der freien Hand eine Staubschicht von der Fensterbank wischte. »Ich habe jemanden kennengelernt«, antwortete ich, »aber bis jetzt ist es nicht besonders glattgelaufen.«

»Das ist doch schon mal eine gute Nachricht«, sagte sie,

»und geh's langsam an, ist doch ganz natürlich, dass eine neue Beziehung anfänglich schwierig für dich wird.«

Das war die Untertreibung des Jahres. Ich verzog das Gesicht zu einem gequälten Grinsen. Am Ende unseres Telefonats versprachen wir einander, im Lauf der nächsten Wochen zu planen, was wir zu Weihnachten machen würden, dann steckte ich das Handy wieder in die Tasche und spähte aus dem Schuppen.

Der Wind hatte an Fahrt gewonnen und wirbelte überall Blätter und Zweige durch die Luft. Nicht weit von mir hörte ich Shazzas und Karens Schuppentür ächzen. Abgesehen von Peter und seinen Besuchern, Charlie und mir war die Ivy Lane einsam und verlassen. Es war, als habe die Halloween-Party gestern Abend das Ende des Gärtnerjahrs eingeläutet. Der Gedanke an die bevorstehenden Monate, in denen es hier nichts zu tun gab und ich meine Freunde kaum einmal zu sehen bekommen würde, war deprimierend. Das nächste Fest, das als Highlight auf dem Terminkalender der Ivy Lane stand, war die Weihnachtsparty, doch das lag noch in weiter Ferne. Ich musste wieder an die Unterhaltung mit Christine gestern Abend denken und ihre Idee, weitere Veranstaltungen zu organisieren. Vielleicht war das die Antwort. Ich warf den letzten Kürbis in den Kompost und schloss den Schuppen ab.

Und jetzt zu Charlie. Ich machte mich auf den Weg zu seiner Parzelle. Ich sah ihn, bevor er mich sah. Er war in seinem Gewächshaus und hatte Kopfhörer auf, sodass er, während er Anzuchterde in seine Setzkästen häufelte, im Takt zur Musik mit nickte. Ich blieb an der Tür stehen und sammelte mich.

Charlie hatte mir, da gab es nichts zu beschönigen, gestern Abend – möglicherweise für immer – meine Chancen bei Aidan vermasselt. Und immer wenn ich letzte Nacht in den frühen Morgenstunden aus dem unruhigen Schlaf aufgeschreckt war und fieberhaft die Vorfälle des Abends seziert hatte, war ich stinksauer auf ihn gewesen. Doch eins hatten mich die zwei letzten Jahre gelehrt: Das Leben war zu kurz, um es mit Groll zu vergeuden.

Trotz allem hatte er die Botschaft »I love you« in seine Kürbisse geschnitzt, und so stellte sich die Frage, ob man jemanden, der einen liebte, und sei es auch unerwidert, dafür bestrafen sollte.

Nein, ganz gewiss nicht.

Gleichwohl war eine klare Ansage fällig.

Ich klopfte kurz ans Glas, um ihn nicht zu erschrecken, und trat ein.

Er riss die Augen auf und wurde puterrot. Er ließ sofort seinen Setzkasten stehen und riss sich die Kopfhörer von den Ohren.

»Hallo.« Er verschränkte die Arme vor der Brust und gab sich Mühe, so zu tun, als wäre nichts gewesen.

»Ich habe deine Botschaft bekommen«, sagte ich ruhig und schloss gegen den stürmischen Wind die Tür.

»Was? Entschuldige, aber ich kann dir nicht folgen.« Er sah mich nervös an.

»Charlie«, sagte ich in einer Mischung aus Nachsicht und Strenge. Ich trat auf ihn zu und ahmte mit verschränkten Armen seine Haltung nach. »Die Botschaft, die du in die Kürbisse geschnitzt hast.«

Er gab sich geschlagen und seufzte. »Ach so, ja.«

Ich holte tief Luft und merkte, wie mir die Hitze in die Wangen stieg. »Die Sache ist die, Aidan und ich, wir …«

»Wieso er? Wieso Aidan?«, murmelte er.

»Nun, jetzt nicht mehr, du kannst also stolz auf dich sein, Charlie. Er hat deine Botschaft nämlich auch bekommen«, konterte ich und ignorierte seine Frage.

Ich starrte ihn an und zwang mich, auf das flüchtige Lächeln um seine Lippen nicht zu reagieren.

Zähle bis zehn, Tilly.

Durch die Spalte in den Gewächshausscheiben pfiff der Wind herein, und ich zitterte. Eine kräftige Böe blies mehrere Plastiktöpfchen vor sich her, und mir wurde klar, dass ich keine Lust hatte noch länger im Freien zu bleiben.

»Ich hab gesehen, wie du ihm diesen Zettel an die Windschutzscheibe geklemmt hast, und bin rübergegangen und hab ihn gelesen. Ich konnte es nicht fassen.« Er hob den Blick und schüttelte den Kopf.

Ich biss mir auf die Lippen. Trotz der Kälte hatte ich inzwischen wahrscheinlich einen knallroten Kopf. Innerlich musste ich einräumen, dass ich an dem Desaster nicht ganz und gar unschuldig war. Schließlich hatte ich Charlie gestern Abend nicht wirklich klaren Wein eingeschenkt und ihm nicht in unmissverständlichen Worten gesagt, dass er für mich nie mehr als ein Freund sein würde.

»Ich habe mich zurückgenommen und auf den richtigen Moment gewartet, um dich zum Essen einzuladen, doch gestern Abend wurde mir dann plötzlich klar, dass mir die Zeit davonläuft.« Er blies die Backen auf und atmete langsam aus. »Christine hatte im Pavillon noch ein paar Kürbisse übrig, die habe ich hergebracht und geschnitzt. Weiß auch nicht, was da in mich gefahren ist. Bei Lichte betrachtet wohl keine so gute Idee.«

»Wie bist du überhaupt in meinen Schuppen gekommen?« Auch diese Frage hatte mich in der Nacht beschäftigt. Ich war mir sicher, dass ich abgeschlossen hatte.

Er zuckte die Achseln. »Sie war offen.« Er kratzte sich an der Nase, zog sein Handy aus der Tasche, sah angestrengt darauf und steckte es wieder weg.

Er überzeugte mich nicht, und ich durchbohrte ihn mit meinem Blick.

»Du hast mir den Abend ruiniert, Charlie.«

Charlie stöhnte. »Du und ich, wir haben so viel gemeinsam. Ich weiß auch, dass es unendlich viel schlimmer gewesen sein muss, wie du deinen Mann verloren hast, als die Trennung zwischen mir und meiner Frau. Sie hatte eine Affäre und hat mich, einfach so, vor die Tür gesetzt, aber ich dachte, ich käme nie drüber weg. Eine Zeitlang hatte ich Angst, ein bisschen verrückt zu werden ...« Er verstummte und sah mich hoffnungsvoll an. »Wir wären uns gegenseitig eine Stütze, Tilly.«

»Tut mir leid, Charlie. Wirklich.« Ich nahm seine Hand und streichelte sie. »Aber ich hege nun einmal nicht dieselben Gefühle für dich.«

»Aidan reist mit seinem Job ständig irgendwo in der Welt herum. Du brauchst jemanden, der hier für dich da ist. Ich bin hier, Tilly.« Er zog meine Hand an seine Lippen und wollte sie gerade küssen, doch ich zog sie schnell weg.

»Ich kann dir nicht erklären, wie das mit der Liebe läuft, Charlie«, sagte ich traurig auf dem Weg zur Tür. »Ich weiß nur, was ich für Aidan empfinde. Er macht mich glücklich, und ich finde, ich hab mir ein bisschen Glück verdient, meinst du nicht?«

Er bohrte die Schuhspitze in den Boden. »Na schön,

aber nur, dass du es weißt, ich kann nicht einfach mit dir befreundet sein. Tut mir leid, Tilly. Er oder ich.«

»Charlie, das ist nicht fair!«, rief ich. Er zuckte nur die Achseln und drehte sich wieder betont zu seinen Satzkästen um. Fassungslos starrte ich einige Sekunden lang auf seinen Rücken, bevor ich die Tür aufriss und mich Wind und Wetter überließ.

Was war da drinnen gerade abgelaufen? Charlies Freundschaft war mir wichtig, und ich hatte gehofft, er würde meinen Standpunkt verstehen. Jetzt sah es danach aus, als hätte ich in weniger als vierundzwanzig Stunden sowohl ihn als auch Aidan verloren.

Toll gemacht, Tilly.

Der Wind blies mir so heftig ins Gesicht, dass ich kaum Luft bekam. Ich zog mir die Mütze tief über die Ohren und stapfte auf dem Pfad Richtung Pavillon, wild entschlossen, rechtzeitig für eine erholsame Stunde Mary Berry zuhause zu sein, bevor ich noch platzte vor Wut.

Auf dem Pavillondach bewegte sich etwas; das Giebelende schien zu schwanken. Ich blieb abrupt stehen und starrte wie gebannt hinauf. Im nächsten Moment folgte wie der Donner dem Blitz ein mächtiges Krachen und dann ein reißendes Geräusch, als der Wind an einer Ecke das Dach von den Gebäudewänden hob. Ein ganzes Paneel, fast ein Drittel des Dachs, riss ab und schlug um, bevor es mit Getöse auf den Parkplatz herunterkrachte und das Auto der Besucher nur um Haaresbreite verfehlte.

Als ein zweites Stück Dach – diesmal zum Glück kleiner – vom Gebäude herunterflog, stieß ich einen spitzen Schrei aus und sah mit Entsetzen, wie es an der Eingangsseite liegen blieb und die Tür versperrte.

Wo waren die Besucher? Wo war Peter? O mein Gott, bitte mach, dass niemand verletzt worden ist!

Mir hämmerte das Herz, als ich zum Pavillon rannte und im selben Moment Charlies Schritte hinter mir hörte.

Da erschienen mit aschfahlen Gesichtern Peter, Wendy und Richard an der Tür. Peter räumte das abgerissene Dachpaneel zur Seite, und ich ging zu ihnen hinein. Ich blickte zu den klaffenden Lücken hinauf. Es war surreal. Am schwarzen Brett flatterten die Aushänge im Wind, und der Boden war mit losen Blättern übersät.

»Gott sei Dank war niemand auf dem Parkplatz, als das passiert ist«, keuchte ich.

»Das hätte jemanden umbringen können«, sagte Wendy mit wackeliger Stimme.

Charlie kam wenige Sekunden nach mir herein. »Alle unversehrt?«

Ich nickte, registrierte jedoch, dass er es vermied, mich anzusehen. Richard hatte seiner Frau einen Arm um die Schultern gelegt. Für den Bruchteil einer Sekunde fragte ich mich, wo für mich eine starke Schulter blieb. Ich hätte sie wahrlich brauchen können, so wackelig, wie ich mich fühlte.

»Es kann jeden Moment das übrige Dach abheben«, sagte Peter und strich sich übers Gesicht. »Das hat uns nach dem Brand im Juli gerade noch gefehlt. Ich ruf lieber schnell einen Dachdecker an, um es sichern zu lassen.«

»Komm, lass uns erst mal die Paneele vom Parkplatz räumen«, sagte Charlie. »Zusammen sollte das gehen.«

Wir stemmten uns dem Wind entgegen und verstauten die zersplitterten Stücke sicher an der Rückseite des Pavillons.

»Ich könnte es Ihnen nicht verübeln, wenn Sie es sich mit der Ivy Lane jetzt zweimal überlegen würden«, verabschiedete Peter Wendy und Richard.

»Du liebe Güte, ganz und gar nicht!«, rief Wendy zur Antwort. »Das ist das Aufregendste, was uns seit Monaten passiert ist! Sie können auf uns zählen, nicht wahr, Richard?«

»Aber ja!«, bekräftigte Richard und schüttelte uns allen die Hand, bevor er mit seiner Frau zum Wagen hastete. Vom Pavillon aus winkten wir den beiden noch einmal hinterher.

Inzwischen bogen sich die Bäume unter dem tosenden Sturm alarmierend tief herunter.

»Auwei, auwei«, sagte Peter und schüttelte den Kopf. Ich sah den Schock in seinem Gesicht und legte ihm den Arm um die Schulter. Armer Mann! Der Vorsitzende der Ivy Lane hätte für seinen Teil auf derlei Aufregung gut verzichten können.

Kapitel 35

Auch wenn der Pavillon mit einer provisorischen Plane wasserdicht abgedeckt worden war, konnten wir ihn vorerst nicht benutzen, und so hatte ich die Schuldirektorin, Mrs. Burns, überredet, uns für die nächste Vorstandssitzung der Ivy Lane das Lehrerzimmer zu überlassen.

Was mir überhaupt recht gut passte. Es war Guy Fawkes Night, der 5. November, und ich hatte mich mit Hayley für den Abend am Freudenfeuer in Kingsfield verabredet. Ich musste dafür sorgen, dass die Sitzung kurz und schmerzlos vonstattenging, damit ich rechtzeitig wieder daheim war, um mich umzuziehen. Außerdem wusste ich, dass uns der Hausmeister nach einer Stunde herauskomplimentieren würde, um abzuschließen.

»Tee?«, fragte ich und stellte ein Tablett mit Kanne, Henkelbechern, Milch und Zucker sowie einen Teller selbstgemachter Schokoplätzchen in die Mitte des Tischs. »Bitte greift zu, die haben die Kinder und ich heute gebacken.

»Wie lieb von dir, Tilly«, sagte Peter und ließ sich nicht lange bitten.

»Gern geschehen«, sagte ich und meinte es auch so. Ich nahm zwischen ihm und Nigel Platz und hob mein Notizbuch vom Boden auf. Das hier war genau, was ich brauchte: Um nicht andauernd an Aidan zu denken, musste ich mich ablenken, denn sonst machte ich mich verrückt. Jedes Mal, wenn ein silberner Alfa Romeo an mir vorbeiflitzte, spähte ich durch die Windschutzscheibe, um einen Blick auf den Fahrer zu erhaschen. Seit Halloween hatte ich kein Lebenszeichen mehr von ihm bekommen und ging davon aus, dass die Wahrscheinlichkeit, je wieder von ihm zu hören, inzwischen gegen null ging.

Ich haderte innerlich mit mir. Genau das war das Problem: Sobald ich auch nur eine Minute Leerlauf hatte, wanderten meine Gedanken zu ihm …

»Und danke für dein großzügiges Angebot, dem Vorstand beizutreten«, sagte Nigel.

Ich sah zu Christine hinüber und grinste. »Angebot« war vielleicht nicht das richtige Wort. Wie immer hatte sie mich dazu beschwatzt, ohne dass ich es merkte, doch es sollte mir recht sein. Sie und Roy würden bald zum zweiten Mal Großeltern werden. Wenn ich ihr in den kommenden Monaten ein bisschen Arbeit abnähme, hätte sie mehr Zeit für ihre Familie.

»Mit der offiziellen Ernennung und so weiter müssen wir aber bis zur Jahreshauptversammlung im Februar warten«, fuhr er fort. »Reine Formsache, denke ich, wir brauchen dringendst Unterstützung.«

Christine griff zur Teekanne und schenkte uns allen ein. »Wie steht's mit der Versicherung für das Dach, Peter?«, fragte sie und reichte ihm einen Becher.

»Danke.« Er stellte ihn ab und blätterte in seinen Papieren. »Ich habe einen Brief von der Schadensregulierung bekommen. Die gute Nachricht ist, dass sie für die Reparaturen grünes Licht geben. Ich habe schon mit einem Dachdeckerbetrieb gesprochen, und die können nächste Woche mit der Arbeit beginnen.

»Ausgezeichnet«, sagte Nigel.

»Und die schlechte Nachricht?«, fragte ich.

»Der größte Teil der Reparaturarbeiten wird von der Versicherung getragen, aber es bleibt eine Deckungslücke, die wir aus dem Vereinskonto stopfen müssen.«

»Oh«, sagte Nigel und rückte sich den Schlips zurecht. »Das wird schwierig. So kurz nach dem Brand im Laden.«

»Allerdings, Nigel«, stimmte Peter zu.

»Unser Konto ist auf einem Allzeittief, leider«, sagte Christine und schlürfte ihren Tee.

»Ich fürchte, das frisst den letzten Penny, der noch übrig ist«, seufzte Peter.

»Oh je.« Zum Trost reichte ich die Kekse noch einmal herum. »Und wofür genau brauchen wir die Gelder?«

»Die Weihnachtsfeier«, kam es wie aus einem Mund.

»Du meine Güte«, sagte ich betroffen. »Die Weihnachtsfeier ist ein Muss! Sagt bitte nicht, dass sie abgeblasen wird.«

Die Weihnachtsfeier in der Ivy Lane war das nächste Highlight auf meinem Terminkalender – das einzige Highlight, genauer gesagt. Im Lauf des Jahres hatte ich so viel darüber gehört, dass ich mich wirklich darauf freute. Allem Anschein nach ging es dabei immer hoch her, mit einem festlichen Buffet und reichlich zu trinken. Und nicht nur das: Wahrscheinlich wäre es für Gemma für lange Zeit das letzte Ereignis im Verein. Ihr Baby sollte Ende Dezember kommen, sie hatte ihre Parzelle bereits abgegeben und würde bis auf Weiteres nicht in die Ivy Lane zurückkommen.

Die Show *musste* weitergehen.

»Nein, nein«, versicherte mir Peter, »wir denken nicht daran, sie abzublasen. Nur dass es normalerweise die einzige kostenfreie Feier im Jahr ist. Alle Ausgaben dafür werden aus der Vereinskasse bestritten. Es wird nicht besonders gut ankommen, wenn wir diesmal Eintritt nehmen oder die Leute bitten müssen, etwas zum Buffet beizusteuern.«

»Hmm«, sagte ich und blickte kurz in die Runde. »Verstehe.« Insgeheim konnte ich mir nicht denken, dass irgendjemand etwas dagegen haben würde. Schließlich wussten alle von dem Brand im Laden und dem Schaden am Dach. Wer sollte da murren? Doch dies war meine erste offizielle Vorstandssitzung, und so lag es mir fern, jemandem zu widersprechen. Davon abgesehen hatte ich schon so etwas wie einen Plan.

»Peter, was meinst du, wann der Pavillon wieder zugänglich ist?«

»In zwei Wochen«, sagte er nach einem Blick auf seinen Terminkalender. »Vorausgesetzt, das Wetter spielt mit.«

»Was haltet ihr davon, das neue Dach mit einer kleinen Feier inklusive einer Spendenaktion zu taufen?«, fragte ich. »Zum Beispiel durch Kuchenverkauf?«

Das wäre perfekt. Meine neue Passion fürs Backen brauchte Abnehmer, wenn ich nicht alles selber essen wollte. Und meine Energie brauchte ein Ventil. Ich hatte mich mit der Hoffnung getragen, in den Wochen bis Weihnachten mit meiner Romanze ausgelastet zu sein, doch nachdem Aidan in unerreichbare Ferne gerückt war, erschien mir eine Feier als ein Ersatz, wenn auch ein dürftiger.

Ich sah die drei anderen mit einem aufmunternden Lächeln an. Nigel kratzte sich am Kopf, Peter stocherte sich mit einem Bleistift in die Wange, während er auf seine Papiere starrte, und Christine zuckte müde die Schultern. Nicht ganz die erhoffte Reaktion.

»So was erfordert eine Menge Vorbereitung, Tilly.« Nigel runzelte die Stirn. »Und wir wissen nicht mal, ob sich die Mühe finanziell auszahlt.«

»Ich übernehme die ganze Organisation«, fügte ich hinzu.

Das war offensichtlich das Zauberwort: Sie lebten sichtbar auf.

»Zusätzlich können wir eine Tombola und eine Lotterie veranstalten. Bei so was kommt immer eine Menge Geld zusammen. Außerdem möchtest du doch, dass im Pavillon was los ist«, rief ich Christine in Erinnerung.

»Ja, sicher.« Sie nickte bedächtig. »Auch wenn ich mir nicht sicher bin, ob wir genug Geld zusammenbekommen, wenn wir an die anderen Parzellenpächter Kuchen verkaufen, abgesehen davon, dass um diese Jahreszeit nur wenige da sind.«

»Andererseits liebe ich Selbstgebackenes.« Nigel seufzte wehmütig. »Erinnert mich an die Kuchen, die meine Frau immer gebacken hat. Ganz was anderes als die von der Theke.«

Ich fühlte mit ihm. Ich hatte ganz vergessen, dass ich nicht die Einzige war, die ihren Liebsten verloren hatte.

»Also, ich denke, dann sollten wir etwas Besonderes versuchen«, sagte ich und klopfte ihm auf den Arm. »Vielleicht brächte so etwas wie ein Wettbewerb Schwung in die Sache? Konkurrenz belebt das Geschäft. Wir könnten es allen leicht machen, etwas einzureichen – sogar dir, Nigel. Wir bräuchten ja nicht nur die Backkunst zu bewerten, sondern könnten alle möglichen Preise vergeben. Zum Beispiel eine gesonderte Kategorie für Männer, oder ist das zu sexistisch? Vielleicht auch eine für Anfänger, aus Gründen der Fairness? Oder meinetwegen eine für die ungewöhnlichste Geschmacksrichtung? Oh, da fällt mir ein, wir könnten es mit einem Themenabend verbinden …«

Ich war in meinem Element. Mir schwirrte der Kopf vor Ideen. Wieso nicht die gesamte Nachbarschaft einladen, es musste ja nicht nur für die Ivy-Lane-Gemeinde sein. Auf diese Weise kämen wir alle noch einmal vor Weihnachten zusammen. Es hatte mich gepackt.

Peter lachte leise. »Wie ich sehe, hast du ja schon einen ausgeklügelten Plan, Tilly.« Er blätterte in seinem Kalender und machte sich eine Notiz. »Wie wär's mit dem letzten Samstag im November, was meint ihr?«

In drei Wochen. Ich klatschte in die Hände und beschränkte meine begeisterte Reaktion auf ein nicht allzu lautes Quieksen.

»Das wäre perfekt.« Ich strahlte. »Wir werden im Geld schwimmen, das verspreche ich euch, und dann gibt es die schönste Weihnachtsfeier, die die Ivy Lane je gesehen hat.«

Am darauffolgenden Samstag traf ich mich mit Gemma in einem Café in der Shenton Road zum Lunch. Das Café war nur einen kurzen Fußweg von meinem Haus entfernt, doch da ich vor ein paar Tagen meinen neuen Wagen in Mikes Werkstatt abgeholt hatte, beschloss ich hinzufahren. Mein eigenes Auto zu haben war ein Meilenstein. Auch wenn mich manchmal noch Angst vor der eigenen Courage überkam, war ich stolz auf mich. Außerdem war es ein tolles Gefühl, sich einfach nur ins Auto zu setzen und überall hinfahren zu können.

Ich parkte direkt vor dem Café und entdeckte Gemma auf Anhieb an einem der besten Tische am Fenster.

Ich hupte, bis sie mich bemerkte, und wir winkten uns freudig zu.

»Tilly! Wie fühlst du dich mit deinem neuen fahrbaren Untersatz?«, rief sie, als ich zu ihrem Tisch kam. Sie rappelte sich auf, um mich zu umarmen.

»Toll! Ist immer noch ein bisschen gewöhnungsbedürftig, wieder zu fahren, aber was für ein Segen, meine Einkäufe in den Kofferraum zu packen, statt in die Fahrradtaschen zu stopfen. Ich glaube, in meiner Euphorie hab ich gestern Abend den halben Supermarkt leer gekauft!«

»Freut mich für dich«, sagte sie.

»Ich nehme dich gerne zu diesem Einkaufsbummel mit, den ich dir versprochen habe. Babysachen kaufen, wenn du magst.«

Sie nickte, und wir tauschten einen langen, vielsagenden Blick, bis ich merkte, dass ich ein bisschen traurig wurde.

»Jedenfalls siehst du fantastisch aus«, sagte ich und gab ihr einen Schmatz auf die Wange. Die dunklen Augenringe und die Blässe waren verschwunden. Sie wirkte so frisch und strahlend, dass ich mir neben ihr ziemlich käsig vorkam.

»Danke«, kicherte sie und schüttelte die Locken aus dem Gesicht, während sie sich wieder setzte. »Ich hab uns beiden Schinkensandwiches bestellt und eine Kanne Tee, ich hoffe, du hast nichts dagegen?« Sie verzog das Gesicht. »Ich komm um vor Hunger. War schon in Versuchung, mir ein paar Löffel Ketchup pur reinzuhauen, bevor du kamst.«

Ich lachte und schüttelte den Kopf. »Dann ist das hier

vermutlich nicht hilfreich.« Ich warf mich auf den Stuhl neben ihr und zog ein Poster aus der Tasche.

Gemma nahm es mir aus der Hand und las laut vor. »Ivy-Lane-Großer-Kuchen-Wettbewerb? Jetzt knurrt mir wirklich der Magen«, sagte sie und strich sich über ihre Kugel. »Oh, gerettet«, fügte sie nach einem Blick über meine Schulter hinzu. »Da kommt unser Essen.«

»Zwei Mal Schinkensandwiches und Tee.« Die Kellnerin setzte unsere Bestellung ab und wisperte Gemma ins Ohr: »Bei Ihrem hab ich eine extra Portion Schinken aufgelegt.«

»Sie sind meine Lebensretterin«, strahlte Gemma und nahm einen riesigen Bissen.

»Entschuldigen Sie«, sagte ich und schnappte Gemma das Poster aus der Hand. »Ob Sie wohl eins davon aushängen könnten?«

»Klar.« Die Kellnerin war ungefähr in meinem Alter, mit üppigem rotem Haar und Sommersprossen auf der hellen Haut. »Ach, so ein Kleingarten-Grundstück wäre mein Traum«, seufzte sie und strich sich eine Strähne aus den Augen. »Ist das sehr zeitintensiv?«

»Kommt drauf an, wen Sie fragen.« Ich grinste Gemma an. »Aber im Ernst, eigentlich nicht. Kommen Sie doch einfach zum Kuchenfest und sehen Sie sich um. Wenn es Ihnen gefällt, können Sie sich auf der Warteliste eintragen.«

»Danke, ich denk drüber nach. Auch wenn sich meine Backkünste in Grenzen halten.« Sie ging zum Anschlagbrett und heftete mein Poster an.

»Sieh sich einer an, wie du die Werbetrommel rührst!«, rief Gemma, während sie sich reichlich Ketchup auf den Schinken spritzte. »Mutter wird stolz auf dich sein.«

»Schließlich gehöre ich jetzt dem Vorstand an«, sagte ich mit hochnäsigem Grinsen.

»Also, erzähl mir von diesem Kuchen-Dingsda«, sagte sie und nahm einen weiteren großen Bissen.

Ich schenkte uns Tee ein und brachte sie auf den Stand der Dinge. Seit mir letzte Woche die Idee gekommen war, hatte mich die Initiative wie eine Lawine überrollt. Mit der etwas halbherzigen Zustimmung des übrigen Vorstands hatte ich einen Kuchenverkauf der besonderen Art angestoßen. Jeder sollte seinen Beitrag unter einer bestimmten Kategorie zur Bewertung und zum Verkauf einreichen: Neue Kuchenformen, Kuchen mit verstecktem Gemüse, »Kuchen, die besser schmecken, als sie aussehen«, »Kuchen von ungewöhnlichem Geschmack« und »Zum ersten Mal in der Küche«-Kuchen.

Angesichts dieser Liste, so mein Kalkül, konnte sich niemand in der Ivy Lane herausreden.

Ich hatte die Poster entworfen, von denen ich gerade eins der Kellnerin gegeben hatte, und überall verteilt und zusätzlich Flugblätter drucken lassen, die ich mit der Hilfe von Mia unters Volk bringen würde. Außerdem hatte ich gestern jedem Kind in der Schule ein Faltblatt in die Lesemappe gesteckt. Darüber hinaus hatte ich jeden Parzellenpächter persönlich angerufen und zur Teilnahme gedrängt. Außerdem hatte ich einige von ihnen als Tandem-Partner zusammengebracht, damit diejenigen, die keine Backerfahrung hatten, sich bei dem anderen Rat einholen konnten, falls ihr Victoria Sponge nicht aufging oder was auch immer. Liz hatte sich erboten, Nigel zu unterstützen, Vicky und Dougie, die beide behaupteten, nicht die leiseste Ahnung vom Kochen und Backen zu haben, hatten zu einem

Schnellkurs bei Brenda angeheuert. Nachdem ich von Peter erfahren hatte, dass Wendy und Richard fest zugesagt hatten, nächstes Jahr eine Parzelle zu übernehmen, hatte ich sogar bei ihnen angerufen. Wendy war vor Begeisterung ganz aus dem Häuschen gewesen, bis ihr klar wurde, dass der Termin mit ihrer dreiwöchigen Kreuzfahrt durch die Karibik kollidierte und sie daher nicht dabei sein konnten. Charlie hatte nicht abgenommen, und so hatte ich ihm auf die Mailbox gesprochen, alle anderen hatten versprochen zu kommen. Ich war begeistert!

»Ich hab sogar ein paar einfache Rezepte mit versteckten Gemüsesorten zusammengestellt, als Anregung sozusagen«, fügte ich hinzu und kramte nach einer Kopie, um sie Gemma unter die Nase zu halten.

Ich biss in mein Schinkensandwich. »Hmm, gute Wahl. Was ist?«

Mit unschuldigem Augenaufschlag zuckte Gemma die Achseln.

Ich seufzte und schluckte das Sandwich herunter. »Ich weiß, was du denkst. Ich nehme die Sache zu ernst. Aber es ist die erste Veranstaltung, die ich plane, und ich möchte ...«

»Nein, Tills«, sagte Gemma nachsichtig und griff nach meiner Hand. »Darum geht es nicht.«

»Was dann?« Bei ihrem Ton merkte ich, wie ich rot anlief.

Wir sahen uns eine ganze Weile schweigend an.

»Ruf ihn doch einfach an«, sagte Gemma schließlich.

Fest entschlossen, mich dumm zu stellen, holte ich tief Luft, doch als sich unsere Blicke trafen, hielt ich die Klappe. Ich ließ die Schultern hängen, und sie drückte mir die Hand.

»Ziemlich offensichtlich, woher dein Aktivismus kommt. Dieser ganze Kuchenwettbewerb und so«, sagte sie spröde und tupfte sich die Mundwinkel mit der Serviette ab. »Das klassische Ablenkungsmanöver: Du hältst dich beschäftigt, um nicht an Aidan zu denken.«

Ich hielt den Mund. Natürlich hatte sie recht, ich hätte nur nicht gedacht, dass es so offensichtlich war.

»Wieso rufst du ihn nicht an und erklärst ihm noch einmal, dass Charlie nur ein Freund ist?«

»Aber meinst du denn nicht, ich sollte besser warten, bis er sich bei mir meldet?«

Ich ließ mein Sandwich auf den Teller fallen. Gemma sah es sehnsüchtig an, und ich reichte ihr meine unberührte Hälfte.

»Also, nimm's mir nicht übel, Jane Austen.« Sie sah genervt zur Decke und schlug die Zähne in mein Sandwich. »Meinst du nicht, dass wir Frauen seit *Stolz und Vorurteil* ein klitzekleines Stückchen weitergekommen sein sollten?«

»Gott«, stöhnte ich. Für einen Moment kniff ich die Augen zusammen. »Ich hab ja mit mir gekämpft, ob ich ihn anrufen soll, ehrlich. Und ich verstehe ja, was du sagst, aber ich habe seit zehn Jahren niemanden mehr gedatet.«

Da zuckten wir beide zusammen.

»Außerdem, wenn ich mich bei ihm melde, werde ich nie erfahren, ob er es auch umgekehrt versucht hätte, oder? Und ich wünsche mir, dass er es wirklich möchte. Sogar sehr.«

Für einen Augenblick schien Gemma nicht ganz zu begreifen, worauf ich hinauswollte, doch dann nickte sie. »Verstehe, was du meinst.«

»Außerdem weiß ich, dass er derzeit im Lande ist, was hindert ihn also daran, mich anzurufen, wenn er das Bedürfnis hat«, fügte ich hinzu.

»Demnach hast du Erkundigungen eingeholt?«, feixte sie.

Jetzt wurde ich knallrot und versuchte, mein Gesicht hinter der Teetasse zu verstecken.

»Nein, nicht direkt, aber deine Mum hat zufällig erwähnt, dass er jetzt für ein paar Wochen in London ist, um seine Peru-Reportage zu schneiden. Offenbar ist sie immer noch mit dem Team von *Grüne Daumen* in Kontakt.«

»Und? Was gedenkst du nun zu tun?« Gemma reckte den Hals, um die Kellnerin heranzuwinken. »Bei dem Gedanken an Kuchen bekomme ich schon wieder Hunger«, brummte sie.

»Ich werde den erfolgreichsten Kuchen-Fundraiser organisieren, den Kingsfield je gesehen hat«, verkündete ich feierlich. »Und du wirst mir dabei helfen.«

»Okay.« Sie nickte. »Ich bin dabei.«

»Wirklich?« Ich strahlte. »Danke, Gemma.«

»Passt doch perfekt, ich hab ja schon was im Ofen, oder? Boom, boom, boom!« Sie knuffte mich mit dem Ellenbogen und prustete los über ihren eigenen Witz.

Ich verzog das Gesicht. »Ich kann nur hoffen, dass deine Kuchen besser sind als deine Witze«, seufzte ich. »Oder du bekommst es mit mir zu tun.«

Kapitel 36

Der Tag des großen Kuchenwettbewerbs in der Ivy Lane war gekommen. Gott sei Dank waren sämtliche Reparaturarbeiten termingerecht fertig geworden, und das Wetter zeigte sich von seiner besten Seite. Es war zwar kalt, doch bei strahlend blauem Himmel. Als ich vor einer Stunde als Erste hereingekommen war, glitzerte noch der Raureif an den Innenseiten der Fenster. Doch inzwischen war es mollig warm.

Die Sonne schien herein, und die Staubkörnchen tanzten im Licht, während Roy und ich und die übrigen Vorstandsmitglieder herumwuselten und an die Auslagentische letzte Hand anlegten. Inzwischen verstand ich, wieso Christine immer mit über hundertfünfzig Sachen unterwegs war: Es gab einfach so viel zu tun!

Meine Stimmung wechselte zwischen Vorfreude und Angst, während ich ein neues Notizbuch, mehrere Kugelschreiber und eine Blechdose für die Einnahmen auf einem Tisch an der Tür zurechtlegte. Die Dose war vielleicht eine Spur zu groß, doch ein wenig Optimismus konnte nicht schaden.

Im ganzen Raum hatten wir Tische für die Kuchen vorbereitet, die dann hoffentlich gleich für den Wettbewerb hereinkommen würden. In der Mitte hatten wir Stühle arrangiert, damit die Leute zusammensitzen und es sich schmecken lassen konnten. Und an seinem Ehrenplatz am Ende des Raums stand der Hauptgewinn: Ein Weidenkorb bis oben hin mit allem gefüllt, was man sich an Schokolade nur erträumen konnte. Jetzt brauchten nur noch die Gäste zu kommen …

»Was noch?«, fragte Peter und wischte sich mit dem Arm über die Stirn.

»Nur noch diese Schildchen hier auf die entsprechenden Tische, wenn du so nett wärest.« Ich zog die Pappschildchen aus der Tasche, die ich für die Wettbewerbskategorien angefertigt hatte, und reichte sie ihm hinüber. »Und dann sind wir, denke ich, fertig«, fügte ich hinzu.

»Perfektes Timing«, sagte Christine und deutete mit dem Kopf auf die Wanduhr. »Dann öffnen wir mal die Tür.«

»Schon so spät? Du liebe Güte!« Ich schnappte nach Luft. »Was, wenn keiner kommt?«

Mein Herz raste wie wild. Ich hatte für diesen Moment wirklich hart gearbeitet und wollte unbedingt, dass meine erste Spendensammelaktion als Vorstandsmitglied ein Erfolg wurde. Gar nicht auszudenken, wenn niemand käme.

Sie verzog das Gesicht zu einem schiefen Grinsen. »Offenbar hast du in den letzten Minuten nicht nach draußen gesehen. Na los, mach schon, ich gieß dann schon mal den Tee ein.«

Ich flitzte zur Tür, doch auf halbem Weg erwischte mich Nigel am Arm.

Er räusperte sich und trat von einem Fuß auf den anderen. »Tilly, einen Moment noch, ich wollte dir nur dafür danken, dass du das alles hier auf die Beine gestellt hast.«

Ich strahlte. Nigel war unter den Vorstandsmitgliedern am skeptischsten gewesen, was ihn nicht davon abgehalten hatte, sich den ganzen Vormittag hindurch für mich ins Zeug zu legen. Ich war über seinen Sinneswandel hocherfreut. »Hoffentlich sagst du das auch noch, wenn wir alles hinter uns haben, Nigel. Wenn wir nicht genügend Teilnehmer bekommen, bleibt die Kasse leer!«

»Na ja, ich bin mit einem Kuchen dabei, das ist doch schon mal was«, sagte er stolz. »Außerdem bezog sich mein Dank nicht darauf«, fügte er leise hinzu. »Ein ganzer Vormittag mit Liz in ihrer Küche … sagen wir einfach mal, ein bisschen weibliche Gesellschaft, ganz zu schweigen von einer überaus lehrreichen Backlektion, hat mir mächtig gutgetan.«

Bildete ich mir das nur ein, oder war er gerade ein wenig rot angelaufen?

Ich warf ihm die Arme um den Hals und küsste ihn auf die Wange.

»Danke, Nigel. Und jetzt auf in den Kampf. Und bitte bringe diese Lose an den Mann, als ginge es um Leben und Tod.«

»Aye aye, Ma'am«, antwortete Nigel und salutierte, bevor er sich auf seinen Posten begab.

Die Hand an der Türklinke, holte ich noch einmal tief Luft. Die Stunde der Wahrheit war gekommen.

Ich öffnete die Tür einen Spalt breit und spähte hinaus. Ich traute meinen Augen nicht! Die Schlange reichte bis ans Ende des Parkplatzes, und alle hatten sie gutgefüllte Dosen oder Kuchenbehälter dabei.

»Ich glaube, wir brauchen mehr Tische«, rief ich den anderen mit zittriger Stimme zu.

Ich räusperte mich und warf mit Schwung die Tür auf.

»Alle hereinspaziert, willkommen zum großen Kuchenwettbewerb in der Ivy Lane«, rief ich hinaus. »Nur ein Pfund Eintritt!«

Eine Stunde später war die Bonbondose schon fast bis zum Rand mit Münzen gefüllt, der Pavillon war der reinste Taubenschlag, und die Tische bogen sich unter dem Gewicht der eingereichten Kuchen. Ich war so damit beschäftigt gewesen, alle zu begrüßen und ihnen Teilnahmeformulare in die Hand zu drücken, dass ich keine Sekunde von meinem Platz an der Tür wegkonnte.

»Wo kommen bloß all diese Leute her?«, flüsterte mir Roy ungläubig zu, als er die Kasse plünderte. Er musste noch mal losziehen, um für den Teestand, an dem Christine nonstop beschäftigt war, Milch nachzukaufen.

»Also, Mia und ich haben es mit dem Verteilen der Flugblätter vielleicht ein bisschen übertrieben«, räumte ich verlegen ein. »Und gestern habe ich noch im letzten Moment sämtliche Kollegen von der Schule eingeladen, aus Angst, es kämen nicht genug Teilnehmer zusammen. Was im Nachhinein vielleicht …« Ich warf einen Blick über die Schulter und sah Roy beim Anblick des brechend vollen Pavillons ein wenig verlegen an.

»Du machst das großartig, Mädchen«, lachte er und tätschelte mir den Kopf, während er sich an meinem kleinen Tisch vorbei durch die Menge nach draußen drängte. »Oh, und da kommt die ganze Familie!«, rief er, während er Platz machte, um Gemma, Mia und Mike hereinzulassen.

Ich stand auf und nahm sie, dankbar für ihre Unterstützung, in die Arme.

»Rote Bäckchen stehen dir gut«, sagte Gemma und tat so, als hätte sie sich an meiner Haut die Finger verbrannt. »Karmesinrot, würde ich sagen.«

»Oh nein! Sehe ich verschwitzt aus?« Ich versuchte, mich im Fenster zu spiegeln, doch die Scheiben waren zu beschlagen.

Meine rosige Farbe war nicht nur dem Erfolg der Veranstaltung geschuldet, sondern auch dem Umstand, dass ich es zu bescheidenem Celebrity-Status gebracht hatte. »Ich kenne Sie doch von *Grüne Daumen*!« Bekam ich immer wieder zu hören, leider mehrfach mit dem nicht sehr schmeichelhaften Zusatz: »In Wirklichkeit sehen Sie ja viel dünner aus.« Andererseits, überlegte ich, war das immer noch besser als andersherum.

»Du siehst toll aus, Tilly, wie immer«, sagte Mike und lachte über die gespielte Empörung seiner Frau. »Was sollen wir mit diesen Kuchen machen? Nur dass du schon mal Bescheid weißt, Mia will den Wettbewerb der ungewöhnlichsten Geschmacksrichtung gewinnen. Halte also bei der Verkostung schon mal besser ein Glas Wasser bereit.«

»Sie sind essbar«, wies ihn Mia zurecht, obwohl mir das Blitzen in ihren Augen eine Warnung war.

Ich warf einen Blick auf ihre Kuchen und versuchte, sie mir einzuprägen. Da konnte ich mich ja auf etwas gefasst machen, auch wenn ich zum Glück nicht die einzige Jurorin war. Toni, unsere Schulköchin, würde dazukommen und mir helfen. Auch wenn sie vielleicht kein Publikumsmagnet wie Mary Berry war, genoss ihr Sirup-Biskuit in Kingsfield einen legendären Ruf.

Ich schickte sie mit ihren Wettbewerbsbeiträgen zu den

entsprechenden Tischen und seufzte glücklich. Bis zur Beurteilung war es noch eine halbe Stunde, und ich war mir sicher, dass die Einnahmen schon jetzt für eine spektakuläre Weihnachtsparty nächsten Monat reichten. Und nach dem Wettbewerb gingen die Kuchen in den Verkauf, sodass wir noch mehr einnehmen würden. Außerdem hatte jeder Pächter einen fürs Buffet und mindestens einen für den Wettbewerb mitgebracht.

In diesem Moment ging die Tür noch einmal auf, und ein kleiner Junge steckte den Kopf herein. Er hatte welliges blondes Haar, riesige blaue Augen und die längsten Wimpern, die ich je gesehen hatte. Er trat ein und hielt mir mit einem schüchternen Lächeln eine verbeulte Dose hin.

Ich biss mir auf die Lippe. Er war ein so hinreißendes Kind, dass ich buchstäblich dahinfloss.

»Hallo.« Ich lächelte und musste an mich halten, um ihn nicht hochzunehmen und zu drücken. Ich blickte gespannt zur Tür, um zu sehen, zu wem der Knirps gehörte. »Du kommst doch nicht alleine, oder?«

Er schüttelte feierlich den Kopf. »Nein, mit meinem Dad. Aber der kann nicht so schnell laufen.«

»Verstehe«, sagte ich schmunzelnd und wartete darauf, dass sein langsamer Dad erschien. Wie lange würde der arme Mann wohl brauchen?

»Gibt es auch einen Preis für Kuchen nur von Jungs, Miss?«, fragte er und stellte mir die Dose auf den Tisch.

»Ähm, das haben wir gleich«, sagte ich und beschriftete rasch ein neues Schildchen unter dem Tisch. Ich warf mein ganzes schönes Regelwerk über den Haufen, aber was soll's, der Kleine hatte mich vom ersten Moment an betört. »Ah, ja, hier.« Als ich wieder aufblickte und ihm das neue

Schildchen hinhielt, stand sein Vater hinter ihm. Jetzt, wo ich sie beide zusammen vor mir hatte, war die Ähnlichkeit unverkennbar.

»Charlie!«, brachte ich nur heraus.

Kapitel 37

Charlie war der Letzte, mit dem ich heute gerechnet hatte. Er hatte mich nicht zurückgerufen, und seine letzten Worte an mich hatten ziemlich endgültig geklungen. Doch wenn ich unsere persönliche Situation einmal beiseiteließ, so freute ich mich von ganzem Herzen für Vater und Sohn, dass sie jetzt Zeit miteinander verbrachten.

Charlie strich sich mit der Hand durchs kurze Haar. »Hi, Tilly, das ist Ollie. Und er hat beschlossen, ohne mich über den Parkplatz zu rennen, stimmt's, Ollie?« Der besorgte Ausdruck in seinen Augen war unübersehbar.

»'tschuldigung, Dad.« So wie Ollie grinste, hielt sich seine Reue in Grenzen.

»Was hältst du davon, deinen Kuchen und dieses Schildchen hier dem Mann da drüben zu übergeben, während sich dein Dad eine Tasse Tee holt?« Ich verwies Ollie an Peter, und der Kleine flitzte los, um sein Meisterwerk abzuliefern.

In sitzender Position fühlte ich mich gegenüber Charlie entschieden im Nachteil, und so stand ich auf.

Für einen Moment herrschte zwischen uns betretenes Schweigen, und wir räusperten uns beide verlegen.

»Ollie ist ein reizender Junge«, sagte ich schließlich.

Charlie nickte. »Stimmt. Ich hab darüber nachgedacht,

was du im Sommer gesagt hast, darüber, mehr Zeit mit Ollie zu verbringen. Darüber, was für ein Segen ein Kind ist. Du hattest wie immer recht.« Er grinste selbstironisch. »Ist zwar alles andere als einfach, Zugang zu ihm zu bekommen, so wie meine Ex sich dagegen sträubt, aber ich tue alles dafür, ihn so oft wie möglich zu sehen.«

»Ich bin richtig stolz auf dich«, sagte ich und machte Anstalten, ihn zu umarmen. *Er will nicht mehr mit dir befreundet sein, schon vergessen?* Ich ließ augenblicklich die Arme fallen. »Ups, tut mir leid.«

Jetzt war mein Gesicht nicht mehr English Rose, sondern ein flammendes Inferno.

»Kein Grund, dich zu entschuldigen«, murmelte Charlie und nahm mich in die Arme. Er legte mir das Kinn auf den Kopf. »Umgekehrt wird ein Schuh draus. Dir gegenüber schaffe ich es immer wieder, mich wie der letzte Trottel zu benehmen. Und es tut mir sehr leid.«

Ich seufzte und entspannte mich an seiner Brust, während ich den vertrauten Duft nach Holzfeuer und Erde in der Nase hatte. Als ich quer durch den Raum einen Blick von Gemma auffing, trat ich einen Schritt zurück.

»Entschuldigung angenommen. Sieh mal, Ollie winkt dir von der Tombola aus zu, ich denke, du gehst am besten mal rüber.«

Allem Anschein nach hatte Nigel seine liebe Not damit, Ollie zu erklären, dass er den Korb mit der Schokolade nur mit einem Gewinnlos haben konnte.

»Wird nie langweilig mit ihm«, seufzte Charlie und eilte Nigel zur Hilfe. Ich verkniff mir ein Grinsen. Mir machte er nichts vor; er strahlte übers ganze Gesicht, und ich hatte ihn noch selten so stolz gesehen.

In diesem Moment ging die Tür wieder auf, und die Kellnerin vom Café kam so eilig hereingestürmt, dass ihr die rote Mähne um die Ohren flatterte.

»Bin ich zu spät dran? Ich habe Bananen-Muffins für den Wettbewerb mit versteckten Früchten und Gemü…« Sie fuhr sich mit der Hand an den Mund und riss die Augen auf. »Mist! Das hätte ich nicht sagen dürfen, oder?«

Kichernd schüttelte ich den Kopf. »Aber Sie können ihn ja in einer anderen Kategorie einreichen«, sagte ich und zeigte ihr die Liste. »Ich heiße übrigens Tilly.«

»Freya. Alias Freya, die hoffnungslose Köchin.« Sie zeigte mir den Inhalt ihrer Kuchendose und zog ein Gesicht.

»Hmm, also, da haben Sie die Qual der Wahl«, sagte ich. Ich hatte noch nie so unförmige, gesund aussehende Muffins gesehen. Umso mehr wusste ich ihre Mühe zu schätzen. »Täusche ich mich, oder ist da auch Kleie drin?«

Freya nickte und entschied sich für die Kategorie »Schmecken besser, als sie aussehen«, und ich schickte sie mit dem Vorschlag zu Peter, mit ihm auch gleich einen Rundgang durch die Gartenanlage zu verabreden.

Als ich ihr hinterhersah, wie sie sich einen Weg durch die Menge bahnte, hoffte ich, sie würde eine Parzelle übernehmen. Ich mochte sie. Sogar sehr.

»Hier, Schätzchen«, sagte Christine und stellte mir eine Tasse Tee hin.

»Oh, der kommt gerade richtig.« Ich nahm einen gierigen Schluck.

»Ich glaube, wir sollten dann mal mit der Bewertung loslegen, Tilly, der Kuchen auf dem Buffettisch ist alle, und je zügiger wir mit dem Wettbewerb durch sind, desto schneller bekommen wir Nachschub beim Verkauf.«

Bevor ich antworten konnte, erschien Toni mit einem riesigen Brombeerkuchen-Blech – hinter dem sie fast verschwand.

»Unsere geschätzte Jurorin, willkommen! Gerade im richtigen Moment!«, sagte ich und sprang auf, um ihr mit dem Blech zu helfen.

»Tut mir leid«, sagte sie, »aber ich hatte nur Zeit für diesen einen Kuchen.«

»Blödsinn, damit kommen wir eine ganze Stunde hin!«, sagte Christine und schnappte sich die milde Gabe, um sie an die wartende Kundschaft zu verteilen.

Ich entführte Toni in die Küchenecke, um ihr die Wettbewerbsregeln zu erklären. Als ich an Dougie vorbeikam, bat ich ihn, mich am Eingang abzulösen, für den Fall, dass noch jemand käme.

»Kein Problem.« Und hinter vorgehaltener Hand: »Achtung bei dem dunklen Früchtekuchen, ich hab's wohl mit dem Rum ein bisschen übertrieben.« Er zwinkerte mir zu und schlenderte davon.

»Ich bin schon ein bisschen nervös«, gestand mir Toni. Sie war etwa Mitte dreißig, hatte kurzes schwarzes Haar, wache blaue Augen und eine unerschöpfliche Geduld. Davon abgesehen war sie unglaublich schlank. Wenn ich ständig Tonis Sirup-Biskuit vor der Nase hätte, passte ich bald nicht mehr durch die Tür.

»Kein Grund, nervös zu sein«, versicherte ich ihr. Außer natürlich bei der Kategorie »ungewöhnliche Geschmacksrichtung.« Ich reichte ihr ein Glas Wasser (Mary Berry hatte immer etwas zu trinken in der Hand, wenn sie bewertete) und geleitete sie zu den Kuchen.

Eine halbe Stunde später war ich zum Platzen voll und fest davon überzeugt, dass ich für den Rest meines Lebens keinen Krümel Kuchen mehr herunterbekommen würde. Ich war von der Vielfalt begeistert; einige Kuchen waren unglaublich. Mein Liebling war ein rechteckiges Meisterwerk, so garniert, dass es wie eine Gartenparzelle aussah, inklusive Bambusstangen, winzigen Kürbissen, perfekten kleinen Kohlköpfen und sogar einem Schmetterling im Miniaturformat. Wie dürftig nahmen sich dagegen meine Flapjacks aus! Natürlich waren auch ein oder zwei wenig überzeugende Beiträge zu verzeichnen. Ein Obstkuchen etwa war so staubtrocken gewesen, dass er mir immer noch am Gaumen zu kleben schien, doch der Bäcker hatte sich die Mühe gemacht, und nur das zählte.

Sämtliche Kuchen waren bewertet, die Preise vergeben, und Toni hatte sich mit einer Tasse zu einem Plausch mit einer Freundin zurückgezogen. Blieb nur noch die Aufräumarbeit. Offiziell war die Veranstaltung beendet, doch niemand schien es eilig zu haben zu gehen.

Ollie hatte, wenig überraschend, in der Kategorie »Kuchen von Jungs« gewonnen; da ihm der Mangel an Konkurrenz nicht bewusst war, freute er sich über den Preis einer kleinen Pralinenschachtel und war mächtig stolz auf sich.

Dougie gewann in der Kategorie »Schmeckt besser, als es aussieht«, was nicht weiter schwer war, denn sein unförmiges Gebilde hätte kaum schlimmer schmecken können, als es aussah. Karen bekam den Sonderpreis für die beste Glasur und Shazza für den ungewöhnlichsten Geschmack. Ihr Kuchen aus dunkler Schokolade und Schinken schlug Mias Marmite-Fudge-Cupcakes mit einem hauchdünnen

Vorsprung. Beide hatten sich mit einer Mischung aus Süßem und Herzhaftem ins Zeug gelegt, was furchtbar klang, aber unglaublich schmackhaft war! Es gab auch Gewinner außerhalb unserer Gartengemeinschaft. Der Kuchen mit dem versteckten Gemüse, Pastinake, das wir beim besten Willen nicht bestimmen konnten, kam von einer meiner Nachbarinnen. Und der Preis für ungewöhnliche Kuchenformen ging an eine Dame, die aus Sponge Cake einen Gummistiefel gezaubert hatte.

Ich sah, dass neben Gemma ein Platz frei war, und ging schnurstracks hinüber. Bis zur Geburt hatte sie nur noch vier Wochen, und obwohl sie inzwischen kugelrund war, vermutlich Probleme mit dem Sitzen hatte und so kurz vor der Zielgeraden schon sehr nervös sein musste, war sie unglaublich schön, und ich war, ob ich wollte oder nicht, stolz auf sie und neidisch zugleich.

»Du bist mir ja eine tolle Freundin«, sagte sie schmollend, als ich mich neben sie quetschte. »Ich fasse es nicht, dass mein Ingwerkuchen leer ausgegangen ist.«

»Tut mir leid, Gem, aber falls es dich tröstet, hatte er von allen Kuchen eindeutig den intensivsten Geschmack«, sagte ich und nippte dankbar an meinem Wasser. Ich hatte das Gefühl, dass mich die Erinnerung an ihren Ingwerkuchen, ganz zu schweigen vom Sodbrennen, noch tagelang begleiten würde.

»Ach, was soll's«, winkte sie ab und zog mich an sich. »Ich finde dich trotzdem unglaublich. Das war mit Sicherheit der bestbesuchte Fundraiser, den die Ivy Lane je gesehen hat.«

»Im Ernst?«

»Definitiv.« Sie nickte zur Bekräftigung.

Ich strahlte wie ein Honigkuchenpferd. Meine erste Veranstaltung hatte den meisten Zulauf bekommen! Gerührt ließ ich den Blick über die Gäste schweifen. Die Gemeinde war an diesem Tag buchstäblich zusammengerückt, und nicht nur die Kleingärtner, sondern auch die Leute aus der ganzen Nachbarschaft.

Und ich gehörte dazu. James wäre so stolz auf mich. Ich seufzte.

James.

Ich hatte heute kaum einmal an ihn gedacht, und obwohl er für immer zu mir gehörte, war es für mich ein tröstlicher Gedanke zu wissen, dass ich auf dem besten Weg war, das traumatische Ende unserer Ehe hinter mir zu lassen. An die Stelle der alten Tilly, die vor Schmerz und Kummer nicht mehr weiterwusste, war eine neue Tilly getreten, jemand mit Freunden, einem guten Job und einer vielversprechenden Zukunft. Mein neues Leben war beinahe perfekt. Beinahe.

Ich seufzte zufrieden und legte Gemma den Kopf auf die Schulter.

Kapitel 38

Mit einem Ruck saß ich senkrecht. Ich war immer noch im Pavillon. Auch Gemma war noch da, doch die Menschenmasse war verschwunden. Ich musste eingedöst sein. Ich war erst neunundzwanzig Jahre alt, wie konnte ich mitten am Tag einnicken? In aller Öffentlichkeit! Wie peinlich!

»Und da ist sie wieder«, kicherte Gemma. Sie rollte die Schulter, an der ich gelehnt hatte, und verzog das Gesicht. »Bin ich so langweilig, dass du über unserer Unterhaltung einpennst?«

»Tut mir leid. Natürlich bist du nicht langweilig.« Ich rieb mir die Augen. »Wie spät ist es?«

»Kurz nach zwei.« Gemma zeigte auf meinen Mund. »Und du sabberst. Na, wenigstens bist du aufgewacht, ich muss nämlich dringendst für kleine Mädchen.« Sie strich sich über den Bauch und hievte sich hoch. »Mit dir auf der Schulter und dem Racker hier auf meiner Blase waren es nicht gerade die entspanntesten dreißig Minuten meines Lebens, glaub mir.«

Sie machte sich auf den Weg zu den Toiletten, während ich versuchte, mich wieder zu orientieren.

Nigel war dabei die Stühle zu stapeln, und Roy schrubbte

mit bedeutungsvoller Miene den Boden, auch wenn mir nicht entging, dass er immer nur loslegte, wenn Christine gerade in der Nähe war, die ihrerseits mit schmutzigem Geschirr zwischen den Tischen und der Küche hin- und herlief.

Ich riss mich zusammen und sprang auf. Das hier war meine Veranstaltung, ich sollte gefälligst nicht den anderen bei der Arbeit zuschauen. Ich begab mich zur Küche, um mich nützlich zu machen, als Freya, dicht gefolgt von Peter, zur Tür hereinkam und mit ihnen eine Böe frische, kalte Luft.

»Hat Peter dich rumgeführt, Freya?«, fragte ich.

»Ja, ich habe allerdings nicht so viel Gemüse gesehen, wie ich mir vorgestellt hatte.« Sie machte große Augen und zog ein Gesicht, das ich als noch unentschieden deutete. »Ich hatte es mir bunter vorgestellt.«

»Ich habe ihr erklärt, dass es hier im Winter natürlich ein bisschen trostlos aussieht«, bemerkte Peter, der ziemlich erschöpft zu sein schien. »Geben Sie mir einfach grünes Licht, wenn Sie eine Parzelle haben möchten, und ich lasse Ihnen die nötigen Papiere zukommen. Sie müssen sich natürlich auf der Warteliste eintragen.«

»Ich denk drüber nach, Pete, okay?«, sagte sie und knuffte ihn in den Arm.

»Ausgezeichnet.« Peter nickte uns beiden nochmals zu und machte sich davon.

Freya zog ihr Handy aus der Tasche und klemmte sich das zerzauste Haar hinter die Ohren. Während sie konzentriert auf ihr Display tippte, streckte sie die Zungenspitze heraus.

»Ich treff mich nächsten Freitag mit ein paar Freunden

auf ein paar Drinks, Lust mitzukommen?«, fragte sie mich mit einem Grinsen.

»Danke. Ähm, Freitagabend? Ich kann noch nicht sagen, ob ich da kann, ich geb dir Bescheid, ja?«, stammelte ich.

Natürlich konnte ich. Ich konnte immer. Und ich mochte sie. Sie sprühte vor Leben, vielleicht ein bisschen mehr, als ich gewöhnt war.

Sie zuckte die Achseln. »Klar. Tauschen wir unsere Nummern aus.«

»Gern«, antwortete ich. Sie ratterte ihre herunter, ich speicherte sie in meinem Handy und gab ihr meine.

»Wenn ich kann, rufe ich dich kurz an«, sagte ich.

»Gut.« Als sie sich zur Tür wandte, sah sie mich mit blitzenden Augen und einem breiten Grinsen noch einmal an. »Das wird cool!«

Während ich ihr hinterherwinkte, musste ich schlucken. Ich konnte mich nicht erinnern, wann Tilly Parker das letzte Mal cool gewesen war.

Als ich den Zustand des Pavillons sah, packte mich das schlechte Gewissen. Er wirkte schon fast wieder normal, und ich hatte keinen Finger gerührt. Ich suchte immer noch nach einer sinnvollen Aufgabe, als mich plötzlich Liz, mit rosigen Wangen und in einem hellblauen Pulli zur passenden Jeans am Ärmel zupfte. Sie sah wirklich hübsch aus.

»Gut, dass ich dich noch erwische«, sagte sie. »Ich wollte noch mal schnell auf ein Stündchen ins Gewächshaus, bevor es dunkel ist. Aber vorher wollte ich dir unbedingt sagen, wie toll ich den Wettbewerb heute fand, Tilly. Ganz ehrlich, das war für mich bis jetzt das schönste Ereignis von allen.«

»Danke.« Ich lächelte und nahm sie in die Arme.

»Ich backe für mein Leben gern, und es war toll, einmal nicht den halben Kuchen wegzuschmeißen, sondern mit anderen teilen zu können.« Sie seufzte und griff sich an den Nacken.

Verschwommen kam mir die Erinnerung an Liz mit einem halben Kuchen bei unserer Osterfeier wieder hoch. Damals hatte ich darüber gerätselt.

»Wieso nur ein halber?«, fragte ich.

Ihre Miene verdüsterte sich, und sie schluckte. »Ich weiß, das klingt dumm, aber da ich nun mal niemanden habe, mit dem ich einen Kuchen teilen kann, werfe ich immer gleich die Hälfte weg, sobald ich ihn fertig habe, um nicht alles selber aufzuessen.« Einerseits staunte ich über ihre Selbstbeherrschung (ich könnte niemals Kuchen wegwerfen), andererseits fragte ich mich, warum sie nicht einfach einen kleineren backte.

Sie schien zu ahnen, was mir durch den Kopf ging, und lachte leise. »Natürlich könnte ich einen kleineren Kuchen backen, aber das wäre irgendwie kein richtiger Kuchen. Ein Stück Kuchen sollte eine bestimmte Größe haben. Ein Stück von einem kleinen Kuchen, ich weiß nicht …« Sie schauderte. »Nein, das geht definitiv nicht.«

»Verstehe«, sagte ich und musste mir ein Lächeln verkneifen. Offenbar war ich einfach nur gierig, für mich war Kuchen einfach nur Kuchen.

»Mal ganz abgesehen vom Backen hat es gutgetan, ein bisschen männliche Gesellschaft in der Küche zu haben …« Mit einem Seufzer ließ sie auf der Suche nach Nigel den Blick über die Köpfe schweifen. »Das waren«, begann sie und strahlte mich an, »die glücklichsten Tage seit Langem, Tilly, das ist nicht übertrieben.«

Liz und Nigel? Wenn ich recht darüber nachdachte, gaben sie wirklich ein reizendes Paar ab …

»Mein Ex…«, für einen Moment zögerte sie, als überlege sie zuerst, ob ich als Vertraute taugte.

Ich drückte ihr ermunternd die Hand. »Ja?«

Liz schob eine Hand unter meinen Ellenbogen und führte mich in eine vergleichsweise stille Ecke.

»Ich weiß, ich bin keine Schönheit«, murmelte sie, »aber mein Ex hat sich vor Freunden über mich lustig gemacht, wie unscheinbar ich aussehe und dass ich zum Glück eine gute Köchin sei, mein einziger Vorzug in seinen Augen. Am Ende hat er mich wegen einer jüngeren Frau verlassen.« Sie verzog das Gesicht zu einem gequälten Lächeln.

»Das tut mir leid.« Einerseits war ich bewegt, weil sie gerade mich ins Vertrauen gezogen hatte, andererseits irgendwie wütend, wenn ich daran dachte, wie lange sie unter diesem Schatten ausgeharrt hatte.

»Muss es nicht. Er hat mir meine Freiheit wiedergegeben. Zumindest meinen Freiraum. Nur dass ich mich nach seinen jahrelangen Herabsetzungen am liebsten immer noch verkriechen möchte. Aber Nigel …« Ihre Augen wurden feucht. »Was für ein liebenswürdiger Mann. So ein Gentleman. Zum ersten Mal seit einer halben Ewigkeit habe ich mich wieder wertgeschätzt gefühlt.«

»Und jetzt fühlst du dich stark genug, wieder jemanden zu lieben?«, fragte ich leise.

»Ich?«, quiekste sie. »Du liebe Güte, nein!« Sie fuhr sich nervös mit den Fingern an den Hals, der plötzlich voll roter Flecken war. »Das ist vorbei. Ich meine, wer würde …? Ich bin schließlich nicht gerade das große Los.« Sie seufzte, und mir zog es das Herz zusammen. Wieso eigentlich nicht?

»Na, jedenfalls«, fuhr sie fort, »ich mach mich dann mal besser auf den Weg.« Und mit einem letzten sehnsüchtigen Blick auf Nigel flitzte sie zur Tür und verschwand nach draußen.

Ich lief in die Küche, um mir nach meinem spontanen Nickerchen ein Glas Wasser zu holen, und sah, dass Brenda und Christine immer noch mit dem Abwasch beschäftigt waren.

»Ist das da nicht deine Tasche, Tilly?«, fragte Christine und deutete mit dem Kopf auf eine große Einkaufstasche, die am Boden stand.

»Oh, tut mir leid, Christine, ja, ich stell sie weg, und bitte entschuldigt, dass ich nicht beim Aufräumen geholfen habe.«

Mit einer Hand voller Seifenlauge wedelte sie meine Bemerkung beiseite. »Du hast für heute genug getan. Geh heim und ruh dich aus.«

Ich lächelte erleichtert. »Danke. Ich bin tatsächlich ziemlich kaputt.«

Damit griff ich zu meiner Tasche und kehrte zu den anderen zurück. Ich war gerade im Begriff, mich zu verabschieden, als Hayley plötzlich den Kopf zur Tür hereinsteckte und, einen großen Kuchenbehälter unter dem Arm, auf mich zusprang.

»Hab ich die Bewertung verpasst?«, fragte sie und legte mir zur Begrüßung den freien Arm um die Schulter, während sie sich im Raum umsah. »Sieht ganz so aus, oder?«

Ich warf einen Blick auf ihren Kuchen. Es war so nett von ihr, mir zuliebe herzukommen, und mit ihren Koch-

und Backkünsten hätte sie wahrscheinlich einen Preis gewonnen. »Tut mir so leid, Hayley, wir räumen schon auf. Das heißt, alle anderen. Ich habe die Arbeit verschlafen.«

Hayley grinste und zuckte mit der Schulter. »Ach, halb so wild. Rate mal, weshalb ich zu spät komme! Einen Tusch, wenn ich bitten darf! Ich habe heute Morgen die Fahrprüfung bestanden!«

»Super!« Ich drückte sie an mich und gab ihr ein Küsschen auf die Wange. »Großartig! Du bist offenbar immer für Überraschungen gut. Wir haben uns gerade erst vor kurzem gesehen, und du hast kein Wort davon gesagt, ich wusste nicht mal, dass du Fahrstunden nimmst.«

Sie wurde rot und wippte mit ihren Converses auf dem Boden. »Ich war mir nicht sicher, wie du es aufnehmen würdest ... ich meine, noch so eine Irre auf der Straße.«

»Ach, Hayley«, brachte ich nur heraus. »So ein Unsinn! Ich bin stolz auf dich.«

Sie hüstelte und hielt mir ihren Kuchenbehälter hin. »Kannst ja trotzdem mal einen Blick darauf werfen. Normalerweise mache ich nicht so ausgefallene Sachen, aber den hier habe ich auf Pinterest gesehen, und ich dachte mir, ich versuch's mal.«

Sie nahm die Plastikhaube ab, und ich sah mir ihr Werk genauer an: eine große, kunstvoll dekorierte Torte mit pastellfarbener Kuchenglasur.

»Der ist umwerfend!«, sagte ich und meinte es auch so.

Hayley zuckte bescheiden die Achseln. »Es ist ein mehrlagiger Biskuit mit Mandelaroma. Wenn man ihn aufschneidet, hat jede Schicht eine andere Farbe. Schätze, er ist mir ganz gut gelungen. Na, jedenfalls, da ich ihn nun schon mal hergebracht habe, könntest du ihn auch nehmen.«

Bevor ich etwas sagen konnte, drückte sie mir den Kuchenbehälter in die Hände. »Also«, sagte sie und wandte sich zum Gehen, »ich bin dann mal weg. Bin in einer halben Stunde mit Ben zum Weihnachtseinkauf verabredet.«

Ich sah, wie sie bei seiner Erwähnung strahlte. Beim Guy-Fawkes-Feuer hatte ich alles über Ben erfahren. Hayley hatte sich – neben der Arbeit bei Brenda – an der Fachhochschule für Gastronomie eingetragen. Ben war ein Kommilitone, und nach allem, was sie von ihm erzählt hatte, hatte er einen guten Einfluss auf sie.

Ich gab ihr ein Abschiedsküsschen und packte den Kuchen in meine Tasche. Nach der Verkostung hätte ich für den Rest des Tages keinen Krümel mehr heruntergebracht. Ich sammelte meine übrigen Sachen ein und lief zur Tür. Vielleicht sollte ich ihn in zwei Hälften schneiden und eine weiterverschenken. Aber nein, das wäre nicht richtig. Ein solches Kunstwerk verdiente einen besonderen Anlass, bei dem man sich jeden Bissen auf der Zunge zergehen ließ, in angenehmer Gesellschaft, vorzugsweise mit zarten Porzellantassen und einem feinen Earl Grey.

Ein halber Kuchen. Jemand, mit dem man ihn teilen kann. Liz und Nigel. Nigel und Liz.

Als eine verrückte Idee in meinem Kopf langsam Gestalt annahm, hielt ich die Luft an. Nigel war noch da. Ich sah auf die Uhr. Halb drei. Vielleicht noch eine Stunde oder etwas länger, bevor es dunkel wurde.

»Bist du noch den ganzen Nachmittag hier, Nigel?«, rief ich wie beiläufig über die Schulter.

Nigel kratzte sich am Kopf. »Nicht mehr allzu lange, vielleicht noch auf eine Tasse Tee, dann ziehe ich ein paar Lauchstangen und ab nach Hause.«

Ich strahlte. »Ah, gut, also, bis dann.«

Ich flitzte zu meinem Wagen, warf meine Sachen in den Kofferraum und stellte den Kuchenbehälter behutsam auf den Beifahrersitz. Blitzschnell schrieb ich zwei Zettel mit derselben Botschaft.

Bitte komme um 15.30 Uhr heute Nachmittag zum Tee zur Steinbank zwischen den Bäumen hinter Parzelle 16.

Okay. Ich atmete einmal tief durch. Jetzt musste ich die Nachrichten nur noch richtig platzieren.

Ich flitzte zu ihren beiden Parzellen. Bei Nigel wäre es kein Problem, er war noch im Pavillon und wollte anschließend zu seinem Grundstück. Liz hingegen musste jetzt irgendwo auf ihrem sein. Ich klemmte einen der gefalteten Zettel in Nigels Schuppentür und schlich mich an Liz' Parzelle gegenüber an. Der Moment war günstig, denn sie stand in ihrem Folientunnel und summte vor sich hin, während sie hingebungsvoll ihre Setzlinge goss. Ich schlängelte mich zur halb geöffneten Tür herein und warf meinen Zettel auf ihre Tasche. Vorsichtig zog ich den Arm zurück und schlich auf Zehenspitzen davon, bis ich in sicherem Abstand einen Sprint zu meinem Wagen einlegen konnte. Wenn mein Plan funktionieren sollte, musste ich schnell handeln.

Zuhause warf ich den Wasserkocher an, und während ich die bunte Lichterkette vom Spiegel im Wohnzimmer herunternahm und betete, dass die Batterien auch für den Außenbereich taugten, bereitete ich in Windeseile eine Thermosflasche Tee – Earl Grey, was sonst – und kramte im hintersten Winkel meines Küchenschranks nach meinem besten Porzellan. Als ich mit einem Finger über die zarten Tassen und zierlichen Teller strich, musste ich schlucken, denn das Teeservice war ein Hochzeitsgeschenk gewesen. Rosarot und wunderschön, mit winzigen Vögeln bemalt. Auch wenn ein Picknick im Freien vielleicht nicht der ideale Anlass war, es nach zwei Jahren erstmals wieder in Gebrauch zu nehmen, kam es im Schrank noch weniger zur Geltung. Ich wickelte das Geschirr sorgsam in Tücher ein und verstaute es zusammen mit dem Tee in meiner Einkaufstasche.

»Nigel und Liz sind es wert«, sagte ich mir auf der Rückfahrt zur Gartenanlage. Sie waren zwei liebenswürdige, einsame Menschen, die eine zweite Chance verdient hatten, ein bisschen Glück zu finden. Klar, ich spielte hier die Kupplerin, aber irgendetwas sagte mir, dass es in Ordnung war.

Ich sprang aus dem Wagen, lief wie ein Wiesel die Straße entlang und an meiner Parzelle vorbei zum kleinen Wäldchen. Ich sah auf die Uhr. Kurz nach drei. Keuchend wand ich die Lichterkette in die Zweige über der Bank, um den natürlichen Bogen zu betonen, den die Bäume darüber formten. Dann breitete ich eine Decke über den Steinsitz, schob die Torte auf eine Platte und deckte für zwei.

Schließlich trat ich zwei Minuten vor der angegebenen Zeit zurück und vergewisserte mich, dass alles in Ordnung war.

Und ob!

Es sah wie im Märchen aus. Die Sonne ging gerade unter und tauchte den Himmel in Purpur und Grau, und die Lichter funkelten über der Bank.

Es war die perfekte Kulisse, um sich zu verlieben.

Ich verzog mich und stellte mich in einiger Entfernung hinter einen Baum. Als ich auf der anderen Seite des Bogengangs Schritte kommen hörte – zwei Paar – und dazu leise Stimmen, hielt ich die Luft an.

Die Schritte hielten an. So weit, so gut.

Ich sollte mich vom Acker machen. Ich sollte mich davonschleichen und das Übrige den beiden überlassen. Ich hatte das Meine getan. Doch ich blieb wie angewurzelt stehen und spähte zwischen den Bäumen hindurch.

Sag ich's doch! Innerlich machte ich einen Luftsprung. Sie saßen Seite an Seite auf der Bank, Nigel hatte Liz den Arm um die Taille gelegt, sie den Kopf an seine Schulter, und für den Moment waren Tee und Torte vergessen. Ich freute mich wie ein Schneekönig für die beiden. Während ich auf Zehenspitzen davonschlich, bescheinigte ich mir: *Du bist eine begnadete Kupplerin, Tilly Parker, da kann dir so schnell keiner das Wasser reichen.*

Blieb nur die Frage, wieso die Liebesprobleme aller anderen so viel leichter zu lösen waren als meine eigenen.

Kapitel 39

Am nächsten Freitag machte ich mir klar, dass mein Körper dringender ein bisschen liebevolle Pflege nötig hatte als einen Abend mit Freya und ihren Freunden im Pub. Und so wurde daraus ein Verwöhnabend *chez moi*. Nach einem dampfend heißen Bad hatte ich mir eine Pediküre gegönnt, anschließend warmes Öl ins Haar einmassiert und war gerade dabei, eine Gesichtsmaske aufzulegen, die versprach, meiner Haut Feuchtigkeit zu spenden und sie zu regenerieren.

Nach den letzten kalten Wochen hatte ich spröde Lippen und schuppige Flecken an den Wangen sowie zu allem Überfluss vom ständigen Schnäuzen eine rote Nase. Meinem Haar erging es nicht viel besser. Dank meiner Friseur-Phobie und meiner Vorliebe fürs Glätteisen war ich vermutlich der bedenklichste Fall von Spliss in der westlichen Hemisphäre.

Normalerweise hätte ich Gemma eingespannt, die mich mit ein paar Schönheitsbehandlungen wieder in Schuss gebracht hätte. Doch inzwischen war ihr Bauch so rund und straff gespannt, dass sie schon aus der Puste kam, wenn sie sich die eigenen Haare kämmte. Stattdessen hatte ich in der Drogerie das halbe Regal für »Notfallreparaturen« leergekauft. Und mich allein ans Werk gemacht.

Außerdem wollte Gemma an diesem Abend früh ins Bett. Ich musste es wissen, denn sie war bis eben bei mir gewesen, und wir hatten zusammen eine Stunde lang im Internet ihre sämtlichen Babysachen gekauft. Am Ende war ihr ein Einkaufsbummel doch zu beschwerlich gewesen. Sie sah sich außerstande, in überhitzten Läden mit viel zu vielen Weihnachtseinkäufern und viel zu wenig Toiletten herumzuwatscheln, und so hatten wir uns für die virtuelle Shoppingtour entschieden. Was auch mir, wenn ich ehrlich war, gelegen kam. Wahrscheinlich wäre ich nicht die einzige nichtschwangere Frau in der Babyabteilung von John Lewis gewesen, doch ich hätte mich so gefühlt.

Ich trug mir eine Heidelbeer-Gesichtsmaske auf. Während ich mir die Hände wusch, betrachtete ich mich im Spiegel. Ich sah zum Fürchten aus.

Als mein Handy klingelte und ich ranging, versuchte ich, als ich die Nummer erkannte, nicht allzu schuldbewusst zu klingen.

»Hallo, Freya!«

»Wie sieht's aus? Kommst du noch rüber? Wir sind schon im The Feathers – du weißt schon, dem Pub in der Shenton Road –, und später wollen wir noch in die Stadt.«

Ich hatte tatsächlich mit dem Gedanken gespielt, mich mit ihr und ihren Freunden auf einen Drink zu treffen, doch irgendwie war ich nun doch nicht in der Stimmung dafür, was auch immer unter »dafür« zu verstehen war. Bei geselligen Anlässen fühlte ich mich, wenn ich alleine hinging, unbehaglich, ich trank immer noch kaum, außerdem blieben mir noch … ich sah auf die Uhr … fünf Stunden November.

»Darf ich passen, Freya? Ich bin einfach ein bisschen

erschöpft und …« Ich brachte den Satz nicht zu Ende. Es war erst sieben Uhr, und um ein Haar hätte ich ihr verraten, dass ich schon im Pyjama und Bademantel war. Erbärmlich, keine Frage, aber kein Grund, es auch noch hinauszuposaunen.

»Kein Problem. Ach, was ich dich noch fragen wollte, du weißt nicht zufällig, ob dieser tolle Typ bei dir in der Kleingartenanlage Single ist, oder?«

Ich grinste. »Der große, muskulöse, gutaussehende Typ?«

Sie stieß einen schmachtenden Seufzer aus. »Genau der.«

»Das ist Charlie und ja, er ist Single. Soll ich mal meine Fühler für dich ausstrecken?«

Als Freya zur Antwort nur noch kreischte, hielt ich mein Handy auf Abstand.

Schmunzelnd trennte ich die Verbindung. Ich hatte mich geschickt aus der Affäre gezogen und vielleicht sogar noch eine romantische Beziehung angebahnt. Ich wurde richtig gut darin! Jetzt konnte ich mich zu einem entspannten Abend vor die Glotze hängen, während meine Schönheitsbehandlungen ihre magische Wirkung taten.

Nur dass es, als ich gerade mit der Fernbedienung in der einen Hand und einer heißen Schokolade in der anderen aufs Sofa sinken wollte, plötzlich energisch an meiner Haustür klopfte. Erschrocken stieß ich einen kleinen Schrei aus und stand so abrupt auf, dass ich mir brühend heißen Kakao über den Kragen meines weißen Bademantels schüttete.

Der Nachteil an einem Reihenhaus, hatte ich inzwischen erkannt, war die Tatsache, dass man nicht so tun konnte, als wäre keiner zuhause. Das Wohnzimmer lag an der Straßenseite; wer auch immer beschlossen hatte, in diesem höchst unpassenden Moment bei mir vorbeizukommen, hatte gesehen, dass Licht brannte, und vermutlich auch den Fernseher gehört.

Mir blieb also gar nichts anderes übrig, als mit meiner Kriegsbemalung an die Tür zu gehen.

»Augenblick bitte!«, rief ich Richtung Hausflur und flitzte in die Küche, um wenigstens die Gesichtsmaske hastig herunterzuspülen.

»Warum klopft nie jemand bei mir an, wenn ich gut aussehe«, murmelte ich und kramte meine Schlüssel hervor. Wieso kam kein überraschender Besuch, wenn ich mein Haar gerade frisch gestylt, ein makelloses Make-up aufgetragen und etwas Schmeichelhaftes angezogen hatte? Ich verzog das Gesicht. So sah ich nie aus.

Endlich schloss ich auf und versuchte, nicht zu zucken, als ich merkte, dass ich noch ein paar aufgesprungene, eingetrocknete Partien von meiner blauen Maske auf der Oberlippe hatte.

»Tut mir leid, Sie warten zu lassen … oh! Hallo!«

Keine Ahnung, wen ich erwartet hatte. Ich war zu sehr mit meinem Aussehen beschäftigt gewesen, um so weit vorauszudenken. Vielleicht jemand von der Schule oder von der Ivy Lane oder vielleicht auch Hayley, die ab und zu vorbeischaute, um mir das Neueste aus ihrem Leben zu erzählen … aber nicht diese Fremde.

Vor mir stand eine junge Frau mit drahtigem schwarzem Haar; sie trug ein Minimouse-Sweatshirt, dazu einen geblümten Cordrock und zweckmäßiges Schuhwerk, ein ungewöhnliches Outfit, besonders für jemanden über zwanzig. Doch zu meiner größten Überraschung hatte sie Cally in den Armen. Meinen Cally! Er wand sich aus ihrem Griff und sprang herunter, um sich an mir vorbei ins Haus zu schleichen.

Das Mädchen lächelte mich scheu an und spielte nervös mit den Händen.

»Ich klopfe schon seit einer Ewigkeit bei normaler Lautstärke, aber als niemand kam, habe ich, als letzten Versuch, noch einmal an die Tür gedonnert. Ich hab Sie doch hoffentlich nicht erschreckt?«

Ich schüttelte den Kopf und verdeckte den nassen Fleck an meinem Morgenmantel mit der Hand.

»Möchten Sie reinkommen?«

»Oh, nein. Ich wollte Ihnen nur sagen, dass Ihr Kater in den letzten Wochen eine Menge Zeit in meinem Haus verbracht hat.«

Ich sah sie mit großen Kulleraugen an. »Da also hat er gesteckt. In letzter Zeit kommt er selten abends heim. Tut mir leid.«

»Ich wohne direkt hinter Ihrem Haus, unsere Gärten grenzen aneinander. Er war also nicht weit weg.«

»Ach so; also, dann vielen Dank.« Zum Zeichen, dass ich die Unterhaltung damit für beendet hielt, legte ich die Hand an die Tür.

Schließlich war es kalt, sie wollte nicht hereinkommen, und mir blätterte die Farbe ab.

»Ich, ähm … wie soll ich sagen«, setzte sie an.

Sie trat verlegen von einem Fuß auf den anderen.

»Es ist nur so, ich habe eine Katze namens Pebbles.« Sie fuhr sich mit der Hand zum Mund und kaute für einen Moment an ihrem Daumennagel. »Sie ist trächtig, und ich glaube, Ihr Kater ist der Vater.«

Ich schnappte nach Luft. »Cally? Aber der ist doch

selbst noch so klein! Der ist kein Jahr alt!« Mir schwirrte der Kopf: Welche Verantwortung lag jetzt bei mir, wie konnten wir zweifelsfrei feststellen, ob es seine waren, und würde ich einen Teil des Wurfs zu mir nehmen müssen?

»Ich glaube, Kater sind«, sie räusperte sich, »mit sechs Monaten geschlechtsreif.«

»Ach so.« Wie gut, dass sie, mit dem Licht in meinem Rücken, mein peinlich berührtes Gesicht nicht so genau sehen konnte.

Immer noch ganz perplex, zückte ich mein Handy, wir tauschten unsere Nummern aus, und sie versprach mir, sich bei mir zu melden, sobald die Jungen da waren. Ich winkte ihr hinterher, schloss die Tür und lehnte mich mit dem Rücken dagegen.

Na großartig. Selbst mein Kater hatte ein aktives Liebesleben.

Es war der letzte Tag im November. An diesem Abend lief mein selbstgestelltes Ultimatum ab, und ich würde mich von dem Gedanken verabschieden, dass Aidan und ich je zusammenkämen.

Weder hatte ich von ihm noch einmal gehört noch den Mut aufgebracht, mich meinerseits bei ihm zu melden. Und damit war ich ab morgen dazu verdonnert, mich auf dem Partnermarkt zurückzumelden. Ich schauderte bei dieser Formulierung, als ginge es um einen Gebrauchtwagen oder ein Haus. *Offen für amouröse Avancen* klang schon viel netter. Wenn auch ein wenig zu sehr nach Jane Austen.

Tut mir leid, Jane Austen.

Gemmas Worte auf meine Feststellung, ich warte auf einen Anruf von Aidan.

Ich hatte immer noch seine Nummer.

Er dagegen meine nicht.

Du liebe Güte, Aidan hatte meine Nummer nicht! Wieso fiel mir das erst jetzt auf?

Mich packte eine Woge der Schwermut, und ich tappte die Treppe zum Badezimmer hinauf, wo ich mir das Öl aus den Haaren und die letzten Reste der getrockneten Gesichtsmaske herunterspülte.

War's das also? Endstation für Aidan und mich? Und wenn ich mir nun aus Stolz und aus Gründen der Konvention oder auch aus Mangel an Courage etwas Besonderes entgehen ließ? Ich starrte im Badezimmerspiegel in mein rosiges Gesicht, während ich mit Verstand und Herz das Für und Wider durchging.

Herz: Ich bin dieses Jahr so weit gekommen. Ich habe mir ein neues Leben aufgebaut, bin beruflich noch einmal durchgestartet und in einer neuen Stadt heimisch geworden. Wieso also sollte nicht ich diesen Anruf machen? Was könnte schon schlimmstenfalls passieren?

Verstand: Er könnte dir einen Korb geben, und du wärst am Boden zerstört.

Herz: Aber dieser Kuss – Küsse, um präzise zu sein –, das habe ich mir nicht eingebildet. Da war etwas zwischen uns, es hat geknistert.

Verstand: Sicher, aber … Bevor mein Verstand seine Bedenken weiter ausführen konnte, hatte mein Herz schon für beide entschieden.

Ich schluckte, scrollte meine Kontakte herunter, bis ich zu seiner Nummer kam, die ich, obwohl noch nie gewählt, unter Favoriten gespeichert hatte.

Mein Finger schwebte über seinem Namen. Und dann tippte ich ihn an.

Es klingelte. Ein englischer Klingelton. Puh. Zumindest war er noch im Land, in derselben Zeitzone wie ich, wie peinlich, wenn ich ihn irgendwo anders auf der Welt aus dem Schlaf gerissen hätte …

»Hallo, hier ist der Anschluss von Aidan?«

Es war eine Frau. Ich hörte das Lächeln aus ihrer Stimme heraus. Sie schien außer Atem und nicht ganz bei der Sache, als habe sie der Anruf bei etwas gestört …

Vielleicht *hatte* ich sie bei etwas gestört, etwas von sehr persönlicher Natur. Ich bekam einen trockenen Mund, und das Herz pochte mir in den Ohren. »Ich … ich … Entschuldigung, verwählt.«

Ich trennte die Verbindung und ließ das Handy ins Waschbecken fallen.

Wieso hatte ich auf mein Herz statt auf meinen Verstand gehört? Natürlich hatte er nach all den Wochen jemand anderen gefunden – der Mann war begabt, gutaussehend, unterhaltsam und herzensgut … warum also sollte er immer noch Single sein!

Mist! Als sich mir das Bild von Aidan und einer anderen Frau aufdrängte, wie sie nach dem Sex träge und entspannt im Bett lagen, drehte sich mir fast der Magen um. Ich kniff die Augen zu, um das Bild zu verbannen.

Das war's dann also.

Ich brauchte einen Drink.

Ich schlüpfte in meine Jeans, legte Mascara und ein wenig Lipgloss auf und wedelte so lange mit dem Föhn herum, bis meine Haare trocken genug waren, um mir keine Lungenentzündung einzubrocken, und eine halbe Stunde später marschierte ich zum Pub.

The Feathers war nichts Besonderes. Es gab dort nichts

zu essen, keinen Spielbereich oder Tische auf dem Bürgersteig, sondern einfach nur etwas zu trinken – in diesem Moment also genau das, was ich brauchte.

Nur dass ich in dem Moment, als ich die Tür öffnete, wusste, dass es ein Fehler gewesen war. Der Pub war überfüllt, laut und für eine Stubenhockerin wie mich einschüchternd, gelinde gesagt.

Am hinteren Ende spielte auf einer erhobenen Bühne eine Liveband. Ich erkannte den Song nicht wieder, doch ich mochte ihn nicht, und es war eindeutig zu laut. Ich entdeckte Freya mit ihren Freunden unweit der Bühne. Es waren sechs junge Frauen, alle im Partymodus. Auf dem Tisch standen jede Menge leere Gläser, und die Freundinnen redeten wild gestikulierend, kicherten und warfen die Haare zurück, offensichtlich, um die Aufmerksamkeit der Männer am Nachbartisch zu erringen.

Das war nichts für mich. Ich passte nicht dazu. Zum Glück hatte mich Freya noch nicht bemerkt, und so machte ich auf dem Absatz kehrt, bevor ich den Tränen freien Lauf ließ.

Was hatte ich mir bloß dabei gedacht? Es war eine Sache, neue Leute kennenzulernen und sich, wenn man so richtig in Stimmung war, ein Gläschen zu gönnen. Etwas ganz anderes war es, in der Gesellschaft von Fremden auszugehen, um seinen Kummer zu ertränken. Wenigstens war ich zur Besinnung gekommen, bevor ich mich in irgendeinem zwielichtigen Club in Kingsfield wiederfand, tröstete ich mich auf dem Heimweg.

Gegen den eisigen Wind schlug ich den Mantelkragen hoch und wickelte mir den Schal bis über den Mund, während ich durch die Shenton Road stapfte. Je schneller ich diesen Abend hinter mich brachte, desto besser. Morgen war auch noch ein Tag. Morgen war schon Dezember und Weihnachten nicht mehr weit. Vielleicht konnte ich mir schon mal einen Christbaum aussuchen.

Ich war so darin vertieft, mir zu überlegen, in welcher Ecke der Baum stehen sollte, welche Sorte und welche Größe am besten passen würde, dass ich nicht auf die Feuerwehr achtete, die in diesem Moment an mir vorbeifuhr.

Da das Blaulicht nicht an war, wie mir jetzt bewusst wurde, waren sie wohl auf dem Rückweg zur Station, nachdem sie irgendwo in Kingsfield einen Brand gelöscht oder Wasser abgepumpt oder sonst irgendeinen Schaden behoben hatten.

Als ich in die Wellington Street abbog, holte mich derselbe Feuerwehrwagen wieder ein und kam zischend zum Stehen. Eine Tür flog auf, Charlie sprang heraus und knallte die Tür hinter sich zu. Durch das Fenster starrten mich vier Feuerwehrleute an.

Ich hatte ihn noch nie in Uniform gesehen. Er war darin ein echter Hingucker.

»Dachte ich mir doch, dass du das bist.« Er stemmte die Hände in die Hüften und sah sich kurz um, als rechnete er damit, dass jeden Moment noch irgendwer hinter einem Laternenmast hervorgesprungen kam. »Was machst du um diese Zeit ganz allein hier draußen?«

»Fürs Protokoll, ich bin nicht mehr zwölf, aber danke der Nachfrage«, lachte ich und verschränkte gegen die Kälte die Arme vor der Brust.

Er runzelte die Stirn. »Uuund?«

Ich blickte genervt zum Himmel. »Ach, ich wollte mit

Freya aus dem Café in den Pub, aber ich hab's mir anders überlegt. Und jetzt bin ich auf dem Heimweg.«

»Dann begleite ich dich das letzte Stück.« Er drehte sich zum Fahrer des Löschzugs um und rief ihm durch die Scheibe zu: »Bis nachher.«

Die ermunternden Rufe der anderen Männer waren ein wenig peinlich, doch dann fuhren sie mit einem lauten Hornsignal davon. Aus irgendeinem Grund winkte ich ihnen ebenfalls nach und kam mir dabei ziemlich albern vor.

»Darfst du das, schwänzen?«, fragte ich, bevor er mich über meinen missglückten Abend ausfragen konnte.

Er zuckte die Achseln. »Meine Schicht ist sowieso in ein paar Minuten vorbei. Komm.«

»Ich finde zwar wirklich auch allein nach Haus, aber wenn du darauf bestehst.« Ich zuckte in gespieltem Gleichmut die Achseln, auch wenn ich insgeheim für die Gesellschaft dankbar war.

Wir gingen los, und meine hochhackigen Absätze klackten bei jedem Schritt auf dem Pflaster, während seine Stiefel keinen Laut von sich gaben.

»Freya ist übrigens sehr nett«, sagte ich.

»Hmm«, erwiderte er in unverbindlichem Ton.

»Hättest du nicht Lust, sie ein bisschen näher kennenzulernen?«

Er lachte leise und schüttelte den Kopf. »Nee, nicht mein Typ.« Ich beobachtete die Atemwolke vor seinem Gesicht und biss mir auf die Zunge. Ich hatte eine recht gute Vorstellung davon, was sein Typ war. Ich zitterte, und er hielt mir den Arm hin, damit ich mich unterhaken konnte. Ich schmiegte mich an ihn und genoss die Wärme. Ein paar Minuten lang liefen wir nebeneinander her, ohne etwas zu sagen, während ich überlegte, wie ich es geschafft hatte, statt mich daheim gemütlich vor dem Fernseher zu räkeln, bei eisiger Kälte mit einem Feuerwehrmann durch die Straßen zu laufen.

Charlie und ich.

Es wäre so leicht.

Ich und Charlie.

Wenn ich ihn jetzt einlud mit hereinzukommen, würde er nicht zögern. Ich könnte ihn bitten, über Nacht zu bleiben, damit ich nicht alleine wäre, und wahrscheinlich würde er auch dazu ja sagen.

Aber das wäre nicht fair. Wenn ich doch nur in Charlie verliebt wäre, aber das war ich nun mal nicht. Er blieb für mich immer nur der große Bruder, den ich nie gehabt hatte.

Wir waren fast an meinem Haus angekommen, und ich griff in meine Tasche, um die Schlüssel herauszuholen. »Das zwischen dir und diesem Mann vom Fernsehen, gibt's da was Neues?«

»Wer? Aidan? Nein, wieso? Nein«, sagte ich lachend und verzog das Gesicht. »Nein, das ist passé.«

Nur gut, dass es dunkel war. Selbst wenn ihn meine Worte überzeugten, was ich bezweifelte, hätten mich mit Sicherheit meine glühenden Wangen verraten.

Charlie seufzte, fuhr zu mir herum und strich sich übers Gesicht. Ich hörte seine Bartstoppeln unter seinen Fingern. Ich klimperte mit dem Schlüsselbund in der Hand und starrte auf meine Füße.

»Was ich da getan habe, tut mir furchtbar leid, Tilly. Wenn ich gewusst hätte, was ich da anrichte … Er ist ein netter Kerl, und ich hatte nicht das Recht, mich zwischen euch zu drängen. Wenn ich irgendwas tun kann, ich meine, ein gutes Wort einlegen oder so …« Er lächelte zerknirscht, und ich lächelte gequält zurück.

Ich musste an die Frau denken, die sich unter Aidans Nummer gemeldet hatte, und schüttelte den Kopf.

»Ist nicht deine Schuld. Ich hab's selber verbockt«, seufzte ich. »Es ist zu spät für Aidan und mich, Charlie, aber danke für das Angebot, und danke, dass du mich nach Hause begleitet hast.« Ich stellte mich auf die Zehenspitzen, gab ihm einen Kuss auf die Wange und schlüpfte ins Haus. Er stand im Mondlicht auf dem Bürgersteig und strich sich immer noch übers Gesicht.

Kapitel 40

Am nächsten Morgen machte ich mir, nach einer unruhigen Nacht, eine Tasse Tee, setzte mich auf einen Küchenhocker und rief Gemma an. Ich fragte mich, wie lange wir uns wohl noch so oft sehen und austauschen würden können; sobald das Baby da war, hätte sie einfach nicht mehr die Zeit, sich mit meinen romantischen Unzulänglichkeiten zu befassen. Doch momentan hatte sie sich prächtig erholt und hoffentlich Zeit für einen Schwatz mit ihrer Single-Freundin.

»Ah, du Trauerkloß«, seufzte Gemma nach meinem Bericht von den Ereignissen am Abend, einschließlich Callys bevorstehender Vaterschaft und Aidans neuer Frau. Den Teil mit Charlie, der mich in voller Feuerwehrmontur heimgeleitet hatte, ließ ich aus. Ich brauchte Sympathie, keine Spekulationen.

»Mal ehrlich, du hast keine Ahnung, wie glücklich du dich schätzen kannst, Single zu sein«, fügte sie hinzu.

Ich schnappte hörbar nach Luft.

»Nein, im Ernst, Tills, auch wenn ich weiß, wie unsensibel das klingt.«

Allerdings. Dennoch machte ich ein höfliches, beschwichtigendes Geräusch.

»Aber letzte Nacht, ich schwör's, hat Mike von der

Sekunde an, als er das Licht ausmachte, bis zum Morgen geschnarcht, während ich auf hundert Kissen gestützt danebenlag und versucht habe, ihn und das verfluchte Sodbrennen zu ignorieren. Irgendwann in der Nacht habe ich mich dabei ertappt, wie ich mich mit einem meiner Kissen über sein Gesicht gebeugt hab. Ich war wirklich in Versuchung, das kann ich dir sagen.«

»Armer Mike!« Bei der Vorstellung, wie Gemma in Versuchung geriet, ihren gutmütigen Mann wegen seines unschuldigen Schnarchens zu ersticken, musste ich kichern.

»Doch wohl eher arme Gemma!«, protestierte sie. »Was ich dafür geben würde, auch nur eine Nacht ein Doppelbett ganz für mich allein zu haben.«

Ich genoss diesen Luxus nun schon seit über zwei Jahren und konnte nur sagen, es reichte.

»Du liebe Güte«, stöhnte ich, »was ich dafür geben würde, auch nur eine Nacht in meinem Bett von jemandem wachgehalten zu werden. Ich hätte ein bisschen Liebe bitter nötig. Klingt das verzweifelt?«

»Ehrlich gesagt, schon.« Sie kicherte. »Oh, ich weiß: dateme dotcom!«, rief sie.

»Ähm, ich glaube, ich kann dir nicht folgen.«

»Das Partnervermittlungsportal.«

»Ach so, ja.« Ich seufzte erleichtert. »Nicht mein Ding. Aber trotzdem danke für den Hinweis.«

Internet-Dating brachte ich mit windigen Typen in Verbindung, und für meinen Geschmack hatte ich in diesem Jahr schon genug Fehlschläge in Sachen Romantik hinter mir.

»Das ist vollkommen harmlos, Tilly, auf die Weise hat meine Friseurin schon jede Menge Dates gehabt.«

Genau.

»Hm. Nur dass ich auf ›jede Menge Dates‹ absolut nicht scharf bin. Ich wäre mit einem einzigen richtig netten Date zufrieden.«

Vorzugsweise mit einem Mann mit intelligenten braunen Augen, einer markanten Nase und kräftigem, gewelltem Haar …

Ich kniff die Augen zu.

Vergiss Aidan, so wie er dich vergessen hat.

»Im Übrigen will mich Marcia, eine Kollegin von der Schule, mit ihrem Bruder verkuppeln«, sagte ich beschwingt.

»Ein Blind Date!«, kreischte Gemma ins Telefon. »So sind Mike und ich zusammengekommen, und sieh mal, wie toll es zwischen uns läuft!«

Ich verkniff mir, sie daran zu erinnern, dass er letzte Nacht nur knapp dem Erstickungstod entronnen war.

»Du solltest es zumindest mal versuchen, was hast du denn zu verlieren?«, bekräftigte sie.

»Du meinst, abgesehen von meiner Würde im Lehrerzimmer?«, seufzte ich. »Marcia hat mir ein Foto von ihm gezeigt, sah gar nicht mal schlecht aus, bis sie einräumte, dass er immer noch bei seinen Eltern lebt, in einem Einzelbett schläft und bevor er abends das Licht ausmacht, seine Kylie-Minouge-Poster küsst.«

»Du liebe Güte«, prustete sie. »Klingt wie dieser Film, *Zum Ausziehen verführt.*«

Bei dem Gedanken an Matthew McConaugheys zerzaustes Haar schwiegen wir beide einen Moment.

Ich räusperte mich. »Egal, was hast du mit dem Rest des Tages vor?«

Ich hörte, wie sie die Sitzposition wechselte. »Also,

Mike und ich wollten ein bisschen Pläne schmieden, für nächstes Jahr.« Sie klang glücklich.

»Ich auch«, sagte ich. »Ich hab mir ein paar Saatkataloge kommen lassen und wollte nachher kurz zur Ivy Lane rüberfahren, um mir eine Liste mit den Sachen zu machen, die ich nächstes Jahr ziehen will. Übrigens trage ich mich mit dem Gedanken, an der Schule einen Gärtner-Club zu gründen. Ich hatte schon überlegt, ob ich mir bei deiner Mum ein paar Ratschläge einholen könnte. Ich denke, es würde den Kindern mächtig Spaß machen, ihr eigenes Gemüse zu ziehen.«

»Also, das ist eine fantastische Idee, ich bin sicher, dass sie dir gerne behilflich ist. Wir planen übrigens einen Wanddurchbruch zwischen Esszimmer und Küche, um im Erdgeschoss mehr Luft zu haben. Außerdem habe ich dann das Baby besser im Blick, wenn ich in der Küche bin. Und Mia kann im Wohnzimmer sitzen und fernsehen oder Hausaufgaben machen. Obwohl ich Letzteres erst glaube, wenn ich es sehe.«

Ich schluckte. »Klingt toll«, sagte ich und zwang mich zu einem unbeschwerten Ton.

Meine Pläne klangen nach einer alleinstehenden, einsamen Person. Ihre klangen nach einer Familie, die Zuwachs bekam.

Ich verabschiedete mich mit dem Versprechen, sie bald zu besuchen. In der Ivy Lane warteten eine Hacke und wucherndes Unkraut auf mich. Davon abgesehen, war ich neugierig darauf, wer außer mir da sein würde. Schon seltsam, wenn ich daran dachte, wie ich die Parzelle gepachtet hatte, um dort meine Ruhe zu finden, und inzwischen hinging, wenn ich einsam war.

Aber so lief es nun mal im Leben, sagte ich mir. Und wenn man noch so sorgfältig plant, kommt es immer irgendwie anders.

Zwei Wochen später – der Dezember war schon halb vorbei – holte ich mir meine Dosis sozialer Kontakte immer noch in der Ivy Lane, auch wenn unsere Zahl um diese Jahreszeit drastisch geschrumpft war. Shazza war da, aber ohne Karen. Ich hatte Christine im Büro des Pavillons entdeckt und Liz in ihrem Plastiktunnel. Aber das war's auch schon. Wenn doch nur schon wieder Sommer wäre und die Ivy Lane vor Leben sprühte und in allen Regenbogenfarben erstrahlte …

Ich stieß den Spaten in die Erde, stellte den Fuß drauf und holte Luft. Obwohl es nur knapp über dem Gefrierpunkt war, schwitzte ich und war außer Puste.

Heute grub ich das Beet um, in dem Brenda ihre Kartoffeln gezogen hatte. Ich hatte das ganze Jahr über auf meiner Parzelle wenig umgegraben. Nachdem Charlie im März mit der Bodenfräse ganze Arbeit geleistet hatte, brauchte ich den Boden in den folgenden Monaten nur noch ein wenig mit Gabel und Hacke aufzulockern. Doch als Gärtnerexpertin wusste ich inzwischen, dass man mit großen Schollen für eine gute Durchfrostung sorgte und damit für einen guten Start im nächsten Frühjahr. Als Nächstes musste ich Dung auf die nackte Erde ausbringen, womit ich es nicht eilig hatte.

Es war Knochenarbeit, genau das Richtige, um abzuschalten und nicht an meine lange Erledigungsliste bis Weihnachten zu denken.

»Tilly!« Als ich aufblickte, kam Christine vom Pavillon

herübergerannt und wedelte mit einem Blatt Papier. »Hast du nächste Woche sehr viel zu tun?«, rief sie.

Ich biss mir auf die Lippe und grinste. Frage jeden x-beliebigen Lehrer, ob er in der Zeit vor Weihnachten viel zu tun hat, und du bekommst diesen speziellen Blick, bevor er entweder in einen Heulkrampf ausbricht oder nach dem nächsten stumpfen Gegenstand greift.

»Wieso?«, fragte ich, als sie näher kam. Ich hatte meine Lektion mit Christine gelernt. Sie musste die Karten zuerst auf den Tisch legen.

Sie umarmte mich, schenkte mir unter ihrer Bommelmütze hervor ihr strahlendstes Lächeln und hielt eine Entwurfsskizze für ein Poster zur Weihnachtsparty der Ivy Lane hoch.

»Ich bräuchte ein paar Ideen für die Party, und nachdem du den fantastischen Kuchenwettbewerb hingelegt hast …« Sie spähte hoffnungsvoll zu mir hoch.

Ich holte einmal tief Luft.

Bis zu den Schulferien in knapp zwei Wochen musste ich bei der Disco Aufsicht führen und am Advents-Lunch der Lehrer teilnehmen – sprich: matschiger Rosenkohl, zäher, vortranchierter Truthahn und kein Schlückchen Sherry, um es herunterzuspülen. Meine Klasse sollte außerdem in einem örtlichen Altenheim Weihnachtslieder singen, was, wie mir alle beteuerten, eine Ehre war, auch wenn mir die erleichterten Blicke zwischen den Kollegen etwas anderes signalisierten. Darüber hinaus galt es drei Aufführungen des Krippenspiels vor der gesamten Schule zu organisieren und auszusitzen. Zu allem Überfluss hatte mich unsere kleine Maria, ein Mädchen in meiner Klasse, vor zwei Tagen wissen lassen, sie müsse passen, weil sie mit ihrer ganzen Familie über Weihnachten auf Teneriffa sei.

Als sei das alles nicht genug, war ich die nächsten zwei Wochen auch noch für dreißig Kinder in Ferienlaune zuständig und schlicht gesagt erschöpft.

Nichtsdestotrotz nahm ich das Blatt in die Hand.

Das Poster warb mit Glühwein, Fleischpasteten sowie der Preisvergabe der jährlichen Gartenschau im August. Doch abgesehen von den Erfrischungen wirkte es wenig festlich.

»Hmm, klingt nicht besonders weihnachtlich.«

Christine seufzte. »Meine Rede.«

Sie schob die Hände in ihre Anoraktaschen, sog die Lippen ein und runzelte die Stirn. Ich verkniff mir ein Grinsen; mit ihren roten Bäckchen, der Bommelmütze und dem ernsten Gesicht erinnerte sie mich an eine kleine Elfe.

»Ich denke, da gehört etwas weihnachtliche Stimmung rein«, sagte ich. »Wie wär's mit Wichteln? Wir ziehen Namen aus einem Hut und machen einander ein Geschenk. Wir könnten auch sämtliche Parzellenpächter bitten, je ein Geschenk für die Kinder abzugeben, die in die Suppenküche gehen. Ich glaube, das wäre eine nette Sache. Und natürlich bräuchten wir Weihnachtsschmuck …« Ich zwinkerte ihr zu. »Die Dekoration kannst du mir überlassen.«

»Ach, Tilly, wenn du nichts dagegen hast, überlasse ich alles dir.« Sie stellte sich auf die Zehenspitzen und umarmte mich.

Ich schluckte. Und ob ich etwas dagegen hatte!

»Jetzt, wo das Baby kommt und ich Gemma mit dem Kochen und Putzen zur Hand gehe und hier alles in der

Ivy Lane organisieren muss … wird mir das ein bisschen zu viel.«

Ich sah ihr eindringlich ins Gesicht. Sie sah wirklich müde aus und war, wenn ich mich nicht täuschte, den Tränen nahe.

»Natürlich«, sagte ich und drückte ihr den Arm. »Wenn ich sonst noch irgendwie helfen kann, du brauchst nur zu fragen.«

»Danke, Tilly, Liebes. Es tut mir leid, dass es mit dir und Aidan nicht geklappt hat, doch sein Schaden ist unser Gewinn. Wenn ihr jetzt zusammen wärt, könntest du mir nicht helfen.« Ich blickte zwischen Christine und dem Poster hin und her und atmete einmal tief durch.

Na großartig. Dann war mein Single-Dasein ja wenigstens zu etwas gut. Wahrscheinlich würde ich Weihnachten nur in Gesellschaft von Cally und seinen Jungen zubringen, doch solange sich jemand um die Poster und die übrigen Kleinigkeiten in der Ivy Lane kümmerte, war die Welt in bester Ordnung.

Was mir in Erinnerung rief, dass ich wirklich einen Termin beim Tierarzt für ihn machen sollte. Bis jetzt hatte ich mich darum gedrückt, ihn kastrieren zu lassen, weil er mir leidtat. Doch er hatte seinen Spaß gehabt, und ich musste vernünftig sein, bevor er weitere Katzendamen im fruchtbaren Alter schwängerte.

Armer Cally. Ein zölibatäres Leben stand auf seinem Wunschzettel für Weihnachten sicher nicht ganz oben. Mit einem Seufzer steckte ich den Posterentwurf in die Tasche.

Kapitel 41

Allmählich sah es schon ziemlich weihnachtlich aus, und obwohl ich auf Zehenspitzen auf der obersten Leiterstufe balancierte, um den Eingang zum Pavillon zu schmücken, kribbelte es mir vor Festtagslaune wohlig im Bauch. Morgen war Heiligabend, vor mir hatte ich zwei Wochen Schulferien, und die hektischste Zeit im ganzen Schuljahr lag hinter mir. Jetzt brauchte ich nur noch den Pavillon für die abendliche Party fertig zu schmücken, dann konnte ich für vierzehn Tage in Entspannungsmodus wechseln. Hurra!

Als ich die letzte Lichterkette am Rand des Vordachs befestigte, summte ich fröhlich vor mich hin. Der Pavillon erstrahlte, wie es sich gehörte, in Festtagsglanz. Für meinen Geschmack konnte es gar nicht genug Weihnachtsbeleuchtung geben. War nur zu hoffen, dass Nigel an der Stromrechnung nächsten Monat nichts auszusetzten fand.

»Also, dann …« Wie aufs Stichwort kam Nigel aus dem Pavillon und schlang sich mit einem geschickten Knoten den karierten Wollschal um den Hals. Er blickte zu den bunten Lämpchen auf, und ich hielt gespannt die Luft an. »Tilly«, sagte er strahlend, »das wird eine prächtige Weihnachtsfeier. So schön habe ich den Pavillon noch nie gesehen.«

Und ich ihn noch nie so glücklich. »Danke«, sagte ich und grinste, als sich Liz unter dem Eingangsdach zu uns gesellte.

»Drinnen sind wir so weit fertig«, sagte sie. »Der Glühwein köchelt auf kleiner Flamme, die Gläser stehen bereit, und ich glaube, im Moment gibt's nichts mehr zu tun.«

»Wir gehen dann mal, Tilly, es sei denn, du kannst Hilfe mit den Lichterketten gebrauchen.« Nigel legte Liz stolz den Arm um die Schulter, und beide tauschten drollige Blicke. Der erste Überschwang der Liebe; ich konnte mich noch recht gut erinnern. Als mir ungebeten Tränen in die Augen stiegen, blinzelte ich sie hastig weg. Da wären wir mal wieder. Das war vermutlich die einzige Kehrseite – ein ständiges Wechselbad der Gefühle. Weihnachtslieder trafen eine besondere Schwachstelle bei mir. Bisher hatte ich es bei »Stille Nacht, heilige Nacht« noch nicht bis zur zweiten Strophe gebracht, ohne dass mir die Stimme wackelte.

Ich schüttelte den Kopf und lächelte. »Ich komm klar, Nigel. Ihr könnt ruhig gehen und euch fertig machen. Außerdem möchte ich die Lichter erst anknipsen, wenn ihr weg seid. Es soll schließlich eine Überraschung sein.«

Ich winkte ihnen noch hinterher und erinnerte sie daran, auf den verschneiten Straßen vorsichtig zu fahren.

In der Nacht hatte es zum ersten Mal geschneit, und als ich am Morgen erwachte, war mir die alarmierende Stille in der Wellington Street entgegengeschlagen, bis mir dämmerte, was geschehen war. Ich war aus dem Bett gesprungen, um die idyllische Schönheit meiner Straße zu bewundern, und bis jetzt hatte die Hochstimmung angehalten.

Es setzte schon die erste Dämmerung ein, und ich war

beinahe fertig. Gut so, schließlich musste ich noch nach Hause fahren, mich in Schale werfen und rechtzeitig für den Beginn der Party in knapp über einer Stunde zurück sein. Ich wand das Ende der Elektroschnüre um den hinteren Pfosten, stieg von der Trittleiter und hielt die Luft an, als ich nach dem Lichtschalter griff.

Tadaa! Der Pavillon verwandelte sich von einer tristen, nasskalten Hütte in ein kleines Märchenschloss. Ich trat zurück, um den Glanz in unserer bescheidenen Hütte zu bewundern – wahrlich ein erhebender Anblick.

»Gelungene Arbeit, Tilly«, murmelte ich, während ich die Leiter in die Mitte des Eingangs schob.

Blieb nur noch eins zu erledigen.

Ich schlang ein langes, breites, rotes Satinband um einen Bund Mistelzweige, stieg wieder auf die Leiter und befestigte es genau über der Tür.

Ich grinste innerlich, bei diesem Anblick würden heute Abend einige Augen zwinkern. Auf den besten Weihnachtspartys waren die Küsse unter dem Mistelzweig ein absolutes Muss. Und das hier würde, wenn es nach mir ginge, die ultimative Weihnachtsparty von allen. Nach allem, was meine Freunde in der Ivy Lane im Lauf des Jahres für mich getan hatten, war es meine Art, mich bei ihnen zu bedanken. Dafür, dass sie mich wieder ins Leben zurückgeholt hatten.

Drinnen warf ich einen letzten, prüfenden Blick auf den Glühwein, bevor ich alle Lichter außer denen am Weihnachtsbaum ausknipste. Mit stolzgeschwellter Brust sah ich mich noch einmal um, trat ins Freie und schloss die Tür hinter mir ab. Nigel hatte recht, ringsum sah es prächtig aus. Wir hatten einen kleinen Weihnachtsbaum mit roten Kugeln und Silberperlen-Bändern geschmückt sowie natürlich mit hunderten winzigen Elektrokerzen. Außerdem war der ganze Raum mit Efeu- und Stechpalmen-Girlanden verziert, die wir in der Anlage geschnitten hatten, und überall standen Dutzende kleine Kerzen, die wir mit Beginn der Feier anzünden würden.

Als ich vom Parkplatz fuhr, warf ich einen letzten Blick zurück – auf den Pavillon, der in der Dunkelheit funkelte, und die Mistelzweige, die wie ein großes Fragezeichen über dem Eingang hingen.

Ich riss mich los und konzentrierte mich auf die Straße.

Kapitel 42

Mein Party-Outfit für diesen Abend bestand aus einem kurzärmligen petrolfarbenen, schimmernden Minikleid, das mir elegant um die Beine spielte und weich um den Ausschnitt fiel. Es stand mir richtig gut, auch wenn es, zu einem knappen schwarzen Cardigan, farblich passender Strumpfhose und hochhackigen Schuhen, vielleicht eine Spur zu sexy ausfiel. Egal, ausnahmsweise einmal hatte ich beschlossen, alle sittlichen Bedenken in den Wind zu schlagen. Schließlich war Weihnachten, und wenn ich nicht mal zu Weihnachten aus mir herausgehen konnte, wann dann?

Die Gummistiefel, in denen ich das Haus verließ, während ich die Abendschuhe in der Handtasche hatte, ruinierten zwar den Gesamteindruck, doch das war nicht zu ändern. Besser in Gummistiefeln auf der Bildfläche erscheinen als mit einem gebrochenen Knöchel. Ich hatte gehofft, unter den ersten Gästen zu sein, um zu sehen, wie sie alle die Lichter bestaunten, doch der Fußweg über die vereisten Bürgersteige hatte länger gedauert als erwartet, und so sah ich durch die Glasfenster der Tür schon jede Menge Leute im Pavillon.

Als ich unter den Mistelzweigen die Schuhe wechselte, trafen Gemma und Mike ein.

»Weihnachtlich dotcom, Tilly! Ich bin überwältigt!«, rief Gemma, während sie wie ein Pinguin versuchte, die Stufen heraufzusteigen. Mike folgte dicht hinterher, mehrere Tüten und Taschen in der einen Hand, während er mit der anderen seine Frau am Hintern anschob.

Ich nahm sie lachend an den Händen und zog sie die letzte Stufe hoch. »Hey! Wusste ich's doch, dass du kommst, um mein Werk zu bewundern.«

Ich war so erleichtert, sie zu sehen. Insgeheim hatte ich befürchtet, das Baby könnte vor der Weihnachtsfeier kommen, und auch wenn ich mir denken konnte, dass sie sich jetzt lieber, das Neugeborene in den Armen, in die Kissen lehnen würde, war ich egoistischerweise froh, dass sie es gerade noch geschafft hatte.

Und sie sah hinreißend aus. Sie trug ein schwarzes Kleid mit winzigen Kristallen um den tiefen Ausschnitt, dazu eine lange schwarze Jacke, und ihr Haar glitzerte von Strasssteinen. So oder so konnte das Baby jeden Tag kommen, und bei dem Gedanken, Gemma heute zum letzten Mal für Monate in der Ivy Lane zu sehen, bekam ich feuchte Augen.

»Versprich mir, dass wir, wenn das Baby da ist, immer noch beste Freundinnen sind«, flüsterte ich, als sie meine Umarmung erwiderte.

»Versprochen«, sagte sie und küsste mich auf die Wange. »Und ich glaube, darauf brauchen wir nicht mehr lange zu warten«, fügte sie leise dicht an meinem Ohr hinzu.

Ich trat einen kleinen Schritt zurück, und auf meinen fragenden Blick legte sie nur den Finger an die Lippen: kein Sterbenswörtchen!

»Und wie fühlst du dich so als werdender Vater?«, fragte ich Mike.

»Ich freue mich, bin nervös und mach mir vor Angst bald in die Hosen.« Mit einem Blick unverhohlener Bewunderung drehte er sich zu Gemma um.

»Ah«, sagten Gemma und ich wie aus einem Munde.

»Geh du schon mal rein, Schatz, ich wollte nur noch kurz mit Tilly reden«, sagte Gemma und stupste ihren Mann zur Tür.

»Nur noch mal schnell«, sagte Mike und runzelte die Stirn, »es ist viel zu kalt für dich hier draußen.«

Sie verdrehte die Augen, und er ließ uns widerstrebend stehen.

»Er hat recht«, sagte ich. Ich hatte schon taube Lippen, und so weihnachtlich es unter dem geschmückten Vordach auch sein mochte, sah es vielleicht auch ein wenig verzweifelt aus, wenn ich noch länger unter den Mistelzweigen stehen blieb. »Lass uns reingehen.«

»Autsch!« Gemma beugte sich vor, hielt sich am Geländer fest und keuchte.

»Gemma?«

Sie hielt die Hand hoch, um mich zum Schweigen zu bringen. Ich hielt die Klappe und starrte sie ungläubig an. Sobald sie wieder reden konnte, blickte sie über die Schulter, um sich zu vergewissern, dass uns niemand hören konnte. »Tilly, kein Wort, aber ich bin schon in den Wehen«, flüsterte sie.

Nur Gemma konnte mit so einem Satz herausrücken.

»Ja, habe ich mir schon gedacht«, flüsterte ich zurück. Unwillkürlich fiel ich in ihren hechelnden Atem ein. Ich hatte eine Frau in den Geburtswehen vor mir. Ich musste mich schwer zusammenreißen, um nicht aus Leibeskräften nach Mike zu rufen. Oder irgendjemandem sonst. Doch ich folgte ihrer Bitte. »Bist du vollkommen verrückt geworden?«

»Ach, das dauert noch eine Ewigkeit«, sagte sie jetzt, wo die Wehe vorbei war, beschwingt. »Kein Grund zur Panik, und Mike hätte sich mit Sicherheit geweigert, mit mir herzukommen, wenn ich es ihm verraten hätte.«

»Ja, klar, und mit Recht, wenn du mich fragst.«

»Tilly, du bist echt lieb«, sagte sie lächelnd, »aber das hier wird meine einzige Weihnachtsfeier dieses Jahr, und eigens für diesen Anlass habe ich mir dieses Zeltkleid gekauft, und wenn ich schnurstracks ins Krankenhaus gefahren wäre, hätte ich es nie im Leben tragen können. Aber keine Sorge! Ich habe Mia für die Nacht bei einer Freundin untergebracht und mein Köfferchen im Wagen. Wir fahren von hier aus direkt ins Krankenhaus. Ein Kinderspiel!«

»Du siehst wunderschön aus«, sagte ich. »Auch wenn ich nicht sicher bin, ob du hier gut aufgehoben bist.«

»Oh, verlass dich drauf«, sagte sie. »Zuhause würde ich nur auf und ab gehen und mich verrückt machen. Die Party lenkt mich wenigstens ein paar Stunden lang ab.«

Als sie die nächste Wehe überkam, verzog sie erneut das Gesicht und krümmte sich. Sie griff in die Tasche ihrer Jacke und zog ein Kontrollgerät heraus.

»Diesmal volle Breitseite«, murmelte sie.

Ich erkannte den weißen, würfelförmigen Gegenstand in ihrer Hand von meinen eigenen Schwangerschaftsrecherchen wieder. Es war ein TENS-Gerät gegen Schmerzen und zur Entspannung. Ich runzelte die Stirn. Hoffentlich war ich der Aufgabe gewachsen, vor dem werdenden Vater und der gesamten Party zu verbergen, dass ein Gast mitten in den Wehen war.

»Und du bist dir ganz sicher, ja?«, unternahm ich einen letzten Versuch, sie umzustimmen.

Kaum war der Schmerz vorüber, nickte sie und nahm meinen Arm.

»Frohe Weihnachten euch allen!«, rief sie, als wir zusammen in den Pavillon traten. Sie drehte sich noch einmal zu mir um und tippte sich an die Nasenspitze. »Kein Wörtchen.« Sie zwinkerte mir zu und durchquerte den Raum, um sich zu Mike zu gesellen.

Nach einer halben Stunde war ich bei meinem zweiten Glas Glühwein und war dabei, die Party in vollen Zügen zu genießen. Ich hatte einige Komplimente für mein Kleid eingeheimst und jede Menge für die Party.

»Das mit dem Wichteln ist eine tolle Idee, Tilly«, sagte Vicky und stieß mit mir an. »Prost!«

»Prost«, erwiderte ich und genoß die Wärme des Glühweins. Vicky sah in einem roten Samtblazer zur schwarzen Hose und den spitzen Abendschuhen hinreißend aus.

»Ist immer ein bisschen heikel vorauszusagen, wer von den anderen Pächtern einem etwas zu Weihnachten schenkt und wer nicht«, fügte sie hinzu. »So ist es viel eleganter.«

»Danke, Vicky. Freut mich zu hören. Und die Suppenküche wird sich morgen bei ihrer Weihnachtsfeier ebenfalls über all die Geschenke freuen.« Das mit dem Wichteln war auf breite Zustimmung gestoßen. Ich hatte sämtliche Namen auf kleine Zettelchen geschrieben und als Lose in einen Hut gepackt, aus dem jeder eins gezogen hatte, um dem entsprechenden Empfänger ein Geschenk im Gegenwert von maximal zehn Pfund zu kaufen. Ich hatte Graham gezogen, Helens Mann, und ein kleines solarbetriebenes Radio für ihn gekauft, das seinem grünen Ethos entsprach und sich bestens dafür eignete, es in der warmen Jahreszeit in die Ivy Lane mitzubringen. Wir hatten alle unsere Geschenke auf einem Tisch gestapelt, jedes deutlich mit dem Namen des Empfängers gekennzeichnet. Bis jetzt schien noch keins für mich dabei zu sein. Nicht dass ich nachgesehen hätte.

Auf ein Zeichen von Peter stellte Nigel die Musik leise, und Peter bat uns alle, irgendwo Platz zu nehmen. Nigel erwies sich als begnadeter DJ. Zuerst war ich etwas skeptisch gewesen, als er sich erbot, für die Partymusik zu sorgen, und hatte befürchtet, wir bekämen den ganzen Abend lang nur Frank Sinatra und Louis Armstrong zu hören. Doch weit gefehlt! Er hatte sein iPad und Funklautsprecher in Stellung gebracht, aus denen alles mögliche, von Beyoncé bis zu Michael Bublé, dröhnte.

Peter trat zusammen mit Christine an einen Tisch, der sich unter Pokalen und Trophäen bog, und räusperte sich. »Und jetzt zum förmlichen Teil des Abends: die Verleihung der Preise zur diesjährigen Gartenschau. Anschließend packen wir alle unsere Geschenke aus.«

»Mach's kurz, Pete«, rief Dougie, »ich hab jede Menge Damen unter dem Mistelzweig zu küssen.«

»Meine Damen, wenn Sie sich bitte alle noch einen Moment beherrschen wollen, wir sind gleich so weit«, sagte Peter mit unübersehbarem Augenzwinkern.

»Doch bevor wir die Preise vergeben, haben wir noch eine Ankündigung zu machen«, rief Christine und klatschte in die Hände.

Mit einem besorgten Blick schielte ich zu Gemma, und Gemma winkte zurück. Bei genauerem Hinsehen wirkte sie ein wenig erhitzt und zappelig, doch ansonsten einigermaßen ruhig. Ich nickte ihr aufmunternd zu, wandte mich wieder Christine zu und nahm einen Schluck.

»Wir haben eine E-Mail von Aidan Whitby von *Grüne Daumen* bekommen.«

Mir pochte wie wild das Herz gegen die Rippen. Der würzige, heiße Glühwein schwappte mir in einem etwas zu großen Schluck in die falsche Kehle. Ich bekam einen heftigen Hustenanfall und schnappte wie ein Ertrinkender nach Luft.

Ich hatte nicht damit gerechnet, heute Abend seinen Namen zu hören. Und falls ich mir vorgemacht hatte, über ihn hinweg zu sein, so wurde ich in diesem Moment eines Besseren belehrt.

»Entschuldigung«, krächzte ich, als ich mindestens dreißig Augenpaare voller Sorge auf mich gerichtet sah.

Christine war verstummt und sah mich mit einem fragenden Blick an. Auf mein entsprechendes Zeichen fuhr sie fort. »Unsere Folge von *Grüne Daumen* wurde für eine Auszeichnung als bester Fernsehdokumentarfilm nominiert!«

Tosender Applaus. Also klatschte ich mit. Die anderen lächelten, und so lächelte ich mit, bis mir die Wangen wehtaten. Das war allerdings eine erstaunliche Neuigkeit. Ich freute mich aufrichtig für Aidan. Er hatte es verdient, er war brillant gewesen, das ganze Team war hochprofessionell. Ich war stolz, dabei mitgewirkt zu haben.

Zugleich brannten mir die Augen, und mehr als einmal machte mein Magen einen Salto wie ein dressierter Seehund. Aidan hatte Christine eine E-Mail geschickt. Demnach stand er mit der Ivy Lane noch in Verbindung. Nur nicht mit mir. Ob er Christine nach mir gefragt hatte? Ob er etwas von meinem Anruf mitbekommen hatte? Wieso in aller Welt war diese Frau drangegangen? Und wieso hatte ich erst einen ganzen Monat damit gewartet?

Plötzlich war mir die Party zu viel. Meine ganze Weihnachtsfreude war verflogen. Ich haderte mit mir, war ratlos und deprimiert.

Christine redete immer noch. Die Preisverleihung, führte sie aus, finde im Frühjahr in London statt, und Aidan habe eine Einladung für zwei Vertreter der Ivy Lane geschickt.

Denkt ja nicht, ich ginge da hin.

Auch ohne Blickkontakt wusste ich, dass mir in diesem Moment Gemma ein paar warme Gedanken schickte, doch ich starrte nur auf meine Schuhspitzen und nahm alle Kraft zusammen, um mir nicht anmerken zu lassen, wie elend ich mich fühlte.

»Und jetzt zu den Preisen ...« Peter löste Christine ab, und erleichtert ließ ich die Schultern hängen. Peter hielt Wort und händigte zusammen mit Christine zügig und effizient die verschiedenen Trophäen, Pokale und Medaillen aus. Selbst ich wurde für meine preisgekrönten Äpfel gewürdigt. Die Äpfel, die ich nicht einmal eingereicht hatte.

Schon bald blieben nur noch zwei Preise auf dem Tisch, eine große Schildtrophäe und ein kleiner Silberpokal.

Christine griff zum Schild, machte schon den Mund auf und setzte noch einmal an.

»Die Trophäe des Vorstands der Ivy Lane geht, wie die meisten von euch wissen, an den Pächter, der bei der Jahresschau insgesamt die meisten Punkte bekommen hat. Dieses Jahr ... dieses Jahr ...« Christine kam nicht weiter und fuhr sich mit der Hand an den Mund.

Ich ahnte, wer gewonnen hatte.

Peter sprang ihr zur Seite und legte ihr die Hand auf die Schulter. »Der diesjährige Gewinner ist Alf«, führte er ihren Satz zu Ende. »Würdet ihr alle bitte euer Glas auf den abwesenden Freund erheben? Alf, du fehlst uns sehr. Frohe Weihnachten, alter Knabe.«

Als ich zusammen mit meinen Gärtnerfreunden auf den wunderbaren Alf anstieß, bekam ich feuchte Augen.

Christine tupfte sich die Wangen mit einem Taschentuch. »Wir sind zu dem Schluss gekommen, dass Alf dieses Jahr zu unserem Gewinner gekrönt werden sollte, und die Trophäe wird bis zur Verleihung im nächsten Jahr im Pavillon stehen bleiben.«

»Richtig, gut so!«, rief Nigel und löste damit eine weitere Runde Applaus aus.

»Bleibt nur noch dieser eine Preis übrig«, sagte Peter und nahm den kleinen Silberpokal vom Tisch. »Der Vorstand ist im Gedenken an Alf zu dem Schluss gekommen, eine neue Ehrung einzuführen. Den Alf-Jackson-Preis für einen herausragenden Beitrag zum Gemeinschaftsleben der Ivy Lane.«

Das war mir neu. Nicht, dass irgendjemand für eine solche Entscheidung meine Genehmigung einzuholen brauchte, schließlich war ich das Küken im Vorstand. Trotzdem … Ich schniefte ein wenig und setzte ein gleichmütiges Gesicht auf.

»Dieser Preis wird von nun an also jährlich vergeben«, fuhr Peter fort, »und ab dem kommenden Jahr wird jeder Pächter seine Stimme in die Waagschale werfen können. Dieses Jahr hat der Vorstand den Gewinner bestimmt.«

Ich verschränkte die Arme. Die Vorstandsmehrheit, präzise gesagt.

»Diese Person hat sich mit Elan und ganzer Kraft um das Wohl der Ivy Lane verdient gemacht.«

Demnach war es eine Frau. Vermutlich Christine. Eine andere Frau mit noch mehr Elan fiel mir nicht ein.

»Sie hat einen wichtigen Beitrag zum Erfolg der *Grüne Daumen*-Folge geleistet und eine der Jugendlichen vom Sozialdienst unter ihre Fittiche genommen.«

Wieder Christine. Nur bei der Sache mit dem Sozialdienst war ich mir nicht so sicher. Auch wenn ich mich nicht rühmen wollte, so hatte ich mich nach Alfs Tod wahrscheinlich mehr als alle anderen um Hayley bemüht.

»Sie hat dieses Jahr jede Veranstaltung in der Ivy Lane tatkräftig unterstützt und unsere erfolgreichste ganz allein organisiert, obwohl sie noch nicht lange zu unserer Gemeinde zählt und auch noch nicht lange gärtnert.«

Also, das klang eindeutig nach …

»Herzlichen Glückwunsch, Tilly!«

Ich?

Als alle klatschten, traten mir wirklich die Tränen in die Augen, und ein paar Sekunden lang stand ich einfach nur sprachlos da.

Dann war ich mit wenigen Sätzen vorne, warf mich Christine und Peter nacheinander an den Hals und drückte sie so lange, bis sie keine Luft mehr bekamen.

»Ich weiß zwar nicht, womit ich das verdient habe, aber danke, von ganzem Herzen danke«, brachte ich nur heraus, während mir Peter den Pokal übergab. »Das ist für mich die Krönung dieses Abends. Nochmals ganz herzlichen Dank!«

»Wenn ihr jetzt schon mal alle eure Gläser nachfüllen wollt, können wir in ein paar Minuten mit dem Wichteln weitermachen«, verkündete Peter.

Nigel drehte die Musik wieder auf, und die Gäste vertraten sich die Beine.

»Ich bin wirklich überwältigt«, sagte ich zu Christine und beugte mich zu ihr hinunter, um sie noch einmal zu umarmen.

Sie sah mich mit einem nachsichtigen Lächeln an. »Du hast es dir verdient, Tilly, und jetzt misch dich unters Volk und genieße den Abend.«

Ich wirbelte herum, um meine Freude mit Gemma zu teilen, doch die rührte sich nicht, sondern starrte wie gebannt auf ihre Füße. Mein Lächeln verflog, ich bahnte mir zwischen den Stühlen und den Grüppchen einen Weg und war an ihrer Seite.

»Gemma?«

Mein Tonfall hatte wohl Mike aufgeschreckt. Er drehte sich zu seiner Frau um und folgte ihrem Blick auf den Boden. »Alles in Ordnung, Gem? Oh, sieh mal, Dummerchen, du hast deinen Drink verschüttet!«, lachte er. »Hat mal jemand einen Lappen?«

Gemma blies die Backen auf, klammerte sich an Mikes Arm und stieß ein kehliges Stöhnen aus.

Als sie ihm die Nägel in den Arm grub, verzog Mike das Gesicht. »Hey, war doch nur ein Witz.«

Ihr Glas stand unangetastet auf dem Tisch neben ihr. Folglich gab es für die Pfütze zu ihren Füßen nur eine Erklärung. Ich hockte mich vor sie hin und sah ihr in die Augen.

»Ist deine Fruchtblase geplatzt, Gemma?«, flüsterte ich.

Ohne meinen Blick zu erwidern, nickte sie stumm.

»Dann ist es wohl höchste Zeit, dass du ins Krankenhaus kommst«, sagte ich.

Mike riss die Augen auf. »Du bist in den Wehen, Gem! Das ist es also, Schatz, der große Augenblick. Was meinst du, wie lange wir noch haben? Ein paar Stunden?«

Ich schüttelte den Kopf. »Mike, sie ist schon eine ganze Weile in den Wehen. Sie wollte die Party nicht verpassen.«

Gemma keuchte und warf mir einen vernichtenden Blick zu. Ich ignorierte sie. Ende der Party.

»Sobald diese Wehe vorbei ist, sollten wir sie zum Wagen bringen, denke ich«, fügte ich hinzu und bemühte mich um einen sachlichen Ton.

Mike stand auf und warf mir einen kritischen Blick zu. »Du hast es also gewusst?«

Ich nickte. Gemma versuchte etwas zu sagen, brachte unter Stöhnen aber nur unverständliche Laute heraus.

Ich schluckte. »Ich musste es ihr versprechen …«

Mike kniff die Augen zusammen. »Also ehrlich, Tilly, das war ziemlich verantwortungslos von dir. Und wenn es jetzt wieder geschneit hätte? Die Straßen sind auch so schon glatt genug.«

Auch wenn er leise und beherrscht sprach, war sein Ärger unüberhörbar. Ich fühlte mich mies, doch ich hatte mich so gefreut, Gemma wiederzusehen. Und abgesehen davon, dass sie unbedingt dabei sein wollte, hatte sie mich davon überzeugt, dass sie für eine Weile hier gut aufgehoben war. Im Nachhinein hätte ich mir in den Hintern treten können. Doch jetzt ging es einzig und allein darum, Gemma so schnell wie möglich ins Krankenhaus zu bringen.

»Puh, die war heftig!« Sie atmete tief durch und blickte kleinlaut zwischen Mike und mir hin und her.

»Soll ich Karen holen?«, fragte ich, um etwas wiedergutzumachen und etwas Vernünftiges zu tun.

Karen tanzte mit Shazza und hatte noch nicht gemerkt, was los war.

Gemma schüttelte den Kopf. »Ich will keine Aufmerksamkeit erregen.« Wir sahen uns alle drei an und mussten plötzlich lachen. Zwischen Mike und mir schmolz das Eis.

Mike verdrehte die Augen und küsste sie auf die Stirn. »Was machst du nur für Sachen!«

»Gib Tilly keine Schuld«, sagte sie nur und lehnte den Kopf an seinen Arm.

Ich biss mir nervös auf die Lippe. »Gemma, es wird höchste Zeit, sich auf den Weg zu machen, bevor die nächste kommt.«

Sie drückte mir die Hand und nickte. »Du hast recht. Komm schon, Mikey. Auf geht's«, sagte sie und hievte sich hoch. »Tilly, gibst du mir deinen Arm?«

Und so brachten wir sie zwischen uns über den inzwischen gestreuten Parkplatz zu ihrem Wagen, dicht gefolgt von ihren Eltern, die ihre Taschen und Mäntel brachten.

»Pass auf dich auf«, sagte Christine und umarmte ihre Tochter. »Ruft an, sobald ihr Neuigkeiten habt.«

»Und keine Sorge wegen Mia, wir werden sie auf dem Laufenden halten«, sagte Roy und legte seiner Frau den Arm um die Schulter.

Ich beugte mich noch einmal hinunter und küsste Gemma auf die Wange. Dann legte ich ihr die Hand auf den Bauch.

Gute Reise, Kleines, wir sehen uns bald.

»Wenn du willst, komme ich mit«, sagte ich hoffnungsvoll.

»Nicht nötig«, entgegnete Mike und lächelte mir noch einmal zu. »Ich übernehme.«

»Sicher. Also dann, alles Gute!« Ich schloss die Beifahrertür und versuchte, ein ermunterndes Lächeln aufzusetzen.

»Bis nachher!«, riefen Christine, Roy und ich wie aus einem Munde.

Wieso hatte ich das gesagt? Schließlich hatte ich dort nichts verloren. Das war der Moment für die Familie. Ich wusste, dass es ihr Baby war, was leider nichts daran ändern konnte, dass mir, während ich auf dem Parkplatz zurückblieb und ihnen hinterher sah, die Tränen in die Augen stiegen.

Ich schluckte, warf den Kopf zurück und folgte Christine und Roy in den Pavillon.

Kapitel 43

Auf der Eingangstreppe wartete Charlie auf uns. Obwohl er direkt unter dem Mistelzweig stand, wirkte er so zappelig und nervös, dass er es vermutlich nicht einmal bemerkte.

»Kommt schon, rein mit euch«, sagte er und winkte uns ungeduldig herbei. »Na los!«

»Schon gut, schon gut, wo brennt's denn?«, lachte Roy, während er seiner Frau galant die Stufen hinaufhalf.

Charlie spähte mir angespannt über die Schulter.

»Sie sind weg«, sagte ich. »Ich hoffe, Gemma bekommt das Baby am Ende nicht noch im Auto.«

»Aber wir warten schon die ganze Zeit darauf, mit dem Wichteln anzufangen«, sagte er nur.

»Du liebe Güte, Charlie, du bist ein erwachsener Mann«, sagte Christine und gab ihm einen Klaps auf den Arm. »Man könnte fast meinen, du hättest noch nie ein Weihnachtsgeschenk bekommen.«

Charlie grinste verlegen. »Ich weiß. Ich bin nur ein bisschen aufgeregt, weiter nichts. Außerdem ist es besser zu schenken, als beschenkt zu werden.«

Er zwinkerte mir zu und hielt uns die Tür auf. Ich gab Roy und Christine den Vortritt und sah, wie Charlie schon wieder zum Parkplatz blickte.

»Ich hoffe, du rechnest nicht mit einem Besuch vom echten Weihnachtsmann«, sagte ich hinter vorgehaltener Hand. »Denn für den Fall hätte ich schlechte Nachrichten für dich.«

Er verzog das Gesicht und stupste mich zur Tür hinein.

Gerade rechtzeitig. Die Musik spielte nun wieder gedämpft, und Peter suchte in der Menge nach mir.

»Nach dem dramatischen Zwischenfall ist es dann wohl Zeit für die Geschenke. Tilly, ich übergebe an dich.«

Du liebe Güte, von der Geburtshilfe bis zum Christkind-Spielen – diese Party hatte es wahrhaft in sich, dachte ich, während ich am Tisch mit den Geschenken in Stellung ging.

»Hallo, ihr Lieben. Erst einmal ganz herzlichen Dank für die Geschenke an die Kinder in der Suppenküche, die morgen feiern, jetzt einschließlich eines Besuchs vom Weihnachtsmann. Und danke, dass ihr hier in der Ivy Lane beim Wichteln mitgemacht habt. Also dann …« Ich starrte auf den Berg an bunt verschnürten Päckchen und überlegte blitzschnell, wie ich vorgehen sollte. Wäre es besser, wenn alle einfach zulangten oder wenn ich jedem sein Geschenk einzeln übergab?

Shazza stand dicht neben mir, ich warf ihr einen hilfesuchenden Blick zu. Sie grinste nur, griff zum nächstbesten Geschenk und las den Namen darauf vor. »Dougie«, rief sie, und schon flog das Geschenk in seine Richtung.

Binnen Sekunden sausten die Päckchen quer durch den Raum, und Erwachsene rissen Geschenkpapier auf und glucksten vor Freude über ihre neuen Gartenhandschuhe oder Gießkannen oder Kniepolster oder kleinen Vogelhäuschen. Natürlich hatte das meiste mit dem Thema Gärtnern zu tun.

»Riech mal«, sagte Brenda und hielt mir den Handrücken unter die Nase.

Ich machte ihr die Freude und schnupperte daran. »Mhh, betörend.« Was nicht gelogen war.

»Crabtree&Evelyn-Gärtnerhandcreme. Wunderbar! Und was hast du?«

Ich faltete die Hände hinter dem Rücken, und sie versuchte, mir über die Schulter zu sehen.

»Keine Ahnung; ich hab's noch nicht aufgemacht. Es ist noch auf dem Tisch.« Was theoretisch möglich war, obwohl, soweit ich sehen konnte, nur noch ein ungeöffnetes Geschenk übrig war, und darauf stand definitiv Gemmas Name. Ich würde es für sie mit nach Hause nehmen und unter meinen Weihnachtsbaum legen.

Es war mir ein wenig peinlich, ohne Geschenk so nah am Gabentisch zu stehen, und so ging ich zu unserer improvisierten Bar hinüber, genehmigte mir ein Glas Wein mit einem Spritzer Saft und redete mir ein, es sei mir egal, leer ausgegangen zu sein. Ich nahm einen großen Schluck von meinem Glas.

Graham war von seinem kleinen Radio wirklich entzückt, das war die Hauptsache. Ich ließ mich auf der Tischkante nieder, seufzte und nahm einen großen Schluck. Trotzdem bohrte die Frage in meinem Kopf, wer mich gezogen und vergessen hatte.

Es sei denn, ich hätte vergessen, meinen eigenen Namen in den Hut zu werfen. Klar, das war's! Das musste die Antwort sein. Alle hier waren meine Freunde. Ich lächelte erleichtert und beschloss, den Irrtum für mich zu behalten. Falls mich irgendjemand nach meinem Geschenk fragte, würde ich etwas erfinden. Nichts leichter als das.

Ich schmunzelte und gönnte mir noch einen Schluck Wein. Der Alkohol rieselte mir angenehm die Kehle herunter. Ich musste an die Schule denken. Ich war Grundschullehrerin, und in meinem Beruf ging man zu Weihnachten nie leer aus, nicht wahr? Tatsächlich hatte ich zuhause dreißig kleine Geschenke unter dem Baum, die am Weihnachtsmorgen geöffnet werden wollten.

Mum würde über die Festtage kommen. Oder besser gesagt, Mum und Clive. Sie hatten sich für morgen Nachmittag angesagt, und ich freute mich aufrichtig darauf. Und war gleichzeitig ein wenig nervös. Die letzten beiden Jahre hatten Mum und ich Weihnachten zusammen verbracht, und es hatte nicht viel zu feiern gegeben. Dieses Jahr, hatte ich beschlossen, sollte es dagegen richtig festlich werden. Ganz offensichtlich war Mum bis über beide Ohren in Clive verliebt und hätte Weihnachten bestimmt gerne alleine mit ihm verbracht, und so hatte ich allen Grund, ihr für das Opfer zu danken. Es würde anders sein als sonst, aber wie ich hoffte, auf eine gute Art und Weise. Und wenn sie am zweiten Feiertag wieder gingen, würde ich Mum die Hälfte der Bodylotions, Süßigkeiten, Taschenkalender und Henkelbecher schenken, die ich von meiner Klasse bekommen hatte.

Also wirklich, auf ein Geschenk mehr oder weniger kam es nicht an …

»Frohe Weihnachten, Tilly.« Ich blinzelte und riss mich aus meinen Gedanken. Zu meinem Staunen stand Charlie vor mir und hielt mir meinen Mantel hin.

»Oh, ist die Party schon vorbei?«, fragte ich und rutschte ein wenig auf meinen Stöckelschuhen aus, als ich aufsprang.

Mit einem amüsierten Augenzwinkern nahm er mir das

Glas aus der Hand. »Nein«, lachte er. »Aber vielleicht lässt du es mit dem Wein ein bisschen langsamer angehen.«

»Der Boden ist glatt«, beteuerte ich. Obwohl er vielleicht richtiglag. Das Glas war leer. Schon seltsam. Noch vor einer Minute war es voll gewesen. Vom Wein war mir wohlig warm, aber auch ein klitzekleines bisschen schwummrig im Kopf, und wenn ich richtig zählte, hatte ich vorher schon zwei Glas Glühwein getrunken. Und wann hatte ich das letzte Mal etwas gegessen? Ich konnte mich nicht erinnern. Kein gutes Zeichen.

»In den Mantel!«, forderte er mich auf und grinste immer noch.

»Wieso? Wo willst du hin?«, fragte ich und schlüpfte artig in die Ärmel.

»Nach draußen, komm schon.«

Er machte kehrt und lief Richtung Tür, und ich dackelte hinterher. Natürlich hätte ich mich weigern können, doch die Neugier und die Erkenntnis, ein bisschen beschwipst zu sein, trieben mich nach draußen an die frische Luft.

Kaum schlug mir die Eiseskälte entgegen, war ich wieder klar im Kopf. Gerade rechtzeitig, denn Charlie stand jetzt direkt unter dem Mistelzweig.

»Wie gefallen dir die Lichterketten, Charlie?«, fragte ich und deutete mit einer ausladenden Handbewegung auf meinen Weihnachtsschmuck rings um den Eingang. »Mein Werk. Sieht es nicht richtig schön weihnachtlich aus?«

»Richtig schön«, antwortete er und prustete vor Lachen. »Keine Sorge, du bist sicher vor mir«, fügte er hinzu. »Sieh mal, ich mach auch einen großen Bogen um den Mistelzweig, wenn du dann zufrieden bist.«

»Überaus rücksichtsvoll«, sagte ich und nickte ernst.

Inzwischen kroch mir die Kälte unter die Haut, und ich schlang mir die Arme um den Leib. »Und könntest du mir jetzt vielleicht verraten, was wir hier draußen machen, bevor ich die ersten Frostbeulen bekomme?«

Er holte tief Luft, straffte die Schultern und trat einen Schritt auf mich zu. »Ich habe dich beim Wichteln gezogen.«

Also, wer sagt's denn!

»Charlie! Das darfst du mir nicht verraten. Der Schenkende bleibt anonym, weißt du«, kicherte ich.

Verlegen zuckte er die Achseln. »Die meisten von uns haben getauscht. Zumindest die Männer. Nigel hat damit angefangen.«

Ich schüttelte den Kopf. Also wirklich, da hatte ich mich redlich bemüht, dass alles gerecht zuging … und sie benahmen sich wie kleine Kinder.

»Er wollte Liz überraschen. Und Dougie wollte Vicky.« Er schluckte und sah mir mit seinen blauen Augen ins Gesicht. »Und ich wollte dich.«

Oh. Das klang jetzt doch wieder allzu vertraut. Vom Wein hatte ich einen trockenen Mund. Ich leckte mir nervös die Lippen.

»Aber Charlie …«

Er hielt die Hand hoch, und ich presste die Lippen zusammen, während ich mir die Hände in den Manteltaschen wärmte.

»Setzen wir uns einen Augenblick.« Er deutete auf eine Bank auf der Eingangsveranda. Ich nahm Platz, und er ließ sich neben mich fallen.

Ich atmete einmal tief durch und wartete mit Bangen auf das, was jetzt kommen würde.

»Also?«, fragte ich schließlich. »Wo ist mein Wichtelgeschenk?«

»Ich komm gleich drauf.« Er lachte verlegen. »Zuerst muss ich dir ein Geständnis machen. Am besten bringe ich das Schlimmste zuerst hinter mich, und ich kann nur beten, dass du mir vergibst, wenn du erst mal dein Geschenk bekommen hast.«

Ich stöhnte. »Ach, Charlie, wieso muss bei dir immer alles so kompliziert sein?«

»Bitte nicht diesen einschüchternden Lehrerinnenblick, aber ... Gott, ist das schwer ... ich habe etwas, das dir gehört.« Er saß mit gespreizten Knien da, wippte unablässig mit dem Fuß und rutschte auf seinem Platz hin und her – nicht mit anzusehen.

»Ach, ist jetzt auch egal, du musst sowieso schon ziemlich schlecht von mir denken.«

»Charlie, das ist nicht wahr ...« Als ich sah, was er aus der Tasche zog, kam ich nicht weiter.

»Ein Schlüssel?« Ich sah ihn verständnislos an. »Ist das mein Wichtelgeschenk?« Er biss sich auf die Lippe und schüttelte den Kopf. Dann legte er den Kopf in den Nacken und stieß einen langen Seufzer aus.

»Das ist der Schlüssel zu deinem Schuppen.«

Ich nahm ihm den langen silbernen Schlüssel aus der Hand und versuchte mir einen Reim darauf zu machen, während ich ihn zwischen den Fingern drehte. Charlie hatte einen Schlüssel zu meinem Schuppen. Das ergab keinen Sinn.

»Kurz vor Ostern, als du heulend weggerannt bist, weil dir sämtliche Setzlinge eingegangen waren, habe ich mir einen Nachschlüssel machen lassen.«

Ich nickte bedächtig. »Ich kann mich vage erinnern. Du hast den Schuppen für mich abgeschlossen und mir am Sonntag danach, beim Setzlingstausch, den Schlüssel zurückgegeben. Aber wozu der Nachschlüssel?«

Für den Moment blieb er mir die Antwort schuldig und griff sich noch einmal in die Tasche. Ein zweiter Schlüssel kam zum Vorschein.

»Zum Laden«, sagte er.

Zitternd steckte ich den Schuppenschlüssel in die Tasche und zog mir den Mantelkragen enger um den Hals.

»Es tut mir leid«, sagte er. »Du frierst. Ich mach's schnell. Aber bitte, Tilly, hör mich zu Ende an und glaube mir, wenn ich dir sage, wie leid mir alles tut, was ich dir jetzt beichten muss.«

Nun machte er mir wirklich Angst, und ich spürte, wie mir das Blut in den Adern pochte. Ich war drauf und dran, die Flucht zu ergreifen, doch er fasste mich an beiden Händen und drückte sie.

»Bitte!«, flehte er.

»Also gut«, krächzte ich.

»Im Sommer, ich weiß auch nicht, wie das passiert ist, aber … ich hab mich da richtig in etwas hineingesteigert, ich meine, wegen dir und mir.« Zur Beschwichtigung verzog er den Mund zu einem schiefen Grinsen, und ich gab mir Mühe, es zu erwidern. Schließlich kam es nicht überraschend. »Aber ich bin darüber hinweg.«

Meine Lippen zuckten.

»Ich dachte einfach, du bist genau die Richtige für mich, mit deinem schönen Gesicht und deinem freundlichen Wesen. Du bist großzügig und feinfühlig und rücksichtsvoll und«, er lachte leise, »wenn du mit diesem Helm und in dieser signalfarbenen Jacke angeradelt kommst, siehst du einfach umwerfend komisch aus.«

Meine Augenbrauen schnellten hoch. *Also bitte, ich liebe dieses Rad!*.

»Ich dachte, wenn du meine Liebe erwidern würdest, könnte ich nach vorne schauen und käme über meine gescheiterte Ehe hinweg. Doch als du mich abgewiesen hast, bin ich ein bisschen durchgedreht.«

Er verstummte, starrte zu Boden und fing wieder an, mit dem Bein zu wackeln. Dann sprach er so leise weiter, dass ich die Ohren spitzen musste.

»Ich beschloss, auf Teufel komm raus deine Aufmerksamkeit zu erregen. O mein Gott.« Er kniff sich mit Daumen und Zeigefinger in den Nasenrücken und schielte mit einem Auge zu mir herüber. »Ich habe den Brand im Laden gelegt.«

»Charlie!«, brachte ich ungläubig heraus.

»Ich weiß, ich weiß.« Er ließ den Kopf hängen. »Ich wollte den Helden vor dir spielen. Und, zu meiner Schande muss ich gestehen, dass ich Aidans Arbeit sabotieren wollte. Ich dachte, wenn ich sein Filmmaterial vernichte, verschwindet er irgendwie aus deinem Leben. Ich hab mich wie ein Vollidiot benommen. Und jetzt ist der Streifen sogar für einen Preis nominiert.«

Mir verschlug es die Sprache. Jetzt erinnerte ich mich wieder. Als ich dazukam, war Charlie vom Laden herübergerannt. Aber wie hatte er sich nur so unverantwortlich benehmen können! Wenn dabei nun jemand zu Schaden gekommen wäre!

»Wieso hattest du überhaupt die Schlüssel entwendet?«, brachte ich heiser heraus.

»Als ich von der Affäre meiner Ex erfuhr, hat sie einfach das Schloss ausgetauscht, und ich kam nicht mehr in mein eigenes Haus. Und konnte meinen eigenen Sohn nicht mehr sehen. Ich fühlte mich hilflos aus meinem eigenen Leben ausgeschlossen. Deshalb habe ich wohl in den letzten Jahren eine Obsession mit Schlüsseln entwickelt. Immer wenn ich irgendwo einen Schlüssel in die Finger bekam, habe ich einen Zweitschlüssel davon gemacht. Nur für alle Fälle.« Er zuckte hilflos die Achseln. »Hatte wohl was mit Kontrolle zu tun. Aber auch darüber bin ich hinweg.«

Ich schluckte und suchte nach Worten. »Das ist auch gut so«, murmelte ich.

Er stand auf und half mir auf die Beine. »Na, jedenfalls wirst du wahrscheinlich nie wieder mit mir reden, geschweige denn befreundet sein wollen. Aber ich musste es dir einfach beichten. Und ich kann nur hoffen, dass du mir irgendwann einmal all die Dummheiten, die ich gemacht habe, verzeihen wirst. Aber von jetzt an werde ich mich bessern. Schon, um Ollie ein gutes Vorbild zu sein. Das habe ich mir vorgenommen. Ich hatte übrigens sogar schon daran gedacht, eine Fundraising-Radtour zu organisieren oder so, um Geld für den Pavillon einzutreiben.« Für einen langen Moment starrten wir uns stumm an. Inzwischen klapperte ich schon mit den Zähnen, und mir lief ein eiskalter Schauer den Rücken herunter.

»Hör zu, Charlie, wenn ich behaupten würde, dass mir das alles, was du mir erzählt hast, nichts ausmacht, müsste ich lügen. Aber ich bin froh, dass du reinen Tisch gemacht hast. Und eine Spendenaktion zu organisieren ist eine tolle Idee.« Ich quälte mir ein Lächeln ab und hielt die Arme auf. Er trat vor und drückte mich an sich.

»Heißt das, wir sind doch noch Freunde?«, fragte er. Wir wiegten uns ein paar Mal, bevor ich den Kopf zurücklegte und grinsend zu ihm aufblickte.

»Wenn ich ja sage, kann ich dann mein Geschenk bekommen?«

Er zog eine Taschenlampe aus der Jacke und drückte sie mir in die Hand. »Hier, die ist für dich. Dein Geschenk findest du in deinem Schuppen, es war zu groß für den Gabentisch.«

»In meinem Schuppen? Wie groß ist es denn?« Ich kniff die Augen zusammen. »Ich will doch hoffen, du hast das Zehn-Pfund-Limit nicht gesprengt?«

Mit einem Lächeln beugte er sich vor und drückte mir einen Kuss auf die Stirn. »Es hat mich einiges mehr gekostet, Tilly. Und jetzt kein Wort mehr davon«, sagte er, als er sah, dass ich protestieren wollte. »Geh schon.«

Kapitel 44

Wäre ich bei klarem Verstand gewesen, hätte ich mich noch einmal in den Pavillon geschlichen, um meine lächerlichen hochhackigen Schuhe gegen meine Gummistiefel zu tauschen, dachte ich, als es bereits zu spät war und ich mich mit Trippelschritten auf dem vereisten Asphalt meiner Parzelle 16 näherte.

Bei klarem Verstand – haha! Wie denn wohl, ich meine, wie viele Überraschungen verkraftet ein Mensch an einem einzigen Abend! Zuerst der Schock, plötzlich Aidans Namen zu hören, dann Gemmas geplatzte Fruchtblase und nun auch noch Charlies Geständnis. Mit Sicherheit würde ich diese Weihnachtsparty im Leben nicht vergessen.

Tief in Gedanken sog ich die Stille der Nacht in mich ein, die abgesehen von meinen knirschenden Schritten nur von einem einsamen Eulenschrei in der Ferne unterbrochen wurde. Ich atmete die frostig klare Luft und schob die Hand mit der Lampe in die Tasche. Ich brauchte sie nicht, die Nacht war hell genug. Ich legte den Kopf in den Nacken und blickte in den Himmel. Wow! Was für eine Pracht!

Wie spektakulär mein Lichterschmuck rings um den Pavillon auch sein mochte, gegenüber Mutter Natur nahm er sich dürftig aus. Die ganze Galaxie funkelte in weihnachtlichem Glanz.

Ich seufzte glücklich. Ich liebte Weihnachten. Und nun sollte ich doch noch ein Geschenk bekommen.

Wie sich eine Sekunde später zeigte, war es allerdings keine so gute Idee, wie Hans Guckindieluft über gefrorenen Schnee zu laufen, und ein großer vereister Klumpen, gegen den ich stolperte, holte mich buchstäblich wieder auf den Boden der Realität zurück.

Was mochte Charlie mir wohl gekauft haben?

Höchstwahrscheinlich wie alle anderen etwas für den Garten, weshalb er es im Schuppen gelassen hatte. Hoffentlich kein neuer Spaten oder eine Grabegabel. Ich war überaus zufrieden mit Celias Geräten, die mir Alf hinterlassen hatte. So wie ich Charlie kannte, war er aber immer für eine Überraschung gut. Ich verzog den Mund zu einem trockenen Lächeln. Nach allem, was er mir heute Abend gestanden hatte, konnte mich so schnell nichts mehr aus der Fassung bringen.

Was mir wirklich Freude machen würde, musste ich denken, als ich vor Gemmas Grundstückshälfte auf den verschneiten, grasbewachsenen Pfad zu meiner Hälfte einschwenkte – doch welchem Mann käme so etwas schon in den Sinn –, wäre eine solarbetriebene Lichterkette. Dann könnte ich meinen Schuppen von außen schmücken und ihn das ganze Jahr über erstrahlen lassen.

Das wäre tatsächlich ... oh! Als der Schuppen in Sichtweite kam, verlor ich den Faden. Drinnen brannte Licht.

Zuerst verstand ich nicht ganz, doch dann klatschte ich freudig in die Hände. *Also, mein Urteil über Männer nehme ich zurück, Charlie!* Er hatte mir wahrhaftig Lichterketten gekauft, und nicht nur das, er hatte sie sogar eigenhändig aufgehängt und angeknipst. Was für eine wunderschöne Überraschung!

Ich legte einen Zahn zu und eilte, so schnell es meine Stöckelschuhe erlaubten, zu meinem Schuppen, als ich wie vom Blitz getroffen stehen blieb. Am Fenster erschien eine Gestalt. Ich wagte nicht zu glauben, was meine Augen sahen, und rührte mich eine Weile nicht vom Fleck. Auch wenn sein Gesicht im Schatten lag, würde ich ihn überall wiedererkennen.

Jetzt ging die Tür auf, und im nächsten Moment stand für einen Herzschlag die Erde still, und für Tilly Parker war nichts mehr so wie vorher. Dort in der Tür, vom goldenen Licht im Innern des Schuppens umrahmt, stand der Mann, der mir unwiederbringlich das Herz gestohlen hatte.

»Aidan?«, flüsterte ich, ohne mich von der Stelle zu rühren. Meine Schuhe waren in den Schnee eingesunken, und wie von ferne registrierte ich, dass mir vor Kälte die Zehen brannten. Doch ein Freudenschauer rieselte mir warm durch den ganzen Körper.

Bei meinem Anblick strahlte Aidan übers ganze Gesicht und breitete seine Arme aus. »Frohe Weihnachten, Tilly.« Ich zögerte eine winzige Sekunde lang, denn auf irgendeiner kosmischen Bewusstseinsebene war ich mir dessen bewusst, dass dies ein entscheidender Moment in meinem Leben war und ich ihn in vollen Zügen genießen sollte. Staunend betrachtete ich seine Silhouette und die Eiskristalle auf dem Gras, die im Mondlicht tanzten, ein vollendetes Abbild der Sterne über mir. Auch wenn mich nur wenige Schritte von ihm trennten, markierten sie vielleicht den Beginn einer neuen Reise.

Und dann lachte ich und rief »Frohe Weihnachten« und lief ihm geradewegs in die Arme, und auch er lachte, während er mich an sich drückte und so lange im Kreis herumwirbelte, bis ich ihn anflehte, mich herunterzulassen.

Mir schwirrte der Kopf, die Fragen, die ich an ihn hatte, überschlugen sich, doch für den Moment genügte es, einfach nur in seinen Armen zu liegen und in seinen braunen Augen etwas zu sehen, das ich nicht zu benennen wagte. Denn das alles hier war mir ein absolutes Rätsel.

Du hast mir gefehlt, Aidan.

»Ich bin so froh, dich wiederzusehen.« Er grub sein Gesicht in mein Haar und hielt mich fest.

»Was machst du hier?«, fragte ich und lehnte mich ein wenig zurück, um in seinem Gesicht zu lesen.

»Also, in diesem Moment, wenn ich ehrlich bin, zu einem Eisblock gefrieren.« Er grinste. »Darüber hinaus bin ich, wie's aussieht, dein Wichtelgeschenk. Komm rein.«

Ohne mich loszulassen, zog er mich rückwärts in den Schuppen und schloss die Tür hinter mir.

Ungläubig sah ich mich um. Das Licht kam gar nicht von einer Lichterkette, sondern von Kerzen, die überall auf den Regalen, auf dem Tisch und auf der Fensterbank standen. Und obwohl wir von Gartengeräten und Stapeln von leeren Blumentöpfen und Kompostsäcken umgeben waren, wirkte alles hier drinnen heimelig und romantisch. Genauer gesagt, sah der Schuppen genau so aus, wie ich es für mein erstes Rendezvous mit Aidan zu Halloween geplant hatte, bis Charlie mein Vorhaben zunichtemachte.

Und jetzt, Monate später, wurden meine kühnsten Träume plötzlich wahr. Mein Herz pochte so wild, dass es Aidan wahrscheinlich durch seine Jacke spüren konnte.

Ich blickte zu ihm auf. »Warst du das?«

Er schüttelte den Kopf und lachte verlegen. »Das ist alles Charlies Werk.« Das hatte Charlie getan? Für mich? Dies erklärte allerdings seine Bemerkung, es hätte ihn einiges gekostet.

»Er hat mich angerufen. Mir die ganze Geschichte erzählt.«

Ich zuckte zusammen und lockerte meinen Griff.

»Wenn du sagst, die ganze Geschichte ...«

Ich brachte den Satz nicht zu Ende und blickte alarmiert zu ihm auf. Wusste er von James? War er deshalb gekommen? Und um Charlie einen Gefallen zu tun? Wenn Aidan nur aus Mitleid zu mir zurückgekommen war, bräche es mir das Herz und ich stünde wieder da wie vor einem Jahr: einsam und am Boden zerstört.

Er atmete langsam aus, nahm die Hand von meiner Taille und strich mir mit der Fingerspitze übers Gesicht.

»Zum Beispiel hat er mir erzählt, dass ihr beide nichts weiter als gute Kumpel seid.« Er lachte leise. »Auch wenn er zugeben musste, nichts unversucht gelassen zu haben, das zu ändern.«

Ich nickte und merkte, wie ich rot anlief. »Genau das habe ich dir klarzumachen versucht.«

Er kniff die Augen zu und schüttelte den Kopf. »Und zu meiner ewigen Schande habe ich nicht auf dich gehört. Wahrscheinlich dachte ich, es wäre zu schön, um wahr zu sein, dass jemand wie du ungebunden ist.«

Ich schmunzelte. Genau das, was ich von ihm gedacht hatte.

Er zuckte reumütig die Schulter. »Seit diesem Abend an Halloween warst du hier drin, obwohl ich dachte, dass du was mit Charlie hast.« Dabei nahm er meine Hand und legte sie sich unter der Jacke an die Brust.

»Und wieso hast du dann nicht angerufen?« Ich musste an die Abende denken, an denen ich zuhause gesessen und gehofft hatte, er würde irgendwie mit mir Kontakt aufnehmen. Auch wenn er meine Nummer nicht hatte, hätte er mit ein wenig gutem Willen einen Weg gefunden, oder?

»Ich wollte dich anrufen. Aber die ganze Zeit hatte ich das Gefühl, ich hätte dich zu sehr bedrängt und deine Signale falsch verstanden. Außerdem habe ich mich für mein Benehmen an Halloween ziemlich geschämt. Ich hätte mich sofort melden und dir sagen sollen, dass wir, selbst wenn du vergeben wärst, immer noch Freunde sein können.«

Deshalb also war er da. Um Freunde zu sein.

Ich lächelte traurig. »Und nun hast du jemand anders kennengelernt. Du bist weitergezogen …«

Er schüttelte den Kopf und sah mich verständnislos an. »Es gibt niemand anderen. Seit wir uns begegnet sind, habe ich …«

Ich verschränkte die Arme und sah zur Seite. »Ich weiß, dass du jemanden kennengelernt hast, denn ich habe bei dir angerufen und sie ging ran.«

»Warte. Du hast mich angerufen? Wann denn?« Er legte mir die Hände auf die Schultern und forschte in meinem Gesicht.

Ich musste nicht lange überlegen. »Freitag, den 13. November, abends um Viertel vor acht.«

»So ungefähr?« Er versuchte, ernst zu bleiben, doch seine Augen verrieten ihn. »Wie's der Zufall will, kann ich mich an den Abend genau erinnern.«

Sollte er doch versuchen, es herunterzuspielen! Ich

schäumte innerlich. »Jetzt hältst du mich wahrscheinlich für eine Stalkerin oder rachsüchtig oder so.«

»Nein.« Er trat näher heran und sah mir mit einem eindringlichen Blick in die Augen. »Ich denke, wie froh ich bin, dass du angerufen hast, und ich denke, dass wir überflüssigerweise einen ganzen Monat vergeudet haben. Zwei, genauer gesagt. Und mehr noch, wenn wir bei den Filmarbeiten beginnen.«

»Dann ...« Ich schluckte. Ich würde nicht lockerlassen. »Wer ist sie?«

»Meine Schwester.«

»Deine Schwester? Aber sie war so außer Atem, und ich dachte ... na ja, egal«, stöhnte ich. Wir waren offenbar beide genial darin, voreilig die falschen Schlüsse zu ziehen.

»An dem Tag habe ich zum ersten Mal meine Nichte und meinen Neffen gehütet. Meine Schwester war spät dran und nervös, weil sie fest davon überzeugt war, dass ich sicher über einem Arbeitsanruf ihre Kinder vergessen würde und dann etwas Schreckliches passieren würde. Deshalb habe ich vorsorglich mein Handy im Gästezimmer gelassen, in dem ich schlief. Als meine Schwester und ihr Mann dann gerade ziemlich gehetzt loswollten, ist sie wohl rangegangen und hat vergessen, mir Bescheid zu sagen. Jedenfalls hat sie mir nichts ausgerichtet. Tut mir schrecklich leid. Ehrlich gesagt, steht mein Handy nie still, und ich versuche gar nicht erst, meine verpassten Anrufe durchzugehen.«

Das stimmte, im Sommer hatte ich es selbst gesehen, da hatte er ständig das Handy am Ohr gehabt. Und ich hatte ja auch gar keine Nachricht hinterlassen. Ich hatte panisch sofort die Verbindung getrennt.

Ich lächelte ihn scheu an. »Also sind wir wohl beide single.«

Er nickte, ich sah ihm in die Augen und trat näher heran. Sowie sich all die Dinge, die uns im Weg gestanden hatten, in Luft auflösten, spürte ich ein umso größeres Verlangen und schlang die Arme um ihn. Ich konnte kaum warten, seinen Körper zu fühlen und seine Küsse zu schmecken. Blieb nur noch ein Letztes zu sagen …

»Ich habe dir damals gesagt, mein Leben sei kompliziert, und das ist es auch … war es …« Ich suchte nach den richtigen Worten.

Sag's ihm, Tilly, öffne dein Herz für ihn.

Dummerweise brachte ich keinen Ton heraus, und so legte ich ihm hilflos die Stirn an die Brust.

Aidan hob behutsam mein Kinn, und sein zärtlicher Blick trieb mir die Tränen in die Augen.

»Charlie hat mir das mit James erzählt, mit dem Autounfall und dass du das Baby verloren hast«, murmelte er.

Ich nickte stumm.

»Tilly, jetzt, wo ich weiß, was du durchgemacht hast …« Er holte tief Luft und strich mir mit dem Daumen über die Lippen. »… liebe ich dich nur noch mehr. Und ich verspreche dir, dass ich alles – alles Erdenkliche – tun werde, um dich glücklich zu machen. Ich kann nur ahnen …«

Ich legte ihm den Finger auf den Mund.

»Danke«, flüsterte ich, während sich in meinem Kopf die Gedanken überschlugen.

Er liebt mich.

»Aidan, manchmal passieren schreckliche Dinge, und man wünscht sich nur noch, die Uhr zurückdrehen zu können. Und man sagt sich andauernd, wäre nur dies oder jenes nicht passiert, es hätte doch alles so schön sein können.«

Ich schluckte und streichelte mit den Fingerspitzen sein Gesicht.

»Aber so läuft es nun mal nicht. Seit ich damals James verloren habe, hat es mich viel Zeit gekostet, darüber hinwegzukommen. Und noch mal so lange, um die Dinge wieder positiv zu sehen, den Silberstreifen am Horizont … Aber jetzt …« Ich kam so dicht an ihn heran, dass ich seinen Atem im Gesicht spüren konnte. »Ich glaube, du könntest dieser Silberstreifen für mich sein.«

Ich spürte seine Hände in meinem Haar, und dann küsste er mich. Seine Lippen zu spüren war so unbeschreiblich schön, dass ich glaubte, ich müsse zerspringen. Und als ich seinen Kuss erwiderte, erfasste mich eine ungeheuere Leichtigkeit. Ich glaubte zu schweben, und die letzte Spur der Trauer, die seit James' Tod mein ständiger Begleiter gewesen war, löste sich auf und verlor sich in der Vergangenheit.

Als der Kuss vorbei war, trat ich zurück und nahm sein Gesicht in beide Hände, um mir die Konturen seiner Wangenknochen, den Duft seiner Haut ins Gedächtnis einzubrennen. Von jetzt an, dämmerte mir, würden sich neue Erinnerungen bilden, und während James für immer ein Teil von mir war, konnte ich mich nun auf ein neues Leben freuen.

Mein neues Leben mit Aidan.

Als wir uns sekundenlang anschauten, überschwemmte mich ein Gefühl von Frieden, und ich wusste mit absoluter Sicherheit, dass dieser Mann meine Zukunft war.

Ich spähte zur Decke hinauf und bemerkte einen kleinen Mistelzweig, der in der Mitte des Schuppens hing.

Das war alles Charlies Werk.

Wie süß von ihm! Ich schickte ihm von ganzem Herzen meinen stummen Dank dafür, dass er Aidan und mich so selbstlos zusammengebracht hatte.

»Tut mir furchtbar leid«, sagte ich und zog ihn am Revers seiner Jacke, bis wir direkt unter dem Mistelzweig standen. Er folgte meinem vielsagenden Blick nach oben. »Aber es bleibt uns wohl nichts anderes übrig, als noch mal von vorne anzufangen.«

Mit einem strahlenden Lächeln sah ich dem Mann in die Augen, der mich mit seiner Liebe wieder ins Leben zurückgeholt hatte, und sah in seinen Augen mein eigenes Glück gespiegelt.

Er senkte das Gesicht zu mir herab. »Mit dem allergrößten Vergnügen.«

Vier Monate später

Beim ungefähr zwölften Klingelton ortete ich nach meiner verzweifelten Suche mein Handy in den Kleidern, die sich in einer langen Spur vom Fußboden im Wohnzimmer bis nach oben zogen, und die Erinnerung an unsere »ruhige Nacht daheim« trieb mir die Schamesröte ins Gesicht.

Wer auch immer so früh am Morgen anrief, war beharrlich. Ich warf einen Blick aufs Display und musste grinsen: Gemma – wer sonst? »Lass dir Zeit dotcom!«, schnaubte sie am anderen Ende.

»Tut mir leid«, stöhnte ich, »konnte mein Handy nicht finden.«

Ich schnappte mir eine Decke vom Sofaende und wickelte mich darin ein. Die Gespräche mit meiner besten Freundin waren selten kurz, und obwohl schon die Sonne durch die – Gott sei Dank – geschlossenen Gardinen schien, war es so früh am Tag noch ziemlich kalt.

»Okay, also, was hast du gerade an?«, fragte sie unverblümt.

»Ähm, in diesem Moment? Eine Decke«, lachte ich.

»Eine Decke …? Oha, Tilly Parker, wie liederlich von dir! Du hast es gut, kann ich dazu nur sagen. Seine Lordschaft hält mich schon seit drei Stunden wach. Jedenfalls«, seufzte sie, »ich wage kaum daran zu denken, mich Mike eines Tages wieder nackt zu präsentieren. Im Moment kriegt meinen Körper außer mir keiner zu sehen.«

»Unsinn«, protestierte ich. »Dein Mann betet dich an. Erst recht, nachdem ihr den Kleinen miteinander habt. Da wir gerade dabei sind, wie geht es meinem Patenkind denn heute?«

»Fantastisch. Und er ist so blitzgescheit. Weißt du, was er heute früh gemacht hat ...?«

Ich klemmte mir das Handy zwischen Ohr und Schulter und warf an den richtigen Stellen »ja«, »nein«, »ach so« ein, während ich Wasser für den Tee aufsetzte. Gemma und Mike waren – zu Recht – in ihren vier Monate alten Sohn vernarrt und hielten mich über seine wundersamen Fortschritte akribisch genau auf dem Laufenden. Konnte mir nur recht sein, ich war selber hin und weg von ihm.

»Jedenfalls, weshalb ich anrufe, er trägt zur Taufe einen violetten Strampelanzug, könntest du das vielleicht bei deiner Kleiderwahl für heute berücksichtigen? Nur damit sich die Farben auf den Fotos nicht beißen.«

»Klar«, sagte ich ein wenig verwirrt. »Aber ich dachte, Babys tragen zur Taufe immer weiß?«

»Oh nein! Weiß macht ihn schrecklich blass. Ehrlich gesagt, kommen wir alle Ton in Ton. Ich dachte, es wäre schön, wenn wir alle farblich aufeinander abgestimmt sind.«

»*Wir?*« Ich sah das Gesicht des armen Mike vor mir und musste innerlich lachen.

Ich stellte ihr eine farblich kompatible Garderobe in Aussicht und legte auf. Dann nahm ich die beiden Becher, balancierte sie im Flur an Aidans Koffer vorbei – ein Anblick, bei dem ich immer noch jedes Mal Schmetterlinge im Bauch bekam – und stieg, so schnell ich konnte, ohne etwas zu verschütten, die Treppe hoch.

In der Tür blieb ich stehen, um den Anblick zu genießen. Aidan schlief noch, nur sein dichter, dunkler Haarschopf lugte unter der Decke hervor. Ich stieß einen zufriedenen, glücklichen Seufzer aus. Ich würde mich wohl nie an ihm sattsehen können.

Vier Monate. Wir waren erst seit vier Monaten zusammen, und er hatte meine Welt vollkommen auf den Kopf gestellt. Und nicht etwa nach und nach! Am ersten Weihnachtstag hatte Aidan mit Geschenken für uns alle, selbst für Mums neuen Freund Clive, auf der Matte gestanden und mich danach sogar zu einem Essen bei James' Eltern begleitet. Für uns alle war es ein bewegter Tag gewesen. Für mich ganz besonders, als mich beim Abschied James' Mum zur Seite nahm und mir meinen Segen gab. Wir seien ihr jederzeit willkommen, hatte sie mir versichert. Nicht nur ich, sondern auch Aidan. Ich stellte seinen Tee auf den Nachttisch an seiner Seite, trat ans Fenster und zog die Gardinen auf. Bis zur Taufe gab es noch so viel zu tun, erst recht, wo ich nun mein Outfit neu überdenken musste. Das rotgeblümte Kleid, für das ich mich entschieden hatte, konnte ich vergessen.

Ich blickte aus dem Fenster. Ein schöner Morgen, perfekt für einen besonderen Tag. Als die Sonne das Zimmer in orangefarbenes Licht tauchte, regte sich Aidan.

»Guten Morgen, Schlafmütze.«

Ich gab ihm einen Kuss auf die Lippen, er streckte die Arme und rieb sich die Augen.

»Guten Morgen, meine Schöne.« Er versuchte, mich zu

sich herunterzuziehen, doch ich wand mich aus seinem Griff. So gerne ich wieder unter die Decke gekrochen wäre, um den Morgen in seinen Armen zu vertrödeln, heute gab es zu viel zu tun. Zuerst einmal stand Haarewaschen an – ich wusste, was ich Gemma schuldig war. Dann musste ich etwas Violettes zum Anziehen finden, was nicht so einfach war, ganz zu schweigen vom Kofferpacken und von einem Abstecher bei der Katzenpension, um Cally abzuliefern. Danach würden wir den Wagen bepacken, mittags zur Tauffeier zur Kirche fahren und anschließend von dort aus direkt ab zum Flieger … Himmel! Und das alles in weniger als zwei Stunden!

»Was haben wir heute für einen Tag?«, fragte Aidan.

»Was das Wetter betrifft, fantastisch. Was unser Programm betrifft, äußerst hektisch. Also höchste Zeit aufzustehen, fürchte ich. Wir sind schon ziemlich knapp dran. Dein Koffer ist ja gepackt, aber ich hab noch jede Menge zu tun.«

Ich öffnete meinen Kleiderschrank und suchte nach etwas in der vorgeschriebenen Farbskala.

»Was soll ich sagen? Du hast mich letzte Nacht ziemlich beansprucht, ich brauche meinen Schlaf.« Er setzte sich auf und trank seinen Tee.

Ich kicherte und warf einen Blick über die Schulter. »Beklagst du dich etwa?«

Er hob die Decke hoch und klopfte mit der flachen Hand auf die Matratze. »Komm schon, gib uns noch ein paar Minuten.« Er zeigte mir sein unwiderstehlichstes Grinsen.

Mein ganzer Körper prickelte vor Liebe. Wie konnte ich ihm widerstehen? Ich seufzte und sah auf die Uhr.

»Bitte! Ich bin schließlich sechs Wochen weg.«

Da lag dieser gutaussehende Mann in meinem Bett, und ich faselte nur von Erledigungen. Wieso mich bitten lassen? Ich sprang wieder unter die Decke und küsste ihn. Eine Viertelstunde mehr oder weniger …

Wir schafften es locker rechtzeitig zur Kirche, auch wenn ich überzeugt war, dass ich beim Packen etwas vergessen hatte. Doch ich hatte die Tickets und meinen Pass und Aidan, alles andere war Nebensache.

»Hier.« Mia reichte jedem von uns ein Faltblatt. »Da stehen all die Gebete und so drin. Und du musst ein paar Worte sagen, Tilly.«

»Tatsächlich?« Ich biss mir auf die Lippe und folgte Aidan in die Kirche.

»Parker *Elton*?«, gluckste er amüsiert, als er das Programm für die Feier las.

Ich schmunzelte. Es war eine Ehre für mich, dass Gemma und Mike ihren Sohn nach mir genannt hatten, doch so oft ich seinen zweiten Vornamen hörte, konnte auch ich mir ein Grinsen nicht verkneifen.

»Elton John«, flüsterte ich. »Gemmas heimliche Liebe. Oh, sieh mal, die stolzen Großeltern!« Ich hakte bei Aidan unter und führte ihn zu der Seite, an der Christine neben Roy stand und ihm unsichtbare Fusseln vom Jackett schnippte, während er an seinem Kragen zupfte.

»Also, da hat sich aber jemand in Schale geworfen!«, sagte ich, gab Roy einen Schmatz und nahm Christine in die Arme.

»Du aber auch, Tilly«, sagte Christine und strahlte uns an. »Verliebt sein steht dir, besonders die rosigen Bäckchen.«

»Sie ist wunderschön, nicht wahr?«, bekräftigte Aidan und legte mir den Arm um die Taille. »Eine Patentante wie aus dem Bilderbuch.«

Jetzt war rosig sicher stark untertrieben. »Hört schon auf damit!«

»Herzlichen Glückwunsch zu deinem Fernsehpreis, Aidan«, sagte Roy und schüttelte ihm die Hand.

»Danke.« Aidan deutete eine kleine Verbeugung an. »Der geht natürlich auch an die Gemeinde der Ivy Lane.«

»Das will ich meinen!«, rief Christine und wandte sich an mich. »War es sehr aufregend? Hast du viele Promis gesehen?«

Ich lachte. Sie klang genau wie ihre Tochter, als ich sie nach dem Galaabend angerufen hatte. »Es war unglaublich«, sagte ich. »Ich bin im ganzen Leben noch nicht so nervös gewesen. Und so stolz, als Aidan und Suzanna den Preis entgegennahmen.«

Aidan und ich tauschten einen Blick. Er drückte mich fester an sich, und ich glaubte, vor Liebe zu zergehen.

»Tilly!« Ich drehte mich um und entdeckte Liz, die sich, an Nigels Arm, einen Weg zu mir bahnte. Ich überließ es Aidan, mir in der Bank einen Platz freizuhalten, und ging hinüber, um hallo zu sagen. Sie waren sonnengebräunt und entspannt und offenkundig verliebter denn je.

»Wie war es auf Madeira? Ihr sehr gut aus«, sagte ich und gab ihnen beiden einen Kuss.

Die Flugtickets zum Blumenfest in Madeira waren Nigels Wichtelgeschenk für Liz gewesen. Wohl kaum im Rahmen der vorgeschriebenen zehn Pfund, doch so glücklich, wie die beiden wirkten, hatte sich wohl jeder Penny gelohnt.

»Wundervoll«, schwärmte Liz. »Nicht wahr, Nigel?«

»Kann man wohl sagen«, bestätigte Nigel. »Und, nun ja, ziemlich ereignisreich.«

Liz errötete ein wenig und wackelte mit der linken Hand, an der ein eleganter Diamantring funkelte.

»Herzlichen Glückwunsch! Ich freue mich riesig für euch.« Ich umarmte sie und entschuldigte mich, um zu Gemma hinüberzugehen, die am Altar stand und die Wassertemperatur im Taufbecken testete.

»Eiskalt!«, zischte sie. »Parker wird ausflippen, wenn der Pfarrer ihn damit bespritzt.«

»In dem Outfit sieht er aus wie der Kleine Lord«, kicherte ich, gab Gemma ein Küsschen und nahm ihr Parker ab. Ich rieb meine Nase an seiner samtweichen Haut und sog seinen köstlichen Babyduft ein.

»Ich werde dich vermissen«, murmelte ich und drückte ihm die Lippen ans Bäckchen.

»Aber doch wohl Aidan um einiges mehr?« Gemma tippte mir auf den Arm und sah mich fragend an.

Ich zuckte schicksalsergeben die Achseln. »Immerhin haben wir zwei Wochen zusammen auf den Galapagosinseln, bevor ich wieder in die Schule muss. Wir sind also nur vier Wochen getrennt. Und bei seiner nächsten Produktion geht es um heimische Lebensräume, wird also halb so schlimm. Außerdem habe ich ab Mai jede Menge auf der Parzelle zu tun, du weißt ja, wie das ist.«

Außerdem lag noch der Rest unseres Lebens vor uns. Es war also keine Eile angesagt.

Allmählich füllte sich die Kirche, und ich registrierte, dass fast alle von der Ivy Lane erschienen waren. Die Taufe würde jeden Moment beginnen, und ich sah, wie Mike

Gemma Zeichen zu machen versuchte, damit sie ihren Platz einnahm.

»Gestern habe ich Aidans Familie kennengelernt«, flüsterte ich ihr zu.

»Und?« Sie sah mich neugierig an.

»Natürlich ganz reizend.« Ich grinste und zog eine Augenbraue hoch. »Seine Schwester würde dir gefallen, ziemlich verrückt, redet ohne Punkt und Komma …«

»Was fällt dir ein!«, gab sie sich empört, nahm mich in die Arme und drückte dabei Parker ein Küsschen auf die Backe. »Aber im Ernst, Tills, er ist genau der Richtige für dich, und ich freue mich, dich so glücklich zu sehen.«

Jetzt trat der Pfarrer aus der Sakristei und bat uns alle, unsere Plätze einzunehmen. Gemma nahm mir den kleinen Parker aus den Armen und setzte sich zu Mike und Mia in die erste Reihe, während ich dahinter meinen Platz neben Aidan einnahm und dabei einen Blick auf Hayley erhaschte, die sich in einer der letzten Reihen eng an ihren Freund Ben kuschelte. Sie zwinkerte mir zu und hob den Daumen. Ich erwiderte den Gruß.

Polternd flog in diesem Moment die Flügeltür zur Kirche auf, und ziemlich außer Atem stürmten Charlie und Freya herein. Ich verkniff mir ein Lächeln. So viel also dazu, sie sei nicht sein Typ.

Gemma drehte sich zu uns beiden um. »Ah, was für ein schönes Bild! Happy End dotcom.«

Aidan stupste Parker liebevoll an der Nase. »Wer redet denn von Ende?«, flüsterte er Gemma grinsend zu.

In dem Moment räusperte sich der Pfarrer und gab uns Zeichen aufzustehen. »Wir sind hier heute zusammengekommen, um ein neues Leben zu feiern …«

Ich drehte mich zu Aidan und sah ihm in die liebevollen braunen Augen. Wir verschränkten die Finger und tauschten ein wissendes Lächeln.

Ich hätte es nicht besser sagen können.

Danksagungen

Es gibt zwei Menschen, ohne die dieses Buch nie zustande gekommen wäre. Als Erstes geht mein Dank an meine Mum, Sue Cope, passionierte Kleingärtnerin mit einem schier unerschöpflichen Wissen über Gemüse und seinen Anbau – sie hat Monty Don, den Gärtner-Guru aus dem Fernsehen, höchstpersönlich kennengelernt! Ihr Beitrag war einfach unschätzbar! Nie wieder werden wir auf einer Kleingartenparzelle so eng zusammenarbeiten: Sie zieht das Gemüse, und ich schreibe darüber!

Zum Zweiten an meine Lektorin Harriet Bourton. Unter all den Autoren, mit denen sie in diesem Jahr hätte arbeiten können, hat sie mich gewählt, und ich stehe für immer in ihrer Schuld. Die Zusammenarbeit mit ihr bereitete mir große Freude, und wenn es Charlie wirklich gäbe, wäre er bestimmt heilfroh über ihre Eingriffe.

Meinen herzlichen Dank auch an Julie Mernick für die medizinische Beratung. Für meine SMS um sieben Uhr morgens mit Fragen zum anaphylaktischen Schock bitte ich nochmals um Entschuldigung. Hätte ich gewusst, dass sie zehn Minuten später an meiner Tür stehen würde, um Wiederbelebungsmaßnahmen zu ergreifen, hätte ich meine Nachricht anders formuliert …

Dickie Hallam muss ich für seine schwere Wespengiftallergie danken, was sonderbar klingt, doch hätte er nicht eines Tages mit dem Gesicht nach unten auf seinem Kartoffelbeet gelegen, wäre mir meine Ivy-Lane-Version nie in den Sinn gekommen. Daher danke, Dickie!

Dank auch an Susanna Zakarian und Marie Saunders dafür, dass ich ihre Erinnerungen für die Geschichten von Tilly und Gemma ausschlachten durfte.

Mein Dank geht auch an Trevor Ward, für seine Informationen zur strafrechtlichen Episode in der Ivy Lane. Seine Hinweise haben die Geschichte von Hayley und den anderen Jugendlichen bereichert. Und Dank auch an Andy Peet für die Führung an einem kalten Sonntag im Januar über seine Parzelle – ich hab die Idee mit den weißen Zwiebeln von ihm geklaut!

Und nicht zu vergessen ein ganz großes Dankeschön an die Leser und Blogger, ohne deren großzügige Unterstützung ich nicht da stünde, wo ich heute bin. Ihre aufmunternden und anfeuernden Kommentare haben mir über etwas holprigere Wegstrecken hinweggeholfen. Ich hoffe, sie haben an *Der Brombeergarten* ihren Spaß!

Danke an Hannah Ferguson, meine Agentin! Sie war mein bestes Weihnachtsgeschenk, und es ist wunderbar, sie weiterhin an meiner Seite zu haben.

Und schließlich danke an meine Familie. An Tony, Phoebe und Isabel dafür, dass sie bei allem mit von der Partie sind – von der Namensgebung der Figuren, der Einbandgestaltung bis hin zu den Buch-Trailern und dem Ausprobieren von Rezepten. Ich liebe euch sehr.

Anmerkung von Cathy

Liebe Leser,

wir kommen also zum Ende eines Jahres in der Ivy Lane, und was für ein Jahr das für Tilly und ihre Freunde war! Ich weiß ja nicht, wie es Ihnen ergeht, aber auch wenn es für die wunderbare Tilly Parker ein Happy End gibt, fehlt sie mir schon jetzt.

Ich möchte Ihnen allen ganz herzlich dafür danken, dass Sie *Der Brombeergarten* gelesen haben und auch einen herzlichen Dank für Ihre netten Nachrichten, E-Mails und Tweets. Bitte schreiben Sie mir weiter. Was Sie mir zu sagen haben, bedeutet mir unendlich viel. Romane zu schreiben heißt zu neunundneunzig Prozent allein am Computer zu sitzen, und es beflügelt mich ungemein weiterzumachen, wenn ich von meinen Lesern höre.

Herzlichst
Ihre Cathy Bramley

Ivy-Lane-Rezepte

Cathys Hausmannskost für den Frühling

Lauch-Kartoffel-Suppe

Das gehört zur klassischen Hausmannskost der Kleingärtner. In den ersten Frühjahrsmonaten, vor der Pflanzsaison, finden sich stets noch Lauchstangen, Kartoffeln und Zwiebeln in den Beeten. Und was könnte einen nach einem Vormittag auf der Parzelle besser von innen wärmen, als sich zuhause eine köstliche Schüssel selbstgemachte Suppe schmecken zu lassen?

Man benötigt …
4 große Lauchstangen, gründlich gewaschen und feingeschnitten
1 gehackte Zwiebel
einen großen Esslöffel Butter
2 mittelgroße Kartoffeln, geschält und gewürfelt
1,1 l Gemüsebrühe*

* Um eine cremigere Suppe zu erzielen, 225 ml Brühe durch dieselbe Menge Milch ersetzen

(wahlweise) Sahne zum Untermischen
schwarzen Pfeffer
Schnittlauch zum Anrichten

In einem großen Topf Lauch und Zwiebel 5 Minuten bei kleiner Flamme in der Butter dünsten. Kartoffeln dazugeben und nochmals 10 Minuten kochen, bis die Kartoffeln weich sind. Die Brühe dazugeben und 20 Minuten köcheln lassen. Nach Geschmack schwarzen Pfeffer hineinreiben. Zusätzliches Salzen sollte nicht nötig sein. Mit dem Pürierstab pürieren und in vorgewärmten Schalen mit einem Schuss Sahne und etwas Schnittlauch servieren. Dazu passt perfekt Krustenbrot.

Erdnuss-Flapjacks

Muss man zu köstlichen, süßen Flapjacks noch viel sagen? Guten Appetit!

Man benötigt …
130 g Ahorn- oder anderen Sirup
75 g Butter
100 g weichen braunen Rohrzucker
75 g cremige Erdnussbutter
145 g Haferflocken
30 g Erdnüsse

Ofen auf 150° vorheizen (Umluft 130°). Ein Backblech (vorzugsweise ca. 20 × 20 cm) einfetten. Sirup, Butter, Zucker in einem kleinen Topf bei kleiner Flamme schmelzen. Vom Herd nehmen und Haferflocken und Erdnüsse unterrühren. Die Masse auf das Backblech geben. Sie muss nicht allzu gleichmäßig verteilt werden, im Ofen erledigt sich das von selbst. 25 Minuten goldbraun backen. 3 Minuten auskühlen lassen, dann in Quadrate schneiden und erst nach dem vollständigen Erkalten vom Blech nehmen. Warm ist die Masse noch ziemlich weich.

Schokoladen-Osternester

Die Kinder lieben es, sie herzustellen, aber ich kenne genügend Erwachsene, die sie liebend gerne essen! Sie schmecken einfach nach mehr. Für einen Erwachsenen eignet sich am besten Schokolade mit hohem Kakaoanteil und Trüffel zum Füllen der Nester.

Man benötigt …
225 g Vollmilchschokolade
50 g Butter
2 EL Ahorn- oder anderen Sirup
100 g Cornflakes
1 Tüte Schoko-Mini-Eier
10 Muffinförmchen

Zehn Muffinförmchen in ein Muffinblech setzen oder auf einem gewöhnlichen Blech verteilen. In einem großen Topf Schokolade, Butter und Sirup bei niedriger Temperatur erhitzen. Gründlich verrühren und vom Herd nehmen. Die Cornflakes behutsam unterheben, ohne sie zu zerdrücken. Die Mischung in die Förmchen füllen und pro Nest mit 2 oder 3 Mini-Eiern garnieren. Die Eier andrücken, bevor die Schokoladenmasse ausgehärtet ist, damit sie nicht aus den Nestern rollen! Die Nester, mit oder ohne Blech, für eine Stunde in den Kühlschrank stellen. Danach die Nester aus den Förmchen lösen, in einem luftdichten Behälter verschließen und erneut im Kühlschrank aufbewahren.

Cathys Lieblingsrezepte für den Sommer

Risotto Primavera

(für 2 Personen)

Das ist eine Schüssel voll Sommer! Selbstgezogenes Gemüse kommt mit diesem Rezept groß raus. Risotto ist leicht zuzubereiten, auch wenn es ununterbrochene Aufmerksamkeit erfordert. Andererseits habe ich schon des Öfteren die Hälfte der Gemüsebrühe auf einmal hineingegeben, ohne dass es den geringsten Unterschied gemacht hätte!

Man benötigt …
600 ml Gemüsebrühe
1 Zwiebel
1 Zehe Knoblauch
etwas Olivenöl zum Braten
1 kleinen Zucchino
4 Zuckermaiskölbchen
50 g Zuckerschoten oder Zuckererbsen
1 Prise getrocknete Kräutermischung
200 g Arborio-Reis
50 ml Weißwein (plus ein Gläschen für zwischendurch)

6 grüne Spargelspitzen
eine Handvoll Spinatblätter (wahlweise auch Mangold oder Callaloo)
1 EL frisch geriebener Parmesan
Salz und Pfeffer nach Geschmack

Ofen auf 180° vorheizen (Umluft 160°). Brühe in einem kleinen Topf erhitzen. Zwiebel fein hacken, Knoblauch zerdrücken und mit einem Schuss Olivenöl in einen schweren Topf geben. Bei niedriger Temperatur glasig dünsten. Den Zucchino in feine Scheiben, die Maiskölbchen in Stücke schneiden und zusammen mit den Zuckerschoten in eine Antihaft-Backform geben. Mit ein wenig Olivenöl beträufeln und mit den getrockneten Kräutern bestreuen. 10 bis 12 Minuten im Ofen backen.

Wenn die Zwiebeln glasig sind, den Reis dazugeben. Sobald der Reis brutzelt, den Wein dazugeben und so lange rühren, bis die Flüssigkeit verdunstet ist. Eine Schöpfkelle Brühe zum Reis geben und köcheln lassen. Sobald die Brühe aufgesogen ist, mit einer Schöpfkelle wiederholen und unter gelegentlichem Rühren mehrmals wiederholen, damit der Reis nicht ansetzt.

Nach zehn Minuten Köcheln das Gemüse in den Reis geben und verrühren. Die Spargelspitzen auf ein Blech geben und 8 Minuten im Ofen rösten.

Den Reis nach 20 Minuten überprüfen: Er sollte weich sein, aber noch ein wenig Biss haben. Die Spinatblätter und den Parmesan unterheben und nach Wunsch mit Pfeffer und Salz abschmecken. Verrühren und von der Flamme nehmen. Das Risotto ein, zwei Minuten ziehen lassen. Mit den Spargelspitzen garnieren und servieren.

Sommer-Trifle
Zum ersten Mal im Leben habe ich Sommer-Trifle bei meiner Tante Mary gegessen. Es war Sommer – was sonst –, und ich weiß noch, wie ich die Luft anhielt, als Mary in dieses rubinrote Dessert schnitt und eine köstliche Fruchtmasse herausquoll.

Man benötigt …
175 g braunen Zucker
1,25 kg Beerenfrüchte (eine Mischung aus Erdbeeren, Himbeeren, Brombeeren, roten und schwarzen Johannisbeeren macht sich gut)
7 Scheiben Weißbrot vom Vortag, vorzugsweise ein Kastenweißbrot

Den Zucker in einem Topf bei niedriger Temperatur in 3 EL Wasser auflösen. 1 Minute lang aufwallen lassen, dann sämtliche Früchte außer den Erdbeeren dazugeben. Bei sehr niedriger Hitze drei Minuten köcheln lassen. Möglichst wenig rühren, da die ganzen Früchte viel besser schmecken. Mit einem Sieb in eine Schüssel abtropfen lassen. Den wunderbaren Saft benötigst du später!

Eine 1,25-Liter-Schüssel mit Frischhaltefolie auskleiden. Am besten mit zwei Bahnen überkreuz, und einen großzügigen Überhang lassen, um sie später über den Pudding zu schlagen. 4 Scheiben Brot zu schiefwinkligen Rechtecken schneiden; 2 Scheiben zu 4 Dreiecken schneiden; die letzte Scheibe ganz lassen.

Und jetzt kommt das Beste: Zuerst die ganze Scheibe Weißbrot in den Saft tunken und durchtränken und anschließend auf den Boden der Schüssel legen. Nacheinander die schiefwinkligen Rechtecke in den Saft tunken und rings um den Schüsselrand andrücken, indem man sie mit je einer langen und einer kurzen Seite zusammenfügt. Gegebenenfalls das letzte Rechteck passend schneiden. Behutsam die weiche Fruchtmasse in die Schüssel löffeln und dabei nach jedem Löffel 1 bis 2 Erdbeeren dazugeben. Zuletzt die verbliebenen Brotdreiecke als Deckel darauf arrangieren und Überstände abschneiden. Übrig gebliebenen Saft in einem Krug im Kühlschrank kaltstellen.

Die Überstände der Folie oben zusammenschlagen und gut versiegeln. Jetzt braucht man etwas zum Beschweren, wie zum Beispiel volle Konservendosen. Einen kleinen Teller in der Schüssel auf den Pudding und die Dosen darauf platzieren und das Ganze über Nacht in den Kühlschrank stellen (oder mindestens 6 Stunden, wenn man nicht so lange warten kann).

Vor dem Servieren die Gewichte und den Teller entfernen, die Folie abziehen, einen Speiseteller mit der Unterseite nach oben auf die Schüssel legen und den Pudding stürzen. Die übrige Folie abziehen und mit Créme double oder Schlagsahne und dem verbliebenen Saft servieren.

Marokkanischer Kichererbsensalat

Ich bin ein großer Fan von Tabulé, einem sommerlichen Salat aus Bulgurweizen. Doch als eine Freundin eines Tages kein Gluten mehr vertrug, habe ich mir zu unserem Grillmenü eine Alternative mit Kichererbsen ausgedacht.

Man benötigt …
2 große, reife Tomaten

1 Dose Kichererbsen, abgetropft
etwa ein 10 cm langes Stück Salatgurke, fein gewürfelt
1 kleine rote Zwiebel, geschält und fein gewürfelt
eine Handvoll gewaschene, fein gehackte, frische Korianderblätter
eine Handvoll gewaschene, fein gehackte, frische Minzeblätter
1 EL Olivenöl
Saft einer halben Zitrone
Salz und Pfeffer zum Abschmecken

Tomaten am Strunkende in Kreuzform einschneiden, in eine Schüssel geben und mit kochendem Wasser übergießen. Nach 45 Sekunden das Wasser abgießen. Sobald die Tomaten genügend abgekühlt sind, häuten, die Tomaten vierteln, die Kerne entfernen und das Fleisch fein hacken.

Die Tomate in eine große Schüssel geben, alle anderen Zutaten hineingeben, das Olivenöl und den Zitronensaft als Letztes. Gut verrühren, damit sich die Aromen verbinden können, würzen nach Geschmack.

Cathys Rezepte für den Herbst

Zimt-Apfelkuchen

Mit diesem Kuchen kann man nichts falsch machen: Er sieht köstlich aus, schmeckt himmlisch und ist so einfach zuzubereiten, dass mich die Komplimente dafür fast beschämen! Schmeckt am besten warm, mit Créme double oder Schlagsahne, oder bei Zimmertemperatur auch ohne alles. Er hält sich ausgezeichnet, auch wenn sich das Problem nie stellt!

Man benötigt …
225 g Kochäpfel (Gewicht nach dem Schälen und Entkernen)*
Saft einer halben Zitrone
225 g Mehl
1,5 TL Backpulver
115 g Butter
2 TL Zimt
165 g weichen braunen Rohrzucker
1 geschlagenes Ei
30 bis 45 ml Milch

Den Backofen auf 180° vorheizen (Umluft 160°). Eine Kuchenform von 18 cm Durchmesser fetten und mit Backpapier auslegen.

Die Äpfel schälen, entkernen und fein würfeln, mit dem Zitronensaft vermengen und beiseitestellen. Mehl und Backpulver sieben und die Butter hineinreiben, bis man Flocken wie Brotkrumen hat. 1 Teelöffel Zimt dazugeben. 115 g Rohrzucker untermengen (50 g für später zurückhalten), dann den Apfel und das Ei dazugeben und zusammen mit etwas Milch verrühren, bis ein weicher, jedoch nicht klebriger Teig entsteht.

Die Teigmasse in die Backform füllen. Die restlichen 50 g Zucker mit Zimt mischen und damit den Teig bestreuen. 45 bis 50 Minuten goldbraun backen und auf

* Meine Mum reibt die Äpfel, ich verwende sie fein gewürfelt.

einem Kuchengitter auskühlen lassen. Der Duft dürfte inzwischen hungrige Esser in die Küche gelockt haben, die gierig auf ihr erstes Stück warten!

Herbstliche Gemüse-Schmorpfanne

Eignet sich an einem kalten Abend als warme Mahlzeit oder als Beilage zu Braten. Man kann auch, mit ein paar hochwertigen Würsten darin, einen Eintopf für die Familie daraus machen! Damit das Gemüse optimal gart, verwende ich einen relativ flachen, guten Antihaft-Bräter.

Man benötigt …
1 kg geschältes Gemüse wie Kürbis, Karotten, Pastinaken, Süßkartoffeln, Schalotten
3 EL Olivenöl
1 Handvoll frische Kräuter (Salbei, Thymian und Rosmarin passen besonders gut), gewaschen, aber im Ganzen
1/4 TL getrocknete Chiliflocken (je nach Geschmack)
5 bis 6 Knoblauchzehen, ungeschält
Salz und Pfeffer

Das Gemüse (außer den Schalotten, die ganz bleiben können) würfeln, die Möhren etwas feiner schneiden, da sie eine längere Garzeit haben.

Das gesamte Gemüse in einen großen Gefrierbeutel geben, Öl, Kräuter, Knoblauch, Salz und Pfeffer nach Geschmack zugeben und gut durchkneten, um die Geschmacksnoten zu vermischen. Zwei Stunden marinieren lassen.

Backofen auf 200° vorheizen (Umluft 180°).

Das Gemüse in einen Antihaft-Bräter schütten und im vorgeheizten Ofen 40 Minuten lang schmoren. Abschmecken und ofenheiß servieren.

Chocolate Chip Cookies

Wenn meine Töchter einen anstrengenden Schultag hatten, sei es ein kräftezehrender Geländelauf oder eine Französisch-Klausur, bekommen sie diese Kekse frisch aus dem Ofen. Sie gelingen besser, wenn man den Keksteig über Nacht kaltstellt, aber zur Not geht's auch so!

Man benötigt …
120 g gesalzene Butter (vorzugsweise zimmerwarm)
75 g hellen braunen Zucker
75 g Zucker
1/2 TL Vanilleextrakt
1 Ei
240 g Mehl
1/2 TL Backpulver oder Backsoda
150 g Schokolade, grob gehackt (Vollmilch-, dunkle oder weiße Schokolade nach Geschmack)

Butter und Zucker mit einem elektrischen Handmixer oder Holzlöffel gut verschlagen. Zuerst die Vanille einstreuen, dann das Ei dazugeben und alles gut verrühren. Das Mehl mit dem Backsoda sieben, in die Mischung geben und zu einem Teig verrühren. Die Schokoladenstückchen unterheben, über Nacht oder, wenn die Zeit drängt, wenigstens für 1 Stunde kühlstellen.

Ofen auf 180° vorheizen (Umluft 160°).

Zwei Backbleche leicht einfetten, den Teig in 15 golfballgroße Kugeln formen und mit Abstand gleichmäßig auf den Blechen verteilen. Etwa 13–15 Minuten goldbraun, aber nicht zu dunkel backen.

Die Kekse auf den Blechen auskühlen lassen. Sie können sofort als Stimmungsaufheller verabreicht werden.

Cathys Rezepte für den Winter

Kohl-und-Speck-Schmorpfanne

Ich sag ja nur: Gib Kohl eine Chance. Im Ernst, wenn man meint, man mag keinen Kohl, ändert dieses Rezept vielleicht die Meinung. Ich habe das meiner Familie mal als Sonntagsessen vorgesetzt und mit entsprechendem Protest gerechnet, aber es hat ihnen geschmeckt.

Man benötigt …
4 klein geschnittene Scheiben durchwachsenen Speck
1 Zehe Knoblauch oder, wenn es nach mir geht, auch 2 Zehen
etwas Olivenöl zum Braten
450 g fein geraspelter Wirsing
schwarzer Pfeffer und vielleicht eine Prise Salz

Den Speck und den fein geschnittenen Knoblauch in Olivenöl in einer großen Pfanne braten, bis der Speck durch, aber nicht knusprig und der Knoblauch weich ist.

Den geraspelten Wirsing über einem großen Topf mit

kochendem Wasser 2 Minuten dampfgaren oder in einem großen Topf 1 bis 2 Minuten kochen.

Den Kohl herausnehmen und abtropfen lassen, in die Bratpfanne geben und unter Rühren 2 bis 3 Minuten mit dem Speck schmoren, bis er eine goldene Farbe annimmt und sich die Aromen gut vermischen. Sofort servieren.

Brombeer-Blechkuchen

Dieses Rezept schwebte mir für den Kuchen vor, den Toni zum großen Kuchenwettbewerb in der Ivy Lane mitbringt. Falls du kein geeignetes Backblech hast, kannst du dir auch Einweg-Aluschalen aus dem Supermarkt besorgen.

Man benötigt …
275 g Butter und noch ein wenig zum Einfetten des Blechs
275 g Zucker
400 g Mehl mit Backpulverzusatz
1 1/2 gestrichene TL Backpulver
5 mittelgroße Eier
Schale einer großen Orange, fein gerieben
1 TL Vanilleextrakt
4 bis 5 EL Milch
250 g Brombeeren
40 g Mandelblättchen
Puderzucker zum Bestreuen

Backofen auf 190° vorheizen (Umluft 170°). Flaches Backblech (30,5 × 20,5 cm) einfetten und mit Backpapier auslegen.

Butter und Zucker in einer großen Teigschüssel verrühren. Mehl und Backpulver sieben und gut unterrühren, dann die Eier, Orangenschale, Vanille und Milch zugeben und verschlagen, bis die Masse schaumig ist.

Mit einem Metalllöffel vorsichtig die Hälfte der Brombeeren unterheben. Die Teigmasse aufs Blech gießen und mit den restlichen Brombeeren bestreuen, zuletzt die Mandelblättchen darüberstreuen.

40–45 Minuten backen, bis die Oberfläche bei Berührung federt. 5 Minuten auf dem Blech auskühlen lassen, herausnehmen und auf einem Kühlgitter erkalten lassen.

Mit Puderzucker bestreuen und servieren.

Schokoladen-Orangen-Shortbread

Vor Jahren hatte ich die Ehre und das Vergnügen, für die Fernsehköchin Mary Berry zu arbeiten, und das folgende Rezept ist eine Hommage an eine von Marys Kreationen, unter Verwendung von Terry's Chocolate Orange (sollte diese britische Spezialität nicht zu haben sein, tut es jede andere Orangen-Vollmilchschokolade)

Man benötigt …
175 g Butter
75 g gelben Streuzucker
175 g Weizenmehl
75 g Maismehl
85 g Vollmilchschokolade (gerne auch Orangen-Vollmilchschokolade), grob gehackt
geriebene Schale einer Orange

Den Ofen auf 190° vorheizen (Umluft 170°). Butter und Zucker schaumig schlagen. Mehl und Maismehl zugeben und zu einer glatten Masse rühren. Dazu eignet sich ein Küchenmixer. Zuletzt die Schokoladenstückchen und die geriebene Orange unterheben.

Aus dem Teig achtzehn gleich große Kugeln formen und mit Abstand gleichmäßig auf zwei gefetteten Backblechen verteilen. Jede Kugel an der Oberseite mit einer Gabel eindrücken: Das hinterlässt beim Backen ein hübsches Muster.

15 bis 20 Minuten goldbraun backen. Ein paar Minuten auf dem Blech auskühlen lassen, dann zum Erkalten auf einem Kühlgitter auslegen.